CRÉANCE DE SANG

DU MÊME AUTEUR

AUX MÊMES ÉDITIONS
ET DANS LA MÊME COLLECTION

Les Égouts de Los Angeles
prix Calibre 38,
1993
et « Points », n° P19

La Glace noire
1994
et « Points », n° P269

La Blonde en béton
prix Calibre 38,
1996
et « Points », n° P390

Le Poète
1997
et « Points », n° P534

Le Cadavre dans la Rolls
1998

Michael Connelly

CRÉANCE
DE SANG

roman

TRADUIT DE L'AMÉRICAIN
PAR ROBERT PÉPIN

ÉDITIONS DU SEUIL
27, rue Jacob, Paris VIe

COLLECTION DIRIGÉE
PAR ROBERT PÉPIN

Titre original : *Blood Work*
Éditeur original : Little, Brown & Company
ISBN original : 0-316-15399-0
© original : 1998, Hieronymus, Inc.

ISBN 2-02-033242-6

© Éditions du Seuil, janvier 1999, pour la traduction française

Le Code de la propriété intellectuelle interdit les copies ou reproductions destinées à une utilisation collective. Toute représentation ou reproduction intégrale ou partielle faite par quelque procédé que ce soit, sans le consentement de l'auteur ou de ses ayants cause, est illicite et constitue une contrefaçon sanctionnée par les articles L. 335-2 et suivants du Code de la propriété intellectuelle.

Ce livre est dédié à Terry Hansen et Myra McCaleb

C'est à Raymond qu'étaient allées ses dernières pensées. Elle le verrait bientôt. Il ouvrirait les yeux comme il le faisait toujours et son accueil serait enlacement qui réconforte et soutient.

Elle sourit, et M. Kang lui sourit en retour : c'était pour lui qu'elle était belle, il le croyait. Tous les soirs il lui souriait et jamais il n'aurait cru que, pensées et sourires, elle ne songeait qu'à Raymond, qu'à cet instant à venir.

Le bruit de la sonnette qui tinte dans son dos – quelqu'un a ouvert la porte –, est entré dans sa conscience, mais à peine. Elle a les deux dollars et les lui tend par-dessus le comptoir. Mais il ne les prend pas. Ses yeux, elle le remarque, ne la regardent plus. M. Kang observe la porte. Et ne sourit plus. Il ouvre un rien la bouche pour dire un mot qui ne veut pas sortir.

Une main lui enserre l'épaule, par-derrière. Le contact glacé de l'acier sur sa tempe gauche. Une pluie de lumière déferle dans ses yeux. Aveuglante. Alors elle aperçoit le doux visage de Raymond, puis tout vire au noir.

I

McCaleb la vit avant qu'elle l'aperçoive. Il longeait le quai principal et avait déjà dépassé les bateaux de millionnaires lorsqu'il la repéra. Elle se tenait à l'arrière du *Following Sea*. Samedi matin, dix heures et demie. Une brise printanière avait amené beaucoup de monde sur les quais de San Pedro. Tour complet du port de plaisance de Cabrillo et jetée tout en rochers parcourue dans les deux sens, il arrivait au bout de la promenade qu'il faisait tous les matins. Il soufflait toujours fort à cet endroit et ralentit encore l'allure en arrivant près de l'embarcation. Son premier sentiment fut l'agacement – la femme était montée à bord sans qu'il l'y invite. Il passa outre à son irritation et s'approcha en se demandant qui elle était et ce qu'elle voulait.

Elle ne s'était pas habillée pour faire du bateau. Sans forme, sa robe d'été lui tombait à mi-cuisses. Le vêtement menaçant de se soulever sous la brise, elle le retenait d'une main. McCaleb ne parvenait pas encore à voir ses pieds, mais devina qu'elle ne portait pas de chaussures de pont : les muscles de ses jambes brunes se dessinaient trop fermement pour ça. Elle avait mis des hauts talons. Tout de suite, il se dit qu'elle s'était postée là pour impressionner quelqu'un.

McCaleb, lui, ne s'était pas habillé pour impressionner son monde. Il avait enfilé de vieux jeans déchirés – par l'usure et pas du tout pour sacrifier à la mode –, et un T-shirt de la Catalina Gold Cup qu'il portait depuis plusieurs étés. Tout cela était couvert de taches : huile de moteur, essence marine et sang, de poisson essentiellement et mêlé au sien par endroits. Il avait décidé de passer le week-end à travailler à son bateau et s'était vêtu en conséquence.

Son aspect le chagrina plus lorsque, s'étant encore rapproché, il finit par mieux la voir. Il ôta les embouts de son casque et arrêta le CD en plein milieu de *I ain't superstitious*[1], chanté par Howlin' Wolf.

— Vous cherchez quelqu'un ? lui demanda-t-il avant de descendre dans son bateau.

Elle parut surprise de l'entendre et se détourna de la porte coulissante du salon. Il se dit qu'après avoir frappé à la vitre, elle avait dû se mettre à attendre en pensant qu'il se trouvait à l'intérieur.

— Oui, dit-elle, M. Terrell McCaleb.

Elle était séduisante et devait avoir dans les trente ans, soit une bonne dizaine d'années de moins que lui. Elle lui rappelait vaguement quelqu'un, mais il aurait été incapable de dire qui. Il éprouva un sentiment de déjà-vu, mais cette impression ayant tôt fait de le quitter, il fut sûr et certain de s'être trompé. Non, il ne connaissait pas cette femme. Il n'oubliait pas les visages. Et celui-là était trop agréable pour qu'il ne s'en soit pas souvenu.

Elle avait écorché son nom – Mc Cal Lub au lieu de Mc Kay Leb – et l'avait appelé par son prénom officiel, celui dont personne ne se servait jamais, hormis les journalistes. Il commença à comprendre. Il savait ce qui l'avait amenée à son bateau. Encore une paumée qui se trompait d'adresse.

— Mc Ca-leb, la reprit-il, Terry McCaleb.

— Excusez-moi. Je, euh... je me disais que vous étiez peut-être à l'intérieur. Je ne savais pas trop si je pouvais me promener sur le pont et frapper.

— Mais vous l'avez quand même fait.

Elle ignora sa réprimande et enchaîna. Il eut l'impression que tout ce qu'elle faisait et avait à lui dire avait été répété à l'avance.

---

1. Je ne suis pas superstitieux *(NdT).*

– Il faut que je vous parle.
– C'est-à-dire que... je suis assez occupé.
Il lui montra l'écoutille de la cale qui était ouverte – elle avait eu de la chance de ne pas tomber dedans –, et les outils qu'il avait laissés sur un morceau de toile près de l'arrière à tableau.
– J'ai tourné presque une heure pour trouver votre bateau, précisa-t-elle. Ça ne prendra pas longtemps. Je m'appelle Graciela Rivers et j'aimerais que vous...
– Écoutez, Miss Rivers, dit-il en levant les mains en l'air pour l'arrêter. Je suis vraiment... Vous avez lu quelque chose sur moi dans les journaux, c'est ça ?
Elle acquiesça d'un signe de tête.
– Bien. Que je vous dise donc, avant que vous ne commenciez à me raconter vos histoires : vous n'êtes pas la première à venir me trouver ici ou à dégoter mon numéro de téléphone et à m'appeler. Je vais donc vous dire ce que je dis et répète à tous les autres : je ne cherche pas de travail. Bref, si c'est pour m'engager ou me demander de vous aider, non, désolé, mais je ne peux pas. Ce n'est pas ce genre de boulot que je cherche.
Elle garda le silence. Il éprouva de la sympathie pour elle, comme il en avait déjà éprouvé pour tous ceux et toutes celles qui étaient venus le voir avant.
– Écoutez, reprit-il, je connais deux ou trois détectives privés que je peux vous recommander. Ils sont bons, ils travaillent dur et ils ne vous arnaqueront pas.
Il enjamba le plat-bord arrière, ramassa les lunettes de soleil qu'il avait oublié d'emporter pour sa promenade et les chaussa afin qu'elle comprenne bien que l'entretien était terminé. Mais, gestes et paroles, tout glissa sur elle.
– Dans l'article, poursuivit-elle, ils disaient que vous êtes bon. D'après eux, ça ne vous plaît vraiment pas quand un type réussit à filer.
Il mit ses mains dans ses poches et redressa les épaules.
– N'oubliez surtout pas une chose, lui répondit-il. Je n'ai jamais été tout seul. J'avais des associés et les techniciens du labo. Tout le Bureau, que j'avais derrière moi. Ça n'a rien à voir avec un bonhomme qui cavale partout sans personne. Rien du

tout. Même si je le voulais, je n'arriverais sans doute même pas à vous aider.

Elle hocha la tête. Il crut qu'elle avait compris et en resterait là, et commença à réfléchir à la valve qu'il avait projeté de finir de réparer pendant le week-end.

Mais il s'était mépris sur son compte.

— Je crois quand même que vous pourriez m'aider, insista-t-elle. Et vous aider vous aussi.

— Je n'ai pas besoin d'argent. Je me débrouille avec ce que j'ai.

— Ce n'est pas de ça que je vous parle.

Il la dévisagea un instant avant de répondre.

— Je ne vois pas où vous voulez en venir, lâcha-t-il enfin en mettant un peu d'exaspération dans sa voix. Mais je ne peux pas vous aider. Je ne fais plus partie de la police et je ne suis pas privé. Agir en cette qualité ou accepter de l'argent sans avoir une licence d'État serait illégal. Si vous avez lu mon histoire dans les journaux, vous savez ce qui m'est arrivé. Je ne suis même plus censé conduire.

Il lui montra la passerelle et le parking derrière les docks.

— Vous voyez la voiture là-bas ? dit-il. Celle qui est emballée comme un cadeau de Noël ? C'est la mienne. Elle ne bougera pas de là tant que mon médecin ne m'aura pas redonné la permission de conduire. Et enquêter sans voiture, vous savez... prendre le bus...

Elle ignora ses protestations et se contenta de le dévisager d'un air décidé qui l'ébranla. Il ne savait plus comment s'y prendre pour la faire partir.

— Je vais vous chercher ces noms, dit-il.

Il passa devant elle et ouvrit la porte coulissante. Il entra dans le salon et referma aussitôt la porte derrière lui. Il avait besoin de cette séparation. Il se dirigea vers les tiroirs de la table à cartes et commença à chercher son carnet d'adresses. Il ne s'en servait plus depuis si longtemps qu'il ne savait plus très bien où il l'avait mis. Il regarda par la vitre et vit la jeune femme gagner la poupe et s'appuyer à la barre de pont en l'attendant.

La vitre étant couverte d'une pellicule réfléchissante, Graciela

Rivers ne pouvait pas voir qu'il l'observait. L'impression qu'il la connaissait lui revenant, il essaya de se rappeler où il avait déjà vu ce visage. Il le trouvait d'une grande beauté. Avec ses yeux marron en amande, la jeune femme lui semblait tout à la fois triste et habitée par un secret. Il savait qu'il n'aurait eu aucun mal à se souvenir d'elle s'il l'avait jamais rencontrée, voire avait même seulement posé les yeux sur elle une fois, mais rien ne lui vint. Instinctivement, son regard se porta sur ses mains. Elle ne portait pas d'alliance. Et il ne s'était pas trompé sur ses chaussures : c'étaient effectivement des sandales compensées avec une semelle de liège de cinq centimètres d'épaisseur. Elle s'était peint les ongles des orteils d'un rose qui faisait ressortir le brun clair de sa peau. Il se demanda si c'était son aspect habituel ou si elle s'était faite belle pour le convaincre d'accepter le boulot.

Il trouva son carnet d'adresses dans le deuxième tiroir et y chercha vite les numéros de téléphone de Jack Lavelle et de Tom Kimball. Il les recopia sur un vieux prospectus et poussa la porte coulissante. Graciela Rivers ouvrait son sac à main lorsqu'il sortit de la cabine. Il lui tendit la feuille de papier.

– Voici vos deux noms, dit-il. Lavelle est un ancien flic de Los Angeles à la retraite et Kimball a fait partie du FBI. L'un comme l'autre, ils vous feront du bon boulot. Choisissez-en un et appelez-le. Et dites-lui bien que vous lui téléphonez de ma part. Il fera ce qu'il faut.

Au lieu de noter les noms qu'il lui donnait, elle sortit une photo de son sac et la lui tendit. Il la prit sans réfléchir et comprit aussitôt qu'il avait fait une erreur. Le cliché représentait une jeune femme en train de sourire à un gamin qui soufflait les bougies d'un gâteau d'anniversaire. McCaleb en compta sept et crut d'abord que c'était une photo d'elle quelques années plus tôt. Enfin il comprit son erreur. La femme qu'il avait sous les yeux avait le visage plus rond et les lèvres plus fines et n'était assurément pas aussi belle que Graciela Rivers. L'une et l'autre avaient certes les mêmes yeux marron foncé, mais celle de la photo n'avait pas le regard aussi intense que la femme qui l'observait.

– C'est votre sœur ? lui demanda-t-il.
– Oui. Avec son fils.

— Qui est la victime ?
— Comment ?
— Qui est mort ?

Il venait de commettre sa deuxième erreur et s'enferrait de plus en plus. Au lieu de poser sa question, il aurait dû insister pour qu'elle note les noms des deux privés et qu'on en finisse.

— Ma sœur. Gloria Torres. On l'appelait Glory. Et le gamin est son fils, Raymond.

Il acquiesça d'un signe de tête et lui rendit la photo. Encore une fois, elle refusa de la prendre. Elle voulait qu'il lui demande ce qui s'était passé, c'était clair, mais il avait décidé d'y mettre le holà.

— Écoutez, dit-il, ça ne marche pas. Je sais très bien ce que vous êtes en train de faire. Mais ça ne prend pas.

— Vous voulez dire que ça ne vous fait rien ?

Il hésita tant il sentait la colère monter en lui.

— Si, ça me fait quelque chose, lui répondit-il. Vous avez lu mon histoire dans les journaux et vous savez ce qui m'est arrivé. C'est justement parce que ça me fait toujours quelque chose que je ne cesse d'avoir des ennuis.

Il ravala ses sentiments et tenta de ne pas céder à la méchanceté. Il savait qu'elle était en proie à une terrible frustration. Des gens comme elle, il en connaissait des centaines. Un jour, ils étaient privés de ceux qu'ils aimaient, et sans aucune raison. Personne n'était arrêté, personne n'était condamné, l'affaire n'était jamais close. Parce que leur existence s'en trouvait inexorablement changée, certains sombraient dans la folie. Ils y perdaient leur âme. Et Graciela comptait à leur nombre. Forcément. Sinon, elle ne se serait pas donné la peine de retrouver sa trace. Quoi qu'elle lui dise et quelle que soit la colère qu'il en éprouve, elle ne méritait pas d'avoir à supporter ses propres frustrations.

— Écoutez, reprit-il, je ne peux pas, un point c'est tout. Navré.

Il posa une main sur son bras pour la reconduire jusqu'à la marche qui permettait d'accéder au quai. Elle avait la peau agréablement chaude. Et douce, mais il sentit combien elle était musclée. Il voulut lui rendre sa photo, mais elle refusa encore une fois de la prendre.

— Regardez-la, lui dit-elle. Je vous en prie. Juste une fois et je vous laisse tranquille. Dites-moi si vous éprouvez autre chose.

Il secoua la tête et agita faiblement la main comme pour lui dire que ça ne changeait rien.

— J'étais agent du FBI, insista-t-il, pas cartomancienne.

Mais il fit quand même semblant de mettre la photo devant lui et de l'examiner. La femme et l'enfant avaient l'air heureux. On fêtait quelque chose. Sept bougies. Il se souvint que ses parents étaient encore ensemble lorsqu'il avait eu cet âge-là. Ça n'avait pas duré longtemps. Son regard était plus attiré par l'enfant que par la femme. Il se demanda comment le gamin allait se débrouiller sans sa mère.

— Je suis désolé, Miss Rivers, vraiment désolé, mais je ne peux rien faire pour vous. Vous voulez reprendre cette photo ou vous ne voulez pas ?

— J'en ai un double. Vous savez bien : deux tirages pour le prix d'un. Je me disais que vous auriez peut-être envie de garder celui-là.

Pour la première fois, il éprouva comme un tressaillement. Autre chose était en train de se jouer, mais il ne savait pas quoi. Il regarda Graciela Rivers de plus près et eut l'impression qu'à se laisser aller un tant soit peu, qu'à poser la question qui s'imposait, il serait entraîné au fond.

Mais il ne put s'en empêcher.

— Pourquoi voulez-vous que je garde cette photo si je ne peux pas vous aider ?

Elle eut un sourire triste.

— Parce que c'est la femme qui vous a sauvé la vie, lui répondit-elle. Je me disais que, de temps en temps au moins, vous pourriez avoir envie de vous rappeler à quoi elle ressemblait, de vous demander quel genre de femme c'était.

Il la regarda longuement, mais ce n'était pas vraiment elle qu'il regardait : c'était en lui-même. Il reprit tout ce qu'elle venait de dire, il ne l'avait pas oublié, il savait, mais la réponse lui échappa.

— Qu'est-ce que vous racontez ? dit-il enfin.

C'était tout ce qu'il était arrivé à lui demander. Il eut le sentiment qu'il ne contrôlait plus ce qui se disait et que tout filait de son côté à elle du bateau. Le courant le tirait vers le fond. Il était en train de se noyer.

Elle leva la main, mais la porta plus loin que la photo qu'il lui tendait toujours. Et en posa la paume à plat sur sa poitrine, la fit descendre le long de sa chemise, ses doigts suivant le tracé de sa cicatrice. Incapable de bouger, il la laissa faire.

– Votre cœur, reprit-elle, c'était celui de ma sœur. C'est elle qui vous a sauvé la vie.

2

Du coin de l'œil, il arrivait à voir l'écran de contrôle. Blanc granuleux et noir, avec un cœur qui y flottait tel un fantôme et des pinces et agrafes qui fermaient les vaisseaux sanguins comme des plombs de carabine qu'il aurait reçus en pleine poitrine.

— On y est presque, disait une voix juste derrière son oreille droite.

Bonnie Fox. Toujours calme et rassurante, professionnelle. Bientôt il vit la ligne sinueuse de la sonde scopique passer dans le champ des rayons X, remonter l'artère et entrer dans son cœur. Il ferma les yeux. Il détestait la secousse, celle que d'après eux on ne devait jamais sentir, mais qu'on sentait toujours.

— Bon, vous ne devriez rien sentir, dit-elle.

— Ben voyons !

— Ne parlez pas.

Et ça y était. La petite secousse, aussi légère que celle qu'on sent au bout de sa ligne quand le poisson vous fauche l'appât. Il rouvrit les yeux et vit la sonde, aussi fine que du fil à pêche : elle était toujours au milieu de son cœur.

— Bon, reprit-elle, nous y sommes. Nous allons ressortir. Vous vous en êtes bien tiré.

Il était incapable de tourner la tête pour la regarder, mais sentit qu'elle lui tapotait sur l'épaule. La sonde ayant été enlevée, elle fixa une compresse de gaze sur l'incision qu'il avait dans le cou. La minerve qui lui maintenait la tête dans cette position inconfortable fut enfin détachée. Il s'étira le cou et remonta la

main pour pouvoir en faire travailler les muscles qui s'étaient raidis. Le sourire de Bonnie Fox s'attarda au-dessus de son visage.
— Comment vous sentez-vous ? lui demanda-t-elle.
— Je ne peux pas me plaindre. Maintenant que c'est fini...
— Je vous revois dans quelques instants. Je veux vérifier les analyses et faire passer les tissus au labo.
— Je voudrais vous parler de quelque chose, dit-il.
— C'est entendu. Je reviens tout de suite.

Quelques instants plus tard, deux infirmières roulèrent sa civière hors du laboratoire d'analyse et le firent entrer dans un ascenseur. Il détestait qu'on le traite comme un invalide. Il aurait pu marcher, mais le règlement s'y opposait. Après une biopsie cardiaque, le patient doit rester à l'horizontale. Les hôpitaux ont toujours des règlements. Celui du Cedars-Sinaï semblait en avoir beaucoup plus que les autres.

On le fit descendre au pavillon de cardiologie qui se trouvait au septième étage, et le poussa dans le couloir est. Il passa devant les chambres de ceux qui avaient de la chance et de ceux qui devraient patienter — certains avaient déjà reçu un cœur neuf tandis que les autres attendaient. Ils longèrent une chambre où il tint absolument à regarder par l'entrebâillement de la porte. Un jeune enfant y était attaché sur un lit, tout son corps relié à une machine cardio-pulmonaire. Un homme en costume s'était assis de l'autre côté du lit. Il regardait l'enfant, mais voyait tout autre chose. McCaleb détourna la tête. Il connaissait la musique. L'enfant arrivait au bout du délai. La machine ne pourrait plus le soutenir longtemps. Ce serait avec la même expression dans les yeux que l'homme en costume — le père du gamin, pensa-t-il —, contemplerait le cercueil de son fils.

Ils étaient enfin arrivés à sa chambre. On le fit passer du brancard sur son lit et on le laissa tranquille. Il se mit en devoir d'attendre. Il savait d'expérience que Bonnie Fox pourrait mettre six heures avant de reparaître, tout dépendant de la vitesse à laquelle les analyses seraient terminées et de celle à laquelle Bonnie viendrait en prendre les résultats.

Il s'était préparé pour son séjour. Le vieux sac en cuir dans lequel il avait jadis transporté son ordinateur et d'innombrables dossiers sur lesquels il travaillait était bourré de vieux magazines qu'il avait mis de côté pour les journées qu'il devrait passer à l'hôpital après sa biopsie.

Deux heures et demie plus tard, Bonnie Fox encadra sa tête dans le montant de la porte. McCaleb reposa le numéro de *Boat Restoration* qu'il était en train de lire.

— Bigre ! s'écria-t-il. Vous n'avez pas traîné.

— Les types du labo n'avaient pas grand-chose à faire. Comment vous sentez-vous ?

— J'ai l'impression que quelqu'un me marche sur le cou depuis deux ou trois heures. Vous êtes déjà passée au labo ?

— Ouaip.

— Et ça donne ?

— Ça m'a l'air bien. Pas de rejet et tous les indices sont bons. Je suis très satisfaite. J'envisage de diminuer les doses de Prednisone dès la semaine prochaine.

Elle avait étalé les résultats des examens sur la table où il mangeait et encore une fois vérifié qu'ils étaient effectivement excellents. C'était du mélange très précis de drogues qu'il devait avaler matin et soir qu'elle parlait. Au dernier décompte, il ingurgitait dix-huit pilules le matin et seize de mieux le soir. L'armoire à pharmacie de son bateau n'était pas assez grande pour contenir toutes les boîtes. Il avait dû en mettre dans les bacs de rangement disposés sous la couchette avant.

— Parfait, reprit-il. J'en ai marre de me raser trois fois par jour.

Elle replia sa feuille de papier et reprit son écritoire portatif sur la table. Puis elle parcourut rapidement la liste de questions auxquelles il devait répondre chaque fois qu'il entrait à l'hôpital.

— Aucune fièvre ?

— Non, tout est clair de ce côté-là.

— Et pas de diarrhée ?

— Non plus.

A force de répondre à ses questions, toujours les mêmes, il savait que la fièvre et la diarrhée étaient les deux signes avant-coureurs du rejet de greffon. En plus de sa température, il prenait sa tension et son pouls au moins deux fois par jour.

– Les signes vitaux me paraissent bons, enchaîna-t-elle. Vous voulez bien vous pencher en avant ?

Elle reposa son écritoire. Puis, avec un stéthoscope qu'elle réchauffa en soufflant dessus, elle écouta les bruits de son cœur en trois endroits de son dos. Après quoi, il se rallongea pour lui permettre de les entendre de devant. Enfin elle lui prit le pouls en plaçant deux doigts sur son cou tandis qu'elle regardait sa montre. Elle était tout près de lui. Il avait toujours associé le parfum de fleurs d'oranger qui émanait d'elle à des femmes plus âgées. Agée, Bonnie Fox ne l'était pourtant pas. Il releva la tête pour l'observer et scruta son visage pendant qu'elle regardait sa montre.

– Vous est-il jamais arrivé de vous demander si tout ça est bien nécessaire ?

– Ne parlez pas, lui répliqua-t-elle.

Elle posa les doigts sur son poignet et lui reprit le pouls à cet endroit. Puis elle attrapa le tensiomètre accroché au mur, le lui serra autour du bras et lui prit sa tension sans desserrer les dents.

– Bon, dit-elle enfin.

– Bon, répéta-t-il.

– Qu'est-ce qui ne serait pas nécessaire ?

Ça lui ressemblait bien de reprendre ainsi une phrase ou un bout de conversation oubliée ou interrompue. Elle n'oubliait pratiquement jamais ce qu'il lui disait. Parce qu'on l'avait conçu pour quelqu'un de plus grand qu'elle, son tablier de laborantine lui tombait quasiment aux chevilles. Un croquis du système cardio-pulmonaire – sa spécialité en chirurgie –, était brodé sur sa poche de poitrine. Elle ne plaisantait jamais quand elle venait le voir dans sa chambre. Elle respirait la confiance et la gentillesse, mélange qu'il avait toujours trouvé assez rare chez les médecins – et Dieu sait s'il en avait connu ces dernières années. Et c'était cette confiance et cette gentillesse qu'il voulait lui retourner. Il l'aimait bien et lui faisait confiance. Au plus profond de son âme, il avait eu un moment d'hésitation lorsqu'il lui avait fallu envisager de remettre sa vie entre les mains de cette femme, mais cette hésitation avait promptement disparu, pour ne lui laisser qu'un sentiment de culpabilité. Lorsque l'heure de l'opération avait sonné, c'était le sourire de Bonnie Fox qu'il avait vu en dernier, juste avant qu'on l'endorme. Alors, il n'avait plus eu la moindre hésitation. Et c'était encore le visage souriant de Bonnie qu'il avait découvert en se réveillant... avec un cœur neuf et une deuxième vie à vivre.

Huit semaines s'étaient écoulées depuis lors et, preuve s'il en était qu'il avait eu raison de lui faire confiance, sa convalescence n'avait pas connu le moindre accroc. Cela faisait déjà trois ans qu'un jour il était entré dans le bureau de Bonnie Fox et le lien qui s'était forgé entre eux dépassait maintenant, et de loin, la simple confiance qu'il avait en ses capacités professionnelles. Fox et lui étaient devenus de bons amis, du moins le croyait-il. Ils avaient partagé des repas une demi-douzaine de fois et s'étaient furieusement disputés sur toutes sortes de questions allant du clonage aux procès d'O. J. Simpson – il avait gagné cent dollars au premier verdict tant il lui avait été facile de voir à quel point la confiance indéfectible qu'elle vouait à la justice américaine la rendait aveugle aux problèmes raciaux que soulevait l'affaire. Elle avait refusé de parier sur l'issue du deuxième procès.

Quel que fût le sujet de la conversation, neuf fois sur dix il finissait par prendre le contre-pied de ce qu'elle disait parce qu'il adorait se disputer avec elle. Bonnie Fox le regardait maintenant d'une manière qu'il connaissait bien : elle était de nouveau prête à se battre.

— Tout ça, lui répondit-il en agitant vaguement la main comme s'il voulait parler de l'hôpital en son entier. Oui, de prendre des organes à des gens et de les greffer sur d'autres. Il y a des moments où je me prends pour un Frankenstein des temps modernes. Avec tous les bouts et morceaux d'autres gens que j'ai en moi...

— Une seule autre personne et un seul autre morceau, lui répondit-elle. Ne dramatisons pas.

— Sauf que c'est le plus important, non ? Vous savez, quand je travaillais au FBI, nous devions nous requalifier au tir chaque année. En tirant sur des cibles, vous voyez ? Et la meilleure façon d'y arriver était de viser le cœur. Sur ces cibles, le rond qui l'entoure vaut beaucoup plus que celui qui fait le tour de la tête. C'est le dix. On ne peut pas faire mieux.

— Écoutez, on ne va pas recommencer à jouer à « Est-ce que nous ne nous prenons pas pour Dieu ? ». Je croyais que nous avions dépassé ce stade.

Elle secoua la tête et sourit en le regardant de haut en bas. Puis son sourire se figea.

— Et si vous me disiez vraiment ce qui ne va pas ? insista-t-elle.

— Je ne sais pas. Je dois me sentir coupable.

— De quoi ? De vivre ?

— Je ne sais pas.

— Ne soyez pas ridicule ! Ça aussi, nous en avons fait le tour. Je n'ai pas de temps à perdre avec ça. Réfléchissez seulement au choix qu'il faut faire : d'un côté la vie, de l'autre la mort. Parlez d'une décision à prendre ! Et de quoi faudrait-il être coupable ?

Il leva la main en signe de reddition. Elle avait le don de remettre les choses en place.

— Classique, reprit-elle en refusant de le laisser renoncer aussi facilement. Vous attendez pratiquement deux ans avant d'avoir un cœur, vous tirez sur la corde un maximum, au point d'en être à deux doigts de mourir et maintenant, vous venez me dire que nous n'aurions pas dû vous donner ce cœur ? Qu'est-ce qui vous tracasse comme ça, Terry ? Je n'ai pas le temps de me faire suer avec des conneries de ce genre.

Il leva de nouveau la tête. Elle était capable de lire en lui à livre ouvert et c'était là une qualité que les meilleurs flics et agents du Bureau qu'il avait connus possédaient tous. Il hésita, puis décida de lui avouer ce qui le tourmentait vraiment.

— Disons que je veux savoir pourquoi vous ne m'avez pas dit que la femme qui m'a donné son cœur avait été assassinée.

Elle en fut si ébranlée que son visage trahit sa surprise.

— Assassinée ? Qu'est-ce que vous me racontez ?

— Elle a été assassinée.

— Comment ?

— Je ne le sais pas exactement. Elle s'est trouvée prise au milieu d'une agression à main armée dans une épicerie de la Valley. Tuée d'une balle dans la tête. Elle est morte et c'est moi qui ai hérité de son cœur.

— Vous êtes censé ne rien savoir sur le donneur. Comment avez-vous appris ça ?

— C'est sa sœur qui est venue me voir samedi. Elle m'a tout raconté... Ça change quand même pas mal les choses, non ?

Elle s'appuya sur son lit d'hôpital et se pencha sur lui. Elle avait soudain l'air très sévère.

— Et d'un, j'ignorais absolument la provenance de votre cœur, lui dit-elle. Nous n'en savons jamais rien. Nous l'avons eu par l'intermédiaire du BOPRA[1]. Tout ce qu'on nous a dit, c'est qu'un organe était disponible et qu'il correspondait à la formule sanguine d'un patient qui se trouvait tout en haut de notre liste d'attente. Ce patient, c'était vous. Vous savez comment travaille le BOPRA. Vous avez vu les films pendant la période d'orientation. Nos renseignements sont limités parce que c'est comme ça que ça marche le mieux. Je vous ai dit très exactement tout ce que nous savions. Sujet féminin âgé de vingt-six ans, si je me souviens bien. Parfait état de santé, type sanguin absolument impeccable, donneur idéal. Point final.

— Alors, je suis navré. Je me disais que vous saviez peut-être et que vous me l'aviez caché.

— Non. Nous ne savions pas. Et d'ailleurs, si nous, nous ne savions pas de qui il s'agissait et d'où provenait ce cœur, comment se fait-il que sa sœur ait, elle, l'ait su ? Comment vous a-t-elle retrouvé ? Et si elle essayait de vous embringuer dans une arnaque qui...

— Non. C'est bien elle. Je le sais.

— Vous le savez ? Comment ?

— L'article paru la semaine dernière dans la rubrique « Qu'est-il donc advenu d'Untel », dans le *Times*. On y disait que j'avais eu mon cœur le 9 février et que j'avais dû l'attendre longtemps parce que j'avais un type sanguin assez peu répandu. Cette femme l'a lu et en a déduit tout ce qu'il fallait en déduire. Elle savait bien

---

[1]. Blood and Organ Procurement and Request Agency, c'est-à-dire Agence des demandes et fourniture de sang et d'organes *(NdT)*.

évidemment quand sa sœur était morte, elle savait aussi que celle-ci avait fait don de son cœur et n'ignorait évidemment pas qu'elle avait, elle aussi, un type sanguin assez rare. Elle est infirmière en réanimation à l'hôpital de la Sainte-Croix et a compris que c'était moi le récipiendaire.

— Cela ne signifie toujours pas nécessairement que c'est vous qui avez hérité du cœur de sa...

— Elle avait aussi ma lettre.

— Quelle lettre ?

— Celle que tout le monde écrit après. Le petit mot de remerciement anonyme qu'on envoie à la famille du donneur. Celui que poste l'hôpital. Et c'est bien le mien qu'elle avait entre les mains. Je l'ai regardé et il n'y a pas de doute. Je me souviens très bien de ce que j'avais écrit.

— C'est le genre de choses qui n'est pas censé se produire, Terry. Qu'est-ce qu'elle veut ? De l'argent ?

— Non, elle ne veut pas d'argent. Vous ne comprenez pas ? Elle veut que je retrouve celui qui a fait le coup. L'assassin de sa sœur. Les flics ne l'ont jamais attrapé. Deux mois se sont écoulés depuis le meurtre et ils n'ont arrêté personne. Elle sait qu'ils ont renoncé. Et un jour, elle lit cet article sur moi dans le journal... sur ce que je faisais avant pour le Bureau. Elle comprend que c'est moi qui ai hérité du cœur de sa sœur et espère aussitôt que je pourrai réussir là où les flics ont échoué. Elle a passé plus d'une heure à chercher dans les docks de San Pedro avant de trouver mon bateau. Elle n'avait que mon nom qu'elle avait lu dans le journal. Et c'était moi qu'elle voulait.

— C'est complètement fou. Dites-moi comment s'appelle cette femme et nous...

— Non. Je ne veux pas que vous lui fassiez quoi que ce soit. Mettez-vous à sa place. Vous aimez votre sœur, qu'est-ce que vous faites ? Vous ne feriez pas comme elle ?

Fox se releva. Elle avait les yeux tout grand écarquillés.

— Faire ce qu'elle vous demande est impensable, dit-elle.

Ce n'était pas une question, mais un ordre médical. Il ne répondit pas, ce qui était en soi une réponse. De nouveau, il vit la colère se marquer sur le visage de Bonnie Fox.

— Écoutez-moi, reprit-elle. Vous êtes hors d'état de faire un truc pareil. Votre opération remonte à deux mois et vous vous imaginez que vous allez cavaler partout en jouant au détective privé ?

— Je ne fais que réfléchir à la question, d'accord ? Et c'est ce que je lui ai dit. Je connais les risques. Je sais aussi que je ne fais plus partie du FBI. Et ça change tout.

Elle croisa ses bras maigres sur sa poitrine.

— Vous ne devriez même pas y songer, insista-t-elle. Le médecin que je suis vous interdit de rien faire de pareil. C'est un ordre.

Puis elle se radoucit.

— Vous vous devez de respecter le don qui vous a été fait, reprit-elle. Votre deuxième chance.

— Sans doute, mais ça marche dans les deux sens. Si je n'avais pas son cœur, je ne serais plus de ce monde à l'heure qu'il est. J'ai une dette envers elle. C'est...

— Vous ne lui devez rien. Ni à elle ni à sa famille. Vous ne lui devez que le mot de remerciement que vous nous avez demandé de lui envoyer. Un point, c'est tout. Que vous ayez hérité de son cœur ou pas ne change rien au fait qu'elle serait morte de toute façon. Vous vous trompez.

D'un hochement de tête, il lui signifia qu'il comprenait son point de vue, mais que cela ne lui suffisait pas. Il savait qu'une réponse peut très bien continuer à déranger l'estomac même si elle est satisfaisante sur un plan intellectuel. Elle devina ce qu'il pensait.

— Qu'est-ce qu'il y a encore ?

— Je ne sais pas. Je me dis seulement que je pourrais tout bêtement découvrir qu'il s'agit d'un accident. C'est à ça que je me suis préparé. C'est toujours ce qu'on vous raconte pendant la période d'orientation. Vous-même ne m'avez rien dit d'autre quand nous avons commencé. Dans quatre-vingt-dix-neuf pour cent des cas, le donneur a été victime d'un accident. Blessure fatale à la tête. Accident de la circulation, quelqu'un qui dégringole les escaliers tête la première ou se viande en moto. Rien à voir avec cette histoire. Et ça change tout.

— C'est ce que vous n'arrêtez pas de répéter, mais en quoi exactement est-ce que « ça change tout » ? Le cœur n'est jamais qu'un organe parmi d'autres... une pompe biologique. La manière dont son propriétaire trouve la mort ne change rien à rien.
— Un accident, oui, je pourrais m'en accommoder. Pendant toute la période d'attente, quand je savais que quelqu'un devait mourir pour que je vive, j'ai appris à accepter qu'il y aurait un accident à un moment donné. Mais un accident, c'est comme le destin. Alors qu'un meurtre... Là, il y a une volonté qui intervient, le mal. Ce n'est pas le seul fait du hasard. Et ça, docteur, ça veut dire que je profite de quelque chose de mal. Voilà pourquoi ça change tout.

Bonnie Fox garda le silence pendant quelques instants, puis elle mit ses mains dans les poches de son tablier de laborantine. Il se dit qu'elle commençait enfin à comprendre sa façon de voir.
— C'est ce qui a motivé l'essentiel de mon existence pendant longtemps, reprit-il : la recherche du mal. C'est ça, mon boulot. Et j'étais bon. Mais, pour finir, c'est le mal qui a eu raison de moi. Je crois, non... je sais que c'est ça, le mal, qui m'a volé mon cœur. Sauf que maintenant tout se passe comme si rien de tout cela ne comptait dans la mesure où je suis toujours vivant, où j'ai un cœur neuf, cette deuxième chance dont vous me parlez, et que si je l'ai, c'est à cause de ce mal, de cette horreur que quelqu'un a commise.

Il respira un grand coup.
— Ce que vous racontez n'a pas grand sens, lui assena-t-elle.
— J'ai du mal à trouver les mots qu'il faudrait. Tout ce que je sais, c'est que je ressens certaines choses. Et que pour moi, tout ça a un sens.

Elle prit un air résigné.
— Écoutez, je sais très bien ce que vous avez envie de faire. Vous voulez aider cette femme. Mais vous n'y êtes pas prêt. Physiquement, c'est hors de question. Et côté émotions, avec ce que vous venez de me dire, je ne crois pas que vous vous apprêtiez à élucider un accident de la circulation. Vous vous rappelez ce que je vous ai dit sur l'équilibre obligatoire entre bien-être physique

et santé mentale ? Il y a des passerelles entre les deux. Et j'ai peur que ce que vous avez dans le crâne n'affecte votre convalescence.
— Je comprends.
— Non, je ne pense pas. Vous jouez avec votre vie, Terry. Si ça dégénérait, si jamais vous attrapiez une infection ou commenciez à rejeter le greffon, nous serions incapables de vous sauver. Nous avons dû attendre vingt-deux mois avant d'obtenir le cœur qui bat dans votre poitrine. Vous ne vous imaginez quand même pas qu'il y a quelqu'un qui se balade en ce moment même avec un cœur aussi parfait et qui est prêt à crever parce que vous avez décidé de bousiller celui que vous avez maintenant, si ? N'y songez même pas ! Dans une chambre au bout du couloir, j'ai un patient qui ne vit plus qu'avec une pompe artificielle. Il attend un cœur et aucun ne vient. Ce patient, ce pourrait être vous, Terry. Vous n'avez qu'une chance d'en sortir : celle qu'on vient de vous donner. Ne bousillez pas tout.

Elle tendit le bras au-dessus du lit et posa sa main sur la poitrine de son malade. Terry se rappela le geste de Graciela Rivers. Il en sentit toute la chaleur.

— Dites-lui non, conclut Bonnie Fox. Sauvez votre peau et dites-lui non.

3

La lune ressemblait à un ballon que des enfants maintiendraient en l'air avec des bâtons. Les mâts de douzaines de bateaux se dressaient sous elle, prêts à l'empêcher de tomber. Il la regarda flotter dans le ciel noir jusqu'au moment où elle fila derrière des nuages au-dessus de Catalina. La cachette en valait bien une autre, se dit-il, et il baissa les yeux sur sa tasse de café vide. Tenir une bonne bière glacée dans une main et une cigarette dans l'autre pour regarder le soleil se coucher à la poupe du bateau lui manquait. Mais les cigarettes avaient fait partie du problème et c'était fini à jamais. Quant à pouvoir mettre un rien d'alcool dans son café, il lui faudrait encore attendre bien des mois avant d'en avoir le droit. Pour l'heure, avaler une bière aurait suffi à lui coller ce que Bonnie Fox appelait « la dernière gueule de bois de sa vie ».

Il se leva et gagna le salon. Il essaya de s'asseoir à la table de la cambuse, mais renonça vite et préféra allumer la télé et zapper sans vraiment regarder ce qui défilait sur l'écran. Enfin, il éteignit le poste et jeta un coup d'œil au tas de documents qui s'étaient amoncelés sur sa table à cartes : rien pour lui là non plus. Il se mit à errer dans la cabine en cherchant quelque chose qui pourrait le distraire de ses pensées. En vain.

Il descendit l'escalier qui conduisait à la salle de bains par la coursive passagers. Il sortit le thermomètre de l'armoire à pharmacie, le secoua et se le glissa sous la langue. Petit tube en verre, l'instrument était d'un modèle ancien. Le thermomètre électronique avec affichage digital que lui avait fourni l'hôpital était resté dans sa boîte sur l'étagère. Sans trop savoir pourquoi, McCaleb ne lui faisait pas confiance.

Il se regarda dans la glace et remonta le col de sa chemise avant d'examiner la plaie qu'avait laissée la biopsie à laquelle il avait eu droit ce matin-là. Comme d'habitude, la cicatrice n'avait pas eu le temps de se refermer. Il subissait tellement de biopsies que la peau recouvrait à peine l'incision lorsqu'on la rouvrait pour aller à nouveau sonder ses artères. Il savait que cette blessure lui laisserait une marque aussi indélébile que la cicatrice de trente centimètres de long qui courait en travers de sa poitrine. A force de se regarder, il songea à son père. McCaleb n'avait jamais oublié les marques qu'il avait sur le cou, son tatouage. Autant de signes qui disaient la bataille que le vieil homme avait livrée à coups de rayons et qui ne lui avait jamais servi qu'à retarder l'inévitable.

McCaleb n'avait pas de fièvre. Il désinfecta le thermomètre, le replaça dans sa boîte, décrocha la feuille où était portée sa courbe de température, y écrivit la date et l'heure et cocha la dernière case pour indiquer que rien n'avait changé depuis la dernière fois.

Il raccrocha la feuille au mur et s'approcha de nouveau de la glace pour regarder ses yeux. Verts, mouchetés de gris, cornées striées de lignes rouges. Il recula et ôta sa chemise. La glace était de petite taille, mais il y voyait quand même sa cicatrice, épaisse, rosâtre, laide. Il le faisait souvent pour voir où il en était. Il avait du mal à s'habituer à son nouvel aspect, à la véritable trahison que son corps lui avait infligée. Cardiomyopathie. Fox lui avait dit que le virus qui s'était logé dans les parois de son cœur avait attendu des années avant d'agir et qu'il ne l'avait fait que par hasard. Et que c'était son stress à lui, McCaleb, qui lui avait donné toute sa force. McCaleb n'avait pas tiré grand-chose de cette explication. Cela n'allégeait pas sa conviction que l'homme qu'il était jadis avait disparu à jamais. Lorsqu'il s'examinait ainsi, il avait souvent l'impression de contempler un étranger, quelqu'un que la vie avait abattu et laissé sans forces.

Il renfila sa chemise et gagna la couchette avant. Triangulaire, la chambre où il se trouvait épousait la forme de la proue. Deux couchettes superposées à bâbord, un véritable mur de tiroirs de rangement à tribord. Il avait transformé la couchette du bas en bureau et se servait de celle du haut pour ranger ses cartons remplis de vieux dossiers du FBI. Tous portaient le nom de l'affaire inscrit au marqueur : « Le poète », « Code », « Zodiac », « Pleine Lune » et « Bremmer ». Deux portaient l'inscription « Affaires non résolues, divers ». McCaleb avait recopié la plupart de ses dossiers avant de quitter le Bureau. C'était aller à l'encontre du règlement, mais personne ne l'en avait empêché. Ces dossiers concernaient diverses affaires, résolues ou pas. Certains remplissaient tout le carton, d'autres étant assez minces pour se serrer à plusieurs dans la même boîte. Il ne savait pas trop pourquoi il avait fait faire des copies de tout cela. Il n'avait pas ouvert un seul de ces cartons depuis qu'il avait pris sa retraite. Cela dit, il avait effectivement songé à écrire un livre, voire à reprendre certaines enquêtes qui avaient échoué. En gros, cependant, il aimait seulement avoir tous ses dossiers avec lui, quand ce n'eût été que pour avoir la preuve tangible de tout ce qu'il avait accompli pendant cette partie-là de son existence.

Il s'assit à son bureau et alluma la lampe fixée à la paroi de la cabine. Son regard tomba sur l'insigne du FBI qu'il avait porté seize ans durant. Celui-ci était maintenant enfermé dans un bloc de Plexiglas accroché au mur de son bureau. Punaisée juste à côté se trouvait la photo d'une fillette qui souriait, arborant un appareil dentaire. Le cliché avait été fait à partir d'une photo de classe vieille de bien des années. McCaleb fronça les sourcils à ce seul souvenir et se détourna. Son bureau était toujours aussi encombré qu'avant.

Factures, reçus, classeur accordéon rempli de résultats d'analyses et d'ordonnances, pile de chemises – vides pour la plupart –, trois prospectus vantant les mérites de sociétés de gardiennage de bateaux et Règlement du port de plaisance de Cabrillo, rien n'y manquait. Son carnet de chèques était ouvert et prêt à servir, mais régler ses factures, non, il ne se sentait pas de s'attaquer à cette tâche déprimante. Pas maintenant. S'il était énervé, ce n'était pas parce qu'il manquait de sujets de réflexion. De fait, il n'arrêtait pas de penser à la visite que Graciela Rivers lui avait rendue et à tout ce qu'elle avait changé en lui.

Il farfouilla dans le fatras de trucs qui s'empilaient sur son bureau jusqu'au moment où il retrouva l'article qui avait poussé la jeune femme à venir le voir. Il l'avait lu le jour même de sa parution. Et l'avait découpé et tenté de tout en oublier. Mais cela s'était révélé impossible. Dès ce moment-là, toutes sortes de victimes s'étaient empressées de lui rendre visite à son bateau. Il avait eu droit à une mère dont la gamine avait été retrouvée morte et horriblement mutilée sur une plage de Redondo ; à un père et à une mère dont le fils avait été pendu dans un appartement de West Hollywood ; à un jeune époux dont la femme avait un soir décidé de faire les clubs de Sunset Boulevard et n'était jamais revenue de son expédition. Et il y en avait eu d'autres. Tous des zombies qu'avaient rendus quasiment catatoniques la douleur et le sentiment d'avoir été trahis par un dieu qui n'aurait jamais dû laisser se produire des choses pareilles. Et lui, McCaleb, s'était montré incapable de les réconforter ou aider – et les avait tous renvoyés.

De fait, il n'aurait jamais accepté de se faire interviewer s'il n'avait rien dû au reporter. Mais Keisha Russell avait été trop gentille avec lui du temps où il travaillait pour le Bureau. Elle faisait partie de ces journalistes qui rendent toujours service et ne demandent pas obligatoirement d'être payés en retour. Mais, un mois plus tôt, elle l'avait appelé sur son bateau et avait décidé de se faire rembourser. On voulait qu'elle écrive un article pour la rubrique « Qu'est-il advenu d'Untel » qui paraissait tous les dimanches dans le cahier « Métropole ». Un an auparavant, elle avait consacré un article entier au fait qu'il attendait désespérément un cœur, maintenant qu'on lui en avait greffé un, elle voulait raconter la fin de l'histoire. Il aurait préféré décliner son offre – ce papier aurait pour résultat de briser l'anonymat dans lequel il vivait et il le savait –, mais Russell lui ayant rappelé les nombreuses fois où elle lui avait rendu service en mentionnant, ou omettant délibérément, certains détails de telle ou telle enquête selon ce qu'il voulait faire, il n'avait pas eu le choix. Ses dettes, il avait pour habitude de les régler.

L'article aussitôt paru, il y avait vu le signe que sa carrière était terminée. La rubrique était en effet réservée à des politiciens véreux et qui avaient tous plus ou moins disparu de la scène politique, ou à des gens dont les quinze minutes de gloire étaient depuis longtemps passées aux oubliettes. De temps à autre, on y parlait aussi de vedettes de la télé qui gagnaient maintenant leur vie dans l'immobilier – ou qui se consacraient à la peinture parce que c'était là qu'était leur « vraie » vocation.

Il déplia la coupure de journal et la relut.

Cœur neuf et nouvelle vie
pour un ancien agent du FBI
par Keisha Russell, journaliste du *Times*

Il fut un temps où Terry McCaleb ne cessait d'apparaître au bulletin télévisé de onze heures du soir et où tout ce qu'il disait trouvait aussitôt sa place dans nos journaux. Cela n'était plaisant ni pour lui ni pour notre ville.

Agent du FBI, Terry McCaleb est en effet le grand spécialiste qui, pendant les dix années écoulées, traqua la poignée de tueurs en série qui firent trembler Los Angeles et tout l'Ouest des États-Unis.

Membre de la section Soutien aux enquêtes, McCaleb avait pour tâche d'aider nos polices locales à sérier les questions qui se posent dans toute enquête. Très à l'aise avec les médias et le propos toujours facile à citer, il était souvent sur le devant de la scène – ce qui irritait parfois beaucoup les autorités locales et ses supérieurs du Centre de Quantico, en Virginie.

Malheureusement, cela va faire bientôt plus de deux ans que nous ne le voyons plus sur nos écrans. Terry McCaleb ne porte plus ni flingue ni insigne du Bureau. A l'entendre, il n'aurait même plus droit au costume bleu marine de rigueur chez ses collègues du FBI.

Habillé le plus souvent d'un vieux blue-jean et d'un T-shirt déchiré, il passe l'essentiel de son temps à retaper le *Following Sea*, son bateau de pêche de douze mètres de long. Né à Los Angeles, McCaleb a grandi dans l'île de Catalina, à Avalon, et vit maintenant à bord de son embarcation. Celle-ci est ancrée dans le port de plaisance de San Pedro, mais il a bien l'intention de la mouiller au large d'Avalon.

Après la greffe du cœur qu'il vient de subir, traquer le violeur et le tueur en série serait, à l'entendre, le dernier de ses soucis.

Toujours à croire les propos de cet homme de quarante-six ans, c'est au Bureau qu'il aurait donné son cœur. Ses médecins affirment en effet que c'est au stress qu'il faut imputer le virus qui faillit l'emporter. McCaleb, lui, trouve que son ancien cœur ne lui manque pas.

« En passer par ce genre d'épreuves ne vous transforme pas seulement sur le plan physique, nous a-t-il déclaré la semaine dernière. Cela a aussi pour effet de tout remettre en place. Ce que j'ai vécu au FBI me semble bien lointain à présent. C'est un nouveau départ qui m'est offert. Je ne sais pas encore ce que je vais faire, mais je ne m'inquiète pas trop. Je trouverai bien quelque chose. »

Ce nouveau départ, McCaleb a failli ne jamais l'avoir. Parce que seuls deux pour cent de la population ont la même formule sanguine que lui, il lui a fallu attendre presque deux ans avant d'obtenir son nouveau cœur.

« Sa vie ne tenait plus qu'à un fil, nous a dit le docteur Bonnie Fox qui l'a opéré. Nous l'aurions sans doute perdu s'il avait dû attendre plus longtemps. Ou alors il se serait tellement affaibli que la greffe n'aurait plus été possible. »

Sorti de l'hôpital il y a huit semaines, McCaleb est déjà très actif. Il ne penserait plus que très rarement aux enquêtes toutes éminemment stressantes qui l'occupaient jadis.

Il faut dire que son palmarès fait penser à une manière de *Who's who* de l'horreur macabre. Au nombre des affaires qu'il parvint à résoudre dans la région, nous citerons seulement celles du « Tueur de minuit » et du « Poète ». Il ne faudrait pas pour autant oublier le rôle clé qu'il joua dans les traques du « Tueur au code », de l'« Étrangleur de Sunset Boulevard » et d'un certain Luther Hatch qu'on appela, après son arrestation, le « Rôdeur des cimetières » parce qu'il avait pour habitude d'aller y rendre visite à ses victimes.

Au Centre de Quantico, McCaleb a travaillé plusieurs années dans la section Profils psychologiques. Spécialisé dans les affaires de Los Angeles, il a souvent été dépêché auprès des services de police de notre ville. La direction de la section des Profils ayant enfin décidé d'installer une antenne chez nous, McCaleb fut en effet renvoyé dans son Los Angeles natal afin de travailler au bureau local du FBI de Westwood. Cette nomination lui a permis de suivre de très près certaines enquêtes dans lesquelles on avait fait appel au Bureau.

Toutes ces enquêtes n'ayant pas connu une conclusion heureuse, le stress a fini par l'emporter. McCaleb a été victime d'une crise cardiaque un soir qu'il faisait des heures supplémentaires à son bureau. C'est grâce au concierge qui le trouva étendu par terre que sa vie put être sauvée. Les médecins diagnostiquèrent aussitôt une myopathie cardiaque avancée – savoir un affaiblissement général du muscle cardiaque –, et l'inscrivirent sur une liste de malades en attente de greffon, le Bureau lui offrant des indemnités d'invalidité.

McCaleb échangea son biper contre une ligne directe avec l'hôpital et, le 9 février dernier, son téléphone sonna enfin : on avait trouvé un donneur ayant le même type sanguin que lui. Au bout de six heures d'opération à l'hôpital Cedars-Sinaï, le cœur de ce donneur battait enfin dans sa poitrine.

McCaleb ne sait pas trop ce qu'il va faire de sa nouvelle vie – en dehors d'aller à la pêche, s'entend. Plusieurs anciens agents du FBI et inspecteurs de police lui ont offert de se joindre à eux en qualité de détective privé et de consultant en matière de sécurité. Pour l'instant, cependant, McCaleb se consacre surtout à la restauration de son bateau, le *Following Sea*, une superbe embarcation de 12 mètres de long que son père lui a léguée en héritage. Après s'être beaucoup détérioré pendant six ans, le *Following Sea* a enfin toute l'attention qu'il mérite.

« Pour l'instant, nous dit encore McCaleb, je me contente de vivre au jour le jour et ne me fais guère de souci pour l'avenir. »

Il n'a que peu de regrets, mais comme tout ancien agent du FBI et bon pêcheur qui se respecte, il n'aime pas repenser à « tous les gros poissons qui lui ont filé entre les doigts ».

« Si seulement j'avais pu résoudre toutes les affaires qu'on m'a confiées ! s'exclame-t-il parfois. Je détestais voir un assassin m'échapper. Et je déteste toujours ça. »

Pendant quelques instants encore, McCaleb étudia le cliché qu'ils avaient utilisé pour illustrer l'article. La photo était ancienne et avait beaucoup servi lorsqu'il travaillait pour le Bureau. Il n'avait pas peur de regarder l'appareil à cette époque-là.

Lorsqu'elle était venue le voir pour rédiger son article, Keisha Russell avait amené un photographe avec elle, mais McCaleb avait refusé de lui laisser prendre le moindre cliché. Ils n'avaient qu'à utiliser une photo d'avant. Il refusait absolument qu'on voie ce qu'il était devenu.

Non que cela fût si apparent, à moins qu'il n'ôte sa chemise. Il avait certes perdu une quinzaine de kilos, mais ce n'était pas ça qu'il cherchait à cacher. De fait, son regard n'était plus aujourd'hui aussi dur que la balle qui transperce et ça, non, il ne voulait pas qu'on le sache.

Il replia la coupure de journal et la mit de côté. Puis il tapota son bureau du bout des doigts en songeant à diverses choses et regarda enfin les messages empalés sur leur clou près du téléphone. Griffonné au crayon sur un bout de papier, le numéro que Graciela Rivers lui avait laissé était toujours là, sur le dessus de la pile.

Du temps où il travaillait pour le Bureau, la fureur qu'il nourrissait à l'endroit des hommes qu'il traquait n'avait pas de limites. Il avait vu, de ses yeux vu, ce qu'ils avaient fait et voulait qu'ils paient pour les horreurs auxquelles les avaient conduits leurs fantasmes. C'était seulement dans le sang qu'on payait ses dettes de sang. Voilà pourquoi les agents spécialisés dans la recherche des tueurs en série qualifiaient de « travail du sang » la tâche qui leur était confiée. Aucune autre expression ne pouvait décrire ce qu'ils faisaient. Et lui aussi, ça le « travaillait ». Qu'un seul de ces criminels ne « paie » pas, et c'était la rage qui le rongeait. A chaque coup.

Et maintenant, c'était ce qui était arrivé à Gloria Torres qui le dévorait. Il ne devait de vivre qu'à ce mal absolu qui l'avait emportée. Graciela lui avait tout raconté. Sa sœur n'était morte que pour une seule et unique raison : elle avait eu le malheur de se trouver entre un voleur et le tiroir-caisse dans lequel il voulait se servir. C'était tout simple. Et bête. Il n'y avait pas pire raison de mourir. Et McCaleb ne pouvait pas se sortir de la tête qu'il devait quelque chose à cette femme. A elle et à son fils, à Graciela, voire à lui-même.

Il décrocha son téléphone et appela le numéro griffonné sur le bout de papier. Il était tard, mais il ne voulait plus attendre et ne pensait pas qu'il en allât autrement pour elle. Elle ne laissa sonner qu'une fois et lui répondit en murmurant.

— Miss Rivers ?
— Oui ?
— Terry McCaleb à l'appareil. Vous êtes passée au…
— Oui ?
— Je vous dérange ?
— Non.
— Bon, écoutez. Je voulais vous dire que euh… j'ai repensé à

la situation et comme je vous avais promis de vous rappeler quelle que soit ma décision...
— Oui ?
Elle n'avait dit que ce seul mot, mais il sentit que l'espoir renaissait en elle. Il en fut touché.
— Bon, alors... voilà ce que je pense : mes talents, appelons ça comme ça, ne s'appliquent pas vraiment à ce genre de choses. D'après ce que vous m'avez dit, ce serait d'un crime de hasard avec mobile financier qu'il faudrait parler. D'une agression à main armée. Et c'est assez différent, enfin, vous savez... du genre de choses dont je m'occupais au Bureau. Rien à voir avec les tueurs en série.
— Je comprends.
Son espoir s'évanouissait de nouveau.
— Non ! s'écria-t-il. Je ne suis pas en train de vous dire que je ne vais pas, enfin... que ça ne m'intéresse pas. Je vous appelle parce que je vais aller voir les flics dès demain. Et je leur demanderai, mais...
— Merci.
— ... je ne sais pas si je vais réussir. Voilà, c'est ça que j'essaie de vous dire. Je ne voudrais pas que vous ayez trop d'espoir, voilà. Ce genre de choses... je ne sais pas.
— Je comprends. Et je vous remercie de bien vouloir faire ça pour moi. C'est déjà beaucoup. Personne...
— Écoutez, je vais regarder ça de près, reprit-il en lui coupant la parole.
Il n'avait pas envie qu'elle le remercie trop.
— Je ne sais pas le genre d'aide ou de collaboration que je peux attendre des flics de Los Angeles, mais je ferai de mon mieux. Je le dois à votre sœur. Oui, au moins ça... d'essayer, vous comprenez.
Comme elle gardait le silence, il ajouta qu'il avait besoin de renseignements supplémentaires sur sa sœur et qu'il lui fallait aussi les noms des inspecteurs qui s'occupaient de l'affaire. Ils parlèrent encore une dizaine de minutes, pendant lesquelles il nota tout ce qu'elle lui disait dans un petit carnet. Et ce fut de nouveau le silence.

— Bon, conclut-il au bout d'un moment, je crois que ça y est. Je vous rappelle si j'ai du nouveau ou d'autres questions à vous poser.
— Merci encore.
— Quelque chose me dit que c'est moi qui devrais vous remercier, lui répondit-il. Je suis heureux de pouvoir faire ça pour vous. J'espère seulement que ça vous aidera un peu.
— Soyez-en sûr. C'est vous qui avez son cœur. Elle vous guidera.
— C'est ça, dit-il après une hésitation et en ne sachant pas trop ce qu'elle voulait dire ou pourquoi il en était d'accord avec elle. Je vous rappelle dès que possible.

Il raccrocha et contempla quelques instants son téléphone. Il ne comprenait toujours pas ce qu'elle avait voulu dire. Puis il déplia encore une fois l'article du journal avec sa photo. Et y étudia longuement ses yeux.

Pour finir, il replia de nouveau la feuille et l'enfouit sous le monceau de papiers qui l'attendaient sur son bureau. Puis il regarda la gamine avec son appareil dentaire et hocha la tête. Et éteignit la lumière.

4

Du temps où il était au Bureau, les agents avec lesquels il travaillait appelaient ça « le tango des dentelles », l'expression désignant toutes les contorsions auxquelles il fallait se livrer avec les flics du coin. Questions d'ego et de territoires, bien sûr. Le chien A ne saurait pisser dans le jardin du chien B. Pas sans sa permission.

Et il n'était pas un flic des homicides qui n'eût l'ego surdéveloppé. Cela faisait partie des qualités requises pour le boulot. Pour être à la hauteur, il fallait savoir, au plus profond de soi, qu'on était capable d'aller jusqu'au bout de l'affaire et, surtout, se montrer meilleur, plus finaud, plus fort, plus doué, plus méchant et plus patient que l'adversaire. Bref, il fallait être sûr et certain de gagner. Au moindre doute là-dessus, il valait mieux s'effacer et passer aux cambriolages, accepter la patrouille ou faire autre chose.

Le problème venait de ce que tous ces ego étaient tellement débridés que certains inspecteurs appliquaient l'image qu'ils avaient de leurs adversaires à ceux qui cherchaient à les aider – tels leurs collègues ou les agents du FBI. Aucun flic des homicides qui piétine dans une affaire n'accepte qu'on vienne lui dire que quelqu'un d'autre – et surtout pas un agent de Quantico – pourrait lui donner un coup de main ou, pire, s'en sortir mieux que lui. McCaleb savait d'expérience que lorsqu'un flic baisse les bras et accepte de classer une affaire, il n'a certainement aucune envie de voir un autre type la lui ressortir de l'armoire, trouver la solution et lui prouver ainsi qu'il avait tort. En sa qualité d'agent du FBI, McCaleb n'avait été pratiquement jamais appelé à la rescousse, voire seulement consulté par l'inspecteur chargé de l'enquête. C'était toujours le grand patron qui en avait l'idée. Parce que le grand patron, lui, se foutait pas mal de l'ego de celui-ci ou celui-là et ne s'embarrassait guère pour marcher sur les plates-bandes de tel ou tel. Ce qu'il voulait, c'était résoudre des affaires et faire monter sa courbe de résultats. Alors le Bureau était appelé en renfort, alors McCaleb avait le droit de s'en mêler et de danser le « tango des dentelles » avec l'inspecteur responsable. Parfois le tango était aimable. Le plus souvent cependant, il était vache. On se marchait sur les pieds, on se collait de jolis gnons au moral. Il avait plus d'une fois soupçonné l'inspecteur avec lequel il était censé collaborer de garder certains renseignements pour lui ou d'être secrètement fort heureux de voir que l'homme du FBI ne pouvait pas identifier un suspect ou résoudre l'affaire. Cela faisait partie des basses conneries territoriales propres au monde des gardiens de l'ordre établi. Parfois, c'était même le respect de la victime ou de ses parents proches qui en faisait les frais. Ça, c'était le dessert. Et il y avait même des fois où il n'y avait pas de dessert.

McCaleb ne doutait pas qu'il lui faudrait se taper le « tango vache » avec les flics de Los Angeles. Peu importait qu'ils se soient plantés sur le meurtre de Gloria Torres et qu'ils aient plus que besoin d'un coup de main. Encore une fois, on en reviendrait au territoire. Le bouquet étant, bien sûr, qu'il ne faisait même plus partie du FBI. Il allait devoir danser à poil, sans même son insigne. De fait, lorsque ce mardi-là, sur le coup de sept heures et demie du matin, il se présenta à la porte du commissariat de la West Valley Division, il n'avait guère qu'une sacoche en cuir et une boîte de doughnuts avec lui. Le tango vache, ce serait sans musique qu'il le danserait.

Il avait décidé de se pointer à cette heure-là parce que, il le savait, la plupart des inspecteurs attaquaient la journée tôt pour la finir de bonne heure. Il n'y avait pas de meilleur instant pour coincer les deux flics chargés du dossier. Graciela lui avait donné leurs noms : Arrango et Walters. McCaleb ne les connaissait pas, mais il avait rencontré leur patron, le lieutenant Dan Buskirk, quelques années auparavant, lorsqu'il essayait de résoudre l'affaire du « Tueur au code ». Leurs rapports étant restés superficiels, McCaleb ne savait pas ce que Buskirk pensait de lui. Il décida qu'il valait mieux respecter le protocole et commencer par lui avant d'affronter le couple Walters-Arrango.

Le commissariat de la West Valley Division se trouvait à Reseda, dans Owensmouth Street, ce qui semblait assez bizarre pour un commissariat, la plupart d'entre eux étant situés dans des rues difficiles où la présence de la police devait se faire sentir. Tous ou presque étaient protégés par des murs en béton construits aux entrées afin que personne ne soit touché lorsque des gangsters les mitraillaient en voiture. Le commissariat de West Valley ne leur ressemblait guère. On n'y voyait même pas de barrière, l'ensemble des bâtiments étant érigé dans un cadre bucolique et résidentiel, avec bibliothèque d'un côté, jardin public de l'autre et quantité de places de stationnement devant. Le long du trottoir d'en face se dressaient de superbes maisons de style ranch de la San Bernardo Valley.

McCaleb descendit du taxi, se présenta à l'entrée principale, adressa un salut décontracté à l'un des plantons en uniforme debout derrière le comptoir et gagna le couloir de gauche sans montrer la moindre hésitation. Les trois quarts des commissariats de Los Angeles étant bâtis sur le même modèle, il savait que le couloir conduisait au bureau des inspecteurs.

Le planton ne l'ayant pas rappelé, il se sentit encouragé à poursuivre. Peut-être était-ce à cause de la boîte de doughnuts qu'il avait prise avec lui. Il préféra y voir la preuve qu'il n'avait rien perdu du look policier – on marche d'un air confiant parce qu'on porte une arme et un insigne. A ceci près qu'il ne portait ni l'un ni l'autre.

Il traversa le bureau des inspecteurs et gagna un autre comptoir. En s'appuyant contre et en se penchant en avant, il regarda à gauche, à travers la vitre du petit bureau réservé au lieutenant. La pièce était vide.

– Vous cherchez quelqu'un ?

McCaleb se redressa et regarda le jeune inspecteur qui avait quitté son bureau pour s'approcher du comptoir. Un jeune qu'on avait collé de garde, sans doute. En règle générale, on avait plutôt recours à des volontaires du quartier ou à des flics qui ne pouvaient plus faire autre chose parce qu'ils étaient blessés ou avaient été rétrogradés pour cause disciplinaire.

– J'aimerais voir le lieutenant Buskirk. Il est là ?

– Il est allé à une réunion au Valley Bureau. Est-ce que je peux vous aider ?

Cela voulait dire que Buskirk se trouvait à Van Nuys, au poste de commandement général de la Valley. Le plan d'action qu'il avait élaboré venait de tomber à l'eau. Il ne lui restait plus qu'à attendre le lieutenant ou à revenir plus tard. Mais où aller ? Faire un tour à la bibliothèque ? Il n'y avait même pas de café où il aurait pu s'asseoir. Il décida de tenter sa chance et de voir Arrango et Walters. Il fallait avancer.

– Et Arrango et Walters ? demanda-t-il.

L'inspecteur consulta un tableau en plastique accroché au mur et couvert de noms et de cases qu'on cochait pour indiquer qu'un tel était SORTI ou SUR PLACE, voire EN CONGÉ ou DE TRIBUNAL. Rien n'était indiqué pour Arrango et Walters.

– Attendez que je vérifie, reprit le planton. Vous vous appelez ?

– McCaleb, mais ça ne leur dira rien. Dites-leur que je viens pour l'affaire Gloria Torres.

Le planton retourna derrière son comptoir, décrocha le téléphone et composa un numéro à trois chiffres. Puis il se mit à parler à voix basse. McCaleb comprit que, pour lui au moins, il n'avait pas le look qu'il fallait. Trente secondes plus tard, le planton en avait terminé et lui dit : « Vous faites demi-tour, vous redescendez le couloir et c'est la première porte à gauche » – sans même se donner la peine de se relever.

McCaleb acquiesça d'un signe de tête, reprit sa boîte de doughnuts et suivit les instructions qu'on lui avait données. Arrivé devant le bureau, il glissa sa sacoche sous son bras pour pouvoir ouvrir la porte. Mais elle s'ouvrit au moment même où il tendait le bras en avant. Chemise blanche et cravate, quelqu'un se tenait debout devant lui. Il portait son arme dans un holster sous le bras droit. C'était mauvais signe. Les inspecteurs se servent rarement de leur arme et ceux qui s'occupent d'homicides encore moins. Dès qu'il en voyait un arborer un holster au lieu d'avoir son arme accrochée à la ceinture, McCaleb savait que le bonhomme avait un ego gros comme une montagne. Il fut à deux doigts de lever les yeux au ciel.

— Monsieur McCaleb ?

— Lui-même, dit-il.

— Inspecteur Eddie Arrango. Que puis-je pour vous ? Le planton me dit que vous venez pour l'affaire Glory Torres.

McCaleb ayant gauchement fait passer sa boîte de doughnuts dans sa main gauche, ils se serrèrent la main.

— C'est exact, dit-il.

Plus large que haut, Arrango en imposait. Latino, cheveux noirs très fournis, mais avec du gris ici et là. Quarante-cinq ans environ et le bonhomme était solide. L'estomac ne débordait pas sur la ceinture, ce qui collait assez bien avec le holster. Il bouchait toute la porte et ne se montrait pas disposé à laisser entrer son visiteur.

— Y a-t-il un endroit où nous pourrions parler de tout ça ? lui demanda McCaleb.

— De tout ça quoi ?

— Je vais sans doute enquêter sur cette affaire.

Côté finesse, c'était plutôt raté.

— Eh merde ! s'écria l'inspecteur. Ça recommence !

Il secoua la tête d'un air mécontent, jeta un coup d'œil par-dessus son épaule, puis revint sur McCaleb.

— Bon, dit-il, finissons-en tout de suite. Vous avez dix minutes avant que je vous vire.

Puis il fit demi-tour, McCaleb lui emboîtant le pas pour entrer dans une salle remplie de bureaux et d'inspecteurs. Quelques-uns de ces derniers levèrent le nez de dessus leurs papiers pour le regarder, mais la plupart ne se donnèrent même pas la peine de reluquer l'intrus. Arrango fit claquer ses doigts pour attirer l'attention d'un inspecteur assis à l'un des bureaux installés près du mur du fond. L'homme était au téléphone, mais leva la tête en entendant le signal de son collègue. Il hocha la tête et leva un doigt en l'air. Arrango conduisit McCaleb jusqu'à une salle d'interrogatoires équipée d'une petite table poussée contre un mur et de trois chaises. La pièce n'avait même pas la taille d'une cellule. Arrango referma la porte derrière lui.

— Asseyez-vous, dit-il. Mon collègue arrive dans une minute.

McCaleb se posa sur la chaise en face du mur. Cela voulait dire qu'Arrango prendrait probablement celle de droite, à moins de se faire tout mince pour gagner celle de gauche. Et McCaleb voulait qu'il s'assoie à sa droite. Ce n'était qu'un détail, mais il n'avait jamais procédé autrement du temps où il travaillait pour le Bureau. Toujours mettre l'individu auquel on parle à sa droite. Ça l'oblige à vous regarder de la gauche et à se servir de la moitié du cerveau où esprit critique et condamnation morale sont les moins forts. C'était un psychologue de Quantico qui lui avait donné le tuyau un jour qu'il enseignait les techniques de l'hypnose et de l'interrogatoire poussé. McCaleb n'était pas très sûr que ça marchait, mais tenait à profiter de tous les avantages possibles. Avec Arrango, cela lui semblait plus que nécessaire.

Ce dernier finit par s'asseoir à sa droite.

— Vous voulez un doughnut ? lui demanda McCaleb.

— Non, je ne veux pas de vos doughnuts. Ce que je veux, c'est que vous foutiez le camp. C'est la sœur, non ? Vous travaillez pour elle. Montrez-moi le papelard. J'arrive pas à croire qu'elle gaspille son argent à...

— Je n'ai pas de licence, si c'est ça que vous voulez dire.

Arrango tambourina sur la table pour réfléchir.

— Putain, qu'est-ce que ça sent le renfermé ici ! s'écria-t-il. On devrait laisser ouvert de temps en temps.

Il jouait très mal la comédie. Il avait dit ça comme s'il lisait sa réplique sur un bout de papier accroché au mur. Il se leva, baissa le thermostat près de la porte et se rassit. McCaleb comprit qu'il venait d'enclencher un magnéto et une caméra vidéo cachés derrière la grille d'aération installée au-dessus de la porte.

— Commençons par le commencement, reprit Arrango. Vous êtes donc en train de me dire que vous enquêtez sur le meurtre de Gloria Torres. C'est bien ça ?

— C'est-à-dire que... je n'ai pas vraiment commencé. Je voulais vous en parler d'abord. Je verrai après.
— Mais vous travaillez bien pour la sœur de la victime, non ?
— Graciela Rivers m'a demandé d'étudier la question.
— Et vous n'avez pas de licence délivrée par l'État de Californie et qui vous donnerait le droit d'agir en qualité de détective privé, exact ?
— Exact.

La porte s'ouvrit et l'homme auquel Arrango avait fait un signe un peu plus tôt entra dans la pièce. Sans même se retourner pour le regarder, Arrango leva une main en l'air et de ses doigts écartés lui fit comprendre qu'il n'avait pas envie d'être interrompu. L'homme – ce devait être Walters – croisa les bras et s'adossa au mur près de la porte.

— Savez-vous, monsieur, que se lancer dans une enquête sans licence de détective privé constitue un délit dans cet État ? Je pourrais vous arrêter sur-le-champ.
— Oui, c'est illégal et gagner de l'argent sans y être autorisé par l'État de Californie viole effectivement tous les codes en vigueur. J'en suis parfaitement conscient.
— Minute. Seriez-vous en train de me dire que vous faites ça gratis ?
— C'est juste. Je connais un peu la famille de la victime.

McCaleb commençait à en avoir sacrément marre de toutes ces conneries et désirait qu'on avance.

— Écoutez, dit-il. On arrête les âneries, on éteint le magnéto et la caméra et on cause, ça vous va ? Sans compter que votre collègue s'appuyant sur le micro, vous n'avez toujours rien enregistré.

Walters se dégagea du thermostat au moment même où Arrango se retournait pour voir si McCaleb disait vrai.

— Pourquoi tu m'as rien dit ? lança Walters à son coéquipier.
— La ferme !
— Dites, vous êtes sûr que vous ne voulez pas de doughnut ? insista McCaleb. Je veux vous aider, moi.

Toujours un peu agacé, Arrango se tourna de nouveau vers lui.

47

— Comment avez-vous deviné pour le magnéto, hein ?
— Parce que c'est pareil dans tous les bureaux d'inspecteurs de la ville. Et je les connais pratiquement tous. J'ai beaucoup travaillé pour le Bureau, dans le temps. Alors, je sais.
— Le FBI ? s'écria Walters.
— Oui, je suis à la retraite et Graciela Rivers est quelqu'un que je connais. Elle m'a demandé de voir ce que je pouvais faire et j'ai accepté. Encore une fois, j'ai envie d'aider.
— Comment vous appelez-vous ? lui demanda Walters.

Il était clair qu'il tombait de la lune. C'est vrai qu'il téléphonait quand McCaleb était arrivé. L'ancien du FBI se leva et lui tendit la main en se présentant. Walters la lui serra. Plus jeune qu'Arrango, il était mince de constitution et avait la peau pâle. Il portait des vêtements amples, ce qui laissait entendre qu'il n'avait pas revu sa garde-robe depuis qu'il avait perdu du poids — et il semblait en avoir beaucoup perdu. Pas de holster : il devait garder son arme dans une mallette lorsqu'il ne se baladait pas dans les rues. McCaleb apprécia. Walters savait que ce n'est pas le flingue qui fait le flic. Son collègue, lui, l'ignorait.

— Mais... je vous connais ! s'écria Walters. Vous êtes le mec... le type qui s'occupait des tueurs en série.
— Qu'est-ce que tu racontes ? lui lança Arrango.
— Si, si, tu sais bien... le type des Profils psychologiques. Celui de la section tueurs en série ! C'est lui qu'on nous a expédié parce que c'est ici qu'on a le plus de dingues. Il a bossé sur l'affaire de l'« Étrangleur de Sunset Boulevard », celle du « Tueur au code » et... le mec des cimetières. Et un tas d'autres encore !

Walters se retourna enfin vers McCaleb.
— C'est vrai ? demanda-t-il.

McCaleb acquiesça d'un signe de tête. Walters fit claquer ses doigts.
— Y a pas eu un article sur vous récemment ? reprit-il. Un truc dans le torchon local ?

McCaleb acquiesça de nouveau.
— La rubrique « Qu'est-il advenu d'Untel ». Y a quinze jours de ça, dans le numéro du dimanche, dit-il.
— Voilà, c'est ça. On vous a pas greffé un cœur ?

McCaleb hocha la tête pour la troisième fois. Il savait que laisser libre cours à la familiarité mettait à l'aise. A un moment ou à un autre, ils finiraient par passer aux choses sérieuses. Walters restait debout derrière Arrango, mais McCaleb vit bien qu'il avait repéré les doughnuts.

— Alors, Inspecteur, on se mange un petit doughnut ? Ça serait triste de les laisser pourrir. Je n'ai pas déjeuné, mais je refuse d'en avaler un seul si vous ne me donnez pas un coup de main.

— Moi, ça ne me déplairait pas, dit Walters.

Il s'avança et ouvrit la boîte en regardant son collègue d'un air inquiet. Arrango resta de marbre. Walters prit un doughnut au sucre glace, McCaleb en choisissant un à la cannelle. Arrango finit par craquer et, à contrecœur, en prit un au sucre cristallisé. Tous mangèrent en silence, puis McCaleb fouilla dans sa poche et en sortit les serviettes en papier qu'il avait prises chez Winchell. Il les jeta sur la table et tout le monde en prit une.

— Alors, comme ça, la pension du Bureau est tellement maigre que vous devez jouer au privé pour survivre ? lança Walters, la bouche pleine.

— Je ne joue pas au privé, lui renvoya McCaleb. Et je connais à peine la sœur. C'est comme je vous ai dit : je fais ça gratis.

— Vous la connaissez à peine ? répéta Arrango. Ça fait deux fois que vous le dites. Vous la connaissez comment, au juste ?

— Je vis sur un bateau ancré dans le port. C'est là qu'elle est venue me voir. Elle aime bien les bateaux. On a sympathisé, puis elle a découvert que j'avais travaillé pour le Bureau et m'a demandé de mettre mon nez dans l'enquête. C'est quoi, le problème ?

Il ne savait pas trop pourquoi il masquait ainsi la vérité. Il s'était tout de suite pris d'aversion pour Arrango et sentait qu'il valait mieux ne pas lui révéler ce qui l'unissait à Graciela Torres et à sa sœur.

— Écoutez, lui répondit Arrango, je ne sais pas ce qu'elle vous a raconté, mais ça n'est jamais qu'une agression à main armée dans une supérette de quartier. Rien à voir avec Charlie Manson, Ted Bundy et ce connard de Jeffrey Dahmer. Pas besoin de se creuser la ciboule. C'est rien qu'une histoire de bonhomme qui s'est foutu un passe-montagne sur la gueule, a pris un pistolet et s'est servi de sa petite tête et de ses grosses couilles pour se faire deux ou trois dollars. Ce que je veux dire par là, c'est que ça n'a rien à voir avec ce que vous faisiez avant.

— Je le sais, lui répondit McCaleb, mais je lui ai dit que j'allais me renseigner. Ça remonte à quoi, cette affaire ? Deux mois ? Je me disais que ça ne vous déplairait peut-être pas d'avoir un autre point de vue sur un truc qui ne vaut pas vraiment la peine qu'on y consacre encore du temps.

Walters mordit à l'hameçon.

— Nous avons déjà récolté quatre affaires depuis celle-là et le patron est au tribunal de Van Nuys depuis quasiment quinze jours, dit-il. Et le dossier Rivers...

— Il n'est pas clos, dit Arrango en le coupant en plein milieu de sa phrase.

McCaleb reporta son attention sur lui.

— Oui, bon... je comprends, dit-il.

— Et nous avons pour règle de ne jamais laisser des amateurs se mêler de nos affaires.

— Des amateurs ?

— Vous n'avez ni insigne ni licence et moi, je dis que tout ça nous donne un amateur.

McCaleb préféra ne pas relever l'insulte. Il se dit qu'Arrango essayait seulement de le jauger. Il passa outre.

— Certes, dit-il, mais c'est juste une règle qu'on fait entrer en ligne de compte quand c'est commode. Or nous savons tous que je pourrais vous donner un coup de main. Ce qu'il faut que vous compreniez, c'est que je ne suis pas venu ici pour vous faire la pige. Pas le moins du monde. Tout ce que je trouve, c'est à vous que je le communique en premier. Suspects, pistes, tout le bazar. C'est tout pour vous. Je vous demande seulement un peu de coopération.

— Sous quelle forme ? lui répliqua Arrango. Comme le dit mon collègue ici présent, celui qui bavasse toujours un peu trop, on a pas mal de boulot en ce moment.

— Vous me faites faire une copie du dossier et vous me filez la vidéo si vous en avez une. Les premières constatations, ça me connaît. C'était ma spécialité, au Bureau. Je pourrais peut-être vous aider de ce côté-là. Écoutez, vous me copiez ce que vous avez et je ne vous casse plus les pieds.

— Bref, vous pensez que nous avons merdé. Vous croyez que la réponse est dans le dossier et qu'elle va vous sauter à la gueule parce que vous êtes un fédéral et que les fédéraux sont mille fois plus astucieux que nous.

McCaleb se mit à rire et secoua la tête. Il commençait à se dire qu'il aurait mieux fait de remballer ses outils en découvrant le holster du grand macho. Mais il essaya encore.

— Non, ce n'est pas du tout ce que je suis en train de vous dire. Je ne sais pas si vous avez laissé passer quelque chose ou pas. J'ai beaucoup travaillé avec la police de Los Angeles et s'il fallait parier, je dirais que vous n'avez rien raté du tout. Tout ce que je vous dis, c'est que j'ai accepté de voir ce qu'il y avait dans le dossier... pour Graciela Rivers. Vous voulez bien que je vous pose une question ? Est-ce qu'elle vous a beaucoup appelé ?

— Qui ça ? La sœur ? Elle n'arrête pas. Toutes les semaines, elle nous appelle, et chaque fois je suis obligé de lui répondre la même chose : pas de suspects, pas de pistes.

— Parce que vous attendez qu'il se passe autre chose, c'est bien ça ? Quelque chose qui donnerait un nouveau départ à l'enquête ?

— Peut-être.

— Ce serait un bon moyen de ne plus l'avoir dans les pattes. Je jette un coup d'œil sur ce que vous avez, je lui dis que vous avez fait tout ce qu'il fallait et qu'elle ferait mieux de vous laisser tranquilles. Moi, elle me croira parce qu'elle me connaît.

Les deux inspecteurs gardèrent le silence.

— Qu'est-ce que vous avez à y perdre ? insista McCaleb.

— Il faudrait commencer par avoir l'accord du lieutenant, lui dit enfin Arrango. On ne peut pas vous filer des copies du dossier comme ça, sans qu'il dise oui, règlement ou pas. Même que c'est là que vous avez merdé. Vous auriez dû commencer par aller le voir, lui. Vous devriez quand même savoir comment on joue ce genre de coups, non ? Fallait respecter le protocole.

– J'entends bien. J'ai demandé à le voir dès mon arrivée, mais on m'a dit qu'il était au Valley Bureau.

– Oui, bon, mais il devrait rentrer bientôt, lui renvoya Arrango en consultant sa montre. Écoutez… vous nous avez bien dit que les premières constatations, vous vous y connaissiez, non ?

– Oui. Si vous avez une bande vidéo, j'aimerais bien la voir.

Arrango regarda Walters et lui fit un clin d'œil avant de se retourner vers McCaleb.

– On a mieux que ça, dit-il enfin. On a tout le bazar.

Il repoussa sa chaise et se leva.

– Allez, venez. Et n'oubliez pas de prendre les doughnuts.

5

Arrango ouvrit le tiroir d'un des innombrables bureaux qui s'entassaient dans la salle de garde et en sortit une bande vidéo. Puis il conduisit McCaleb dans un couloir et lui fit franchir le portillon du bureau des inspecteurs. McCaleb comprit qu'ils allaient voir Buskirk, mais il n'y avait toujours personne. Il laissa les doughnuts sur le comptoir et suivit Arrango et Walters.

Tassé dans le coin de la pièce se trouvait un meuble classeur métallique monté sur roulettes et ressemblant beaucoup à ceux dont on se sert dans les salles de classe. Arrango en ouvrit les deux portes pour dégager le poste de télévision et le magnétoscope qu'il abritait. Il alluma les deux appareils et glissa la cassette dans son logement.

– A vous de jouer! lança-t-il à McCaleb sans le regarder. Vous y jetez un coup d'œil et vous nous montrez quelque chose qu'on n'aurait pas vu. Si vous réussissez, on voit si on peut passer de votre côté au retour du lieutenant.

McCaleb se posta juste en face de l'écran. Arrango appuya sur la touche PLAY, et les images en noir et blanc commencèrent aussitôt à défiler. La scène avait été filmée par une caméra de surveillance placée en hauteur, le cadrage étant fait sur le comptoir de devant. On en voyait la vitre de protection et les cigares, appareils photo jetables, piles électriques et autres articles qu'on trouve près de la caisse. Dans la partie inférieure de l'écran s'affichaient la date et l'heure des prises de vue.

L'image disparut un instant, puis, l'épicier se penchant sur son tiroir-caisse, le haut de ses cheveux gris entra dans la partie inférieure gauche du champ.

— C'est le propriétaire de la boutique, dit Arrango en posant son doigt sur l'écran et y laissant une trace de doughnut bien graisseuse. Il s'appelle Kyungwon Kang, ajouta-t-il en prononçant si mal ce nom que McCaleb crut entendre « Young One »[1]. Il est en train de vivre ses derniers instants sur cette terre.

Kang avait ouvert le tiroir-caisse. McCaleb le vit y prendre un rouleau de quarters et en briser l'emballage en carton sur le bord du comptoir, puis jeter toutes les pièces dans le compartiment approprié. Juste au moment où il repoussait le tiroir pour le refermer, une femme entra dans le champ de la caméra. McCaleb la reconnut aussitôt : c'était bien celle dont Graciela Rivers lui avait montré la photo sur le bateau.

Gloria Torres qui sourit en s'approchant du comptoir et dépose deux plaques de chocolat Hershey sur la vitre. Elle ouvre son sac à main et en sort son porte-monnaie tandis que l'épicier appuie sur les touches de la caisse enregistreuse.

Gloria qui relève la tête. Elle tient son argent dans sa main lorsque, tout à coup, une tierce personne entre dans le champ. C'est un homme. Il porte un passe-montagne noir qui lui couvre entièrement la figure et quelque chose qui ressemble beaucoup à une combinaison en tissu, noir lui aussi. Il s'est glissé derrière Gloria sans que celle-ci le remarque. Elle sourit toujours.

McCaleb regarda la bande de défilement, constata qu'il était alors 22 heures 41 minutes et 39 secondes, puis il revint à ce qui se passait dans la boutique. Dans l'espèce de silence en noir et blanc de l'enregistrement, la scène avait quelque chose d'irréel.

L'homme masqué qui pose la main droite sur l'épaule droite de Gloria Torres et d'un seul mouvement de la main gauche lui colle le canon d'une arme de poing sur la tempe. Et sans la moindre hésitation appuie sur la détente.

— BadaBOUM ! s'écria Arrango.

McCaleb eut l'impression que sa poitrine était soudain prise dans un étau : sous ses yeux, le projectile perforait le crâne de

---

1. Ou « le petit jeune » *(NdT)*.

Gloria Torres, un horrible brouillard de sang montant des points d'entrée et de sortie de la balle, de part et d'autre de sa tête.

— Elle n'a pas eu le temps de savoir d'où ça venait, dit tranquillement Walters.

Gloria qui pique du nez, s'écrase sur le comptoir, y rebondit et s'effondre sur le tireur qui l'enlace du bras gauche qu'il lui a passé autour de la poitrine. Le tueur fait un pas en arrière et, Gloria lui servant de bouclier, lève la main gauche et tire sur M. Kang, qui est touché. L'épicier rebondit sur le mur derrière lui, puis tombe tête en avant, la partie supérieure de son corps s'écrasant sur la vitre du comptoir qui se fissure. Il étend les bras en travers du meuble et y cherche une prise comme s'il allait dégringoler d'une falaise. Pour finir, ses mains lâchent et c'est de tout son long qu'il s'étale au pied du comptoir.

L'assassin laisse glisser le cadavre de Gloria contre sa poitrine, Gloria tombe par terre, le haut de son corps disparaissant du champ de la caméra. Seules ses jambes et sa main — celle-ci comme si Gloria la tendait devant elle —, restent visibles. Le tireur gagne le comptoir, se penche dessus et regarde M. Kang qui est toujours étalé par terre. Kang essaie d'atteindre une étagère sous le comptoir et en sort frénétiquement des piles de sacs en papier brun. Le tireur se contente de le regarder, jusqu'au moment où le bras de Kang apparaît au bas de l'écran. L'épicier tient un revolver. Sans émotion aucune, l'homme masqué lui tire une balle en pleine figure. Kang n'a même pas eu le temps de lever son arme pour viser.

Le tireur ramasse un des projectiles qui est tombé près de Kang. Puis il se relève, tend le bras en avant et prend les billets qui se trouvent dans le tiroir-caisse toujours ouvert. Et regarde la caméra. Son passe-montagne lui couvre toute la figure, mais il est clair qu'il fait un clin d'œil à l'appareil et qu'il dit quelque chose. Enfin il disparaît promptement du champ, par la gauche.

— Il est en train de ramasser les deux autres projectiles, dit Walters.

— Pas de bande-son ? s'enquit McCaleb.

— Eh non, lui répondit Walters. Ce qu'il dit là, c'est pour lui seul.

– Et il n'y avait pas d'autre caméra dans le magasin ?
– Non, une seule. Kang était radin. C'est ce qu'on nous a dit.

Ils continuèrent de regarder la bande et virent le tireur repasser une fois devant la caméra en sortant du magasin.

McCaleb resta les yeux fixés sur l'écran. Il en avait vu d'autres, mais la violence de la scène à laquelle il venait d'assister le laissait pantois. Deux vies liquidées pour le contenu d'un tiroir-caisse.

– C'est pas le genre de trucs qu'on voit à l'émission « Les vidéos amateurs préférées de l'Amérique », dit Arrango.

Des flics dans son genre, McCaleb en avait pratiqué pendant des années. Ils se comportaient comme si rien ne les affectait jamais. Ils étaient capables de regarder les trucs les plus horribles et de trouver la blague qui convenait. Cela faisait partie de leur instinct de survie. On agit et on parle comme si rien ne peut vous atteindre parce qu'on a son petit bouclier. On ne peut plus souffrir.

– On repasse la bande au ralenti ? demanda McCaleb.
– Attendez encore un peu, lui répondit Walters. Ce n'est pas fini.
– Quoi ?
– Y a le Bon Samuel qui va débarquer.

Il avait prononcé ce nom à l'espagnole : lé bonn Samouel.

– Le Bon Samuel ? répéta McCaleb.
– Le Bon Samaritain. Le Mexicain qui arrive dans le magasin et veut aider tout le monde. Il a essayé de garder Gloria Torres en vie, mais il n'y avait plus rien à faire pour Kang. Après, il est allé à la cabine téléphonique devant la boutique et il a appe… Tenez, le voilà.

McCaleb reporta son attention sur le poste de télévision. L'heure indiquée en bas de l'écran étant maintenant 22 heures 42 minutes et 55 secondes, il vit un homme aux cheveux foncés et au teint mat entrer dans le champ. Jeans et T-shirt. Au début, il est à droite de l'écran et semble hésiter. Il donne l'impression de regarder Gloria Torres, puis il gagne le comptoir et se penche par-dessus. Kang gît par terre dans une mare de sang. Il a de grandes et vilaines blessures à la poitrine et au visage. Ses yeux sont ouverts. Il est manifestement mort. Le Bon Samaritain revient vers Gloria, s'agenouille à côté d'elle et semble se pencher par-dessus le buste de la victime, cette partie-là de son corps se trouvant hors champ. Mais aussitôt ou presque, il se relève et disparaît de l'écran.

— Il est parti chercher des pansements sur les rayons, dit Arrango. Il a fini par lui bander la tête avec du chatterton et des serviettes hygiéniques Kotex. Grand format.

Le Bon Samaritain qui revient et commence à soigner Gloria, mais toute la scène se déroule hors champ.

— Malheureusement, reprit Arrango, l'enregistrement ne nous donne pas de plan convenable du bonhomme. Et il est parti tout de suite. Il a appelé Police Secours et a filé.

— Il ne s'est jamais présenté dans un commissariat après ?

— Non. On a fait passer la nouvelle à la télé, pour lui demander de contacter la police. Nous espérions qu'il aurait vu quelque chose qui pourrait nous aider. Mais non, rien. Il a disparu dans la nature.

— Bizarre, dit McCaleb.

Retour à l'écran. Le bonhomme se relève, le dos toujours à la caméra. Il sort du champ en regardant à gauche. Bref profil de son visage. Il a une moustache foncée. Puis il disparaît.

— Et c'est maintenant qu'il appelle les flics ? demanda McCaleb.

— Oui, Police Secours, répondit Walters. Il dit « ambulance » et on lui passe les pompiers.

— Pourquoi n'est-il pas allé voir les flics plus tard ?

— On a une petite idée sur la question, dit Arrango.

— Vous m'en faites profiter ?

— Sur l'enregistrement de Police Secours, le type a un accent, dit Walters. Un accent latino. Il pourrait s'agir d'un immigrant clandestin. Il a filé parce qu'il devait craindre qu'on découvre le pot aux roses et qu'on le renvoie dans son pays.

McCaleb acquiesça d'un signe de tête. L'explication était plausible, surtout à Los Angeles où les clandestins qui évitaient tout contact avec les autorités se comptaient par centaines de milliers.

— Nous avons distribué des tracts dans les quartiers mexicains et fait passer un appel à témoins à la télé. Chaîne trente-quatre. Nous nous sommes même engagés à ne pas le renvoyer chez lui s'il venait nous dire ce qu'il avait vu, mais nous n'avons pas eu de réponse. C'est vrai que dans tous les pays d'où ils viennent, on a bien plus peur des flics que des gangsters.

— C'est vraiment dommage, dit McCaleb. Il est arrivé tellement vite qu'il a dû voir la bagnole du tueur. Qui sait même s'il n'a pas noté son numéro d'immatriculation.

— Ça se peut, dit Walters. Sauf que s'il l'a noté, il ne s'est pas donné la peine de nous le filer quand il a téléphoné. Mais il nous a décrit la bagnole. Très vaguement. « Voiture noire, comme un camion », voilà ce qu'il a dit. Et il a raccroché avant que la standardiste ait pu lui demander s'il avait noté le numéro.

— On pourrait pas revoir tout ça encore un coup ? demanda McCaleb.

— Mais bien sûr ! lui répondit Arrango.

Il rembobina la bande et ils la regardèrent à nouveau, Arrango appuyant sur la touche « RALENTI » pour visionner la partie où le tireur faisait feu. McCaleb ne lâcha pas des yeux l'assassin pendant toute la séquence. Bien que le passe-montagne empêchât de voir les airs qu'il prenait, il y avait des moments où on voyait très clairement ses yeux. S'il n'était pas possible d'en dire la couleur, McCaleb n'y lut aucune hésitation lorsqu'il abattait ses deux victimes.

— Putain ! s'écria-t-il quand ce fut fini.

Arrango éjecta la bande, éteignit l'appareil et se tourna vers l'ancien agent du FBI.

— Alors, lui lança-t-il, quelque chose à nous dire ? Alors, l'expert, si vous nous aidiez un peu ?

Le défi s'entendait haut et fort dans ses paroles. On montre ou on la ferme. Arrango était reparti dans ses trucs de territoire.

— Il faudrait que je réfléchisse un peu, lui répondit McCaleb. Peut-être même que je repasse la bande.

— Ben, voyons ! lui asséna Arrango d'un ton méprisant.

— Mais je peux déjà vous dire un truc, lui renvoya McCaleb en ne regardant que lui. Ce type-là n'en est pas à son premier essai.

Et du doigt il lui montra l'écran vide.

— Aucune hésitation, précisa-t-il, aucune panique, on entre et on sort... on tient son arme calmement et on a la présence d'esprit de ramasser les douilles. Non, ce type-là n'en est certainement pas à son premier essai. Et ce n'est sans doute pas la dernière fois qu'il s'amuse à ça. Sans parler du fait qu'il était déjà entré dans la boutique avant. Il savait qu'il y avait une caméra de surveillance – c'est même pour ça qu'il a mis un passe-montagne. C'est vrai aussi qu'il y a beaucoup de magasins de ce genre qui sont équipés de caméras, mais là, il l'a quand même regardée droit dans l'objectif. Il savait donc très bien où elle se trouvait. Et ça, ça nous dit qu'il est du quartier ou qu'il avait étudié les lieux.

Arrango se contenta de grimacer d'un air entendu, Walters lâchant vite McCaleb pour regarder son collègue. Il était sur le point de dire quelque chose lorsque Arrango leva la main en l'air pour lui signifier de se taire. McCaleb comprit alors que ce qu'il venait de dire était vrai et que Walters et Arrango le savaient déjà.

— Quoi? demanda-t-il. Il y a eu d'autres agressions de ce genre? Combien?

Arrango leva les mains en l'air pour lui dire que ça suffisait.

— On arrête là pour l'instant, dit-il. On va causer au lieutenant et on vous tient au courant.

— Comment ça? protesta McCaleb qui finissait par perdre patience. Pourquoi m'avoir montré cette bande si c'est pour qu'on en reste là? Je veux avoir ma chance, moi! Je pourrais vous aider. Qu'est-ce que vous avez à y perdre?

— Oh, je suis bien sûr que vous pouvez nous aider! lui rétorqua Arrango. Mais nous n'avons pas les mains libres. Non : on cause au lieutenant et on vous rappelle.

Il fit signe à tout le monde de vider les lieux. McCaleb songea un instant à refuser, mais finit par trouver que ce n'était pas une bonne idée. Il franchit le seuil de la porte, Arrango et Walters lui emboîtant le pas.

– Quand allez-vous m'appeler ? demanda-t-il.
– Dès que nous saurons ce que nous pouvons faire pour vous, lui répondit Arrango. Donnez-nous un numéro où vous joindre et nous le ferons.

6

Debout devant l'entrée du commissariat, McCaleb attendait l'arrivée du taxi. Il était furieux d'avoir laissé Arrango se payer sa tête. Les types de son acabit adoraient faire miroiter des trucs et tout enterrer au dernier moment. Des Arrango, McCaleb en avait toujours connu, côté gendarmes comme côté voleurs.

Cela dit, il n'aurait rien pu y faire. Pour l'instant, c'était Arrango qui tirait les ficelles et McCaleb ne comptait guère qu'il le rappelle. Il savait très bien que ce serait lui, l'ancien du FBI, qui devrait lui téléphoner. C'était comme ça qu'il fallait jouer la partie. Il décida d'attendre jusqu'au lendemain matin pour le faire.

Le taxi enfin arrivé, il s'installa derrière le chauffeur. Façon comme une autre d'éviter les bavardages inutiles. Il jeta un coup d'œil à la carte d'identification collée sur le tableau de bord. Le chauffeur était russe et avait un nom impossible à prononcer. McCaleb sortit son calepin de sa serviette et demanda au chauffeur de le déposer au Sherman Market de Canoga Park. Ils prirent Reseda Boulevard en direction du nord, puis obliquèrent vers l'ouest et suivirent le Sherman Way jusqu'à la supérette installée au coin de Winetka Avenue.

Le taxi entra dans le parking devant le magasin. Bâtiment parfaitement banal avec vitrine en verre dépoli couverte d'affichettes de couleurs vives pour vanter telle ou telle bonne affaire. Le magasin ressemblait à des milliers d'autres. A ceci près que quelqu'un avait un jour décidé qu'il valait la peine d'être dévalisé et qu'y tuer deux personnes pour parvenir à ses fins n'était pas trop cher payer. Avant de descendre de la voiture, McCaleb étudia les affichettes collées sur la vitrine. Elles empêchaient de voir à l'intérieur. C'était probablement pour cette raison que le tueur avait porté son choix sur ce magasin-là plutôt que sur un autre. Même à passer devant, un automobiliste n'aurait pu voir ce qui se déroulait à l'intérieur.

Enfin il ouvrit sa portière et descendit du taxi. Il se porta à la hauteur du chauffeur et lui demanda de l'attendre. Puis il entra dans le magasin, une clochette tintant au-dessus de la porte qu'il venait de pousser. La caisse enregistreuse qu'il avait vue sur la bande se trouvait près du mur en face de la porte. Une vieille femme se tenait derrière le comptoir. Elle le regarda fixement. Elle avait manifestement peur. Asiatique. McCaleb devina qui c'était.

En faisant semblant de chercher quelque chose de précis, il repéra les bacs à bonbons et choisit une barre de chocolat Hershey. Il s'approcha du comptoir, y posa son achat et remarqua que la vitre était toujours fendue. Alors seulement il comprit qu'il se trouvait à l'endroit même où Gloria Torres s'était tenue et avait souri à M. Kang. Il leva la tête et regarda la vieille femme d'un air peiné.

– Autle chos' ? lui demanda-t-elle.

– Non, ce sera tout.

Elle enregistra l'achat, qu'il lui régla. Elle semblait hésiter. Elle savait que son client n'était pas du quartier. Elle avait l'air très mal à l'aise. Et le serait probablement jusqu'à la fin de ses jours.

Lorsqu'elle lui rendit sa monnaie, il remarqua qu'elle portait une montre à large bracelet noir en plastique et gros cadran. Une montre d'homme, et son poignet en paraissait encore plus petit et fragile. Il reconnut la montre. C'était celle que Kyungwon Kang portait sur l'enregistrement vidéo. Il se rappela l'avoir regardée avec attention au moment où Kang tentait désespérément de se raccrocher au comptoir avant de tomber par terre.

– Madame Kang ? demanda-t-il à la vieille dame.

Elle s'immobilisa aussitôt et le regarda.

— Oui. Je vous connais ?
— Non. C'est juste que... j'ai appris ce qui était arrivé. A votre mari. Je suis désolé.
— Oui, melci, dit-elle en hochant la tête.
Puis comme si elle avait besoin d'une explication ou d'un baume pour ses blessures, elle ajouta :
— Seule façon d'éviter le mal, c'est pas laisser la polte felmée. On peut pas. Il faut toujours clients.
Ce fut au tour de McCaleb d'acquiescer d'un signe de tête. Ce devait être une remarque que lui faisait son mari lorsqu'elle lui disait sa peur de le voir tenir la caisse dans une ville aussi violente.
McCaleb la remercia et s'en fut. La clochette tinta à nouveau lorsqu'il franchit la porte dans l'autre sens. Il remonta dans le taxi et regarda encore une fois le magasin. C'était incompréhensible. Pourquoi celui-là ? Il repensa à la bande vidéo. La main du tireur qui prend l'argent dans le tiroir-caisse. Il ne devait pas y en avoir beaucoup. McCaleb regretta de ne pas en savoir davantage et de manquer aussi cruellement de détails.
Le téléphone mural installé à gauche de la vitrine attira son attention. Apparemment, c'était bien celui qu'avait utilisé le Bon Samaritain. McCaleb se demanda si on y avait relevé les empreintes lorsqu'on avait enfin compris que le bonhomme ne se présenterait jamais à la police. Sans doute pas. Trop tard pour ça. Sans compter que ç'aurait été beaucoup espérer.
— Et maintenant ? s'enquit le chauffeur avec un fort accent.
McCaleb se pencha en avant pour lui donner une adresse, puis hésita. Il tapota la paroi de séparation en plastique et réfléchit un instant.
— Vous laissez le compteur allumé, dit-il. J'ai quelques coups de fil à passer.
Il redescendit du taxi et se dirigea vers le téléphone à pièces en ressortant son calepin. Il y chercha un numéro et fit passer l'appel sur sa carte de crédit. Son correspondant décrocha aussitôt.
— *Los Angeles Times*, Russell à l'appareil.
— Quoi ? Je suis au siège du torchon local ?
— Très drôle. A qui ai-je l'honneur ?

– Keisha… ? C'est Terry McCaleb.
– Hé ! Comment ça va ?
– Pas mal. Je voulais vous remercier pour l'article. J'aurais dû le faire plus tôt, mais… C'était vraiment sympa.
– Cool, ça. C'est bien la première fois qu'on m'appelle pour me remercier de quoi que ce soit.
– Cool, moi ? Pas tant que ça. J'ai aussi un service à vous demander. Votre terminal est branché ?
– Vous alors ! Vous vous y entendez vraiment pour tout gâcher ! Oui, mon terminal est branché. Qu'est-ce qui se passe ?
– Ben… je cherche quelque chose, mais je ne suis pas très certain de savoir comment m'y prendre. Vous pourriez me faire un de vos petits pianotages ? J'aimerais retrouver des articles où on parle de voleurs qui tuent pour avoir le fric.
– Rien que ça ? lui renvoya-t-elle en riant. Vous avez idée du nombre de gens qui se font descendre dans ce genre d'agressions ? C'est à Los Angeles qu'on est !
– Oui, je sais. Ma question est idiote. Bon, d'accord… et si on ajoutait « passe-montagne » et remontait disons… dix-huit mois en arrière. Ça réduirait le champ ?
– Peut-être.
Il entendit le cliquetis des touches tandis qu'elle ouvrait le répertoire articles de la bibliothèque informatique. En se servant de mots clés tels que « agression à main armée » et « passe-montagne », elle aurait tous les articles voulus.
– Alors, qu'est-ce qui se passe, Terry ? répéta-t-elle. Je croyais que vous étiez à la retraite.
– Je le suis.
– Ça n'en a pas l'air. Ça serait plutôt comme avant. Vous avez repris une enquête ?
– C'est un peu ça. Je vérifie quelque chose pour quelqu'un, et la police de Los Angeles étant ce qu'elle est… Et bien sûr, c'est encore pire quand on n'a plus d'insigne.
– C'est sur quoi ?
– Ça ne peut pas faire la une, Keisha. Si jamais ça devait la faire, vous seriez la première à le savoir.
Elle souffla fort pour bien lui faire entendre qu'il l'exaspérait.

— Les flics qui me font ce coup-là, je les déteste ! s'écria-t-elle. Pourquoi devrais-je vous aider si vous ne m'en dites pas assez pour que je décide si ça peut faire un article ou pas ? C'est quand même moi la journaliste, non ?

— Oui, je sais, je sais. Disons que j'aimerais garder ça pour moi jusqu'à ce que j'en sache un peu plus long. Après, je vous dis tout. Promis. Je veux juste voir. Ça ne donnera probablement rien, mais, négatif ou pas, je vous tiens au courant... Alors ? Vous avez quelque chose ?

— Évidemment, lui répondit-elle en faisant semblant d'être en colère. Six articles pour les dix-huit derniers mois.

— Six ? Et ce serait ?

— Six articles, quoi ! Je vous lis les titres et vous me dites si ça vaut la peine que je les fasse monter de la banque de données ?

— D'accord.

— Allons-y. « Tentative de vol à main armé, deux victimes ». « Pillage de distributeur automatique, un homme tué par balle ». Après, nous avons : « La police recherche des témoins dans la fusillade du distributeur automatique ». Voyons, voyons... Les trois qui suivent semblent se rapporter à la même affaire. Voici les titres : « Un gérant et un client tués dans une agression à main armée », puis : « Mort de la deuxième victime. Elle travaillait au *Los Angeles Times* »... ah ben merde, alors ! J'ignorais complètement. Va falloir que je regarde ça de plus près. Et le dernier... « La police recherche le Bon Samaritain ». Voilà, ça fait six.

McCaleb réfléchit un instant. Six articles pour trois agressions.

— Vous pourriez me sortir les trois premiers et me les lire s'ils ne sont pas trop longs ?

— Pourquoi pas ?

Il écouta le cliquetis des touches, puis regarda du côté de Sherman Way. Quatre voies, beaucoup de circulation – même la nuit. Il se demanda si Arrango et Walters avaient trouvé quelqu'un qui aurait vu le tueur partir en voiture. N'importe qui en plus du Bon Samaritain.

Il jeta un coup d'œil de l'autre côté de la rue et là, dans le parking d'une petite allée marchande, il vit un homme assis dans une voiture. L'inconnu se cacha derrière un journal au moment même où McCaleb le remarquait. McCaleb examina la voiture. Vieux tacot de marque étrangère : ce n'était donc pas Arrango qui le faisait suivre. Il avait déjà écarté cette pensée lorsque Keisha se mit à lui lire l'article qu'elle avait appelé sur son écran.

— Bon, dit-elle, le premier a été publié le 8 octobre de l'année dernière. C'est une brève, rien de plus. « Un homme et sa femme ont été blessés par balle jeudi dernier, leur agresseur étant aussitôt jeté à terre et capturé par un groupe de passants. D'après les policiers d'Inglewood, le couple se promenait dans Manchester Boulevard aux environs de onze heures lorsqu'un individu portant un passe-montagne et un… »

— Il a été pris ?

— C'est ce qu'il y a dans le journal.

— Bon, laissez tomber. Ce sont les affaires pas réglées que je veux.

— D'accord. L'article suivant est paru le vendredi 7 janvier. Titre : « Pillage de distributeur automatique, un homme tué par balle ». Pas de nom d'auteur. Ça aussi, c'est une brève. « Un habitant de Lancaster qui tirait de l'argent à un distributeur a été mortellement blessé par balle mercredi soir, l'agression étant qualifiée de "meurtre insensé" par les adjoints du shérif du comté de Los Angeles. James Cordell, trente ans, a reçu une balle en pleine tête, son agresseur s'emparant aussitôt des trois cents dollars qu'il venait de tirer. L'attaque se serait produite aux environs de 10 heures du soir, au distributeur de la State Regional Bank situé à la hauteur du 1800 Lancaster Road. D'après l'inspecteur de police Jaye Winston, une partie de la scène aurait été filmée par la caméra de surveillance de la banque, mais pas assez nettement pour qu'on puisse identifier le tueur. Le seul plan lisible montre un homme affublé d'un passe-montagne en laine noire. D'après la bande, Cordell n'aurait pas résisté ou refusé de donner l'argent à son agresseur. L'inspecteur Winston parle de "crime de sang-froid" et précise que le tueur "s'est amené et a tout simplement abattu sa victime avant de lui prendre son argent. Glacial et sans pitié. Ce type-là se foutait bien de la morale. Tout ce qu'il voulait, c'était son fric". Cordell

s'est effondré au pied du distributeur qui était bien éclairé, mais son corps n'a pas été retrouvé avant qu'un autre client ne se présente devant la machine une quinzaine de minutes plus tard. Appelés à la rescousse, les ambulanciers n'ont pu que constater le décès de la victime. » Bon, voilà. C'est tout pour celui-là. Prêt pour le suivant ?
— Prêt.
Il avait déjà noté quelques détails dans son carnet, il souligna trois fois le nom de l'inspecteur Winston. Il la connaissait et pensait qu'elle ne refuserait pas de l'aider. Elle serait en tout cas nettement plus désireuse de le faire qu'Arrango et Walters. Pas besoin de danser le « tango vache » avec elle. Il sentit qu'il avait enfin une ouverture.
Keisha Russell commença à lui lire l'article suivant.
— Bon, dit-elle, c'est la même chose. Pas de nom d'auteur. C'est court et c'est paru deux jours plus tard. « D'après les adjoints du shérif, il n'y aurait toujours pas de piste pour l'agression à main armée qui, cette semaine, a coûté la vie à un habitant de Lancaster qui tirait de l'argent à un distributeur automatique. L'inspecteur Jaye Winston nous fait savoir que la police aimerait beaucoup parler à tout automobiliste ou passant qui se serait trouvé dans les environs du 1800 Lancaster Road mercredi soir et aurait vu l'agresseur avant ou après son crime. James Cordell, trente ans, a été tué d'une balle dans la tête par un voleur qui portait un passe-montagne. La victime est décédée sur place, son agresseur emportant les trois cents dollars qu'elle avait tirés. Une partie de la scène a été filmée par une caméra de surveillance de la Regional State Bank, mais la police n'a pas pu identifier l'agresseur à cause du passe-montagne qu'il portait. "Il a dû l'enlever à un moment ou à un autre, nous a fait remarquer l'inspecteur Winston. Il ne conduisait sûrement pas avec... Quant à se promener avec ce truc-là ! Il y a donc forcément des gens qui l'ont vu sans son passe-montagne et nous aimerions leur parler." » Voilà, c'est tout.
McCaleb n'avait pas pris de notes. Mais il pensait à ce que la journaliste venait de lui dire et garda le silence.
— Hé, Terry ? Y a quelqu'un ?

— Oui, oui. Je m'excuse.
— Ça aide un peu ?
— Je crois, oui. Peut-être.
— Et vous ne voulez toujours pas me dire de quoi il s'agit ?
— Pas encore, Keisha, mais merci quand même. Vous serez la première à savoir s'il y a du nouveau.

Il raccrocha et sortit de sa poche de chemise la carte de visite professionnelle qu'Arrango lui avait donnée. Du diable s'il allait attendre jusqu'au lendemain ! Que les flics de Los Angeles coopèrent ou pas, il avait enfin une piste qu'il pouvait suivre. En attendant qu'on veuille bien lui répondre, il regarda de l'autre côté de la rue. La voiture du type au journal avait disparu.

Au bout de six sonneries, quelqu'un décrocha et lui passa Arrango. McCaleb lui demanda si Buskirk était de retour.

— Mauvaises nouvelles, amigo, lui répondit Arrango. Oui, il est de retour. Mais il n'est pas décidé à vous passer le dossier.

— Ah bon ? Et pourquoi donc ? insista McCaleb en essayant de masquer son irritation.

— En fait, je ne le lui ai pas vraiment demandé, mais je crois qu'il était assez furieux que vous ne soyez pas venu le voir en premier. Je vous l'avais bien dit. Il aurait fallu suivre la voie hiérarchique.

— C'était assez difficile vu qu'il n'était pas là. Et comme je vous l'ai dit moi aussi, c'est lui que je voulais voir en premier. Vous le lui avez expliqué ?

— Oui, je le lui ai expliqué. Je crois qu'il était de mauvais poil... après sa réunion au Valley Bureau. Il a dû se faire tirer les oreilles pour quelque chose et donc, il voulait se venger en me tirant les miennes. Des fois, c'est comme ça que ça se passe. On tire les oreilles du haut en bas de l'échelle ! Mais bon, vous avez quand même eu de la chance. On vous a montré la bande et c'est un bon départ. Même qu'on n'aurait pas dû le faire.

— Un bon départ ? Vous savez quoi ? J'arrive pas à croire que vous résolviez quoi que ce soit avec toutes les merdes bureaucratiques que vous vous payez. Et moi qui pensais que le FBI était unique en son genre ! Même qu'on l'appelait le Federal Bureau of Inertia ! Mais bon. Il faut croire que c'est partout pareil.

— Hé, ho ! On n'a pas besoin de vos âneries. Des merdes, on en a déjà plein notre assiette. Le patron a l'air de croire que c'est moi qui vous ai invité et il m'en veut à mort. Et j'ai pas besoin de ça. Si vous voulez vous foutre en colère, libre à vous. Mais d'abord, vous nous fichez la paix et vous disparaissez.

— C'est déjà fait, Arrango. Vous n'entendrez plus parler de moi jusqu'à ce que j'aie votre tueur. C'est moi qui vous l'amènerai.

Il sut tout de suite qu'il avait cédé à la pire des forfanteries. Cela étant, il avait aussi découvert que, depuis le 9 février, il ne supportait plus les connards, petits ou grands.

Arrango se contenta de ricaner, puis il conclut :

— Ben, tiens ! dit-il. Je vous attends de pied ferme !

Et il raccrocha.

7

Il fit à nouveau signe au chauffeur de taxi et passa encore un coup de fil. Il avait envisagé de téléphoner à Jaye Winston, mais préféra attendre et décida d'appeler Graciela Rivers à l'étage des infirmières de réanimation du Centre médical de la Sainte-Croix. Il lui expliqua qu'il n'avait pas fait grand-chose, mais elle accepta de le retrouver pour déjeuner. Il lui demanda de passer le prendre à la salle d'attente des urgences sur le coup de onze heures et demie.

L'hôpital se trouvait dans la partie Mission Hills de la Valley. En s'y rendant, McCaleb regarda le paysage qui défilait sous ses yeux. Celui-ci était essentiellement constitué de stations d'essence et de centres commerciaux. Le chauffeur avait décidé de prendre vers la 405 de façon à pouvoir faire route vers le nord.

McCaleb ne connaissait la Valley que par les affaires qui l'y avaient amené. Il y en avait eu beaucoup, la plupart d'entre elles se réduisant à du papier, des photos et des bandes vidéo. Les cadavres étaient souvent jetés sur les accotements de l'autoroute ou au pied des collines qui s'élevaient à l'extrémité des plaines du nord. Le Tueur au code avait frappé quatre fois dans la Valley avant de disparaître comme le brouillard qui montait de l'océan tous les matins.

– Vous êtes quoi ? Flic ?

McCaleb se détourna de la vitre et regarda le rétroviseur. Le chauffeur l'observait.

– Comment ?

– Vous êtes flic ?
McCaleb secoua la tête.
– Non, dit-il, je ne suis rien du tout.
Et il se remit à contempler le paysage tandis que le taxi s'engageait péniblement sur une rampe d'accès. Ils passèrent devant une femme qui brandissait une pancarte pour demander de l'argent. Encore une victime qui allait y passer.

Une fois dans la salle d'attente, McCaleb s'assit sur une chaise en plastique, en face d'une femme blessée et de son mari. La femme qui avait mal au ventre s'était croisé les bras sur l'abdomen. Penchée en avant, elle donnait l'impression de protéger sa douleur. Son mari se montrait attentif et ne cessait de lui demander comment elle se sentait. Après quoi il gagnait le guichet et s'enquérait de savoir quand il faudrait revenir pour l'examen. McCaleb l'entendit demander deux fois à sa femme : « Et qu'est-ce que tu vas leur raconter ? »
Et chaque fois, elle se détourna.
A midi moins le quart, Graciela Rivers franchit les doubles portes du pavillon des urgences. Elle proposa à McCaleb de descendre à la cafétéria parce qu'elle ne pouvait lui consacrer qu'une petite heure. Il n'y vit pas d'objection : l'envie de manger de la bonne nourriture ne lui était pas encore revenue depuis son opération. Manger à l'hôpital ou au célèbre *Chez Jozu* de Melrose Street, pour lui, c'était du pareil au même. La plupart du temps, il se moquait bien de ce qu'il avalait. Parfois même il devait attraper mal au crâne pour se rappeler que la machine avait besoin de carburant.
La cafétéria était presque vide. Ils prirent leurs plateaux et s'installèrent près d'une fenêtre donnant sur une énorme pelouse en gazon plantée autour d'une grande croix blanche.
– C'est le seul moment où je vois la lumière du jour, lui dit-elle. Les salles de réa sont aveugles. C'est pour ça que j'essaie toujours de me poser près d'une fenêtre.
D'un hochement de tête il lui signifia qu'il comprenait.
– Il y a longtemps, dit-il, quand je travaillais à Quantico,

nos bureaux étaient en sous-sol. A la cave, quoi. Pas de fenêtres, et il faisait toujours humide et froid. En hiver, c'était une véritable glacière, même quand on mettait le chauffage. Je ne voyais jamais le soleil. Ça finit par épuiser son homme.

– C'est pour ça que vous êtes venu en Californie ?

– Non, c'est pour d'autres raisons. Mais je m'étais effectivement dit que j'aurais une fenêtre. Je m'étais trompé. A l'A. L., ils m'ont collé dans une espèce de garde-meubles. Dix-sept étages de bureaux, mais pas une seule fenêtre. C'est probablement pour ça que je vis sur un bateau. J'aime bien avoir le soleil à portée de main !

– L'A. L. ?

– Excusez-moi. C'est l'agence locale. Celle-là se trouvait à Westwood. Dans le grand bâtiment fédéral près du cimetière des anciens combattants.

Elle acquiesça d'un signe de tête.

– Et vous avez effectivement grandi à Catalina comme c'est dit dans le journal ?

– Jusqu'à mes seize ans, oui. Après, j'ai vécu avec ma mère à Chicago... C'est drôle, mais quand j'étais à Catalina, je n'avais qu'une idée en tête : me tirer de cette île. Maintenant, je fais tout ce que je peux pour y retourner.

– Qu'est-ce que vous voulez y faire ?

– Je ne sais pas. J'ai un mouillage que mon père m'a laissé en héritage. Peut-être que je n'y ferai rien du tout. Peut-être me contenterai-je d'y mouiller une ancre et de contempler le soleil une bière à la main.

Elle sourit, il lui sourit en retour.

– Pourquoi n'y retournez-vous pas tout de suite puisque vous y avez déjà un mouillage ?

– Le bateau n'est pas prêt. Et moi non plus.

Elle hocha la tête.

– C'était le bateau de votre père ?

Encore un détail tout droit sorti de l'article. Il était évident qu'il en avait beaucoup trop dit à Keisha Russell. Il n'aimait pas qu'on sache autant de choses sur lui sans se donner la peine de chercher.

— Oui, c'est sur ce bateau-là qu'il vivait. J'en ai hérité à sa mort. Je l'ai laissé en cale sèche pendant des années, et aujourd'hui, il a sacrément besoin de réparations.
— C'est lui ou c'est vous qui lui avez donné son nom ?
— C'est lui.
Elle fronça les sourcils et plissa les paupières comme si elle avait mangé quelque chose d'amer.
— Pourquoi l'a-t-il appelé *The Following Sea* et pas *Following Sea*, tout simplement ? Ce *The* n'a pas de sens.
— Oh, que si ! Ce nom ne décrit pas l'action qui consiste à prendre la mer de l'arrière. Il y a bel et bien quelque chose qui s'appelle comme ça.
— Et c'est quoi ?
— La mer est une vague. Vous savez bien... aux bulletins météo pour les surfers, quand on parle de mers de deux ou quatre pieds ?
— Oui ?
— Bon, eh bien, la « mer d'arrière » est celle dont il faut se méfier. C'est la vague qui remonte derrière le bateau, celle qu'on ne voit pas arriver. Celle qui vous frappe dans le dos et vous noie. Celle qui vous coule. La règle veut que lorsqu'on navigue par mer d'arrière, on doive absolument se déplacer plus vite qu'elle. Il faut toujours être devant la vague. Et mon père a appelé son bateau comme ça parce qu'il ne voulait pas qu'on oublie ce genre de trucs. Vous savez bien... le fait qu'il faille toujours regarder derrière soi. Il ne cessait de me le répéter quand j'étais petit. Même quand je suis allé à terre.
— Quand vous êtes allé à terre ? répéta-t-elle.
— Oui, quand j'ai quitté l'île. Il m'a dit de toujours faire attention à la mer d'arrière, même à terre.
Elle sourit.
— Maintenant que je connais l'histoire, ce nom me plaît bien, dit-elle. Votre père vous manque ?
Il acquiesça d'un hochement de tête, mais ne lui dit rien de plus. La conversation changeant peu à peu de sujet, ils commencèrent à manger leurs sandwichs. Il n'était pas venu pour qu'on parle de lui. Après avoir avalé quelques bouchées, il la mit au

courant des piètres résultats qu'il avait obtenus. Il ne lui dit pas qu'il avait vu sa sœur se faire assassiner, mais lui parla du lien qu'il devinait entre l'affaire Rivers-Kang et d'autres meurtres qui s'étaient produits avant. Il lui précisa même que l'un d'entre eux était à peu près sûrement survenu à un distributeur de billets et que Keisha Russell lui avait lu l'article qui avait paru dans le journal.

— Que comptez-vous faire ? lui demanda-t-elle quand il eut fini.

— Aller faire dodo, lui répondit-il.

Elle le regarda d'un drôle d'air.

— Je suis crevé, ajouta-t-il. Ça fait longtemps que je n'ai pas réfléchi et cavalé autant. Je retourne au bateau et je m'allonge. Je reprendrai ça demain.

— Je suis navrée, dit-elle.

— Mais non, lui répliqua-t-il, vous ne l'êtes pas. Vous cherchiez quelqu'un qui aurait une bonne raison de s'impliquer dans cette histoire et cette raison, je l'avais. Et oui, je suis déjà impliqué, mais il faut que j'y aille doucement au début. J'espère que vous le comprendrez. L'infirmière que vous êtes devrait...

— Je comprends, dit-elle, et je ne veux pas que vous vous détruisiez la santé. Ça ne ferait que rendre la mort de Gloria encore plus...

— Je comprends.

Ils gardèrent le silence quelques instants, puis il se remit à parler.

— Vous aviez vu juste, dit-il. Je crois, moi aussi, que la police a mis l'affaire en veilleuse en attendant qu'il se passe autre chose... que le type frappe encore, c'est probable. Elle ne cherche certainement pas à creuser la question. Tant qu'il ne se produira pas autre chose, la piste sera froide.

Elle secoua la tête.

— Elle ne creuse pas la question, mais elle refuse que vous vous en occupiez. Ça ne me paraît pas très astucieux.

— C'est une question de territoires. C'est la règle du jeu.

— Sauf que ce n'est pas un jeu.

— Je sais.

Il regretta de ne pas avoir trouvé un mot plus approprié.
— Cela dit, qu'est-ce qu'on peut faire ? insista-t-elle.
— Écoutez... Demain matin, quand j'y verrai plus clair, j'appelle le shérif pour l'autre histoire, celle qui me paraît liée à la vôtre. L'inspecteur en charge du dossier s'appelle Jaye Winston. Nous avons travaillé ensemble il y a quelques années. Nous avons bien bossé ensemble et j'espère qu'elle m'ouvrira sa porte et me laissera pousser un peu plus loin que la police de Los Angeles.

La jeune femme hocha la tête, mais ne parvint guère à lui masquer sa déception.

— Gracelia, dit-il, je ne sais pas si vous vous attendiez à trouver quelqu'un qui résoudrait la question comme on ouvre une porte d'un tour de clé, mais ce ne serait pas très réaliste. On n'est pas au cinéma. Votre affaire est tout ce qu'il y a de plus réel. J'ai travaillé au Bureau pendant des années et c'est pratiquement toujours un petit détail qui change tout, un truc infime que personne n'avait remarqué ou qui semblait parfaitement insignifiant au début. Jusqu'au moment où on a fait le tour de la question et où on s'aperçoit que c'est ça la clé du problème. Et pour y arriver, pour trouver ce petit détail, ça prend parfois un temps fou.

— Je sais, je sais. Je suis seulement frustrée qu'on n'en ait pas fait davantage plus tôt.

— Oui, quand le...

Il allait dire « le sang était encore frais », mais s'arrêta juste à temps.

— Quoi ?

— Non, rien. C'est seulement que dans la plupart des cas, plus on attend et plus la piste refroidit.

Il savait bien que lui dire les choses telles qu'elles étaient ne l'aidait guère, mais il voulait qu'elle soit prête en cas d'échec. Il avait été bon en son temps, mais pas si bon que ça quand même. Il comprit soudain qu'en acceptant de prendre l'affaire, il n'avait fait que la condamner à être déçue. Ses propres fantasmes de rédemption égoïste ne pouvaient lui apporter, à elle, qu'une dose supplémentaire de pénible réalité.

— Ces types-là s'en foutaient, reprit-elle.

Il regarda son visage. Il savait bien que c'était d'Arrango et de Walters qu'elle parlait.
— Ben, pas moi, dit-il.
Ils finirent de manger en silence. Il repoussa son assiette de côté, puis l'observa tandis qu'elle regardait par la fenêtre. Même avec son uniforme blanc d'infirmière et ses cheveux tirés en arrière, Graciela Rivers le troublait. Elle était empreinte d'une tristesse que, sans trop savoir pourquoi, il avait envie de soulager. Il se demanda si cette émotion l'habitait avant la mort de sa sœur. C'est comme ça que sont les trois quarts des gens. Il avait même remarqué cette expression sur des visages de bébés — comme si la tristesse était déjà en eux. A croire que chez les gens, la vie ne faisait jamais qu'affiner ce sentiment.
— C'est ici qu'elle est morte ? lui demanda-t-il.
Elle acquiesça d'un signe de tête et se tourna vers lui.
— On a commencé par l'emmener à Northbridge et quand son état s'est stabilisé, on l'a transférée ici. J'étais là quand on l'a débranchée. Avec elle.
Il secoua la tête.
— Ça n'a pas dû être facile.
— En réa, des gens, j'en vois mourir tous les jours. Nous n'arrêtons pas d'en plaisanter pour atténuer le stress. On les traite de CQFD. Certainement Qu'ils ont Fini de Danser. Mais quand c'est quelqu'un de la famille... Je ne plaisante plus là-dessus.
Il la regarda secouer la tête, changer de vitesse et passer à autre chose. Chez certains, enclencher la cinquième pour s'éloigner de la zone dangereuse tient du don.
— Parlez-moi d'elle, lui dit-il.
— Comment ça ?
— En fait, c'est pour ça que je suis venu vous voir. Dites-moi des trucs sur elle. Ça m'aidera. Plus je pourrai me faire une idée de ce qu'elle était, plus je pourrai réussir.
Elle garda le silence un instant, ses lèvres ourlées en une moue tandis qu'elle cherchait à résumer sa sœur en quelques mots.
— Y a-t-il une cuisine sur votre bateau ? lui demanda-t-elle enfin.

Sa question le dérouta.
— Quoi ?
— Une cuisine. Sur votre bateau.
— Euh... en fait, ça s'appelle une cambuse.
— Va pour la cambuse. Est-elle assez grande pour y faire la tambouille ?
— Bien sûr. Mais... pourquoi me posez-vous des questions sur mon bateau ?
— Vous voulez connaître ma sœur ?
— Oui.
— Alors, il faut que vous fassiez la connaissance de son fils. Tout ce qu'elle avait de bien, c'est Raymond qui en a hérité. Connaissez-le, lui, et il n'y aura pas besoin d'aller plus loin.
Il hocha lentement la tête lorsqu'il comprit enfin ce qu'elle lui disait.
— Et si je vous l'amenais ce soir ? Je vous fais à dîner ? reprit-elle. Je lui ai déjà parlé de vous et du bateau. Il a envie de le voir.
McCaleb réfléchit un moment, puis lui répondit :
— Et si on attendait plutôt demain ? Comme ça, je pourrai vous raconter ma visite chez l'inspecteur Winston. J'aurai peut-être quelque chose de plus positif à vous dire.
— Parfait.
— Et ne vous cassez pas la tête pour le dîner. C'est moi qui m'en charge.
— Vous êtes en train de tout changer. Je voulais...
— Je sais, je sais. Mais économisez vos forces en attendant que ce soit moi qui passe chez vous. Vous venez demain et c'est moi qui m'occupe du repas, d'accord ?
— D'accord, lui répondit-elle toujours en faisant la moue, mais en comprenant qu'il ne changerait pas de position.
Puis elle sourit.
— Oui, dit-elle, nous viendrons.

Sur la 405, la circulation était si dense que le taxi ne le lâcha pas au port de San Pedro avant deux heures. La voiture n'étant pas climatisée, il avait attrapé un léger mal de tête en respirant les fumées d'échappement sur l'autoroute, sans parler de l'odeur corporelle du chauffeur.

Enfin remonté à bord, il vérifia son répondeur et découvrit qu'en guise de seul et unique message quelqu'un avait raccroché. Il se sentait déphasé, n'ayant pas soumis son corps à des efforts physiques aussi intenses depuis longtemps. Il avait les muscles des jambes endoloris et son dos lui faisait mal. Il descendit à la salle de bains pour prendre sa température, mais non, il n'en avait pas. Côté pouls et tension artérielle, tout allait bien aussi. Il nota les renseignements sur le tableau, gagna sa chambre, se déshabilla et se glissa dans son lit défait.

Malgré sa fatigue, il ne put dormir et resta étendu sur sa couche les yeux grands ouverts. Il ne cessait de penser aux idées qui lui étaient venues et aux images de la bande vidéo. Au bout d'une heure, il cessa de se raconter des histoires, se releva, gagna le salon, sortit son calepin de la poche de sa veste posée sur une chaise et parcourut ses notes. Rien de saisissant, mais il eut le sentiment qu'il avait enfin commencé à répertorier les faits marquants de son enquête.

Sur une nouvelle page, il nota quelques idées qu'il avait encore eues sur la vidéo et plusieurs questions qu'il voulait être sûr de poser à Jaye Winston le lendemain. A supposer qu'Arrango et Walters aient fait le lien entre ces deux affaires, il entendait lui demander si, à ses yeux à elle, c'était du solide et, surtout, si les trois cents dollars que l'agresseur avait pris sortaient de la poche de James Cordell ou du distributeur.

Sentant qu'il avait faim, il reposa son carnet. Il se releva, se fit frire trois blancs d'œufs dans une poêle, y ajouta un peu de tabasco et de salsa et se confectionna un sandwich au pain blanc. Il en mangea deux bouchées et rajouta du tabasco.

Il nettoya la cambuse et sentit que la fatigue revenait, pour de bon cette fois. Il s'endormirait, c'était sûr. Il passa sous la douche, reprit sa température et avala son lot de médicaments. En se regardant dans la glace, il vit qu'il avait encore une barbe de deux jours bien qu'il se soit rasé le matin même. C'était là un des effets secondaires d'un des médicaments. S'il enrayait les menaces de rejet du greffon, le Prednisone faisait aussi pousser les cheveux et la barbe. Il rit en songeant qu'il s'était trompé de comparaison en parlant avec Bonnie Fox : de fait, il ressemblait moins à Frankenstein qu'à un loup-garou. Il s'était tout bêtement trompé de monstre. Il alla se coucher.

Il rêva en noir et blanc – comme d'habitude maintenant, alors que ça lui arrivait rarement avant l'opération. Il ne savait pas ce que cela signifiait. Lorsqu'il lui en avait parlé, Bonnie Fox s'était contentée de hausser les épaules.
Il était au supermarché et entrait dans la vidéo qu'Arrango et Walters lui avaient montrée. Debout au comptoir, il souriait à Kyungwon Kang. L'épicier lui renvoyait un sourire méchant et disait quelque chose.
– Quoi ?
– Vous ne méritez pas ça.
Il regardait le comptoir où il avait posé son achat, mais sentait aussitôt quelque chose de glacé sur sa tempe. Il se retournait d'un bond et se retrouvait nez à nez avec l'homme au passe-montagne. Celui-ci tenait une arme à la main et, comme on peut être sûr et certain de certaines choses quand on rêve, il savait alors que le voleur souriait derrière son masque.
Puis l'homme abaissait son arme et faisait feu. En plein dans le mille. La balle perforait le cœur de McCaleb comme si l'ancien du FBI n'était qu'une cible en papier. Mais l'impact était si fort qu'il reculait d'un pas et se mettait à tomber en arrière. Aucune douleur, juste l'impression d'un soulagement immense. Il regardait le tueur en tombant au ralenti et reconnaissait enfin les yeux qui brillaient dans les trous du passe-montagne. C'étaient les siens. Soudain ses paupières clignaient et il ne cessait plus de tomber.

8

Le vacarme sourd des containers vides qu'on débarquait dans le port de Los Angeles le réveilla avant l'aube. Couché dans son lit, les yeux clos mais parfaitement réveillé, il imagina la scène. La grue qui, sur le pont du navire, s'empare doucement d'un container gros comme un camion et le soulève dans les airs, l'homme qui, tout en bas, donne le signal de la descente, l'énorme caisson en acier qui lentement se rapproche du quai, parcourt les derniers mètres, se pose par terre et, un écho après l'autre, déclenche une explosion roulante qui court dans tous les ports de plaisance du voisinage. Dans cette scène, le docker riait à chaque coup de tonnerre.

— Petits cons ! grogna-t-il, renonçant à dormir et se redressant sur son séant.

C'était la troisième fois que ça se produisait en un mois.

Il regarda le réveil et s'aperçut qu'il avait dormi plus de dix heures. Il gagna lentement la salle de bains et prit une douche. Puis il s'essuya et, température, tension et pouls, s'acquitta de tous ses examens avant d'avaler son content de pilules et de produits chimiques à l'état liquide. Tout cela étant dûment noté dans le registre des soins, il sortit enfin son rasoir et s'apprêtait à s'étaler de la crème à raser sur les joues lorsqu'il s'examina dans la glace.

— Eh merde ! s'écria-t-il.

Il se rasa juste assez pour avoir l'air présentable et décida que le faire deux ou trois fois par jour jusqu'à sa mort, et au minimum pendant tout le temps qu'il resterait au Prednisone, n'était pas une solution : il n'avait jamais porté la barbe. Le Bureau ne lui en aurait pas donné l'autorisation.

Il s'habilla, se versa un verre de jus d'orange, sortit son carnet d'adresses et son téléphone mobile, s'assit sur le pont à l'instant même où le soleil se levait et sirota son jus d'orange en consultant sa montre de temps en temps. A sept heures et quart, il jugea que le moment était venu d'appeler Jaye Winston.

Les bureaux du shérif se trouvaient à Whittier, soit à l'autre bout du comté. C'était là que les inspecteurs s'occupaient de tous les meurtres commis dans la banlieue de Los Angeles et les villes auxquelles la police municipale offrait ses services – dont Palmdale, où James Cordell s'était fait assassiner.

Le bureau des homicides étant au diable, il décida qu'il serait idiot de se taper une heure de taxi sans être d'abord sûr et certain que Jaye Winston serait là quand il arriverait. Il valait beaucoup mieux l'appeler à sept heures et quart que lui acheter des doughnuts et tomber sur une porte close.

– Quelle bande de cons !

Il tourna la tête et aperçut son voisin Buddy Lockridge debout dans le cockpit de son *Double Down*, un voilier de dix-huit mètres qu'il mouillait deux bateaux plus loin. Il était en robe de chambre et, le cheveu en bataille, tenait une tasse de café brûlant dans sa main. McCaleb n'eut pas besoin de lui demander après qui il en avait.

– Ouais, dit-il. C'est pas ce qu'il y a de mieux pour commencer la journée.

– Ils devraient même pas avoir le droit de faire ça la nuit ! reprit Buddy Lockridge. Ça fait vraiment chier ! Je suis sûr qu'on les entend jusqu'à Long Beach !

McCaleb se contenta de hocher la tête.

– J'en ai causé à la capitainerie, tu sais bien... pour leur demander de déposer plainte auprès des autorités portuaires, mais rien de rien : ils s'en tapent. J'ai envie de lancer une pétition. Tu la signerais ?

– Oui, je la signerais, lui répondit McCaleb en regardant sa montre.

— Oh, je sais, ce serait perdre son temps.
— Non. C'est seulement que je ne sais pas trop si ça marcherait. Le port tourne vingt-quatre heures sur vingt-quatre et je ne les vois pas arrêter de décharger la nuit parce que trois ou quatre pelés du port de plaisance ont décidé de se plaindre par voie de pétition.
— Oui, je sais. Ah, les cons… J'aimerais assez qu'une de leurs caisses leur tombe sur le coin de la figure ! Peut-être que ça les ferait réfléchir.

Lockridge était un vrai rat des quais. Surfer sur le retour et véritable clodo des plages, il vivait de peu, réduisait au maximum les frais d'entretien de son bateau et subsistait en faisant des petits boulots à droite et à gauche, genre baby-sitting de voilier et autres grattages de coque. McCaleb et lui avaient fait connaissance un an plus tôt, peu de temps après que Lockridge avait décidé de mouiller dans le port. Une nuit, McCaleb avait été réveillé par un récital d'harmonica. Il s'était levé aussitôt et, bien décidé à trouver d'où ça venait, avait fini par découvrir Lockridge vautré dans sa cabine. Saoul comme une vache, il jouait un air qu'il se passait au casque. McCaleb avait beaucoup râlé, mais, le temps aidant, les deux hommes étaient devenus amis. Sans doute parce qu'ils étaient les seuls à passer leur vie à bord dans cette partie-là du port de plaisance. L'un comme l'autre, ils se servaient de voisin à plein temps. C'était Lockridge qui avait surveillé le *Following Sea* lorsque McCaleb était entré à l'hôpital. Souvent aussi, Lockridge l'emmenait faire des courses à l'épicerie ou au supermarché parce qu'il savait que Terry n'avait toujours pas le droit de conduire. De son côté, McCaleb l'invitait à dîner à peu près tous les huit jours. Ils parlaient de leur passion commune pour le blues, reprenaient l'éternel débat voilier contre bateau à moteur et, parfois, ressortaient de vieux dossiers des cartons de McCaleb et, en théorie au moins, leur trouvaient des solutions. Lockridge éprouvait une véritable fascination pour les enquêtes que son voisin avait menées au Bureau.

— Bud ? lui cria McCaleb. Il faut que je donne un coup de fil. On reprend ça plus tard ?
— Bien sûr. Téléphone donc. Règle tes affaires.

Il lui fit au revoir de la main et disparut dans l'écoutille. McCaleb haussa les épaules et composa le numéro de Jaye Winston après avoir consulté son carnet d'adresses. On la lui passa au bout de quelques secondes.

— Jaye ? Terry McCaleb à l'appareil. Vous vous souvenez de moi ?

Elle eut un instant d'hésitation.

— Oui, dit-elle enfin. Comment va ? Alors, ça y est ? Vous avez votre nouveau cœur ?

— Oui, et ça va plutôt bien. Et vous ?

— Rien de bien neuf.

— Dites, vous pourriez me recevoir quelques minutes ce matin ? Vous avez une affaire dont j'aimerais bien vous parler.

— Vous êtes devenu détective privé ?

— Non. C'est juste un service que je rends à quelqu'un.

— Qui ? Enfin je veux dire... de quelle affaire s'agit-il ?

— Le dossier James Cordell. L'histoire du distributeur de billets. Ça s'est passé le 22 janvier dernier.

Elle grogna un coup, mais en resta là.

— Vous dites ?

— C'est drôle, lui répondit-elle. C'était une affaire complètement morte et, tout d'un coup, vous êtes le deuxième qui m'en parle.

Merde, pensa-t-il en devinant qui avait appelé avant lui.

— Keisha Russell du *Times* ?

— Ouais.

— C'est de ma faute. Je lui ai demandé de me lire les articles sur Cordell, mais comme je ne voulais pas lui dire pourquoi... C'est pour ça qu'elle vous a appelée. Elle allait à la pêche.

— C'est ce que je me suis dit. J'ai joué la conne. Mais bon... Qui est ce quelqu'un qui vous a remis le pied à l'étrier ?

McCaleb lui raconta comment on lui avait demandé de remettre le nez dans l'affaire Gloria Torres et comment cela l'avait amené à s'intéresser au meurtre de Cordell. Il lui avoua aussi que, les flics de Los Angeles refusant de coopérer, elle était maintenant sa seule planche de salut. Mais il ne lui dit pas que c'était le cœur de Gloria Torres qui battait dans sa poitrine.

— Alors, lui demanda-t-il enfin, j'ai vu juste ? Il y a un lien ?

Elle hésita de nouveau, mais lui confirma son hypothèse. Elle ajouta que l'affaire était au frigo et qu'on attendait d'autres faits.

— Écoutez, Jaye, enchaîna-t-il, je vais être franc avec vous. J'aimerais vous voir, regarder les dossiers et tout ce que vous pourriez avoir d'intéressant à me montrer afin de dire à Graciela Rivers que la police a fait, ou est en train de faire, tout le nécessaire. Je n'ai aucune envie de jouer au héros, ou de faire la pige à quiconque.

Jaye Winston garda le silence.

— Qu'en pensez-vous ? insista-t-il. Vous auriez un petit moment à m'accorder ?

— Oui, mais pas longtemps. Vous attendez une minute ?

— Bien sûr.

Elle le mit en attente pendant quelques instants. Il fit les cent pas sur son bateau en regardant l'eau noire sur laquelle il flottait.

— Terry ?

— Oui ?

— Écoutez, je suis de tribunal à onze heures, au palais de justice du comté. Il faut que je décarre d'ici à dix heures. Vous pouvez passer avant ?

— Oui. Neuf heures-neuf heures et quart, ça vous va ?

— On fera avec.

— Eh bien, c'est entendu. Merci.

— Écoutez, Terry. Vous m'avez aidée, je vous aide. Mais il n'y a rien dans ce dossier. C'est juste une ordure qui avait une arme et qui a tiré. C'est l'histoire du troisième coup.

— Que voulez-vous dire ?

— Quelqu'un m'appelle sur une autre ligne. On en reparle plus tard ?

Avant de se préparer, il descendit sur le quai et gagna le *Double Down*. Celui-ci faisait vraiment minable au milieu des autres voiliers. Lockridge y entassait en effet bien plus d'objets que le bateau n'en pouvait contenir. Avec ses trois planches à voile, ses deux vélos et son Zodiac empilés sur le pont, on aurait dit un étal de marché aux puces flottant.

L'écoutille était toujours ouverte, mais il n'entendit ni ne vit aucun signe d'activité. Monter à bord sans y être invité n'étant pas des plus polis, il appela et attendit.

Enfin la tête puis les épaules de Buddy Lockridge sortirent de l'ouverture. Il s'était peigné et habillé.

— Buddy, lui lança McCaleb, t'as des trucs à faire aujourd'hui ?

— Comment ça ? Pareil que d'habitude, savoir rien. Qu'est-ce que tu t'imaginais ? Que j'allais remettre mon CV à jour à la photocopie de chez Kinko ?

— Écoute... j'aurais besoin d'un chauffeur pour deux ou trois jours, peut-être davantage. Si tu veux, le boulot est pour toi. Je paie dix dollars de l'heure, plus les repas s'il y en a. Vaudrait mieux que tu emportes un bouquin parce que t'auras pas mal de temps à attendre.

Buddy finit de remonter du cockpit.

— Où veux-tu aller ?

— A Whittier. Il faudrait que je parte dans un quart d'heure. Après, je ne sais pas.

— C'est pour quoi ? Une enquête ?

McCaleb vit une étincelle s'allumer dans son regard. Buddy Lockridge passait beaucoup de temps à lire des romans policiers et lui en racontait parfois les intrigues. Ce coup-là, ce serait du vrai.

— Oui, je cherche des trucs pour quelqu'un. Mais je n'ai pas besoin d'un coéquipier, si c'est à ça que tu penses.

— Pas de problème. Je suis partant. On prend quelle bagnole ?

— Si on prend la tienne, c'est moi qui paie l'essence. Si on prend la Cherokee, je me mets à l'arrière : il y a un Air Bag dans la portière. A toi de décider. Ça m'est égal de prendre l'une ou l'autre.

Bonnie Fox lui avait interdit de conduire avant neuf mois. La plaie n'était pas complètement refermée. Si la peau s'était reformée, le sternum était encore ouvert sous la cicatrice. L'impact d'un volant ou d'un Air Bag frontal risquait de lui être fatal, même dans un accident à basse vitesse.

— Ben, j'aime assez la Cherokee, mais on prendra la mienne, dit Lockridge. Avec toi derrière, j'aurais un peu trop l'impression de faire le chauffeur.

9

Dans le courant de l'été 1993, le corps d'une femme avait été retrouvé au milieu de rochers en grès connus sous le nom de Vasquez Rocks, dans Antelope Valley, au nord du comté de Los Angeles. Abandonné depuis plusieurs jours, le cadavre était tellement décomposé qu'on n'avait pu prouver l'agression sexuelle, mais elle avait été présumée. La jeune femme était habillée, mais portait sa culotte à l'envers et son chemisier n'était pas boutonné correctement – tous indices qui laissaient penser qu'elle ne s'était pas vêtue elle-même ou qu'elle l'avait fait sous la contrainte. Elle était morte étranglée, ce qui est commun dans les homicides à caractère sexuel.

C'était l'inspecteur Jaye Winston qui avait hérité de l'enquête. Aucune arrestation ne survenant rapidement, elle avait décidé de jouer la minutie. Ambitieuse, mais pas au point d'avoir un ego insurmontable, elle avait commencé par demander l'aide du FBI. Sa requête ayant été transmise à l'unité chargée des tueurs en série, elle avait fini par remettre un questionnaire complet au Violent Criminal Apprehension Program, le VICAP.

C'était en lisant son rapport que McCaleb avait appris l'existence de Jaye Winston. Le dossier qu'elle avait expédié à Quantico avait atterri dans le bureau qu'il occupait au poste de Los Angeles. Bureaucratie oblige, le fichier avait traversé tout le pays avant de revenir quasiment à son point de départ.

En puisant dans la banque de données du VICAP – tout dossier de meurtre donne lieu à quatre-vingts questions dont les réponses sont ensuite comparées aux fichiers déjà existants –, et en étudiant les premières constatations et les photos du rapport d'autopsie, il avait pu faire le lien avec un crime qui s'était produit dans la partie Sepulveda Pass de Los Angeles. Manière dont la victime avait été tuée, corps rhabillé puis jeté sur un bas-côté et autres détails, tout concordait. McCaleb en avait conclu qu'un nouveau tueur en série opérait dans la région. Dans les deux cas, on avait en effet établi que la femme avait été portée disparue deux ou trois jours avant sa mort, ce qui signifiait que son agresseur l'avait retenue prisonnière et s'était très vraisemblablement servi d'elle pour assouvir ses ignobles fantasmes.

Relier les deux affaires n'avait jamais constitué que la première étape, celle qui la suivait devant bien évidemment être celle où on identifierait, puis capturerait le meurtrier. Personne n'ayant le moindre indice supplémentaire, McCaleb s'était intéressé au temps qui s'était écoulé entre les deux assassinats. Le « Sujet inconnu », comme on avait officiellement appelé le tueur dans les documents du FBI, avait tenu onze mois avant que, ses pulsions le reprenant, il décide de repasser à l'acte et enlève sa deuxième victime. McCaleb avait alors compris que le meurtrier avait été tellement impressionné par son premier meurtre que ses fantasmes avaient pu s'en contenter, voire s'en nourrir pendant presque un an. Cela étant, le profil psychologique avait montré que cet intervalle entre les crimes se réduirait chaque fois que le tueur frapperait et que celui-ci devrait se mettre de plus en plus vite en quête d'une nouvelle proie.

McCaleb avait dressé un profil général du tueur à l'intention de Winston, ce qui ne pouvait pas servir à grand-chose et, l'un comme l'autre, ils le savaient. Caucasien, vingt-trente ans, boulot et existence de domestique, avec ça, on n'allait pas loin. Il était aussi probable que ledit « Sujet inconnu » avait déjà tué ou s'était conduit de manière anormale. S'il y avait eu des périodes d'incarcération plus ou moins longues dans son passé, cela risquait de beaucoup modifier la fourchette d'âges possibles du tueur.

C'était toujours pareil. Les profils du VICAP étaient en général parfaitement exacts, mais permettaient très rarement d'appréhender quiconque. Celui qu'on avait transmis à Winston aurait pu s'appliquer à des centaines, voire à des milliers d'hommes de la région de Los Angeles. Toutes les pistes ayant été explorées, il n'y avait plus rien eu à faire d'autre que d'attendre. McCaleb avait noté l'affaire dans son agenda et s'était occupé d'autres dossiers.

Au mois de mars de l'année suivante – soit huit mois après le deuxième meurtre –, il était tombé sur sa note, avait relu le dossier et décidé de passer un coup de fil à Winston. Rien de bien neuf ne s'était produit. Il n'y avait toujours ni suspects ni pistes nouvelles. McCaleb avait alors demandé à Winston de faire surveiller les tombes des deux victimes et les endroits où le tueur avait jeté leurs corps. L'assassin arrivait au bout du cycle et ses fantasmes devaient commencer à s'étioler. Le besoin qu'il avait de se sentir supérieur à quelqu'un et de le dominer allait vite augmenter et devenir de plus en plus difficile à maîtriser. Le fait qu'il eût, à ce qu'il semblait du moins, rhabillé les corps de ses victimes après chaque meurtre indiquait très clairement qu'il y avait en effet conflit dans son esprit. Une partie de lui-même avait honte de ses méfaits, ce qu'il essayait inconsciemment de cacher en remettant leurs vêtements à ses victimes, tout cela laissant entendre qu'au bout de huit mois il allait être en proie à des passions aussi violentes que contradictoires. Le besoin de repasser à l'acte et la honte qu'il en éprouverait étaient les deux aspects qui s'opposeraient en lui, chacun essayant de prendre le pas sur l'autre. Une des manières qu'il aurait alors de tenir momentanément en échec son envie de tuer serait sans doute d'aller revoir les lieux où il avait commis ses deux crimes afin de redonner quelque vigueur à ses fantasmes. McCaleb s'était dit qu'il retournerait peut-être aux endroits où il avait jeté ses cadavres ou irait voir leurs tombes au cimetière, cette démarche lui permettant de s'approcher à nouveau de ses victimes sans avoir à en exécuter d'autres.

Winston s'était montrée très réticente à l'idée de faire surveiller ces endroits en se fondant sur la seule hypothèse d'un agent du Bureau. Mais McCaleb avait déjà eu le feu vert pour recruter deux agents qui l'aideraient dans cette tâche et avait joué sur le professionnalisme de Winston en lui faisant remarquer que si elle refusait elle se demanderait toujours si cette surveillance aurait pu réussir – surtout si le tueur décidait de frapper à nouveau. La conscience ainsi torturée, Winston était allée voir son lieutenant et ses collègues de la police, et un groupe de surveillance fut finalement monté grâce à la coopération des trois corps de police chargés du maintien de l'ordre. Puis, en arrêtant son plan d'action, Winston avait appris que les deux victimes avaient été enterrées au même cimetière de Glendale, à quelques centaines de mètres l'une de l'autre. Le renseignement ayant été communiqué à McCaleb, celui-ci en avait déduit que si le « Sujet inconnu » décidait de se montrer quelque part, ce serait très probablement à cet endroit.

Il ne s'était pas trompé. La cinquième nuit, McCaleb, Winston et les deux autres inspecteurs qui se cachaient dans un mausolée d'où l'on apercevait les deux tombes avaient vu un homme arriver au cimetière dans un van, en descendre et sauter par-dessus le portail fermé au cadenas. Il portait quelque chose sous le bras et avait gagné la tombe de sa première victime. Il y était resté une dizaine de minutes, puis s'était dirigé vers le caveau de la deuxième, ce qui montrait qu'il avait déjà reconnu les lieux. Arrivé devant la deuxième dalle, il y avait déroulé ce qui s'était révélé être un sac de couchage et s'y était assis un instant en s'appuyant sur la croix. Les inspecteurs ne l'avaient pas dérangé, préférant filmer la scène avec une caméra vidéo à infrarouges. Le tueur n'avait pas mis longtemps à ouvrir sa braguette et à commencer à se masturber.

Avant même qu'il ait regagné son van, l'homme avait été identifié grâce aux plaques d'immatriculation de son véhicule. Il s'agissait d'un certain Luther Hatch. Âgé de trente-huit ans et jardinier de son état, il avait été libéré de la prison de Folsom, où il avait purgé une peine de huit ans pour viol.

Le « Sujet » avait cessé d'être « inconnu » pour faire un suspect des plus convenables : il suffisait d'ôter ses huit ans de taule pour que le profil psychologique du VICAP colle parfaitement à son personnage. On l'avait donc surveillé vingt-quatre heures sur vingt-quatre pendant quelque trois semaines – au cours desquelles il était revenu deux fois au cimetière de Glendale. Un jour enfin, les inspecteurs l'avaient arrêté au moment même où il tentait d'enlever une jeune femme qui sortait de la Sherman Oaks Gallery. Dans le van, ils avaient découvert du chatterton et du fil à linge coupé en morceaux d'environ un mètre vingt. Leur commission rogatoire obtenue, ils avaient désossé le véhicule et passé l'appartement du tueur au peigne fin. Poils, cheveux, fibres et traces de fluides corporels qu'après analyse à l'ADN on avait pu identifier comme étant ceux des deux victimes, toutes les preuves nécessaires avaient enfin été réunies. Promptement rebaptisé « le Rôdeur des cimetières » par les médias locaux, Luther Hatch avait accédé au panthéon des tueurs en série qui fascinent les foules.

C'était grâce au savoir et aux intuitions de McCaleb que l'inspecteur Jaye Winston avait pu résoudre l'affaire et c'était là une réussite dont on parlait encore tant à Quantico qu'à Los Angeles. Après avoir arrêté leur « rôdeur », les inspecteurs étaient tous allés fêter leur succès au bar et c'était ce soir-là que, profitant d'un moment d'accalmie, Jaye Winston s'était tournée vers McCaleb et lui avait dit : « Je vous dois une fière chandelle. Moi et tous les autres. »

Buddy Lockridge s'était si bien habillé en chauffeur qu'on aurait pu croire qu'il emmenait son voisin dans un night-club de Sunset Boulevard. Tout de noir vêtu, il s'était même donné la peine de prendre une mallette en cuir – noire elle aussi. Debout sur le quai, McCaleb l'avait longuement regardé sans rien dire.

– Qu'est-ce qu'il y a ? lui avait demandé Lockridge.
– Rien. Allons-y.
– Quoi ? Ça va pas ?
– Si, si, mais je ne pensais pas que tu te mettrais sur ton trente et un pour passer toute ta journée assis dans une bagnole. Ton costume ne va pas te gêner ?
– Mais non.
– Alors, allons-y.

Vieille de sept ans, la voiture de Lockridge était une Ford

Taurus couleur argent fort bien entretenue. En conduisant McCaleb à Whittier, Lockridge tenta par trois fois de savoir sur quelle affaire il enquêtait. Et trois fois ses questions restèrent sans réponse, McCaleb réussissant en fin de compte à ramener la conversation sur le vieux débat voiliers contre bateaux à moteur. Ils mirent un peu plus d'une heure pour arriver au Star Center du shérif. Lockridge gara la Taurus sur un emplacement réservé aux visiteurs et coupa le contact.

— Je ne sais pas combien de temps ça va prendre, lui dit McCaleb. J'espère que tu as apporté quelque chose à lire ou que tu as pris un de tes harmonicas.

— Tu es bien sûr de ne pas vouloir que je t'accompagne ?

— Écoute, Bud, j'ai peut-être fait une erreur en te demandant de me rendre ce service. Non, je n'ai pas besoin d'un coéquipier. Tout ce que je veux, c'est quelqu'un qui m'emmène à droite et à gauche. Hier, j'ai claqué plus de cent dollars en taxis. Je pensais que tu pourrais en faire meilleur usage, mais si tu n'arrêtes pas de me poser des questions et de...

— Bon, bon, l'interrompit Lockridge.

Puis il leva les bras en l'air en signe de reddition et ajouta :

— Je reste ici et je lis mon bouquin. Plus de questions.

— Bien. A tout à l'heure.

McCaleb arriva au bureau des homicides juste à temps pour son rendez-vous avec Jaye Winston. Celle-ci l'attendait à la réception. Séduisante, elle était un peu plus âgée que lui. Elle avait des cheveux blonds mi-longs et, frêle, portait un tailleur bleu et un chemisier blanc. Cela faisait presque cinq ans que McCaleb ne l'avait pas revue – depuis le soir où ils avaient fêté l'arrestation de Luther Hatch. Ils se serrèrent la main, puis elle le conduisit jusqu'à une salle de conférences équipée d'une table ovale entourée de six chaises. Contre un mur se trouvait une table plus petite sur laquelle on avait installé une machine à café. La pièce était vide. Sur la grande table étaient posées une grosse pile de documents et quatre cassettes vidéo.

— Vous voulez du café ? lui demanda-t-elle.

— Non, merci, ça ira comme ça.

— Alors, au boulot. J'ai vingt minutes à vous consacrer.

Ils s'assirent l'un en face de l'autre, puis Winston lui montra les bandes vidéo et les dossiers.

— Vous pouvez tout emporter. J'en ai fait faire des doubles dès que vous avez raccroché.

— Mais… vous plaisantez ? Merci, Jaye.

A deux mains, il tira la pile à lui comme on ratisse son argent à la table de poker.

— J'ai appelé Arrango, reprit-elle. Il m'a dit de ne pas travailler avec vous, mais je lui ai fait remarquer que vous étiez le meilleur agent avec lequel j'aie jamais bossé et que vous m'aviez rendu un fier service. Il a râlé comme un pou, mais ça lui passera.

— Et ça, c'est aussi des trucs de la police de Los Angeles ?

— Oui, nous nous sommes tous copié et recopié nos trucs. Je n'ai rien reçu d'Arrango depuis quelques semaines, mais c'est sans doute parce qu'il n'y a rien de nouveau. Je crois que tout y est. Y a juste un petit problème : ça fait beaucoup de papier et de vidéo, mais pour l'instant, c'est du vide.

McCaleb divisa les rapports en deux tas et commença à les trier. Il devint vite clair que les trois quarts du boulot avaient été faits par l'équipe du shérif, le reste étant l'œuvre des policiers de Los Angeles.

— C'est quoi ? demanda-t-il à Jaye Winston en prenant les vidéos et les agitant en l'air.

— Les deux enregistrements effectués sur les lieux du crime et les bandes de la caméra de surveillance. Arrango m'a dit que vous aviez déjà vu celle de la supérette.

— Oui.

— Sur la nôtre, y a encore moins à voir. Le tueur n'entre dans le champ que quelques secondes. Juste assez pour qu'on ait remarqué qu'il s'était mis quelque chose sur la tête. Mais bon, à vous de voir.

— Sur votre bande, est-ce que le voleur sort l'argent du distributeur ou est-ce qu'il le vole à sa victime ?

— Il le sort du distributeur. Pourquoi cette question ?

— Je pourrais me servir de ce détail pour obtenir l'aide du Bureau, si j'en ai besoin. Techniquement, cela veut dire que ce n'est pas la victime qui a été dévalisée, mais la banque. Et ça, c'est un crime fédéral.

Winston acquiesça d'un signe de tête.

— Bon, et comment avez-vous établi le lien entre les deux affaires ? l'expertise balistique ? lui demanda McCaleb en se rappelant qu'elle n'avait guère de temps à lui consacrer et qu'il voulait tirer le maximum de renseignements de cet entretien.

Elle hocha de nouveau la tête.

— Je travaillais le dossier depuis plusieurs semaines lorsque je suis tombée sur un article consacré à la deuxième affaire en lisant le journal. Comme ça me paraissait assez semblable, j'ai appelé Los Angeles et nous nous sommes réunis. Regardez la vidéo et vous verrez. Aucun doute n'est permis. Même *modus operandi*, même arme, même bonhomme. L'expertise balistique n'a fait que confirmer ce que nous savions déjà.

Ce fut au tour de McCaleb d'acquiescer d'un signe de tête.

— Je me demande bien pourquoi il s'est donné la peine de ramasser les douilles s'il savait que ces enregistrements nous donneraient une piste. Avec quoi tirait-il ?

— Balles de neuf millimètres. Munitions fédérales. Chemise entièrement métal. Ramasser les douilles fait partie de la routine. Dans mon affaire à moi, le projectile avait traversé la victime et nous l'avons retrouvé fiché dans un mur en béton. Il a dû se dire, ou espérer, qu'il serait trop écrabouillé pour que les types du labo puissent faire les comparaisons nécessaires. Mais ramasser les douilles comme ça sent son bon tireur.

McCaleb remarqua le dédain qu'elle avait pour sa proie.

— Mais ça n'a guère d'importance de toute façon, reprit-elle. C'est comme je vous ai dit : regardez les bandes et vous verrez. C'est le même bonhomme. Il n'y a pas besoin d'expertise balistique pour le savoir.

— Avez-vous poussé plus loin, vous ou les flics de Los Angeles ?

— Que voulez-vous dire ? Est-ce qu'on a demandé l'avis du Bureau des armes à feu ?

— Oui. Qui a la balle ?

— Nous. Los Angeles a plus de boulot que nous. Nous nous sommes mis d'accord pour que ce soit nous qui gardions les pièces à conviction. Je leur ai demandé de procéder aux examens habituels, vous savez bien... rechercher les similitudes, etc., etc., mais ils n'ont rien trouvé. On dirait bien qu'on n'a que deux meurtres. Pour l'instant.

Il songea à lui parler du département Agressions liées à la drogue, mais décida que l'heure n'était pas encore venue de le faire. D'abord visionner les bandes et consulter le dossier avant de lui donner d'autres idées.

Il remarqua qu'elle consultait sa montre.

— Et vous êtes seule à vous occuper du dossier ?

— Pour l'instant, oui. C'est moi qui dirige et Dan Sistrunk a accepté de m'aider. Vous le connaissez ?

— Euh... c'était pas un des types du mausolée ?

— Si. Il faisait partie de l'équipe de surveillance du « Rôdeur ». Et il était au cimetière, effectivement. Toujours est-il que nous avons bossé ensemble, mais que d'autres dossiers nous sont tombés dessus après. Et maintenant, je suis toute seule. J'en ai de la chance, non ?

McCaleb sourit. Il ne savait que trop comment ça se passait. Quand une affaire ne trouvait pas de solution rapide, c'était un des coéquipiers qui en héritait.

— Vous n'allez pas avoir d'ennuis, à me donner tout ça ?

— Non. Le capitaine sait très bien ce que vous avez fait pour nous dans l'histoire Lisa Mondrian.

Lisa Mondrian était la femme qu'on avait retrouvée à Vasquez Rocks, mais il lui parut curieux que Jaye Winston l'appelle par son nom. C'était d'autant plus inhabituel que les trois quarts des flics savaient très bien qu'il essayait toujours de dépersonnaliser ses affaires. Ça rendait le boulot plus vivable.

— Le capitaine qui, à cette époque-là, n'était encore que lieutenant... disait-elle maintenant. Il sait parfaitement tout ce qu'on vous doit. Nous lui avons parlé de votre demande et c'est lui qui m'a dit de tout vous passer. Mon seul regret est que nous ne puissions pas vous en donner plus. Je ne vois vraiment pas ce que vous pourrez en faire. Nous attendons la suite des événements, rien de plus.

En d'autres termes, on espérait que le tueur remette ça, mais

commette une erreur. Malheureusement en effet, il fallait souvent que le sang coule à nouveau pour qu'on trouve la solution.
– Bah, je verrai bien, lui répondit-il. Ça m'occupera et c'est déjà ça. Pourquoi m'avez-vous dit que c'était « l'histoire du troisième coup » quand vous m'avez parlé au téléphone ?
Elle fronça les sourcils.
– On a de plus en plus de trucs de ce genre. Depuis qu'ils ont instauré la loi du « au troisième coup, c'est fini » à Sacramento, ça n'arrête pas. Je ne sais pas si vous êtes au courant puisque vous avez décroché de la profession, mais d'après cette nouvelle loi, à la troisième condamnation, c'est la prison à vie sans possibilité de remise de peine.
– Oui, j'en ai entendu parler.
– Eh bien, figurez-vous que pour certains de ces connards, ça n'a eu pour effet que de les rendre plus prudents. Maintenant, ils zigouillent leurs témoins avant de piquer le pognon, alors que le système des trois coups était censé leur faire peur ! Tout ce que j'y vois, c'est qu'on a des tas de gens qui se font tuer comme James Cordell et les deux autres de l'épicerie.
– Et vous croyez que c'est ça qu'il fait, notre bonhomme ?
– Ça m'en a l'air. Vous avez vu comment il procède, non ? Aucune hésitation. Ce fumier savait ce qu'il allait faire avant de se pointer au distributeur et dans votre supérette. Il ne voulait pas avoir de témoins. C'est cette piste-là que je travaille. Quand j'ai du temps libre, je fouille aux archives pour voir si je n'aurais pas un voleur avec deux ou trois morts à son actif. Et je crois que le type au passe-montagne en fait partie. Avant il n'était que voleur, maintenant il est voleur et assassin. L'évolution est naturelle.
– Et vous n'avez toujours rien trouvé.
– Dans les dossiers, non. Mais ou bien c'est moi qui le trouverai, ou bien c'est lui. Ce n'est pas le genre d'individu qui va se remettre dans le droit chemin tout d'un coup. Le simple fait qu'il tue des gens pour deux ou trois cents dollars signifie qu'il n'a aucune intention de retourner en taule. Il est sûr qu'il va recommencer. Je suis même assez surprise qu'il ne l'ait pas déjà fait. Deux mois se sont déjà écoulés depuis qu'il a zigouillé sa

dernière victime. Sauf qu'il commettra peut-être une petite erreur quand il remettra ça et que là, nous le coincerons. Parce que tôt ou tard, nous le serrerons. Je vous le garantis. Ma victime à moi avait une femme et deux enfants. Le petit merdeux qui a fait ça, je le pincerai.

Il acquiesça. L'indignation qui la motivait lui plaisait. On était loin du style Arrango. Il rassembla les dossiers, les bandes et informa Winston qu'il la rappellerait dès qu'il aurait tout étudié. Ce qui pourrait lui prendre plusieurs jours.

— Pas de problème. Tout ce que vous pourrez trouver, nous nous en servirons.

De retour à la Taurus, il trouva Buddy Lockridge assis le dos contre sa portière et les jambes étalées sur le siège du passager. Un livre ouvert sur les genoux, il travaillait paresseusement un riff de blues à l'harmonica. McCaleb ouvrit la portière et attendit qu'il veuille bien retirer ses jambes. Enfin il put s'asseoir et remarqua que son chauffeur lisait un livre intitulé *L'inspecteur Imanishi mène l'enquête*.

— T'as pas traîné, lui lança Buddy.
— C'est vrai. Y avait pas grand-chose à dire.

Il déposa les dossiers et les cassettes vidéo sur le plancher, entre ses pieds.

— Qu'est-ce que c'est que ça ? voulut savoir Buddy.
— Des trucs que je dois examiner.

Lockridge se pencha en avant et regarda la première page. C'était un rapport d'assassinat.

— James Cordell ? dit-il. Qui c'est ?
— Écoute, Buddy. Je pense vraiment...

Buddy Lockridge se le tint pour dit, se redressa et fit démarrer le moteur. Sans plus rien demander sur les documents.

— Bon, alors... où on va maintenant ?
— On retourne à la maison. A San Pedro.
— Je croyais que tu avais besoin de moi pour plusieurs jours ! Je ne pose plus de questions, c'est promis.

Le ton était un rien coléreux.

– Ce n'est pas ça, lui dit McCaleb. J'ai toujours besoin de toi. Mais pour le moment, il faut que je rentre et que je regarde un peu tout ça.

Accablé, Buddy jeta son bouquin sur le tableau de bord, glissa son harmonica dans le fourre-tout de la portière et enclencha la première.

10

Il y avait plus de lumière dans le salon qu'en dessous, dans la grande salle à manger. McCaleb décida que ce serait là qu'il travaillerait. Et d'ailleurs, c'était aussi dans cette pièce qu'il avait une télé et un magnétoscope encastrés dans un meuble élément. Il débarrassa la table de la cambuse, l'essuya avec une éponge et une serviette en papier et y posa la pile de rapports que Winston lui avait donnés. Il sortit ensuite un bloc-notes grand format et un crayon aiguisé du tiroir de la table à cartes et les rapporta dans la pièce.

La meilleure façon de procéder était encore de lire tous les documents dans l'ordre chronologique. Ce qui signifiait qu'il fallait commencer par l'affaire Cordell. McCaleb repassa la pile en revue et mit de côté tout ce qui concernait l'assassinat de Gloria Torres. Puis il prit le reste et en fit plusieurs tas. Dans le premier il mit les premières constatations et interrogatoires et l'inventaire des pièces à conviction, dans le second les comptes rendus des interrogatoires supplémentaires, dans le troisième les pistes qui ne menaient nulle part, et dans le dernier des rapports divers, genre données complémentaires et résumés hebdomadaires.

A l'époque où il travaillait pour le FBI, il avait coutume de débarrasser complètement son bureau et d'y étaler tous les documents d'une affaire, celle-ci pouvant lui arriver de n'importe quelle autorité policière de l'ouest des États-Unis. Épais ou minces, on lui expédiait toutes sortes de dossiers, mais il demandait toujours qu'on lui envoie la bande des premières constatations : voir les lieux mêmes où le crime s'était produit le fascinait et dégoûtait tout à la fois. Seul dans son bureau, son veston accroché au bouton de la porte et son arme enfermée dans son tiroir, il lisait tous ces documents et dans l'instant était pris de colère et du désir de se venger. Plus rien ne comptait hormis ce qu'il avait sous les yeux et c'était là, à son bureau, qu'il travaillait le mieux. Si l'agent de terrain Terry McCaleb se débrouillait correctement, le chercheur qu'il était aussi n'avait pas d'égal et ne pouvait s'empêcher d'éprouver le grand frisson chaque fois qu'il recevait un paquet de la police. Alors, la chasse au mal était de nouveau ouverte.

Il se mit à lire et encore une fois sentit ce grand frisson le parcourir.

Famille, belle maison et voitures, James Cordell s'en tirait plutôt bien dans la vie. En bonne santé physique, il avait un travail qui rapportait assez pour que son épouse puisse s'occuper à plein temps de leurs deux filles. Ingénieur consultant auprès d'une société commissionnée par l'État pour veiller à l'intégrité structurelle du système d'aqueducs qui, partant des montagnes du centre du pays, transportait l'eau jusqu'aux réservoirs du sud de la Californie, il habitait à Lancaster, au nord-est du comté de Los Angeles, et pouvait ainsi rejoindre tous les points du réseau hydraulique en moins d'une heure et demie de voiture. Le soir du 22 janvier, il rentrait chez lui après avoir passé sa journée – et elle avait été longue –, à inspecter la portion Lone Pine de l'aqueduc en ciment. C'était jour de paye, il avait décidé de s'arrêter à la Regional State Bank qui se trouvait à quinze cents mètres de chez lui. Il y avait déposé son chèque et s'était aperçu qu'il avait besoin de liquide. La balle qu'il avait reçue dans la tête l'avait laissé pour mort avant même que le distributeur ait fini de lui cracher son dû. C'était son assassin qui avait pris les billets tout neufs au fur et à mesure qu'ils sortaient de la machine.

En lisant les premiers rapports de police, McCaleb comprit vite que la presse n'avait eu droit qu'à une version édulcorée de l'histoire. Les faits décrits dans l'article que Keisha Russell lui avait lu la veille ne correspondaient pas terme à terme avec ce qu'il lisait dans son dossier. D'après le journal, le cadavre de Cordell avait été retrouvé un quart d'heure après l'agression. D'après la police au contraire, il avait été découvert presque immédiatement par un autre client, celui-ci entrant dans le parking de la banque au moment même où un autre véhicule – appartenant à l'assassin, c'était probable –, le quittait à vive allure. James Noone, le témoin, avait rapidement appelé la police en se servant de son téléphone de voiture.

L'appel ayant été relayé par un transpondeur cellulaire, l'opératrice de Police Secours n'avait pu savoir automatiquement de quel endroit James Noone lui téléphonait. Elle avait dû procéder manuellement pour y parvenir et avait malheureusement interverti deux numéros de l'adresse que Noone lui avait donnée en lui demandant d'envoyer une équipe médicale d'urgence. Dans sa déposition, Noone avait déclaré avoir regardé désespérément une ambulance qui, toutes sirènes hurlantes, fonçait vers un endroit situé sept rues plus loin. Il avait été obligé de rappeler et de tout réexpliquer à une autre opératrice. Lorsque la deuxième ambulance était enfin arrivée, James Cordell avait cessé de vivre.

En lisant ces rapports, McCaleb eut bien du mal à déterminer si ce contretemps s'était avéré fatal. La blessure que Cordell avait reçue à la tête était d'une telle gravité que, même si les secours étaient arrivés dix minutes plus tôt, cela n'aurait probablement rien changé au résultat. Sa mort était pratiquement inéluctable.

Il n'empêche : le cafouillage de Police Secours était très exactement ce dont les médias aimaient faire leurs choux gras. Au bureau du shérif, quelqu'un (le patron de Jaye Winston, sans doute) avait donc décidé de taire ce renseignement.

Ce petit micmac n'avait, en soi, guère d'importance aux yeux de McCaleb, l'intéressant étant qu'il y avait eu un témoin, et que celui-ci avait décrit le véhicule du tueur – au moins en partie. A croire sa déposition, Noone s'était en effet quasiment fait rentrer dedans par une voiture au moment où il pénétrait dans le parking de la banque. D'après lui, il s'agissait d'une Jeep Cherokee noire avec de nouvelles finitions. Il n'avait vu le chauffeur qu'une fraction de seconde, un homme de type caucasien avec des cheveux gris, ou une casquette de même couleur.

L'équipe des premières constatations ne mentionnait la présence d'aucun autre témoin. Avant de passer aux rapports complémentaires et d'étudier les résultats de l'autopsie, McCaleb décida de visionner les vidéos. Il alluma le poste de télévision et le magnétoscope et commença par la bande de la caméra de surveillance du distributeur. Comme dans l'enregistrement réalisé à la supérette de Sherman Way, le bas de la bande était occupé par les indications chronométriques. Les vues avaient été prises à l'aide d'une caméra équipée d'un fish-eye qui déformait les images.

L'homme censé être James Cordell entre dans le champ et glisse sa carte de retrait dans la fente. Tout près de la caméra, son visage masque pratiquement tout le reste de l'image. C'est là un défaut de conception – à moins que la caméra ait pour fonction non pas d'identifier des voleurs éventuels, mais de filmer des fraudeurs à la carte.

Cordell entre son numéro de code, hésite et jette un coup d'œil par-dessus son épaule droite, son regard suivant quelque chose qui passe derrière lui – la Cherokee en train de se garer dans le parking. Cordell finit de pianoter, mais a brusquement l'air inquiet. Personne n'aime aller retirer de l'argent le soir, même lorsque le distributeur est bien éclairé et situé dans un quartier peu dangereux. McCaleb n'en tirait lui-même qu'à une machine installée dans un supermarché ouvert vingt-quatre heures sur vingt-quatre, la foule jouant le rôle d'arme de dissuasion. Cordell regarde par-dessus son épaule d'un air tendu, puis adresse un signe de tête à quelqu'un hors écran et concentre à nouveau son attention sur le distributeur. L'inconnu ne semblant pas l'avoir inquiété davantage, il est clair que l'assassin ne s'est pas encore masqué le visage. Et il est probable que, malgré son calme apparent, Cordell, qui regarde attentivement la fente à billets, se répète quelque chose du genre : « Vite, nom de Dieu, vite ! »

Puis c'est presque aussitôt l'arme de l'assassin qui entre dans le champ, passe par-dessus l'épaule de Cordell et lui effleure à peine la tempe avant que le tueur décide d'appuyer sur la détente. Un brouillard de sang se répand sur la lentille de la caméra. Cordell part en avant sur la droite, semble s'écraser dans le mur où est encastré le distributeur, puis repart en arrière et s'écroule.

Le tireur entre dans le champ et s'empare des billets à mesure qu'ils sortent de la fente. McCaleb ayant arrêté l'image sur ce plan, le visage masqué du tueur occupa aussitôt tout l'écran. L'homme portait les mêmes passe-montagne et combinaison foncés que l'assassin de Gloria Torres. Comme le lui avait dit Winston, l'expertise balistique n'aurait fait que confirmer scientifiquement ce que Jaye d'abord, et lui maintenant, savaient déjà au plus profond de leur cœur : mêmes habits, même *modus operandi*, mêmes yeux morts dans les trous du passe-montagne, c'était évidemment au même bonhomme qu'on avait affaire. McCaleb appuya de nouveau sur la touche « PLAY ».

Le tireur s'empare du fric et donne l'impression de dire quelque chose, sauf que son visage n'est pas pile en face de la lentille comme dans l'enregistrement réalisé à la supérette. Cette fois-ci, on dirait plutôt qu'il se parle à lui-même. Puis il se porte brusquement sur la gauche de l'écran et se baisse pour ramasser quelque chose qu'on ne voit pas. La douille. Il repart enfin sur la droite et disparaît du champ.

McCaleb continua de regarder la bande encore un instant. Seule la forme de Cordell gisant par terre au pied du distributeur était visible, et pour tout mouvement il n'y avait plus maintenant que la mare de sang qui grandissait autour de sa tête. Coulant dans le sens de la pente, le liquide se glissait déjà dans une fissure du trottoir vers le caniveau.

Une minute plus tard, c'est un autre homme qui entre dans le champ de la caméra et se penche sur le cadavre de Cordell : James Noone. Trapu et chauve sur le dessus, il porte des lunettes à montures fines. Il touche le cou du blessé, puis se retourne – sans doute pour s'assurer qu'il est lui-même en sécurité. Puis il bondit et file, pour aller téléphoner avec son cellulaire, c'est probable. Trente secondes plus tard, il reparaît à l'écran et se met à attendre de l'aide. Il tourne souvent la tête à droite et à gauche et semble craindre que, s'il n'a pas vraiment filé en voiture, le tueur ne rôde dans les environs. Pour finir, son attention est attirée par quelque chose dans la rue. Il ouvre la bouche, crie et agite les bras au-dessus de sa tête en regardant passer l'ambulance. Puis il bondit à nouveau et une fois de plus sort du champ de la caméra.

Quelques instants plus tard, c'est l'écran qui tremble. McCaleb vérifia l'heure et découvrit que sept minutes avaient passé. Deux ambulanciers s'affairent autour de Cordell. Ils vérifient son pouls et la réaction pupillaire. Puis l'un des deux hommes lui ouvre sa chemise et l'ausculte avec un stéthoscope, l'autre revenant très vite avec un brancard. Mais le premier le regarde et secoue la tête : Cordell est mort.

Quelques instants plus tard, l'écran est vide.

Après avoir marqué une pause, par respect ou presque, McCaleb passa à la bande des premières constatations. La scène avait été manifestement filmée avec une caméra tenue à la main. Au début, c'étaient quelques plans généraux de la banque et de la rue. Dans le parking, deux véhicules : une Chevrolet blanche modèle Suburban, tellement énorme qu'elle masquait l'autre qui était garée de l'autre côté. McCaleb supposa que l'automobile appartenait à Cordell. Grosse et solide, elle était toute poussiéreuse d'avoir roulé dans la montagne et sur les routes du désert près de l'aqueduc. L'autre devait donc être la voiture du témoin, James Noone.

Sur la bande apparaissaient ensuite le distributeur et, la caméra opérant un mouvement plongeant, le trottoir couvert de sang. Le cadavre de Cordell s'y étalait à l'endroit même où les infirmiers l'avaient trouvé, puis laissé. Plus de chapeau et, sa chemise étant ouverte, c'était sa poitrine pâle qu'on avait filmée.

Pendant les quelques minutes suivantes, la caméra avait enregistré diverses séquences de l'enquête. C'était d'abord un technicien qui mesurait et photographiait les lieux du crime, puis les assistants du coroner qui travaillaient sur le cadavre, l'enveloppant dans un sac en plastique et le déposant sur une civière roulante. Enfin, un autre technicien du laboratoire et un autre encore – celui-là chargé de relever les empreintes –, entraient dans le champ et examinaient les lieux pour récolter plus d'indices. La séquence montrait aussi un spécialiste se servant d'une petite pointe en métal pour déloger la balle qui s'était fichée dans la portion de mur située à côté du distributeur.

Et soudain, McCaleb eut droit à un bonus auquel il ne s'attendait pas : le cameraman s'était mis à filmer les premières déclarations de James Noone.

Le témoin a été emmené au bord du terrain appartenant à la banque et, debout à côté d'une cabine téléphonique, il parle à un policier en uniforme. Noone est âgé d'environ trente-cinq ans. A côté du flic, il semble plutôt petit et solidement charpenté. Il porte une casquette de base-ball sur la tête. Il est maintenant très agité et semble tout à la fois ému par ce qu'il a découvert et frustré par le cafouillage des ambulanciers. La caméra a été mise en route au beau milieu de la conversation.

« – ... Tout ce que je dis, c'est qu'il avait une chance de s'en sortir.

– Oui, monsieur, je comprends. Je suis certain que ce sera une des premières choses qui seront analysées.

– Non, ce que je veux dire, c'est qu'on devrait chercher à savoir comme ce truc a pu... et le pire, c'est que nous sommes... à quoi ? moins de huit cents mètres de l'hôpital ?

– Nous en avons conscience, monsieur Noone, lui répond patiemment le policier. Mais ce serait vraiment bien si nous pouvions poursuivre. Avez-vous remarqué quoi que ce soit avant de découvrir le cadavre ? Quelque chose qui vous aurait paru inhabituel.

– Oui, j'ai vu le type. Enfin... je crois.

– De quel type me parlez-vous ?

– Du voleur. J'ai vu la voiture avec laquelle il a filé.

– Vous pourriez nous la décrire ?

– Oui. Noire, modèle Cherokee, le dernier. Pas celui qui ressemble à une boîte à chaussures.

L'adjoint avait l'air un peu perdu, mais McCaleb comprit que c'était d'une Grand Cherokee que Noone était en train de lui parler. Il est vrai aussi qu'il en avait une.

Et Noone reprend ainsi :

— J'entrais dans le parking quand il a surgi d'on ne sait où à toute allure. Il m'est presque rentré dedans. Un vrai con. J'y ai filé un grand coup de Klaxon et c'est en arrivant ici que j'ai trouvé ce type. J'ai appelé avec mon portable, mais tout a merdé.

— Oui, monsieur. Cela vous ennuierait-il de parler autrement ? Il n'est pas impossible que cet enregistrement passe au tribunal.

— Oh, excusez-moi.

— Revenons à la voiture. Avez-vous vu la plaque d'immatriculation, par hasard ?

— Je ne regardais même pas.

— Combien de personnes y avait-il dans le véhicule ?

— Une, je crois. Le chauffeur.

— Homme ou femme ?

— Homme.

— Vous pourriez me le décrire ?

— Je ne regardais pas vraiment. J'essayais juste de ne pas me faire rentrer dedans.

— Blanc ? Noir ? Asiatique ?

— Oh non, c'était un Blanc. Ça, j'en suis à peu près sûr. Mais l'identifier, non, je ne pourrais pas.

— Et les cheveux ? De quelle couleur ?

— Gris.

— Gris ?

L'officier a l'air surpris. Un voleur âgé. Ça lui paraît inhabituel.

— Je crois, oui, dit Noone. Mais c'est allé si vite… Je ne peux pas l'affirmer.

— Un chapeau ?

— Oui, ç'aurait pu en être un.

— Que voulez-vous dire ? Vous parlez du gris ?

— Oui, voilà : un chapeau gris, ou alors des cheveux. Je ne pourrais pas l'affirmer avec certitude.

— Bon. Autre chose ? Portait-il des lunettes ?

— Euh… Ou bien je ne me rappelle pas ou bien je n'ai rien vu. Je ne le regardais pas vraiment, vous savez ? En plus, comme la voiture avait des vitres fumées... La seule fois où j'ai vraiment vu le type, c'était à travers le pare-brise et je ne l'ai vu qu'une seconde. Quand il me fonçait droit dessus.

— Bien, monsieur Noone. Ça va nous aider. Il va falloir que vous nous fassiez une déposition et les inspecteurs voudront vous parler. Cela risque-t-il de vous poser des problèmes ?

— Oui, mais... qu'est-ce que je peux y faire ? J'ai envie d'aider... et j'ai essayé. Non, ça ne me gêne pas.

— Merci, monsieur. Je vais demander à un officier de vous emmener au commissariat de Palmdale. C'est là que les inspecteurs s'entretiendront avec vous. Ils vous rejoindront dès que possible et je ferai ce qu'il faut pour qu'ils sachent que vous les attendez.

— Bon, bien. Et ma voiture ?

— On vous ramènera ici quand ça sera fini. »

C'était là que la bande s'arrêtait. McCaleb l'éjecta du magnétoscope et repensa à tout ce qu'il avait vu, entendu et lu jusqu'alors. Le fait que les services du shérif n'aient pas parlé de la Cherokee noire aux médias avait quelque chose de troublant. Il allait falloir en parler avec Jaye Winston. Il le nota sur son bloc-notes, où il avait déjà inscrit plusieurs questions, et reprit les derniers rapports sur l'affaire Cordell.

L'inventaire dressé par l'équipe des premières constatations tenait sur une seule page, et quasiment blanche. Les pièces à conviction se réduisaient à la douille retirée du mur, à une douzaine d'empreintes digitales retrouvées sur le distributeur et à quelques photographies de traces de pneus qui, peut-être, appartenaient au véhicule du tireur. On avait inclus l'enregistrement de la caméra vidéo dans la liste.

Agrafées au rapport, il vit des photocopies des photos des traces de pneus et un plan fixe pris par la caméra vidéo du distributeur et où l'on voyait l'arme que le tireur tenait à la main. Une note du labo précisait que, d'après le technicien de service, les traces de pneus se trouvait sur l'asphalte depuis au moins plusieurs jours et ne serait d'aucune utilité pour l'enquête.

Un rapport du service balistique affirmait aussi que le projectile était une balle de neuf millimètres, type munition fédérale, légèrement écrasée. Il trouva aussi, attachée au compte rendu, la photocopie d'une page du rapport d'autopsie où l'on découvrait un croquis du crâne de la victime vu de haut. La trajectoire suivie par la balle y était clairement tracée. Entré un peu en avant de la tempe gauche, le projectile avait décrit une ligne droite en tourbillonnant sur lui-même, traversé tout le lobe frontal pour ressortir par la région temporale droite. Le sillon creusé par la balle faisait deux bons centimètres et demi de largeur. En l'examinant, McCaleb se dit qu'il n'avait peut-être pas été mauvais que les ambulanciers arrivent en retard. S'ils avaient réussi à sauver Cordell, cela l'aurait sans doute condamné à passer le restant de ses jours relié à une machine, dans un de ces centres médicaux qui ne sont rien d'autre que de vulgaires hangars à légumes.

Le rapport des services balistiques contenait aussi un agrandissement de l'arme du crime. Bien qu'une bonne partie en soit cachée dans le gant du tireur, les experts y avaient reconnu un Heckler & Koch P7, c'est-à-dire un pistolet neuf millimètres avec finitions au nickel et canon de quatre pouces.

Cette précision troubla beaucoup McCaleb. Le HK P7 était une arme relativement chère – dans les mille dollars sur le marché légal –, et assez peu utilisée dans les crimes de rue. Il songea que Jaye Winston avait dû se dire que le pistolet provenait d'un vol antérieur, voire d'un cambriolage. McCaleb parcourut le reste des rapports et, tiens donc, Winston lui avait effectivement sorti des conclusions d'enquête de tout le pays et dans lesquelles on trouvait mention de déclarations de vol d'HK P7. Il ne semblait pas qu'elle eût poussé plus loin. Mais, c'est vrai, nombre d'armes volées n'étaient pas signalées à la police, leurs propriétaires, qui les avaient peut-être seulement perdues, n'ayant évidemment aucun droit de les posséder. Mais, comme Winston l'avait sûrement fait avant lui, il examina la liste de ces vols, afin de voir si, nom ou adresse, quelque chose l'alertait. Il fit chou blanc. Dans les cinq vols répertoriés par Winston, on n'avait toujours pas trouvé de suspects. C'était le cul-de-sac.

Après cette liste, il trouva encore un rapport où l'on signalait tous les vols de Cherokee noires dans le comté pendant l'année écoulée. Winston s'était apparemment dit que ce véhicule détonait dans le paysage – le crime était de bas étage, mais la voiture était celle de quelqu'un qui avait de l'argent, et en conclure qu'elle avait été volée était assez raisonnable. La liste comportait vingt-quatre véhicules, mais là non plus, on n'avait pas poussé plus loin. Peut-être Winston avait-elle changé d'avis après avoir relié son affaire à celle de Torres. Le Bon Samaritain avait parlé d'un véhicule quittant le parking de la supérette et précisé que c'était peut-être une Cherokee. Cela indiquant que le tireur ne s'en était pas débarrassé, peut-être fallait-il en déduire que, tout compte fait, il ne l'avait pas volée.

Le rapport complet de l'autopsie venant ensuite, il en parcourut rapidement les pages. L'expérience lui avait appris que quatre-vingt-dix pour cent de ces travaux étaient consacrés à la description minutieuse de la procédure suivie, des caractéristiques présentées par les organes internes de la victime et de son état de santé au moment du décès. Dans les trois quarts des cas, seul comptait vraiment le résumé des conclusions. Mais dans celui de Cordell, même cette partie-là du rapport ne servait à rien tant elle était évidente. Il s'y reporta quand même et hocha la tête en lisant ce qu'il savait déjà. Les dégâts provoqués au cerveau de Cordell avaient entraîné sa mort quelques minutes seulement après l'agression.

Il mit le rapport d'autopsie de côté. La pile suivante avait à voir avec la théorie du « au troisième coup, c'est fini » évoquée par Winston. Parce qu'elle croyait que le tireur était un ancien détenu qui, à cause d'une autre condamnation, risquait la prison à vie sans possibilité de remise de peine, elle était allée voir les contrôleurs de liberté sous condition de Van Nuys et Lancaster et avait sorti les dossiers de tous les bonshommes qui avaient commis des agressions à main armée et, de type caucasien, avaient une ou deux autres condamnations à leur passif. Tous risquaient une grosse peine si jamais ils se faisaient arrêter. Les officiers de contrôle qui travaillaient le plus près des endroits où s'étaient déroulées les deux dernières agressions à main armée avaient quatre-vingt-un individus à surveiller.

Avec d'autres policiers, Winston en avait lentement épluché

la liste. Selon les rapports, tous ou presque avaient reçu leur visite. Sur les quatre-vingt-un qu'ils étaient, seuls sept d'entre eux n'avaient pu être retrouvés. Après avoir rompu le contrat, ils avaient dû quitter la région, ou, s'ils s'y trouvaient encore, se cachaient pour perpétrer d'autres agressions, voire commettre des meurtres. Pour ces gens-là, des avis de recherche étaient communiqués à tous les terminaux des bureaux de maintien de l'ordre du pays. Presque quatre-vingt-dix pour cent des individus qu'on avait contactés et interrogés aussitôt avaient pu fournir des alibis les dégageant de toute responsabilité dans le meurtre. Sept autres avaient été écartés suite à des recoupements et compléments d'enquêtes montrant qu'ils n'avaient pas la taille du tireur filmé par la caméra vidéo. Deux d'entre eux enfin avaient été éliminés à cause de handicaps dûment répertoriés et faisant d'eux des boiteux qui ne pouvaient pas simuler – et l'assassin, lui, ne boitait pas.

A part les sept hommes de la liste qu'on n'avait pas retrouvés, la théorie du « trois coups et c'est fini » ne menait nulle part, mais Winston semblait espérer que, l'un d'entre eux finissant par se montrer, on pourrait lui coller le meurtre sur le dos.

McCaleb passa aux derniers rapports qu'on avait préparés sur l'affaire Cordell. Il y trouva deux compléments d'interrogatoire de James Noone au Star Center. Son histoire ne variait pas et les souvenirs qu'il avait gardés de l'homme à la Cherokee ne s'étaient pas améliorés.

Il y avait encore un croquis des lieux du crime et quatre comptes rendus d'interrogatoires instantanés qu'on avait fait subir à des chauffeurs de Cherokee noires arrêtés à des barrages routiers. Ces interrogatoires s'étaient déroulés à Lancaster et Palmdale, soit à moins d'une heure de route du lieu du crime, les officiers qui les avaient conduits ayant été avertis par radio que le suspect s'était servi d'une Cherokee pour s'enfuir. On avait vérifié par ordinateur les identités de tous les conducteurs, ceux-ci ayant été libérés dès que leur innocence avait été établie. C'était à Winston que, l'affaire terminée, tous ces rapports avaient été expédiés.

La dernière pièce du dossier qu'il parcourut fut la note récapitulative que Winston avait rédigée. C'était bref et précis.

« Aucune piste nouvelle pour l'instant. L'officier chargé de l'enquête attend des renseignements complémentaires qui pourraient conduire à l'identification d'un suspect. »

Winston était dans une impasse et attendait. Elle avait besoin de sang frais.

McCaleb tambourina sur la table du bout des doigts en réfléchissant à ce qu'il venait de lire. Il approuvait toutes les mesures que Winston avait prises, mais essaya de trouver ce qu'elle aurait pu laisser passer et ce que, peut-être, on pouvait faire d'autre. Sa théorie du « après trois coups, c'est fini » lui plaisant bien, il partageait la déception qu'elle avait dû éprouver de ne pouvoir sortir aucun suspect de la liste des quatre-vingt-un, et le fait que la plupart d'entre eux aient été mis hors de cause grâce à leurs alibis le chagrinait au moins aussi fort. Comment autant de petits fumiers pouvaient-ils se rappeler l'endroit exact où ils étaient deux soirs différents ? Il s'était toujours méfié des alibis lorsqu'il traitait une affaire.

Une idée lui venant, il cessa de tambouriner et étala tous les rapports de l'affaire Cordell sur la table. Il n'avait pas besoin de les examiner pour savoir que ce qu'il cherchait ne s'y trouvait pas : Winston n'avait tout simplement pas soumis ses théories à l'épreuve du quadrillage géographique.

Il se leva et quitta le *Following Sea*. Assis dans son cockpit, Buddy Lockridge était en train de réparer une combinaison de plongée déchirée lorsqu'il entra.

– Hé, t'as du boulot ? lui demanda-t-il.

– Un type au mouillage des millionnaires m'a demandé de lui gratter la coque de son Bertram. C'est un modèle 60. Mais si tu as besoin que je te conduise quelque part, je peux faire ça plus tard. Il ne se sert de son bateau qu'une fois par mois.

– Non. Je voulais seulement savoir si tu n'aurais pas un atlas Thomas Brothers que je pourrais t'emprunter. Le mien est dans ma voiture et je n'ai pas envie d'enlever la bâche pour le prendre.

– J'en ai un. Dans mon taureau.

Lockridge fouilla dans sa poche, sortit les clés de sa voiture et les lui jeta. En gagnant la Taurus, McCaleb jeta un coup d'œil au mouillage des millionnaires. Deux fois plus longs et larges que les autres, les emplacements pouvaient y recevoir les plus grands yachts du port de plaisance de Cabrillo. Il repéra le Bertram 60 et le trouva beau. Un joujou qui avait dû coûter un bon million et demi de dollars à son propriétaire. Tout ça pour ne s'en servir qu'une fois par mois, ça faisait beaucoup.

Il sortit l'atlas de la voiture de Lockridge, lui rendit les clés, regagna son bateau et se mit au travail. Il commença par les déclarations de vols de Cherokee et de pistolets HK P7. Il les numérota et les reporta, selon les adresses, sur la page de l'atlas qui convenait. Puis il passa à la liste des suspects de la théorie « après trois coups, c'est fini » et, en recourant au même procédé, dressa la carte des lieux de travail et de résidence de tous ceux qui y étaient recensés. Troisième et dernière tâche, il marqua les lieux où s'étaient produits les meurtres.

Cela lui prit presque une heure, mais lorsqu'il en eut terminé, une certaine excitation le gagna. Dans la liste des quatre-vingt-un, un nom se détachait nettement lorsque, par repérage géographique, on le reliait à la fusillade de la supérette de Sherman Market et au vol d'un HK P7.

L'homme, un dénommé Mikhaïl Bolotov, était un émigré russe de trente ans qui avait déjà fait deux séjours dans les prisons de Californie pour vol à main armée. Il habitait et travaillait à Canoga Park, son appartement se trouvant près du Sherman Way, en retrait de DeSoto, soit à environ un kilomètre et demi de la supérette où Gloria Torres et Kyungwon Kang s'étaient fait assassiner. Il travaillait dans une fabrique de pendules de Winnetka Street, qui n'était guère qu'à huit rues au sud et deux à l'ouest du petit magasin. Dernier point – et c'était celui-là qui l'excitait le plus –, le Russe travaillait aussi à quatre rues d'une maison de Canoga Park d'où un HK P7 avait disparu au cours d'un cambriolage perpétré au mois de décembre précédent. C'était en lisant la déclaration de vol que McCaleb avait remarqué que l'inconnu avait volé plusieurs cadeaux disposés au pied de l'arbre de Noël, dont un HK P7 flambant neuf que, présent digne d'un citoyen de Los Angeles, le maître de maison avait offert à son épouse. Le cambrioleur n'avait laissé aucune empreinte derrière lui.

McCaleb relut tous les rapports du contrôleur de liberté sous condition et parcourut celui de l'officier chargé de l'enquête. Bolotov avait pas mal d'agressions à son actif, mais n'était soupçonné d'aucun meurtre avant sa dernière incarcération et n'avait jamais eu d'ennuis avec les représentants de la loi depuis sa mise en liberté trois ans plus tôt. Il répondait à toutes les convocations et, en apparence au moins, semblait se conduire comme il fallait.

C'était sur son lieu de travail que deux enquêteurs du bureau du shérif, Ritenbaugh et Aguilar, l'avaient interrogé sur l'affaire Cordell. Cela s'était passé quinze jours après le meurtre, mais presque trois semaines avant ceux de la supérette de Sherman Market. Qui plus était, il semblait bien que l'interrogatoire ait eu lieu avant que Winston ait ressorti la liste des déclarations de vols d'HK P7. Pour McCaleb, c'était sans doute la raison pour laquelle on n'avait pas vu que le Russe faisait un suspect de première importance par les seuls lieux où il habitait et travaillait. Pendant son interrogatoire, Bolotov avait apparemment assez bien répondu pour qu'on ne le soupçonne de rien. En plus, son employeur lui avait fourni un alibi en déclarant que, le soir où James Cordell avait été assassiné, Bolotov avait effectué normalement son service, de deux heures de l'après-midi à dix heures du soir. Il s'était même donné la peine de montrer aux inspecteurs des fiches de paie et des cartes de pointage où ses heures de travail étaient clairement indiquées. Ritenbaugh et Aguilar n'avaient pas cherché plus loin. Il aurait été physiquement impossible à Bolotov de se rendre de Canoga Park à Lancaster en dix minutes – même en hélicoptère. Ritenbaugh et Aguilar étaient alors passés au suivant sur la liste des candidats au « après trois coups, c'est fini ».

– Mon cul ! s'exclama McCaleb.

Tout cela l'excitait beaucoup. La piste Bolotov devait être à nouveau vérifiée, quoi que le patron du Russe ait pu raconter. Le vol à main armée et pas du tout la fabrication de pendules, telle était sa profession. Sa proximité avec les lieux sur lesquels on avait enquêté était telle qu'il fallait absolument le repasser au gril. McCaleb eut le sentiment d'avoir au moins trouvé quelque chose qui lui donnait le droit d'aller revoir Winston.

Il prit vite quelques notes dans son bloc, puis reposa celui-ci de côté. Il était épuisé par le travail qu'il avait accompli et sentait déjà les battements lourds de la migraine qui s'annonçait. Il regarda sa montre et se rendit compte que le temps avait filé sans qu'il s'en aperçoive : il était déjà deux heures. Il savait qu'il lui fallait avaler quelque chose, mais il n'avait envie de rien manger de particulier. Il décida de piquer un somme et descendit au salon.

11

Requinqué par ce somme d'une petite heure pendant lequel il n'avait pas fait de rêves dont il pût se souvenir, il se prépara un sandwich au fromage et au pain blanc, ouvrit une boîte de Coca pour faire descendre et regagna la table de la cambuse pour revoir toute l'affaire Gloria Torres.

Il commença par revisionner l'enregistrement vidéo pris dans la supérette de Sherman Market. Il l'avait déjà vu deux fois en compagnie d'Arrango et Walters, mais décida qu'il avait besoin de se le repasser. Il glissa la cassette dans le magnétoscope et la regarda en vitesse normale, puis alla poser son reste de sandwich dans l'évier. Il n'arrivait plus à manger tant il avait l'estomac noué.

Il rembobina la bande et commença à la repasser, mais au ralenti cette fois. Les gestes de Gloria lui paraissant aussitôt calmes et pleins de langueur, il en vint presque à lui retourner le sourire qu'elle avait. Il se demanda à quoi elle pensait. Souriait-elle pour M. Kang? Il en douta. Son sourire avait quelque chose de secret et venait du plus profond d'elle-même. Il se dit qu'elle pensait à son fils et sut alors que ce dernier moment de conscience qu'elle avait eu l'avait au moins rendue heureuse.

A défaut de lui apporter des idées nouvelles, revoir la bande ralluma sa colère contre le tueur. Il passa à l'enregistrement des premières constatations et regarda comment on avait mesuré et quantifié le carnage. On avait, bien évidemment, enlevé le corps de Gloria, les traces de sang à l'endroit où elle s'était effondrée étant minimes – grâce au Bon Samaritain. Mais le cadavre du patron de la supérette était toujours recroquevillé derrière le comptoir, le sang qu'il avait perdu semblant l'entourer de tous côtés. McCaleb pensa à la vieille femme qu'il avait vue dans le magasin la veille : elle se tenait à l'endroit même où son mari s'était écroulé. Cela exigeait un certain courage, et d'une nature que McCaleb ne pensait pas avoir.

Il arrêta la bande et revint à la pile de rapports. Arrango et Walters avaient beaucoup moins écrit que Winston. Il essaya de se dire que cela n'avait aucune signification particulière, mais ne put s'empêcher d'y penser. De par son expérience, il savait que l'épaisseur du dossier dit non seulement le sérieux de l'enquête, mais aussi jusqu'à quel point les inspecteurs s'engagent à réussir. Il croyait fermement que la victime et l'enquêteur sont liés l'un à l'autre. Tous les flics des homicides le croyaient. Certains prenaient l'affaire à cœur, d'autres s'y investissaient nettement moins, par simple nécessité psychologique de ne pas être trop envahis par les faits. Mais cette croyance était ancrée en tous. Foi religieuse ou pas, il n'était même pas besoin de croire que l'âme du défunt vous surveillait. Même ceux qui pensaient que tout se termine avec le dernier souffle voulaient encore parler pour les morts. C'était votre nom qu'on chuchotait en rendant l'âme. Mais seul l'enquêteur l'entendait. Et seul lui le savait. Seul le crime de sang donnait naissance à un tel pacte.

Il sépara les protocoles des rapports d'autopsie de Torres et de Kang afin de les étudier en dernier. Comme dans le dossier Cordell, il le savait, les rapports d'autopsie ne lui fourniraient guère d'indices modifiant ce qui était déjà évident à ses yeux. Il parcourut rapidement les premières constatations et passa au maigre dossier des témoignages. Pompiste, automobiliste qui passait par là, employé de la salle de presse du *Times* qui travaillait avec Gloria, tous autant qu'ils étaient, ces gens avaient joué un petit rôle dans l'affaire. Il y avait aussi des résumés d'enquêtes, des rapports supplémentaires, des notes, des constats et une fiche chronologique détaillant les déplacements et appels de tous les inspecteurs chargés de l'enquête. Tout en bas de cette pile se trouvait la transcription de l'appel à Police Secours passé par le Bon Samaritain qui, toujours inconnu pour l'instant, s'était retrouvé sur les lieux du crime juste après que celui-ci eut été commis et avait essayé de sauver Gloria. A travers le document apparaissait un homme qui avait du mal à parler anglais et décrivait la fusillade le plus vite qu'il pouvait. Cela étant, il avait refusé l'offre que lui avait faite l'opératrice de lui passer quelqu'un qui parlait espagnol.

INCONNU : Il faut que j'aille. La fille est touchée sérieux. L'homme, il court. Il part en voiture. Voiture noire, comme un camion.
L'OPÉRATRICE : S'il vous plaît, monsieur, ne raccrochez pas... Monsieur ? Monsieur ?

Ça s'arrêtait là. Le Bon Samaritain avait disparu. Il avait bien mentionné la présence du véhicule, mais n'avait donné aucun signalement du suspect.

Après ce document se trouvait un rapport des services de la balistique identifiant les projectiles retrouvés pendant l'opération tentée sur Gloria Torres et l'autopsie pratiquée sur le cadavre de Kyungwon Kang : balles de 9 mm, munitions fédérales. L'analyse d'un plan fixe pris par la caméra vidéo du magasin faisait apparaître que là encore, l'arme du crime était un HK P7.

En finissant de relire le reste des documents, McCaleb fut soudain frappé par le fait qu'il n'y avait pas le moindre résumé chronologique dans tout le dossier. A la différence de l'affaire Cordell dans laquelle il n'y avait qu'un seul témoin, le dossier Rivers comportait diverses déclarations de témoins secondaires, avec précisions de dates et d'heures. Il semblait pourtant bien que les inspecteurs n'aient pas jugé bon de tout resituer dans le temps. Ils n'avaient pas recréé la chaîne d'incidents dont l'événement était la somme.

McCaleb se renversa en arrière et réfléchit un instant. Pourquoi cette récapitulation chronologique ne figurait-elle pas au dossier ? Cette pièce aurait-elle même été utile si elle avait existé ? Sans doute pas au début, décida-t-il. Pour identifier un tueur, cela n'aurait pas servi à grand-chose et, au début au moins, rien d'autre ne comptait. Cela étant, il aurait quand même fallu procéder à l'analyse séquentielle de l'événement plus tard, après que la poussière fut retombée, si l'on peut dire. McCaleb avait souvent conseillé aux enquêteurs qui lui envoyaient ses affaires de dresser cet inventaire chronologique. Cela pouvait servir à casser des alibis, à trouver des trous dans les emplois du temps des témoins, tout simplement à donner à l'enquêteur une meilleure connaissance et compréhension de ce qui s'était produit.

McCaleb savait parfaitement qu'il commentait le match après coup. Arrango et Walters n'avaient pas eu la chance de tomber sur une affaire deux mois après les faits. Peut-être avaient-ils songé à établir ce récapitulatif... avant d'oublier. Ils avaient d'autres soucis.

McCaleb se leva et regagna la cambuse pour allumer la cafetière électrique. Il se sentait de nouveau fatigué alors qu'il n'était réveillé que depuis une heure et demie. Il ne buvait plus guère de café depuis l'opération. Le Dr Fox lui avait recommandé d'éviter la caféine et chaque fois qu'il avait passé outre à ce conseil, il avait ressenti de légers tremblements dans la poitrine. Mais il voulait rester éveillé pour pouvoir finir son travail. Il prit le risque.

Lorsque le café fut prêt, il s'en versa une tasse et y ajouta une bonne quantité de sucre et de lait. Il se rassit et s'en voulut d'avoir cherché à excuser Arrango et Walters. Ils auraient dû se donner le temps d'étudier le dossier à fond. Il se sentit en colère contre lui-même d'avoir pensé autre chose.

Il reprit son bloc-notes et commença à relire les déclarations des témoins en notant les instants cruciaux et résumant ce que chacun d'entre eux avait apporté de nouveau à l'enquête. Puis il reporta dans son suivi chronologique d'autres indications d'heures et de dates glanées dans divers dossiers. Il lui fallut une heure pour arriver au bout de sa tâche, heure pendant laquelle il remplit trois fois sa tasse sans même y penser. Lorsqu'il eut terminé, son travail s'étalait sur deux pages de son bloc-notes. Mais il y avait un problème, et il le comprit tout de suite en examinant son travail : hormis dans certains recoupements, la séquence manquait de précision et contenait des invraisemblances, voire de franches impossibilités.

22 heures 01 : fin du service B, salle de presse du *Los Angeles Times*, local de Chatsworth. Gloria pointe avant de sortir.

22 heures 10 environ : Gloria quitte les lieux avec sa collègue Annette Stapleton. Elles bavardent dans le parking pendant environ cinq minutes. Gloria s'éloigne dans sa Honda Civic bleue.

22 heures 29 : Gloria à la station-service Chevron, croisement des rues Winnetka et Roscoe. Self-service. Montant débité sur la carte de crédit : 14 $ 40. Le pompiste Connor Davis se souvient d'elle comme d'une cliente qui s'arrête à sa station le soir et lui demande souvent des résultats sportifs parce qu'il écoute la radio. Heure notée sur le ticket de la carte de crédit.

22 heures 40-22 heures 43 environ : l'automobiliste Ellen Taaffe passe dans Sherman Way (direction est), vitres baissées. Elle entend une détonation en passant à la hauteur de la supérette. Elle regarde, mais ne voit rien d'anormal. Deux voitures dans le parking. Des panneaux publicitaires posés sur les vitrines du magasin empêchent de voir à l'intérieur. Alors qu'elle est en train de regarder, elle entend une autre détonation, mais encore une fois elle ne remarque rien d'anormal. D'après Taaffe, les détonations ont claqué au début du bulletin d'informations sportives de la station radio KFWB, soit à 22 heures 40.

22 h 41 m 03 s : inconnu accent espagnol appelle Police Secours et déclare qu'une femme vient d'être abattue à la supérette de Sherman Market et qu'elle a besoin d'aide. Ne reste pas jusqu'à l'arrivée de la police. Immigré clandestin ?

22 h 41 m 37 s : Gloria Torres est tuée par balle, heure donnée par le chrono de la caméra vidéo.

22 h 42 m 55 s : le Bon Samaritain entre dans le magasin et porte secours à Gloria. Heure donnée par le chrono de la caméra vidéo.

22 h 43 21 s : Ellen Taaffe se sert téléphone voiture pour avertir Police Secours qu'elle a peut-être entendu des coups de feu. On lui dit qu'on a déjà été averti de la fusillade. Ses nom et adresse transmis aux inspecteurs.

22 h 47 : arrivée de l'ambulance. Gloria transportée au Centre médical de Northridge. Kyungwon Kang déclaré mort.

22 h 49 : police sur les lieux du crime.

Il relut encore une fois son suivi chronologique. Il savait qu'enquêter sur un homicide n'est pas une science exacte, mais sentait que sa chronologie ne marchait pas. En s'en tenant aux premières constatations, les enquêteurs avaient arrêté que les coups de feu avaient été tirés entre 22 heures 40 et 22 heures 41. Pour arriver à cette conclusion, ils s'étaient servi du seul pointage horaire qu'ils savaient exact et inattaquable – l'heure notée au central de dispatching de Police Secours. Le premier appel signalant des coups de feu – celui du Bon Samaritain – avait été passé à l'opératrice à 22 heures 41 minutes et 3 secondes. En s'appuyant sur ce renseignement et sur la déclaration d'Ellen Taaffe selon laquelle elle avait, elle, entendu les coups de feu un peu après le début des informations sportives sur KFWB, ils avaient conclu que la fusillade avait dû survenir après 22 heures 40 mais avant 22 heures 41 minutes et 3 secondes, heure à laquelle le Bon Samaritain avait appelé.

Ce bornage chronologique était évidemment en contradiction avec le 22 heures 41 minutes et 37 secondes donné par la caméra vidéo du magasin lorsque les coups de feu avaient retenti.

McCaleb reprit encore une fois les rapports en espérant y avoir loupé une page où quelque chose aurait expliqué ce hiatus. Mais non, rien. Il tambourina de nouveau sur la table pendant quelques instants et réfléchit à diverses possibilités. Puis il consulta sa montre et s'aperçut qu'il était presque cinq heures. Il n'y avait guère de chances pour que l'un quelconque des enquêteurs fût encore au bureau.

Encore une fois, il reprit le suivi chronologique qu'il avait établi en se disant que peut-être il y trouverait une raison à l'anomalie, son regard s'arrêtant sur le deuxième appel passé au central de Police Secours. Ellen Taaffe, qui avait entendu les détonations, avait appelé de son portable à 22 heures 43 minutes et 21 secondes pour signaler les coups de feu et s'était entendu répondre que quelqu'un l'avait fait avant elle.

Il réfléchit encore. Les inspecteurs s'étaient appuyés sur ce témoignage pour conclure que les meurtres s'étaient produits entre 22 heures 40 et 41, heure à laquelle commençait le bulletin sportif. Et pourtant, lorsque Ellen Taaffe avait appelé, ils connaissaient déjà la nouvelle. Pourquoi avait-elle attendu deux minutes pour appeler ? Lui avait-on même seulement demandé si elle avait vu le Bon Samaritain ?

McCaleb feuilleta rapidement la pile de dossiers jusqu'au moment où il retrouva la déposition d'Ellen Taaffe. Une seule page, texte de cinq centimètres de long et tapé à la machine, juste au-dessus de la signature. Rien n'y disait combien de temps s'était écoulé entre le moment où elle avait entendu les détonations et celui où elle avait appelé Police Secours. Mais on y lisait bien qu'à son avis il y avait deux voitures garées devant le magasin, véhicules dont elle n'avait pas pu identifier le type, ni dire s'ils étaient vides ou s'il s'y trouvait quelqu'un.

Il regarda le cadre réservé à l'identité du déclarant. Agée de trente-cinq ans, Ellen Taaffe était mariée. Elle habitait dans le quartier de Northridge et travaillait comme cadre dans une agence de chercheurs de têtes. Elle rentrait en voiture du cinéma de Topanga Plaza lorsqu'elle avait entendu les coups de feu. Elle avait donné ses numéros personnel et professionnel. McCaleb décrocha son téléphone et l'appela à son bureau. Une secrétaire lui répondit, corrigea la façon dont il prononçait le nom de sa patronne et ajouta que celle-ci était sur le point de partir.

– Ellen Taaffe, dit une voix.

– Oui... bonjour, madame. Vous ne me connaissez pas. Je m'appelle McCaleb et j'enquête sur la fusillade qui s'est déroulée il y a quelques mois de ça dans Sherman Way. Celle que vous avez entendue et dont vous avez parlé à la police...

Le soupir qu'elle poussa lui indiqua que son appel la dérangeait.
— Je ne comprends pas, lui répondit-elle. J'ai déjà parlé de ça avec les inspecteurs. Vous êtes de la police ?
— Non, je... je travaille pour la famille de la femme qui s'est fait tuer. Je tombe au mauvais moment ?
— Oui, je m'apprêtais à partir. J'aimerais filer avant les embouteillages et... franchement, je ne vois pas bien ce que je pourrais vous apprendre de plus. J'ai déjà tout dit aux flics.
— Ça ne vous prendra qu'une minute. Je n'ai que deux ou trois questions à vous poser. Cette femme avait un petit garçon et tout ce que je veux, c'est attraper le type qui l'a tuée.
Il l'entendit soupirer à nouveau.
— Bon, je veux bien essayer de vous aider. Quelles sont vos questions ?
— Un, combien de temps s'est-il écoulé entre le moment où vous avez entendu les coups de feu et celui où vous avez appelé Police Secours avec votre portable ?
— Aucun. J'ai appelé tout de suite. Les armes à feu, j'ai grandi dans une maison où il y en avait partout. Mon père était officier de police et j'allais parfois m'entraîner au tir avec lui. Je savais très bien que c'était un coup de feu que j'avais entendu. J'ai téléphoné tout de suite.
— C'est-à-dire que... j'ai le dossier de police sous les yeux et il y est dit que vous avez entendu les détonations aux environs de vingt-deux heures quarante, mais que vous n'avez pas appelé avant vingt-deux heures quarante-trois. Je ne...
— Ce qu'on ne vous dit pas, c'est que j'ai eu droit à un disque. J'ai appelé tout de suite, mais on m'a fait attendre. Toutes les lignes étaient occupées et j'ai dû patienter. Combien de temps, je ne sais pas. C'était exaspérant. Et quand j'ai eu l'opératrice, elle m'a dit qu'on les avait déjà avertis.
— Combien de temps pensez-vous avoir été mise en attente ?
— Je viens de vous dire que je n'en suis pas sûre. Disons une minute. Peut-être plus, peut-être moins. Je ne sais pas.
— Bon... D'après votre déposition, vous auriez entendu la première détonation et auriez tout de suite regardé le magasin

par la vitre de votre voiture. Et après, vous auriez entendu un deuxième coup de feu et auriez vu deux voitures dans le parking. Voici donc ma deuxième question : avez-vous vu quelqu'un dehors ?
— Non. Il n'y avait personne. Ça aussi, je l'ai dit à la police.
— Le magasin était éclairé. Peut-être auriez-vous pu voir s'il y avait quelqu'un dans ces voitures.
— Peut-être, mais je n'y ai vu personne.
— L'un de ces véhicules était-il une espèce de camionnette de sport genre Cherokee ?
— Je ne sais pas. Les flics m'ont déjà posé cette question. Mais moi, c'était sur le magasin que je portais mon attention. C'était de l'autre côté des voitures que je regardais.
— Diriez-vous qu'elles étaient foncées ou claires ?
— Je ne sais vraiment pas. Je viens de vous le dire et on a déjà vu ça avec la police. Ils ont tous...
— Avez-vous entendu un troisième coup de feu ?
— Un troisième coup de feu ? Non, je n'en ai entendu que deux.
— Mais comme il y en a eu trois, vous ne savez pas si ce sont les deux premiers ou les deux derniers que vous avez entendus... c'est ça ?
— C'est ça.
Il réfléchit quelques secondes à ce qu'elle venait de lui dire et conclut qu'il était effectivement impossible de savoir si c'était les deux premiers ou les deux derniers coups de feu qu'elle avait entendus.
— Bon, ce sera tout, madame Taaffe, dit-il. Merci beaucoup. Vous m'avez bien aidé et je suis désolé de vous avoir dérangée.
Si elle répondait à la question qu'il se posait sur le retard dans l'appel à Police Secours, cette conversation laissait entière celle du hiatus entre l'heure à laquelle le Bon Samaritain avait appelé et celle indiquée sur la bande enregistrée par la caméra de surveillance du magasin. Il consulta encore une fois sa montre. Il était maintenant plus de cinq heures. Tous les inspecteurs avaient dû partir, mais il décida quand même de tenter sa chance en appelant la West Valley Division.

À sa surprise, on lui annonça qu'Arrango et Walters étaient toujours là et lui demanda lequel des deux il voulait. Walters s'étant montré plus sympathique que son collègue, ce fut lui qu'il demanda. L'inspecteur décrocha au bout de trois sonneries.
— Terry McCaleb à l'appareil, dit-il. C'est au sujet de l'affaire Gloria Torres.
— Ouais.
— Vous savez probablement que j'ai eu le dossier de police par l'intermédiaire de Jaye Winston, au bureau du shérif.
— Ouais, et ça ne nous plaît pas trop. On a aussi eu un appel du torchon local. Une journaliste. Et ça, c'est pas bien. Je ne sais pas à qui vous avez parlé, mais...
— Écoutez. C'est votre collègue qui m'a mis dans un pétrin tel que j'ai dû chercher mes renseignements où je pouvais les trouver. Ne vous inquiétez pas pour le *Times*. Cette histoire, ils ne sont pas prêts de la sortir parce que, au fond, il n'y en a pas, enfin... pas pour le moment.
— Et il vaudrait mieux que ça reste comme ça. D'ailleurs je suis assez occupé en ce moment... Vous avez des trucs ?
— Pourquoi ? Vous avez une affaire ?
— Ouais. Ça tombe comme des mouches dans la Big Valley.
— Bon, écoutez, je ne vais pas vous retenir trop longtemps. J'ai juste une question que peut-être...
Il attendit. Walters garda le silence. Il avait l'air d'avoir beaucoup changé depuis la veille. McCaleb se demanda si Arrango ne s'était pas assis à côté de lui pour écouter la conversation. Il décida de pousser encore un peu.
— J'aimerais juste préciser la chronologie, reprit-il. D'après la vidéo du magasin, la fusillade se serait déroulée à... (il regarda vite son suivi) ... voyons... vingt-deux heures quarante et trente-sept secondes. Mais il y a aussi les relevés d'appels à Police Secours et là, ça nous donne que notre bon Samuel aurait appelé à très exactement... vingt-deux heures quarante et une et trois secondes. Vous voyez où je veux en venir ? Comment se fait-il que le type ait appelé trente-quatre secondes avant la fusillade ?
— C'est simple. C'est la caméra vidéo qui ne donnait pas l'heure exacte. Elle avançait.

— Ah oui, bien sûr ! s'écria McCaleb comme si cette possibilité ne l'avait même pas effleuré. Vous avez vérifié ?

— C'est mon collègue qui l'a fait.

— Vrai ? Parce que je n'ai pas vu de rapport le signalant.

— Écoutez. Il a appelé la société de gardiennage, il a vérifié mais n'a pas fait de rapport... d'accord ? Le type qui avait installé le système l'avait fait plus d'un an auparavant... juste après que M. Kang s'était fait dévaliser pour la première fois. Et Eddie lui a parlé, à ce type. Il avait mis le chrono de la caméra à l'heure qu'indiquait sa montre et il n'y était pas retourné depuis lors. Il avait montré à M. Kang comment faire pour remettre le chrono à l'heure après une panne de courant ou autre.

— Bon, bon, dit McCaleb sans trop savoir où tout cela le menait.

— Bref, on n'en sait pas plus que vous. Est-ce que le chrono donnait l'heure fixée par l'installateur ou bien est-ce que le vieux l'avait remis plusieurs fois à l'heure, on n'en sait rien. Mais, dans l'un comme dans l'autre cas, ça ne change rien quant au fond. On ne peut pas être certain que le chrono ait été réglé sur la montre de x ou y. Et peut-être qu'il avançait d'une ou deux secondes tous les quinze jours. Qui sait ? On ne peut pas s'y fier, c'est tout ce que je dis. Mais le chrono de Police Secours, ça oui, c'est du solide. Cette heure-là, on sait qu'elle est bonne et c'est en partant de là qu'on a bâti le dossier.

McCaleb garda le silence, Walters semblant y voir une manière de reproche.

— Écoutez, le chrono de la caméra, c'est juste un détail qui ne veut rien dire de toute façon. Si on s'inquiétait de tous les petits trucs qui ne collent pas exactement, on en serait toujours à notre premier dossier. Je suis occupé, moi. C'est tout ce que vous avez ?

— Ben oui. Bref, vous n'avez donc jamais vérifié le chrono de surveillance. Vous savez... quand on vérifie tout d'après l'heure donnée par le chrono du central ?

— Non, on ne l'a pas fait. On y est retournés quelques jours plus tard, mais il y avait eu une panne de courant... le vent de Santa Ana avait abattu des poteaux électriques. Mais comme l'heure ne nous servait déjà plus à rien...

– C'est dommage.
– Ouais, c'est vraiment dommage, mais bon... Allez, faut que j'y aille. On reste en contact ? Si vous avez quelque chose, vous nous appelez avant Winston ou alors on vous fait la gueule. D'accord ?
– C'est promis. Je vous appellerai.
Il raccrocha. Puis il reposa le combiné et le regarda fixement pendant quelques instants en se demandant comment il allait continuer et ce qu'il devait faire. Il fonçait dans le mur, mais depuis toujours il avait l'habitude de reprendre tout au début lorsque ça lui arrivait. Et reprendre au début, c'est le plus souvent en revenir aux premières constatations sauf que, cette fois, la situation était différente. Le lieu du crime, il pouvait aller le voir.

Il remit la vidéo des meurtres de la supérette dans le magnétoscope et regarda encore une fois la bande au ralenti, ses mains s'accrochant si fort au rebord de la table que les phalanges et les articulations de ses doigts commencèrent à lui faire mal. Ce ne fut qu'au troisième passage qu'il remarqua quelque chose qui était là depuis toujours, mais qu'il avait loupé à chaque coup.

La montre de Kyungwon Kang. Celle que son épouse portait maintenant. Sur l'enregistrement, on la voyait au moment où Kang essayait désespérément de se rattraper au comptoir.

En la faisant avancer et reculer, il bidouilla la bande pendant quelques minutes, jusqu'au moment où il put enfin arrêter l'image sur le meilleur plan de la montre. S'il en vit clairement le cadran, la caméra murale, qui était placée en hauteur, ne put, elle, lui montrer les chiffres digitaux qui s'y affichaient. L'heure n'y était tout simplement pas lisible.

Il resta assis à contempler le plan fixe et se demanda s'il devait pousser plus loin. En arrivant à voir les chiffres sur le cadran, il pourrait trianguler l'heure de la fusillade en la comparant à celle indiquée par la caméra vidéo et à celle donnée par le central de Police Secours. Mais cela avait-il un sens ? Walters avait au moins raison sur un point : dans une enquête il y a toujours des détails qui clochent et des fils qui ne se rattachent à rien. Essayer de tout renouer valait-il tout le temps qu'il faudrait y passer, il n'en était pas certain.

Il en était là de ses réflexions lorsque quelque chose l'interrompit. A force de vivre sur un bateau, il avait appris à comprendre les subtiles descentes et remontées de sa maison flottante et savait tout de suite si telle oscillation était due aux évolutions d'une embarcation dans le chenal ou au fait que quelqu'un était en train de monter à bord. Il avait senti que son bateau s'enfonçait légèrement, il regarda aussitôt par-dessus son épaule, du côté de la porte coulissante. Graciela Rivers venait juste d'arriver sur le pont et se tournait vers un petit garçon pour l'aider à monter. Raymond. Le dîner. Il avait complètement oublié.

– Merde ! dit-il en éteignant vite le magnétoscope et en se levant pour aller les accueillir.

12

– Vous aviez oublié, n'est-ce pas ? lui lança-t-elle.
Le sourire qu'elle affichait lui était venu facilement.
– Non, enfin... disons que oui, ça fait cinq heures que j'ai oublié. Je me suis un perdu dans toutes ces paperasses que j'avais à étudier. Je voulais aller au marché et...
– Bon, ce n'est rien. Nous pouvons remettre ça à un autre...
– Non mais vous plaisantez ! Nous allons dîner ensemble. C'est Raymond ?
– Oui.
Graciela se tourna vers le garçon qui se cachait timidement derrière elle, à l'arrière du bateau. La peau brune, les yeux noirs et les cheveux foncés, il paraissait petit pour son âge. Habillé d'un short et d'une chemise à rayures, il tenait un pull-over à la main.
– Raymond, je te présente M. McCaleb. C'est le monsieur dont je t'ai parlé. Et ça, c'est son bateau. C'est là qu'il habite.
McCaleb s'avança d'un pas et se baissa pour lui tendre la main. L'enfant tenait une petite voiture de police dans la main droite et dut la faire passer dans la gauche pour pouvoir serrer celle qu'on lui tendait. McCaleb éprouva une tristesse inexplicable en le saluant.
– Appelle-moi Terry, lui dit-il. Content de te voir, Raymond. On m'a beaucoup parlé de toi.
– On peut pêcher de ce bateau ?
– Bien sûr. Un jour je t'emmènerai si tu veux.

— Ça serait chouette.
McCaleb se redressa et sourit à Graciela. Elle était ravissante. Elle portait une robe légère semblable à celle qu'elle avait mise la première fois qu'elle était venue le voir – de celles que la brise de mer plaque facilement sur la silhouette. Elle aussi, elle tenait un pull-over à la main. McCaleb s'était mis en short et sandales et arborait un T-shirt frappé de l'inscription Dock de Robicheaux, Magasin d'appâts.

— Bon, reprit-il, là-bas, juste au-dessus du magasin d'accastillage, il y a un bon restaurant. La nourriture y est excellente et, au couchant, la vue est superbe. Si on allait y dîner ?

— Moi, ça me va, dit-elle.

— J'ai juste à me changer en vitesse et tiens, Raymond, j'ai une idée. Qu'est-ce que tu dirais de mettre une ligne à l'arrière, histoire de voir si tu attrapes quelque chose pendant que je montre à Graciela des trucs sur lesquels je travaille ?

Le visage du garçonnet s'illumina.

— Oh, oui ! dit-il.

— Parfait. On va t'arranger ça.

McCaleb laissa la femme et l'enfant sur le pont et repassa dans la cabine. Du compartiment de rangement du salon il sortit sa canne à pêche la plus légère, puis il ouvrit sa boîte d'articles de pêche sous la table des cartes et y trouva un bas de ligne avec plomb et hameçon de huit en acier. Il attacha le bas à la ligne et gagna la cambuse où, il le savait, il avait encore des morceaux de sèche au frigo. En se servant d'un couteau aiguisé, il en coupa un bout et l'accrocha à l'hameçon.

La canne prête, il remonta à l'arrière et la tendit à Raymond. Puis, se penchant derrière lui et lui passant les bras autour du corps, il lui expliqua brièvement comment lancer son appât au milieu du chenal et n'oublia pas de lui dire de bien garder le doigt sur le fil pour sentir quand ça mordrait.

— Ça va ? lui demanda-t-il quand la petite leçon de pêche fut terminée.

— Oui, oui. Y a des poissons près des bateaux ?

— Bien sûr. Un jour, j'ai même vu un banc de mulets juste à l'endroit où tu as lancé ta ligne.

— Des mulets ?
— C'est un poisson. Des fois, on en voit passer tout près. Ouvre grand les yeux et tu les verras.
— Bon.
— Je peux te laisser pour offrir quelque chose à boire à ta mère ?
— Ce n'est pas ma mère.
— Oh, oui, je... je te demande pardon, Raymond, je voulais dire Graciela. Ça va ?
— Oui, oui, ça va.
— Tu cries si t'en attrapes un, d'accord ? Et tu commences à rembobiner !

Il enfonça son doigt dans le flanc du garçonnet et le fit remonter le long de sa cage thoracique. Son père le lui faisait toujours quand il tenait une ligne et découvrait son côté. Raymond pouffa et se tortilla pour s'écarter, sans lâcher des yeux, même seulement une seconde, l'endroit où son fil s'enfonçait dans l'eau sombre.

McCaleb conduisit Graciela au salon et en ferma la porte coulissante afin que l'enfant ne puisse pas les entendre. Il devait toujours rougir de l'impair qu'il avait commis avec Raymond, car elle le vit avant même qu'il ait le temps de s'en excuser.

— Ce n'est rien, dit-elle. Ça se produira encore souvent.

Il acquiesça d'un signe de tête.

— Il va rester avec vous ?
— Oui, je suis la seule parente qui lui reste, mais ça ne fait rien. Nous avons toujours été ensemble depuis qu'il est né. Perdre sa mère, puis moi après, je crois que ça ferait trop pour lui. Je veux le garder.
— Et son père ? Où est-il ?
— Dieu sait.

McCaleb hocha de nouveau la tête et décida de ne plus poser de questions sur ce sujet.

— Vous allez lui faire un bien énorme, dit-il. Vous voulez un verre de vin ?
— Oui. Ça me ferait du bien !
— Rouge ou blanc ?

— Je prendrai comme vous.
— Je ne peux pas en boire pour l'instant. Dans deux ou trois mois.
— Ah. Bon, alors non, je ne veux pas vous obliger à ouvrir une bouteille rien que pour moi. Je peux très bien...
— Je vous en prie. Que diriez-vous d'un rouge ? J'en ai du bon et si je l'ouvre, je pourrai au moins le sentir.
Elle sourit.
— Je me souviens que Glory était comme ça quand elle était enceinte. Elle s'asseyait à côté de moi et voulait juste sentir le vin que je buvais.
La tristesse avait changé son sourire.
— Ce devait être une femme bien, dit-il. Ça se voit chez son petit garçon. Et c'est ça que vous vouliez me montrer, n'est-ce pas ?
Elle acquiesça d'un signe de tête. Il se rendit à la cambuse et sortit une bouteille de rouge du casier de marine. Sanford, pinot noir, un de ses vins préférés. Elle s'approcha du comptoir pendant qu'il débouchait la bouteille. Il sentit une légère odeur de parfum. Vanille, se dit-il, et ça le troubla. Certes, il se tenait tout près d'elle, mais il y avait plus : c'était comme si quelque chose se réveillait en lui après une longue période de sommeil.
— Vous avez des enfants ? lui demanda-t-elle.
— Moi ? Non.
— Vous avez été marié ?
— Oui, une fois.
Il lui versa un verre et la regarda goûter le vin. Elle sourit et approuva en hochant la tête.
— Il est bon. C'était quand ?
— Quoi ? Quand j'étais marié ? Voyons... je me suis marié il y a une dizaine d'années de ça. Ça a duré trois ans. Elle était du FBI et nous travaillions ensemble à Quantico. Mais ça n'a pas marché, nous avons divorcé, et il fallait quand même continuer à travailler ensemble et... Je ne sais pas, nous nous en sortions bien, mais ce n'était pas... vous voyez ce que je veux dire ? Et comme mon père avait commencé à être malade... Je leur ai donné l'idée de détacher quelqu'un ici de manière permanente.

Je leur ai fait avaler le truc en disant que ça réduirait leurs frais. C'est vrai que je n'arrêtais pas de prendre l'avion pour venir. Comme beaucoup d'autres, d'ailleurs. Je me disais que ça serait bien d'ouvrir un poste ici et d'économiser un peu d'argent. Ils en sont tombés d'accord et c'est moi qui ai décroché le boulot.

Elle acquiesça, se retourna et regarda par la porte coulissante pour voir ce que faisait Raymond. Il avait toujours l'œil fixé sur l'endroit où il espérait apercevoir du poisson.

– Et vous ? reprit-il. Vous avez goûté au mariage ?

– Oui, une fois aussi.

– Des enfants ?

– Non.

Elle n'avait toujours pas lâché Raymond des yeux. Elle souriait encore, mais la conversation lui rendait la chose de plus en plus difficile. McCaleb avait envie d'en savoir plus long sur elle, mais décida de laisser tomber pour l'instant.

– A propos, reprit-elle en lui montrant Raymond d'un geste du menton, vous lui avez fait du bien. C'est une question d'équilibre. D'un côté il faut leur apprendre et de l'autre les laisser découvrir les choses par eux-mêmes. C'était bien, ce que vous avez fait.

Elle le regarda, il haussa les épaules pour lui dire qu'il n'avait jamais eu que de la chance. Il lui prit son verre et le tint sous son nez pour en humer l'arôme avant de le lui rendre. Puis il se versa ce qu'il restait dans la cafetière et y ajouta du sucre et du lait. Ils trinquèrent et burent. Elle lui dit que le vin lui plaisait, il lui répondit que son café sentait le goudron.

– Je m'excuse, dit-elle. J'ai un peu honte de boire ça devant vous.

– Non, non. Ça me plaît bien que vous aimiez.

Le silence se fit dans le salon. Elle baissa les yeux, son regard s'arrêtant sur les piles de rapports et les bandes vidéo posées sur la table de la cambuse.

– Qu'est-ce que vous vouliez me montrer ? lui demanda-t-elle.

– Euh... rien de bien précis. Simplement, je ne voulais pas parler devant Raymond.

Il regarda encore l'enfant par la vitre. Il se débrouillait bien. Il se concentrait toujours aussi fort sur sa ligne que la marée montante commençait à faire trembler. McCaleb espéra qu'il attraperait quelque chose, mais se dit que c'était peu probable. En surface, l'eau était splendide, mais en dessous tout était pollué. Le poisson qui y aurait survécu l'aurait fait en se nourrissant tout au fond et aurait été aussi habile à se défendre qu'un cafard.

Il reposa les yeux sur Graciela.

— Mais je voulais quand même vous dire que j'ai vu l'inspecteur du bureau du shérif ce matin même. Elle s'est montrée nettement plus à la hauteur que la police de Los Angeles.

— « Elle » ?

— Oui. Elle s'appelle Jaye Winston. Elle connaît bien son boulot. Nous avons déjà travaillé ensemble. Toujours est-il qu'elle m'a passé des copies de tout le travail qui avait été fait sur les deux affaires. C'est ça que j'ai passé toute ma journée à étudier. Il y a beaucoup de choses.

— Et... ?

Il lui résuma tout ce qu'il savait du mieux qu'il put, en essayant d'y aller doucement sur les détails qui concernaient sa sœur. Il ne lui dit pas qu'il avait visionné la bande où on la voyait se faire assassiner.

— Au FBI, on emploie souvent l'expression « faire champ net », lui dit-il quand il en eut fini. Ça veut dire qu'on n'a rien laissé passer et qu'il n'y a plus de place pour le hasard. En un mot comme en mille, on ne peut pas dire que l'enquête menée après le meurtre de votre sœur ait « fait champ net ». Cela dit, aucune erreur grossière ne me saute aux yeux dans le travail qui a été effectué. Il y a eu des bévues à droite et à gauche, et des idées fausses qu'on s'est faites avant que tous les faits soient collationnés, mais même ça n'était peut-être pas totalement erroné. Bref, l'enquête a été assez sérieuse.

— « Assez sérieuse », répéta-t-elle en baissant la tête et se mettant à marcher.

McCaleb se rendit compte que l'expression n'était pas très heureuse.

— Non, ce que je veux dire par là, c'est que...

— Et donc, ce type va s'en tirer sans rien, dit-elle comme si elle constatait un fait. Bah, j'aurais dû me douter que c'était ça que vous alliez me dire.

— Ce n'est pas ce que je vous dis. Au bureau du shérif, l'inspecteur Winston... au moins est-elle toujours sur le dossier. Et moi non plus, je n'ai pas dit mon dernier mot, Graciela. Ce n'est pas du tout ce que je vous dis. Moi aussi, j'ai un enjeu dans cette affaire.

— Je sais. Je ne voulais pas vous donner l'impression d'être en colère contre vous. Ce n'est pas après vous que j'en ai. Je suis frustrée, c'est tout.

— Je comprends. Et je n'ai pas envie que vous le soyez. Allons manger quelque chose de bon et nous reparlerons de tout ça plus tard.

— D'accord.

— Vous allez retrouver Raymond ? Il faut que je me change.

Après avoir enfilé une paire de Dockers propre et une chemise hawaïenne à tranches de pamplemousse volantes, McCaleb les guida jusqu'au restaurant en passant par les docks. Il ne s'était pas donné la peine de ramener la ligne de Raymond. Il avait coincé la canne dans un tolet de plat-bord et avait dit au garçonnet qu'ils verraient ça au retour.

Ils s'installèrent à une table sur le côté du restaurant d'où ils pourraient admirer le soleil qui commençait à descendre dans la forêt des mâts. McCaleb commanda un plat de fish and chips, ses invités préférant le spécial espadon grillé. Il essaya plusieurs fois d'entraîner l'enfant dans la conversation, mais sans résultat les trois quarts du temps. Avec Graciela, il parla surtout de ce qui changeait quand on vivait à bord d'un bateau et lui dit combien il était apaisant de vivre sur l'eau.

— Et c'est encore mieux quand on est au large, ajouta-t-il en lui montrant l'océan.

— Dans combien de temps votre bateau sera-t-il prêt ? lui demanda-t-elle.

— Bientôt. Dès que j'aurai réparé le deuxième moteur, je pourrai y aller. Il ne me restera plus que les finitions et ça, je pourrai le faire quand je voudrai.

Ils rentrèrent après le dîner, Raymond marchant vite devant eux le long de la jetée, un cornet de glace dans une main, une lampe électrique dans l'autre. Il avait enfilé son pull-over, sa tête sautillait de droite et de gauche tandis qu'il essayait de prendre des crabes appelants dans le faisceau de sa lampe. La lumière s'était presque entièrement éteinte dans le ciel. Dès qu'ils arriveraient au bateau, Graciela et Raymond devraient repartir. McCaleb eut l'impression qu'ils lui manquaient déjà.

L'enfant s'étant suffisamment éloigné d'eux, Graciela ramena la conversation sur l'affaire.

– Que pouvez-vous faire à ce stade de l'enquête ? lui demanda-t-elle.

– Quoi... maintenant ? Il y a une piste que j'aimerais explorer, quelque chose qu'ils ont peut-être loupé.

– Quoi ?

Il lui expliqua le repérage chronologique auquel il s'était livré et la manière dont il était arrivé à suspecter Mikhaïl Bolotov. Il la vit s'exciter et la mit aussitôt en garde contre tout espoir démesuré.

– Ce type a un alibi, lui dit-il. C'est une piste, mais elle peut très bien ne mener nulle part.

Puis il passa à autre chose.

– Je songe aussi à aller voir le FBI et à les mettre sur le côté balistique de l'affaire.

– Comment ça ?

– Il n'est pas impossible que ce type ait déjà fait ça ailleurs. Il utilise une arme extrêmement coûteuse. Le fait qu'il ne s'en soit pas débarrassé entre les deux affaires signifie qu'il y tient et cela m'amène à penser qu'il pourrait s'en être servi dans une autre histoire. Et les analyses balistiques, on les a. Le FBI pourrait bien vouloir s'impliquer dans l'enquête si j'arrivais à lui faire passer les résultats.

Elle ne fit aucun commentaire et McCaleb se demanda si son bon sens ne lui disait pas que tout cela était bien tiré par les cheveux. Il passa encore à autre chose.

— Je pense aussi aller revoir certains témoins pour les interroger autrement. Surtout le type qui a assisté à une partie de la fusillade. Mais pour ça, il va falloir jouer fin. Je n'ai pas envie de marcher dans les plates-bandes de Winston ou de lui faire sentir qu'elle a lâché trop vite le morceau. Cela étant, j'aimerais quand même lui parler, à ce type. C'est le meilleur témoin qu'on ait. Oui, j'aimerais lui parler, et aussi à deux ou trois autres qui étaient là quand votre sœur... enfin, vous savez.
— Des témoins ? Mais je ne savais pas qu'il y en avait ! Il y avait des gens dans le magasin ?
— Non, ce ne sont pas des témoins directs. Mais une femme qui passait par là en voiture a entendu des coups de feu. Dans les rapports, il est aussi fait mention de deux ou trois personnes avec lesquelles votre sœur avait travaillé ce soir-là dans les bureaux du *Times*. J'aimerais juste leur parler un peu, histoire de voir si rien n'a changé dans le souvenir qu'ils ont de cette soirée.
— Là, je peux peut-être vous aider à arranger ça. Je connais la plupart de ses amis.
— Bon.
Ils marchèrent quelques instants en silence. Raymond était toujours loin devant eux. Pour finir, Graciela reprit la parole.
— Je me demandais si vous ne pourriez pas me rendre un service, dit-elle.
— Si, bien sûr.
— Glory voyait souvent une femme dans notre quartier. Mme Otero. Parfois elle lui laissait Raymond quand je n'étais pas là. Mais Glory allait aussi lui rendre visite toute seule pour lui parler de ses problèmes. Je me demandais si vous n'aimeriez pas lui parler.
— Euh... je ne... vous voulez dire qu'elle saurait peut-être quelque chose ou alors... ce serait pour la consoler ?
— Il n'est pas impossible qu'elle puisse vous aider.
— Comment pourrait-elle me... ?
Puis il comprit.
— C'est d'une voyante que vous me parlez ?
— Elle s'entretenait avec les esprits. Glory lui faisait confiance. Elle disait qu'elle était en contact avec les anges et

Glory la croyait. Et elle n'arrête pas d'appeler pour me dire qu'elle veut me parler et, je ne sais pas... je me demandais si vous ne voudriez pas aller la voir avec moi.
– Je... je ne sais pas. Je ne crois pas beaucoup à ce genre de choses, Graciela. Je ne vois pas bien ce que je pourrais lui dire.
Elle le regarda, il fut ému de voir de la désapprobation dans ses yeux.
– Graciela, reprit-il. J'ai vu trop de saloperies et de gens ignobles dans ma vie pour croire à ce genre de trucs. Comment pourrait-il y avoir des anges ici ou là-haut quand il y a des types qui font des trucs pareils ici-bas ?
Elle garda le silence et il sut qu'elle l'avait jugé.
– Bon, bon... j'y réfléchis et je vous en reparle plus tard ?
– Bien, dit-elle enfin.
– Ne m'en voulez pas.
– Écoutez, je regrette de vous avoir dit ça. Je vous ai mêlé à cette affaire et je sais que c'est énorme comme intrusion dans votre vie. Je ne sais pas à quoi je pouvais penser. Je devais me dire que...
– Ne vous inquiétez pas, Graciela. Si je fais tout ça, c'est autant pour moi que pour vous. D'accord ? Comme je vous l'ai déjà dit, il y a encore des trucs que je veux vérifier et je sais que Winston n'est pas prête à lâcher, elle non plus. Donnez-moi quelques jours. Si je me casse les dents, on ira voir Mme Otero. Ça vous va ?
Elle acquiesça d'un signe de tête, mais il sentit qu'elle était déçue.
– Elle était tellement bien, reprit-elle au bout d'un moment. Avoir Raymond a tout changé dans sa vie. Elle a remis de l'ordre dans ses affaires, s'est installée chez moi et ne s'est plus trompée dans ses priorités. Le matin, elle allait étudier à l'université de Cal State. C'est pour ça qu'elle avait pris ce boulot de nuit. Elle était intelligente. Au journal, elle voulait passer de l'autre côté de la barrière et devenir journaliste.
Il hocha la tête et garda le silence. Il savait que ça lui faisait du bien de continuer à parler comme ça.
– Et elle aurait été bonne, enfin... je crois. Les gens l'inté-

ressaient. Parce que, vous savez, elle faisait aussi du travail bénévole. Après les émeutes, elle est allée dans le quartier de South Central pour aider à nettoyer. Et après le tremblement de terre, elle est allée à l'hôpital pour être en réa et dire aux gens qu'ils allaient s'en sortir. Elle avait décidé de donner ses organes quand elle mourrait. Elle donnait son sang... chaque fois qu'un hôpital l'appelait pour lui dire qu'ils avaient besoin de sang, elle venait. Et le sang est rare... et le sien l'était encore plus. Il y a des moments où je regrette de ne pas avoir pris sa place. Si seulement c'était moi qui m'étais trouvée dans ce magasin !

Il se pencha vers elle et lui passa le bras autour des épaules pour la réconforter.

– Allons, dit-il. Regardez tous les gens que vous aidez à l'hôpital ! Et regardez Raymond. Vous allez lui faire un bien énorme. Vous ne pouvez pas vous demander qui était la meilleure de vous deux et regretter de ne pas avoir pris sa place. Ce qui lui est arrivé n'aurait jamais dû arriver à personne.

– Tout ce que je sais, c'est ce que ç'aurait été mieux pour Raymond d'avoir sa mère plutôt que moi.

Il n'y avait pas moyen de discuter avec elle. Il bougea le bras et posa la main sur son cou. Elle ne pleurait pas, mais semblait sur le point de commencer à le faire. Il avait envie de la consoler, mais savait qu'il n'y avait qu'une seule façon d'y parvenir.

Ils étaient presque arrivés. Raymond les attendait au portillon de sécurité qui, comme d'habitude, était entrebâillé. Le ressort était rouillé et le battant ne se refermait jamais tout seul.

– Il va falloir y aller, dit-elle lorsqu'ils eurent rejoint l'enfant. Il est tard, et demain tu as école.

– Et la canne à pêche ? protesta Raymond.

– M. McCaleb s'en occupera. Remercie-le pour la partie de pêche, le dîner et le cornet de glace.

Raymond tendit sa petite main à McCaleb qui la lui serra de nouveau. Elle était toute froide et collante.

– Tu m'appelles Terry, d'accord ? Et je te promets de t'emmener pêcher comme il faut. Dès que mon bateau marchera. On le sortira et on t'attrapera un gros poisson, tu verras. Je connais un coin de l'autre côté de Catalina. A cette époque de l'année, il y a du bar rayé. Et beaucoup. C'est là qu'on ira, d'accord ?

Raymond hocha la tête en silence comme s'il savait que ça n'arriverait jamais. McCaleb en eut un frisson de tristesse. Il se tourna vers Graciela.

— Et si on faisait ça samedi ? reprit-il. Le bateau ne sera pas prêt, mais vous pourriez venir le matin et on pourrait pêcher de la jetée. Vous pourriez rester dormir si vous voulez. Ce n'est pas la place qui manque.

— Ouais ! s'écria Raymond.

— Eh bien, mais... dit Graciela. On voit d'abord comme se passe le reste de la semaine ?

McCaleb hocha la tête en comprenant la bourde qu'il venait de commettre. Graciela ouvrit la portière de sa Polo décapotable et le gamin y monta. Elle s'approcha de McCaleb après avoir refermé la portière derrière lui.

— Je vous demande pardon, lui dit-il à voix basse. Je n'aurais sans doute pas dû proposer ça devant lui.

— Ce n'est pas grave. J'aimerais bien le faire, mais il se pourrait que j'aie des trucs à faire. Attendons un peu et nous verrons. A moins que vous ayez besoin de la réponse tout de suite.

— Non, c'est très bien. Vous me faites savoir, c'est tout.

— Merci pour cette soirée, dit-elle. Il est assez calme les trois quarts du temps, mais je crois que ça lui a plu et moi, je sais que j'ai apprécié.

McCaleb lui prit la main et la serra, mais elle approcha son visage du sien et l'embrassa sur la joue. Puis elle recula et porta sa main à ses lèvres.

— Ça pique, dit-elle en souriant. Vous vous faites pousser la barbe ?

— J'y songe.

Dieu sait pourquoi, ça la fit rire. Elle fit le tour de la voiture, il la suivit pour lui ouvrir sa portière. Une fois installée au volant, elle le regarda.

— Vous devriez y croire, vous savez ? lui dit-elle.

— Quoi ? aux anges ? lui demanda-t-il en baissant la tête.

Elle acquiesça, il lui renvoya son hochement de tête. Elle fit démarrer la voiture et s'éloigna.

De retour chez lui, il gagna l'avant du bateau. La canne était toujours dans son tolet et le bas de ligne dans l'eau, comme Raymond l'avait laissé. Il rembobina, mais sentit que ça ne tirait pas au bout. Lorsque l'hameçon reparut, il vit que l'appât avait disparu. Là-bas en bas, quelque chose l'avait nettoyé.

13

Jeudi matin. McCaleb se leva avant que les dockers y soient pour quelque chose. La caféine qu'il avait ingurgitée la veille n'avait pas cessé de lui courir dans les veines et l'avait empêché de dormir. Elle avait fait naître en lui de troublantes pensées sur l'enquête, sur la différence entre anges et angles d'attaque, et sur Graciela et l'enfant. Pour finir, il avait renoncé au sommeil et, les yeux grands ouverts, s'était contenté d'attendre que la lumière veuille bien filtrer à travers les stores.

Six heures n'avaient pas sonné qu'il s'était déjà douché et avait fini d'avaler ses pilules après avoir vérifié tous ses signes vitaux. Il rapporta la pile de rapports dans le salon, la posa sur la table, se prépara du café et mangea un bol de céréales. De temps en temps il consultait sa montre en se demandant s'il allait appeler Vernon Carruthers avant de téléphoner à Jaye Winston.

Celle-ci n'était probablement pas encore arrivée à son travail. Mais là-bas, à Washington DC, au bureau du FBI, avec les trois heures de décalage horaire, son ami Vernon Carruthers devait déjà s'être installé à son bureau dans l'aile du laboratoire de criminologie. McCaleb savait pourtant qu'il ne fallait surtout pas l'appeler avant d'obtenir le feu vert de Winston. C'était son dossier à elle. Mais les trois heures de différence entre Los Angeles et Washington le rendaient nerveux. Tout au fond de lui-même, McCaleb était un impatient. L'envie de démarrer quelque chose et de ne pas perdre une journée le démangeait.

Il rinça son bol, le déposa dans l'évier, consulta encore une fois sa montre et décida de ne pas attendre. Il sortit son carnet d'adresses et appela Carruthers sur sa ligne directe. Celui-ci décrocha à la première sonnerie.

– Vernon, Terry à l'appareil.
– Terrell McCaleb! T'es en ville?
– Non, non, je suis toujours à Los Angeles. Comment ça va?
– C'est à toi qu'il faut demander ça! Ça fait une paye qu'on n'entend plus parler de toi.
– Je sais, je sais. Mais ça va. Merci pour les cartes que tu m'as envoyées à l'hôpital. Et merci à Marie aussi. Ça m'a beaucoup ému. Je sais que j'aurais dû appeler ou écrire... Je m'excuse.
– Ben... on a essayé de te contacter, mais tu n'es pas dans l'annuaire et, à l'agence locale, personne n'a l'air d'avoir ta nouvelle adresse. Je l'ai demandée à Kate et même elle ne la connaissait pas. Tout ce qu'elle savait, c'est que tu avais largué ton appartement de Westwood. Il y a aussi quelqu'un qui disait que tu habitais sur un bateau. Ça, pour te couper du monde!
– Je me suis dit que ça ne serait peut-être pas plus mal pendant un temps. Tu vois... jusqu'à ce que je puisse me déplacer à nouveau et tout et tout. Mais bon, ça va quand même bien. Et toi?
– Je peux pas me plaindre. Tu viens bientôt? Tu sais que tu as toujours ta chambre. Je ne l'ai pas encore louée à un type du Bureau. Je n'oserais pas.

McCaleb éclata de rire et lui répondit que malheureusement non, il n'avait pas prévu de revenir dans l'Est avant un moment. Cela faisait presque douze ans qu'il connaissait Carruthers. McCaleb travaillait à Quantico et Carruthers au Bureau des armes à feu, tous deux faisant partie du laboratoire de criminologie de Washington DC, mais Dieu sait comment, on aurait dit qu'ils étaient toujours sur les mêmes affaires. Chaque fois que Carruthers descendait à Quantico, McCaleb et son épouse Kate lui donnaient leur chambre d'amis. C'était quand même mieux qu'une place dans un dortoir d'institution fédérale. En échange, chaque fois que McCaleb se trouvait à Washington, Carruthers et son épouse Marie le laissaient dormir dans l'ancienne chambre de leur fils. Celui-ci était mort de leucémie quelque six ans plus tôt, à l'âge de douze ans. C'était Carruthers qui avait insisté pour l'échange, même si pour cela McCaleb devait renoncer à une chambre confortable au Hilton de Dupont Circle, tous frais payés par le FBI. Au début, McCaleb avait eu l'impression d'être un intrus, mais Vernon et Marie avaient tout fait pour qu'il se sente bien. La cuisine sudiste et la compagnie valaient beaucoup mieux que n'importe quel Hilton.

— Bon, ben... quand tu veux, McCaleb, dit Carruthers en riant à son tour, quand tu veux.

— Merci.

— Mais dis, si je ne me trompe pas, c'est à peine l'aurore dans tes contrées. Pourquoi m'appelles-tu si tôt ?

— Disons que c'est pour affaires.

— Pour affaires ? Toi ? Et moi qui allais te demander comment tu te débrouillais de cette merveilleuse retraite ! Dis, c'est vrai que tu vis sur un bateau ?

— Oui, sur un bateau. Mais je ne suis quand même pas tout à fait à la retraite.

— Bon alors... qu'est-ce qui se passe ?

McCaleb lui raconta l'histoire et, cette fois, n'oublia pas de lui dire que c'était le cœur de Gloria Torres qu'il avait reçu. A la différence des autres, il voulait en effet que son ami soit au courant de tout. Il savait qu'il pouvait lui faire confiance et que, ayant toujours beaucoup de sympathie pour les victimes, surtout quand elles étaient jeunes, Carruthers comprendrait le lien qui l'unissait à Gloria. Le traumatisme qu'il avait éprouvé en voyant son fils mourir sous ses yeux s'était traduit par un acharnement dans le travail qui surpassait, et de loin, celui de tous les agents de terrain qu'il avait jamais connus.

— Bon, bref, tu voudrais que je jette un coup d'œil à cette balle ? lui demanda Carruthers lorsqu'il en eut fini. Je ne sais pas, moi... Ils ont de bons types au bureau du shérif.

— Je le sais et je n'en doute pas. C'est juste que j'aimerais un autre avis et surtout que tu me fasses un profil laser du projectile avec ton logiciel... si tu peux. On ne sait jamais. On pourrait trouver quelque chose. Je le sens bien, moi, ce type.

— Ah ! Toi et tes intuitions ! Je ne les ai pas oubliées ! Bon mais, qui c'est qui m'envoie le paquet ? Toi ou eux ?

— Je vais essayer de jouer le coup en douceur. J'aimerais assez que ce soit le bureau du shérif qui te l'expédie. Je n'ai aucune envie de faire ça par en dessous. Mais si toi, tu peux arrondir les angles, ce serait pas mal non plus. Ce type-là est un récidiviste. Il n'est pas impossible qu'on sauve des vies humaines en le repérant.

Carruthers garda le silence pendant quelques instants et McCaleb devina qu'il devait passer en revue son emploi du temps dans sa tête.

— Bon alors voilà, dit-il enfin. Aujourd'hui, nous sommes jeudi. J'ai besoin de ton truc au plus tard mardi matin et ce serait mieux avant, disons lundi, de façon à pouvoir faire le boulot comme il faut. Mercredi prochain, je m'envole pour Kansas City, où je dois témoigner. Une histoire de mafia. Tout le monde pense que j'y passerai le reste de la semaine. Bref, si tu veux que ça soit réglé, c'est toi qui dois me l'envoyer. Tu le fais et je te donne tout de suite mon opinion.

— Et ça ne va pas te poser de problèmes graves ?

— Bien sûr que si. J'ai deux mois de retard dans le boulot, mais bon, ça n'a rien de nouveau. Tu m'envoies le paquet et je m'en occupe.

— C'est promis. Je ne sais pas trop comment, mais tu l'auras lundi au plus tard.

— Parfait.

— Ah… un dernier truc. Tu notes mon numéro. Comme je te l'ai dit, je n'ai aucun mandat officiel pour mener cette enquête. En droit, c'est avec le bureau du shérif que tu dois communiquer, mais j'apprécierais assez que tu m'avertisses avant si jamais tu trouves quelque chose d'inhabituel.

Lorsque McCaleb eut fini de lui donner les renseignements qu'il fallait, Carruthers s'éclaircit la gorge.

— Bon… tu as parlé avec Kate récemment ?

— Elle m'a appelé à l'hôpital deux jours après la greffe, mais j'étais toujours dans le coltar. Nous n'avons pas parlé longtemps.

— Hmm. Tu devrais peut-être lui téléphoner, histoire qu'elle sache que tout va bien.

— Je... je ne sais pas. Comment va-t-elle ?
— Bien, je crois. On ne m'a rien dit qui pourrait faire penser le contraire. Tu devrais l'appeler.
— Non. Je crois qu'il vaut mieux laisser tomber. N'oublie pas qu'on est divorcés.
— Comme tu veux. C'est toi le patron. Je lui enverrai un e-mail pour lui dire que tu respires encore, pas plus.

Après quelques minutes qu'il passa encore à renouer avec le passé, McCaleb raccrocha et revint au salon pour y boire une deuxième tasse de café. Il n'avait plus de lait, il le but noir. C'était repiquer à la boisson qui l'avait excité la veille, mais il voulait pouvoir continuer sur sa lancée. Si tout se déroulait comme il l'espérait, il passerait l'essentiel de sa journée à courir.

Il était maintenant près de sept heures, le moment était presque venu d'appeler Winston. Il monta sur le pont pour regarder le matin. La brume de mer étant montée en force, tous les bateaux avaient pris un air fantomatique. Il faudrait encore attendre quelques heures pour que, tout se dissipant, on puisse enfin voir le soleil. Il jeta un coup d'œil au bateau de Lockridge et vit qu'on n'y était toujours pas réveillé.

A sept heures dix, il s'assit à la table du salon et, son bloc-notes prêt, composa le numéro de Jaye Winston sur son téléphone sans fil. Il l'attrapa juste au moment où elle s'asseyait dans son fauteuil.

— Je viens d'arriver, lui dit-elle, et je ne m'attendais pas à avoir de vos nouvelles avant plusieurs jours. Ça fait un sacré tas de paperasses, ce que je vous ai donné.
— Oui. Mais... disons que dès que j'y ai mis le nez, je n'ai pas pu lâcher.
— Qu'en pensez-vous ?

Il savait que, en fait, elle lui demandait ce qu'il pensait de son travail.

— Je trouve que c'est du beau boulot, lui répondit-il, mais ça, je le savais avant de commencer. J'ai bien aimé toutes vos décisions, Jaye. Ne comptez pas sur moi pour me plaindre.
— Mais... ?
— Mais j'ai noté quelques questions sur mon bloc-notes et si

vous avez quelques minutes à m'accorder... J'ai aussi quelques suggestions, si vous voulez. Une piste ou deux, peut-être même. Elle rit, de bonne humeur.

— Ah, ces fédéraux ! Des questions, des suggestions et « une piste ou deux, peut-être même », c'est toujours pareil !

— Minute, Jaye, je ne suis plus agent fédéral.

— Alors, c'est que ça colle à la peau. Allez-y.

Il consulta les notes qu'il avait prises la veille et attaqua tout de suite sur Mikhaïl Bolotov.

— D'abord ceci, dit-il. Ritenbaugh et Aguilar... vous êtes proches ?

— Je ne les connais même pas. Ils ne s'occupent pas d'homicides. C'est leur capitaine qui les a sortis de la section Cambriolages pour me les prêter une semaine. C'était à l'époque où on étudiait le dossier selon la théorie du « après trois coups, c'est fini ». C'est quoi, le problème ?

— Simplement qu'ils ont rayé un nom de la liste et qu'il faudrait peut-être y regarder à deux fois.

— Quel nom ?

— Mikhaïl Bolotov.

Il l'entendit froisser des papiers en cherchant le rapport de Ritenbaugh et Aguilar.

— Ça y est, je l'ai. Qu'est-ce que vous y voyez ? Au premier abord, l'alibi est solide.

— Connaissez-vous la technique du recoupement géographique ?

— Du quoi ?

Il la lui expliqua et lui dit ce qu'il avait fait et comment cela l'avait amené à la piste Bolotov. Il ajouta que celui-ci avait été interrogé avant l'agression à main armée du Sherman Market, ce qui expliquait peut-être qu'on n'ait pas tout à fait compris ce qu'il fallait penser de ses lieux de résidence et de travail, sans oublier celui où un des vols de HP K7 avait été commis. Lorsqu'il en eut fini, Winston reconnut qu'il fallait réinterroger le Russe, mais ne se montra pas aussi enthousiaste que lui quant aux chances de réussite de l'affaire.

— Écoutez, c'est comme je vous l'ai déjà dit : je ne connais pas ces deux inspecteurs et donc je ne peux pas me porter garante de leur boulot. Cela dit, j'imagine quand même qu'ils ne sont pas tombés de la dernière pluie et je ne peux pas faire autrement que de les croire capables de mener ce genre d'interrogatoires et de vérifier l'alibi du bonhomme.

McCaleb garda le silence.

— Et puis, je suis de tribunal cette semaine. Je ne peux pas le faire moi-même.

— Mais moi, je peux.

Ce fut à son tour de garder le silence.

— Je ne ferai pas de vagues, insista-t-il. J'irai au jugé.

— Je ne sais pas, Terry. Vous n'êtes plus qu'un citoyen ordinaire, maintenant. Ça pourrait aller trop loin.

— Écoutez... vous y réfléchissez ? J'ai d'autres choses à vous dire.

— D'accord. Et c'est quoi ?

Il savait que si elle ne lui reparlait pas de Bolotov, cela voudrait dire qu'elle lui donnait le feu vert pour s'occuper du Russe. Elle n'avait tout simplement aucune envie de couvrir ce qu'il faisait.

Il consulta de nouveau son bloc-notes. Il allait falloir se montrer prudent avec la suite. Il convenait de faire monter la sauce pour l'amener aux questions importantes et surtout de ne pas la larguer ou de lui laisser croire qu'il devinait tout ce à quoi elle pourrait penser.

— Euh, voyons... Dans l'histoire de Cordell, je n'ai rien vu sur la carte bancaire. Je sais qu'il a pris de l'argent, mais... a-t-il récupéré la carte ?

— Non. Elle est restée dans le distributeur. Elle en était ressortie, mais comme il ne l'a pas reprise, la machine l'a automatiquement ravalée. C'est une mesure de sécurité pour qu'on ne se la fasse pas piquer quand on l'oublie.

Il hocha la tête et cocha la question dans son bloc-notes.

— Bon, reprit-il, la question suivante porte sur la Cherokee. Comment se fait-il que vous n'ayez pas transmis le renseignement aux médias ?

— Nous l'avons fait, mais pas tout de suite. Ce jour-là, nous en étions encore à jauger la situation et nous n'en avons rien dit dans notre premier communiqué de presse. Je n'étais pas certaine qu'il faille le mentionner, le type pouvant tomber dessus par hasard et se débarrasser de sa voiture. Quelques jours plus tard, quand il ne se passait plus rien et que nous étions dans l'impasse, j'ai fait passer un deuxième communiqué et là, nous avons parlé de la Cherokee. L'ennui, c'est que l'affaire Cordell, tout le monde s'en foutait et que personne n'a relevé. Seul un petit journal du désert a cru bon de le reprendre et de le publier. Oui, je sais, c'est une erreur. J'aurais sans doute dû en parler dans le premier communiqué.

— Pas forcément, dit-il en cochant une autre case dans son bloc-notes. Je comprends votre raisonnement.

Il parcourut encore une fois ses notes.

— Deux ou trois choses encore... Sur les deux bandes, le meurtrier dit quelque chose... après les détonations. Ou bien il parle tout seul ou bien il parle à la caméra et les rapports n'en disent rien. Est-ce qu'on a fait...

— Nous avons un collègue dont le frère est sourd. Il lui a apporté les bandes pour voir s'il pouvait déchiffrer en lisant sur ses lèvres. Il n'est pas très sûr pour la première — celle du distributeur automatique —, mais d'après lui, ce serait quelque chose du genre : « N'oublie pas le grisbi. » Et pour la seconde, il est encore moins sûr. Ça pourrait être quelque chose comme : « Me gonfle pas avec » ceci ou cela. Sur les deux bandes, c'est le dernier mot qui est le moins clair. Je n'ai sans doute pas suivi ce côté-là de l'affaire. Et vous, vous ne laissez rien passer, c'est ça ?

— Moi ? Mais je suis une vraie passoire ! s'écria-t-il. Et le type qui a lu sur ses lèvres... Est-ce qu'il sait le russe, si c'est bien en russe qu'il parlait ?

— Quoi ? Ah, oui. Si c'est Bolotov, voulez-vous dire ? Non, je doute que son frère sache le russe.

McCaleb nota les traductions possibles de ce que le tireur avait dit. Puis il tapota sur son bloc-notes avec son stylo en se demandant si c'était le moment de jouer son va-tout.

— Rien d'autre ? lui demanda enfin Winston.

Il décida qu'il valait mieux attendre avant de ramener Carruthers dans l'histoire. Du moins ouvertement.

— L'arme, dit-il.

— Je sais. Moi non plus, ça ne me plaît pas. Le P7 n'est pas le genre d'engin dont se servent habituellement ces petits merdeux. Il a dû être volé. Vous avez vu que je vous ai sorti les déclarations de vol. Mais c'est comme avec le reste : ça ne m'a menée nulle part, sauf dans un mur.

— Mais l'idée est bonne, dit-il, jusqu'à un certain point. Ce qui ne me plaît pas, moi, c'est qu'il ait gardé son P7 après la première agression. Si l'arme a été volée, je le vois bien la jeter aussi loin que possible dix minutes après avoir abattu Cordell. Et aller en piquer une autre pour le coup d'après.

— Non, on ne peut pas dire ça, lui renvoya Winston, et McCaleb l'imagina en train de secouer la tête. Il n'y a pas de schéma récurrent là-dedans. Il pourrait tout aussi bien l'avoir gardée parce qu'il en connaissait la valeur. Et n'oubliez pas que Cordell, il l'a troué de part en part. Il a pu se dire qu'on ne retrouverait pas le projectile et que s'il touchait la banque – ce qui est d'ailleurs arrivé –, la balle serait bien trop abîmée pour qu'on puisse procéder aux comparaisons balistiques. De plus, il a fait le ménage derrière lui. Il devait se dire que son flingue pourrait au moins lui servir encore un coup.

— Vous avez sans doute raison.

Ils marquèrent une pause, ni l'un ni l'autre ne parlant pendant quelques instants. Mais McCaleb avait encore deux points à vérifier.

— Passons à la suite, reprit-il. Les douilles.

— Quoi « les douilles » ?

— Hier, vous m'avez dit que vous gardiez les rapports balistiques sur les deux affaires.

— C'est juste. Tout est bouclé dans le coffre des preuves à conviction. Où voulez-vous en venir ?

— Avez-vous entendu parler du logiciel DRUGFIRE du FBI ?

— Non.

— Ça pourrait nous rendre service, enfin, je veux dire… à vous. Peut-être que c'est pousser un peu loin, mais ça vaudrait le coup d'essayer.

— De quoi s'agit-il ?

McCaleb le lui expliqua : le DRUGFIRE était un logiciel dont la conception reprenait en gros les principes du stockage des données sur les empreintes digitales. Enfant chéri du laboratoire de criminologie, le projet avait été lancé au début des années quatre-vingt, époque à laquelle la guerre de la drogue qui avait éclaté dans les plupart des grandes villes, en particulier à Miami, avait fait monter la courbe des assassinats dans tout le pays, la plupart des meurtres étant commis par arme à feu. C'était à ce moment-là que, cherchant désespérément un moyen de traquer les auteurs de meurtres ayant des points communs, le Bureau avait inventé ce logiciel. Lus au rayon laser, les sillons trouvés sur les projectiles utilisés dans les meurtres liés à la drogue étaient ensuite codés pour stockage électronique et entrés dans des banques de données. Le logiciel fonctionnait à peu près de la même manière que ceux utilisés par tous les services de police du pays pour retrouver les empreintes digitales de tel ou tel. Rapide, il pouvait comparer les profils codés de tous les projectiles répertoriés.

Pour finir, la banque de données avait beaucoup grandi au fur et à mesure qu'on y stockait des renseignements. Sans changer de nom, le logiciel avait lui aussi été élargi et pouvait maintenant analyser toutes les affaires transmises au FBI. Massacre de la Mafia à Las Vegas, fusillade de gang dans le South Los Angeles ou meurtre de tueur en série à Fort Lauderdale, tout ce qui était crime par arme à feu étant ainsi emmagasiné, c'était, dix ans après sa naissance, plus de mille projectiles qui se trouvaient dans les fichiers du FBI.

– J'ai pas mal réfléchi sur ce type, reprit McCaleb. Son arme, il y tient. Quelle qu'en soit la raison et qu'il l'ait volée ou pas, s'y accrocher comme ça n'est pas la seule faute qu'il a commise. Il n'y a qu'à analyser son *modus operandi* sur la bande pour voir qu'il n'a pas commencé à flinguer des gens avec notre histoire. Ce n'est pas la première fois qu'il se sert d'une arme à feu... voire de celle-là.

– Mais je vous l'ai dit, on a déjà vérifié les affaires qui y ressemblaient et il n'y a rien côté balistique. On a aussi passé des télex et envoyé une demande à l'ordinateur central du Centre national de criminologie ; le résultat est le même : rien de rien.

— Je comprends, dit-il. Mais il se pourrait que sa méthode ait évolué. Et si ce qu'il a fait avec son arme à... disons Phoenix... n'avait rien à voir avec ce qu'il a fabriqué ici ? Tout ce que je vous dis, c'est qu'il n'est pas impossible que ce type nous vienne d'ailleurs. Et si c'est le cas, il y a des chances pour qu'il se soit déjà servi de cette arme dans un autre endroit. Et si nous, nous avons de la chance, notre renseignement est tout gentiment en train de nous attendre dans les dossiers de l'ordinateur.

— Peut-être, dit-elle.

Elle garda le silence pendant qu'il lui détaillait son idée. Il savait très bien les problèmes que ça pouvait poser. Recourir au DRUGFIRE, c'était vraiment chercher loin et Winston était assez intelligente pour le savoir. Si elle marchait, le FBI serait aussitôt impliqué dans l'enquête. Sans même parler du fait qu'elle aurait suivi les directives de quelqu'un qui n'avait pas sa place dans l'enquête.

— Qu'en pensez-vous ? lui demanda-t-il enfin. Leur envoyer un projectile suffirait et vous en avez quoi ? Quatre ou cinq sur les deux affaires ?

— Je ne sais pas, répéta-t-elle. Je ne suis pas très chaude pour expédier des trucs à Washington. Et je doute que ça soit différent pour nos petits copains de Los Angeles.

— Ils n'ont pas besoin de le savoir. C'est vous qui avez la garde des preuves à charge. Vous pouvez très bien envoyer une balle à Washington si vous le désirez. Elle ferait l'aller et retour en moins d'une semaine. Arrango n'en saurait même rien. J'en ai déjà causé à quelqu'un que je connais au Département des armes à feu. Il m'a promis d'arrondir les angles si on lui envoie le paquet.

Il ferma les yeux. S'il y avait un moment où elle pouvait se mettre en rogne, c'était celui-là.

— Vous avez déjà dit à ce type que nous le ferions ? lui demanda-t-elle, agacée.

— Non, ce n'est pas ce que je lui ai dit. Je lui ai dit que je travaillais avec un inspecteur qui faisait son boulot tellement à fond qu'elle ne voudrait certainement pas laisser passer quelque chose comme ça.

– Ça alors ! s'écria-t-elle. J'ai l'impression d'avoir déjà entendu ça quelque part !
Il sourit.
– Autre chose, reprit-il. Même si ça ne marche pas de ce côté-là, nous aurons au moins fait entrer cette arme dans la banque de données. Et il n'est pas impossible qu'elle aussi, elle renvoie à quelque chose.
Elle réfléchit un instant. McCaleb était à peu près sûr de ne lui avoir laissé aucune porte de sortie. Il n'avait pas procédé autrement lorsqu'il lui avait suggéré de faire surveiller le cimetière pour coincer Luther Hatch. Si elle ne lui donnait pas son feu vert maintenant, elle n'arrêterait pas de se demander si elle n'avait pas loupé quelque chose.
– Bon, bon, finit-elle par dire. J'en parlerai au capitaine. Je lui dirai que j'aie envie de tenter le coup. S'il m'y autorise, j'enverrai le paquet. Un projectile... pas plus.
– C'est tout ce qu'il faut.
Il lui expliqua encore que Carruthers avait besoin de recevoir l'envoi mardi matin au plus tard et la pressa de voir son capitaine le plus rapidement possible. Ce fut de nouveau le silence.
– Tout ce que je peux vous dire, insista-t-il, c'est que ça vaut le coup d'essayer.
– Je sais. C'est juste que... bah, ne vous inquiétez pas. Donnez-moi le nom de votre type et son numéro de téléphone.
McCaleb balança un grand coup de poing en l'air – il avait gagné. Que la démarche fût un peu tirée par les cheveux n'avait aucune importance. Enfin on démarrait. Il se sentit bien d'avoir fait avancer les choses.
Après qu'il lui eut donné la ligne directe de Carruthers, Winston lui demanda s'il avait autre chose. Il regarda son bloc-notes, mais ce dont il voulait lui parler n'y était pas écrit.
– J'ai bien encore un truc, dit-il, mais ça, ça risque vraiment de vous mettre sur la sellette.
– Ah, non, pitié ! gémit-elle. Ça m'apprendra à répondre au téléphone quand je suis de tribunal !... Allez-y, McCaleb. De quoi s'agit-il ?
– De James Noone.

– Le témoin ?
– Il a vu le tireur. Et il a aussi vu sa voiture.
– Pour le bien que ça nous a fait ! Des Cherokee comme celle-là, il y en a au moins cent mille dans le sud de la Californie ! Quant au signalement du type, il n'arrive même pas à nous dire s'il portait un chapeau ou pas. C'est un témoin, c'est vrai, mais à peine.
– Peut-être, mais il l'a vu. Et dans une situation dangereuse. Or, plus c'est dangereux, plus ça reste imprimé dans la mémoire. Non, il serait parfait.
– Parfait pour quoi ?
– Pour une séance d'hypnose.

14

Buddy Lockridge gara la Taurus dans le parking de la Video Graphic Consultants, dans la Brea. C'était à Hollywood, mais il ne s'était pas habillé relax pour servir une deuxième fois de chauffeur à son voisin. Il portait un short pour le bateau et une chemise hawaïenne à motif de ukulélés et danseuses de hula-hoop flottant sur un arrière-plan bleu océan. McCaleb l'informa qu'il n'en aurait sans doute pas pour longtemps, puis il descendit de la voiture.

La Video Graphic Consultants travaillait essentiellement pour le show-business. On y louait des caméras vidéo professionnelles ainsi que des bancs de montage et des studios de doublage. Les metteurs en scène de porno qui travaillaient presque exclusivement en vidéo constituant les trois quarts de sa clientèle, la VGC disposait également des meilleurs labos d'effets spéciaux et de gonflage de pellicule de tout Hollywood.

McCaleb ne s'y était rendu qu'une fois, lorsqu'on l'avait détaché au service des enquêtes financières de l'agence locale du FBI. C'était là le mauvais côté de son transfert de Quantico : techniquement il se trouvait sous les ordres de l'agent spécial commandant le poste. Et chaque fois que le patron trouvait qu'on n'avançait pas assez vite – comme si c'était jamais le cas ! –, on le sortait de son service et on lui affectait une autre tâche, un « truc pour esclave », se disait-il pratiquement à chaque coup.

La première fois qu'il était entré dans les bureaux de la VGC, il était en possession d'une bande vidéo filmée par une caméra cachée dans le plafond de la banque Wells Fargo de Beverly Hills. L'établissement avait été braqué par plusieurs individus armés et masqués qui s'étaient enfuis avec 363 000 dollars en liquide. C'était leur quatrième hold-up à main armée en douze jours. La seule piste qu'on avait se trouvait sur la bande. Lorsqu'un des bandits avait tendu le bras par-dessus le comptoir pour prendre le sac rempli d'argent que lui donnait la caissière, sa manche était remontée un instant après s'être accrochée au bord du comptoir en marbre. L'homme l'avait vite rabaissée, mais pendant une fraction de seconde la forme d'un tatouage avait été visible sur la face interne de son avant-bras. Très granuleuse, l'image avait été prise par une caméra placée à dix mètres de là. Le technicien du laboratoire local ayant déclaré qu'il ne pouvait rien y faire, il avait été décidé de ne pas envoyer la bande au QG de Washington, un mois s'écoulant presque toujours avant qu'on puisse l'analyser – et les pilleurs frappaient tous les trois jours. Sur la bande vidéo ils paraissaient très clairement agités, au bord même de la violence. Il fallait faire vite.

McCaleb avait apporté la bande à la Video Graphic Consultants. Un technicien avait isolé le plan et, en moins d'une journée, l'avait tellement agrandi par amplification et redéfinition des pixels que le tatouage en était devenu identifiable. On y voyait un faucon serrant, en plein vol, une carabine dans une serre et une faux dans l'autre.

C'était ce tatouage qui avait permis de résoudre l'affaire. Une photocopie en avait été faite et, avec toutes les explications nécessaires, été faxée à soixante bureaux du FBI disséminés à travers le pays. Le directeur de l'agence de Butte ayant alors retransmis l'information à la sous-agence de Cœur d'Alene, Idaho, un agent y avait reconnu l'emblème qu'il avait vu sur le drapeau qu'un groupe d'extrémistes antigouvernementaux faisait flotter sur son local. Depuis un certain temps, le FBI les surveillait par intermittence, ses soupçons s'étant accentués lorsqu'ils s'étaient mis à acheter de grandes parcelles de terrain dans les environs. Le directeur de la sous-agence avait réussi à envoyer au bureau de Los Angeles la liste des membres du groupe avec leurs numéros de Sécurité sociale. Des agents s'étaient alors mis à vérifier les hôtels du coin et avaient découvert que sept membres de la bande s'étaient installés au Hilton de l'aéroport. Placés aussitôt sous surveillance, ces messieurs avaient, dès le lendemain, dévalisé une autre banque de Willowbrook, trente agents étant postés autour afin de prévenir toute violence. Il n'y en avait pas eu. Les voleurs avaient été suivis jusqu'à leur hôtel et tous été arrêtés dans leurs chambres par des agents déguisés en serveurs et employés du service d'entretien. Un des bandits avait fini par coopérer et reconnaître qu'ils pillaient des banques pour s'acheter des terrains dans l'Idaho. Et pour quoi faire ? Pour que, tous autant qu'ils étaient, ils puissent survivre à l'apocalypse qui, selon leur chef, allait bientôt s'abattre sur les États-Unis d'Amérique.

Et voilà que McCaleb était de retour à la VGC. En pénétrant dans la réception, il remarqua la lettre de remerciements frappée au sceau du FBI qu'il avait envoyée à la société après le braquage de la banque. On l'avait encadrée et accrochée au mur, juste derrière la réceptionniste. Il se pencha en avant pour déchiffrer le nom de l'homme auquel il l'avait expédiée.

— Je peux vous aider ? lui demanda la réceptionniste.

— Je voudrais voir Tony Banks, lui répondit-il en lui montrant la lettre.

La jeune femme lui demanda son nom, ne parut pas le reconnaître alors qu'il figurait sur le document juste au-dessus de sa tête et passa un coup de fil. Peu de temps après, un homme dans lequel il reconnut Tony Banks sortait de son bureau pour l'accueillir. Il ne reconnut McCaleb que lorsque celui-ci se mit à lui raconter l'histoire de la bande vidéo.

— Ah oui, je me rappelle ! dit-il enfin. C'est vous qui m'avez envoyé cette lettre.

— En effet.

— Bien, bien. Et qu'est-ce que je peux faire pour vous ? Encore un pillage de banque ? lui demanda-t-il en jetant un coup d'œil à la bande.

— C'est-à-dire que... j'ai hérité d'une autre affaire, lui répondit McCaleb, et je me demandais si vous pourriez jeter un coup d'œil à ce truc. Il y a quelque chose que j'aimerais voir de plus près.

— Eh bien, allons-y. Je suis toujours content de rendre service.

Il lui fit descendre un couloir recouvert d'un tapis rouge et sur lequel, McCaleb s'en souvint, donnaient les portes de divers studios de montage. Les affaires avaient l'air de marcher. Des panneaux « OCCUPÉ » étaient accrochés à toutes les portes. Derrière l'une d'entre elles, il entendit des cris de passion étouffés. Banks regarda par-dessus son épaule et leva les yeux au ciel.

— Rien de vrai là-dedans, dit-il. Ils ne font que monter une bande.

Et il poussa la dernière porte du couloir, jeta un coup d'œil à l'intérieur pour s'assurer que la salle était libre, s'effaça et fit signe à McCaleb de bien vouloir entrer. Deux chaises les attendaient devant une table de montage surmontée de deux moniteurs de trente pouces. Banks alluma la table et appuya sur un bouton pour dégager le logement de la cassette de gauche.

— Bon, reprit McCaleb, ça risque d'être assez dur. C'est quelqu'un qui se fait descendre. Si vous voulez, vous pouvez sortir. Je déroule la bande jusqu'au plan qui m'intéresse et je vous appelle pour que vous l'examiniez ?

Banks réfléchit à la proposition. Maigre et âgé d'une trentaine d'années, il avait les cheveux flasques et teints en blond si pâle qu'ils en étaient presque blancs. Longs sur le dessus et coupés court tout autour de la tête. Style Hollywood.

— C'est peut-être dur, mais je connais, dit-il enfin. Mettez-la dedans.

— Je vous mets quand même en garde, insista McCaleb. C'est dur, mais c'est surtout vrai et ne ressemble guère à ce qu'on voit au cinéma.

— Allez-y.

McCaleb glissa la bande dans son logement et Banks commença à la faire défiler. McCaleb l'entendit s'étrangler un petit coup en voyant Gloria Torres se faire attraper par-derrière et braquer le canon de l'arme sur la tempe. Vint ensuite le moment où le tueur appuyait sur la détente. McCaleb tendit la main en avant et la posa sur la touche « pause ». Kyungwon Kang qui se fait abattre, son corps qui dégringole sur le comptoir et retombe en arrière. McCaleb appuya sur la touche et arrêta l'image. Puis, en se servant du cadran de démultiplication, un coup en avant un coup en arrière, il ajusta lentement le plan jusqu'au moment où il eut très exactement ce qu'il voulait. Il regarda Banks. On aurait dit quelqu'un à qui toute la cruauté humaine vient d'être révélée.

— Ça va ? lui demanda-t-il.
— C'est horrible, dit Banks.
— Oui, c'est horrible.
— Qu'est-ce que je peux faire pour vous aider ?

Avec la pointe du stylo qu'il venait de sortir de sa poche de chemise, McCaleb lui indiqua la montre autour du poignet de Kang.

— La montre ? lui demanda Banks.
— Oui. J'aimerais savoir s'il est possible d'agrandir le plan ou de faire quelque chose pour que je puisse y lire l'heure. Je veux savoir l'heure qui était à ce moment-là.
— L'heure ? répéta Banks. Mais... et là ? ajouta-t-il en lui montrant celle qui s'affichait au bas de l'écran.
— Non, celle-là n'est pas fiable. C'est pour ça que j'ai besoin de voir celle affichée à la montre.

Banks se pencha en avant et commença à tripatouiller les manettes d'amplification et de piqué de l'image sur la console.

— Ce n'est pas la bande d'origine, dit-il enfin.
— Non, en effet. Mais pourquoi cette question ?
— J'ai du mal à l'amplifier. Vous pourriez récupérer l'original ?
— Je ne pense pas, non.

McCaleb regarda l'écran. Banks y avait rendu l'image plus grande et plus claire. Le haut du corps de Kang et le bras qu'il tendait occupaient l'essentiel de l'écran, mais les chiffres affichés sur la montre étaient toujours gris et illisibles.

— Écoutez, lui dit Banks. Si vous voulez bien me la laisser, je peux y travailler un peu et la passer à un type du labo. On agrandit un peu, on clarifie avec redéfinition des pixels... mais là, je ne peux pas faire grand-chose de plus avec cet équipement.

— Vous pensez que ça en vaut la peine... même sans l'original ? Peut-on en tirer quelque chose ?

— Je ne sais pas, mais ça vaut le coup d'essayer. Ils font des trucs pas possible, là-bas derrière. Et... vous le voulez, le type sur la vidéo, c'est ça ?
— Oui, je le veux.
— Alors, on verra ce qu'on peut faire. Vous me laissez la bande ?
— Oui, enfin... euh, vous pouvez m'en faire un double ? J'aurai peut-être besoin de le montrer à d'autres personnes.

Banks se leva et quitta la cabine. McCaleb y resta assis, à regarder fixement l'écran. Il avait observé la manière dont Banks s'était servi du matériel. Il rembobina un peu la bande et agrandit un plan où l'on voyait le tireur masqué. Cela ne l'aida guère. Il appuya un instant sur le bouton d'avance rapide et figea l'image sur un gros plan du visage de Gloria. Il fut gêné de la voir de si près à ce moment précis et de regarder aussi fixement une femme qui venait de se faire assassiner. Elle lui montrait son profil gauche, le seul œil qu'il voyait étant encore ouvert.

Il regarda son oreille et remarqua les trois boucles qui l'ornaient. La première — un clou en forme de petit croissant de lune —, était en argent. Lui aussi en argent, pensa-t-il, l'anneau qui venait ensuite épousait la courbe de son oreille, la troisième boucle, juste au-dessous du lobe, étant un crucifix. Il savait que c'était la mode de porter plusieurs boucles à une oreille, sinon aux deux.

En continuant d'attendre le retour de Banks, il joua encore une fois avec les commandes, rembobina la bande et trouva un plan où l'on voyait le profil droit de Gloria au moment où la jeune femme entrait dans le champ de la caméra. Elle n'avait qu'une boucle à l'oreille droite, le bijou ayant lui aussi la forme d'un croissant de lune.

Banks reparut enfin avec une bande vierge qu'il inséra dans le logement de gauche pendant qu'il finissait de rembobiner l'original. Il lui fallut à peine trente secondes pour obtenir une copie à haute vitesse. Il l'éjecta de l'appareil, la glissa dans un coffret et la tendit à McCaleb.

— Merci, lui dit ce dernier. Dans combien de temps pensez-vous pouvoir y jeter un coup d'œil ?

— On est assez occupés en ce moment, lui répondit Banks. Mais je vais passer au dispatching et voir s'il n'y aurait pas moyen que quelqu'un s'y mette tout de suite. On dit demain ou samedi ? Ça vous va ?
— Oui, ça ira. Merci, Tony. J'apprécie beaucoup.
— Pas de problème. Je ne sais pas si j'ai gardé votre carte de visite. Vous voulez que je vous appelle ?

McCaleb décida de continuer à lui mentir et lui tut qu'il ne travaillait plus pour le FBI. Banks aurait peut-être envie d'accélérer les choses s'il pensait que le boulot était destiné au Bureau.

— Tenez, dit-il, je vous donne un numéro privé. Si je ne décroche pas, laissez-moi un message et je vous rappellerai dès que possible.
— Bonne idée. J'espère que ça vous aidera.
— Moi aussi. Et... Tony ? Faites-moi plaisir et ne montrez surtout pas cette bande à des gens qui n'en auraient rien à faire.
— C'est promis, lui répondit Banks en rougissant un peu.

McCaleb sentit qu'il l'avait mis mal à l'aise en lui faisant une requête qui n'était pas nécessaire, mais se dit aussitôt qu'il la lui avait peut-être faite au moment même où Banks se demandait à qui il allait bien pouvoir montrer la bande. Pour finir, il pensa que la deuxième hypothèse était sans doute la bonne.

Il lui donna son numéro de téléphone, les deux hommes se serrèrent la main, McCaleb repartit seul dans le couloir. En repassant devant la porte derrière laquelle il avait entendu monter des cris de passion simulée, il remarqua que le silence leur avait succédé.

Quand il ouvrit la portière de la Taurus, la radio était allumée. Un harmonica sur la cuisse, Lockridge s'apprêtait à le porter à ses lèvres dès qu'il reconnaîtrait le morceau qu'on passait. Buddy referma le livre qu'il lisait, *La Mort d'un ténor*. Il en était à peu près à la moitié.

— Qu'est-ce qui est arrivé à l'inspecteur Fujigama ? lui demanda McCaleb.
— Quoi ?
— Le livre que tu avais hier...
—*L'Inspecteur Imanishi mène l'enquête*. Je l'ai fini.

— Va pour Imanishi. Tu lis vite.
— Quand c'est bon, ça va vite. Tu aimes les policiers ?
— Pourquoi aurais-je envie de lire des trucs complètement inventés alors que j'ai le nez dans le réel et que je ne supporte pas ce que je vois ?

Buddy mit le contact. Il fut obligé de s'y reprendre à deux fois avant que le moteur veuille bien démarrer.

— Ce n'est pas le même univers. Tout y est bien ordonné, le bien et le mal sont clairement définis, le méchant récolte ce qu'il mérite, le héros brille et tout se dénoue parfaitement à la fin. Bel antidote au monde réel, non ?
— Mais rasoir.
— Non, rassurant. Et maintenant, on va où ?

15

Après avoir déjeuné chez Musso et Frank – McCaleb aimait bien ce restaurant, et n'y était pas retourné depuis deux ans –, ils franchirent la colline qui sépare Hollywood de la Valley et arrivèrent au bâtiment qui abritait la société Deltona Clocks. Il était deux heures moins le quart. McCaleb avait fixé le rendez-vous le matin même avant de partir et appris que Mikhaïl Bolotov y travaillait encore de deux heures de l'après-midi à dix heures du soir.

La Deltona Clocks était une manière de grand hangar situé derrière un petit magasin de détail avec vitrine d'exposition sur la rue. Lockridge ayant garé la Taurus devant la boutique, McCaleb se pencha vers la sacoche en cuir qu'il avait posée sur le plancher de la voiture et en sortit son arme. Celle-ci était douillettement nichée dans un holster en toile qu'il accrocha à sa ceinture.

– Hé mais... tu t'attends à quoi là-dedans ? lui demanda Lockridge.

– A rien. C'est plus un accessoire de théâtre qu'autre chose.

McCaleb sortit ensuite une liasse de rapports de deux bons centimètres d'épaisseur – tous provenaient du bureau du shérif –, et s'assura que le compte rendu d'interrogatoire de Bolotov et de son employeur, un certain Arnold Toliver, se trouvait sur le dessus. Il était prêt, il regarda Lockridge par-dessus son épaule.

– Bon, dit-il, tu ne bouges pas.

En descendant de la voiture il remarqua que, cette fois-ci, Buddy ne lui avait pas proposé de l'accompagner. Il se dit qu'emporter plus souvent son arme n'était peut-être pas une mauvaise idée.

Il n'y avait pas de clients dans le magasin où des pendules bon marché, de toutes les tailles ou presque, étaient exposées. De type industriel pour la plupart, on avait plus de chance de les trouver dans une salle de classe ou chez un marchand de fournitures automobiles que dans une maison particulière. Sur le mur du fond, derrière le comptoir, huit pendules identiques indiquaient l'heure dans huit villes du monde. Assise sur une chaise pliante, une jeune femme se tenait derrière le comptoir. McCaleb se dit que, vu l'absence de clients, elle devait trouver le temps bien long.

– Je voudrais voir M. Toliver, lança-t-il en s'approchant.
– Arnold ou Randy ?
– Arnold.
– Il faut que je l'appelle. Pour qui travaillez-vous ?
– Je ne suis pas ici pour acheter des pendules. J'assure le suivi d'une enquête menée par le bureau du shérif le 3 février dernier.

Il laissa tomber sa pile de dossiers sur le comptoir pour qu'elle voie bien qu'il s'agissait de documents officiels. Puis il leva les mains et les reposa sur ses hanches afin que, sa veste de sport s'entrouvrant un peu, elle découvre son arme. Il l'observa au moment même où elle la repérait. Elle décrocha un téléphone sur le comptoir et composa un numéro à trois chiffres.

– Arnie ? C'est Wendy. Il y a un type qui vient du bureau du shérif pour une enquête ou je ne sais quoi.

McCaleb ne la reprit pas là-dessus. Il ne lui avait pas menti et n'avait pas l'intention de le faire, ni sur son identité ni sur celle des gens pour lesquels il travaillait. Cela étant, si elle voulait se faire des idées fausses, il n'allait pas non plus se donner la peine de la corriger. Wendy écouta ce qu'on lui disait à l'autre bout du fil, puis elle leva la tête et regarda McCaleb.

– Quelle enquête ? lui demanda-t-elle.

Il lui montra le téléphone d'un hochement de tête et tendit la main en avant. La jeune femme eut un mouvement de recul, puis elle lui passa le combiné.

– Monsieur Toliver ? Terry McCaleb à l'appareil. Il y a quelques mois de ça, vous vous êtes entretenu avec deux inspecteurs du bureau du shérif, les officiers Ritenbaugh et Aguilar, au sujet de l'un de vos employés, un certain Mikhaïl Bolotov. Vous vous souvenez ?

Toliver hésita un bon moment, mais finit par admettre que c'était bien le cas.

– Parfait, dit McCaleb. C'est moi qui ai repris l'affaire. Ritenbaugh et Aguilar sont sur d'autres dossiers et j'aimerais vous poser quelques questions supplémentaires. Voulez-vous que je vienne vous voir ?

Encore une fois, Arnold Toliver hésita.

– C'est-à-dire que... nous avons beaucoup à faire ici. Je...

– Ça ne prendra pas longtemps. N'oubliez pas que c'est une enquête criminelle. J'espère que vous voudrez bien continuer à nous aider.

– Bon, eh bien, peut-être que...

– Que quoi ?

– Euh... bon, rejoignez-moi derrière. La fille vous dira où je suis.

Trois minutes plus tard, après avoir traversé tout le bâtiment en longeant plusieurs chaînes de montage et d'emballage, il arriva devant un bureau situé à l'arrière de l'usine, près d'un quai de chargement. A côté de la porte se trouvait une fenêtre par laquelle Toliver pouvait surveiller les postes de travail et les chargement et déchargement des marchandises. En passant devant les chaînes, McCaleb avait surpris des conversations entre les employés et par trois fois s'était aperçu qu'on y parlait une langue qui, à son avis, était du russe.

A peine eut-il poussé la porte du bureau que l'homme qu'il pensait être Toliver raccrocha son téléphone et lui fit signe d'entrer. Maigre, la soixantaine, il avait la peau brune et tannée comme du cuir. Dans sa poche de chemise se trouvait un étui en plastique débordant de stylos.

– Il va falloir faire vite, dit-il. J'ai un chargement à surveiller.

– Pas de problème.

McCaleb regarda le rapport qu'il avait placé au-dessus de sa pile de dossiers.

— Il y a deux mois de ça, enchaîna-t-il, vous avez déclaré aux inspecteurs Ritenbaugh et Aguilar que Mikhaïl Bolotov avait travaillé ici la nuit du 22 janvier.
— Oui, je m'en souviens. Je n'ai pas changé d'avis là-dessus.
— Vous êtes sûr de ce que vous avancez, monsieur Toliver ?
— Comment ça, « je suis sûr » ? Bien sûr que je suis sûr ! J'ai vérifié. C'était dans le registre de pointage. Je leur ai même sorti la carte.
— Vous en êtes sûr parce que vous savez ce qu'il y avait dans les registres, ou bien vous en êtes sûr parce que vous l'avez vu travailler ce soir-là ?
— Non, non, il était là. Je m'en souviens. Mikhaïl n'a jamais manqué une journée.
— Et vous vous rappelez l'avoir vu travailler jusqu'à vingt-deux heures ?
— Sa carte de pointage...
— Je ne vous parle pas de ça. Je vous demande seulement si vous vous rappelez l'avoir vu travailler jusqu'à vingt-deux heures.
Toliver garda le silence. McCaleb jeta un coup d'œil par la fenêtre et observa les postes de travail.
— Vous avez beaucoup d'employés, n'est-ce pas, monsieur Toliver ? Combien d'entre eux sont-ils de service entre deux heures de l'après-midi et dix heures du soir ?
— Quatre-vingt-huit en ce moment.
— Et en janvier dernier ?
— A peu près pareil. Où voulez-vous en venir ?
— Au fait que l'alibi que vous avez donné à ce Bolotov est basé sur une carte de pointage. Pensez-vous qu'il ait pu partir tôt sans se faire repérer, un de ses copains se chargeant de pointer à sa place ?
Encore une fois, Toliver ne répondit pas.
— Oublions Bolotov un instant, reprit McCaleb. Ce genre de problème vous est-il déjà arrivé ? Par exemple... quelqu'un qui pointe pour un copain et carotte la société d'autant ?
— Ça fait seize ans que la boîte existe et, oui, ça nous est arrivé.
— Bien, dit McCaleb en hochant la tête. Et donc, ça aurait

très bien pu se passer avec Bolotov. Ou bien alors... est-ce que vous êtes systématiquement présent au pointage du soir pour vérifier qu'un type ne met pas deux cartes dans la pointeuse ?

— Tout est possible. Je ne suis pas au pointage tous les soirs. La plupart du temps, c'est mon fils qui fait la fermeture. Moi, à ce moment-là, je suis déjà rentré à la maison. Non, c'est lui qui vérifie.

McCaleb retint son souffle un instant et sentit à nouveau l'excitation le gagner. Donnée devant un tribunal, la réponse de Toliver aurait réduit à rien l'alibi de Bolotov.

— Votre fils, répéta-t-il. Randy ?

— Oui, Randy.

— Je peux lui parler ?

— Il est au Mexique. Nous avons une autre usine à Mexicali. Il y passe une semaine par mois. Il sera de retour la semaine prochaine.

— On l'appelle ?

— Je peux essayer, mais il y a des chances pour qu'il soit dans les ateliers. C'est pour ça qu'il descend là-bas. Pour s'assurer que la chaîne ne s'arrête pas. En plus de quoi... comment voulez-vous qu'il se rappelle quelque chose qui s'est produit il y a trois mois de ça ? Nous fabriquons des pendules, inspecteur. Et tous les soirs, ce sont les mêmes pendules que nous fabriquons. Et tous les jours, ce sont ces mêmes pendules que nous expédions à droite et à gauche. Tous les soirs se ressemblent.

McCaleb se détourna et regarda encore une fois l'atelier. Plusieurs ouvriers commençaient à quitter leurs postes au fur et à mesure que des collègues les remplaçaient. Il observa la relève jusqu'au moment où il aperçut un type qui pouvait être Bolotov. Il n'y avait pas de photo dans le dossier et le signalement qu'on y donnait était des plus maigres, mais l'homme qu'il regardait portait un T-shirt noir dont les manches étaient tendues à craquer sur des bras puissants et tatoués. Et tous ces tatouages étaient de la même couleur — bleu prison. C'était sûrement lui.

— C'est Bolotov, non ? demanda-t-il à Toliver.

D'un hochement de tête, McCaleb lui montra l'homme qui s'était assis à son poste de travail. Son boulot consistait à déposer des mécanismes d'horlogerie dans des emballages en plastique et à tout empiler dans un chariot à quatre roues.

— Lequel ? lui demanda Toliver qui s'était approché de la fenêtre.

— Celui avec les tatouages.

— Oui.

McCaleb hocha la tête et réfléchit un instant.

— Avez-vous précisé à Ritenbaugh et Aguilar que l'alibi que vous fournissiez à cet homme était basé sur sa carte de pointage et ce que vous aviez lu dans les registres, et pas du tout sur ce que vous ou votre fils aviez réellement vu ce soir-là ?

— Oui, je le leur ai dit et ils m'ont dit que ça leur suffisait. Après, ils sont partis et je n'ai plus entendu parler d'eux. Et voilà que vous revenez avec les mêmes questions. Et si vous accordiez un peu vos violons, hein ? Mon gamin aurait quand même eu moins de mal à se rappeler les faits au bout de trois semaines !

McCaleb se tut en pensant à Ritenbaugh et Aguilar. Ils avaient dû avoir à vérifier les alibis de vingt-cinq bonshommes pendant les huit jours où on les avait mis sur l'affaire. Ils avaient fait du boulot de cochon, mais comprendre pourquoi n'avait rien de compliqué.

— Écoutez, reprit Toliver, il faut que j'aille au quai de chargement. Vous voulez bien m'attendre ?

— Et si vous m'envoyiez Bolotov ? Il faut que je lui parle.

— Ici ?

— Si ça ne vous gêne pas, monsieur Toliver. Je suis sûr que vous avez envie de nous aider et de continuer à coopérer avec nous, n'est-ce pas ?

Il regarda Toliver droit dans les yeux pour mieux mettre fin à l'objection que celui-ci n'avait pas osé formuler.

— Bon, comme vous voulez, dit enfin Toliver en levant les mains en un geste d'agacement.

Arrivé à la porte, il ajouta :

— Mais que ça ne vous prenne pas une journée entière !

— Monsieur Toliver ?

Celui-ci s'arrêta à la porte et regarda McCaleb par-dessus son épaule.

— J'ai entendu pas mal de russe dans vos ateliers. D'où sortent ces types ?
— Ce sont de bons ouvriers et ils ne se plaignent pas. Et ça ne les gêne pas non plus d'être payés comme des chiens. Quand nous cherchons de la main-d'œuvre, nous passons des annonces dans le journal russe du coin.

Il franchit la porte et la laissa entrouverte derrière lui. McCaleb tira les deux chaises posées devant le bureau et les tourna de façon à ce qu'elles soient l'une en face de l'autre et séparées d'environ un mètre cinquante. Il s'assit sur celle qui était le plus près de la porte et attendit. Il réfléchit vite à la manière dont il allait mener l'interrogatoire et décida d'attaquer fort. Il voulait des réponses et surtout une réaction qui lui permettrait de jauger Bolotov.

Sentant une présence dans la pièce, il regarda la porte. L'homme qu'il pensait être Bolotov s'y tenait. Un mètre quatre-vingts, cheveux noirs, peau blanche. Mais, muscles et tatouages — un serpent enroulé autour du premier, une toile d'araignée couvrant l'autre —, c'étaient ses bras qui attiraient l'attention. McCaleb lui montra la chaise vide.

— Asseyez-vous, dit-il.

Bolotov s'approcha de la chaise et s'y assit sans hésitation. McCaleb s'aperçut que la toile d'araignée continuait sous son T-shirt et lui remontait de part et d'autre du cou. Une araignée noire attendait dans sa toile, juste au-dessous de l'oreille gauche de Bolotov.

— C'est quoi ? lança le Russe.
— Même chose qu'avant, Bolotov. Je m'appelle McCaleb. Le soir du 17 janvier. Vous m'en parlez.
— Je leur ai déjà dit. Je travaille ici. C'était pas moi que vous cherchez.
— Que vous dites... Mais les choses ont changé. On sait des choses qu'on ignorait à ce moment-là.
— Quelles choses ?

McCaleb se leva, ferma la porte et se rassit sur sa chaise. Juste pour le spectacle, histoire de lui montrer qui dirigeait les opérations. Et de lui donner à réfléchir.

— Quelles choses ? répéta Bolotov.
— Disons le cambriolage de Mason Street, à deux-trois rues d'ici. Vous vous rappelez... la maison avec l'arbre de Noël et les cadeaux. C'est là que vous avez trouvé votre arme, pas vrai, Bolotov ?
— Non, je suis propre là-dessus.
— Mon cul ! C'est vous qui êtes entré et avez récupéré le flingue. Et après, vous avez décidé de vous en servir. Vous l'avez fait à Lancaster et vous avez remis ça au coin de la rue, à la supérette. Vous êtes un tueur, Bolotov, un tueur.

Le Russe ne bougea pas, mais McCaleb vit ses biceps se tendre et remodeler ses tatouages. Il poussa son avantage.
— Et le soir du 7 février, hein ? Là aussi, vous avez un alibi ?
— Je connais pas ce soir-là. Il faut que...
— Ce soir-là, vous êtes entré dans la supérette et vous avez abattu deux personnes. Vous devriez savoir.

Bolotov se leva d'un bond.
— Qui êtes-vous ? Vous pas flic.

McCaleb se contenta de le dévisager sans quitter sa chaise, en espérant ne rien trahir de sa surprise.
— Les flics à deux. Qui êtes-vous ?
— Celui qui va vous arrêter. C'est vous qui avez fait le coup, Bolotov, et je vais le prouver.
— Quo...

On frappait fort à la porte, instinctivement McCaleb se retourna pour voir qui c'était. L'erreur. Elle était légère, mais il n'en fallut pas plus au Russe. Du coin de l'œil McCaleb vit une masse noire se ruer sur lui. Il essaya de remonter les bras sur sa poitrine pour se protéger, mais ne fut pas assez rapide. Soudain c'était de tout son poids que Bolotov le heurtait. Sa chaise basculant, McCaleb dégringola avec elle.

Bolotov le cloua au sol tandis que Toliver ou un autre continuait de tambouriner à la porte. Plus fort que lui, Bolotov lui fit les poches. Trouva son arme, l'arracha de son holster et la jeta à l'autre bout de la pièce. Enfin il découvrit son portefeuille dans la poche intérieure de sa veste de sport. Il l'en sortit en déchirant la poche et l'ouvrit.

— Pas d'insigne. Voyez, pas flic.

Il lut le nom porté sur le permis de conduire glissé derrière un rectangle de plastique.

— Terr... ell... Mack... Cow... leeb.

Puis il déchiffra l'adresse. McCaleb fut soulagé que ce soit celle de la capitainerie du port, où il avait une boîte postale.

— Peut-être faire petite visite un jour, oui ?

McCaleb ne répondit pas. Et ne bougea pas non plus : il savait qu'il n'avait aucune chance de renverser la situation. Alors qu'il se demandait comment il allait s'en sortir, Bolotov laissa tomber son portefeuille sur sa poitrine et se redressa d'un bond. Puis il tira la chaise et la souleva en l'air. McCaleb leva de nouveau les bras pour se protéger la tête et le visage et comprit au même instant qu'il laissait sa poitrine à découvert.

Il entendit un bruit de vitre qui se brise et regarda entre ses bras. La chaise venait de traverser la fenêtre du bureau. Puis il vit Bolotov la suivre en courant, sauter par l'ouverture et retomber dans l'atelier. Il avait disparu.

McCaleb roula de côté, se croisa les bras sur la poitrine, remonta les genoux contre lui et tenta de sentir les battements de son cœur. Il respira deux fois très fort, se remit lentement à quatre pattes et se releva. On continuait de tambouriner à la porte. Toliver, qui s'était mis à pousser des hurlements paniqués, exigeait qu'on lui ouvre tout de suite.

McCaleb tendit la main en avant et sentit le vertige le submerger comme une vague. Il eut l'impression de dévaler un toboggan avant de s'écraser dans un mur d'eau. Toliver déboula dans le bureau et lui cria quelque chose qu'il ne comprit pas. McCaleb posa les mains à plat sur le sol et ferma les yeux en essayant de se calmer.

— Merde, parvint-il seulement à lâcher dans un murmure.

Buddy Lockridge bondit hors de la voiture dès qu'il vit McCaleb arriver. Il fit le tour de la Taurus en courant et se porta à sa rencontre.

— Putain, mais qu'est-ce qui s'est passé ?

– Rien. J'ai fait une erreur, c'est tout.
– T'as une gueule à chier.
– Non, ça va mieux. Allons-y.
Lockridge lui ouvrit la portière, refit le tour de la voiture et s'installa au volant.
– Tu es sûr que ça va ? insista-t-il.
– Oui, oui. Allez, on y va.
– Où ça ?
– On trouve un téléphone.
– T'en as a un ici, dit-il en lui montrant le restaurant *Au diable dans sa boîte*, juste à côté.
A deux pas d'une de ses portes se trouvait un téléphone public encastré dans le mur. McCaleb descendit de la voiture et s'en approcha en prenant soin de garder les yeux sur le trottoir. Il ne voulait surtout pas déclencher une deuxième vague de vertige.
Il appela Jaye Winston sur sa ligne directe. Il s'attendait à devoir lui laisser un message, mais elle décrocha tout de suite.
– C'est moi, Terry, dit-il. Je croyais que vous étiez de tribunal.
– C'est vrai, mais c'est la pause déjeuner. Il faut que j'y retourne à deux heures. J'allais vous appeler.
– Pourquoi ?
– Parce qu'on va le faire.
– De quoi parlez-vous ?
– L'interrogatoire sous hypnose. Le capitaine a signé l'autorisation et j'ai appelé M. Noone. Il est d'accord. Il veut seulement qu'on fasse ça ce soir parce qu'il doit quitter la ville... pour rentrer à Las Vegas, j'imagine. Il sera ici à six heures. Vous pourrez venir ?
– J'y serai.
– Alors, ça roule. Pourquoi m'appeliez-vous ?
Il hésita. Ce qu'il avait à lui dire risquait de bouleverser ses plans, mais il ne pouvait pas repousser à plus tard.
– Pouvez-vous me trouver une photo de Bolotov avant ce soir ? dit-il.
– J'en ai déjà une. Vous voulez la montrer à Noone ?

— Oui. Je viens de rendre une petite visite à Bolotov et il n'a pas trop bien réagi.
— Que s'est-il passé ?
— Avant que j'aie pu lui poser trois questions, il m'a sauté dessus et s'est sauvé.
— Vous déconnez ou quoi ?
— J'aimerais bien.
— Et son alibi ?
— A peu près aussi solide qu'un château de cartes.

Il lui raconta brièvement son entrevue avec Toliver et Bolotov et conclut en lui disant qu'elle devrait lancer un avis de recherche pour Bolotov.
— Pour quel motif ? Vous avez fait un constat ?
— Pas moi, non, mais Toliver a dit qu'il allait porter plainte pour sa fenêtre.
— Bon, je lance l'avis de recherche. Vous êtes sûr que ça va ? Vous m'avez l'air bien épuisé.
— Je me sens mieux. Dites... ça change des choses pour ce soir ou bien ça marche toujours ?
— En ce qui me concerne, on est toujours partant.
— Bon. A tout à l'heure.
— Terry ? Ne misez pas trop sur Bolotov, d'accord ?
— Je le vois assez bien dans cette histoire.
— Je ne sais pas. Lancaster est très éloigné de l'endroit où il habite. N'oubliez pas que ce type est un ancien détenu. Il aurait certainement fait ce qu'il vous a fait, qu'il soit ou non pour quelque chose dans cette histoire. Pour la simple raison que, s'il n'est pas mêlé à ça, il est mêlé à autre chose.
— Peut-être, mais moi, il me plaît bien, ce type.
— Et si Noone nous faisait une fleur en le reconnaissant dans un jeu de six photos ?
— Enfin du sérieux !

McCaleb raccrocha et regagna la Taurus sans problème. Il monta dans la voiture et sortit le kit qu'il avait toujours avec lui de la sacoche en cuir posée sur le plancher. Celle-ci contenait tout ce qu'il lui fallait de médicaments pour vingt-quatre heures, plus une douzaine de thermomètres jetables. Il en sortit un de son emballage en papier, se le glissa sous la langue et, en attendant le résultat, fit signe à Lockridge de démarrer la voiture. Le moteur une fois en route, il se pencha vers les boutons du climatiseur et l'enclencha.

— Tu veux un peu d'air ? lui demanda Lockridge.

McCaleb hocha la tête, Lockridge augmenta le débit du ventilateur.

Au bout de trois minutes, McCaleb sortit le thermomètre de sa bouche, le regarda et sentit comme un grand coup de poignard en découvrant qu'il avait plus de trente-neuf.

— On rentre, dit-il.

— T'es sûr ?

— Oui, on file au port de plaisance.

Tandis que Lockridge repartait vers le sud en direction de la voie express 101, McCaleb tourna les bouches d'aération vers lui de façon à ce que l'air frais lui arrive droit dans la figure. Il sortit un deuxième thermomètre jetable de son emballage, le glissa lui aussi sous sa langue et tenta de se calmer en mettant la radio et regardant ce qui se passait dehors. Deux minutes plus tard, sa température était un peu retombée, mais il en avait toujours. La peur qu'il avait éprouvée diminuant légèrement, sa gorge se détendit. Il tapa sur le tableau de bord du plat de la main et secoua la tête pour se convaincre qu'il rêvait. Il s'était pourtant bien conduit jusque-là, non ? Cette poussée de fièvre ne pouvait s'expliquer que d'une manière : il s'était échauffé en se battant avec Bolotov.

Il décida de regagner son bateau, d'avaler une aspirine et de se reposer longuement avant de se préparer à la séance avec Noone. L'autre solution aurait été d'appeler Bonnie Fox, mais il savait ce que ça donnerait : elle le mettrait en observation et il serait cloué sur un lit d'hôpital pendant plusieurs jours. Fox faisait aussi bien les choses qu'il aimait, lui, se dire qu'il les faisait. Elle n'hésiterait pas une seconde pour le ramener à l'hôpital. Et il y paumerait une semaine, voire plus, à traîner dans une chambre. Il n'aurait pas sa chance avec Noone et perdrait les maigres progrès qu'il avait faits dans cette enquête.

16

Pour les non-initiés – et cela incluait bon nombre de flics et pas mal d'agents du FBI avec lesquels il avait travaillé au fil des ans –, l'hypnose était souvent une manière de vaudou auquel on recourait lorsqu'il n'y avait plus rien à faire hormis s'en remettre à une voyante. Bref, c'était le signe même qu'on piétinait ou qu'on avait échoué. McCaleb, lui, était persuadé du contraire. A ses yeux, il s'agissait d'un moyen tout à fait crédible de sonder les profondeurs de l'esprit humain. Si ça ne marchait pas, c'était que l'hypnotiseur s'y prenait mal – rien à voir avec la science elle-même.

Entendre Winston déclarer qu'elle était partante pour réinterroger Noone sous hypnose l'avait surpris. D'après elle, la possibilité de recourir à cette méthode avait été évoquée deux ou trois fois pendant les points hebdomadaires de la Criminelle lorsque l'échec de l'enquête sur l'assassinat de Cordell était revenu sur le tapis. Mais cette suggestion était restée lettre morte pour deux raisons, la première étant la plus importante : en tant que technique d'investigation, l'hypnose avait été souvent utilisée au début des années quatre-vingt, jusqu'au jour où la Cour suprême de Californie avait arrêté que les témoins auxquels on rafraîchissait la mémoire par ce procédé ne pouvaient pas témoigner dans des affaires criminelles. Cela voulait dire que chaque fois qu'il décidait de soumettre un témoin à l'hypnose, l'enquêteur devait d'abord voir si ce qu'il pouvait en tirer valait la peine de perdre toute chance de le faire entendre dans une cour de justice. Winston et son capitaine n'ayant pas envie de perdre leur seul et unique témoin, on avait renoncé à recourir à cette technique dans l'affaire Cordell.

La deuxième raison était qu'après l'arrêt de la Cour suprême, le bureau du shérif avait cessé d'entraîner ses inspecteurs à l'utilisation de ce procédé. Résultat, plus de quinze ans après le jugement de la Cour suprême, le nombre d'inspecteurs rompus à cette technique avait singulièrement diminué. De fait, plus personne n'étant capable de soumettre Noone à ce traitement, il faudrait aller chercher quelqu'un d'extérieur. Ce qui compliquerait encore les choses – et coûterait de l'argent.

Lorsque McCaleb lui avait annoncé qu'il avait pratiqué cette méthode pendant plus de dix ans au FBI, Winston s'était encore plus enthousiasmée pour cette idée. Quelques heures plus tard, elle réussissait à obtenir le feu vert de son patron et à programmer la séance.

McCaleb arriva au bureau des homicides du Star Center une demi-heure en avance. Il prévint Lockridge qu'il en aurait pour un moment et lui conseilla d'aller dîner quelque part.

Grâce à la petite sieste qu'il avait faite, sa fièvre était presque entièrement retombée. Il se sentait reposé et prêt à agir. La perspective de tirer quelque chose de consistant de la mémoire de Noone et d'ainsi faire avancer les choses l'excitait beaucoup.

Jaye Winston le retrouva à l'accueil et l'accompagna jusqu'au bureau du capitaine sans cesser de parler.

– J'ai lancé un avis de recherche pour Bolotov, lui dit-elle. J'ai fait envoyer une voiture pour le cueillir, mais il avait déjà filé. Il a disparu. Il est clair que vous avez fait mouche.

– Oui, peut-être. Quand je l'ai traité d'assassin...

– Je ne suis toujours pas persuadée que c'est ce qu'on a de mieux, mais pour l'instant... Et, bien sûr, Arrango n'est pas très heureux. Je dois reconnaître que nous ne lui en avons pas parlé avant. Pour lui, vous ne faites que jouer au cow-boy.

– Ne vous inquiétez pas pour ça. Je me fous de ce qu'il pense.

– Vous n'avez pas peur de Bolotov ? Vous m'avez dit qu'il avait votre adresse.

– Non. Il a celle du port de plaisance, pas le nom de mon bateau. Et le port est grand.
Elle ouvrit la porte et s'effaça pour le laisser entrer. Trois hommes et une femme l'attendaient dans la petite salle. McCaleb reconnut Arrango et Walters. Winston le présenta au capitaine Al Hitchens et à la femme, une dessinatrice de la police qui avait nom Donna Gross. Elle était là pour faire un portrait-robot du suspect si Noone ne reconnaissait pas Bolotov d'entrée de jeu.
– Je suis content que vous soyez en avance, dit Hitchens. M. Noone est déjà arrivé. On va pouvoir commencer tout de suite.
McCaleb acquiesça d'un signe de tête et regarda les autres. Arrango avait la moue méprisante de celui qui ne croit pas à ce genre de trucs. Un cure-dents sortait d'un ou deux centimètres entre ses lèvres serrées.
– Il y a trop de monde dans cette salle, dit McCaleb. Ça risque de perturber le sujet. Il faut qu'il puisse se détendre complètement et on n'y arrivera pas avec tous ces gens.
– Nous ne serons pas tous là, lui répondit Hitchens. J'aimerais que Jaye et vous soyez seuls dans la pièce. Vous ne faites entrer Donna que si c'est nécessaire. Nous allons tout enregistrer en vidéo et nous avons un écran de contrôle ici même. Ça vous va ?
Il lui montra un moniteur posé sur une table roulante dans un coin de la pièce. McCaleb regarda l'écran et y vit un homme assis à une table, les bras croisés devant lui. C'était bien Noone. Même avec la casquette de base-ball qu'il portait sur la tête, McCaleb reconnut en lui le témoin qui s'était trouvé sur les lieux du crime et que la caméra de surveillance du distributeur de billets avait filmé.
– C'est parfait, dit-il.
McCaleb regarda Winston.
– Vous avez préparé un jeu de six photos avec Bolotov au milieu ?
– Oui. Il est sur mon bureau. On va commencer par le lui montrer. On ne sait jamais. Si on avait de la chance... S'il le reconnaît, il n'y a plus besoin d'hypnose et on peut garder Noone pour le tribunal.

McCaleb acquiesça d'un hochement de tête.
— Ç'aurait été drôlement bien qu'on montre les photos à Noone avant que l'oiseau s'envole, dit Arrango en regardant McCaleb.
Celui-ci réfléchit à une réponse, puis décida de la garder pour lui.
— Quelque chose de précis que vous voudriez que je lui demande ? lui dit-il seulement.
Arrango regarda Walters et lui fit un clin d'œil.
— Ben... ça serait pas mal d'avoir le numéro d'immatriculation de la bagnole avec laquelle il a filé, répondit-il. Oui, ça serait même super.
Il sourit de toutes ses dents, son cure-dents lui remontant sur la lèvre supérieure. McCaleb lui rendit son sourire.
— Ça s'est déjà vu, dit-il. Un jour, une femme qui avait été violée m'a décrit très précisément le tatouage qui ornait l'avant-bras de son agresseur. Avant hypnose, elle ne se souvenait même pas que le bonhomme en avait un.
— Génial ! Je compte sur vous pour nous refaire le coup ! Vous nous donnez un numéro de plaque, un tatouage... Votre copain Bolotov en a sur toute la carcasse, non ?
Il y avait une pointe de défi dans sa voix. Arrango semblait vouloir tout ramener au niveau personnel, comme si le désir qu'avait McCaleb de coincer un tueur multiple n'était, Dieu sait pourquoi, qu'un petit jeu dont l'objet aurait été de lui manquer de respect. C'était ridicule, mais McCaleb l'avait provoqué en débarquant dans son enquête.
— Bon, dit Hitchens en coupant court aux échanges et tentant de détendre l'atmosphère, c'est juste un coup comme ça, mais le jeu en vaut la chandelle. Et peut-être qu'on réussira. Ou on ne réussira pas, c'est selon.
— En attendant, ça nous fait un témoin de moins pour le tribunal, fit remarquer Arrango.
— Quel tribunal ? lui renvoya McCaleb. Avec ce que vous avez pour l'instant, le tribunal, on en est loin. C'est notre dernière chance, Arrango. En fait, votre dernière chance, c'est moi.

Arrango se leva d'un coup. Pas pour le défier physiquement, mais pour souligner ce qu'il venait de dire.

– Écoute, trouduc, lui lança-t-il, j'ai pas besoin d'un fédé complètement décati pour savoir comment...

– Bon, bon, s'écria Hitchens en se levant à son tour, on arrête ça. On va faire ce truc, et on va le faire tout de suite. Jaye ? Vous voulez bien conduire Terry à la salle des interrogatoires et commencer la séance ? Nous autres, nous allons rester ici.

Winston fit sortir McCaleb de la pièce. Celui-ci jeta un coup d'œil à Arrango par-dessus son épaule : le flic du LAPD était rouge de colère. Derrière lui, McCaleb remarqua un sourire railleur sur le visage de Donna Gross. Apparemment, elle avait beaucoup goûté le déballage de testostérone.

McCaleb ne cessant de secouer la tête tant il était embarrassé par l'incident, Winston et lui traversèrent la salle de garde en longeant des rangées de bureaux vides.

– Je suis désolé, reprit-il à l'adresse de Winston. Je n'arrive pas à croire que j'aie pu me laisser entraîner là-dedans.

– Ce n'est pas grave. Arrango est un con. Ça devait arriver, tôt ou tard...

Ils passèrent au bureau de Winston pour y reprendre la chemise avec les photos, descendirent un couloir et s'arrêtèrent devant une porte fermée. Jaye posa la main sur le bouton, mais se retourna vers McCaleb avant d'ouvrir.

– Bon. Y a-t-il une façon particulière dont vous voudriez mener l'affaire ? lui demanda-t-elle.

– Ce qu'il faut comprendre, c'est que ça ne marchera que si je suis le seul à lui parler et que la communication ne s'effectue qu'au niveau verbal. Il ne faut pas qu'il ait le moindre doute sur la personne à qui je m'adresse. Si vous et moi avons à communiquer, nous pourrons nous écrire des petits mots ou nous montrer la porte et nous retrouver ici.

– Parfait. Ça va ? Vous avez une gueule à chier.

– Non, ça va.

Elle ouvrit la porte et James Noone leva la tête de dessus la table.

– Monsieur Noone, dit-elle, je vous présente Terry McCaleb,

l'hypnotiseur dont je vous ai parlé. Il a beaucoup travaillé avec le FBI. Il va voir si nous pouvons faire quelque chose ensemble.

McCaleb sourit au témoin et lui tendit la main par-dessus la table. Ils se saluèrent.

– Enchanté de vous rencontrer, monsieur Noone, dit-il. Ça ne prendra pas longtemps et devrait beaucoup vous détendre. Des objections à ce que je vous appelle James ?

– Non, aucune. James ira très bien.

McCaleb regarda la table et les chaises disposées dans la salle. Elles étaient du type administratif ordinaire, avec coussin d'un centimètre sur le siège. Il se tourna vers Winston.

– Jaye, dit-il, vous pensez qu'on pourrait trouver quelque chose de plus confortable pour M. Noone ? Un truc avec des accoudoirs ? Le fauteuil où était assis le capitaine Hitchens ?

– Bien sûr. Attendez-moi une minute.

– Ah, oui... J'aurais aussi besoin d'une paire de ciseaux.

Winston le regarda d'un air étonné, mais quitta la pièce sans mot dire. McCaleb considéra de nouveau la salle. Une rangée de tubes fluo installée au plafond lui fournissait son seul éclairage. Aveuglante, la lumière qui en tombait était encore amplifiée par la fenêtre miroir dans le mur de gauche. McCaleb savait que la caméra vidéo se trouvait de l'autre côté et que James Noone devrait toujours être tourné vers elle.

– Bon, reprit-il, il va falloir que je monte sur cette table pour voir un peu ces lampes.

– Pas de problème.

En se servant d'une chaise comme d'un escabeau, McCaleb grimpa sur la table afin d'atteindre la rampe de néons. Il y alla doucement pour éviter une autre attaque de vertige. Il ouvrit le panneau, commença à en ôter les tubes et les tendit à Noone en lui parlant de choses et d'autres dans l'espoir que celui-ci se sente en confiance.

– J'ai appris que vous partiez pour Las Vegas, lui dit-il. Voyage d'affaires ou voyage d'agrément ?

– Euh... surtout d'affaires.

– Dans quoi travaillez-vous ?

– Les logiciels d'ordinateur. En ce moment, je conçois un

système de comptabilité et de sécurité pour l'El Rio. J'en suis toujours à débugger le programme. Nous en aurons pour une ou deux semaines de tests.

– Une semaine à Las Vegas ? Je suis bien sûr que j'y perdrais des tonnes de fric !

– Je ne joue pas.

– Voilà qui est bien.

Il avait ôté trois tubes de néon sur quatre du panneau lumineux, et la salle se trouva plongée dans une demi-pénombre. Il espéra qu'il y aurait encore assez de lumière pour la caméra vidéo. Il redescendait de la table lorsque Winston reparut avec un fauteuil qui, de fait, ressemblait beaucoup à celui sur lequel Hitchens s'était assis.

– Vous l'avez pris au capitaine ? lui demanda-t-il.

– Y a pas meilleur fauteuil dans tout le bâtiment !

– Bon.

Il se tourna vers la fenêtre, fit un clin d'œil à la caméra et remarqua les cernes noirs qui commençaient à se former sous ses yeux. Il se détourna rapidement.

Winston fouilla dans la poche de son blazer et en sortit doucement une paire de ciseaux. McCaleb la lui prit des mains et la posa sur la table, qu'il poussa contre le mur, sous la fenêtre miroir. Puis il s'empara du fauteuil du capitaine et l'installa contre le mur opposé. Il positionna ensuite les deux chaises en face du fauteuil, en les éloignant suffisamment l'une de l'autre pour que Noone se trouve toujours dans le champ de la caméra. Il fit enfin signe à Noone de s'asseoir sur le fauteuil pendant que Winston et lui prenaient place sur les deux chaises. Il regarda sa montre et constata qu'il était six heures moins dix.

– Bien, dit-il, nous allons essayer de faire vite pour que vous puissiez filer. Et d'abord, James, avez-vous des questions à nous poser sur ce que nous essayons de faire ici ?

Noone réfléchit un instant avant de répondre.

– Eh bien, dit-il, c'est que je n'y connais pas grand-chose, moi, dans tout ça. Qu'est-ce qui va m'arriver ?

– Rien du tout. L'hypnose n'est jamais qu'un état d'altération de la conscience. Nous aimerions que vous vous décontractiez de plus en plus, un palier après l'autre, jusqu'au moment où vous pourrez facilement passer dans tous les recoins de votre esprit pour y retrouver certains des renseignements que vous y avez emmagasinés et qui nous intéressent. Disons que ça ressemble à un Rolodex qu'on fait tourner jusqu'au moment où on tombe sur la carte de visite qu'on cherche.

McCaleb attendit, mais Noone ne posa pas d'autre question.

– On commence par un petit exercice ? enchaîna-t-il. J'aimerais que vous penchiez la tête légèrement en arrière et que vous regardiez au plafond. Essayez de regarder le plus loin possible en arrière. Vous feriez peut-être bien d'ôter vos lunettes.

Noone ôta ses lunettes, les replia et les glissa dans sa poche. Puis il inclina la tête en arrière et regarda le plafond. McCaleb l'examina. Il arrivait à rouler assez les yeux en arrière pour qu'une partie de sa cornée soit visible sous ses iris. Il n'y avait pas meilleur signe de la réceptivité à l'hypnose.

– C'est très bien, dit-il. Et maintenant, j'aimerais que vous vous détendiez au maximum en respirant profondément et que vous nous racontiez ce qui s'est passé le 22 janvier dernier. Dites-nous seulement ce dont vous vous souvenez.

Pendant les dix minutes qui suivirent, Noone raconta comment il était tombé sur la fin de la fusillade et du vol de billets au distributeur de Lancaster. Sa version des faits ne différait pas de celles qu'il avait données pendant les divers interrogatoires qu'on lui avait fait subir après le meurtre. Il n'y avait ajouté aucun détail que McCaleb aurait remarqué et ne paraissait pas avoir oublié des points qu'il aurait mentionnés auparavant. C'était assez inhabituel, et McCaleb trouva la chose encourageante : chez les trois quarts des témoins, les souvenirs commencent à s'effacer au bout de deux mois. Que Noone paraisse ainsi se rappeler les moindres détails de l'affaire l'amena à espérer que la mémoire du programmeur serait aussi précise que celle de son logiciel. Lorsque Noone en eut fini, McCaleb fit signe à Winston, celle-ci se penchant aussitôt en avant pour tendre le jeu de photos au témoin.

– James, reprit McCaleb, j'aimerais que vous ouvriez ce dossier, regardiez les photos qui s'y trouvent et que vous nous disiez si l'un de ces hommes est celui que vous avez vu s'enfuir en voiture.

Noone remit ses lunettes, prit le dossier entre ses mains, mais dit seulement :
— Je ne sais pas. Je n'ai pas vraiment...
— Je sais, lui renvoya Winston, mais regardez quand même.
Noone ouvrit le dossier. Il y trouva un bande de carton mince percée de fenêtres disposées en deux rangées de trois. Dans chacune de ces fenêtres était montée une photo. Celle de Bolotov était la troisième de la rangée supérieure. Noone examina tous les clichés, ses yeux allant de l'un à l'autre, puis il secoua la tête.
— Désolé, dit-il, mais je ne l'ai pas vu.
— C'est parfait, lança vite McCaleb avant que Winston ait lâché quelque chose que Noone aurait pu interpréter de manière négative. Je crois que nous sommes prêts à continuer.
Il lui reprit le dossier et le jeta sur la table.
— Pourquoi ne commenceriez-vous pas par nous dire ce que vous faites pour vous détendre ? lui demanda-t-il.
Noone le regarda d'un œil vide.
— Vous savez bien... quand tout va bien et que vous êtes le plus détendu et en paix avec vous-même. Moi, j'aime beaucoup travailler à mon bateau et aller à la pêche. Même que je me moque complètement d'attraper quoi que ce soit. J'aime juste lancer une ligne à l'eau. Et vous, James ? Vous aimez faire des paniers de basket... ? Taper dans des balles de golf... ? Quoi exactement ?
— Euh... je ne sais pas. Il faut croire que j'aime bien bosser à mon ordinateur.
— Mais ça ne détend pas vraiment l'esprit, n'est-ce pas, James ? Non, moi, je ne vous parle pas de quelque chose qui oblige à réfléchir. Comment dire... ? Qu'est-ce que vous faites quand vous décidez de vous laisser aller complètement ? Quand vous êtes fatigué de penser et voulez seulement faire le vide un instant ?
— Eh bien... je ne sais pas. Aller à la plage ? Il y a un endroit que je connais... c'est là que je descends en voiture.
— A quoi ressemble-t-il ?
— Le sable est très blanc et la plage est large. On peut louer

des chevaux et se promener au bord des vagues sous les falaises. L'eau a creusé au-dessous et ça fait comme un surplomb. On s'assoit dessous, à l'ombre.
— Bien, bien. C'est vraiment bien, James. Et maintenant, j'aimerais que vous fermiez les yeux, que vous posiez les mains sur les genoux et que ce soit à cette plage que vous pensiez. Imaginez que vous êtes en train de vous y promener, détendez-vous, juste comme ça, et continuez d'avancer sur le sable.

McCaleb garda le silence pendant trente secondes en observant le visage de Noone. La peau commençant enfin à se détendre à la commissure de ses paupières fermées, McCaleb lui fit alors exécuter une série d'exercices sensoriels où il lui demanda de se concentrer sur l'impression qu'il ressentait en pensant à ses chaussettes sur ses pieds, à ses mains sur le tissu de son pantalon, à ses lunettes sur l'arête de son nez, jusqu'à ses cheveux — ce qu'il en restait au moins —, sur son crâne.

Au bout de cinq minutes, il passa aux exercices musculaires et lui ordonna de serrer les orteils aussi fort qu'il le pouvait, de les garder ainsi, puis de les relâcher.

Lentement le centre d'attention du témoin remonta le long de son corps, puis s'étendit à tous ses muscles. Alors McCaleb revint à ses orteils et remonta encore une fois jusqu'en haut. Destinée à épuiser les muscles, la procédure rendait l'esprit plus ouvert à la suggestion de détente et de repos. Enfin, il le remarqua, la respiration de Noone se fit plus ample et profonde. Il regarda sa montre et constata qu'il était six heures et demie.

— Bon, James, poursuivit-il, et maintenant, toujours sans ouvrir les yeux, j'aimerais que vous tendiez la main gauche devant votre visage. A, disons... trente centimètres.

Noone s'exécuta, McCaleb lui laissant tenir son bras en l'air pendant une bonne minute et l'encourageant à se détendre en pensant à la plage sur laquelle il se promenait.

— Bien, et maintenant rapprochez votre main de votre visage. Très lentement.

Noone commença à rapprocher sa main de son visage.

— Parfait. Encore plus lentement, insista McCaleb en parlant de plus en plus doucement. Voilà, c'est ça, James. Lorsque votre main touchera votre visage, vous serez complètement détendu et vous tomberez dans un profond sommeil hypnotique.

Il garda le silence un instant et regarda la main de Noone qui avançait lentement, jusqu'au moment où celui-ci toucha son nez du plat de la paume. Dès qu'il y eut contact, la tête de Noone tomba en avant tandis que ses épaules s'affaissaient et que sa main roulait sur ses genoux. McCaleb regarda Winston. Jaye haussa les sourcils et hocha la tête. McCaleb savait qu'on n'en était encore qu'à la moitié du chemin, mais tout cela commençait à prendre une bonne tournure. Il décida de se livrer à un petit test.

— James, dit-il, vous êtes maintenant complètement détendu et au repos. Vous êtes même si détendu que vos bras sont légers comme de la plume. Ils ne pèsent plus rien.

Noone le regarda, mais ne bougea pas, ce qui était bon signe.

— Je vais prendre un ballon d'hélium et en attacher la ficelle à votre main gauche. Je l'attache... Là, ça y est, James, le ballon est attaché et je le lâche.

Dans l'instant, le bras de Noone se mit à monter, se tendant peu à peu tandis que sa main passait au-dessus de sa tête. McCaleb se contentait d'observer la scène : une demi-minute plus tard, le bras de Noone ne donnait toujours aucun signe de fatigue.

— C'est très bien, James, reprit-il. J'ai une paire de ciseaux dans la main et je m'en vais couper la ficelle du ballon.

McCaleb attrapa les ciseaux sur la table et les leva en l'air. Il les ouvrit, puis les referma sèchement sur la ficelle imaginaire. Le bras de Noone retomba sur ses genoux. McCaleb jeta un coup d'œil à Winston et lui fit signe que tout allait pour le mieux.

— Bien, dit-il à Noone, vous êtes très détendu et rien ne vous gêne plus. Vous êtes sur cette plage, vous vous y promenez et vous arrivez dans un jardin. Et ce jardin est d'un vert luxuriant, il est beau, plein de fleurs et d'oiseaux qui chantent. Il est vraiment vraiment beau et paisible. Jamais encore vous ne vous êtes promené dans un endroit aussi apaisant et vous avancez dans ce jardin et arrivez devant un petit bâtiment où se trouvent plusieurs portes, et toutes ces portes ouvrent sur des ascenseurs. Regardez, elles sont en bois avec des parements dorés tout autour, magnifiques, vraiment magnifiques. Tout ici est absolument magnifique.

« Et ces portes sont ouvertes, James, et vous entrez dans un ascenseur parce que vous savez qu'il va vous descendre jusqu'à votre pièce préférée, celle où vous seul avez le droit d'entrer, celle où vous seul pouvez descendre et trouver la paix la plus absolue.

McCaleb se leva et se tint devant lui, à quelques dizaines de centimètres, et encore. Noone ne semblait pas sentir sa présence.

— Les boutons de l'ascenseur vous montrent que vous êtes au niveau dix et vous devez maintenant descendre dans votre pièce qui se trouve au niveau un. Vous appuyez sur le bouton, James, et l'ascenseur se met à descendre. Vous vous sentez de plus en plus détendu au fur et à mesure que vous descendez de niveau en niveau.

McCaleb leva le bras et, à trente centimètres du visage de Noone, le tint en parallèle avec le sol. Puis il commença à le lever devant sa figure et à le ramener devant lui avant de recommencer. Il savait qu'en modifiant ainsi les impacts lumineux perçus par son sujet, celui-ci aurait encore plus la sensation de descendre vers sa pièce secrète.

— Vous descendez, James, de plus en plus bas. Vous êtes au neuvième... et maintenant au huitième... au septième... Vous vous enfoncez de plus en plus profondément, vous êtes de plus en plus détendu. Le niveau six vient juste de passer... et maintenant c'est le cinq... le quatre... le trois... le deux... le un... les portes s'ouvrent et vous entrez dans votre pièce. Vous y êtes, James, et vous vous trouvez dans la paix la plus parfaite qui soit.

McCaleb regagna sa chaise, puis il dit à Noone d'entrer chez lui : le fauteuil le plus confortable du monde l'y attendait. Il lui demanda ensuite de s'y s'asseoir et de s'y laisser fondre. D'imaginer une noix de beurre qui, voilà, est en train de fondre dans une poêle à feu très doux.

— Et maintenant, grésillez et fondez, fondez tout doucement, James. C'est vous, James, et vous fondez dans votre fauteuil.

Il attendit encore quelques instants, puis il lui parla du poste de télévision qui se trouvait devant lui.

– Vous avez la télécommande dans la main et cette télévision est tout aussi spéciale que sa télécommande. Vous pouvez attraper tout ce que vous voulez sur cette télé. Vous pouvez remonter en arrière, faire défiler l'image en avant à toute allure, passer en gros plan, vous en éloigner comme vous voulez. Tout ce que vous désirez faire de ce que vous voyez, vous le pouvez. Et maintenant, vous allumez, James, et ce que vous allez voir à l'écran est très exactement ce que vous avez vu le soir du 22 janvier dernier, lorsque vous vous êtes rendu au distributeur de billets de la banque de Lancaster pour y retirer de l'argent.

Il attendit une seconde, puis enchaîna :

– Allumez la télévision, James... Ça y est ?

– Oui, dit Noone en parlant pour la première fois depuis une bonne demi-heure.

– Bien, James. Et maintenant, vous revenez à cette soirée et vous nous dites ce que vous avez vu.

17

James Noone leur raconta son histoire comme si McCaleb et Jaye Winston étaient assis dans sa propre voiture, voire à l'intérieur même de sa tête.

— J'ai mis le clignotant et je me prépare à entrer dans le parking, commença-t-il. Ça y est, le voilà ! Freiner ! Il va me... il m'est presque rentré dedans, ce connard ! J'aurais pu...

Il leva le bras gauche, ferma la main et, geste d'impuissance adressé au chauffeur du véhicule qui lui avait coupé la route, lui fit un bras d'honneur. McCaleb scruta son visage et remarqua les mouvements rapides de ses yeux derrière ses paupières closes. C'était un signe qu'il cherchait toujours chez les sujets qu'il hypnotisait, sa présence indiquant que ceux-ci étaient très profondément endormis.

— Il est parti et j'entre dans le parking, reprit James Noone. Je vois... je vois le type. Il y a... quelqu'un est couché par terre, juste dans la lumière. Au pied du distributeur. Il est tombé... je sors de ma voiture pour aller voir... il y a du sang. On lui a tiré dessus... quelqu'un lui a tiré dessus. Euh... euh... il **faut** que je trouve quelqu'un... je retourne à la voiture pour téléphoner. Je pourrai appeler et trouver de l'aide... il est blessé... il y a du sang par terre... partout, partout.

— Bien, James, très bien, dit McCaleb en l'interrompant pour la première fois. C'est bien. Et maintenant, j'aimerais que vous preniez votre télécommande et que vous repartiez en arrière jusqu'au moment où vous voyez la voiture pour la pre-

mière fois, juste au moment où elle sort du parking. Vous y arrivez ?
— Oui.
— Bien… Vous y êtes ?
— Oui.
— Bien, nous recommençons, mais cette fois-ci au ralenti. Au très grand ralenti, de façon à ce que vous puissiez tout voir en détail. Ça va ?
— Oui.
— J'aimerais que vous arrêtiez l'image quand vous voyez le mieux le véhicule qui vous fonce dessus.

Il attendit.
— Ça y est, je l'ai.
— Bien. Pouvez-vous nous dire de quel type de véhicule il s'agit ?
— Oui. C'est une Cherokee noire. Couverte de poussière.
— Pouvez-vous nous dire de quelle année elle est ?
— Non, mais c'est le dernier modèle. La Grand Cherokee.
— Pouvez-vous en voir le côté ?
— Oui.
— Combien de portes ?

Ce n'était encore qu'un test destiné à s'assurer que Noone lui disait bien ce qu'il avait vu, et pas ce qu'on lui avait raconté. McCaleb se rappelait que le premier inspecteur à avoir interrogé Noone lui avait dit que la description faite par le témoin correspondait au modèle Grand Cherokee. Mais il lui fallait encore que Noone confirme son identification, celle-ci devant notamment préciser que le véhicule était un quatre portes.
— Hmm… deux de ce côté, dit Noone. C'est une quatre portes.
— Bien. Et maintenant vous passez devant. Des dégâts ? Le véhicule est-il cabossé ? Y voyez-vous des éraflures ?
— Non.
— Des rayures ?
— Hmm… non.
— Et le pare-chocs ? Voyez-vous celui de devant ?
— Oui.

— Bon. Vous prenez la télécommande et vous faites un gros plan dessus. Y voyez-vous la plaque d'immatriculation ?
— Non.
— Pourquoi, James ?
— Elle est recouverte par quelque chose.
— Par quoi, James ?
— Euh... par un T-shirt. Il est enroulé autour de la barre et recouvre la plaque. Oui, oui... on dirait un T-shirt.

McCaleb jeta un coup d'œil à Winston et vit la déception se marquer sur son visage. Il continua.

— Bien, James, enchaîna-t-il. Reprenez votre télécommande et faites un gros plan sur l'intérieur du véhicule. Ça y est ?
— Oui.
— Combien de personnes y a-t-il dans la Cherokee ?
— Une. Le conducteur.
— Bien, gros plan sur lui. Dites-moi ce que vous voyez.
— Je ne peux pas.
— Pourquoi ? Qu'est-ce qu'il y a ?
— Les lumières. Il a mis les pleins phares. Ça m'aveugle et je n'arrive pas à...
— Bon, bon, James, vous reprenez la télécommande et vous faites défiler l'image. En avant en arrière jusqu'au moment où vous voyez le mieux le conducteur. Vous me dites quand vous y êtes.

McCaleb se retourna vers Winston, qui le regarda en haussant les sourcils. L'un comme l'autre, ils savaient que le moment crucial approchait et qu'ils verraient bientôt leur tentative se solder par un échec ou une réussite.

— Ça y est, dit James.
— Vous voyez bien le conducteur ?
— Oui.
— Dites-nous à quoi il ressemble. La couleur de sa peau.
— Blanche. Mais il porte un chapeau... avec le rebord baissé. Il regarde vers le bas et... voilà, oui... le bord de son chapeau lui cache la figure.
— Entièrement ?
— Non, je vois sa bouche.

— Porte-t-il une barbe ou une moustache ?
— Non.
— Voyez-vous ses dents ?
— Non, il a la bouche fermée.
— Et ses yeux ?
— Non. Le chapeau est au milieu.

McCaleb se renversa sur sa chaise et poussa un soupir de frustration. Il n'en croyait pas ses oreilles. Noone faisait un sujet idéal, il était profondément en transe, mais rien à faire, ils n'arrivaient pas à lui soutirer ce dont ils avaient le plus besoin, à savoir une description détaillée du visage de l'agresseur.

— Bon. Vous êtes sûr que c'est là que vous le voyez le mieux ?
— Oui, j'en suis sûr.
— Voyez-vous ses cheveux ?
— Oui.
— De quelle couleur sont-ils ?
— Foncés. Brun foncé, peut-être même noirs.
— De quelle longueur ?
— Courts, enfin... on dirait.
— Et le chapeau ? Pouvez-vous nous le décrire ?
— Ce n'est pas un chapeau. C'est... une casquette de baseball... grise. D'un gris délavé.
— Bien. Y a-t-il une inscription dessus ? Le logo d'une équipe ?
— On dirait des lettres qui se chevauchent.
— Quelles lettres ?
— Un C majuscule avec un trait en travers. Un 1 ou un I majuscule, ou alors un l minuscule. Et il y a un rond... non, un ovale tout autour.

McCaleb garda le silence un instant et réfléchit.

— James, dit-il enfin, pensez-vous que si je vous donnais de quoi dessiner, vous pourriez rouvrir les yeux et nous reproduire ce logo ?
— Oui.
— Je veux que vous ouvriez les yeux, James.

McCaleb se leva. Winston lui tendit un stylo et un bloc-notes ouvert à une page vierge. Il les lui prit des mains et les passa à Noone.

Les yeux grands ouverts, Noone se mit à dessiner en regardant fixement le bloc-notes. Son croquis correspondait bien à la ligne verticale traversant le grand C qu'il avait décrit, le tout étant pris dans un ovale. McCaleb rendit le bloc-notes à Winston, qui le tint brièvement devant la fenêtre miroir afin que la vidéo en saisisse l'image.

– OK, James, reprit McCaleb, tout cela est excellent. Maintenant, refermez les yeux et concentrez-vous de nouveau sur le visage du chauffeur. Vous l'avez ?
– Oui.
– Voyez-vous l'une ou l'autre de ses oreilles ?
– Oui. La droite.
– Y remarquez-vous quelque chose d'inhabituel ?
– Non.
– Pas de boucle d'oreille ?
– Non.
– Et au-dessus ? Son cou... Vous voyez son cou ?
– Oui.
– Quelque chose de bizarre ?... Que voyez-vous ?
– Euh... non, rien de bizarre. Euh... je vois son cou, juste son cou.
– C'est bien du côté droit que vous me parlez ?
– Droit, oui.
– Pas de tatouage ?
– Non, pas de tatouage.

McCaleb poussa un nouveau soupir de dépit. Noone venait de lui éliminer, et radicalement, Bolotov en tant que suspect alors qu'il avait passé sa journée à y croire de plus en plus.

– Bon, reprit-il, résigné, et ses mains ? Vous voyez ses mains ?
– Oui, sur le volant. Elles le tiennent.
– Quelque chose d'inhabituel ? Sur ses doigts ?
– Non.
– Pas de bagues ?
– Non.
– Porte-t-il une montre ?
– Une montre... Oui, il en porte une.
– De quel genre ?

– Je n'arrive pas à voir. Si... je vois le bracelet.
– Comment est-il ? De quelle couleur ?
– Il est noir.
– A quel poignet porte-t-il sa montre ? Droit ou gauche ?
– Euh... droit. Voilà, droit.
– Bon. Voyez-vous ses vêtements et pouvez-vous nous les décrire ?
– Juste le haut. Couleur... foncée. C'est... un sweat-shirt bleu foncé.

McCaleb réfléchit à ce qu'il pouvait encore lui demander. Être incapable de lui arracher le moindre indice le dépitait tellement qu'il avait du mal à se concentrer. Enfin il pensa à quelque chose qu'il avait oublié.

– Le pare-brise, James. Y voyez-vous des autocollants ou autre chose ?
– Euh... non. Pas d'autocollants.
– Bon, regardez le rétroviseur. Y voyez-vous quelque chose d'accroché ? Quelque chose qui y pendrait ?
– Non, je ne vois rien.

Ce coup-ci, McCaleb s'affaissa sur sa chaise. La séance se soldait par un désastre. Ils avaient perdu un témoin potentiel, éliminé un suspect possible et n'avaient tiré de leur sujet que la description détaillée d'une casquette de base-ball et d'une Cherokee sans la moindre égratignure. McCaleb savait que le moment était venu de demander à Noone de passer au dernier plan, celui où il voyait la Cherokee disparaître dans le lointain, mais la plaque d'immatriculation avant étant recouverte par quelque chose, il y avait toutes les chances pour que celle de derrière le soit aussi.

– Bon, James, reprit-il, on appuie sur le bouton avance rapide jusqu'au moment où, la Cherokee vous étant passée devant, vous faites un bras d'honneur au chauffeur.
– Bon.
– Gros plan sur la plaque d'immatriculation arrière. Vous la voyez ?
– Elle est couverte.
– Par quoi ?

– Une serviette ou un T-shirt. Comme celle de devant.
– Léger zoom arrière. Quelque chose d'anormal à l'arrière de la voiture ?
– Euh... non.
– Des autocollants sur le pare-chocs ? Ou alors... le nom du concessionnaire sur le hayon ?
– Non. Absolument rien.
– Et sur la vitre ? Des autocollants ? insista-t-il en entendant le désespoir qui tremblait dans sa voix.
– Non, rien.
McCaleb regarda Winston et secoua la tête.
– Rien d'autre ?
Winston secoua la tête à son tour.
– Voulez-vous faire entrer la dessinatrice ?
Winston secoua encore une fois la tête.
– Vous êtes sûre ?
Jaye secoua de nouveau la tête. McCaleb se retourna vers Noone, mais ne put s'empêcher de penser qu'il avait tout joué sur un coup de poker et avait perdu.
– James, dit-il, j'aimerais que vous continuiez à réfléchir à ce que vous avez vu le soir du 22 janvier et que vous appeliez l'inspecteur Winston si jamais il vous revenait quelque chose, même si ce n'est qu'un détail. Vous voulez bien ?
– Oui.
– Bon. Je vais compter à l'envers en partant de cinq et vous allez vous sentir de plus en plus alerte et régénéré dans votre corps, jusqu'au moment où je vous dirai un et où vous serez complètement réveillé. Vous serez débordant d'énergie et aurez l'impression d'avoir dormi huit heures d'affilée. Vous resterez éveillé jusqu'à Las Vegas et lorsque vous vous coucherez ce soir, vous n'aurez aucun mal à vous endormir. On est d'accord sur tous ces points ?
– On est d'accord.
McCaleb le fit sortir de sa transe, Noone regardant aussitôt Jaye Winston avec des yeux pleins d'espoir.
– Rebonjour, monsieur Noone, lui lança McCaleb. Comment vous sentez-vous ?

— Très bien, je crois. Comment me suis-je débrouillé ?
— Parfaitement. Vous vous rappelez ce dont nous avons parlé ?
— Oui, je pense.
— Bien. C'est normal. Et n'oubliez pas : si quelque chose vous revient, vous appelez l'inspecteur Winston.
— Absolument.
— Bon, eh bien... nous ne voulons pas vous retenir plus longtemps. Vous avez pas mal de voiture à faire.
— Aucun problème, je ne pensais pas sortir d'ici avant sept heures du soir. Vous m'avez donné un peu d'avance.
— Il est presque sept heures et demie, monsieur Noone.
— Quoi ? !
Noone regarda sa montre, la surprise se marquant sur son visage.
— Les gens sous hypnose perdent souvent toute notion du temps, lui expliqua McCaleb.
— Et moi qui croyais y avoir passé une dizaine de minutes !
— C'est normal. C'est ce qu'on appelle le temps troublé.
McCaleb se leva, ils se serrèrent la main, Jaye Winston raccompagna Noone jusqu'à la porte. McCaleb se rassit et se croisa les mains sur la tête. Il était lessivé et aurait bien aimé avoir lui aussi l'impression d'avoir dormi huit heures d'affilée.
La porte s'étant ouverte, le capitaine Hitchens entra dans la salle. Il avait un air sombre dont le sens ne prêtait guère à confusion.
— Alors, dit-il en s'asseyant sur la table à côté des ciseaux, qu'est-ce que vous en pensez ?
— La même chose que vous. Raté sur toute la ligne. On a une meilleure description de la voiture, mais ça ne limite toujours notre champ d'investigations qu'à une dizaine de milliers de bagnoles de ce type. Nous avons aussi la casquette, mais là, nous pourrions en avoir encore plus à trier.
— Les Cleveland Indians ?
— Quoi... ? Ah, oui ! Le C traversé par un I. Mais je crois qu'ils ont un petit Indien en plus sur leurs casquettes.
— Oui, oui, c'est vrai. Bah... et Molotov ?

— Bolotov, le reprit McCaleb.
— Comme vous voulez. Faut croire que cette piste-là est complètement écartée, non ?
— Ça en a l'air.

Hitchens frappa une fois dans ses mains, mais ne poursuivit pas. Quelques instants d'un silence gêné ayant passé, Winston revint dans la salle, les mains enfoncées dans les poches de son blazer.

— Où sont Arrango et Walters ? lui demanda McCaleb.
— Ils sont partis. Vous ne les avez pas vraiment impressionnés.

McCaleb se releva et dit à Hitchens que s'il voulait bien la quitter, il remettrait la table à sa place avant de réinstaller les néons dans le panneau lumineux. Hitchens lui répondit de ne pas se fatiguer pour ça et précisa qu'il en avait déjà assez fait comme ça. McCaleb trouva que sa phrase avait plus d'un sens.

— Bon, eh bien je vais partir, dit-il.

Puis il montra la fenêtre miroir et ajouta :
— Vous pensez que je pourrais avoir une copie de la bande ? J'aimerais bien l'étudier. Ça me donnera peut-être de nouvelles idées pour la suite.

— Jaye pourra vous en faire une. Nous avons une machine à transférer sur cassette. Mais pour ce qui est de suites éventuelles, je ne vois guère l'intérêt de poursuivre dans cette voie. Le type n'a pas vu le visage du tireur et les plaques d'immatriculation étaient masquées. Qu'est-ce qu'on peut dire de plus ?

McCaleb ne répondit pas. Tous s'en allèrent, Hitchens en poussant son fauteuil jusqu'à son bureau tandis que Winston conduisait McCaleb à la salle vidéo. Winston attrapa une cassette vierge sur une étagère et la glissa dans une machine reliée à celle qui avait servi à enregistrer la séance.

— Écoutez, dit McCaleb en poussant les boutons pour enclencher la duplication, je crois quand même que ça valait le coup.

— Bien sûr que oui, ne vous inquiétez pas pour ça. Je suis seulement déçue par le manque de résultats et parce que nous avons perdu le Russe. Mais je ne regrette pas de l'avoir fait. Je ne sais pas ce qu'en pense le capitaine et je me fous des flics du LAPD. Voilà, c'est comme ça que je vois les choses.

McCaleb acquiesça d'un signe de tête. C'était gentil à elle de le dédouaner de cette façon et de le dégager de toute responsabilité. C'était quand même lui qui avait poussé pour qu'on tente une séance d'hypnose et ça n'avait rien donné. Elle aurait pu lui en coller toute la faute sur le dos.

– Écoutez, reprit-il, si le capitaine vous fait suer là-dessus, vous lui dites que c'est moi qui ai tout décidé.

Elle garda le silence, éjecta la cassette de la machine, la glissa dans son emballage en carton et la lui tendit.

– Je vous raccompagne à la sortie, lui dit-elle enfin.

– Non, ne vous inquiétez pas. Je connais le chemin.

– Bon, Terry. On reste en contact.

– Bien sûr.

Ils étaient déjà passés dans le couloir lorsqu'il se rappela quelque chose.

– Ah, oui, dit-il, vous avez parlé de la piste Drugfire au capitaine ?

– Oui, nous allons le faire. Nous envoyons le paquet par Federal Express dès demain. J'ai téléphoné à votre type de Washington DC pour l'avertir.

– Génial. Vous en avez parlé à Arrango ?

Elle fronça les sourcils et secoua la tête.

– En gros, j'ai quand même dans l'idée que tout ce qui vient de vous ne lui plaît pas des masses. Et donc, non, je ne lui en ai pas parlé.

McCaleb acquiesça, la salua d'un petit geste et gagna la sortie. Il traversa le parking en cherchant des yeux la Taurus de Buddy Lockridge. Avant qu'il l'ait repérée, une autre voiture s'arrêta à côté de lui. Il se tourna vers elle et y vit Arrango le regarder du siège passager.

Il se blinda pour affronter ses sarcasmes.

– Quoi ? dit-il en continuant d'avancer tandis que la voiture roulait à sa hauteur.

– Rien, lui renvoya Arrango. Je voulais juste vous dire que pour un spectacle, c'était un beau spectacle, McCaleb ! Du

quatre étoiles, bonhomme ! Le coup du bracelet-montre, non !
On envoie un Télétype dans tout le pays dès demain matin !
— Très drôle, Arrango.
— C'était juste histoire de vous faire remarquer que votre petite séance nous a coûté un témoin et un suspect qui n'aurait sans doute jamais dû en être un. Et tout ça pour des nèfles.
— On en sait un peu plus qu'avant... Je n'ai jamais dit que Noone allait nous donner l'adresse de l'assassin.
— Bah... nous avons déjà deviné ce que veut dire le IC sur la casquette de base-ball. Ça signifie Imbéciles Complets, McCaleb. Et je suis sûr que le tueur est d'accord avec nous.
— S'il le pense, c'est qu'il le pensait déjà avant ce soir.
Arrango ne trouva pas de réponse à celle-là.
— Vous savez, reprit McCaleb, vous devriez penser à l'autre témoin que vous avez. Ellen Taaffe.
— Quoi ? Pour l'hypnotiser, elle aussi ?
— Tout juste.
Comme on aboie, Arrango ordonna aussitôt à Walters d'arrêter la voiture. Puis il ouvrit la portière d'un coup sec, bondit dehors et s'approcha de McCaleb, à lui en toucher le visage. McCaleb sentit l'alcool sur son haleine. L'inspecteur Arrango devait avoir une fiasque de bourbon dans la boîte à gants.
— Écoutez-moi, monsieur FBI, gronda-t-il, vous laissez mes témoins tranquilles, c'est compris ? Et mon dossier aussi.
Il avait fini, mais n'en recula pas pour autant. Il resta planté là, son haleine au whisky se déversant dans la figure de McCaleb. Celui-ci sourit et hocha lentement la tête comme s'il était soudain en possession d'un grand secret.
— Ça vous inquiète drôlement, tout ça, pas vrai ? dit-il. Vous avez la trouille que je trouve la solution. L'affaire elle-même, vous vous en battez l'œil, comme vous vous foutez des gens qui ont été tués ou blessés dans cette histoire. Tout ce que vous voulez, c'est que je ne fasse pas ce que, vous, vous êtes incapable de faire.
Il attendit une réponse, mais aucune ne vint.
— Eh bien, c'est parfait, reprit-il. Vous pouvez commencer à vous inquiéter.

– Ah ouais ? Et pourquoi donc ? Parce que vous allez trouver ? demanda Arrango en partant d'un rire aussi faux qu'il était plein de venin et sans humour aucun.
– Je vais vous dire un petit secret, lui répliqua McCaleb. Vous connaissez Gloria Torres, n'est-ce pas ? Vous savez... la victime dont vous vous tamponnez ? Eh bien, moi, c'est son cœur que j'ai dans la poitrine.
Il se tapa sur la cage thoracique et regarda Arrango.
– Oui, c'est son cœur que j'ai... là. C'est parce qu'elle est morte que je suis en vie. Et toute cette histoire m'atteint sacrément. Résultat : ce que vous pensez m'indiffère, Arrango, et je me fous pas mal de vous marcher sur les doigts de pied si c'est nécessaire. Vous êtes con et c'est tant mieux : continuez à l'être, je m'en démerderai. Mais sachez que je ne lâcherai pas tant que je n'aurai pas coincé le type qui a fait ça. Et je me contrefiche que ce soit vous, moi ou un autre. La bagarre, je la mènerai jusqu'au bout.
Ils se dévisagèrent encore longtemps, jusqu'au moment où McCaleb leva la main droite et très calmement écarta l'inspecteur Arrango de son chemin.
– Faut que j'y aille, Arrango, dit-il. A plus.

18

Il rêva de ténèbres. De ténèbres qui se répandaient comme le sang dans l'eau, de ténèbres habitées d'images qui filaient à la périphérie et dont il ne pouvait se saisir qu'au moment où elles avaient déjà disparu.

Trois fois durant la nuit il fut réveillé par l'inquiétude. Trois fois il se remit si vite sur son séant qu'il en eut le vertige, trois fois il attendit, écouta, mais n'entendit rien d'autre que le bruit du vent sifflant entre des dizaines et des dizaines de mâts dans le port. Il se levait, vérifiait le bateau, scrutait les quais pour y trouver Bolotov même si, au fond, il doutait fort que le Russe se montrât jamais. Enfin il gagnait les toilettes et faisait le point sur ses signes vitaux. Statu quo à chaque coup, il retournait aux eaux sombres du même rêve indéchiffrable.

A neuf heures du matin ce vendredi-là, la sonnerie du téléphone le réveilla enfin pour de bon. C'était Jaye Winston.

– Vous êtes debout? lui demanda-t-elle.

– Oui. C'est seulement qu'aujourd'hui, ça démarre plutôt lentement. Qu'est-ce qu'il y a?

– Ce qu'il y a, c'est que je viens d'avoir Arrango au téléphone et qu'il m'a dit quelque chose qui m'ennuie.

– Ah bon? Et c'est quoi?

– Il m'a dit qu'il vous avait donné votre cœur.

McCaleb se frotta le visage. Il avait tout oublié de la passe d'armes avec Arrango.

– Pourquoi cela vous ennuie-t-il, Jaye? lui demanda-t-il.

— Parce que j'aurais préféré que vous me disiez tout, à moi. Je n'aime pas les secrets, Terry. Arrango est un con, mais c'est moi qui ai eu l'air d'une conne quand je me suis aperçue que j'étais la dernière à savoir.
— Qu'est-ce que ça change que vous sachiez ou pas ?
— Il y a quand même conflit d'intérêts, non ?
— Non, il n'y a pas conflit d'intérêts. A mon avis, ce serait même plutôt le contraire. Ça me pousse à vouloir ce type encore plus fort que vous autres. Y a-t-il autre chose qui vous ennuie, Jaye ? Est-ce que ça concerne Noone ?
— Non, ce n'est pas ça. Je vous l'ai dit hier soir, Terry, je prends toute la responsabilité de la séance sur moi. Le capitaine m'a déjà fait suer là-dessus aujourd'hui, mais je suis toujours convaincue qu'il fallait le faire.
— Bon. Moi aussi.
Il s'ensuivit un moment de silence embarrassé pendant lequel McCaleb se demanda s'il n'y avait pas autre chose qui la tracassait. Il attendit.
— Écoutez, dit-elle enfin, ne jouez pas les cow-boys dans cette histoire, d'accord ?
— Que voulez-vous dire ?
— Je ne sais pas trop. Je ne sais même pas ce que vous comptez faire. Mais je ne veux surtout pas devoir m'inquiéter de ce que vous allez fabriquer à cause de ce truc qui vous « pousse » à agir, comme vous dites.
— Je comprends, lui répondit-il, et ça ne se mettra pas au milieu, Jaye. Je vous l'ai déjà dit : tout ce que je trouve, c'est à vous que ça va en premier. Je n'ai pas changé d'avis là-dessus.
— Bon, bon.
— Alors, tout va bien.
Il s'apprêtait à raccrocher lorsqu'il entendit encore sa voix dans l'écouteur.
— A propos... la balle est partie à Washington aujourd'hui. Au cas où il travaillerait le samedi, votre copain l'aura demain. Sans ça, il pourra s'y mettre dès lundi.
— C'est bien.
— Vous m'avertissez s'il trouve quelque chose, hein ?

— C'est lui qui vous avertira d'abord. C'est vous qui lui avez envoyé le paquet.
— Ne me prenez pas pour une conne, Terry, à renard renard et demi. C'est votre bonhomme, il vous appellera, vous. J'espère seulement qu'il ne tardera pas trop à me téléphoner après.
— J'y veillerai.
Il allait encore une fois raccrocher lorsqu'il entendit de nouveau sa voix dans l'écouteur.
— Qu'est-ce que vous allez faire aujourd'hui ? lui demandait-elle.
Il n'y avait pas vraiment pensé.
— Euh... je ne sais pas. Je ne vois pas trop bien la suite. J'aimerais assez réinterroger le témoin dans l'affaire Gloria Torres, mais Arrango me l'a fortement déconseillé.
— Ce qui vous laisse quoi ?
— Je ne sais pas. Je songeais à traîner un peu sur mon bateau. Et peut-être à repasser le dossier en revue ou me retaper les bandes, histoire de voir s'il ne me viendrait pas une idée. J'ai lu tout ça assez vite et pas vraiment à fond.
— Bref, une journée assez assommante en perspective. Presque aussi nulle que la mienne.
— Tribunal ?
— Je préférerais. Non, la cour ne siège pas aujourd'hui. Ce qui veut dire que je vais m'appuyer de la paperasse toute la journée. J'ai pris du retard. Même qu'il vaudrait mieux que je m'y mette sans tarder. A bientôt, Terry. Et n'oubliez pas votre promesse : c'est moi que vous appelez en premier pour me dire les nouvelles.
— Vous les aurez.
Enfin elle raccrocha. Il se renversa sur son lit, le téléphone sur le ventre. Il passa quelques instants à tenter de retrouver les rêves qu'il avait faits la nuit précédente, puis il appela les renseignements pour avoir le numéro des urgences de l'hôpital Sainte-Croix.
Il le composa et dut attendre presque une minute avant que Graciela Rivers prenne la communication. Débit rapide et voix hachée, il fut vite clair qu'il ne l'appelait pas au bon moment. Il

faillit raccrocher, mais se dit qu'elle avait sans doute déjà deviné que c'était lui.
— Allô ? lança-t-elle.
— Je vous demande pardon, dit-il. J'ai dû vous attraper au milieu de quelque chose.
— Qui est à l'appareil ?
— Moi, Terry.
— Oh, Terry ! Bonjour. Non, vous ne tombez pas mal. Je me disais seulement que ça concernait peut-être Raymond. On m'appelle rarement ici.
— Je suis désolé de vous avoir inquiétée.
— Non, ça va. Vous n'êtes pas bien ? Votre voix... je ne l'ai même pas reconnue, dit-elle en se forçant à rire.
Il eut l'impression qu'elle en était gênée.
— Je me suis allongé, dit-il. Vous arrive-t-il jamais de faire ça quand vous téléphonez pour annoncer que vous ne viendrez pas au boulot ? Ça donne vraiment l'impression qu'on est malade.
Cette fois-ci son rire sonna juste.
— Non, dit-elle, je n'ai jamais essayé. Il faudra que je m'en souvienne.
— Et comment ! Ce n'est pas un tuyau crevé. Servez-vous-en le prochain coup.
— Alors, quoi de neuf, Terry ? Ça avance ?
— Eh bien... pas trop pour notre affaire. Hier, je croyais tenir quelque chose, mais nous sommes allés dans le mur. Il va falloir que je revoie les choses autrement.
— Bon.
— Non, je vous appelais parce que je me posais des questions pour demain. Vous savez... vous pensiez amener Raymond pour que je l'emmène pêcher dans les rochers.
— Dans les rochers ?
— Oui, à la jetée. C'est un bon coin pour attraper du poisson. J'y passe pratiquement tous les matins et il y a toujours des gens qui y tentent leur chance.
— Raymond n'arrête pas de m'en parler depuis l'autre soir. Oui, j'avais l'intention de vous l'amener, à moins que ça vous ennuie...

Il hésita en pensant à Bolotov et se demanda si le Russe constituait une menace sérieuse. Mais il voulait voir Graciela et le gamin. C'en était presque un besoin.

– Il vaudrait peut-être mieux faire ça une autre fois, dit-elle.

– Non, non, lui répondit-il tandis que le spectre de Bolotov disparaissait de son esprit. Écoutez... j'aimerais beaucoup que vous veniez. On s'amusera bien. Et ça me permettra peut-être de me rattraper pour le dîner que j'étais censé vous préparer l'autre soir.

– Alors, c'est entendu.

– Et vous devriez rester la nuit. Il y a toute la place qu'il faut. Deux grandes chambres et on peut transformer la table du salon en un troisième lit.

– C'est-à-dire que... bon, on verra, lui répondit-elle. Je tiens absolument à maintenir certaines constantes dans la vie de Raymond. Et son lit en est une.

– Je comprends.

Ils parlèrent encore un peu de la façon dont ils s'y prendraient, puis elle accepta de venir le lendemain matin. Après avoir raccroché, il resta allongé sur son lit et, le téléphone toujours sur le ventre, continua de penser à elle. Il aimait bien sa compagnie et l'idée qu'il allait passer toute la journée du samedi avec elle fit monter un sourire à ses lèvres. Jusqu'au moment où il repensa à Bolotov. Il analysa soigneusement la situation et décida que le Russe ne constituait pas un vrai danger. Dans les trois quarts des cas, les menaces verbales n'étaient pas mises à exécution. Et même si Bolotov avait envie de passer aux actes, retrouver le *Following Sea* ne serait pas simple. Sans compter qu'il n'était même plus suspect de rien dans cette affaire.

Toutes ces pensées l'amenant à la question suivante, il se demanda pourquoi le Russe s'était enfui de cette manière et réfléchit à l'explication que Winston lui avait donnée la veille, à savoir que si ce n'était pas lui qui avait tiré, il devait quand même avoir pas mal de choses à se reprocher.

Puis il laissa tomber, roula à bas du lit et se leva.

Après avoir avalé une tasse de café, il descendit à son bureau, y rassembla les rapports et les bandes et remonta le tout au salon. Il ouvrit la porte coulissante pour aérer, s'assit et se mit en devoir de revisionner toutes les vidéos.

Vingt minutes plus tard, il était en train de revoir l'assassinat de Gloria Torres pour la troisième fois lorsqu'il entendit la voix de Buddy Lockridge dans son dos.

– Putain, mais c'est quoi, ce truc-là ?

McCaleb se retourna et découvrit son voisin debout dans l'encadrement de la porte. Il ne l'avait pas senti monter à bord. Il attrapa la télécommande et éteignit la télévision.

– Un enregistrement vidéo, dit-il. Qu'est-ce que tu fais ici ?

– Je suis venu au rapport.

McCaleb le regarda d'un œil vide.

– Hier, tu m'as dit que tu aurais besoin de moi ce matin.

– Ah, oui, c'est vrai. Mais je ne crois pas que... non, aujourd'hui, je vais travailler ici. Tu seras là plus tard si jamais j'ai besoin de toi ?

– Probab'.

– Bon alors... merci.

Il attendit que Lockridge s'en aille, mais celui-ci ne bougea pas.

– Quoi ? dit-il.

– C'est à ça que tu travailles ? lui demanda Buddy en lui montrant la télé.

– Oui, c'est à ça que je travaille. Mais je ne peux pas t'en parler. C'est privé.

– Pas de problème.

– Bon... y a autre chose ?

– Euh... ben... quand c'est-y que c'est jour de paye ?

– Jour de paye ? De paye pour quoi ? Ah... tu veux dire pour toi ? Quand tu veux, Buddy. Tu as besoin d'argent ?

– En quelque sorte. Si je pouvais en avoir un peu aujourd'hui...

McCaleb gagna le comptoir de la cambuse, où il avait laissé son portefeuille et ses clés. Il ouvrit son portefeuille, fit le décompte des heures qu'il lui devait et se dit qu'il n'avait pas dû lui en demander plus de huit. Il sortit six billets de vingt dollars et les lui tendit. Lockridge les compta rapidement et se récria qu'il y en avait trop.

— Il y en a une partie pour l'essence, lui expliqua McCaleb. Et le reste, c'est pour tout le temps que tu as passé à m'attendre. Ça te va ?

— Et comment ! Merci, la Terreur.

McCaleb sourit. Lockridge lui avait donné ce surnom le premier soir où ils s'étaient rencontrés, celui où le bruit qu'il faisait en jouant de l'harmonica avait mis son voisin dans une colère noire.

Lockridge ayant fini par s'en aller, McCaleb se remit au travail. Rien de nouveau ne lui paraissant sortir lorsqu'il visionna les vidéos, il passa aux dossiers. Le temps qu'il y mettrait n'avait plus d'importance, et il tenta de s'imprégner des moindres détails de l'affaire.

Reprenant tout à la source, il repartit sur l'affaire Kang-Torres, mais en feuilletant les rapports et les résumés d'enquête, il ne trouva toujours rien de bizarre, hormis le problème d'heures qu'il avait découvert plus tôt. C'était bien la seule chose qui méritât examen. Malgré toute l'aversion que lui inspiraient la personnalité d'Arrango et les airs satisfaits de Walters, rien de ce qu'ils avaient fait ne posait vraiment problème.

Pour finir, il en vint au rapport d'autopsie et aux copies granuleuses qu'on avait faites des photos du cadavre de Gloria Torres. Il ne les avait pas encore regardées, et pour une bonne raison : c'était ces clichés-là qu'il revoyait lorsqu'il pensait aux victimes. Pour lui, les victimes étaient dans la mort, jamais dans la vie. Et il y avait ce qu'on leur avait fait. En feuilletant le dossier pour la première fois, il avait décidé qu'il n'avait pas besoin de regarder les photos de Gloria. Ce n'était pas ce qu'il cherchait ou voulait savoir d'elle.

Mais maintenant qu'il en était à se raccrocher au moindre indice, il avait besoin de tout et les étudia. La mauvaise qualité des reproductions brouillait les détails et adoucissait l'impact des clichés. Il les feuilleta rapidement, puis revint au premier. Gloria

Torres nue sur la table d'acier, photo prise avant l'autopsie. Longue incision pratiquée par le chirurgien qui a prélevé les organes, entre les seins, jusqu'au sternum. Il tint la photo à deux mains et regarda longuement le corps violé de la femme, la tristesse et la culpabilité le prenant tour à tour.

Le téléphone sonna. Il sursauta et décrocha avant la deuxième sonnerie.

– Oui ?

– Terry ? Le docteur Fox à l'appareil.

Sans pouvoir s'expliquer son geste, il retourna aussitôt la photo sur la table.

– Allô ? Y a quelqu'un ?

– Oui, oui. Bonjour, docteur. Comment allez-vous ?

– Bien. Et vous ?

– Je vais bien, docteur.

– Qu'est-ce que vous faites ?

– Comment ça, qu'est-ce que je fais ? Je traîne.

– Terry... vous savez très bien ce que je veux dire. Qu'avez-vous décidé de faire pour cette femme ? La sœur.

– Je euh...

Il remit la photo à l'endroit et la regarda.

– J'ai décidé d'étudier le dossier. Il le faut.

Fox ne répondit pas, mais il l'imagina assise à son bureau, les yeux fermés, en train de secouer la tête.

– Je suis désolé, dit-il.

– Et moi aussi, lui répliqua-t-elle. Terry ! Je n'ai pas l'impression que vous mesuriez vraiment les risques que vous encourez en vous attaquant à cette affaire.

– Je crois que si, docteur. En plus, je ne crois pas avoir trop le choix.

– Même chose pour moi.

– Comment ça ?

– Je ne vois pas trop comment je pourrais continuer à vous soigner si c'est dans cette voie que vous décidez de vous engager. Il est évident que mes avis ne pèsent pas lourd à vos yeux et que vous n'éprouvez pas le besoin de suivre mes recommandations. C'est au détriment de votre santé que vous vous lancez dans

cette histoire et je ne vous suivrai plus tant que vous y serez engagé.
— Quoi ? Vous me virez en tant que patient ? lui demanda-t-il en riant jaune.
— Ceci n'est pas une plaisanterie, lui renvoya-t-elle. C'est peut-être même le problème que vous avez, Terry. Vous prenez ça à la rigolade et vous vous croyez invincible.
— Mais non, docteur, je ne me crois pas invincible du tout, dit-il.
— Alors, c'est que vos actes ne correspondent pas à vos paroles. Dès lundi, j'ordonne à un de mes assistants de rassembler vos dossiers et de me trouver deux ou trois cardiologues auxquels je peux vous adresser.
McCaleb ferma les yeux.
— Écoutez, docteur... je ne sais pas quoi vous dire. Nous nous connaissons depuis longtemps. Vous ne vous sentez pas l'obligation d'aller jusqu'au bout ?
— Si, Terry, mais ça marche dans les deux sens. Si je n'ai pas de vos nouvelles avant lundi, je serai obligée de conclure que vous avez décidé de continuer dans cette voie et votre dossier médical vous attendra à mon bureau.
Et elle raccrocha. McCaleb resta immobile, l'écouteur encore à l'oreille, jusqu'au moment où la tonalité « occupé » se fit entendre.

Il se leva et s'en alla faire un tour dehors. Du cockpit, il regarda tout le port de plaisance et le parking. Lockridge ou un autre, personne n'y donnait signe de vie. L'air était immobile. Il se pencha à l'arrière du bateau et regarda la mer. L'eau était trop noire pour qu'il en voie le fond. Il cracha dedans, les craintes que lui inspirait la décision de Fox filant au loin avec son crachat. Pas question de céder.
La photo l'attendait toujours sur la table lorsqu'il revint au salon. Il la reprit et l'examina de nouveau, son regard remontant cette fois du torse de la victime à son visage. Il décela comme de la pommade sur ses yeux, puis se rappela qu'eux aussi, on les lui avait probablement enlevés avec les autres organes.

Il remarqua les trois perforations qui couraient le long de l'oreille gauche de Gloria Torres et descendaient vers le lobe. Elle n'en avait qu'une à l'oreille droite.

Il était sur le point de ranger la photo lorsqu'il se rappela avoir lu un rapport où étaient énumérés tous les objets que le personnel de l'hôpital avait pris sur la victime avant de les remettre à la police.

Il eut envie de s'assurer que tout collait jusque dans les moindres détails et reprit la pile de documents pour en sortir le procès-verbal. Son doigt suivant l'énumération des vêtements, il arriva à l'intitulé « bijoux ».

BIJOUX

1. Montre Timex
2. Trois boucles d'oreilles (deux en forme de croissant de lune, plus un anneau en argent)
3. Deux bagues (argent et pierre du mois de naissance)

Il réfléchit un bon moment et se rappela que sur la bande vidéo, Gloria Torres portait très clairement quatre boucles d'oreilles. Un anneau, un croissant de lune et un crucifix à l'oreille gauche, un croissant de lune à l'oreille droite. Cela ne correspondait pas au rapport qui, lui, arrivait à un total de trois boucles d'oreilles. Et ça ne collait pas davantage avec les marques parfaitement visibles sur la photo.

Il alluma la télévision en se disant qu'il se repasserait la bande vidéo plus tard, puis il s'arrêta. Il était sûr de son fait. Ce crucifix, il ne l'avait pas imaginé et, Dieu sait pourquoi, il avait disparu du rapport.

On n'avait pas suivi la piste. Il tapota la feuille du bout des doigts en essayant de déterminer si le détail avait de l'importance ou pas. Qu'était-il advenu de la boucle d'oreille en forme de crucifix ? Pourquoi ne se trouvait-elle pas sur la liste ?

Il consulta sa montre et vit qu'il était midi dix. Graciela devait être en train de déjeuner. Il appela l'hôpital et demanda qu'on lui passe la grande cafétéria. Une femme lui ayant enfin répondu, il la pria d'aller voir l'infirmière chef assise à une table près de la fenêtre et de lui transmettre un message. La femme hésitant, il lui décrivit Graciela et lui donna son nom. A contrecœur, la femme lui demanda quel était son message.

— Dites-lui simplement de rappeler le Dr McCaleb dès que possible.

Cinq minutes plus tard, l'appel lui arrivait enfin.

— Dr McCaleb ?

— Oui, dit-il, je vous demande pardon. Si je n'avais pas fait ça, elle ne vous aurait peut-être pas transmis mon message.

— Qu'est-ce qui se passe ?

— Je suis en train de revoir le dossier et je suis tombé sur un truc qui cloche. La liste des objets personnels fait apparaître qu'après son arrivée à l'hôpital on a enlevé deux boucles d'oreilles en croissant de lune et un anneau à votre sœur.

— C'est ça. Il fallait le faire pour le scanner. Ils voulaient examiner les blessures.

— Bon, d'accord, mais... et le crucifix qu'elle portait à l'oreille gauche ? Il n'y a rien sur le procès-verbal...

— Elle ne l'avait pas mis ce soir-là. J'ai toujours trouvé ça bizarre, moi aussi, mais... comme si c'était signe de malchance. C'était cette boucle d'oreille qu'elle préférait. Elle la portait pratiquement tous les jours.

— Bon, comme sa signature personnelle, dit-il, mais... Comment ça, elle ne la portait pas ce soir-là ?

— Non, parce que quand la police m'a rendu ses objets personnels... vous savez bien, sa montre et ses boucles d'oreilles... le crucifix n'y était pas. Elle ne le portait pas.

— Vous en êtes sûre ? Sur la vidéo, elle le porte.

— Quelle vidéo ?

— Celle du magasin.

Elle se tut un instant.

— Non, ce n'est pas possible, dit-elle enfin. Je l'ai retrouvé dans son coffret à bijoux. Je l'ai donné aux types des pompes funèbres pour qu'ils puissent, enfin... vous savez... le lui mettre pour l'enterrement.

Ce fut au tour de McCaleb de garder le silence, puis il comprit ce qui s'était passé.
— Mais... elle n'en avait pas deux ? Je n'y connais pas grand-chose en boucles d'oreilles, mais ça ne s'achète pas par paires ?
— Si, vous avez raison. Je n'y avais pas pensé.
— Ce qui fait que le crucifix que vous avez trouvé, c'est le deuxième ?
Il ressentit une émotion qu'il n'avait pas éprouvée depuis longtemps, mais reconnut immédiatement.
— Probablement, dit-elle. Mais si elle en portait un au magasin, où est-il passé ?
— C'est ce que j'aimerais savoir.
— Ça aurait de l'importance ?
Il garda le silence pendant quelques instants en se demandant comment il devait répondre à sa question. Puis il décida que ce qu'il pensait tenait trop de l'hypothèse pour qu'il s'en ouvre à elle.
— C'est juste un truc qui ne colle pas et que j'aimerais résoudre. Une question : était-ce le genre de boucle d'oreille qu'on s'accroche comme ça ou bien était-elle munie d'un fermoir pour l'empêcher de se détacher facilement ? Vous voyez ce que je veux dire ? Je n'ai pas réussi à le voir sur la vidéo.
— Oui. Euh... oui, je crois qu'il y avait une espèce de fermoir avec lequel on l'attachait à l'oreille. Je ne pense pas qu'elle serait tombée toute seule.
Pendant qu'elle continuait de lui parler, il feuilleta le rapport des ambulanciers. Il fit courir son doigt sur la feuille de renseignements jusqu'au moment où il trouva le numéro de leur équipe et les noms des deux infirmiers qui s'étaient occupés de Gloria Torres avant de la transporter à l'hôpital.
— Bon, dit-il, il faut que j'y aille. Ça marche toujours pour demain ?
— Bien sûr. Et... Terry ?
— Quoi ?
— Vous avez vu la vidéo du magasin ? Je veux dire... en entier ? Vous avez vu Glory...
— Oui, dit-il. Il le fallait.

– Est-ce que... elle avait peur ?
– Non, Graciela. Ça s'est passé très vite. Elle n'a rien vu venir.
– Bon, c'est bien, enfin...
– Oui, c'est bien. Dites... vous êtes sûre que ça va aller ?
– Oui, oui, ça va.
– Bon. Alors... on se voit demain.

Les ambulanciers qui avaient transporté Gloria dépendaient de la 76e caserne de pompiers. McCaleb l'appela, mais l'équipe qui avait travaillé le soir du 22 janvier était de repos jusqu'au samedi suivant. Le capitaine du détachement lui confirma néanmoins que, suivant le règlement interne qui régit les « transports liés à un crime », tout objet laissé sur une civière ou retrouvé dans l'ambulance aurait été confié à la police. Cela signifiait que si l'incident s'était produit après le transport, il devait y en avoir trace dans le rapport des premières constatations. Et ce n'était pas le cas. La disparition du crucifix ne s'expliquait toujours pas.

L'ironie de la situation, et McCaleb la sentait au plus profond de lui-même, était qu'en plus d'avoir le cœur de Gloria dans la poitrine, il avait l'impression d'avoir été sauvé à la place d'un autre. Et même que c'était cela qui aurait dû se produire. Avant de recevoir son cœur, il avait passé toutes ses journées à se préparer à la fin. Il l'avait acceptée comme un destin inéluctable. Il y avait longtemps qu'il ne croyait plus en un dieu quelconque, les horreurs qu'il avait vues et sur lesquelles il avait enquêté ayant lentement, mais si efficacement sapé sa foi que le seul absolu auquel il croyait alors était qu'il n'y avait pas de limites au mal perpétré par les humains. Pendant ces jours qui apparemment étaient ses derniers, ceux où son propre cœur faiblissait et, un battement après l'autre, allait à la mort, il n'avait pas cherché désespérément à retrouver sa foi perdue afin de se protéger ou même seulement alléger sa peur de l'inconnu. La fin et la conscience de son néant, il les avait au contraire acceptées entièrement. Il était prêt.

Cela ne présentait aucune difficulté. Du temps où il travaillait pour le FBI, c'était, comme une vocation, le sens d'accomplir une mission qui le brûlait et poussait à l'action. Et quand il menait son enquête à bonne fin, cela changeait les choses, et il le savait. Mieux que n'importe quel chirurgien qui opère à cœur ouvert, il épargnait d'horribles fins à des vies humaines. C'était contre les pires incarnations du mal qu'il se dressait, les cancers les plus retors qu'il combattait et, certes épuisante et pénible, c'était cette lutte même qui donnait un sens à sa vie.

Tout cela avait filé dès que, son cœur le lâchant, il s'était effondré dans son bureau en se disant qu'on l'avait poignardé dans le dos. Et rien ne lui en était encore revenu lorsque, deux ans plus tard, son biper ayant retenti, il avait appris qu'on lui avait trouvé un cœur.

Et maintenant, il avait sans doute un cœur neuf, mais aucunement l'impression de vivre quelque chose de nouveau. Il se traînait sur un bateau qui ne quittait jamais le port. Peu importaient les petites formules d'usage sur sa « deuxième chance » qu'il avait servies à une journaliste. Exister ne lui suffisait pas. Tel était son problème lorsque, en montant à bord du *Following Sea*, Graciela Rivers était entrée dans sa vie.

La quête dont elle l'avait alors investi l'avait aidé à faire face à son combat intérieur, mais la situation avait brusquement changé du tout au tout. Ce crucifix qui manquait avait réveillé quelque chose de profondément endormi en lui et la longue expérience qu'il avait du mal lui avait donné de vraies connaissances et de solides intuitions. Il n'en ignorait aucun signe.

Et celui-là en était un.

19

McCaleb était passé si souvent au Star Center cette semaine-là que le planton lui fit signe d'y aller sans se donner la peine de donner un coup de fil ou de l'accompagner. Jaye Winston était assise à son bureau et, une perforatrice à la main, faisait des trous dans des piles de dossiers qu'elle disposait ensuite dans un classeur ouvert devant elle. Elle referma ce dernier d'un coup sec et leva les yeux sur son visiteur.

– Vous emménagez ici ?
– C'est l'impression que ça me fait. Toujours coincée dans la paperasse ?
– J'avais quatre mois de retard, je n'en ai plus que deux. Qu'est-ce qui se passe ? Je ne pensais pas vous voir aujourd'hui.
– Vous êtes toujours en colère parce que je ne vous avais pas tout dit ?
– Depuis le temps... beaucoup d'eau a coulé sous les ponts.

Elle se renversa dans son fauteuil, le regarda du haut en bas et attendit qu'il lui explique la raison de sa visite.

– J'ai l'impression d'être tombé sur quelque chose qui mérite examen, dit-il.
– C'est encore l'histoire Bolotov ?
– Non, c'est quelque chose de nouveau.
– Parce qu'il n'est plus question de crier au loup avec moi, McCaleb, dit-elle en souriant.
– C'est promis.
– Bon... vous me dites ?

Il posa les mains à plat sur son bureau et se pencha en avant pour pouvoir lui parler sur le ton de la confidence. Il y avait encore beaucoup de monde au bureau des homicides, chacun s'efforçant de finir son boulot avant le week-end.

— Arrango et Walters ont laissé passer quelque chose, reprit-il. Et moi aussi la première fois que j'ai feuilleté le dossier. Je m'en suis aperçu ce matin en reprenant la vidéo et les procès-verbaux et je crois que ça mérite un examen sérieux. Ça change pas mal de choses.

Jaye Winston fronça les sourcils et le regarda d'un air sérieux.

— Arrêtez de tourner autour du pot, McCaleb, lui dit-elle. Qu'est-ce qu'ils ont laissé passer ?

— Je préférerais vous montrer.

Il se pencha en avant, ouvrit sa sacoche en cuir et en sortit une copie de la bande vidéo.

— On pourrait pas regarder ça quelque part ?

— Si.

Elle se leva et le conduisit à la salle de projection. Elle alluma les machines et enclencha la cassette après avoir remarqué qu'elle ne faisait pas partie de celles qu'elle lui avait données le mercredi précédent.

— Qu'est-ce que c'est que ça ? lui demanda-t-elle.

— La vidéo du magasin.

— Ce n'est pas celle que je vous ai donnée.

— Non, c'est une copie. La vôtre, j'ai demandé à quelqu'un d'y jeter un coup d'œil.

— Comment ça ? A qui l'avez-vous passée ?

— A un technicien dont j'ai fait la connaissance quand je travaillais au Bureau. Tout ce que je veux, c'est qu'il m'en agrandisse certains plans. Rien de bien grave.

— Bon. Et qu'est-ce que vous allez me montrer ? reprit-elle en enclenchant la bande.

— Où est la touche arrêt sur image ?

Elle la lui montra sur la console, il posa un doigt dessus et attendit le moment adéquat. Gloria qui s'approche du comptoir et sourit à Kang. Le tireur qui arrive, le coup de feu qui projette le corps de Gloria sur le comptoir. McCaleb figea l'image et se servit d'un stylo qu'il avait sorti de sa poche pour lui montrer l'oreille gauche de Gloria.

— L'image est assez floue, dit-il, mais en agrandissant le plan, on voit très bien qu'elle a trois boucles à cette oreille-là.

Il lui en montra les trois endroits avec la pointe de son stylo et ajouta :

— Un croissant de lune monté sur un clou, un anneau et là, un crucifix qui lui pend au lobe de l'oreille.

— Bon. Je ne vois pas trop bien, mais si vous le dites... Je vous fais confiance.

Il appuya une deuxième fois sur la touche arrêt sur image et la bande se remit à défiler. Il l'arrêta au moment où, la tête tournée vers la gauche, Gloria rebondissait sur le comptoir.

— Là, l'oreille droite, reprit-il en se servant à nouveau de son stylo. Il n'y a plus que le croissant de lune qui correspond à l'autre.

— Bon. Et ça veut dire quoi ?

Il ignora sa question et appuya encore une fois sur la touche. Le coup de feu qui part. Gloria est projetée sur le comptoir et rebondit dans les bras du tireur. L'homme la tient, tire sur M. Kang, disparaît du champ de la caméra en reculant d'un pas et se baisse pour déposer Gloria par terre.

— Ça signifie que la victime est déposée par terre afin qu'on ne la voie plus dans le champ, lui répondit-il.

— Quoi ? Vous voulez dire que le geste est intentionnel ?

— Exactement.

— Mais pourquoi ?

Il rouvrit sa sacoche, en sortit la liste des objets personnels et la lui tendit.

— C'est le procès-verbal de la police où sont énumérés les objets retrouvés sur le corps de la victime. Ce document a été rempli à l'hôpital, et n'oubliez pas ceci : à ce moment-là, Gloria Torres était toujours vivante. C'est là qu'on lui a pris ses bijoux avant de les confier à la police. Regardez le rapport. Qu'y manque-t-il ?

Elle parcourut la feuille du regard.

— Je ne sais pas. C'est juste une liste de... la boucle d'oreille en forme de crucifix ?

— Voilà. Elle n'est pas mentionnée. C'est lui qui l'a prise.
— Qui ça... le flic ?
— Non, le tueur. C'est lui qui la lui a prise.

L'étonnement se marqua sur le visage de Winston. Elle ne suivait pas son raisonnement. Elle n'avait pas son expérience, ou vu les mêmes choses que lui. Elle ne comprenait pas ce qu'elle avait sous les yeux.

— Attendez une minute, lui dit-elle. Comment savez-vous qu'il l'a prise ? Elle aurait très bien pu tomber ou se perdre.
— Non. J'en ai parlé avec la sœur de la victime et j'ai aussi téléphoné à l'hôpital et aux ambulanciers.

Il savait qu'il embellissait un peu les choses, mais il fallait absolument qu'il la coince. Il ne pouvait pas lui laisser une porte de sortie ou accepter qu'elle arrive à une conclusion différente de la sienne.

— Sa sœur m'a dit que la boucle d'oreille était munie d'une agrafe de sécurité. Il est donc peu vraisemblable qu'elle soit tombée. Et même si c'était le cas, les ambulanciers ne l'ont pas retrouvée sur la civière ou dans leur véhicule. Et ils ne l'ont pas non plus retrouvée à l'hôpital. Il la lui a prise, Jaye. Le tueur. Et d'ailleurs, si le crucifix avait dû tomber malgré l'agrafe de sécurité, ça se serait passé quand il a tiré. Vous avez vu l'impact de la balle sur la tête de la victime. Si le bijou avait dû se détacher, c'est à ce moment-là que ça se serait produit. Et ça n'est pas arrivé. Ce crucifix, on le lui a pris.

— Bon, et alors ? Qu'est-ce que ça change qu'il le lui ait piqué ? Je ne vous dis pas que j'y crois, mais ça voudrait dire quoi, à votre avis ?

— Que ça change tout. Que ce n'est pas d'un vol à main armée qu'il s'agit et que la victime n'était pas du tout quelqu'un d'innocent qui est entré dans le magasin au mauvais moment. Ça signifie que Gloria Torres était une cible. Une proie.

— Oh, allons ! Elle... Qu'est-ce que vous essayez de faire, McCaleb ? Transformer tout ça en une histoire de tueur en série ?

— Je n'essaye pas de transformer quoi que ce soit. C'est très exactement ce que c'est. Et ça l'est depuis le début. C'est seulement que vous... que nous, je veux dire... nous ne l'avons pas vu.

Jaye Winston se détourna de lui et gagna le coin de la pièce en hochant la tête. Puis elle se retourna vers lui.

– Bon. Mais maintenant dites-moi ce que vous voyez là-dedans parce que moi, je ne le vois tout simplement pas. Ça me ferait un plaisir fou d'aller voir les flics de Los Angeles et de dire à ces deux cons qu'ils ont merdé sur toute la ligne, mais non... je ne vois toujours pas ce que vous voyez dans ce truc.

– D'accord. Commençons par la boucle d'oreille. Comme je vous l'ai dit, j'ai parlé à la sœur de la victime. Elle m'a dit que Glory Torres portait ce crucifix tous les jours. Les autres boucles d'oreilles, elle jouait avec, en changeait, les mettait avec d'autres, mais jamais le crucifix. Le crucifix, elle le portait en permanence. Tous les jours. En plus de la connotation religieuse évidente et du fait que je n'arrive pas à formuler ça comme il faudrait, ce crucifix était aussi son porte-bonheur. D'accord ? Vous me suivez ?

– Je vous suis.

– Bien. Et maintenant, supposons que c'est effectivement le tueur qui le lui a pris. Ça aussi, je vous l'ai dit, j'ai parlé aux types de l'hôpital et aux pompiers et ce truc n'a été retrouvé nulle part. Bref, disons que c'est lui qui l'a fauché.

Il ouvrit les mains et attendit en les tenant en l'air. A contrecœur, Jaye Winston finit par hocher la tête en signe d'assentiment.

– Bon, et maintenant, examinons ça sous deux angles différents. Celui du comment et celui du pourquoi. Le premier ne pose pas de problèmes. Vous vous rappelez la vidéo ? Il l'abat et la laisse rebondir sur le comptoir et lui retomber dans les bras avant de l'étendre par terre, hors champ de la caméra. A ce moment-là, rien ne lui est plus facile que de lui prendre le bijou.

– Sauf que vous oubliez quelque chose.

– Quoi ?

– Le Bon Samaritain. C'est lui qui bande la tête de la victime. Et si c'était lui qui lui avait pris le crucifix ?

– J'y ai pensé. Ce n'est pas impossible. Mais il est plus vraisemblable que ce soit le tueur. Dans cette affaire, le Bon Samaritain n'est qu'un coup du hasard. Pourquoi lui prendrait-il le crucifix ?

— Je ne sais pas. Pourquoi faudrait-il que ce soit plutôt le tueur ?
— D'accord. Comme je vous l'ai dit, la question reste ouverte. Mais pensez à l'objet qui a été pris. C'est un truc religieux, un porte-bonheur. Quelque chose qu'elle portait tous les jours. Une espèce de signature personnelle et dont la valeur symbolique dépasse de loin la valeur marchande.

Il attendit un instant. Il venait juste de lui donner la façon dont ça s'était passé, il ne lui restait plus qu'à lui servir l'argument qui conclut. Elle résistait, mais il n'avait pas oublié ses talents d'enquêtrice. Elle verrait bien ce qu'il voulait dire. Il était sûr de la convaincre.

— Seul quelqu'un qui connaissait la victime pouvait comprendre l'importance que cette boucle d'oreille revêtait à ses yeux. Ou alors quelqu'un qui était proche d'elle et l'avait observée assez longtemps pour le savoir.
— Bref, quelqu'un qui la suivait.

Il acquiesça d'un signe de tête.

— Première phase, celle où il arrête le choix de la cible. Il l'observe, il étudie ses habitudes et prépare son plan. Et, bien sûr, il cherche quelque chose. Un souvenir. Quelque chose à lui prendre pour pouvoir se souvenir d'elle plus tard.
— Le crucifix.

McCaleb acquiesça encore une fois, Jaye Winston se mit à faire les cent pas dans la petite salle, sans le regarder.

— Il faut que je réfléchisse, dit-elle. Il faut que... on va quelque part où on peut s'asseoir ?

Sans attendre sa réponse, elle ouvrit la porte et quitta le bureau. Il éjecta la bande de la visionneuse, reprit sa sacoche et la suivit. Elle le conduisit à la salle de réunions où ils avaient parlé la première fois qu'il était venu discuter de l'affaire avec elle. Il n'y avait personne dans la pièce, mais ça sentait le McDonald. Jaye Winston chercha autour d'elle, trouva la coupable – une poubelle qui se trouvait sous la table –, et la reconduisit dans le couloir.

— Et dire que personne n'a le droit de manger dans cette salle ! s'exclama-t-elle en refermant la porte avant de s'asseoir.

McCaleb se posa sur la chaise en face d'elle.
— Bon, et mon type à moi, là-dedans ? reprit-elle. Comment James Cordell se case-t-il dans tout ça ? Un, c'est un mec, deux, elle, c'est une nana et, trois, il n'y a pas eu de baise. Personne n'a touché à la victime.
— Aucune importance, lui répondit-il aussitôt.
Il s'attendait à sa question. Pendant tout le trajet du port de plaisance au bureau du shérif, il n'avait fait que penser à ce qu'elle lui demanderait et à ce qu'il pourrait lui répondre.
— Si je ne me trompe pas, ça tombe dans la catégorie des meurtres par désir de puissance. En gros, il tue parce qu'il pense pouvoir l'emporter en paradis. Et c'est ça qui l'excite. C'est sa façon à lui de faire un pied de nez à l'autorité. Boulot, image personnelle, femmes, sa mère en particulier, tous les problèmes qu'il a, il les reporte sur les flics. Les types qui vont enquêter. C'est en les titillant qu'il trouve le surcroît de confiance dont il a besoin. Pour lui, il s'agit d'une forme de pouvoir. Et ce pouvoir peut être de type sexuel, même si les crimes qu'il commet n'offrent aucune caractéristique proprement physique. Vous vous rappelez le Tueur au code ? Ou Berkowitz, le Fils de Sam, à New York ?
— Bien sûr.
— C'était la même chose pour eux. Il n'y avait rien de sexuel dans leurs crimes, mais c'était de sexe, et de sexe seulement qu'il était question. Pensez à Berkowitz. Il abattait des gens, hommes et femmes, et filait. Mais il revenait sur les lieux du crime quelques jours plus tard et se masturbait. Nous sommes à peu près sûrs que le Tueur au code en faisait autant, même si la surveillance à laquelle nous l'avons soumis n'a pas permis de l'établir. Ce que je veux vous dire par là, c'est que le côté sexuel n'a pas besoin d'être manifeste dans le crime lui-même. Ce ne sont pas toujours les types les plus évidemment cinglés qui gravent leur nom dans la chair de leurs victimes.
Il ne voulait pas parler à sa place et la regarda de près. Elle semblait comprendre sa théorie.
— Et il n'y a pas que ça, reprit-il. Il y a autre chose dans cette histoire. Notre bonhomme jouit devant la caméra.

— Quoi ? Ça lui plaît qu'on le voie tuer ?
McCaleb acquiesça d'un signe de tête.
— Oui, dit-il, et c'est ça, le nouvel élément. Je crois qu'il a besoin de la caméra. Il veut que son travail et ses réussites soient filmés, vus et admirés. Pour lui, bien sûr, ça augmente le danger, mais aussi les retombées de pouvoir qu'il en tire. Bref, qu'est-ce qu'il fait pour arriver à ce résultat ? Je crois qu'il commence par choisir une cible – une proie –, et qu'après il la suit jusqu'au moment où il connaît toutes ses habitudes et sait les endroits où, à un moment ou à un autre, elle finira par se trouver devant une caméra de surveillance. Distributeur de billets, supérette, peu importe. Ce qu'il veut, c'est la caméra. Pour lui parler. Pour lui faire des clins d'œil. Et cette caméra, c'est vous – le flic qui enquête. C'est à vous qu'il parle et c'est ça qui l'excite.
— Bon, admettons, dit-elle. Mais alors, sa victime, il n'a peut-être même pas besoin de la choisir, au fond. Peut-être qu'il s'en fout. Si c'est seulement la caméra qu'il veut... comme Berkowitz. Il se fichait bien des gens qu'il flinguait. Pour lui, ce qui comptait, c'était tirer sur des gens.
— Sauf que Berkowitz ne prenait pas de souvenirs.
— Quoi ? Le crucifix ?
Il acquiesça d'un hochement de tête.
— C'est ça, sa signature particulière. Je suis persuadé que ses victimes, il les a toutes choisies. Et pas l'inverse.
— Et vous, vous avez réponse à tout, n'est-ce pas ?
— Pas du tout, non. Je ne sais pas comment ou pourquoi il a choisi ses victimes. Mais oui, j'y ai pas mal réfléchi pendant la bonne heure et demie que nous avons mis pour venir jusqu'ici. Avec la circulation qu'il y avait...
— « Nous » ?
— J'ai un chauffeur. Je n'ai pas encore le droit de conduire.
Elle garda le silence. Il regretta de lui avoir parlé de ça et de lui avoir ainsi révélé sa faiblesse.
— S'il faut tout reprendre, c'est parce que dès le début nous nous sommes mis dans le crâne qu'il tuait ses victimes au hasard, enchaîna-t-il. Nous pensions que c'était les lieux qu'il choisissait,

pas les gens qu'il allait abattre. Et je suis à peu près sûr que c'est le contraire qu'il faisait. Ces victimes, c'étaient des proies. Des gens bien précis qu'il prenait pour cibles et suivait jour après jour. Il faut qu'on les étudie de plus près. Il y a forcément un lien entre elles. Quelque chose de simple. Une personne, un endroit... un moment, quelque chose qui les relie entre elles ou les relie au tueur lui-même. On sait que...

— Minute, minute, dit-elle.

Il s'arrêta et s'aperçut que, l'enthousiasme aidant, il s'était mis à parler de plus en plus fort.

— Quel souvenir a-t-il pris à James Cordell ? Vous n'êtes quand même pas en train de me dire que l'argent qu'il a piqué au distributeur en était un, si ?

— Je ne sais pas ce qu'il lui a pris, mais non, ce n'est pas l'argent. Ça, ça fait tout bêtement partie du côté spectacle de son opération vol à main armée. Non, l'argent n'est pas un bien symbolique dans cette histoire. Sans compter que c'est au distributeur qu'il l'a pris, pas à Cordell.

— Bon, d'accord, mais... vous ne trouvez pas que vous allez un peu vite en besogne ?

— Non. Je suis sûr qu'il lui a pris quelque chose.

— On l'aurait vu. Toute la scène a été enregistrée sur vidéo.

— Personne ne l'a vu dans l'histoire de Gloria Torres et là aussi, la caméra fonctionnait.

Jaye Winston se retourna sur sa chaise.

— Je ne sais pas. Ça me paraît toujours... je peux vous poser une question ? Et, je vous en prie, essayez de ne pas le prendre de manière trop personnelle. Et si vous cherchiez seulement ce que vous cherchiez toujours quand vous étiez au FBI, hein ?

— Quoi ? Vous voulez dire que... j'exagère ? Que je voudrais revenir à ce que je faisais avant et que c'est ma façon d'y arriver ?

Elle haussa les épaules. Elle n'avait pas envie de le dire.

— Écoutez, Jaye, reprit-il, ce que j'ai trouvé, je ne le cherchais pas. C'est sur la bande, c'est tout. Évidemment, l'histoire du crucifix pourrait avoir un autre sens. Voire n'en avoir aucun. Mais si j'ai appris quelque chose en ce bas monde, c'est bien ce genre de trucs. Ces gens, je les connais. Je sais comment ils pensent et comment ils agissent. Et là, je sens quelque chose... le mal. Il est là, Jaye.

Elle le regarda d'un air si étrange qu'il se demanda s'il ne s'était pas un peu emporté en tentant de répondre à ses doutes.

— La camionnette de Cordell, la Chevy Suburban, elle n'est pas sur la vidéo, reprit-il. Est-ce que vous avez enquêté sur ce véhicule ? Je n'ai rien vu dans la pile de documents que vous m'avez...

— Non, on n'y a pas touché. Cordell avait laissé son portefeuille ouvert sur le siège et n'en avait sorti que sa carte de crédit pour tirer de l'argent au distributeur. Si le tueur était monté dans la camionnette, il l'aurait pris. Quand nous nous sommes aperçus que le portefeuille était toujours là, nous ne nous sommes pas donné la peine d'aller plus loin.

McCaleb secoua la tête.

— C'est que vous voyiez encore ça sous l'angle vol à main armée. La décision de ne pas pousser plus loin aurait été bonne s'il ne s'était agi que de ça. Mais s'il s'était agi d'autre chose, le tireur ne serait pas monté dans la voiture et n'aurait sûrement pas piqué quelque chose d'aussi évident qu'un portefeuille.

— Bon, et alors ?

— Et alors, je ne sais pas. Ah si, autre chose... Cordell se servait beaucoup de sa camionnette. Il passait ses journées à longer l'aqueduc. Pour lui, sa bagnole était sans doute comme une deuxième maison. Il devait sûrement s'y trouver des tas d'objets personnels que le tueur aurait pu lui prendre. Des photos, des trucs qui pendent au rétroviseur, un journal de bord, qui sait ? Où est la camionnette ? Allons, Jaye, faites-moi plaisir et dites-moi qu'elle est toujours à la fourrière.

— Pas de pot. Nous l'avons rendue à sa femme deux ou trois jours après la fusillade.

— Et il y a des chances pour qu'elle l'ait déjà nettoyée et revendue.

— En fait, non. La dernière fois que je lui ai parlé, et ça remonte à quelques semaines à peine, elle m'a dit qu'elle ne savait pas trop quoi en faire. Elle était trop grosse pour elle et, en plus, elle lui foutait la chair de poule. Elle ne l'a pas dit comme ça, mais vous voyez ce que je veux dire.

L'excitation le gagna encore plus.

— Bon. On monte dans le désert, on regarde la Suburban, on parle à cette femme et on trouve ce qui y a été pris.

— Si tant est que quelque chose l'ait été...

Elle fronça les sourcils. McCaleb savait bien ce à quoi elle pensait. Déjà qu'elle était obligée de se démerder d'un capitaine qui, après la séance d'hypnose et le fiasco Bolotov, devait se dire qu'elle se faisait un peu trop manipuler par un élément extérieur... Elle n'avait évidemment aucune envie d'aller retrouver Hitchens avec la dernière théorie de McCaleb à moins d'être sûre et certaine que c'était du solide. Et ça, McCaleb savait très bien que ce ne serait jamais le cas. Ça ne l'était jamais.

— Qu'est-ce que vous allez faire? reprit-il. Parce que moi, c'est comme si j'étais déjà en voiture et prêt à partir. Vous montez avec moi ou vous restez sur le trottoir?

Il lui vint alors à l'esprit que boulot, rôle à jouer, inertie ou autre, il n'avait, lui, aucun souci à se faire. Qu'elle monte avec lui ou pas, il pourrait toujours y aller. Mais elle semblait bien l'avoir compris, elle aussi.

— Non, non, lui répondit-elle. La question est de savoir ce que vous allez faire, vous. Vous n'avez pas à vous débrouiller de la connerie ambiante. Après votre petite séance d'hypnose, Hitchens m'a...

— Que je vous dise, Jaye... Je m'en fous complètement. Le seul truc qui m'importe, c'est de retrouver ce type. Alors, écoutez... Vous restez ici bien tranquillement et vous me laissez quelques jours. Je vous promets de revenir avec quelque chose. Je monte dans le désert, je parle à la femme de Cordell et je jette un coup d'œil à la voiture. Je vous promets de vous trouver quelque chose pour aller discuter avec Hitchens. Si je n'y arrive pas, eh bien... je ravale ma théorie, vous me virez et je ne vous casse plus les pieds.

— Écoutez, McCaleb. Ce n'est pas que vous me cassiez les...

— Vous savez ce que je veux dire. Vous avez vos heures au tribunal et des tas d'autres dossiers en attente. La dernière chose dont vous ayez besoin est d'en rouvrir un vieux. Je sais ce que c'est. Je me suis peut-être trop avancé en venant ici aujourd'hui. J'aurais dû commencer par aller voir la veuve. Mais comme c'est votre dossier à vous et que vous m'avez traité comme un être humain, je voulais vous en parler d'abord. Vous me donnez votre bénédiction et un peu de temps pour monter là-haut et je vous tiens au courant.

Jaye Winston garda longtemps le silence, puis elle finit par hocher la tête.

— Bon, oui, d'accord, dit-elle.

20

En partant de Whittier, Lockridge et McCaleb empruntèrent toute une série de voies express jusqu'au moment où ils atteignirent l'Antelope Valley Freeway qui les conduisit à l'extrémité nord-est du comté. Lockridge pilota d'une main, et joua de l'harmonica avec l'autre pendant l'essentiel du trajet. McCaleb n'en tirait pas une impression de pleine sécurité, mais y trouva l'avantage de ne pas avoir à blablater pour rien.

Lorsqu'ils passèrent devant Vasquez Rocks, McCaleb en étudia l'agencement et repéra l'endroit exact où on avait trouvé le corps qui, une chose conduisant à une autre, lui avait fait faire la connaissance de Jaye Winston. Oblique et hérissée de pics, la formation rocheuse qu'avait fait naître la poussée des plaques tectoniques était belle à voir dans la lumière de cette fin d'après-midi. En la frappant de biais, le soleil en noyait les crevasses dans des ténèbres profondes. C'était tout à la fois beau et dangereux. Il se demanda si c'était ce mélange qui y avait attiré Luther Hatch.

– Tu es déjà venu dans ces rochers ? lui demanda Lockridge après s'être calé l'harmonica entre les jambes.

– Oui.

– C'est chouette. On leur a donné le nom d'un desperado mexicain qui s'était planqué dans les crevasses après avoir dévalisé une banque ou autre. C'est pas les endroits où se cacher qui manquent et comme ils ne sont jamais arrivés à le trouver, il est devenu légendaire.

McCaleb acquiesça d'un signe de tête. L'histoire lui plaisait.

Il se dit que sa vision des lieux était bien différente. Pour lui, il était toujours question de cadavres et de crimes de sang. Jamais de légendes. Jamais de héros.

Ils filèrent rapidement devant la vague d'automobilistes qui rentraient chez eux ou partaient en week-end et arrivèrent à Lancaster juste après cinq heures. Ils ralentirent au lieu-dit les Domaines fleuris du désert et se mirent à chercher la maison où avait vécu James Cordell. S'il découvrit pas mal de désert, McCaleb ne trouva guère de fleurs ou de maisons qui auraient pu mériter le titre de « domaine ». Tout était construit sur un terrain désespérément plat et probablement aussi brûlant qu'une poêle à frire les trois quarts du temps. De style espagnol, les maisons étaient à toit rouge, fenêtres voûtées et petite porte sur le devant. D'un bout à l'autre de l'Antelope Valley ce n'était que lotissements sur lotissements. Mais les maisons elles-mêmes étaient assez grandes et raisonnablement séduisantes. Toutes ou presque avaient été achetées par des familles qui fuyaient la cohue, les crimes et ce qu'il en coûte d'argent pour vivre à Los Angeles.

Les Domaines du Désert fleuri avaient dû proposer trois modèles de construction différents à leurs acheteurs éventuels. McCaleb remarqua donc que toutes les trois maisons, voire moins, on retrouvait la même. Cela lui rappela certains quartiers qu'on avait bâtis dans la San Fernando Valley au lendemain de la Deuxième Guerre mondiale.

L'idée de vivre dans un de ces « domaines » le déprima. Et ce n'était pas seulement dû à ce qu'il en voyait. Il y avait aussi qu'ils étaient très éloignés de l'océan et de l'impression de régénérescence qu'il éprouvait à le regarder. Il comprit vite qu'il ne tiendrait pas longtemps dans des lieux pareils. Il y sécherait sur pied et serait promptement emporté comme ces paquets d'amarante devant lesquels ils passaient de temps en temps.

– C'est là, dit Lockridge en lui montrant un numéro sur une boîte aux lettres.

McCaleb acquiesça, ils se garèrent. Dans l'allée, au pied d'un panneau de basket, McCaleb remarqua la Suburban blanche qu'il avait vue sur la vidéo de surveillance du distributeur de billets. Il vit aussi un garage ouvert avec un mini-van garé d'un côté, l'autre étant encombré de vélos, de caisses et d'établis. Une planche à voile était dressée contre le mur du fond – une longue comme on les faisait autrefois. McCaleb se dit qu'à un moment donné James Cordell avait dû comprendre quelque chose à l'océan.

– Je ne sais pas combien de temps ça va me prendre, dit-il.
– Il va faire drôlement chaud par ici, lui renvoya Lockridge. Et si j'y allais avec toi ? Je te promets de la fermer.
– Ça fraîchit déjà, Buddy. Tu n'as qu'à mettre la clime si tu commences à avoir chaud. Va faire le tour du quartier, je suis sûr qu'il y a des gamins qui vendent de la citronnade quelque part.

Et il descendit avant que la moindre discussion puisse s'engager. Il n'était pas question de mêler Lockridge à l'enquête et de transformer l'affaire en une discussion entre amateurs. En remontant l'allée, il s'arrêta pour jeter un coup d'œil à l'intérieur de la Suburban. La banquette arrière disparaissait sous des outils, les sièges avant étant encombrés d'objets divers. Encore une fois, l'excitation le gagna. Peut-être allait-il enfin avoir de la chance. La Suburban lui donnait l'impression de ne pas avoir été touchée.

Il l'avait appris en lisant les rapports d'enquête, la veuve de James Cordell s'appelait Amelia. Une femme qu'il prit pour elle lui ouvrit la porte avant même qu'il y arrive. Jaye Winston lui avait dit qu'elle l'avertirait de sa venue par téléphone.

– Madame Cordell ? lança-t-il.
– Oui ?
– Je m'appelle Terry McCaleb. L'inspecteur Winston vous a-t-elle appelée à mon sujet ?
– Oui.
– Je tombe au mauvais moment ?
– Il y en aurait un bon ?
– Mauvaise formulation. Je vous demande pardon. Pouvez-vous me donner un peu de votre temps ? Qu'on parle ?

Amelia Cordell était une petite femme menue, et avait les cheveux bruns. Et le nez rouge. Il pensa qu'elle avait attrapé un rhume ou beaucoup pleuré. Il se demanda si ce n'était pas le coup de fil de Winston qui avait déclenché ses larmes.

Elle hocha la tête, l'invita à entrer et le conduisit jusqu'à une salle de séjour bien tenue, où elle s'assit sur un sofa. Il prit un fauteuil et s'installa en face d'elle. Une boîte de mouchoirs était posée sur la table basse entre eux. La télévision était allumée dans une autre pièce. Une émission de dessins animés, sans doute.

– C'est votre associé qui attend dans la voiture ? lui demanda-t-elle.

– Non, euh... c'est mon chauffeur.

– Il veut venir ? Il risque d'avoir chaud là-bas.

– Non, ça ira.

– Vous êtes détective privé ?

– Techniquement, non. Je suis ami avec un parent de la femme qui a été tuée à Canoga Park. Je ne sais pas ce que l'inspecteur Winston vous a dit, mais j'ai travaillé avec le FBI et acquis pas mal d'expérience dans ce genre de choses. Comme vous le savez sans doute, les agents du shérif et les policiers de Los Angeles n'ont pas été capables de euh... de faire beaucoup avancer l'enquête ces derniers temps. J'essaie seulement d'aider un peu.

Elle hocha de nouveau la tête.

– Mais d'abord, reprit-il, je tiens à vous dire toute ma sympathie pour ce qui est arrivé à votre mari et à votre famille.

Elle plissa le front et hocha encore une fois la tête.

– Je sais bien que ce que pense un inconnu n'a guère d'importance, mais je vous le répète : vous avez toute ma sympathie. D'après ce que j'ai lu dans les dossiers du shérif, James était un homme bien.

Elle sourit.

– Merci, dit-elle. C'est juste que ça me fait drôle de vous entendre l'appeler James. Tout le monde l'appelait Jim ou Jimmy. Oui, vous avez raison, c'était un homme bien.

Il acquiesça.

– A quelles questions voulez-vous que je réponde, monsieur McCaleb ? De fait, je ne sais rien sur ce qui s'est passé. C'est ça qui m'a étonnée dans le coup de fil de Jaye.

– Eh bien, d'abord...

Il se pencha vers sa sacoche, l'ouvrit et en sortit le Polaroid que Graciela lui avait donné le premier jour où elle était venue le voir sur son bateau. Il le lui tendit par-dessus la table.

— Pourriez-vous regarder ce cliché et me dire si vous reconnaissez cette femme ou si, à votre avis, ce pourrait être quelqu'un que connaissait votre mari ?

Amelia Cordell lui prit la photo et l'examina. Air sérieux, petits mouvements de ses yeux étudiant tout, mais elle finit par secouer la tête.

— Non, dit-elle, je ne crois pas. C'est la femme qui...
— Oui. C'est la victime du deuxième vol à main armée.
— Et l'enfant est son fils ?
— Oui.
— Je ne comprends pas. Comment mon mari aurait-il pu connaître cette femme ? Vous... vous n'êtes pas en train de me laisser entendre qu'ils auraient...
— Non, non. Je ne vous laisse rien entendre du tout, madame Cordell. J'essaie seulement de déterminer... Écoutez, parlons franchement. Certains éléments de l'enquête viennent de faire apparaître que peut-être... et j'insiste sur ce peut-être... il y aurait autre chose derrière tout ça.
— Ce qui veut dire ?
— Que peut-être, et encore une fois j'insiste sur ce mot, le vol ne serait pas le mobile de l'agression. A tout le moins, pas le seul...

Elle le regarda fixement pendant quelques instants, McCaleb comprenant aussitôt qu'elle ne voyait pas les choses comme il fallait.

— Madame Cordell, reprit-il, je ne suis pas en train de vous laisser entendre que votre mari et cette femme auraient eu des relations intimes ou quoi que ce soit d'approchant. Ce que je vous dis, c'est qu'il est possible qu'à un moment donné votre mari et cette femme aient croisé le chemin du tueur. Un lien, il se peut qu'il y en ait eu un entre eux, mais c'est seulement celui qui les unit à cet homme parce qu'ils en furent tous les deux les victimes. Il est possible que votre mari et les autres victimes aient croisé le chemin du meurtrier à des moments différents, mais j'ai

besoin d'explorer toutes les pistes et c'est pour ça que je vous ai montré ce cliché. Vous êtes sûre de ne pas reconnaître cette femme ?
– Oui, j'en suis sûre.
– Votre mari aurait-il eu la moindre raison de passer un moment à Canoga Park pendant les semaines qui ont précédé la fusillade ?
– Pas que je sache.
– A-t-il jamais été en liaison avec le *Los Angeles Times* ? Et, plus précisément encore, aurait-il eu la moindre raison de se rendre aux ateliers de fabrication du journal à Chatsworth ?
Une fois encore elle lui répondit non.
– Avait-il des problèmes à son travail ? Quelque chose dont il aurait pu vouloir s'entretenir avec un reporter ?
– Comme quoi ?
– Je ne sais pas.
– Cette femme était reporter ?
– Non, mais elle travaillait dans un endroit où il y en avait. Et c'est peut-être là qu'elle a croisé le chemin du meurtrier.
– Non, je ne pense pas. Si Jimmy avait eu des ennuis, il m'en aurait parlé. Il le faisait toujours.
– Bon, je comprends.

McCaleb passa le quart d'heure suivant à lui poser des questions sur les habitudes de son mari et ce qu'il avait fait pendant les quinze jours qui s'étaient écoulés avant la fusillade. Il prit trois pages de notes qui ne lui parurent pas d'un grand intérêt au moment même où il les écrivait. Jimmy Cordell semblait travailler dur et passer l'essentiel de son temps avec sa famille. Pendant les semaines qui avaient précédé sa mort, il avait travaillé, et de manière exclusive, sur des portions de l'aqueduc qui se trouvent au centre de la Californie et, d'après son épouse au moins, ne s'était pas rendu dans le sud de l'État. Elle ne pensait pas non plus qu'il se soit trouvé dans la Valley ou dans d'autres quartiers de Los Angeles avant la Noël.

McCaleb referma son bloc-notes.
– Je vous remercie de m'avoir consacré tout ce temps, dit-il. Mais j'ai encore une question à vous poser : êtes-vous rentrée en

possession de tous les objets personnels appartenant à votre mari ?
— Ses objets personnels ? répéta-t-elle. Que voulez-vous dire ?

Elle le conduisit jusqu'à la Chevy Suburban. Ils avaient déjà parlé des habits et des bijoux de son mari. On ne lui en avait pris aucun, elle l'en assurait, exactement comme l'enregistrement vidéo semblait l'attester. Seule la Suburban restait à examiner.
— Personne n'est monté dedans ? lui demanda-t-il tandis qu'elle en débloquait les serrures.
— Je l'ai ramenée du bureau du shérif. C'est d'ailleurs la seule fois où je l'ai conduite. Jimmy ne s'en servait que pour son travail. Il disait que si on commençait à la prendre pour autre chose, il ne pourrait plus en déduire l'entretien et les dépenses pour les impôts. Et moi, je ne la conduis pas parce qu'elle est trop haute pour que je passe mon temps à y grimper et en descendre.

Il acquiesça et se pencha à l'intérieur du véhicule par la portière du chauffeur qu'elle avait ouverte. Table à dessin pliante et autres instruments, la banquette arrière et le coffre étaient remplis de matériel d'arpenteur. Il ne s'y attarda pas. Rien de cela n'avait de valeur sentimentale.

Il se concentra sur la partie avant de la Suburban. Une épaisse patine de poussière la recouvrait. Cordell avait dû rouler dans le désert avec la fenêtre ouverte. D'un doigt McCaleb ouvrit une pochette glissée dans la portière et vit qu'elle contenait des reçus de stations-service et un petit carnet à spirale dans lequel Cordell avait inscrit le nombre de kilomètres qu'il avait parcourus, avec les dates et les lieux où il était passé. Il sortit le carnet de la pochette et en feuilleta les pages pour voir s'il s'était rendu dans la Valley, à Chatsworth ou Canoga Park en particulier. Rien de tel n'y avait été noté. Amelia Cordell semblait bien ne pas s'être trompée sur son mari.

Il abaissa le pare-soleil du côté chauffeur et trouva deux cartes. Il les emporta avec lui et les déplia sur le capot de la voiture. La première était une carte routière de la Californie centrale telle qu'on en donne dans les stations-service, l'autre une carte aérienne montrant l'aqueduc et toutes ses bretelles d'accès. Il y chercha des annotations que Cordell aurait pu y porter, mais non, rien. Il replia les cartes et les remit à leur place.

Il se rassit à la place du conducteur et regarda autour de lui. En voyant le rétroviseur, il demanda à Amelia Cordell si son mari y avait jamais accroché des babioles. Elle lui répondit que non, ça ne lui évoquait rien.

Il examina le contenu de la boîte à gants et passa à la partie centrale de la console. Papiers, quelques cassettes, divers stylos et stylos-mines, du courrier décacheté. Cordell semblait aimer la country music. Et apparemment rien ne manquait à l'appel, en tout cas rien qui lui vînt à l'esprit.

— Savez-vous s'il avait un stylo ou un crayon qu'il aimait particulièrement ? lui demanda-t-il encore. Genre... un stylo dont on lui aurait fait cadeau ?

— Non, je ne crois pas. Rien dont je me souvienne.

Il ôta l'élastique du paquet de lettres ouvertes et examina toutes les enveloppes. Il n'y trouva que du courrier administratif, des avis de réunions et des rapports portant sur des problèmes liés à l'aqueduc et qu'il devait vérifier. Il remit l'élastique autour du paquet et replaça le tout dans la boîte à gants. Amelia Cordell l'observait en silence.

Dans le petit bac entre les deux sièges avant il tomba sur un journal et une paire de lunettes de soleil. Il faisait nuit lorsque, en rentrant chez lui, Cordell s'était arrêté au distributeur. Qu'il n'ait pas porté ses lunettes de soleil s'expliquait, mais on ne pouvait pas en dire autant du biper qu'il venait de découvrir.

— Madame Cordell, demanda-t-il, savez-vous pourquoi son biper est ici ? Comment se fait-il qu'il ne l'ait pas porté sur lui ?

Elle réfléchit un instant.

— D'habitude, il ne l'accrochait pas à sa ceinture, lui dit-elle. A l'entendre, ce n'était pas très confortable. Ça lui rentrait dans les reins. Il lui arrivait même de l'oublier... Il le laissait dans la voiture et loupait ses messages. C'est pour ça que je le sais.

McCaleb acquiesça d'un signe de tête. Il se demandait ce

qu'il allait pouvoir encore vérifier lorsque, la portière du côté passager s'ouvrant brusquement, Buddy Lockridge apparut.

– Qu'est-ce qu'il y a ? lui demanda McCaleb en plissant les paupières à cause du rayon de soleil qui passait par-dessus l'épaule de son chauffeur. J'ai presque fini, Buddy. Pourquoi ne m'as-tu pas attendu dans la voiture ?

– J'ai mal au cul, lui répondit Lockridge en jetant un coup d'œil à Amelia Cordell derrière lui. Excusez-moi, m'dame, ajouta-t-il à son adresse.

L'irruption de Lockridge était agaçante, mais McCaleb présenta quand même son voisin à la veuve.

– Alors, qu'est-ce que nous cherchons maintenant ? enchaîna Lockridge.

– « Nous » ? Je cherche seulement quelque chose qui n'est pas ici. Va m'attendre à la voiture.

– Quoi ? Quelque chose qu'on aurait pu prendre ? Je vois.

Il abaissa le pare-soleil côté conducteur. McCaleb avait déjà vérifié et il n'y avait toujours rien à cet endroit.

– C'est déjà fait, Buddy, lança-t-il. Va m'attendre à la...

– Qu'est-ce qu'il y avait là ? insista Lockridge en lui montrant le tableau de bord. Une photo ?

McCaleb regarda, mais ne vit rien.

– De quoi parles-tu ?

– Là... Tu vois pas la poussière ? On dirait l'emplacement d'une photo ou d'un truc comme ça. Peut-être qu'il y mettait un passe de parking pour quand il en avait besoin.

McCaleb regarda encore une fois, mais ne vit toujours pas ce que Lockridge lui montrait. Il se déplaça un peu sur la droite, se pencha vers Lockridge et tourna la tête pour examiner le tableau de bord.

Et comprit enfin.

Une couche de poussière s'était déposée sur le cadran en plastique transparent protégeant le compteur de vitesse et les autres signalisations de bord et, sur un côté de ce cadran, se trouvait très clairement un rectangle où l'on ne voyait aucune trace de poussière. On avait posé quelque chose à cet endroit. McCaleb sentit tout de suite que la chance lui souriait. Sans

Lockridge, il n'aurait sans doute rien remarqué. On ne pouvait voir le rectangle qu'en regardant le tableau de bord de biais et dans une lumière pratiquement rasante.

— Madame Cordell, dit-il, vous voulez bien faire le tour de la voiture et venir regarder ça par l'autre portière ?

Il attendit. Lockridge s'effaça pour laisser passer Amelia Cordell, et McCaleb indiqua à celle-ci l'endroit sur le cadran. Le rectangle faisait environ quinze centimètres de haut sur neuf de large.

— Votre mari mettait-il une photo de vous ou de vos enfants à cet endroit ?

Elle secoua lentement la tête.

— Ben là... je ne sais pas vraiment, dit-elle. Il avait des photos de nous, oui, mais je ne sais pas où il les mettait. Je ne conduisais jamais cette voiture. On prenait toujours la Caravan... même quand c'était seulement pour sortir tous les deux. Et c'est comme je vous ai dit : j'aimais pas grimper dans ce machin-là.

Il acquiesça d'un signe de tête.

— Emmenait-il jamais un collègue avec lui ? Quelqu'un qui aurait pu l'accompagner dans ses voyages... déjeuner avec lui... enfin, vous voyez ?

En revenant en ville par l'Antelope Valley Freeway, ils croisèrent des files interminables de voitures bloquées dans l'autre sens. Des banlieusards qui rentraient chez eux ou des gens qui fuyaient Los Angeles pour partir en week-end. A peine si McCaleb en prit conscience. Il était trop absorbé par ses pensées. Lockridge dut lui répéter deux fois ce qu'il venait de dire pour qu'il l'entende enfin.

— Quoi... ? Je te demande pardon.

— Je te disais que je t'ai donné un sacré coup de main, pas vrai ? Remarquer ce truc-là...

— Oui, Buddy. J'aurais pu ne pas le voir. Il n'empêche : j'aurais préféré que tu restes dans la voiture. C'est pour ça que je te paye, Buddy, pour me conduire à droite et à gauche. Pas pour autre chose.

Et d'un geste de la main, il lui montra la voiture.
— Oui, bon, mais tu serais peut-être encore en train de chercher si j'y étais resté.
— On ne le saura jamais.
— C'est vrai, mais... tu ne vas pas me dire ce que tu as trouvé ?
— Je n'ai rien trouvé, Buddy. Rien du tout.

Il mentait. Amelia Cordell l'avait ramené à l'intérieur de la maison et autorisé à se servir du téléphone de son mari pendant que Lockridge était renvoyé à ses fonctions de chauffeur. McCaleb s'était alors entretenu avec le patron de James Cordell qui lui avait donné les noms et numéros de téléphone des membres du personnel d'entretien de l'aqueduc avec lesquels James Cordell avait dû travailler au début du mois de janvier. Aussitôt après, il avait appelé le poste de l'aqueduc dit du « Pin solitaire » et parlé avec une certaine Maggie Mason. Celle-ci lui avait appris qu'elle avait déjeuné deux fois avec Cordell pendant la semaine qui avait précédé la fusillade. Et les deux fois, c'était Cordell qui avait pris le volant.

En évitant la question centrale, McCaleb lui avait ensuite demandé si elle avait remarqué la présence d'un objet personnel sur le tableau de bord de la Suburban. Sans aucune hésitation, Maggie Mason lui avait répondu que Cordell y avait effectivement posé une photo de sa famille. Elle avait même ajouté qu'elle s'était penchée en avant pour la regarder de près. On y voyait James Cordell avec sa femme, celle-ci tenant leurs deux fillettes sur ses genoux.

Tandis qu'ils revenaient au port de plaisance, McCaleb se sentit partagé entre la crainte et l'excitation. Quelqu'un, quelque part, avait la boucle d'oreille de Gloria Torres et la photo de famille de James Cordell en sa possession. McCaleb savait enfin que le mal qui s'exprimait dans ces deux assassinats était le fait d'une personne qui ne tuait pas pour l'argent et n'était pas davantage mue par la peur ou le désir de se venger de ceux qu'il abattait. Le mal allait bien plus loin que cela. L'assassin tuait par plaisir et pour satisfaire un fantasme qui lui embrasait l'esprit.

Le mal était partout et McCaleb le savait mieux que quiconque. Mais il savait aussi qu'on ne pouvait pas l'affronter de manière abstraite. Il fallait d'abord que, fait de chair et de sang, ce mal s'incarne en une personne qu'on pouvait traquer et détruire. Et ça, il l'avait enfin. De fureur et joie horrible, il sentit son cœur s'emballer.

21

Très épais ce samedi-là, le brouillard matinal lui caressait la nuque ainsi qu'une main gantée. McCaleb s'était levé à sept heures afin d'arriver assez tôt à la laverie du port de plaisance pour y utiliser plusieurs machines à la fois et nettoyer toute sa literie d'un coup. Après quoi il s'était mis en devoir de débarbouiller le bateau et de le rendre accueillant pour les invités qui passeraient la nuit à bord. Il n'empêche : il avait du mal à se concentrer sur les tâches qu'il devait accomplir.

Il s'était entretenu avec Jaye Winston dès qu'il était rentré du désert la veille au soir. Lorsqu'il lui avait parlé de la photo qui avait disparu de la Suburban, elle avait convenu, mais à contrecœur, qu'il était peut-être enfin sur une nouvelle piste et qui, elle, se tenait. Une heure plus tard, elle l'avait rappelé pour lui annoncer qu'une réunion de travail avait été fixée pour le lundi suivant, à huit heures du matin, au Star Center. Elle y assisterait avec le capitaine Hitchens et plusieurs inspecteurs du bureau du shérif. Et Walters et Arrango viendraient eux aussi. Même chose pour Maggie Griffin, l'agent du FBI qui avait remplacé McCaleb au VICAP du bureau régional de Los Angeles. McCaleb ne la connaissait que de réputation, mais celle-ci était bonne.

Et c'était bien là le problème. Dès le lundi matin suivant, il serait sur la sellette et tout le monde aurait les yeux fixés sur lui. Et sinon tous, au moins les trois quarts des gens qui seraient là ne seraient pas prêts à gober son histoire sans discussion. Et que faisait-il au lieu de se préparer à cette réunion et de profiter du temps qui lui restait pour peaufiner son enquête ? Il allait passer toute une journée à pêcher du haut de la jetée avec une femme et un gamin. Ça ne lui plaisait guère et il n'arrêtait pas de se dire qu'il valait peut-être mieux annuler la visite de Graciela et de Raymond, mais pour finir il n'en fit rien. C'est vrai qu'il avait besoin de parler avec Graciela, mais plus encore que cela, et il s'en rendait compte, il avait tout simplement envie d'être avec elle. S'il se sentait coupable de faire passer l'enquête sous la table, il était encore plus mal à l'aise de désirer une femme qui n'était venue le voir que pour lui demander de l'aide.

Lorsqu'il eut terminé sa lessive et le nettoyage du bateau, il décida d'aller au magasin général du port de plaisance et s'y procura ce qu'il lui fallait pour le repas du soir. Au magasin d'articles de pêche, il acheta un seau d'appâts vivants – des crevettes et des sèches –, et une petite canne à pêche qu'il avait l'intention d'offrir à Raymond. De retour au bateau, il l'enfila dans un tolet de plat-bord, jeta le contenu du seau d'appâts dans le puisard et rangea ses provisions dans la cambuse.

Il était dix heures lorsqu'il fut enfin prêt. Ne voyant toujours pas la décapotable de Graciela dans le parking, il décida d'y descendre et d'aller voir si Buddy Lockridge serait disponible le lundi suivant. Il gagna le portail et l'entrouvrit afin que Graciela et Raymond puissent entrer dans le port, puis il se rendit au bateau de Lockridge.

Respectant en cela les coutumes du port, il ne passa pas sur le pont du *Double Down*, mais appela son voisin et attendit. L'écoutille principale étant ouverte, il savait que celui-ci s'était levé et traînait dans le coin. Trente secondes plus tard, la tignasse, puis le visage tout fripé de Lockridge s'encadraient dans l'ouverture. McCaleb se dit qu'il avait dû boire une bonne partie de la nuit.

– Yo, Terry !
– Yo ! Ça va ?
– Comme toujours. Qu'est-ce qu'il y a ? On va quelque part ?
– Non, pas aujourd'hui. Mais j'aurai besoin de toi lundi matin... tôt. Tu pourrais me conduire au Star Center ? Il faudrait, enfin... il faudrait partir à sept heures.

Buddy se demanda si la chose était possible dans son emploi du temps, puis il hocha la tête.
— On ira, dit-il.
— Tu seras en état de conduire ?
— Et comment ! Qu'est-ce qui se passe au Star Center ?
— Juste une réunion. Mais il faut que j'y sois à l'heure.
— T'inquiète pas. On partira à sept heures. Je mettrai le réveil.
— Bon. Ah... autre chose. Tu gardes l'œil ouvert ?
— Quoi ? Le type de l'usine à pendules ?
— Oui. Je doute qu'il vienne, mais on ne sait jamais. Il a des tatouages aux deux bras, et attention les bras ! Tu le reconnaîtras tout de suite.
— J'aurai l'œil. Même que t'as l'air d'avoir de la visite à l'instant même.

McCaleb s'aperçut que Lockridge regardait derrière lui et se retourna. Graciela était déjà à l'arrière du *Following Sea* et avait pris Raymond dans ses bras pour l'y faire descendre.
— Faut que j'y aille, Buddy, dit-il. On se voit lundi.

Elle portait un blue-jeans délavé, un sweat-shirt des Dodgers et une casquette de base-ball assortie sous laquelle elle avait remonté ses cheveux. Elle s'était jeté un sac de marin par-dessus l'épaule et tenait des provisions à la main. Raymond portait lui aussi un blue-jeans et un maillot de hockey frappé au sigle des Kings. Une casquette de base-ball également sur la tête, il serrait sur son cœur un petit camion de pompiers et une vieille peluche qui, McCaleb le pensa, ressemblait beaucoup à un agneau.

McCaleb étreignit légèrement Graciela dans ses bras et serra la main de Raymond après que celui-ci se fut collé son agneau sous le bras.
— Ça fait plaisir de vous revoir ! lança-t-il. T'es prêt à nous attraper du poisson, Raymond ?

Apparemment, le garçonnet était trop timide pour lui répondre. Graciela lui ayant tapoté l'épaule, il acquiesça d'un signe de tête.

McCaleb prit leurs sacs, puis leur fit faire le tour des pièces qu'ils n'avaient pas vues la première fois. Chemin faisant, il déposa les provisions dans la cambuse, jeta le sac de marin sur le lit de la grande chambre et dit à Graciela que c'était la sienne et qu'il avait changé les draps. Puis il montra la couchette de la chambre de devant à Raymond. Il avait poussé la plupart de ses cartons sous le bureau et l'enfant parut trouver la pièce à son goût. Son lit était équipé d'une barre afin qu'il n'en dégringole pas au milieu de la nuit. Lorsque McCaleb lui apprit qu'il fallait faire attention au « roulis », Raymond le regarda d'un air perplexe.

– Oui, le bateau bouge tout le temps et ça s'appelle le roulis. Il y a aussi le tangage et la cuisine s'appelle la cambuse.

– Pourquoi ?

– Tu sais quoi, Raymond ? lui répondit-il. Je ne me le suis jamais demandé.

Puis il les conduisit jusqu'à la salle de bains et leur montra comment appuyer sur la pédale pour vider la cuvette. Il s'aperçut que Graciela regardait sa fiche de température suspendue à un crochet et lui expliqua à quoi elle servait.

– Vous avez eu de la fièvre ? lui demanda-t-elle en suivant du doigt la courbe qu'il y avait inscrite le jeudi précédent.

– Un peu, oui, dit-il. Mais c'est passé.

– Qu'a dit votre médecin ?

– Je ne lui en ai pas encore parlé. La fièvre est retombée et je me sens très bien.

Elle le regarda d'un air tout à la fois inquiet et agacé, du moins le pensa-t-il, jusqu'au moment où il comprit à quel point, pour elle, il était important qu'il ne meure pas. Elle n'avait pas envie que sa sœur lui ait donné son cœur pour rien.

– Ne vous inquiétez pas, reprit-il. Je vais bien. Je me suis un peu trop démené ce jour-là, c'est tout. J'ai fait une grande sieste et la température a disparu. Et je me sens très bien depuis ce moment-là.

Il lui montra les petits traits obliques qu'il avait portés sur la carte après sa pointe de fièvre.

– Et vous, vous dormez où ? lui demanda Raymond en lui tirant sur le pantalon.

McCaleb regarda brièvement Graciela, puis se tourna vers l'escalier avant qu'elle le voie rougir.
— Viens, dit-il, je vais te montrer.
Lorsqu'ils furent revenus au salon, McCaleb expliqua à Raymond comment il pouvait transformer la table de la cambuse en une couchette. Le garçonnet parut se satisfaire de sa réponse.
— Bon, alors, voyons voir ce que vous avez, reprit-il à l'adresse de Graciela.
Il se mit en devoir de fouiller dans son sac et de ranger ses provisions. Selon leur accord, c'était elle qui devait préparer le déjeuner, McCaleb se chargeant du dîner. Elle était passée chez un traiteur et tout semblait indiquer qu'ils allaient manger des sandwiches.
— Comment savez-vous que c'est ce que je préfère ? lui demanda-t-il.
— Je ne le savais pas, lui répondit-elle. Mais comme Raymond adore ça...
McCaleb se pencha en avant et encore une fois surprit le gamin avec une pichenette dans les côtes. Raymond recula en pouffant.
— Bon, dit-il, pendant que Graciela prépare les sandwiches à emporter, tu viens avec moi. J'ai besoin qu'on m'aide avec les lignes. C'est qu'on a du poisson qui nous attend, nous !
— Ouais !
En poussant l'enfant vers l'arrière du bateau, il se retourna vers Graciela et lui fit un clin d'œil. Puis il offrit à Raymond la canne et le rouleau de fil à pêche qu'il lui avait achetés. Lorsqu'il comprit que tout était à lui, le gamin s'accrocha à sa canne comme à un filin que lui aurait jeté une équipe de sauvetage en mer. McCaleb en fut plus attristé que joyeux et se demanda si Raymond avait jamais eu la compagnie d'un homme adulte dans sa vie.
Il leva les yeux et vit que Graciela se tenait debout à la porte et les regardait. Elle aussi avait l'air triste bien qu'elle leur sourît. Il pensa qu'ils feraient mieux de couper court à ce genre d'émotions.
— Allez, dit-il, les appâts. Va falloir en mettre plein le seau

parce que moi, j'ai dans l'idée que ça va beaucoup mordre, aujourd'hui.

Il sortit le seau et l'épuisette d'un renfoncement et lui montra comment plonger le filet dans le puisard et en retirer les appâts. Il vida ensuite quelques pleines épuisettes de crevettes et de sèches dans le seau, puis lui confia la tâche de continuer et rentra à l'intérieur du bateau afin d'aller chercher son attirail de pêche et quelques cannes de plus pour Graciela et pour lui.

Raymond étant hors de portée de vue, Graciela s'approcha de lui et l'étreignit.

– C'était très gentil à vous, dit-elle. C'est vraiment bien.

Il la regarda longuement dans les yeux avant de lui répondre.

– J'ai l'impression que ça me fait plus de bien qu'à lui.

– Il est tout excité, dit-elle, je le vois bien. Il meurt d'envie d'attraper quelque chose et j'espère qu'il y arrivera.

Ils longèrent le quai principal, en dépassèrent les magasins et le restaurant, puis ils traversèrent un parking et parvinrent enfin au chenal principal du port de plaisance. Un chemin en terre le suivait, ils l'empruntèrent jusqu'à l'endroit où, à l'entrée d'une jetée en rochers qui s'incurvait sur une centaine de mètres, les eaux du chenal rencontraient la barre de l'océan. Ils avancèrent en sautant d'un énorme bloc de granite à un autre et s'arrêtèrent pratiquement au milieu de la jetée.

– Raymond, dit-il au garçonnet, ça, c'est mon coin secret. Je crois qu'on devrait essayer ici.

Il n'y eut pas d'objections. McCaleb déposa son attirail et se prépara à pêcher. Les rochers étaient encore humides des assauts nocturnes de la marée. Il avait apporté des serviettes et chercha un endroit où ils pourraient s'asseoir. Il le trouva et y étendit ses serviettes pour ses invités. Puis il ouvrit sa boîte d'articles de pêche, en sortit un tube de crème solaire, le tendit à Graciela et commença à accrocher les appâts aux hameçons. Il décida de mettre de la sèche à la ligne de Raymond : il n'y avait rien de mieux et il avait envie que ce soit lui qui attrape le premier poisson.

Un quart d'heure plus tard, ils avaient trois lignes dans l'eau. McCaleb avait appris à l'enfant comment lancer et laisser dériver le fil dans le courant avec l'appât au bout.
— Qu'est-ce que je vais attraper ? lui demanda Raymond.
— Je ne sais pas. Il y a beaucoup de choses ici.

Il choisit un rocher juste à côté de celui où Graciela s'était assise. Raymond, lui, était bien trop excité pour s'asseoir. Il n'arrêtait pas de sauter de rocher en rocher en espérant que ça accélérerait le mouvement.
— J'aurais dû apporter un appareil photo, murmura Graciela.
— La prochaine fois. Vous voyez ça, là-bas ? dit-il en lui montrant les contours bleutés d'une île qui se dessinait dans le brouillard à l'horizon.
— Catalina ?
— Voilà.
— C'est bizarre, mais je n'arrive pas à croire que vous ayez pu vivre sur une île.
— Et pourtant, c'est bien ce que j'ai fait.
— Comment vos parents sont-ils arrivés là ?
— Ils étaient de Chicago. Mon père jouait dans une équipe de base-ball. Au printemps de 1951, il a réussi à entrer aux Cubs. Ils venaient souvent s'entraîner dans l'île de Catalina. Les Wrigley étaient les propriétaires de l'équipe et possédaient les trois quarts de l'île. C'est à ce moment-là que mes parents sont venus ici.

« Mon père et ma mère étaient tombés amoureux au lycée. Après leur mariage, mon père a eu l'occasion de tenter sa chance avec les Cubs. Il jouait *short stop* et deuxième base. Toujours est-il qu'il est venu ici, mais que l'équipe ne l'a pas pris. Mais il se plaisait tellement dans l'île qu'il a demandé à travailler pour les Wrigley et a fait venir ma mère.

Il avait prévu d'arrêter son récit à cet endroit, mais elle le pressa d'en dire plus.
— Et après, c'est vous qui êtes arrivé, dit-elle.
— Quelques années plus tard, oui.
— Mais... vos parents ne sont pas restés ?
— Pas ma mère. Elle ne supportait pas. Elle est restée dix ans,

puis elle a dit non. Vivre dans une île peut rendre claustrophobe... Bref, ils se sont séparés. Mon père est resté et a voulu que je sois avec lui. Ma mère est retournée à Chicago.

Graciela hocha la tête.

— Que faisait votre père pour les Wrigley ?

— Oh, des tas de choses. Il a travaillé dans leur ranch, puis il a commencé à bosser à l'intérieur de leur maison. Ils avaient un Chris-Craft de dix-huit mètres dans le port, il a décroché un boulot de mousse et fini par être leur skipper. Et un jour, il s'est acheté un bateau à lui et s'est mis à le louer à la journée. Il a aussi travaillé comme pompier volontaire.

Il lui sourit, elle lui renvoya son sourire.

— Et ce bateau, c'était le *Following Sea* ?

— Oui. C'était son bateau, sa maison, son entreprise, tout. Les Wrigley le finançaient. Il y a passé une douzaine d'années, jusqu'au jour où il a été si malade qu'ils... enfin, je veux dire... que je l'ai emmené à l'hôpital. C'est là qu'il est mort. A Long Beach.

— Je suis désolée.

— Ça remonte à loin.

— Pas pour vous.

Il la regarda.

— Non. C'est juste qu'à la fin, il y a toujours un moment où tout le monde a compris. Il savait qu'il n'avait aucune chance d'en sortir et n'avait qu'une envie : retourner à Catalina retrouver son bateau, et l'île. Mais j'ai refusé. Je voulais tout essayer, lui donner tout ce que la science et la médecine offraient de mieux. Sans compter que s'il était retourné à Catalina, ç'aurait été sacrément difficile d'aller lui rendre visite. Il aurait fallu prendre le ferry... Je l'ai obligé à rester dans cet hôpital et il y est mort, tout seul dans sa chambre. J'étais sur une enquête à San Diego.

Il regarda l'océan. Un ferry ralliait l'île.

— J'aurais mieux fait de l'écouter, dit-il.

Elle tendit la main et la posa sur son bras.

— Il est inutile de se laisser hanter par ses bonnes intentions, dit-elle.

Il jeta un coup d'œil à Raymond. Complètement calmé,

l'enfant se tenait immobile et observait le fil de son moulinet qui filait à cent à l'heure. McCaleb comprit vite que ce n'était pas une sèche qui tirait aussi fort.

— Eh mais, minute, Raymond! s'écria-t-il. Je crois que t'as attrapé quelque chose!

Il posa sa ligne et rejoignit l'enfant. Il réenclencha la garde et le fil se tendit. Presque aussitôt, la canne se plia et faillit échapper au gamin. McCaleb la rattrapa et la retint.

— T'en as un, Raymond! T'en as un!

— Hé! Oui, j'en ai un! J'en ai un!

— Rappelle-toi ce que je t'ai dit, Raymond. Tu tires en arrière et tu rembobines. Tu tires en arrière et tu rembobines. Je t'aiderai jusqu'à ce que ton bestiau se fatigue. On dirait que c'est un gros. Ça va?

— Oui!

McCaleb faisant l'essentiel du boulot, ils commencèrent à lutter avec le poisson, puis McCaleb demanda à Graciela de remonter les autres lignes de façon à ce qu'elles ne s'emmêlent pas avec celle sur laquelle ils tiraient. Le combat dura une dizaine de minutes. Sentant que le poisson se fatiguait de plus en plus, McCaleb réussit à passer la canne à Raymond afin que celui-ci puisse terminer le boulot tout seul.

Puis il enfila une paire de gants qu'il avait sortie de la boîte d'articles de pêche et descendit au pied des rochers, au bord de l'eau. A quelques centimètres sous la surface, il vit la forme argentée d'un poisson qui avait presque cessé de lutter. Il s'agenouilla sur le rocher et, en se mouillant les chaussures et le bas du pantalon, il tendit les mains en avant pour attraper la ligne de Raymond et ramena le poisson. Il lui sortit la gueule de l'eau et l'enserra dans sa main gantée, un peu avant les dorsales. Enfin il tira un grand coup, attrapa l'animal et remonta le porter à Raymond.

La bête brillait au soleil comme du métal poli.

— Un barracuda, Raymond, dit-il en lui tenant sa prise devant lui. Regarde-moi ces dents!

22

La journée s'était bien passée, Raymond avait attrapé deux barracudas et un saran blanc. Sa première prise avait été la plus grosse et la plus excitante, le deuxième poisson se laissant prendre pendant qu'ils mangeaient et emportant presque la ligne avec lui. Ils rentrèrent en fin d'après-midi, et Graciela conduisit Raymond à la cabine avant afin de lui faire prendre un peu de repos. McCaleb en profita pour nettoyer tout l'attirail de pêche au jet. Lorsque, Graciela étant remontée, ils se retrouvèrent seuls, assis sur des chaises sur le pont, il eut désespérément envie de boire une bière.

– C'était merveilleux, dit-elle.
– Tant mieux. Vous pensez rester dîner ?
– Bien sûr. Et il a envie de passer la nuit à bord. Il adore les bateaux... Et je crois qu'il veut recommencer à pêcher demain. Vous en avez fait un monstre.

McCaleb hocha la tête en pensant à la nuit qui s'annonçait. Quelques minutes d'un silence gêné s'écoulèrent tandis qu'ils regardaient les activités dans le port – les samedis étaient toujours très animés. Il restait sur le qui-vive : avoir des invités le rendait encore plus attentif, même si les chances de voir Bolotov se pointer sur le port étaient minimes. Il avait eu le dessus dans le bureau de Toliver, c'est à ce moment-là qu'il l'aurait blessé s'il l'avait voulu. Il n'empêche : penser à Bolotov le ramenant à l'affaire, il se rappela une question qu'il avait voulu poser à Graciela.

— Vous permettez que je vous demande quelque chose ? dit-il. C'est samedi dernier que vous êtes venue me voir pour la première fois, mais l'article qu'on avait écrit sur moi était paru une semaine plus tôt. Pourquoi avez-vous attendu aussi longtemps ?
— En fait, je n'ai pas attendu, enfin... pas vraiment. Je n'avais pas lu l'article. C'est une ancienne collègue de Gloria qui m'a appelée pour me dire que... que c'était peut-être vous qui aviez le cœur de ma sœur. Je suis tout de suite allée à la bibliothèque pour lire l'article et je suis venue ici dès le lendemain.
Il acquiesça d'un signe de tête, elle décida que c'était à son tour de lui poser une question.
— Vos boîtes, là-bas... dit-elle.
— Quelles boîtes ?
— Celles qui sont empilées sur le bureau... Ce sont vos enquêtes ?
— Oui, de vieilles affaires.
— J'y ai reconnu certains noms écrits dessus. L'article en parlait. Luther Hatch, je m'en souviens bien. Et le Tueur au code aussi. Pourquoi lui avait-on donné ce nom-là ?
— Parce qu'il, enfin... si c'était un il... nous laissait des messages qui se terminaient tous par le même nombre.
— Ce qui voulait dire ?
— Nous ne l'avons jamais su. Les meilleurs experts du Bureau – nous sommes même montés jusqu'aux décrypteurs de la National Security Agency – ne sont jamais arrivés à percer son code. A mon avis, ça ne voulait rien dire du tout et ce n'était pas un code. Juste une façon que ce petit sujinc avait de nous titiller, de nous cavaler aux fesses... neuf cent trois, quatre cent soixante-douze, cinq cent soixante-huit.
— C'était son code ?
— Juste le nombre qu'il nous laissait. Comme je vous l'ai dit, je n'ai jamais cru que c'était un code.
— Et c'est ce qu'ils avaient aussi conclu à Washington ?
— Non. Eux n'ont jamais renoncé. Ils étaient sûrs que ça voulait dire quelque chose. Ils pensaient que c'était son numéro de Sécurité sociale... tout chamboulé, vous comprenez. Ils ont mis un ordinateur dessus et ont imprimé toutes les combinai-

sons que ça pouvait donner et ont recherché tous les noms d'assurés sociaux auxquels elles pouvaient correspondre. Il y en avait des milliers et des milliers et ils les ont toutes repassées à l'ordinateur central.
— Qu'est-ce qu'ils cherchaient ?
— Des condamnations, des profils qui pourraient coller avec ce type... une vraie chasse au trésor ! Mais le sujinc n'était pas sur la liste.
— Le « sujinc » ? répéta-t-elle. Qu'est-ce que c'est ?
— Un Sujet inconnu. C'est comme ça qu'on appelait les criminels qu'on recherchait, jusqu'au moment où on les appréhendait. Et le Tueur au code, nous ne l'avons jamais attrapé.

Il entendit un léger bruit d'harmonica et regarda du côté du *Double Down*. Lockridge s'était enfermé dans sa cabine et s'entraînait à jouer *Spoonfull*.

— C'est la seule affaire que vous n'ayez jamais résolue ?
— Vous voulez dire... où on n'a attrapé personne ? Oh, non ! Malheureusement, beaucoup de ces types nous ont filé entre les doigts. Mais le Tueur au code, pour moi, c'était personnel. C'était à moi qu'il envoyait ses lettres. Dieu sait pourquoi, il m'en voulait.
— Et... qu'est-ce qu'il faisait aux personnes auxquelles il... ?
— C'était un type assez inhabituel. Il tuait de tas de manières différentes et n'agissait pas selon un schéma qu'on aurait pu déceler. Hommes, femmes, il assassinait absolument n'importe qui... jusqu'à un petit enfant. Il les tuait par balle, il les poignardait, il les étranglait... Pas moyen de prévoir.
— Mais... comment saviez-vous que c'était lui à chaque fois ?
— Il nous le disait. Ses lettres... le code qu'il laissait sur les lieux du crime. Ses victimes et qui elles étaient, pour lui, ça ne comptait pas. Ce n'étaient que des objets sur lesquels il pouvait exercer son pouvoir et le faire savoir aux autorités. Bref, c'était ce qu'on appelait un tueur avec complexe d'autorité. Et il y en avait un autre, le Poète, il y a quelques années de ça[1]. Celui-là était un voyageur. Il a tué dans tout le pays.

---

1. Cf. *Le Poète*, ouvrage paru dans cette même collection *(NdE).*

— Oui, je m'en souviens. Lui aussi travaillait à Los Angeles, c'est bien ça ?
— Oui. Et lui aussi, c'était un tueur avec un complexe d'autorité. Comme quoi, quand on les dépouille de leurs fantasmes et de leurs méthodes, beaucoup de ces types se ressemblent. Le Poète, lui, c'était de nous voir patauger qui l'excitait. Et le Tueur au code était pareil. Il adorait titiller les flics chaque fois qu'il en avait l'occasion.
— Et un jour il s'est arrêté ? Comme ça ?
— Oui. Ou bien il est mort, ou bien il a été mis en prison pour autre chose. Il est aussi possible qu'il soit parti ailleurs et se soit lancé dans d'autres trucs. Mais ce n'est pas quelque chose qu'ils peuvent arrêter comme ça.
— Et pour Luther Hatch, qu'est-ce que vous avez fait ?
— Mon boulot, rien de plus. Écoutez, on ferait peut-être mieux de parler d'autre chose, vous ne trouvez pas ?
— Je vous demande pardon.
— Non, non, ce n'est pas grave. C'est juste que... je ne sais pas. Je n'aime pas ces vieilles histoires.
Il aurait voulu lui parler de sa sœur et des derniers développements de l'enquête, mais il lui semblait que le bon moment avait filé et il laissa tomber.

Pour le dîner, il leur prépara des hamburgers et du barracuda grillé. Raymond avait l'air très enthousiaste à l'idée de manger ce qu'il avait attrapé, mais n'aima pas le goût prononcé de sa prise. Et Graciela non plus, McCaleb trouvant, lui, que ce n'était pas si mauvais que ça.
Le repas fut suivi par une deuxième virée chez le marchand de glaces et une *séance* de lèche-vitrines dans Cabrillo Way. Il faisait nuit lorsqu'ils remontèrent sur le bateau. Le port était de nouveau tranquille. Ce fut Graciela qui annonça la mauvaise nouvelle à Raymond :
— Raymond, lui dit-elle doucement, la journée a été longue et je veux que tu ailles te coucher. Si tu es sage, tu pourras encore pêcher demain, avant notre départ.

L'enfant regarda McCaleb en espérant ou bien qu'il y aurait confirmation de ce qu'il pouvait rester ou bien qu'il pourrait faire appel du jugement.
— Ta tante a raison, lui dit McCaleb. Demain matin, je te remmène là-bas. On en attrapera d'autres. D'accord ?
Raymond ronchonna bien un peu, mais finit par dire oui et Graciela le conduisit à sa cabine. Sa dernière requête fut d'avoir la permission d'emporter sa canne à pêche avec lui. Personne n'élevant la moindre objection, McCaleb attacha l'hameçon à un anneau de la canne.
McCaleb avait deux radiateurs électriques à bord, il les installa dans leurs cabines. Il savait que, la nuit venant, il ferait froid, quel que soit le nombre de couvertures sous lesquelles on disparaîtrait.
— Et vous, qu'est-ce que vous allez prendre ? lui demanda-t-elle.
— Ça ira, ne vous inquiétez pas. Je prendrai mon sac de couchage. J'aurai probablement plus chaud que vous.
— Vous êtes sûr ?
— Mais oui.
Il les laissa en bas et remonta dans la cabine attendre Graciela. Dans un verre il versa le reste de la bouteille de pinot noir qu'il avait ouverte lors de sa dernière visite.
Puis il sortit une boîte de Coca du frigo et emporta le tout sur le pont arrière. Elle l'y rejoignit au bout de dix minutes.
— C'est vrai qu'il fait froid ici, dit-elle.
— Oui. Ça ira avec le radiateur ?
— Pas de problème. Il s'est endormi dès qu'il a posé la tête sur l'oreiller ou presque.
Il lui tendit son verre de vin.
— Merci, dit-elle. Il a passé une journée merveilleuse.
— C'est bien.
Il trinqua avec sa boîte de Coca. Il savait qu'à un moment ou à un autre il lui faudrait parler de l'enquête, mais il n'avait pas envie de gâcher ces instants. Une fois encore il remit à plus tard.
— Qui est la fille sur la photo posée sur votre bureau ? lui demanda-t-elle.

— Quelle fille ?
— On dirait une photo sortie d'un album de promotion. Vous l'avez collée sur le mur, juste au-dessus du bureau, dans la chambre de Raymond.
— Ah... euh... c'est juste quelqu'un que je ne veux pas oublier. Quelqu'un qui est mort.
— Une de vos affaires ou... quelqu'un que vous connaissiez ?
— Une de mes enquêtes.
— Le Tueur au code ?
— Non, non. C'était bien avant ça.
— Comment s'appelait-elle ?
— Aubrey-Lynn.
— Que s'est-il passé ?
— Quelque chose qui ne devrait arriver à personne. N'en parlons plus.
— D'accord. Je vous demande pardon.
— Non, non, ce n'est rien. J'aurais dû enlever la photo avant votre arrivée.

Il ne se glissa pas dans son sac de couchage. Il ne fit que s'en couvrir et resta allongé sur le dos, les mains croisées sous la nuque. Il aurait dû être fatigué, mais ne l'était pas. De nombreuses pensées lui traversaient l'esprit, des plus terre à terre à celles qui arrachent les tripes. Il pensa au radiateur dans la chambre du gamin. Il savait qu'il n'y avait pas de danger, mais n'en était pas moins inquiet. Ce dont il avait parlé plus tôt dans la journée refaisait surface et le ramenait aux souvenirs de son père à l'hôpital. Une fois de plus il regretta de ne pas l'avoir ramené à Catalina. Il se rappela le moment où il avait pris le bateau après la cérémonie à Descanso Beach, celui où il avait fait le tour de l'île en dispersant ses cendres une petite poignée après l'autre pour qu'il y en ait encore lorsqu'il aurait bouclé la boucle.

Mais ces souvenirs et inquiétudes n'étaient que des obstacles l'empêchant de rêver à Graciela. La soirée s'était terminée sur une fausse note après qu'elle lui avait parlé d'Aubrey-Lynn Showitz. Les souvenirs l'ayant brusquement déséquilibré, il avait cessé de parler. De fait, il était amoureux d'elle. Il la désirait et avait espéré qu'ils finiraient la soirée ensemble. Mais il s'était laissé reprendre par le passé et l'instant avait été gâché.

Il sentit le bateau monter et descendre doucement à mesure que la marée arrivait, souffla fort en espérant chasser ses démons et se réinstalla sur le matelas fin. Un raccord entre les planches courant au milieu du lit de fortune l'empêchait de se mettre à l'aise. Il songea à se lever pour aller boire un jus d'orange, mais pensa qu'il n'y en aurait peut-être plus assez pour Raymond et Graciela le lendemain matin.

Pour finir, il décida de vérifier ses signes vitaux. La méthode était sûre – il n'y avait pas mieux pour tuer le temps. Ça lui donnerait quelque chose à faire, peut-être cela le fatiguerait-il même assez pour qu'il puisse s'endormir.

Il avait branché une veilleuse au-dessus de l'évier au cas où Raymond aurait eu à se lever et trouver les toilettes. Il décida de ne pas allumer le plafonnier et, debout dans la faible lumière de la chambre, se glissa le thermomètre sous la langue. Puis il observa son reflet dans la glace et s'aperçut que les cernes qu'il avait sous les yeux étaient plus prononcés.

Il dut se pencher sur l'évier et tenir le thermomètre près de la veilleuse pour y lire sa température. Il avait un peu de fièvre. Il décrocha l'écritoire de son clou et y porta la date, l'heure et la mention 37,9° au lieu du trait habituel. Au moment où il remettait l'écritoire à son clou, il entendit la porte de la grande chambre s'ouvrir de l'autre côté du couloir.

Il n'avait pas fermé la porte de la salle de bains. Il regarda le couloir sombre et vit que Graciela avait passé la tête à la porte. Il entraperçut son visage, son bras et une épaule nue. Elle cachait le reste de son corps derrière la porte. Ils parlèrent en chuchotant.

– Ça va ?
– Oui. Et vous ?
– Oui, oui. Qu'est-ce que vous faites ?
– Je n'arrivais pas à dormir. Je vérifiais ma température.
– Vous en avez ?
– Non… ça va, dit-il en hochant la tête, et il se rendit compte qu'il était en caleçon.

Il croisa les bras et leva une main pour se frotter le menton, mais, de fait, il essayait seulement de lui cacher sa cicatrice.

Ils se regardèrent en silence pendant un moment, puis il comprit qu'il se tenait le menton depuis trop longtemps. Il laissa retomber ses bras le long de son corps et la regarda : Graciela contemplait sa cicatrice, là, en travers de sa poitrine.

– Graciela… dit-il.

Il ne termina pas sa phrase. Elle avait lentement ouvert la porte et il voyait sa chemise de nuit rose qui lui tombait sous les hanches. Elle était belle. L'espace d'un instant ils restèrent sans bouger, à se regarder. Elle tenait toujours la porte, comme pour ne pas perdre l'équilibre dans les oscillations légères du bateau. Au bout d'un moment elle fit un pas dans le couloir et il en fit un autre, vers elle. Il tendit la main en avant et doucement lui effleura le côté, puis la posa sur son dos. Et de l'autre il lui caressa la gorge et monta jusqu'à son cou. Elle l'attira contre elle.

– Tu pourras ? lui murmura-t-elle, le visage enfoui dans son cou.

– Rien ne m'en empêchera, lui murmura-t-il en retour.

Ils entrèrent dans la grande chambre et en refermèrent la porte derrière eux. Il se débarrassa de son caleçon et s'étendit sur le lit avec elle tandis qu'elle déboutonnait sa chemise de nuit. Les draps et la couverture sentaient déjà son odeur, le parfum de vanille qu'il avait remarqué le premier jour. Il monta sur elle, elle le fit descendre sur sa poitrine après un long baiser. Il embrassa ses seins, puis trouva l'endroit, juste sous son cou, où elle s'était mis une touche de parfum sur la peau. Profonde et musquée, l'odeur de vanille le remplit, il remonta vers son visage et retrouva ses lèvres.

Elle glissa la main entre leurs corps, puis la tint, paume chaude, sur sa cicatrice. Il sentit qu'elle se tendait et ouvrit les yeux.

– Attends, Terry, attends, lui dit-elle.

Il s'immobilisa, puis se souleva sur un bras.

– Quoi ? lui demanda-t-il. Qu'est-ce qu'il y a ?

– Je… je ne sais pas. Ce n'est pas bien. Non… je te demande pardon.

— Qu'est-ce qui n'est pas bien ?
— Je ne sais pas.
Elle tourna sous lui, il ne put faire autrement que de la laisser.
— Graciela, dit-il.
— Ce n'est pas toi, Terry, c'est moi. Je... je ne veux pas aller trop vite. Je veux réfléchir.
Elle s'était allongée sur le côté et le regardait.
— C'est à cause de ta sœur ? Parce que j'ai son...
— Non, ce n'est pas ça. Enfin si, peut-être un peu. Je crois qu'on devrait réfléchir encore.
De nouveau elle tendit la main et lui caressa la joue.
— Je suis désolée, reprit-elle. Je n'aurais pas dû t'inviter à entrer, je le savais, et après.... te faire ça...
— Ce n'est rien. Je ne veux pas que tu fasses quelque chose que tu pourrais regretter plus tard. Je vais remonter.
Il fit mine de gagner le bout du lit, mais elle lui saisit le bras.
— Non, ne pars pas. Pas tout de suite. Reste allongé à côté de moi. Je ne veux pas que tu t'en ailles. Pas encore.
Il remonta sur le lit et posa la tête sur l'oreiller, à côté d'elle. Le sentiment qu'il éprouvait était étrange : bien que manifestement rejeté, il n'en ressentait aucune angoisse. Il savait que l'heure viendrait et qu'il pouvait attendre. Il commença à se demander combien de temps il pourrait encore rester avec elle avant de rejoindre son sac de couchage.
— Parle-moi de cette fille, lança-t-elle.
— Quoi ? lui demanda-t-il, soudain tout perdu.
— La fille sur la photo. Celle qu'il y a sur ton bureau.
— C'est une sale histoire, Graciela. Pourquoi tiens-tu tellement à savoir ?
— Parce que je veux te connaître.
Elle n'en dit pas plus, mais il comprit : s'ils devaient jamais devenir amants, il fallait qu'ils partagent leurs secrets. Cela faisait partie du rituel. Il se rappela comment, bien des années auparavant, la première fois qu'il avait fait l'amour à celle qui deviendrait sa femme, elle lui avait dit qu'elle avait été violée enfant. Qu'elle lui révèle un secret aussi soigneusement gardé l'avait tou-

ché plus profondément encore que l'amour qu'ils s'étaient fait ensuite. Il n'avait jamais oublié ce moment et avait continué de le chérir même après que leur mariage eut capoté.

— Tout le dossier reposait sur des témoignages, des preuves à conviction... et la vidéo, commença-t-il.
— Quelle vidéo ?
— J'y viendrai. Ça s'était passé en Floride, bien avant qu'on m'y envoie. Toute une famille... kidnappée. La mère, le père et les deux filles. Les Showitz. Aubrey-Lynn, la fille sur la photo, était la plus jeune.
— Quel âge ?
— Elle venait juste d'avoir quatorze ans pendant les vacances. Ils étaient originaires du Middle West, une petite ville dans l'Ohio, et c'était la première fois qu'ils passaient leurs vacances ensemble... en famille. Ils n'avaient pas beaucoup d'argent. Le père possédait un petit garage... il avait encore du cambouis sous les ongles quand on l'a retrouvé.

Il eut un petit rire bref et souffla fort, comme on le fait quand malheureusement ce qu'on raconte n'est pas drôle alors qu'on aimerait tant que ce le soit.

— Bref, ils passaient des vacances à prix sacrifiés et avaient déjà visité Disney World et le reste, et s'étaient retrouvés à Fort Lauderdale où ils avaient pris une chambre dans un petit hôtel merdeux au bord de l'Interstate 95. Ils l'avaient réservée avant de partir, en pensant qu'avec le nom qu'il avait, *La Brise océane*, l'hôtel devait être au bord de la mer.

Il sentit sa voix se briser un peu – c'était la première fois qu'il racontait l'histoire à haute voix : pas un détail qui n'en fût lamentable et ça l'émouvait encore.

— Toujours est-il qu'ils arrivent et décident de rester. Ils ne comptaient passer que quelques jours en ville et auraient perdu leurs arrhes s'ils étaient allés s'installer dans un hôtel sur la plage. Et donc, ils sont restés. Et le premier soir, une des filles repère un pick-up dans le parking, avec une caravane et un bateau à air par-dessus, tu sais ce que c'est ?

— Oui, c'est un bateau équipé d'une hélice d'avion pour aller partout dans les marécages.
— Voilà, dans les Everglades.
— J'en ai vu sur CNN quand il y a eu l'accident d'avion dans les marais et que l'appareil y a disparu.
— Oui, c'est bien ça. Mais là, aucun d'entre eux n'en avait vu sauf à la télé ou dans des magazines et ils le regardaient quand un type, le propriétaire, s'est pointé par hasard. Il est gentil et leur dit qu'il peut les emmener faire un tour s'ils en ont envie.

Graciela enfouit son visage dans le creux de son cou et lui appuya la main sur la poitrine. Elle savait déjà où on allait.

— Et donc, ils disent d'accord, faut voir qu'ils venaient d'un trou perdu dans l'Ohio avec rien qu'un collège et ignoraient tout du monde tel qu'il est. Bref, ils acceptent l'invitation du type alors que c'est un parfait inconnu.

— Et il les a tués.

— Oui, tous, lui répondit-il en hochant la tête dans le noir. Ils sont partis avec lui et ne sont jamais revenus. C'est le père qu'on a retrouvé le premier. Deux ou trois nuits plus tard, un type qui cherchait des grenouilles dans l'herbe l'a découvert. Pas très loin d'une espèce de rampe d'où on lance ce genre de bateaux. Une balle dans la nuque et hop, le propriétaire du bateau l'avait jeté par-dessus bord.

— Et les filles ?

— Les shérifs du coin ont mis plusieurs jours à identifier le père et à comprendre qu'il était descendu à *La Brise océane*. La mère et les deux filles ne donnant toujours pas signe de vie et n'étant pas retournées dans l'Ohio, ils sont repartis dans le marais avec des hélicoptères et d'autres bateaux à air. Ils ont retrouvé les trois corps une dizaine de kilomètres plus loin. Au milieu d'absolument nulle part. Et le type les avait violées, toutes les trois. Après, il leur avait attaché un bloc de ciment autour du cou et, elles aussi, il les avait jetées par-dessus bord… alors qu'elles vivaient encore. Elles ont fini par mourir noyées.

— Ah, mon Dieu…

— Oui, peut-être, mais ce jour-là, il était de sortie. Les gaz de décomposition avaient fait remonter leurs corps à la surface, même avec les blocs de ciment qui les lestaient.

Un long moment de silence s'en étant suivi, il reprit :

— Le Bureau a été notifié et je suis descendu en Floride avec un autre agent qui s'appelait Walling. Les pistes étant plutôt maigres, on a commencé par établir un profil du tueur — on savait que c'était quelqu'un qui connaissait bien les Everglades. Presque partout, l'eau n'y fait qu'un mètre à peine, mais les victimes avaient été jetées dans un endroit nettement plus profond : le type ne voulait pas qu'on les retrouve et donc, cet endroit-là, il le connaissait. Et d'ailleurs, il avait même un nom : le Trou du Diable. C'était une espèce de puits d'effondrement, comme un cratère de météorite. Il fallait qu'il y soit déjà allé pour connaître un lieu pareil.

McCaleb regardait fixement le plafond dans l'obscurité, mais n'y voyait que sa propre et horrible version de ce qui s'était passé ce jour-là. Jamais il ne l'avait vraiment oubliée, toujours elle était tapie dans les recoins les plus sombres de son esprit.

— Il les avait déshabillées et leur avait pris tous leurs bijoux, enfin... il avait fait tout ce qu'il fallait pour qu'on ne puisse pas les identifier. Mais dans la main d'Aubrey-Lynn, quand on la lui avait dépliée, on avait retrouvé un collier en argent avec un petit crucifix au bout. Dieu sait comment elle avait réussi à le lui cacher, mais elle ne l'avait pas lâché. Qui sait si elle n'a pas prié jusqu'au dernier moment.

McCaleb repensa à l'histoire et à l'emprise qu'elle exerçait sur lui : après toutes ces années, elle le tenait encore, comme la marée montante qui doucement soulevait le bateau et le faisait osciller presque en cadence. Il savait très bien qu'il n'avait pas besoin de mettre la photo de l'adolescente au-dessus de son bureau comme une image sainte pour s'en souvenir. Jamais il n'arriverait à oublier son visage. C'était à ce moment-là, il le savait, que son cœur avait commencé à mourir.

— Et ils ont attrapé le type ? lui demanda Graciela.

C'était la première fois qu'elle entendait ce récit et déjà elle voulait être sûre que quelqu'un avait payé pour ce crime horrible. Il lui fallait une fin. Contrairement à lui, elle ne compre-

nait pas que la fin n'avait aucune importance, que de fait il n'y en avait jamais vraiment dans ce genre d'histoires.
— Non, dit-il, on ne l'a jamais attrapé. Ils ont épluché le registre des entrées de l'hôtel et ont interrogé tout le monde, sauf une personne sur laquelle ils n'ont jamais mis la main. Il s'était fait passer pour un certain Earl Hanford, mais bien sûr, c'était un faux nom. C'est là que la piste s'arrêtait... jusqu'au jour où il a envoyé la vidéo.

Ce fut le silence, à peine un instant.

— Au bureau du shérif, à l'inspecteur qui avait dirigé l'enquête... reprit-il. Les Showitz avaient emporté une caméra vidéo. Ils l'avaient avec eux pendant l'excursion. La bande commençait par des petites scènes de bonheur, avec plein de sourires sur les visages. Jusqu'au moment où le tueur s'est mis à filmer... tout. Il portait une cagoule sur la tête et donc, pas moyen de l'identifier. Et jamais il n'avait filmé le bateau en entier. Il savait ce qu'il faisait.

— Et tu l'as regardée ?

McCaleb acquiesça d'un signe de tête, puis il se dégagea de l'étreinte de la jeune femme et s'assit sur le bord du lit en lui tournant le dos.

— Il avait une carabine. Elles ont fait tout ce qu'il voulait. Toutes sortes de choses... les deux sœurs... ensemble. Et d'autres choses encore. Et il les a quand même tuées. Il... ah, merde, tiens !

Il secoua la tête et se frotta la figure. Puis il sentit la main de Graciela sur son dos, toute chaude.

— Les blocs de ciment auxquels il les avait attachées n'étaient pas assez lourds pour les entraîner au fond d'un seul coup, alors... elles se débattaient, tu vois... à la surface. Et lui, il les regardait et les filmait, et... il s'est masturbé en les regardant se noyer.

Il entendit Graciela qui pleurait doucement. Il se rallongea sur le dos et lui passa le bras autour de la taille.

— C'est la dernière chose qu'on ait jamais eue de lui... cette bande. Il est toujours en liberté, quelque part... Un de plus.

Il la regarda dans la pénombre, sans trop savoir si elle le voyait.

— Voilà, dit-il, c'est ça l'histoire.
— Je suis navrée que tu doives la trimballer partout avec toi.
— Et maintenant, toi aussi, tu l'auras avec toi. Je suis désolé.
Elle s'essuya les yeux.
— Et c'est là que tu as cessé de croire aux anges, dit-elle, c'est ça ?
Il hocha la tête.

Une heure avant l'aube ou à peu près, il se leva et regagna son lit inconfortable au salon. Ils avaient passé la nuit à se parler en chuchotant, à se tenir et s'embrasser, mais sans faire l'amour. Enfin il avait retrouvé son sac de couchage, mais le sommeil ne venait toujours pas. Il n'arrêtait pas de repenser aux détails de ces heures qu'il venait de passer avec elle, de sentir ses mains sur sa peau, la douceur de ses seins contre sa bouche, le goût de ses lèvres. Et quand son esprit enfin s'éloignait de ces images sensuelles, c'était pour penser à l'histoire qu'il lui avait racontée et à la réaction qu'elle avait eue en l'entendant.

Le matin venu, ils ne parlèrent pas de ce qui s'était passé dans la grande cabine, ni non plus de ce qui s'y était dit, même lorsque Raymond s'en alla jeter un coup d'œil au puisard et fut hors de portée d'oreille. Graciela semblait se conduire comme si, sans faire l'amour ou pas, ils n'avaient pas passé la nuit ensemble et McCaleb lui rendait la pareille. La première chose dont il parla en brouillant des œufs pour tout le monde fut l'affaire.
— J'aimerais que tu fasses quelque chose pour moi quand tu seras rentrée chez toi, lui dit-il en regardant par-dessus son épaule pour s'assurer que Raymond était toujours dehors. Je voudrais que tu penses à ta sœur et que tu notes tout ce qu'elle faisait d'habitude... les endroits où elle se rendait, les amis qu'elle fréquentait, tout ce qui te viendra à l'esprit, tout ce qu'elle a fait depuis le premier de l'an jusqu'au soir où elle est entrée dans ce magasin. Et j'aimerais aussi pouvoir parler à ses

collègues et à son patron au *Los Angeles Times*. Il vaudrait peut-être mieux que ce soit toi qui t'occupes de fixer le rendez-vous.
— D'accord. Mais... pourquoi ?
— Parce qu'il y a de nouveaux éléments. Tu te rappelles quand je t'ai posé des questions sur la boucle d'oreille ?

Il lui précisa qu'à son avis, c'était l'assassin qui l'avait prise et lui raconta comment, tard dans la soirée du vendredi précédent, il avait découvert qu'un objet personnel avait lui aussi été dérobé à la victime du premier meurtre.
— Qu'est-ce que c'était ?
— Une photo de sa femme et de ses enfants.
— Et qu'est-ce que ça veut dire, d'après toi ?
— Que peut-être il ne s'agit pas de vol à main armée dans l'un comme dans l'autre cas. Que le type qui retirait de l'argent au distributeur et ta sœur un peu plus tard ont peut-être été choisis comme cibles pour d'autres raisons. Qu'il n'est pas impossible qu'avant d'avoir été assassinés, ils aient eu des relations avec le tueur, enfin... tu comprends : qu'ils se soient trouvés sur son chemin. C'est pour ça que je te demande ce service. La veuve de la première victime en fait autant de son côté. Je comparerai vos deux comptes rendus et je verrai s'ils ont des points communs.

Elle croisa les bras et s'appuya au comptoir de la cambuse.
— Quoi, reprit-elle... comme s'ils lui avaient fait quelque chose qui l'aurait poussé à les tuer ?
— Non, non. Je veux simplement savoir s'ils ne se seraient pas croisés ou s'ils n'avaient pas tous les deux quelque chose qui aurait pu l'attirer. On n'en est pas à chercher des raisons qui se tiennent. A mon avis, ce type est un psychopathe. Il n'y a pas moyen de savoir ce qui a pu l'attirer... ni pourquoi il a choisi ces deux personnes sur les neuf millions qui habitent ce comté.

Elle secoua la tête tant elle avait du mal à y croire.
— Et qu'en dit la police ? lui demanda-t-elle.
— Je ne pense même pas que les flics de Los Angeles soient au courant. Quant à l'inspectrice chargée du dossier au bureau du shérif, elle n'est pas encore très sûre de voir les choses comme moi. Nous devons tous en parler demain matin.

— Et le type ?
— Quel type ?
— Le propriétaire du magasin. Et si c'était lui qui avait croisé le chemin du tueur ? Et si Glory n'avait eu absolument rien à voir avec quoi que ce soit là-dedans ?
Il secoua la tête.
— Non, dit-il, si ç'avait été lui la cible, l'assassin serait entré dans le magasin et l'aurait tué quand il n'y avait personne. C'était bien ta sœur qui était visée. Ta sœur et le type de Lancaster. Il y a un lien entre les deux affaires et c'est ce lien qu'il faut trouver.
Il porta la main à la poche arrière de son jean et en sortit une photo qu'Amelia Cordell lui avait donnée. On y voyait James Cordell en gros plan, un grand sourire sur la figure. Il montra le cliché à Graciela.
— Reconnais-tu cet homme ? lui demanda-t-il. Est-ce quelqu'un que ta sœur aurait pu connaître ?
Elle prit la photo, l'examina, mais secoua la tête en la lui rendant.
— Non, dit-elle, pas que je sache. C'est… c'est le type de Lancaster ?
Il hocha la tête, lui reprit le cliché, le glissa de nouveau dans sa poche et lui demanda de ramener Raymond pour qu'ils puissent déjeuner. Elle était presque à la porte coulissante lorsqu'il l'arrêta :
— Graciela, lui dit-il, tu me fais confiance ?
Elle se retourna pour le regarder.
— Bien sûr, Terry.
— Alors, fais-moi confiance pour ça. Je me fous pas mal de savoir si les flics de Los Angeles et le shérif me croient ou pas : ce que je sais, je le sais. Avec ou sans eux, je ne lâcherai pas.
Elle acquiesça d'un signe de tête, se retourna vers la porte et s'en alla chercher Raymond à l'arrière du bateau.

23

Au Star Center, le bureau des enquêtes était plein d'inspecteurs lorsque McCaleb y entra ce lundi matin-là, sur le coup de huit heures. Mais cette fois, le planton qui, trois jours plus tôt seulement, l'avait laissé gagner tout seul le bureau des Homicides, l'informa qu'il devait attendre le capitaine. McCaleb en fut troublé, mais avant même qu'il ait pu lui en demander la raison, l'officier s'était remis à téléphoner. Enfin il raccrocha, mais trop tard : déjà le capitaine sortait de la salle de réunion où il s'était entretenu avec Jaye Winston le vendredi précédent. Hitchens referma la porte dans son dos, puis se dirigea vers lui. McCaleb remarqua que les jalousies de la salle étaient tirées. Le capitaine lui fit signe de le suivre.

— Terry, lui dit-il, venez donc derrière avec moi.

McCaleb le suivit dans son bureau, où Hitchens lui demanda aussitôt de s'asseoir. Le capitaine le traitait trop cordialement pour qu'il n'y ait pas anguille sous roche. Hitchens s'assit derrière son bureau, croisa les bras et se pencha en avant sur son calendrier-buvard, un grand sourire sur la figure.

— Où étiez-vous passé ? lui lança-t-il.

— Comment ça ? lui renvoya McCaleb en consultant sa montre. Jaye Winston m'a dit que la réunion commençait à huit heures et il est à peine huit heures deux.

— Non, je voulais dire : où étiez-vous dimanche ? Jaye a essayé de vous joindre.

Il comprit tout de suite. Le samedi, lorsqu'il avait décidé de nettoyer le bateau, il avait rangé le téléphone et le répondeur dans un placard près de la table des cartes – et en avait tout oublié. Coups de fil au bateau et messages qu'on aurait pu lui passer pendant qu'ils étaient partis pêcher à la jetée, il avait tout loupé : le téléphone et le répondeur n'avaient pas bougé de leur placard.

– Merde ! s'exclama-t-il. Je n'ai pas vérifié mes messages.

– Ben... on vous a appelé. Ça aurait pu vous économiser le voyage.

– Quoi ? La réunion est annulée ? Je croyais que Jaye voulait...

– Non, non, Terry, la réunion n'est pas annulée. C'est juste qu'il y a du nouveau et qu'il vaudrait mieux que nous menions l'enquête sans complications extérieures.

McCaleb le regarda de plus près pendant un instant.

– Sans complications extérieures ? répéta-t-il. C'est à cause de ma greffe ? Jaye vous a dit ?

– Elle n'a pas eu besoin de le faire ! Non, c'est plutôt à cause d'un certain nombre d'autres choses. Écoutez, Terry, vous avez débarqué ici et vous avez beaucoup secoué le cocotier. Vous nous avez donné pas mal d'éléments, des pistes très solides à suivre et c'est ça que nous allons faire et nous serons très diligents dans notre enquête, mais... c'est là que je dois tirer un trait... pour vous. Je suis navré.

Il ne lui disait pas tout, songea McCaleb tandis qu'il parlait. Il se passait des choses qu'il ne comprenait pas, ou ignorait – au minimum. Des pistes solides, avait-il dit... Soudain, il comprit : si Winston n'avait pas pu le joindre pendant le week-end, Vernon Carruthers s'était lui aussi trouvé devant le même problème.

– Quoi ? dit-il. Le type de Washington a trouvé quelque chose ?

– Quel type de Washington ?

– Celui du Bureau des armes à feu. Qu'est-ce qu'il a trouvé, capitaine ?

Hitchens leva les mains en l'air, paumes tournées en avant.

– Nous n'allons pas parler de ça, lui répondit-il. Comme je vous l'ai dit, nous vous remercions beaucoup pour le coup de pouce initial et nous vous tiendrons au courant des événements. Et si ça tourne bien, vous en serez crédité dans nos archives et côté médias.

— Ce n'est pas de ça que j'ai besoin, lui renvoya McCaleb. Ce dont j'ai besoin, c'est de participer à l'enquête.

— Je suis vraiment navré, Terry, mais à partir de maintenant, c'est nous qui la reprenons.

— Et Jaye est d'accord ?

— Qu'elle le soit ou pas n'a aucune importance. La dernière fois que j'ai vérifié, c'était moi qui commandais ici, pas elle.

Il avait parlé d'un ton assez agacé pour que tout soit clair : Jaye Winston n'avait pas approuvé la décision et c'était bon à savoir — peut-être aurait-il besoin d'elle plus tard. McCaleb continua de dévisager le capitaine et sut tout de suite qu'il n'allait pas rentrer tranquillement à son bateau et laisser tomber. Il n'en était pas question, et Hitchens devait être assez malin pour le comprendre.

— Je sais à quoi vous pensez, reprit le capitaine. Tout ce que je vous dis, c'est de ne pas aller vous coller des emmerdes et si nous vous trouvons sur notre chemin, des emmerdes, il y en aura.

McCaleb acquiesça d'un signe de tête.

— Bon, dit-il, ça me semble juste.

— Vous ne pourrez pas dire que nous ne vous avons pas averti.

Il demanda à Lockridge de faire le tour du parking visiteurs. Il voulait trouver un téléphone rapidement, mais il lui fallait d'abord savoir qui avait assisté à la réunion dont Hitchens venait de sortir. Évidemment, et il le savait, Jaye Winston en avait été, et sans doute aussi Arrango et Walters. Mais s'il ne se trompait pas en pensant que Vernon Carruthers avait trouvé quelque chose du côté balistique en scannant la balle au Drugfire laser, il y avait aussi toutes les chances pour que quelqu'un du Bureau ait pris part à la réunion.

En faisant lentement le tour du parking, McCaleb vérifia

toutes les vitres arrière des véhicules en stationnement, côté conducteur, aucune voiture n'échappant à ses regards. Enfin, dans la troisième rangée, il trouva ce qu'il cherchait.

— Arrête, dit-il à Bud, là.

Ils s'immobilisèrent derrière un Ford LTD bleu métallisé. Sur la vitre arrière côté conducteur, il avait vu l'autocollant avec code barre et cela lui suffisait : c'était un véhicule du Bureau. A l'entrée du garage du bâtiment fédéral de Westwood, un lecteur à rayon laser permettait de scanner le code barre des voitures et de lever la barrière lorsqu'il était trop tard pour qu'il y ait encore un garde à la guérite.

McCaleb descendit de la Taurus et s'approcha de la Ford. Aucune autre marque extérieure ne permettait d'identifier son conducteur. Mais celui-ci lui avait facilité la tâche : il avait roulé vers l'est et, le soleil dans l'œil, avait fini par abaisser le pare-soleil et avait oublié de le remonter. Et c'était là, sous le pare-soleil, que tous les agents du FBI qu'il avait connus rangeaient leur passe à bons d'essence afin d'y avoir facilement accès. Et le bonhomme n'avait pas dérogé à la règle. McCaleb regarda le document et y trouva le numéro du véhicule. Il retourna à la voiture de Lockridge.

— Qu'est-ce qu'elle a, cette bagnole ? lui demanda ce dernier.

— Rien. Allons-y.

— Où ça ?

— Trouver un téléphone.

— Je l'aurais parié.

Cinq minutes plus tard, ils arrivaient à une station-service avec une rangée de cabines téléphoniques sur le mur latéral. Lockridge se gara devant l'une de ces dernières, abaissa la vitre de façon à pouvoir écouter ce que dirait McCaleb et arrêta le moteur. Mais avant de descendre, McCaleb ouvrit son portefeuille et lui donna un billet de vingt dollars.

— Tu vas faire le plein ? lui dit-il. On remonte dans le désert.

— Eh merde, tiens !

— Tu ne m'as pas dit que tu étais libre toute la journée ?

— Si, si, mais aller dans le désert, j'ai pas trop envie. T'as pas le moindre indice qui nous dirigerait sur la mer, nom de d'là ?

McCaleb se contenta de rire et descendit de la Taurus, son carnet d'adresses à la main.

Il appela le bureau local du FBI de Westwood et demanda qu'on lui passe le garage. Au bout de douze sonneries, quelqu'un décrocha.

– Garage.
– Ouais, qui c'est ?
– Roufs.
– Ah, bon, Rufus, dit McCaleb en se souvenant du bonhomme. Convey à l'appareil, véhicule quinze. J'ai une question pour toi. Peut-être que tu pourras y répondre.
– Vas-y, mec.

Le ton familier qu'il avait pris semblait marcher. McCaleb n'avait pas oublié Rufus, s'il n'avait jamais été bouleversé par son intelligence.

– J'ai trouvé un passe à essence par terre, dit-il, et ce passe devrait être dans une bagnole du côté de chez toi. Qui c'est qu'a la bagnole quatre-vingt- un ? Tu veux bien regarder ?
– Euh... quatre-vingt-un ?
– Ouais, Roufs, quatre-vingt-un.

Un moment de silence s'ensuivit, pendant lequel Rufus vérifia dans un registre.

– Ben, c'est le père Spencer, dit-il enfin. C'est lui qu'a la quatre-vingt-un.

McCaleb ne répondit pas : Gilbert Spencer était le numéro deux du bureau de Los Angeles. Rang mis à part, McCaleb n'avait jamais pensé grand bien de lui, mais le fait qu'il soit descendu au Star Center pour y rencontrer Jaye Winston, son capitaine et Dieu sait qui encore le laissa bouche bée. Il commençait à comprendre pourquoi on l'avait viré de l'affaire.

– Hé ?!
– Ouais, ouais, Rufus, merci. C'est bien la quatre-vingt-un, pas ?
– Ouais. La bagnole à Spencer.
– D'accord. Je vais lui faire passer sa carte.
– Je sais pas. Sa bagnole est pas là.
– Bon, t'inquiète pas. Et merci encore !

McCaleb raccrocha et décrocha aussitôt après. En se servant de sa carte de téléphone, il appela Vernon Carruthers à Washington. Ils devaient être en train de déjeuner, il espéra qu'il ne l'avait pas raté.
— Vernon à l'appareil, entendit-il, et il poussa un soupir.
— C'est moi, Terry, dit-il.
— Mais où t'étais, mec ? J'ai essayé de te donner la primeur du truc samedi et toi, tu mets deux jours pour me rappeler ?
— Je sais, je sais. J'ai déconné. Mais d'après ce que j'entends, t'aurais quelque chose ?
— Et comment !
— Quoi, Vernon, quoi ?
— Faut que je fasse gaffe. J'ai l'impression qu'il y a une liste d'attente pour ça... et que...
— Et que je suis pas dessus, oui, je sais. Ça, je l'ai déjà découvert. Mais c'est mon cheval à moi, ce truc, et personne ne va l'enfourcher sans moi. Alors... tu me dis ? Qu'est-ce que t'as trouvé que le numéro deux du bureau de Los Angeles est sorti de sa petite piaule pour mettre son nez dehors, que ça serait la première fois de l'année que ça ne m'étonnerait pas ?
— Évidemment que je vais te le dire ! J'ai vingt-cinq ans de service derrière moi, qu'est-ce que tu veux qu'ils me fassent ? Me virer et me payer double chaque fois que j'aurai à témoigner dans toutes les affaires que je leur ai déjà préparées ?
— Bon, alors... on y va ?
— Que je te dise : ce coup-là, t'as fait fort. J'ai passé le truc que ta copine Winston m'avait envoyé au laser et j'ai un 83 % de similitudes avec un fragment de balle assez pépère qu'on a sorti de la tête d'un certain Donald Kenyon en novembre dernier. C'est pour ça que t'as tous les gros légumes qui s'agitent dans tes quartiers.

McCaleb poussa un sifflement.
— Putain, pas dans mon oreille, mec ! protesta Carruthers.
— Je te demande pardon. Et c'était une balle du type munition fédérale... celle de ton Kenyon, je veux dire ?
— Non, en fait, c'était une balle à fragmentation. Une Devastator. Tu connais ?

— Évidemment. C'est celle que Reagan a prise au Hilton, non ?
— Oui. Petite charge dans l'embout et la balle est censée se fragmenter. Sauf que ça n'a pas marché avec notre président et qu'il a eu du pot. Pas comme notre Kenyon à nous.

McCaleb essaya de se représenter tout ce que cela voulait dire. C'était la même arme, un HK P7, qui avait été utilisée dans les trois meurtres : celui de Kenyon, celui de Cordell et celui de Torres. A ceci près qu'entre l'assassinat de Kenyon et celui de Cordell, le type était passé d'une balle à fragmentation à un projectile ordinaire. Pourquoi ?

— ... bon, alors, disait Carruthers, tu n'oublies pas : cette information-là, ce n'est pas moi qui te l'ai donnée.
— Je sais, je sais, mais dis-moi : qu'est-ce que tu as fait quand t'as eu les similitudes ? T'es allé voir Lewin ou bien tu as fait des vérifications ?

D'après le règlement, Lewin était le patron de Vernon Carruthers.

— Comme quoi tu voudrais savoir si j'aurais pas d'autres petits trucs à t'envoyer... c'est ça ?
— C'est ça même. J'ai besoin de tout ce que tu peux m'envoyer.
— C'est déjà parti. Je t'ai mis ça en express samedi dernier, juste avant que ça commence à coincer par ici. Je t'ai imprimé tout ce qu'il y avait dans l'ordinateur. Ça devrait t'arriver dans pas longtemps. Aujourd'hui ou demain. Et crois-moi, la partie de pêche que tu vas me payer pour me remercier, elle sera pas piquée des vers !
— Tu l'as dit.
— Et ces renseignements-là non plus, ce n'est pas moi qui te les ai fournis.
— T'inquiète pas, Vernon. T'as même pas besoin de me le dire.
— Je sais, mais ça me fait du bien de le dire.
— Et t'as autre chose ?
— Non, là, on a fait à peu près le tour. On m'a tout enlevé et c'est Lewin qui a repris l'affaire en main. Même que maintenant,

c'est au plus haut niveau. Il a fallu que je leur dise pourquoi j'avais poussé un max et donc, ils savent que tu suivais l'affaire. Mais je ne leur ai pas dit pourquoi.

En silence, McCaleb se battit la coulpe d'avoir perdu la tête et de s'être mis en colère contre Arrango après la séance d'hypnose. S'il ne lui avait pas révélé la vraie raison de son implication dans l'enquête, peut-être aurait-il pu encore y prendre part. Ce n'était pas Carruthers qui avait dévoilé le pot aux roses, mais Arrango, lui, l'avait sûrement fait.

— Hé, Terry, t'es encore avec nous ?

— Ouais, ouais. Écoute… si jamais t'apprends autre chose, tu me mets au courant avant les autres ?

— C'est entendu, bonhomme. Mais faudrait voir à décrocher ton téléphone, connard ! Et fais gaffe à tes fesses sur ce coup-là !

— J'arrête pas.

Après avoir raccroché, McCaleb se retourna et rentra presque dans Buddy Lockridge.

— Oh, Buddy, s'exclama-t-il, faut me laisser de la place ! Bon, on y va.

Ils commencèrent à regagner la Ford qui était toujours garée devant une pompe.

— On remonte dans le désert ?

— Oui, on y remonte. Il faut que je revoie Mme Cordell. Je ne sais pas si elle voudra encore me parler.

— Pourquoi ne voudrait-elle… non, t'occupe. T'as pas besoin de me répondre. Je suis juste le chauffeur, moi.

— Eh bien voilà, t'as tout compris.

En montant dans le désert, Buddy gazouilla des trucs sur un harmonica en si mineur pendant que son passager se soumettait à certaines techniques d'autohypnose afin de se détendre : il lui fallait absolument retrouver tout ce qu'il savait sur l'histoire Donald Kenyon. L'affaire, il s'en souvenait, avait été la dernière d'une longue série de cafouillages particulièrement embarrassants pour le Bureau.

Employé à la Washington Guaranteed, une banque de

dépôts avec des succursales dans les comtés de Los Angeles, Orange et San Diego, Kenyon était un golden boy à cheveux blonds et langue de serpent qui avait tellement cherché – et trouvé – les faveurs d'investisseurs fortement argentés en leur refilant des tuyaux illicites sur certaines valeurs cotées en Bourse qu'à l'âge de vingt-neuf ans à peine il avait accédé à la présidence du groupe, toutes les revues d'affaires brossant aussitôt son portrait dans leurs colonnes. Investisseurs, employés et médias, l'homme inspirait confiance à tout le monde. Tellement même qu'en trois ans de présidence, un prêt frauduleux après l'autre, et tous à des banques bidon, il avait réussi à soustraire quelque trente-cinq millions de dollars à sa banque sans que personne hausse seulement le sourcil. Ce n'était qu'au moment où, complètement vidée de ses fonds, la Washington Guaranteed s'était effondrée que tout le monde, y compris les auditeurs fédéraux et les contrôleurs, avait enfin mesuré l'étendue du désastre. Mais l'oiseau avait filé.

L'histoire avait fait la une des journaux pendant des mois et des mois, voire des années : on avait glosé à perte de vue sur le sort de tous les retraités qui s'étaient retrouvés sur la paille, sur l'effet de cascade que le crash avait eu dans toute l'économie du pays et pendant ce temps-là, Kenyon, on le disait, avait été vu à Paris, mais aussi à Zurich, Tahiti et autres lieux.

Après cinq ans de cavale, il avait enfin été retrouvé par un agent du Bureau, section des Fugitifs, au Costa Rica où il vivait dans une splendide villa avec deux piscines, deux courts de tennis et un haras avec entraîneur logé à domicile. Alors âgé de trente-six ans, Kenyon avait été extradé à Los Angeles, où un tribunal fédéral attendait de le juger.

Pendant qu'il patientait en prison, un détachement du Bureau spécialisé dans les affaires de forfaiture et de détournements de fonds s'était mis à éplucher ses comptes et, après six mois de travail, n'avait retrouvé que deux millions de dollars, et encore, sur les trente-cinq qui avaient disparu.

Et c'était là que tout s'était corsé, la défense de Kenyon affirmant que s'il n'avait pas le reste de l'argent, c'était tout simplement parce qu'il ne l'avait pas pris mais avait bel et bien été obligé de le donner sous menace de mort... la sienne et celle de tous les membres de sa famille. Avec l'aide de ses avocats, Kenyon avait ainsi déclaré qu'on l'avait contraint, en le faisant chanter de cette manière, de fonder des corporations sur lesquelles il virait les fonds de sa banque au bénéfice du maître chanteur. Et même la perspective de passer des années dans une prison fédérale ne l'avait pas convaincu de dénoncer le gredin qui avait raflé tout le fric.

Les enquêteurs et les procureurs fédéraux avaient décidé de ne pas le croire. En arguant de son style de vie aussi bien à l'époque où il dirigeait la Washington Guaranteed qu'à celle où il était en fuite, et en s'appuyant sur le fait que, même si ce n'était pas grand-chose, il détenait manifestement une partie de l'argent volé quand il vivait au Costa Rica, ils avaient résolu de le poursuivre, lui et lui seul, devant une cour fédérale.

A l'issue d'un procès qui avait duré quatre mois et, jour après jour, avait vu défiler tous les gens qui avaient perdu leurs économies dans l'effondrement de la banque, Kenyon avait été reconnu coupable de fraude à grande échelle, le juge de district Dorothy Windsor le condamnant à une peine de quarante-huit ans de prison.

Ce qui s'ensuivit devait se solder par un des plus grands coups jamais portés à la réputation du FBI.

Tout de suite après avoir prononcé la sentence, le juge Windsor avait en effet accédé à une requête par laquelle Kenyon lui demandait de pouvoir rentrer chez lui et se préparer à la prison pendant que ses avocats travaillaient à un pourvoi en appel. Malgré les objections répétées du procureur, elle lui avait accordé soixante jours pour mettre ses affaires en ordre, après quoi, qu'il y ait appel ou pas, il devait se présenter à la prison. Elle lui avait aussi enjoint de porter un bracelet électronique autour de la cheville afin d'être sûre et certaine qu'il ne tente pas d'échapper une deuxième fois à la justice.

Prescrire de telles dispositions après l'énoncé de la sentence n'a rien d'inhabituel, mais il n'en va pas du tout de même lorsque le condamné a déjà montré son désir de fuir les autorités et sa capacité à quitter le pays.

Kenyon avait-il réussi, d'une manière ou d'une autre, à suborner un juge fédéral pour s'enfuir à nouveau, la question ne devait jamais être résolue. Le mardi qui suivait Thanksgiving, alors qu'il en était à son vingt-deuxième jour de liberté surveillée, quelqu'un était entré dans la propriété qu'il louait à Beverly Hills. Kenyon y était seul, sa femme étant allée conduire leurs deux enfants à l'école. L'intrus avait trouvé Kenyon dans la cuisine, avait braqué une arme sur lui et l'avait forcé à rejoindre l'entrée en marbre de la maison. Arrivé là, il l'avait abattu à l'instant même où l'épouse de Kenyon arrêtait sa voiture dans l'allée de devant. Puis l'inconnu s'était enfui par une porte de derrière et, une fois dans la rue, avait disparu dans les grands domaines de Maple Drive.

N'auraient été l'enquête et la traque du tueur, l'histoire aurait pu en rester là, à tout le moins s'enliser dans l'ennui qu'éprouve le beau monde en constatant que la piste est froide. Mais le FBI avait mis Kenyon sous surveillance illégale, avec engins d'écoute planqués dans sa maison et ses voitures, jusque dans le cabinet de ses avocats. De fait même, au moment précis où il se faisait assassiner, une camionnette banalisée avec quatre agents à l'intérieur se trouvait à deux rues de là – et toute la séquence du meurtre avait été enregistrée.

Bien conscients d'avoir enfreint la loi, les quatre agents s'étaient néanmoins rués vers la maison et avaient poursuivi l'inconnu. Mais celui-ci était parvenu à les semer tandis qu'on emmenait Kenyon de toute urgence à l'hôpital de Cedars-Sinaï – où il avait été déclaré mort à son arrivée.

Les millions de dollars qui manquaient à l'appel et que, d'après le jugement, Kenyon avait volés à la Washington Guaranteed, n'avaient jamais été retrouvés. Mais ce n'était qu'un détail, et qui avait été promptement oublié lorsque la conduite des agents du FBI avait été révélée au grand jour. Non seulement ils avaient été vilipendés pour avoir mené une opération illégale, mais encore avaient été publiquement dénoncés pour avoir permis qu'un meurtre soit commis sous leur nez et avoir bousillé l'occasion qu'ils avaient de l'empêcher – sans même parler d'attraper l'assassin.

McCaleb avait suivi l'affaire de loin. Il avait déjà quitté le Bureau et, à l'époque du meurtre, se préparait lui aussi à mourir. Mais il se rappelait avoir lu les articles du *Los Angeles Times* qui avait toujours été à la pointe de l'information dans cette histoire. Il n'avait en particulier pas oublié les colonnes où l'on avait annoncé que tous les agents impliqués dans l'affaire avaient été rétrogradés, les politiciens de Washington exigeant qu'on force le Bureau à s'expliquer devant le Congrès. Et pour ajouter l'insulte à toutes ces blessures, il se rappelait aussi que la veuve de Kenyon avait poursuivi les quatre agents en justice (pour bris de clôture et entrée illégale dans une propriété privée) et osé exiger des millions de dollars de dommages et intérêts.

Cela dit, la seule question à laquelle il devait maintenant répondre était celle de savoir si l'inconnu qui avait assassiné Kenyon en novembre était aussi celui qui avait tué Cordell et Torres quelque deux et trois mois plus tard. Et si c'était bien le cas, quel pouvait être le lien qui unissait le président d'une banque de dépôts en faillite, un ingénieur spécialisé dans la maintenance des aqueducs et une femme qui travaillait dans la salle de rédaction d'un journal ?

Enfin il revint à lui et regarda le paysage. Ils avaient depuis longtemps dépassé les Vasquez Rocks, la maison d'Amelia Cordell n'était maintenant plus qu'à quelques minutes de voiture.

24

Comme promis, Amelia Cordell avait passé une bonne partie de son week-end à fouiller dans sa mémoire et remplir quatre pages d'un carnet grand format de toutes sortes de notes sur les voyages de son mari pendant les deux mois qui avaient précédé sa mort, le 17 janvier précédent. Tout était prêt et posé sur une table basse lorsque McCaleb entra dans la maison.

— Je vous remercie du temps que vous avez mis à faire ce travail, lui dit-il.

— Peut-être cela vous aidera-t-il. Je l'espère.

— Moi aussi, dit-il en hochant la tête.

Puis il s'assit et garda le silence un instant.

— Euh, reprit-il enfin, Jaye Winston vous a-t-elle appelée récemment ? Elle ou quelqu'un d'autre du bureau du shérif ?

— Non. Pas depuis qu'elle m'a téléphoné vendredi dernier pour me dire que je pouvais vous parler.

Il acquiesça d'un signe de tête. Que Jaye Winston ne l'ait pas rappelée pour lui reprendre cette autorisation lui redonna courage. Encore une fois il pensa qu'elle n'était pas d'accord avec la décision qu'avait prise Hitchens de le virer de l'enquête.

— Personne d'autre ? insista-t-il.

— Non, personne d'autre. Mais... qui, par exemple ?

— Je ne sais pas. Je voulais juste savoir s'ils... s'ils ont donné suite aux renseignements que je leur ai fournis, reprit-il en décidant aussitôt qu'il valait mieux parler d'autre chose. Madame Cordell, votre mari avait-il un bureau ici ?

– Oui. Il est tout petit, mais… pourquoi cette question ?
– Ça vous ennuierait que j'aille y jeter un coup d'œil ?
– Euh, non… mais je ne vois pas très bien ce que vous pourriez y trouver. Il y gardait juste des dossiers du boulot et y réglait les factures.
– Je ne sais pas. Disons que si vous aviez des relevés de carte bancaire pour les mois de décembre et janvier, on pourrait peut-être y retrouver les endroits où il est allé.
– Je ne suis pas très sûre de vouloir vous confier tout ça.
– Ne vous inquiétez pas. Je ne m'intéresse qu'aux lieux où il a émis ses autorisations de paiement et aux articles qu'il aurait pu acheter. Vos numéros de carte, vous savez…
– Oui, je sais. C'était bête. Vous êtes le seul qui semble encore s'intéresser à ce qui lui est arrivé. Pourquoi irais-je vous soupçonner de quoi que ce soit ?

Il se sentit mal à l'aise de lui cacher une partie de la vérité en celant qu'il n'avait plus l'approbation des autorités. Il se remit debout afin d'arrêter d'y penser.

Le bureau était effectivement assez petit et encombré de cartons et d'équipement de ski. A l'autre bout de la pièce néanmoins, se trouvaient un bureau à deux tiroirs et deux armoires classeurs encastrées dans le mur.

– Excusez-moi pour le désordre, dit-elle. Je ne suis pas encore habituée à régler les factures moi-même. C'était Jimmy qui s'en occupait.
– Ne vous faites pas de souci pour ça. Ça vous ennuie que je regarde un peu… et que je trie ?
– Non, pas du tout.
– Et… est-ce que je pourrais avoir un verre d'eau ?
– Bien sûr. Je vais vous en chercher un.

Elle se dirigeait déjà vers la porte lorsqu'elle s'arrêta.

– Vous n'avez pas vraiment envie d'un verre d'eau, n'est-ce pas ? Vous voulez seulement que je vous laisse tranquille au lieu de vous tourner autour.

Il sourit légèrement et regarda le tapis usé.

– Ce n'est pas grave, reprit-elle, je vais vous en chercher un quand même. Et après, je vous fiche la paix.

— Merci, madame Cordell.
— Appelez-moi Amelia.
— Merci, Amelia.

Il passa la demi-heure suivante à fouiller dans les tiroirs et à trier la paperasse posée sur le dessus du bureau. Il travailla vite. Il savait que le paquet de Carruthers devait déjà l'attendre dans sa boîte postale, à la capitainerie du port. Et penser à Graciela l'empêchait de se concentrer totalement. Il allait la revoir le soir même. La veille, avant de repartir avec Raymond, elle lui avait promis de revenir et de lui apporter les relevés de cartes de crédit de sa sœur, ainsi qu'un bloc-notes avec tous les souvenirs qu'elle avait de Gloria et qu'elle aurait pu y noter. Il se demanda quelle serait la suite des événements après ce qui était resté en suspens entre eux.

Assis au bureau, il prit quelques notes dans le carnet qu'Amelia Cordell avait déjà noirci et fit plusieurs tas des relevés de factures, de cartes de crédit et de divers documents qu'il voulait emporter chez lui pour les étudier au calme. Puis il dressa l'inventaire de tout ce qu'il désirait prendre, de façon à ce qu'Amelia en ait la trace écrite.

Le dernier tiroir dans lequel il fouilla se trouvait dans l'une des deux armoires classeurs. Il était presque vide, Cordell ne s'en étant servi que pour y ranger des dossiers de travail et des papiers d'assurance et d'héritage. Il y découvrit une grosse chemise contenant les factures et dossiers médicaux de ses filles, le tout remontant jusqu'à leurs naissances, et encore tout ce qu'on lui avait prescrit lorsqu'il s'était blessé à la jambe. Un de ses médecins traitants ayant une adresse à Vail, État du Colorado, il en déduisit qu'il s'était cassé une jambe en faisant du ski.

Il dénicha encore un classeur noir recouvert d'une jolie housse en cuir. Il l'ouvrit et tomba sur des documents ayant trait aux testaments des deux époux Cordell. Il n'y remarqua rien d'extraordinaire : chacun laissait tous ses biens à l'autre, les enfants n'entrant en ligne de compte qu'à la mort du deuxième de leurs parents. McCaleb ne s'attarda pas là-dessus.

Le dernier dossier qu'il consulta était intitulé TRAVAIL et contenait diverses pièces, dont plusieurs rapports d'évaluation et communications relatives aux activités de sa société. Il jeta un coup d'œil aux rapports et y lut que Cordell était très estimé de ses chefs. Il nota les noms de certains d'entre eux afin de pouvoir leur poser des questions plus tard et parcourut ensuite des notes internes et des lettres de félicitations qu'on avait adressées à Cordell suite à une campagne de dons du sang à laquelle il avait participé, et au travail volontaire qu'il avait effectué pour permettre à des nécessiteux de faire un bon repas le jour de Thanksgiving. Dans une lettre vieille de deux ans, un contrôleur le félicitait ainsi d'avoir porté secours aux victimes d'une collision à Lone Pine. Malheureusement, rien n'y était dit de ce que Cordell avait vraiment fait. McCaleb remit les lettres et les rapports d'évaluation dans leur chemise et replaça celle-ci dans le tiroir.

Puis il se leva et regarda autour de lui. Rien n'attira son attention jusqu'au moment où il remarqua une photo encadrée posée sur le bureau : toute la famille Cordell y était représentée. Il l'examina un instant en songeant à tout ce qu'un seul coup de feu avait brisé dans ces vies, songea aussitôt à celles que menaient Raymond et Graciela, imagina une photo où il serait avec eux et sourit.

Son travail terminé, il rapporta son verre vide à la cuisine et le laissa sur le comptoir. Puis il gagna la salle de séjour et y trouva Amelia Cordell assise dans le fauteuil où elle s'était installée plus tôt. Elle n'en avait pas bougé. La télévision n'était pas allumée et elle n'avait ouvert ni livre ni journal sur ses genoux. Elle donnait l'impression de regarder fixement le dessus en verre de la table basse posée à ses pieds. Il hésita à franchir le seuil de la pièce.

– Madame Cordell ? lança-t-il.

Elle braqua son regard sur lui sans tourner la tête.

– Oui ?

– J'ai fini.

Il entra et déposa sa liste sur la table.

– Voilà, dit-il, ce sont les documents que je vais emporter chez moi. Je vous les rendrai dans quelques jours. Par la poste ou en mains propres.

Elle posa les yeux sur la liste et tenta de la lire à un mètre de distance.

— Vous avez trouvé ce que vous vouliez ? lui demanda-t-elle.
— Je ne sais pas encore. Dans ce genre de situations, on ne sait jamais ce qui est important jusqu'au moment où ça le devient, enfin... si vous voyez ce que je veux dire.
— Non, pas vraiment.
— Disons qu'il me faut des détails. Ce que je cherche, c'est le détail révélateur. Quand j'étais petit, il y avait un jeu auquel je jouais souvent. Je ne me rappelle plus comment ça s'appelait, mais il se peut que les gamins d'aujourd'hui s'y amusent encore. On a un tube en plastique transparent qu'on pose droit sur quelque chose, tout un tas de pailles en plastique en sortent par des trous percés autour, vers le milieu. L'objet du jeu est de le remplir de billes de façon à ce qu'elles soient toutes retenues par les pailles, puis d'enlever le plus grand nombre de pailles possible sans que les billes dégringolent au fond du tube et, bien sûr, il y en a toujours une qui déclenche l'avalanche. Voilà, c'est exactement ça que je cherche. J'ai plein de détails, mais ce que je veux, c'est celui qui fera tomber toutes les billes dès que je tirerai dessus. Le seul ennui, c'est qu'on ne sait jamais lequel c'est avant de commencer à tirer.

Elle le regarda d'un œil vide, comme elle l'avait fait avant en contemplant la table basse.

— Bon, écoutez, dit-il, je vous ai déjà assez pris de votre temps comme ça. Toutes ces affaires, c'est promis, je vous les retournerai. Et je vous appelle s'il y a quoi que ce soit de nouveau. J'ai laissé mon numéro de téléphone sur la liste, au cas où vous penseriez à quelque chose ou auriez besoin de moi.

Il hocha la tête, elle lui dit au revoir, il s'était déjà retourné vers la porte lorsqu'il se rappela quelque chose.

— Ah, j'allais oublier, dit-il. Dans un dossier, j'ai trouvé une lettre où on félicitait votre mari de s'être arrêté pour porter secours aux victimes d'un accident de la route, près de Lone Pine. Vous vous en souvenez ?

— Bien sûr. Ça s'est passé il y a deux ans, en novembre.

— Vous vous rappelez ce qui est arrivé ?

— Pas vraiment. Juste que Jimmy rentrait à la maison et qu'il est tombé sur cet accident. Celui-ci venait juste de se produire et

il y avait des blessés et des tas de débris dans tous les coins. Il a appelé des ambulances avec son portable et a essayé d'aider les victimes. Un petit garçon est mort dans ses bras. Il a mis beaucoup de temps à s'en remettre.
McCaleb acquiesça d'un signe de tête.
– Voilà le genre d'homme que c'était, monsieur McCaleb, ajouta-t-elle.
Il ne put que hocher la tête à nouveau.

Il dut attendre dix minutes devant chez elle avant que Buddy Lockridge revienne enfin. Il avait mis une cassette de Howlin' Wolf à plein tube, McCaleb baissa le son dès qu'il monta dans la voiture.
– Où t'étais passé ? lui demanda-t-il.
– Parti faire un tour. On va où ?
– Ben, j'attendais, moi. On rentre.
Buddy Lockridge fit demi-tour sur la route et reprit la direction de l'autoroute.
– C'est toi-même qui m'as dit de pas rester assis le cul sur mon siège. Je devais aller me promener. Comment veux-tu que je devine combien de temps vont te prendre tes trucs si tu ne me le dis pas à l'avance ?
Il avait raison, mais McCaleb était en colère et ne s'excusa pas.
– Si ce truc devait durer, il va falloir que je t'achète un portable, dit-il seulement.
– Non, lui répliqua Lockridge, si ça devait durer, je veux une augmentation.
McCaleb garda le silence. Lockridge remonta le son, sortit un harmonica d'un compartiment dans la portière et se mit à jouer *Wang Wang Doodle*. McCaleb regarda par la fenêtre et pensa à Amelia Cordell et à la manière dont une balle avait suffi à bousiller deux personnes.

25

Le paquet de Carruthers l'attendait dans sa boîte. Il était aussi épais qu'un annuaire. McCaleb le rapporta au bateau, l'ouvrit et en étala les pièces sur la table du salon. Il y trouva le dernier rapport de synthèse sur l'affaire Donald Kenyon et se mit à le lire : il voulait savoir où on en était et reprendrait le reste plus tard.

L'enquête était le fruit d'une coopération entre le FBI et les services de police de Beverly Hills, mais aucun élément nouveau n'y était apparu. Les agents responsables des recherches au Bureau – ils appartenaient à l'unité des enquêtes spéciales de Los Angeles et s'appelaient Nevins et Uhlig –, concluaient que Donald Kenyon avait été très vraisemblablement exécuté par un tueur à gages. On avait deux théories sur l'identité du commanditaire. Selon la première, une des deux mille victimes de l'effondrement de la banque de dépôts n'avait pas trouvé la condamnation de Kenyon suffisante ou alors, craignant que celui-ci ne réussisse encore une fois à échapper à la justice, avait engagé les services d'un assassin professionnel. Selon la deuxième, le tueur s'était mis au service du partenaire inconnu qui, selon les allégations de Kenyon, l'avait contraint à piller sa propre banque. Et ce partenaire, que Kenyon avait refusé d'identifier pendant le procès, était toujours aussi mystérieux pour les agents du Bureau.

McCaleb trouva intéressantes les grandes lignes de la théorie numéro deux, dans la mesure où elles laissaient entendre que le gouvernement fédéral était enfin prêt à envisager que Kenyon ait effectivement pu être contraint de piquer dans la caisse de sa banque de dépôts. Le procureur général ayant beaucoup brocardé cette affirmation pendant les débats – il était allé jusqu'à traiter l'inconnu de « Fantôme de Kenyon » –, la grande nouveauté était donc là : le mémo du FBI reconnaissait maintenant que le « Fantôme de Kenyon » avait toutes les chances d'exister dans la réalité.

Nevins et Uhlig bouclaient leur rapport sur un bref profil de l'homme qui avait commandité le crime et, miracle, ce profil cadrait avec les deux théories : fortuné, capable de brouiller les pistes et de garder l'anonymat, l'homme devait avoir des relations avec le milieu, dont peut-être même il faisait partie.

En dehors de ce rapport qui insufflait quelque vigueur au fantôme de Kenyon, McCaleb s'intéressa surtout à l'idée que le commanditaire, et donc aussi le tueur à gages, avait des liens avec le crime organisé, ce qui, en jargon FBI, voulait tout simplement dire la Mafia. Celle-ci avait certes des ramifications à peu près partout dans le pays, mais exerçait une influence limitée en Californie du Sud. Qu'il y ait du crime organisé en quantité dans la région n'empêchait pas que la plupart des délits ne soient pas commis par les mafieux qu'on voit traditionnellement au cinéma. De fait, c'étaient plus des Russes ou des Asiatiques que des Italiens qui s'en rendaient coupables.

McCaleb classa les documents par ordre chronologique et reprit tout depuis le début. Il s'agissait surtout de pièces de routine et de remises à jour qu'on avait fait remonter aux grands patrons de Washington. En les parcourant rapidement, il tomba sur le rapport d'activité de l'équipe de surveillance qu'on avait détachée le matin de la fusillade et, complètement fasciné, le lut d'un trait.

Quatre agents se trouvaient à bord du van au moment du meurtre. Mardi matin, huit heures, c'est la relève, deux agents arrivent, les deux autres s'apprêtant à repartir. Celui qui est à la table d'écoute ôte son casque et le passe à son remplaçant. Malheureusement, celui-ci est du type agressif et, prétendant s'être un jour retrouvé couvert de poux suite à un échange d'écouteurs, il prend tout son temps pour installer ses propres protections en mousse sur l'appareil qu'on lui passe, allant jusqu'à le désinfecter à la bombe pendant que ses trois collègues se paient sa tête. Pour finir, il se les met sur les oreilles et pendant une minute ou presque c'est le silence. Puis il entend une conversation étouffée, suivie d'une détonation. Le son n'est pas clair parce qu'on n'a pas placé de micro dans l'entrée, l'idée étant que si Kenyon a l'intention de filer, ce n'est pas par la porte de devant qu'il le fera. Résultat, on n'a posé des micros qu'aux endroits de la maison où il se trouve le plus souvent.

L'équipe de nuit n'étant toujours pas repartie, on avait donc continué de chahuter dans le van, mais en entendant le coup de feu, l'agent gueule qu'on fasse silence. Il écoute plusieurs secondes tandis qu'un deuxième agent se met un autre jeu d'écouteurs sur les oreilles. Ce qu'ils entendent tous les deux ? Quelqu'un qui, dans la maison de Kenyon, dit très clairement ceci près d'un des micros :

– N'oublie pas le canoli.

Les deux agents casqués se regardent et sont d'accord : ce n'est pas Kenyon qui a prononcé cette phrase. Devant l'urgence de la situation, ils bousillent leur couverture et se ruent vers la maison, où ils arrivent quelques instants après que Donna Kenyon y est elle-même arrivée, ouvrent la porte de devant et découvrent son mari étendu par terre sur le marbre, la tête baignant dans le sang. Ils appellent le Bureau pour demander des renforts, avertissent la police locale et l'ambulance et commencent à fouiller la maison et les environs, mais l'assassin a filé.

McCaleb passa à la transcription de la dernière heure d'enregistrement effectuée chez Kenyon. La bande avait été gonflée au labo du FBI, mais tout n'y était pas parfaitement audible pour autant. Bruits des filles de Kenyon prenant leur petit déjeuner et parlant avec leur père et leur mère, puis à sept heures quarante, les filles et leur mère s'en vont, la transcription faisant état de neuf minutes de silence avant que Kenyon passe un coup de fil au cabinet de son avocat, Stanley LaGrossa.

LaGrossa : Oui ?
Kenyon : Donald à l'appareil.
LaGrossa : Ah, Donald.
Kenyon : Ça marche toujours ?
LaGrossa : Oui, si vous êtes toujours intéressé.
Kenyon : Je le suis. Je vous verrai au bureau.
LaGrossa : Vous connaissez les risques. Je vous y retrouve.

Huit autres minutes de silence, puis c'est une voix inconnue qui se fait entendre dans la maison. La conversation est sèche, une part en étant perdue lorsque Kenyon et l'inconnu s'éloignent des micros en se déplaçant à droite et à gauche. Qui plus est, elle a apparemment eu lieu au moment même où les agents échangeaient leurs casques à l'intérieur du van.

Kenyon : Qu'est-ce que...
Inconnu : Ta gueule ! Tu fais ce que je te dis et tout le monde s'en sort, compris ?
Kenyon : Vous ne pouvez pas entrer chez moi comme ça et vous...
Inconnu : Ta gueule, je t'ai dit ! Allons-y. Par ici.
Kenyon : Ne leur faites pas de mal. Je vous en prie, je...
Inconnu : (inintelligible.)
Kenyon : ... pas ça ! Je ne le ferai pas et il le sait. Je ne comprends pas. Il...
Inconnu : Ta gueule ! Je m'en fous.
Kenyon : (inintelligible.)
Inconnu : (inintelligible.)

Deux minutes de silence de plus, puis c'est le dernier échange de paroles.

Inconnu : Bon, écoute et vois un peu qui...
Kenyon : Non... Elle n'a rien à voir avec ça. Elle...

Coup de feu et, quelques instants plus tard, le micro n° 4, qui est caché dans le petit bureau avec porte donnant sur l'arrière de la maison, saisit la dernière phrase de l'inconnu : « N'oublie pas le canoli. »

La porte du petit bureau avait été trouvée ouverte. C'était par là que l'assassin s'était enfui.

Fasciné par les dernières paroles de l'homme qui allait mourir, McCaleb relut la transcription et regretta de ne pas avoir la bande elle-même afin de mieux sentir ce qui s'était passé.

Puis, en lisant le document suivant, il comprit pourquoi les enquêteurs avaient penché pour une intervention du milieu. Il s'agissait d'un rapport de cryptologie, la bande ayant d'abord été expédiée au laboratoire de criminologie pour amélioration de l'écoute, puis envoyée aux services de cryptologie. L'analyste auquel on l'avait confiée s'était concentré sur la dernière phrase du tueur, celle qu'il avait prononcée après avoir abattu Kenyon et qui, apparemment au moins, n'avait rien à voir avec ce qui venait de se passer. La phrase – « N'oublie pas le canoli » –, avait été entrée dans l'ordinateur de cryptologie, le but étant de savoir si elle correspondait à un code connu ou à quelque chose qu'on aurait pu retrouver dans des rapports antérieurs, voire dans des livres de littérature ou des films. Et on avait trouvé tout de suite.

Dans le film *Le Parrain* – et il avait inspiré pas mal de petits voyous qui voulaient se donner des airs mafieux –, Peter Clemenza, un des grands capos de la famille Corleone, se voit confier la tâche d'emmener dans les plaines du New Jersey un homme de main qui a trahi et de l'exécuter. Le matin de l'assassinat, juste au moment où il quitte sa maison pour partir au boulot, sa femme lui dit de s'arrêter dans une pâtisserie pour acheter des gâteaux et lorsque, énorme et obèse, son bonhomme rejoint la voiture qui l'attend et dans laquelle se trouve déjà le type qu'il doit flinguer, elle lui crie : « N'oublie pas le canoli. »

McCaleb avait adoré ce film et se rappela la scène qui, à ses yeux, capturait l'essence même de la vie mafieuse telle qu'on la représente à l'écran. Fidélité au clan, valeurs familiales et brutalité sans pitié, tout y était. Il comprit alors pourquoi le Bureau avait conclu que, d'une manière ou d'une autre, l'assassinat de Kenyon était lié au milieu. Mélange d'audace et de pantalonnade, la phrase disant bien sa crapule, il n'eut aucun mal à imaginer un tueur la prononçant pour signer son forfait.

– « N'oublie pas le canoli », répéta-t-il à haute voix.

Puis il alla chercher sa sacoche en cuir et y fouilla jusqu'au moment où il retrouva la bande vidéo enregistrée par la caméra de surveillance lorsque James Cordell s'était fait assassiner. Il la sortit, la glissa dans le magnétoscope et mit l'appareil en route. Après s'être repéré sur la bande, il appuya sur le bouton avance rapide, arriva à la scène de la fusillade et remit en marche normale, ses yeux restant fixés sur les lèvres du tireur au moment où il commençait à parler. Il n'y avait pas de son, mais McCaleb prononça de nouveau la phrase avec lui :

– N'oublie pas le canoli.

Il revint en arrière et se repassa la séquence en répétant encore une fois « N'oublie pas le canoli ». Ça collait parfaitement, il en était sûr. Il sentit l'excitation le gagner, l'adrénaline affluant brusquement dans ses veines. Ce sentiment ne venait que lorsque, l'enquête prenant soudain de la vitesse, on découvrait quelque chose et s'approchait de la vérité cachée.

Il ressortit la bande vidéo du meurtre de Gloria, la glissa dans l'appareil et recommença la manœuvre. Là encore, la formule collait parfaitement avec le mouvement des lèvres. Il n'y avait plus aucun doute.

– N'oublie pas le canoli, dit-il encore une fois tout haut.

Il gagna le placard près de la table des cartes et y trouva son téléphone. Il n'avait pas encore eu le temps d'écouter les messages qui s'étaient accumulés sur son répondeur, mais était bien trop excité pour le faire maintenant. Il composa le numéro de Jaye Winston.

– Où étiez-vous passé, Terry ? lui lança-t-elle. Vous ne vérifiez donc jamais vos messages ? J'ai passé tout le week-end à essayer de vous appeler, et toute la journée d'aujourd'hui à m'expliquer. Ce n'était pas de ma...

– Je sais, ce n'est pas vous, c'est Hitchens, l'interrompit-il. Et de toute façon, ce n'est pas pour ça que je vous appelle. Je sais

ce que vous avez... vous avez fait le lien avec Donald Kenyon. Il faut absolument me ramener dans l'équipe.
— C'est impossible. Hitchens m'a déjà avertie que je ne devais même plus vous parler. Comment voulez-vous que je vous fasse réinté...
— Je peux vous y aider.
— Comment ? Avec quoi ?
— Répondez juste à ma question, je veux voir si ça colle. Ce matin, Gilbert Spencer et deux ou trois agents locaux... disons comme ça qu'ils s'appellent Nevins et Uhlig... débarquent chez vous et vous annoncent que la balle que vous avez envoyée à Washington correspond à celle retrouvée après le meurtre de Kenyon. C'est ça ?
— Jusque-là oui, mais c'est pas génial comme déduc...
— Je n'ai pas fini. Après, Spencer vous informe qu'il aimerait jeter un coup d'œil dans votre dossier et dans celui des flics de Los Angeles, mais il ajoute qu'à vue de nez il ne voit pas d'autres similitudes que celle de l'arme utilisée. Et après, il vous dit encore que l'assassinat de Kenyon a été fait sur contrat et que vous, vous ne bossez jamais que sur deux histoires de vol à main armée. Et il n'y a pas que ça : son tueur à lui s'est servi d'une Devastator pour flinguer Kenyon alors que votre type à vous a utilisé un autre projectile, une balle de type munition fédérale. Et ça tombe bien parce que ça étaye la théorie du Bureau selon laquelle le tueur à gages qui a zigouillé Kenyon s'est débarrassé de son arme et que c'est votre type à vous qui l'a récupérée. Fin de la coïncidence. Comment je me démerde ?
— En plein dans le mille.
— Bien. Mais là, vous, vous lui demandez des renseignements sur le meurtre de Kenyon pour pouvoir vérifier de votre côté et il n'aime pas trop.
— Il m'a dit que l'affaire Kenyon, et je cite, « était assez sensible et qu'il préférait que nous autres, piétons, restions sur notre faim ».
— Et Hitchens a accepté ?
— Oui. Il a marché.
— Et on vous a servi le canoli après ?

— Quoi ?

Il passa les cinq minutes suivantes à lui expliquer l'histoire du canoli et à lui lire la transcription des écoutes pratiquées chez Kenyon et les conclusions du rapport de cryptologie. Winston l'ayant alors informé que Gilbert Spencer ne leur avait rien dit de tout ça à la réunion du matin, McCaleb n'en fut pas autrement surpris : le Bureau, il y avait travaillé. Il savait très bien comment ça fonctionnait. Dès qu'on le peut, on vire les flics du coin et on annonce que, désormais, c'est le Bureau qui s'occupe de tout.

— Bref, reprit-il, l'histoire du canoli démontre clairement que l'arme que votre bonhomme a récupérée n'avait pas du tout été jetée après le meurtre. Que, de fait, c'est le même homme qui a tué : d'abord Kenyon, Cordell ensuite et Gloria Torres enfin. J'ignore si les types du Bureau l'avaient compris avant de venir vous voir, mais si vous leur avez filé un double des bandes et du dossier, c'est chose faite maintenant, la seule question à résoudre étant celle de savoir comment ces trois meurtres vont ensemble.

Winston garda le silence un instant, puis elle lui avoua sa perplexité.

— C'est que... je n'ai rien qui... peut-être qu'ils ne vont pas ensemble, dit-elle enfin. Écoutez... si c'est un tueur à gages, comme le prétend le Bureau, peut-être a-t-il exécuté trois contrats différents, tout bêtement. Peut-être n'y a-t-il pas d'autre lien en dehors du fait que c'est le même type qui les a flingués tous les trois, mais chacun pour un contrat différent.

— C'est possible, lui répondit McCaleb en secouant la tête, mais ça n'a pas de sens. En quoi Gloria Torres pouvait-elle être la cible d'un tueur professionnel ? Elle ne faisait jamais que travailler dans un grand journal.

— Et si elle avait vu quelque chose ? Rappelez-vous ce que vous m'avez dit vendredi. D'après vous, il devait y avoir un lien entre l'affaire Torres et l'affaire Cordell. Eh bien, ce lien, c'est peut-être toujours le même, c'est-à-dire que tous les deux avaient vu ou savaient quelque chose.

Il hocha la tête.

— Et les objets personnels, hein ? Les trucs qu'il a piqués à

Cordell et à Torres ? insista-t-il en se parlant pratiquement à lui-même.

— Je ne sais pas, Terry. C'est peut-être un tueur à gages qui aime emporter des souvenirs. Et s'il avait eu à prouver à son commanditaire qu'il avait bien fait le boulot et ne s'était pas trompé de cible ? Ces rapports font-ils état d'un objet qu'on aurait volé à Kenyon ?

— Pas que j'aurais encore vu.

Dans sa tête, c'était la grande pagaille. La question que Winston venait de lui poser lui fit comprendre que, dans son excitation, il l'avait appelée trop vite. Il avait toujours une pile de dossiers à lire. Que le lien qu'il cherchait s'y trouve n'avait rien d'impossible.

— Terry ?

— Oui, je vous demande pardon, j'avais la tête ailleurs. Écoutez, j'aimerais vous rappeler plus tard. J'ai encore des trucs à voir et il se pourrait...

— Des trucs ? Quels trucs ?

— Tout, je crois, enfin... presque tout ce que Spencer vous a caché.

— Et moi, je dirais que ça pourrait bien vous aider à rentrer dans les bonnes grâces du capitaine.

— Peut-être, mais ne lui dites rien pour l'instant. Il faut que je réfléchisse encore un peu. Je vous rappelle.

— Promis ?

— Évidemment.

— Alors, dites-le. Je n'ai aucune envie que vous me jouiez un tour de con à la manière FBI.

— Hé mais ! Je suis à la retraite, moi, vous l'avez oublié ? C'est promis.

Une heure et demie plus tard, McCaleb terminait sa lecture. L'adrénaline qui l'avait sérieusement éperonné un peu plus tôt s'était dissipée. Il avait certes appris beaucoup de choses en parcourant le dossier, mais rien qui pût établir un lien entre les affaires Kenyon, Cordell et Torres.

Parmi les documents il avait trouvé un énorme listing avec tous les noms, adresses et passés bancaires des deux mille victimes de l'effondrement de la banque de dépôts. Malheureusement, ni Cordell ni Torres n'avaient investi quoi que ce fût dans cet établissement.

Le Bureau n'avait pu faire autrement que de voir des suspects potentiels dans toutes les victimes du krach. Leurs investissements avaient été passés au crible, l'identité de chacun des déposants ayant ensuite été communiquée au sommier pour recherche de casier. Tout ce qui pouvait élever quiconque au rang de suspect avait été fait, une douzaine d'investisseurs se trouvant pour finir dans ce cas avant d'être entièrement blanchis suite à une enquête serrée du bureau local dont ils dépendaient.

Les recherches s'étaient ensuite orientées vers la théorie numéro deux, selon laquelle non seulement le fantôme de Kenyon existait, mais il aurait effectivement commandité l'assassinat de celui qui avait dérobé des millions de dollars pour les lui donner.

La théorie avait pris de la consistance lorsqu'on avait appris que Kenyon était sur le point de révéler l'identité de l'inconnu auquel il avait fait parvenir les fonds de la banque de dépôts. A ce qu'affirmait alors son avocat, Stanley LaGrossa, Kenyon avait décidé de coopérer avec les autorités en espérant que le bureau du procureur fédéral demanderait au juge de réduire la peine à laquelle il avait été condamné. LaGrossa déclarait même que, le matin où il avait été assassiné, Kenyon et lui avaient prévu de se rencontrer afin de discuter les modalités de cette coopération avec les autorités judiciaires.

McCaleb parcourut à nouveau la pile de documents et relut la brève transcription de l'appel téléphonique que Kenyon avait passé à LaGrossa quelques minutes avant de se faire assassiner. Ce qu'ils s'étaient dit semblait confirmer les assertions de l'avocat.

Exposée dans une annexe attachée au document, la théorie du Bureau était, en gros, que le partenaire inconnu de Kenyon avait éliminé ce dernier parce qu'il ne voulait courir aucun risque, l'autre possibilité étant qu'il ne s'était résolu à le faire qu'au moment où il avait appris que son complice se préparait à coopérer avec les enquêteurs fédéraux. Dans ce document, il était ainsi spécifié qu'aucun agent ou procureur fédéral n'avait été approché par le camp Kenyon afin d'ouvrir les négociations. Cela voulait dire que si fuite il y avait eu en faveur du partenaire inconnu, elle ne pouvait venir que du côté Kenyon, voire de LaGrossa en personne.

McCaleb alla se verser le reste de jus d'orange qu'il avait acheté le samedi précédent et le but en se demandant ce que le dossier Kenyon apportait à son enquête. Des complications, ça, c'était sûr. Malgré la montée d'adrénaline du début, il comprenait maintenant que, de fait, il se retrouvait pratiquement au point de départ et pas plus près de savoir qui avait tué Gloria et pourquoi que lorsqu'il avait ouvert le paquet de Carruthers.

Il rinçait son verre à l'évier lorsqu'il remarqua deux hommes qui descendaient la grande passerelle conduisant aux docks. Ils portaient des costumes pratiquement identiques et se balader en costume dans le port ne passait pas inaperçu – en général, c'était un type de la banque qui venait reprendre un bateau que son propriétaire ne pouvait plus payer. Mais pas cette fois, et McCaleb le sut tout de suite : l'allure générale ne trompait pas. C'était lui qu'ils cherchaient. Vernon Carruthers avait dû se faire coincer.

Il gagna vite la table, rassembla tous les documents, rangea l'énorme listing dans un placard de la cuisine et fourra le reste dans sa sacoche en cuir qu'il glissa dans un autre placard sous la table.

Puis il ouvrit la porte coulissante du salon, repassa dehors et accueillit les deux fédéraux en refermant la porte à clé derrière lui.

– Monsieur McCaleb ? lui lança le plus jeune.

Suprême audace pour un agent du Bureau, il portait une moustache.

– Laissez-moi deviner, lui renvoya McCaleb. Aurais-je affaire aux agents Nevins et Uhlig ?

Ils n'eurent pas l'air très heureux d'être ainsi reconnus.

— Nous pouvons monter ?
— Bien sûr !
Le plus jeune se présenta, et c'était Nevins, mais ce fut son aîné, l'agent Uhlig, qui fit l'essentiel de la conversation.
— Si vous savez qui nous sommes, commença-t-il, vous savez aussi pourquoi nous sommes ici. Nous ne voulons pas que cette affaire devienne encore plus sale qu'elle l'est déjà. Surtout après ce que vous avez fait pour le Bureau. Bref, donnez-nous les archives volées et on en reste là.
— Quoi ! s'écria McCaleb en levant les mains en l'air. Volées, dites-vous ?
— Monsieur McCaleb, reprit Uhlig, il est venu à notre attention que vous détenez des dossiers confidentiels appartenant au FBI. Et vous ne faites plus partie de l'Agence. Donc, vous ne devez plus être en possession de ces documents. Donc, comme je vous l'ai dit, si vous voulez avoir un problème avec ça, nous pouvons très bien vous en faire un. Cela étant, tout ce que nous voulons là-dedans, c'est retrouver nos dossiers.

McCaleb alla s'asseoir sur le plat-bord. Il se demandait comment ils avaient réussi à savoir et tout le ramenait à Vernon Carruthers. Il n'y avait pas d'autre solution. Il avait dû se faire coincer à Washington et lâcher le morceau. Sauf que ça ne lui ressemblait guère de faire une chose pareille à un ami, quelles que soient les pressions auxquelles on le soumettait.

McCaleb décida de suivre son cœur et de relever le défi. Nevins et Uhlig savaient que c'était sur sa demande que Carruthers avait procédé aux comparaisons balistiques au laser. Cela n'avait rien d'un secret. De là à en conclure que Carruthers lui avait aussi envoyé des copies de tout ce qu'il y avait dans l'ordinateur, il n'y avait qu'un pas.

— On laisse tomber, les gars, leur dit-il. Je n'ai aucun dossier chez moi, volé ou non. On a dû mal vous renseigner.
— Alors comment savez-vous qui nous sommes ? lui demanda Nevins.
— Facile. Je l'ai découvert aujourd'hui même, lorsque vous êtes allés voir le shérif pour lui demander de me virer de l'affaire. McCaleb croisa les bras et regarda derrière eux. Buddy était

assis dans le cockpit de son bateau et, une boîte de bière à la main, observait ce qui se passait à bord du *Following Sea*.

— Dans ce cas, reprit Uhlig, il va falloir que nous jetions un coup d'œil pour nous en assurer.

— Pas sans commission rogatoire et je doute que vous en ayez une.

Nevins s'approcha de la porte du salon, tenta de l'ouvrir, mais elle était fermée à clef. McCaleb lui sourit.

— La seule façon d'entrer serait de tout casser, lui fit-il remarquer et là, côté permission accordée, ça n'en aurait pas vraiment l'air. Sans compter qu'avec un témoin qui n'a rien à voir là-dedans et qui est en train de vous regarder...

Les deux agents tournèrent la tête et scrutèrent les abords du port de plaisance. Enfin ils repérèrent Buddy Lockridge, qui les salua en brandissant sa boîte de bière en l'air. McCaleb contempla Uhlig dont la mâchoire s'était raidie de colère.

— Bon, d'accord, McCaleb, dit celui-ci, gardez les dossiers. Mais je vous avertis, espèce de petit malin : surtout ne vous foutez pas dans nos pieds. Le Bureau est en train de reprendre l'affaire et nous n'avons vraiment pas besoin d'un rigolo sans insigne ni cœur à lui qui se mettrait au milieu. C'est clair, bonhomme ?

McCaleb sentit sa mâchoire se raidir à son tour.

— Dégagez de mon bateau ! leur lança-t-il.

— Pas de problème, on s'en va.

Ils redescendirent tous les deux sur le quai et se dirigèrent vers la passerelle.

— A plus... bonhomme ! lui cria Nevins en se retournant.

McCaleb les suivit des yeux jusqu'au moment où ils franchirent la grille.

— C'était quoi, ce cinéma ? lui lança Lockridge.

McCaleb écarta la question d'un geste, sans cesser de regarder les deux agents.

— Juste de vieux amis qui venaient me rendre visite, répondit-il.

Il était près de huit heures du soir sur la côte Est. McCaleb appela Carruthers chez lui. Son ami l'informa qu'il était déjà passé au pressoir.

— J'leur ai dit, moi, j'leur ai dit : « Hé, les renseignements, je les ai tous filés à Lewin. Oui, j'ai accéléré les choses pour le paquet parce que c'était McCaleb, un ancien agent, qui me le demandait, mais je ne lui ai fourni aucun rapport ou document que ce soit. Ils me croient pas ? Tant pis pour eux ! Ils ont qu'à se le carrer où j'pense. Je suis blindé. Ils veulent me virer ? Ben, qu'ils y aillent ! C'est comme je t'ai dit : il faudra qu'ils me paient double pour tous mes témoignages à venir. Et des dossiers gros comme ça, j'en ai plein, si tu vois ce que je veux dire. »

Il parlait comme s'il y avait quelqu'un d'autre dans la pièce et avec le Bureau, on ne savait jamais. McCaleb embraya sur le même registre.

— Pareil ici, dit-il. Ils sont venus me voir, comme quoi j'aurais eu des dossiers que j'ai pas et je leur ai dit de ficher le camp de mon bateau.

— Ouais, t'es cool, mec.

— Et toi aussi, Vernon. Bon, va falloir que j'y aille. Fais gaffe à la mer d'arrière, mec.

— La mer d'arrière ? C'est quoi, ça ?

— Tes fesses.

— Ah, d'accord. Toi aussi !

Winston décrocha à la première sonnerie.

— Où étiez-vous ? lui demanda-t-elle.

— Occupé. Nevins et Uhlig sortent de chez moi. Vous leur avez filé tout ce que vous m'aviez donné la semaine dernière ?

— Les dossiers, les bandes, Hitchens leur a tout passé.

— Bon, eh bien... ils ont dû faire le lien avec le canoli. Ils vont vous reprendre l'affaire, Jaye. Va falloir que vous vous accrochiez.

— De quoi parlez-vous ? Le Bureau ne peut quand même pas nous piquer une enquête criminelle !

— Ils trouveront un moyen. Ils ne vous la prendront pas totalement, mais ce sont eux qui auront le commandement des opérations. A mon avis, ils savent qu'il n'y a pas que l'arme qui relie les trois affaires. Ce sont des trouducs, mais ils ne sont pas cons. Ils ont sûrement compris la même chose que nous dès qu'ils ont visionné les bandes. Ils savent que c'est le même tireur et qu'il y a quelque chose qui relie les trois assassinats. C'est pour m'intimider qu'ils sont venus, pour que je lâche. Et après, ce sera votre tour.

— S'ils s'imaginent que je vais tout leur rendre et...

— Pas vous, non. C'est Hitchens qu'ils vont aller voir. Et s'il n'est pas d'accord pour se retirer, ils taperont plus haut dans la hiérarchie. N'oubliez pas que j'étais comme eux. Je sais comment ça marche. Plus haut on monte et plus la pression est forte.

— Et merde, tiens! s'écria-t-elle.

— Bienvenue au club, Jaye!

— Qu'est-ce que vous allez faire?

— Moi? Demain, je me remets au boulot. Je n'ai pas à répondre au Bureau ou à Hitchens, moi. Ce coup-ci, je ne suis responsable que devant moi-même.

— Sans compter que vous êtes peut-être le seul à avoir une chance de réussir, lui dit-elle. Bonne chance!

— Merci. Les encouragements ne sont pas de trop.

26

Ce ne fut pas avant la fin de la journée qu'il put enfin reprendre les notes et le dossier financier que lui avait confiés Amelia Cordell. Fatigué de toute cette paperasse, il les parcourut rapidement et n'y trouva rien d'intéressant. A partir des relevés, il ne fut pas long à comprendre que Cordell était payé tous les mercredis par chèque remis directement à sa banque. A en juger par les trois mois de décomptes en sa possession, McCaleb comprit aussi qu'il effectuait un retrait au distributeur tous les jours de paye, et toujours à la même banque, celle-là même devant laquelle il avait fini par se faire tuer. Cela lui confirma que, comme Gloria Torres qui s'arrêtait tous les soirs à la supérette de Sherman Market, Cordell agissait selon un schéma tout à fait prévisible lorsqu'on l'avait assassiné. Bref, la thèse selon laquelle le tireur avait suivi ses victimes – une semaine au moins, mais probablement plus longtemps, dans le cas de Cordell –, était corroborée.

Il s'était mis à lire les relevés d'achats par carte de crédit lorsqu'il sentit le bateau s'enfoncer. Il tourna la tête et aperçut Graciela qui descendait sur le pont à l'arrière. La surprise était agréable.

– Graciela! s'écria-t-il en passant dehors. Qu'est-ce que tu fais ici?

– Tu n'as pas eu mon message?

– Non, je... oh, je ne les ai pas vérifiés.

– Je t'ai appelé pour te dire que j'arrivais. J'ai pris des notes sur Glory... comme tu me l'avais demandé.

Il en grogna presque : encore de la paperasse. Au lieu de cela, il lui dit combien il appréciait qu'elle se soit mise au travail aussi vite, puis il remarqua qu'elle portait un sac de marin sur l'épaule et le lui prit.
– Qu'est-ce qu'il y a là-dedans ? lui demanda-t-il. Tu n'as quand même pas écrit tout ça, si ?
Elle le regarda et sourit.
– Non, ce sont mes affaires. Je me disais que je pourrais rester.
Même si cela ne voulait pas nécessairement dire qu'ils coucheraient ensemble, il sentit un frisson le parcourir.
– Où est Raymond ? demanda-t-il.
– Avec Mme Otero. Elle le conduira à l'école demain matin. J'ai pris ma journée.
– Comment ça se fait ?
– Je voulais te servir de chauffeur.
– Mais j'en ai déjà un ! Tu n'es pas obligée de...
– Je sais, mais j'en ai envie. En plus, je t'ai pris un rendez-vous au *Times* avec le patron de Gloria. Et je veux être avec toi quand tu lui parleras.
– Bon, d'accord. Tu es embauchée.
Elle lui sourit et il la conduisit au salon.
Après avoir descendu son sac dans la chambre et débouché une nouvelle bouteille de rouge pour lui en verser un verre, il alla s'asseoir avec elle à l'arrière du bateau et commença à lui dire ce qu'il y avait de nouveau dans l'affaire. Au fur et à mesure qu'il lui parlait de Kenyon, il vit ses yeux s'agrandir tant elle avait du mal à accepter qu'il y eût un lien entre sa sœur et le criminel assassiné.
– Rien qui te vienne à l'esprit, n'est-ce pas ? lui demanda-t-il.
– Non. Je ne vois vraiment pas comment ils pourraient...
Elle n'acheva pas sa phrase.
McCaleb secoua la tête et se tassa sur son fauteuil. Elle ouvrit son sac à main et en sortit le cahier dans lequel elle avait pris des notes sur les allées et venues de sa sœur. Ils les passèrent en revue. A première vue, rien de ce qu'elle avait écrit ne semblait avoir d'importance, mais il lui dit quand même que ses renseignements pourraient lui être utiles un peu plus tard.

— C'est étonnant comme tout a changé, reprit-il. Il y a une semaine, on en était au hold-up de base et maintenant on en arrive à penser qu'il y aurait des motifs psychologiques, voire qu'il s'agirait d'un contrat. Le meurtre de hasard ne vient plus qu'en troisième position.

Graciela but une gorgée de vin avant de répondre.

— Et ça complique les choses ? lui demanda-t-elle doucement.

— Non. Ça signifie seulement que nous approchons de la solution. Ce qu'il faut faire, c'est s'ouvrir à toutes les hypothèses, les prendre en compte et commencer à trier... Non, non, cela veut simplement dire que nous touchons au but.

Après avoir regardé le coucher de soleil, Graciela le conduisit à un petit restaurant italien dans la partie Belmont Shores de Long Beach. McCaleb aima d'autant plus la nourriture qu'ils purent s'installer dans l'une des trois alcôves rondes de la salle. Pendant le repas il essaya de parler d'autre chose : Graciela, il le sentait, était toujours déprimée par le tour qu'avait pris l'enquête. Il lui raconta des blagues lamentables qu'il se rappelait de l'époque où il travaillait au Bureau, mais elles lui tirèrent à peine un sourire.

— Ça devait être dur quand c'était ton travail de tous les jours, lui dit-elle en repoussant le plat de gnocchis auquel elle avait à peine touché, enfin, je veux dire... avoir à s'occuper de ce genre de types du matin au soir. Ça devait être...

Elle n'acheva pas sa phrase. Il se contenta de hocher la tête. Ce n'était pas la peine de revenir là-dessus.

— Tu crois que tu finiras par oublier tout ça un jour ? insista-t-elle.

— Tout ça quoi ? Ce boulot ?

— Non, ce qu'il t'a fait. Disons... comme l'histoire que tu m'as racontée... le Trou du Diable... tout ce qui t'est arrivé. Tu pourras t'en débarrasser ?

Il réfléchit un instant. Il sentait que la question était chargée. C'était de foi en l'avenir qu'elle lui parlait et beaucoup de choses dépendaient de sa réponse. Celle-ci, il le savait, devait être honnête, mais acceptable. Pour elle, mais encore plus pour lui.

— Graciela, tout ce que je peux te dire, c'est que je l'espère. J'ai envie de revivre. Quoi, je n'en sais trop rien. Mais je suis vide depuis trop longtemps et je veux me retrouver. C'est là, dans ma tête, mais ça me fait trop bizarre d'en parler. Mais c'est là et je veux que tu le saches. Je ne sais pas si ça répond à ta question, à ce que tu veux savoir sur moi, mais je l'espère. Et j'attends d'avoir ce que tu as, toi, je le sais.

Il n'était pas très sûr de s'être fait comprendre. Il se glissa à côté d'elle, se pencha et l'embrassa haut sur la joue. Caché par la nappe à carreaux rouges, il posa la main sur son genou et la fit doucement remonter sur sa cuisse. C'était la caresse d'un amant, mais il ne voulait surtout pas la perdre et, ses mots ne lui inspirant pas confiance, avait besoin de la toucher.

— On peut s'en aller ? lui demanda-t-elle.

Il la regarda un instant.

— Où ça ? dit-il.

— Au bateau.

Il hocha la tête.

Dès qu'elle fut à bord, elle le conduisit à la grande cabine et lui fit l'amour sans hésiter. Lentement ils s'aimèrent, et McCaleb sentait si fort battre son cœur dans sa poitrine qu'il crut en entendre les échos dans sa tête, et cela le poussait à continuer encore et encore. Il était sûr qu'elle aussi elle l'avait senti – là, il battait contre sa poitrine, rythme même de la vie.

A la fin, un tremblement lui parcourant tout le corps, il pressa fort son visage dans le creux de son cou. Bref et retenu, un petit rire lui vint, comme on reprend son souffle. Il espéra qu'elle y entendrait son désir de vivre ou alors qu'il toussait. Doucement il pesa plus sur elle et enfouit son visage dans ses cheveux, derrière son oreille. Elle fit courir sa main dans son dos, jusqu'en bas, puis remonta jusqu'en haut, et la laissa reposer sur son cou.

— Qu'est-ce qu'il y a de si drôle ? murmura-t-elle.

— Rien... Je suis heureux, c'est tout.

Il pressa son visage plus fort contre le sien et, plein de son odeur, le cœur et l'esprit débordant d'espoir, il lui chuchota :
– C'est toi qui me ramènes à la vie, Graciela. Ma chance, c'est toi.
Elle le prit à deux mains par le cou et l'attira en elle, fort, et sans rien dire.

C'était au cœur de la nuit, brusquement il s'éveilla. Dans son rêve il nageait sous l'eau, et jamais n'avait besoin de remonter à la surface pour respirer.
Il était sur le dos, la main posée sur le dos nu de Graciela. Il sentit la chaleur de son corps et songea à se lever pour regarder le réveil qu'elle avait apporté, mais il ne voulait pas briser ce contact qui les liait. Il referma les yeux pour retrouver son rêve, mais, reconnaissable entre tous, le bruit de la porte du salon qu'on faisait coulisser lentement pour l'ouvrir le réveilla de nouveau. Il sentit comme de la glace lui descendre sur la poitrine et fut aussitôt en alerte. Quelqu'un était monté à bord.
Le Russe, pensa-t-il. Bolotov l'avait retrouvé et venait mettre sa menace à exécution. Mais il écarta vite cette hypothèse et refit confiance à son instinct : Bolotov ne pouvait tout de même pas être aussi bête.
Il roula jusqu'au bord du lit et tendit la main pour attraper le téléphone posé par terre. Il appuya sur la touche d'appel rapide et attendit que Buddy Lockridge lui réponde. Il voulait qu'il regarde le *Following Sea* et lui dise s'il y voyait quelqu'un ou quelque chose d'anormal. L'image de Donald Kenyon touché par une balle à fragmentation lui vint à l'esprit et il comprit que, quelle que fût son identité, l'intrus ignorait la présence de Graciela. Quoi qu'il arrive dans les quelques minutes qui allaient suivre, il fallait absolument que l'inconnu ne puisse pas atteindre la jeune femme.
Lockridge n'ayant toujours pas décroché au bout de quatre sonneries, il sut que le temps lui était compté. Il se leva en hâte, gagna la porte de la chambre et regarda les chiffres rouges qui s'affichaient à la pendule : il était trois heures dix du matin.

Il entrouvrit doucement la porte et pensa à son arme. Elle se trouvait dans le meuble sous la table à cartes, dans le tiroir du bas. L'intrus en était plus proche que lui, peut-être même s'en était-il déjà emparé.

Dans sa tête, il passa en revue tous les coins et recoins du pont inférieur, mais rien : il n'y gardait aucune arme. Il finit d'ouvrir la porte.

– Qu'est-ce qu'il y a ? murmura Graciela dans son dos.

Il se retourna, regagna calmement le lit et mit la main sur la bouche de son amante.

– Il y a quelqu'un à bord, lui répondit-il en chuchotant.

Il sentit son corps se tendre sous le sien.

– Ils ne savent pas que tu es ici, reprit-il. Passe vite de l'autre côté du lit et allonge-toi par terre jusqu'à ce que je revienne.

Elle ne bougea pas.

– Allez, dit-il, tout de suite.

Elle commença à bouger, mais il la retint.

– Est-ce que tu as une bombe lacrymo ou un truc de ce genre dans ton sac ?

Elle secoua la tête. Il la poussa vers le mur et regagna la porte.

En remontant silencieusement les marches, il s'aperçut que la porte coulissante était à moitié ouverte. Il y avait plus de lumière dans le salon qu'en dessous, il commença à y voir plus clair. Et soudain la silhouette d'un homme se dessina en contre-jour sur le ciel, de l'autre côté de la porte. Il n'aurait su dire si l'inconnu le dévisageait ou lui tournait le dos pour regarder les quais.

Il se souvint que le tire-bouchon dont il s'était servi pour déboucher la bouteille de rouge était resté sur la table de la cambuse, juste à droite, en haut des marches. Il aurait été facile de l'attraper. Il lui fallait seulement décider s'il était prudent de s'en servir contre un type qui était peut-être mieux armé.

Mais il n'avait pas le choix. En arrivant en haut des marches, il tendit le bras pour le prendre. Mais l'escalier craqua et il vit l'inconnu se raidir. L'élément de surprise avait disparu.

– Les mains en l'air, connard ! rugit-il en attrapant le tire-bouchon et en se ruant sur la silhouette.

Mais l'intrus gagna rapidement la porte, la franchit de biais et la referma derrière lui d'une main. McCaleb la rouvrit, mais perdit quelques secondes à le faire, l'inconnu en profitant pour sauter sur le quai et se mettre à courir avant même qu'il ait eu le temps de sortir.

McCaleb sut tout de suite qu'il n'arriverait jamais à le rattraper, mais bondit quand même hors du bateau et le poursuivit à toute allure, l'air froid de la nuit lui tendant la peau et le bois grossier du ponton lui mordant la plante des pieds.

En remontant la passerelle inclinée, il entendit un bruit de moteur qu'on faisait démarrer. Il ouvrit la grille d'un coup, courut jusqu'au parking, mais déjà la voiture filait par la sortie, tous pneus hurlant et perdant prise sur l'asphalte glacé. McCaleb la regarda s'éloigner, mais de trop loin pour pouvoir en noter le numéro.

– Merde ! s'écria-t-il.

Il ferma les yeux, remonta la main à son nez et s'en pinça l'arête avec deux doigts. Technique d'hypnose. Il essaya d'engranger tous les détails de ce qu'il avait vu dans sa mémoire. Voiture rouge, petite, marque étrangère, suspension fatiguée... Il la connaissait, mais impossible de l'identifier.

Il se pencha en avant et posa les mains sur ses genoux. La nausée revenait et son cœur semblait s'emballer. Il se força à respirer à fond jusqu'à ce que son pouls se calme.

Mais là, une lumière brillait de l'autre côté de ses paupières closes. Il les rouvrit et fut aveuglé par un gyrophare qui approchait. C'était le gardien du port juché sur sa petite voiture de golf.

– Monsieur McCaleb ? demanda une voix derrière la lumière. C'est vous ?

Alors seulement McCaleb s'aperçut qu'il était entièrement nu.

Rien ne manquait et rien n'avait été dérangé – à première vue au moins. Et apparemment, rien d'anormal non plus. Le contenu de sa sacoche en cuir – il l'avait laissée sur la table de la cambuse –, semblait inchangé. Il retrouva la grosse liasse de documents qu'il avait enfournée dans le placard, à l'endroit même où il l'avait mise, mais, en examinant la porte coulissante, il y découvrit des marques de tournevis. Il savait combien il était facile de l'ouvrir avec un outil pareil. Il savait aussi que le bruit qu'elle faisait alors résonnait plus fort à l'intérieur qu'à l'extérieur du bateau. Il avait eu de la chance. Dieu sait comment, c'était ce petit bruit qui l'avait réveillé.

Pendant que Shel Newbie, le gardien du port, l'observait, il acheva de vérifier tous les tiroirs et placards du salon et n'y trouva rien de volé.

– Et en dessous ? lui demanda Newbie.

– Il n'a pas eu le temps de descendre, lui répondit-il. Je l'ai entendu dès qu'il a ouvert la porte. J'ai dû lui foutre tellement peur qu'il s'est carapaté avant de pouvoir faire ce qu'il voulait.

Puis il garda le silence en pensant que l'intrus n'était peut-être pas venu pour lui dérober quoi que ce soit. Encore une fois il songea à Bolotov, mais écarta de nouveau cette possibilité. La silhouette qu'il avait vue filer par la porte coulissante était trop petite et trop mince pour être celle du Russe.

– Je peux monter ? Je pourrais faire du café.

Il se retourna vers l'escalier. Graciela s'y tenait. En regagnant la grande cabine pour s'habiller il lui avait conseillé de rester en bas, mais là elle était, en nuisette rose par-dessus un pantalon de sweat gris qu'elle lui avait pris dans sa penderie et, les cheveux un rien ébouriffés, n'aurait pas pu être plus sexy. Il la dévisagea un instant avant de répondre.

– Ben… on a presque fini, dit-il.

– Vous voulez pas que j'appelle Pacific Divisions ? insista Newbie.

McCaleb lui fit signe que non de la tête.

– Ce sera un rat des docks qui voulait me piquer mon radar, ma boussole ou autre, dit-il, bien qu'il n'en crût rien. Inutile de rameuter les flics. On y passerait la nuit.

– Vous êtes sûr ?

– Oui. Merci pour le coup de main, Shel. J'apprécie.

– Content d'avoir pu vous le donner. Bon, ben… je vais y

aller. Il faudra quand même que je fasse un rapport sur l'incident et il se pourrait que les flics veuillent dresser un constat demain matin.
— Pas de problème. C'est juste que je n'ai pas trop envie d'attendre qu'ils arrivent. Courir comme ça m'a un peu fatigué, mais demain matin sera parfait.
— Bon, alors... à plus.
Newbie les salua et repartit. McCaleb attendit quelques instants et se tourna vers Graciela qui se tenait toujours dans l'escalier.
— Ça va ?
— Oui. Un peu la trouille, c'est tout.
— Et si tu allais te recoucher ? Je descends tout de suite.
Elle regagna la grande cabine. Il referma la porte coulissante et vérifia qu'elle fonctionnait encore. C'était le cas. Il leva le bras en l'air pour atteindre le compartiment à tringles et en descendit une poignée de gaffe en bois. Il la coinça dans le chemin de fer, l'utilisant comme un coin pour maintenir la porte close. Ça ferait l'affaire en attendant le matin, mais il comprit qu'il allait devoir revoir toute la sécurité du bateau.
Quand il en eut fini avec la porte et fut raisonnablement rassuré, il baissa la tête et regarda ses pieds nus sur le tapis berbère. Celui-ci était mouillé. Alors seulement il se souvint que les lumières du port brillaient fort en se réfléchissant sur le corps de l'inconnu tandis que celui-ci se tenait debout près de la porte.

27

Ils remontèrent la Valley pour gagner l'immeuble du *Times*, McCaleb restant assis, sans rien dire ou presque, à côté de Graciela qui conduisait. Il repensait à ce qui s'était passé pendant la nuit, l'esprit telle une ancre qui racle des fonds sablonneux sans rien y trouver ou même seulement accrocher.

Après avoir remarqué la tache d'humidité sur le tapis, il avait refait le chemin jusqu'au parking et découvert que le quai était mouillé, lui aussi. La nuit était pourtant froide et sèche, et bien trop jeune pour que la rosée du matin ait pu se former. Conclusion : l'intrus était déjà mouillé lorsqu'il était entré dans le salon, l'éclat de la lumière sur son corps suggérant qu'il portait peut-être une combinaison de plongée. Pourquoi ? La question se posait, mais McCaleb n'arrivait toujours pas à lui donner de réponse.

Avant de partir, il était allé voir si Buddy Lockridge était dans son bateau et l'y avait effectivement trouvé : les cheveux aussi ébouriffés que d'habitude, il était assis dans le cockpit et lisait un livre. A la question de savoir s'il avait passé la nuit à bord, il lui avait répondu oui, mais lorsque McCaleb avait voulu savoir pourquoi il n'avait pas décroché son téléphone, Buddy lui avait soutenu que c'était tout bêtement parce que celui-ci n'avait pas sonné. McCaleb avait laissé filer en se disant que Lockridge avait dû boire plus que de coutume ou bien alors que c'était lui qui avait appuyé sur la mauvaise touche d'appel rapide.

Il avait enfin averti son voisin qu'il n'aurait pas besoin de lui

pour la journée, mais lui avait quand même précisé qu'il avait toujours l'intention de l'embaucher.
— Tu veux que je racle la coque de ton bateau ?
— Non. Je veux juste que tu l'inspectes. Surtout le fond. Et j'aimerais que tu examines les deux pontons.
— Et je cherche quoi ?
— Je ne sais pas. Tu le sauras quand tu le verras.
— Comme tu veux. Mais j'ai déchiré ma combinaison en nettoyant le Bertram. Dès que j'ai fini de la recoudre, je passe chez toi et je m'en occupe.
— Merci. T'auras qu'à le mettre sur la note.
— C'est parfait. Mais... dis-moi : c'est ta copine qui va te trimballer maintenant ?

Il avait posé sa question en regardant Graciela qui se tenait debout à l'arrière du *Following Sea*. McCaleb se retourna, la regarda, puis revint sur Lockridge.
— Non, Buddy, lui répondit-il. C'est juste pour aujourd'hui. Elle doit me présenter à des gens. Ça te va ?
— Pas de problème. Ça me va tout à fait.

Dans la voiture, McCaleb sirota le café qu'il avait emporté dans une tasse et regarda le paysage. Que Buddy Lockridge n'ait pas répondu à son appel le tracassait toujours tandis qu'ils montaient le col de Sepulveda qui permet d'accéder aux montagnes de Santa Monica. Sur la 405, les trois quarts des voitures circulaient en sens inverse.
— A quoi penses-tu ? lui demanda Graciela.
— A ce qui s'est passé cette nuit, lui répondit-il. J'essaie de comprendre. Buddy a promis de plonger sous la coque pour voir ce qu'y fabriquait notre type.
— Tu es toujours sûr de vouloir rencontrer le bonhomme du *Times* ? On pourrait repousser le rendez-vous.
— Non, on est déjà en route. Parler au plus grand nombre possible de gens ne peut pas faire de mal. Nous ne savons toujours pas ce que signifient les trucs d'hier. Tant que ce ne sera pas fait, il faudra bosser.

— Ça ne me gêne pas. Il m'a dit que nous pourrions aussi parler avec certains collègues de Glory.

McCaleb acquiesça d'un signe de tête et tendit la main vers sa sacoche en cuir posée sur le plancher. Elle était pleine à craquer des documents et des bandes qu'il y avait enfournés, car il avait décidé de ne rien laisser à bord. Et pour alourdir encore son sac, il y avait déposé son arme, un Sig-Sauer P-228. Il ne la portait plus depuis qu'il avait quitté le Bureau, mais lorsque Graciela était allée prendre sa douche, il l'avait ressortie de son tiroir et y avait glissé un chargeur plein. Suivant en cela les consignes de sécurité qu'il avait toujours observées en exercice, il n'avait pas engagé de balle dans le canon et avait ensuite fait de la place dans son bagage en en virant son nécessaire d'urgence. Il avait prévu de rentrer avant que ce soit l'heure de prendre ses médicaments.

Il fouilla dans la paperasse jusqu'au moment où il mit enfin la main sur son bloc-notes. Il l'ouvrit à la page du suivi chronologique qu'il avait établi en se fiant aux rapports du dossier d'enquête. Il en lut la partie du haut et trouva ce qu'il cherchait.

— Annette Stapleton, dit-il.

— Quoi, « Annette Stapleton » ?

— Tu la connais ? Je veux lui parler.

— C'était une amie de Glory. Elle est venue une fois pour voir Raymond. Elle a aussi assisté à l'enterrement. D'où sors-tu son nom ?

— D'un rapport de police. Elle et ta sœur avaient bavardé dans le parking ce soir-là. Je veux lui poser des questions sur d'autres soirs... histoire de savoir si ta sœur n'aurait pas eu des soucis... tu comprends ? Les flics n'ont pas passé beaucoup de temps avec elle. Il ne faut pas oublier qu'à ce moment-là, ils fonctionnaient sur l'idée d'un hold-up perpétré au hasard.

— De vrais gugusses.

— Je ne sais pas. C'est difficile de les condamner. Ils sont débordés d'affaires et celle-là avait tout à fait l'air de ce à quoi on voulait la faire ressembler.

— Il n'empêche. Ce n'est pas une excuse.

Il laissa filer et garda le silence : il ne crevait pas d'envie de défendre Walters et Arrango. Il se remit à penser aux événements de la nuit précédente et arriva enfin à une conclusion positive : apparemment, il faisait déjà assez de vagues pour avoir suscité une réaction, même si, de fait, il ne savait pas trop ce que celle-ci voulait dire.

Ils arrivèrent au *Los Angeles Times* dix minutes avant le rendez-vous qu'ils avaient fixé avec l'ancien supérieur de Glory, un certain Clint Neff. Sis à Chatworth, au nord-ouest de Los Angeles, les bâtiments du journal étaient gigantesques et occupaient tout le coin de Winetka et Prairie Avenues. Les environs étaient pleins d'immeubles de bureaux dernier cri, d'entrepôts et de propriétés cossues. Le siège du *Times* semblait entièrement fait de plastique blanc et de verre fumé. Ils s'arrêtèrent devant une guérite et durent attendre que le garde en uniforme ait fini d'appeler pour avoir confirmation de leur rendez-vous et pouvoir leur lever la barrière. Ils se garèrent, McCaleb sortant son bloc-notes pour l'emporter avec lui : sa sacoche était devenue trop encombrante pour qu'il la trimballe partout. Il s'assura que Graciela fermait bien la voiture à clé avant de partir.

Par des portes automatiques, ils entrèrent dans un vestibule à mezzanine en marbre noir et dalles de terra cotta. Leurs chaussures claquèrent sur le sol. Froide et austère, la salle aurait, d'après certains critiques, fait honneur à la façon dont la rédaction s'occupait des nouvelles locales.

Cheveux blancs, pantalon et chemise du même bleu, un homme en uniforme descendit un couloir pour les accueillir. L'écusson ovale qu'il portait au-dessus de la poche de sa chemise les informa qu'il s'appelait Clint avant même qu'il ait eu le temps de le leur annoncer. Un jeu de protège-tympans comme en mettent les équipes d'entretien au sol dans les aéroports pendait à son cou. Graciela fit les présentations.

– Mademoiselle Rivers, lui lança Clint, tout ce que je peux vous dire, c'est que nous sommes vraiment désolés pour votre sœur. C'était une chouette fille. Bosseuse et très gentille avec nous.

– Elle l'était, oui. Merci.

– Si vous voulez bien me suivre là-bas derrière, nous pourrons nous asseoir une minute et voir ce que je peux faire pour vous.

Il reprit le couloir et marcha devant eux en leur parlant par-dessus son épaule.

— Votre sœur vous l'avait sans doute dit, enchaîna-t-il, mais c'est ici que nous imprimons tous les numéros de l'édition Valley et la plupart des cahiers spécialisés que nous glissons dans tous nos journaux. Le guide télé et le reste.

— Oui, je sais, lui répondit-elle.

— Écoutez, je vois pas trop à quoi ça pourra vous servir, mais j'ai prévenu des gens de son équipe avec lesquels vous pourriez vouloir parler. Ils sont tous d'accord pour vous rencontrer.

Ils arrivèrent au pied d'un escalier et en gravirent les marches.

— Annette Stapleton fait toujours partie de l'équipe de nuit ? lui demanda McCaleb.

— Euh... en fait, non, lui répondit Neff qui était déjà essoufflé. Nettie, enfin... elle a eu la trouille après ce qui est arrivé à Gloria et après un truc pareil, vous savez, c'est pas moi qui le lui reprocherais. Ce qui fait que maintenant, elle bosse pendant la journée.

Il leur fit suivre un deuxième couloir qui conduisait à une porte à double battant.

— Est-elle là aujourd'hui ? insista McCaleb.

— Et comment ! Vous pouvez lui parler si vous... la seule chose que je vous demande, c'est que vous parliez à tous ces gens pendant leurs pauses. Comme Nettie, disons. Elle va se reposer au salon à dix heures et demie. Et comme nous aurons probablement fini, vous pourrez lui parler à ce moment-là.

— Pas de problème.

Après quelques instants de silence, Neff se retourna pour regarder McCaleb.

— Alors comme ça, vous étiez au FBI... c'est ça ?

— Exact.

— Ça devait être drôlement intéressant.

— Oui, des fois.

— Comment ça se fait que vous ayez laissé tomber ? Vous ne m'avez pas l'air si vieux que ça.

— Faut croire que ça devenait trop intéressant, lui répondit-il en se retournant vers Graciela et lui faisant un clin d'œil.

Elle sourit, le bruit des rotatives épargnant à McCaleb d'autres questions plus personnelles. Ils arrivèrent devant la grande porte à double battant. A peine si elle arrivait à empêcher le vacarme de déborder de leur côté. D'un distributeur accroché au mur près de la porte, Neff sortit deux sachets en plastique contenant des protège-tympans et les leur tendit.

— Feriez mieux de vous mettre ça avant de traverser la salle, dit-il. Toutes les presses sont en marche. On imprime le cahier livres. Un million deux cent mille exemplaires. Ces machins-là devraient vous couper le son d'environ trente décibels, mais bon... on arrive quand même à s'entendre réfléchir !

Ils ouvrirent leurs sachets pendant que Neff mettait son casque. Puis il poussa un des battants de la porte et leur fit longer l'alignement de rotatives. L'impact sensoriel était aussi bien tactile qu'auditif. Le plancher vibrait comme si un petit tremblement de terre venait de se déclencher. Les protège-tympans avaient du mal à lutter contre la plainte suraiguë des machines, une manière de battement sourd tenant lieu de basse rythmique. Neff les conduisit jusqu'à une autre porte et les fit entrer dans ce qui était manifestement la salle de repos. Longues tables et distributeurs de boissons et de sandwichs. Sur les murs, les espaces libres étaient occupés par des panneaux d'affichage en liège couverts d'annonces patronales et syndicales et d'avis relatifs à la sécurité. Le bruit diminua fortement lorsque la porte se referma. Ils traversèrent la salle et franchirent une troisième porte qui donnait dans le petit bureau de Neff. Ce dernier ôta son casque et le remit autour de son cou tandis que McCaleb et Graciela se débarrassaient de leurs protège-tympans.

— Vous feriez bien de les garder, dit Neff. Ce sera le même chemin pour ressortir. Ça dépendra du moment, mais il se pourrait que tout tourne encore.

McCaleb ressortit le sachet en plastique de sa poche et y remit les protège-tympans. Neff s'assit derrière son bureau et leur fit signe de s'installer sur les deux chaises posées devant. Celle de McCaleb était tachée d'encre. Il hésita avant de s'y asseoir.

— Ne vous inquiétez pas, lui dit Neff, c'est sec.

Pendant le quart d'heure qui suivit, ils parlèrent de Gloria Torres, aucun renseignement d'importance ou un tant soit peu utilisable n'émergeant de la conversation. Il était clair que Neff avait apprécié la sœur de Graciela, mais il était tout aussi clair que leur commerce n'avait pas dépassé le cadre typique des relations employé/supérieur hiérarchique. Essentiellement centrées sur le travail, celles-ci n'avaient pas fait naître des échanges d'une nature plus personnelle. Lorsqu'ils lui demandèrent si quelque chose inquiétait sa subordonnée, il secoua la tête et leur répondit qu'il regrettait beaucoup de ne pas pouvoir les aider davantage. Des disputes avec des collègues ? Il secoua de nouveau la tête.

Puis, sans crier gare, McCaleb lui demanda s'il connaissait James Cordell.

— C'est qui ?

— Et Donald Kenyon ?

— Quoi ? Le mec de la banque de dépôts ? répondit-il en souriant. Ouais, même qu'on était copains. Au country club. Milken et l'autre, comment s'appelle-t-il déjà ?... ah, voilà : Boesky[1], on était toujours ensemble.

McCaleb lui retourna son sourire et hocha la tête. Il était évident que Neff n'allait pas beaucoup les aider. Il commença à penser à autre chose tandis que Gloria demandait à Neff qui étaient les amis de sa sœur, puis il songea à la chaise tachée d'encre sur laquelle il s'était assis. Il savait d'où venait l'encre. Tous ceux qui avaient posé leurs fesses sur ce siège avant lui avaient dû le faire en sortant de l'atelier des rotatives. C'était pour ça qu'ils portaient tous des uniformes bleu marine. Pour dissimuler les traces d'encre.

Et brusquement il eut une idée. Gloria rentrait chez elle lorsqu'elle s'était fait assassiner, mais elle ne portait pas d'uniforme. Donc, elle s'était changée. Ici même. Mais aucun rapport de police ne laissait entendre que les inspecteurs auraient retrouvé

---

1. Les banquiers Milken et Boesky furent impliqués dans des scandales financiers retentissants au début des années quatre-vingt *(NdT)*.

des vêtements dans le coffre de sa voiture ou même seulement vérifié le contenu de son casier.

— Je vous demande pardon, lança-t-il en interrompant Neff qui disait à Graciela combien sa sœur était habile au pilotage de la fourche élévatrice qui alimentait les rotatives en énormes rouleaux de papier, mais... est-ce qu'il y a un vestiaire avec des casiers ? Et... Gloria en avait-elle un ?

— Bien sûr que nous avons un vestiaire avec des casiers. Comme si on avait envie de saloper les sièges de sa bagnole ! Nous avons tout ce qu'il faut en matière de...

— Pensez-vous qu'on ait vidé le casier de Gloria ?

Neff se renversa en arrière dans son fauteuil et réfléchit un instant.

— Vous savez quoi ? On est repartis dans le cycle où on n'embauche plus personne, dit-il enfin. Nous n'avons toujours pas la permission d'engager quelqu'un pour la remplacer et comme nous ne l'avons pas, je doute fort qu'on ait vidé son casier.

McCaleb sentit son cœur s'emballer. Avait-il trouvé la faille ?

— Bon, dit-il, et il y a une clé ? On pourrait regarder ce qu'il y a dedans ?

— Euh, oui... je crois que oui. Il va falloir que j'aille chercher le passe chez le patron de la maintenance.

Neff les laissa dans son bureau pour aller prendre la clé et ramener Nettie Stapleton. Le casier de Gloria se trouvant forcément dans le vestiaire dames, juste avant de partir, il leur avait promis que Nettie accompagnerait Graciela pour en vérifier le contenu. McCaleb, lui, devrait rester dans le couloir avec Neff. McCaleb n'apprécia guère. Ce n'était pas qu'il n'aurait pas cru Graciela capable de fouiller dans un casier, mais s'il l'avait fait à sa place, il aurait examiné l'ensemble du meuble et en aurait remarqué les moindres détails, de la même manière exactement que lorsqu'il analysait une bande vidéo ou les lieux d'un crime.

Bientôt Neff s'en revint avec Nettie Stapleton et l'on fit les présentations. Nettie n'avait pas oublié Gloria et offrit des condoléances apparemment sincères à sa sœur. Puis elle conduisit tout le monde en bas, jusqu'au couloir qui menait aux vestiaires. McCaleb s'apprêtait à lui demander la permission d'entrer si celui des femmes était vide lorsqu'il entendit des bruits de douche et comprit qu'il resterait dehors.

Il ne savait plus quoi demander à Neff et celui-ci était à court de petits bavardages. Ils attendirent, McCaleb s'écartant peu à peu du bonhomme afin d'éviter les blablas et autres questions personnelles. Des panneaux d'affichage étaient accrochés au mur qui séparait les deux vestiaires, il fit semblant de s'absorber dans la lecture d'un avis qu'on y avait punaisé.

Quatre minutes de silence s'écoulèrent. McCaleb eut tout le temps de passer d'un bout du panneau à l'autre. Lorsque Nettie et Graciela ressortirent enfin du vestiaire, il s'était mis à regarder une affiche sur laquelle était représentée une goutte de liquide. Celle-ci était déjà ombrée de rouge – la collecte de sang organisée dans les ateliers touchait à sa fin. Graciela le rejoignit.

– Rien, lui dit-elle. Juste des habits, une bouteille de parfum et des écouteurs. Elle avait collé quatre photos de Raymond et une de moi à l'intérieur de sa porte.

– Des écouteurs ?

– Non, je veux dire : des protège-tympans. Mais rien d'autre.

– Quel genre d'habits ? lui demanda-t-il en continuant de regarder fixement sa goutte de sang.

– Deux uniformes propres, une paire de jeans et un débardeur de chez elle.

– Tu as fouillé dans ses poches ?

– Oui. Rien non plus.

C'est alors que l'idée le frappa avec la rapidité d'une balle. Il bascula en avant et appuya sa main contre le panneau d'affichage pour ne pas tomber.

– Terry, s'écria Graciela, qu'est-ce qu'il y a ? Ça va ?

Il ne réagit pas. Ses pensées défilaient à toute allure. Graciela lui posa la main sur le front pour sentir s'il avait de la fièvre. Il l'écarta d'un geste.

– Non, ce n'est pas ça, dit-il.

– Il y a un problème ? renchérit Neff.

– Non, lui répondit-il un peu trop fort. Il faut juste que nous partions. J'ai besoin d'aller à la voiture.

– Ça va comme vous voulez ? insista-t-il.
– Oui, oui, lui répondit McCaleb encore une fois un peu trop fort. Je suis désolé, mais... tout va bien. C'est juste que nous devons partir.

McCaleb remercia Annette Stapleton d'un signe de tête et descendit le couloir vers ce qu'il croyait être l'entrée du bâtiment. Graciela l'ayant suivi, Neff les rappela pour leur dire qu'ils devaient prendre la première porte à gauche.

28

– C'était quoi, ce coup-là ? Qu'est-ce qu'il y a ?
McCaleb marchait vivement vers la voiture. Il se disait qu'en maintenant sa vitesse, il pourrait, Dieu sait comment, écarter la peur qui commençait à l'envahir. Graciela dut passer au trot pour ne pas se faire distancer.
– Le sang, dit-il.
– Le sang ?
– Ils donnaient du sang tous les deux. Cordell et ta sœur. C'était là, sous mon nez et... j'ai vu l'affiche et je me suis rappelé avoir vu une lettre chez Cordell... et j'ai compris. Tu as tes clés ?
– Calme-toi, Terry. Marche moins vite.
Il ralentit l'allure à contrecœur, Graciela le rejoignit et fouilla dans son sac pour en sortir les clés de la voiture.
– Bon, et maintenant dis-moi de quoi il s'agit.
– Ouvre la voiture et je vais te montrer.
Ils arrivèrent à la Volkswagen. Elle lui ouvrit sa portière en premier et se mit en devoir de faire le tour du véhicule. Il se glissa dans la voiture et se pencha de côté pour lui ouvrir sa portière. Puis il se mit à fouiller dans sa sacoche. Celle-ci était tellement encombrée de papiers qu'il fut obligé d'en sortir son pistolet et de le poser sur le plancher pour pouvoir y glisser les doigts. Graciela monta dans la voiture et le regarda.
– Tu peux démarrer, lui dit-il sans s'arrêter de chercher.
– Qu'est-ce que tu fais ? insista-t-elle.

Il sortit le rapport d'autopsie de Cordell.
— Je cherche... Merde, c'est juste les remarques préliminaires.
Il feuilleta le protocole pour s'en assurer. Le rapport n'était pas complet.
— Pas de toxicologie et pas d'analyse de sang.
Il renfourna le dossier et son pistolet dans la sacoche, puis il se redressa.
— Il faut qu'on trouve un téléphone, dit-il. Je vais appeler sa femme.
Graciela fit démarrer le moteur.
— Bon, dit-elle. Nous allons en... on n'a qu'à passer chez moi. Mais d'abord, dis-moi à quoi tu penses.
— D'accord, mais donne-moi juste une minute pour réfléchir.
Il se calma, fit le tri dans les idées qui se bousculaient dans son esprit et tenta d'analyser le grand bond en avant qu'il venait de faire.
— C'est de la similitude que je te parle, dit-il enfin. Du lien.
— Quel lien ?
— Qu'est-ce qui nous manque depuis le début ? Que cherchons-nous ? Le lien entre ces affaires. Au départ, on ne parlait que d'un crime de hasard. C'est ce que pensaient les flics. Et c'est aussi ce que j'ai cru quand j'ai commencé à regarder ça de plus près. On avait deux victimes de hold-up... et pas de lien autre que l'assassin et le fait qu'il ait croisé leur chemin. C'est à L. A. qu'on est et ce genre de trucs, ça arrive tout le temps. Parce que L. A. est bien la capitale de la violence aveugle, non ?
Elle obliqua dans Sherman Way. Ils n'étaient plus qu'à quelques minutes de chez elle.
— Si, dit-elle.
— Eh bien non. Maintenant nous comprenons mieux. Nous avons un tueur qui vole des objets personnels à ses victimes et moi, ça me dit plus que la rencontre de hasard entre un assassin et celui ou celle qu'il se prépare à exécuter. Ça me fait penser à une relation plus intime... ciblage, filage, acquisition de la victime...

Il s'arrêta. Ils étaient en train de passer devant la supérette. Ils regardèrent le magasin sans rien dire. McCaleb attendit longtemps avant de se remettre à parler.

– Et tout d'un coup, c'est un autre pan de l'affaire qui se dévoile, une autre pelure qui tombe de l'oignon. Nous avons le rapport balistique et on passe à tout autre chose. Nous avons maintenant un assassin complètement différent, quelqu'un qui m'a tout l'air d'un professionnel. Bref, un tueur à gages. Pourquoi ? Qu'est-ce qui peut donc bien constituer le lien entre ta sœur, James Cordell et Donald Kenyon ?

Graciela ne répondit pas. Elle arrivait dans Alabama Street et s'engagea sur la file de gauche.

– Le sang, dit-il. C'est le sang qui est notre lien.

Elle entra dans l'allée de sa maison et éteignit le moteur.

– Le sang, répéta-t-elle.

McCaleb regarda fixement la porte du garage fermée. Il parla lentement, la peur finissant par le gagner.

– Et moi qui n'arrêtais pas de me dire : « Qu'a-t-elle vu ? Que savait-elle ? Sur le chemin de qui a-t-elle pu se trouver pour que notre inconnu ait été obligé de la tuer ? » C'est que, vois-tu, j'analysais la vie de ta sœur et m'étais fait une opinion sur elle. À mon avis, ta sœur n'avait rien qu'on aurait pu vouloir lui prendre et donc, la raison de son assassinat devait se trouver ailleurs. Mais j'avais tout faux. J'avais tout loupé. Mère, sœur, employée ou amie, Glory était une femme remarquable, mais ce qui la rendait presque unique en son genre, c'était son sang. C'était ça qui faisait d'elle un être si précieux.

Il attendit une seconde et continua de ne pas la regarder.

– Précieux pour quelqu'un comme moi, dit-il.

Il entendit Graciela respirer fort et sentit tous ses espoirs le quitter. Se racheter devenait impossible.

– Tu es en train de me dire que... qu'il l'a tuée pour lui prendre ses organes ? Tu regardes cette affiche et c'est tout ce que tu trouves à me dire ?

Enfin il la regarda.

– Je l'ai su, tout de suite. C'est tout.

Il ouvrit sa portière.

— Bon, on appelle Mme Cordell. Elle nous dira le type sanguin de son mari. Et ce sera sûrement AB avec CMV négatif. La similitude est parfaite. Et après, on cherche pour Kenyon. Et pour lui aussi, je te parie que ce sera le même résultat.

Il se tourna pour sortir de la voiture.

— Ça n'a aucun sens, lui lança-t-elle. C'est toi-même qui m'as dit que Cordell est mort sur place, devant la banque. Et on ne lui a pas pris son cœur. Ni son cœur ni autre chose. Et Kenyon... Kenyon est mort dans sa maison.

McCaleb descendit de la Volkswagen, se pencha en avant et regarda Graciela qui fixait le pare-brise.

— Ça n'a pas marché pour Kenyon et Cordell, lui répondit-il. Mais il en a tiré les leçons et, pour finir, il a réussi son coup avec ta sœur.

Il referma la portière et se dirigea vers la maison. Graciela mit un certain temps à l'y rejoindre.

Une fois à l'intérieur, il s'assit sur un canapé de la salle de séjour, Graciela lui apportant aussitôt le téléphone de la cuisine. Il s'aperçut alors qu'il avait laissé le numéro de Cordell dans sa sacoche, et son pistolet avec, et se rappela que la Volkswagen était ouverte.

Il ressortit de la maison et scruta les environs avant de s'approcher de la voiture. Il cherchait le véhicule qu'il avait entrevu la nuit précédente, mais non : rien ne lui ressemblait, même vaguement, et personne ne s'était garé le long du trottoir.

De retour à la maison, il composa le numéro d'Amelia Cordell pendant que Graciela s'installait à l'autre bout du canapé et le regardait d'un air distant. Le téléphone sonna cinq fois avant que le répondeur s'enclenche. McCaleb laissa son nom, son numéro et un bref message dans lequel il disait avoir un besoin urgent de savoir le type sanguin de James Cordell. Qu'Amelia le rappelle dès que possible. Puis il raccrocha et se tourna vers Graciela.

— Tu sais si elle travaille ? lui demanda-t-elle.

Il décrocha de nouveau le téléphone et appela son propre répondeur. Neuf messages s'y étaient accumulés depuis le samedi de la semaine précédente. Il en écouta quatre laissés par Jaye

317

Winston et deux autres de Carruthers, tous étant maintenant inutiles. Il entendit également celui où Graciela lui annonçait qu'elle passerait au bateau. Il en restait deux, dont un de Tony Banks, le technicien du laboratoire vidéo : il avait terminé son travail. Le dernier enfin émanait de Jaye Winston. Elle l'avait appelé le matin même pour lui dire que leurs prévisions étaient plus que confirmées : le Bureau s'impliquait de plus en plus lourdement dans l'affaire. Non content de se déclarer prêt à coopérer avec eux, Hitchens avait complètement abdiqué devant Nevins et Uhlig. Jaye Winston était frustrée et McCaleb l'entendit dans sa voix. Il raccrocha et souffla fort.

– Qu'est-ce qu'il y a encore ? lui demanda Graciela.

– Je ne sais pas. Il faut que je vérifie mon idée avant de me lancer.

– Et l'inspectrice du bureau du shérif, hein ? Elle doit avoir le rapport d'autopsie, non ? Et le type sanguin est forcément dedans.

– Non, lui répliqua-t-il sans lui donner d'autre explication.

Il regarda autour de lui. Petite, la pièce était bien entretenue et joliment meublée. Une grande photo encadrée de Gloria Torres était posée sur le dessus d'un buffet à vaisselle dans la salle à manger attenante.

– Pourquoi ne veux-tu pas l'appeler ? insista-t-elle.

– Je ne sais pas trop. C'est juste que… je veux réfléchir à certaines choses avant de le faire. Il vaudrait sans doute mieux que j'attende le coup de fil de Mme Cordell.

– Et si tu appelais directement le coroner ?

– Non, ça non plus, ça ne marcherait pas.

Ce qu'il ne disait pas, c'était que s'il arrivait à étayer sa théorie, tous ceux qui auraient pu bénéficier de la mort de Gloria Torres devraient aussitôt être considérés comme suspects. Lui-même y compris. Voilà pourquoi il n'avait aucune envie de mettre la puce à l'oreille des autorités en leur demandant le moindre renseignement. Il ne le ferait que lorsqu'il aurait d'autres réponses lui permettant de se défendre.

– Je sais ! s'écria soudain Graciela. L'ordinateur du labo d'analyses de sang… Je devrais pouvoir avoir ta confirmation par là. A moins qu'ils aient effacé son nom, ce dont je doute. Je me rappelle être tombée sur un donneur de sang qui était mort depuis quatre ans et qui figurait toujours dans la banque de données.

McCaleb ne comprenait pas grand-chose à ce qu'elle lui disait.

– Qu'est-ce que tu racontes ? lui demanda-t-il.

Elle consulta sa montre et se leva d'un bond.

– Je me change et on se dépêche, dit-elle. Je t'expliquerai en route.

Elle disparut dans un couloir, et McCaleb entendit claquer une porte de chambre.

29

Ils arrivèrent à l'hôpital de la Sainte-Croix avant midi. Graciela s'étant garée dans le parking de devant, ils entrèrent dans le bâtiment par la porte des admissions. Elle n'avait pas voulu passer par les urgences parce que c'était là qu'elle travaillait. En route, elle lui avait expliqué que, depuis la mort de Gloria, elle avait pris beaucoup de congés pour être avec Raymond, sans vraiment avertir à l'avance, et que la patience de ses supérieurs commençait à faiblir. Prendre une journée de plus et aller s'agiter sous le nez de sa hiérarchie en passant par les urgences n'était peut-être pas une bonne idée. Sans compter qu'avec ce qu'elle avait l'intention de faire, elle risquait fort d'être virée. Moins on la verrait et mieux ça vaudrait.

Une fois dans les lieux, avec son visage familier et l'uniforme d'infirmière qu'elle avait revêtu, elle n'eut aucun mal à conduire McCaleb où elle voulait. Elle faisait songer à une ambassadrice devant laquelle toutes les portes s'ouvrent. Personne ne les arrêta, personne ne leur posa la moindre question. Ils prirent un ascenseur réservé au personnel et arrivèrent au quatrième étage un peu après midi.

Graciela lui dévoila le plan qu'elle avait concocté en conduisant. Elle pensait pouvoir bénéficier d'un quart d'heure pour accomplir ce qu'ils avaient projeté de faire. Un quart d'heure, pas plus. C'était le temps qu'il faudrait à la responsable de la banque de sang pour descendre à la cafétéria, y choisir ses plats et les remonter au labo de pathologie. De fait, elle avait droit à une heure de pause pour déjeuner, mais il n'était pas rare de la voir manger dans son bureau : elle n'était jamais remplacée lorsqu'elle s'absentait. Bien que la nature de son travail la mît dans la catégorie des infirmières, personne ne la relevait lorsqu'elle quittait son poste, son boulot n'impliquant pas de contact direct avec les malades.

Comme Graciela l'escomptait, ils arrivèrent au labo à midi cinq et trouvèrent le bureau vide. McCaleb sentit les battements de son cœur s'accélérer en voyant les grille-pain volants qui se promenaient sur l'écran de l'ordinateur. Cela dit, la salle était grande et une autre femme, elle aussi en uniforme d'infirmière, y travaillait devant un deuxième ordinateur. Graciela paraissait on ne peut plus à l'aise dans son rôle.

— Hé, Patrice, quoi de neuf ? lança-t-elle d'un ton enjoué.

La jeune femme se détourna des dossiers empilés devant elle et lui sourit. Elle jeta un coup d'œil à McCaleb, puis revint sur sa collègue.

— Graciela ! s'écria-t-elle en traînant sur les syllabes et accentuant ses intonations latines comme une présentatrice de télé. Pas grand-chose, ma fille, et toi ?

— Nada. Qui est la responsable de service et où est-elle passée ?

— C'est Patty Kirk, pour quelques jours. Elle est descendue chercher un sandwich il y a quelques minutes.

— Hmm, marmonna Graciela comme si elle venait juste de comprendre elle aussi. Bon, ben, je vais juste me connecter un instant.

Elle fit le tour du comptoir et se dirigea vers l'ordinateur.

— Il y a un type avec un sang rare aux urgences, dit-elle. J'ai l'impression qu'il va nous siffler tout ce qu'on a et j'aimerais savoir où en trouver d'autre.

— T'aurais pu m'appeler. Je t'aurais vérifié ça sans problème.

— Je sais, mais je voulais montrer à mon ami Terry comment on procède. Terry, je te présente Patrice. Patrice... Terry. Terry est en première année de médecine à UCLA. Je voulais juste voir si je pourrais pas le dégoûter de continuer dans cette voie-là.

Patrice regarda McCaleb à nouveau et lui sourit, puis l'observa de plus près. McCaleb comprit à quoi elle pensait.

— Je sais, dit-il, c'est un peu tardif, tout ça. Disons que c'est le résultat d'une crise existentielle.
— Je veux ! Mais... bonne chance en internat. J'en ai vu qui avaient à peine vingt-cinq ans en entrant et en ressortaient avec l'air d'en avoir cinquante !
— Je sais. Je serai prêt.

Ils se sourirent encore, et la conversation s'arrêta là. Patrice replongea dans ses dossiers, tandis que McCaleb jetait un coup d'œil à Graciela qui s'était assise devant l'ordinateur. Les grille-pain avaient disparu, l'écran était maintenant prêt à fonctionner et occupé par un tableau rempli de petites cases blanches.

— Tu peux venir, lui dit-elle. Patrice ne va pas te mordre.

Patrice rit, mais ne dit rien. McCaleb fit le tour du bureau et s'immobilisa derrière le fauteuil de Graciela. Cette dernière le regarda et lui fit un clin d'œil : en restant debout, McCaleb empêchait Patrice de voir ce qu'elle faisait. Il lui renvoya son clin d'œil et son sourire. Le calme de la jeune femme était impressionnant. McCaleb consulta sa montre et baissa le poignet de façon à ce qu'elle voie qu'il était déjà midi sept. Graciela se concentra sur son ordinateur.

— Bon, dit-elle, donc, nous cherchons du sang AB. Pour ça, on télécharge ici et on se connecte avec le BOPRA qui est la grande banque régionale de sang et d'organes avec laquelle nous traitons. Comme la plupart des hôpitaux des environs, d'ailleurs...

Elle tendit la main en avant et posa son doigt sur un petit bout de papier collé au-dessus de l'écran du moniteur. McCaleb comprit qu'il s'agissait du code d'accès. En venant, Graciela lui avait expliqué combien la sécurité du système BOPRA était déficiente : ce code d'accès n'était changé qu'une fois par mois. Le poste de responsable de la banque de sang de l'hôpital ne constituant pas un plein temps, les infirmières qui y étaient affectées devaient effectuer leur travail par rotation — laquelle rotation était elle-même souvent brisée par des infirmières qui attrapaient le rhume ou diverses affections virales qui certes ne les empêchaient pas de travailler, mais faisaient qu'on devait leur trouver du boulot ailleurs qu'au labo. Bref, le nombre de personnes dans le secret était tel qu'on se contentait de coller le code d'accès sur l'écran dès qu'il changeait. En huit ans de travail, Graciela avait eu tout le temps de s'apercevoir que cette pratique était courante dans au moins deux autres hôpitaux de Los Angeles. De fait, la sécurité mise en place par le BOPRA restait lettre morte dans tous les établissements où on y avait recours.

Graciela ayant entré les chiffres, puis l'adresse modem, McCaleb entendit l'ordinateur composer automatiquement le numéro.

– Voilà, dit-elle. Nous sommes en train de nous connecter à la maison mère.

McCaleb consulta de nouveau sa montre. Il ne leur restait plus que neuf minutes au maximum. L'écran se couvrit de divers messages de bienvenue, puis déroula enfin un menu et une fenêtre d'identification. Graciela y porta rapidement les renseignements demandés en continuant d'expliquer les manœuvres qu'elle effectuait à McCaleb.

– Bon, et maintenant nous allons à la page « Demande de sang ». On entre ce qu'on cherche et... abracadabra, on attend.

Elle tint sa main devant l'écran et tortilla les doigts.

– Graciela, lui demanda Patrice, comment va Raymond ?

McCaleb se retourna vivement, mais non : Patrice travaillait toujours en leur tournant le dos.

– Ça va, lui répondit Graciela. Ça me brise toujours le cœur, mais lui ne s'en tire pas trop mal.

– Bon, tant mieux. Il faudra que tu me le ramènes.

– J'aimerais bien, mais il a école. Aux vacances de printemps peut-être.

Sur l'écran s'afficha un inventaire des disponibilités en sang de type AB avec, litre par litre, les adresses des hôpitaux ou des banques de sang qui les détenaient. En plus d'être une banque de sang, le BOPRA assurait la coordination entre les hôpitaux et les banques de sang plus modestes disséminées dans l'Ouest des États-Unis.

– Bon, reprit-elle, nous voyons donc que, pour ce sang-là, les réserves sont importantes. Notre médecin voulant un minimum de six unités en stand-by au cas où notre grand suceur de sang aurait besoin d'une intervention chirurgicale plus poussée, ce qu'il faut faire, c'est cliquer sur la fenêtre « commande » et mettre « 6 » dans la case « stand-by ». La réservation n'est que pour une journée et si elle n'est pas confirmée demain à la même heure, le sang sera aussitôt remis à la disposition de tout le monde.

— Bien, bien, tout ça est parfait, dit McCaleb en jouant l'étudiant qu'il était censé être.

— Il faudra que je me rappelle de demander à Patty de confirmer avant demain.

— Et si jamais vous appeliez et qu'il n'y avait pas de sang disponible ?

En venant, Graciela lui avait demandé de poser cette question s'il y avait quelqu'un d'autre au poste des infirmières pendant qu'ils se connectaient avec le BOPRA.

— Bonne question, dit-elle en commençant à déplacer la souris. Voilà ce qu'on fait dans ce cas-là. On clique sur la petite goutte de sang... là, et ça nous donne la liste des donneurs... et on attend encore un peu.

Quelques secondes passèrent, pendant lesquelles l'écran se remplit de noms, d'adresses, de numéros de téléphone et d'autres renseignements encore.

— Tous ces gens-là sont des donneurs de sang du groupe AB. L'écran montre où ils habitent et comment on peut les contacter, la dernière case indiquant la date à laquelle ils ont donné du sang pour la dernière fois. Il faut veiller à ne pas toujours demander à la même personne. Il vaut mieux essayer d'étaler la demande et chercher un donneur proche de l'hôpital, de façon à ce qu'il puisse passer le plus vite possible... le plus proche d'un hôpital ou d'une banque de sang, s'entend. Il faut veiller à ce que ça les dérange le moins possible.

Elle posa le doigt sur l'écran et parcourut la liste de noms. Il y en avait à peu près vingt-cinq, et tous de la côte Ouest. Elle s'arrêta sur le nom de sa sœur, tapa l'écran du bout de l'ongle, puis reprit son examen. Elle n'avait toujours pas trouvé Cordell lorsqu'elle arriva à la fin de la liste.

McCaleb poussa un grand soupir de découragement, mais

Graciela leva soudain le doigt, puis appuya sur la touche « Écran précédent ». Une nouvelle liste d'une quinzaine de noms s'y afficha aussitôt. Celui de James Cordell se trouvait tout en haut et celui de Donald Kenyon à l'avant-dernière ligne.

Cette fois, McCaleb respira fort et se contenta de hocher la tête. Graciela le regarda d'un œil où se lisait la confirmation de ses plus sombres pressentiments. McCaleb se rapprocha de l'écran et y lut les renseignements complémentaires portés après les deux noms. Cordell n'avait pas donné de sang depuis neuf mois, Kenyon ne l'ayant pas fait depuis plus de six ans. McCaleb remarqua que la dernière indication affichée après chaque nom était la lettre D suivie d'un astérisque. Certains noms étaient suivis de l'un ou de l'autre, seuls quelques-uns ayant droit aux deux. McCaleb se pencha en avant et tapa l'écran juste sous la lettre.

— Et ça, qu'est-ce que c'est ? demanda-t-il. Ça veut dire qu'ils sont morts ?

— Non, lui répondit-elle calmement. Le D signifie donneur. Donneur d'organe. Ils ont signé des papiers, l'ont fait mentionner sur leur permis de conduire, ce qui fait que si jamais ils meurent dans un hôpital, on peut les leur prendre.

Elle n'avait pas cessé de le dévisager en lui parlant et McCaleb avait du mal à soutenir son regard. Il savait ce que tout cela confirmait.

— Et l'astérisque ? insista-t-il.

— Là, je ne suis pas trop sûre.

Elle fit remonter l'écran jusqu'au moment où elle retrouva le menu du dessus, y parcourut les icônes du bout du doigt et s'arrêta à l'astérisque.

— Ça veut dire CMV négatif, CMV étant l'abréviation d'un terme très compliqué, lui expliqua-t-elle. La plupart des gens sont porteurs de ce virus, mais celui-ci est sans gravité. Un quart de la population en est libre, mais c'est quelque chose qu'il faut toujours vérifier quand on veut s'assurer une compatibilité à cent pour cent entre donneur et transfusé.

McCaleb acquiesça d'un signe de tête. Tout cela, il le savait déjà.

– Voilà, reprit-elle. Fin de la leçon pour aujourd'hui.

Elle déplaça la souris, McCaleb voyant la flèche déconnecter la commande en haut de l'écran. Il tendit la main en avant et lui attrapa le poignet avant qu'elle clique la souris et quitte le menu BOPRA.

Graciela leva la tête et lui lança un regard interrogatif. McCaleb jeta un coup d'œil à Patrice. Il ne pouvait pas parler. Il regarda autour de lui et vit une écritoire posé sur le comptoir. Un certain nombre de documents y étaient fixés, ainsi qu'un crayon attaché au bout d'un fil. Il le lui indiqua du doigt, lui montra Patrice, revint sur elle, lui fit un signe de la main, attrapa l'écritoire et se mit à y écrire.

– Hé, euh... Patrice? demanda Graciela. Comment va Charlie?

– Oh, il va bien, lui. Il est toujours aussi con.

– Ben dis donc! Vous vous entendez vraiment bien, tous les deux!

– Ouais. De vrais tourtereaux!

McCaleb tint l'écritoire devant Graciela. Il y avait porté trois questions :

1. Peut-on imprimer cette liste?
2. Peux-tu appeler le dossier de ta sœur?
3. Qui a hérité de ses organes?

Graciela haussa les épaules et du bout des lèvres lui fit comprendre qu'elle ne le savait pas. Puis elle se retourna vers l'écran et se mit au travail. Elle commença par imprimer la liste des donneurs AB. Heureusement, l'ordinateur était relié à une imprimante laser qui effectua la tâche de manière tellement silencieuse que Patrice ne le remarqua même pas. McCaleb plia vite la liste dans le sens de la longueur et la glissa dans la poche intérieure de sa veste. Graciela rouvrit ensuite l'écran de bienvenue et y déroula un menu de commandes. Elle cliqua sur une icône en forme de cœur rouge. Un écran intitulé Service des fournitures d'organes apparut, une fenêtre de code d'accès s'y affichant aussitôt après. Graciela remonta les épaules, regarda le code collé au-dessus de l'écran et l'entra de nouveau.

Rien.

La flèche se transforma en sablier – il fallait attendre. McCaleb consulta sa montre. Il était douze heures quinze, ils avaient atteint la fin du temps qu'ils s'étaient fixé. Patty Kirk allait revenir d'un instant à l'autre et découvrir le pot aux roses. Graciela avait certes tout préparé à l'avance, mais n'avait rien dit de ce qu'elle raconterait si jamais ils se faisaient prendre.
— Je crois que l'ordinateur est en train de planter, dit-elle.
Frustrée, elle ouvrit la main et tapa sur le côté du moniteur. McCaleb était toujours étonné de voir combien de gens s'imaginaient que ça pouvait arranger les choses. Il s'apprêtait à lui dire de laisser tomber lorsqu'il entendit grincer les roulettes du fauteuil de Patrice. Il se retourna vers elle et vit qu'elle se levait. Et si elle avait décidé de travailler à l'ordinateur de Graciela, elle aussi ?
— Là, voilà, nous y sommes ! s'écria celle-ci.
McCaleb continua de bloquer la vue de Patrice.
— Saloperie d'ordinateur ! dit Patrice. Il arrête pas de faire ça. Bon, je monte boire un Coca et fumer une cigarette sur la terrasse. A plus tard, Graciela.
Elle sourit à McCaleb.
— Heureuse d'avoir fait votre connaissance, ajouta-t-elle.
McCaleb lui renvoya son sourire.
— C'est ça, dit Graciela, à tout à l'heure.
Patrice fit le tour du comptoir et passa dans le couloir sans même jeter un coup d'œil à l'écran. Lorsqu'elle fut enfin partie, McCaleb regarda l'écran. Un message y clignotait :

NIVEAU D'ACCÈS 1
RÉESSAYEZ

— Qu'est-ce que ça veut dire ? demanda-t-il.
— Ça veut dire que je n'ai pas le code d'accès pour ouvrir ce fichier. Quelle heure est-il ?
— Celle de filer. On lâche tout.
Elle cliqua sur l'icône déconnexion, McCaleb entendant le petit bruit du téléphone qui raccrochait.
— Mais qu'est-ce que tu faisais ? lui demanda Graciela. Qu'est-ce que tu voulais ?

– Je te dirai plus tard. Allez, on s'en va.

Elle se leva, remit le fauteuil de Patty à sa place et se dépêcha de faire le tour du comptoir. Une fois dans le couloir, ils prirent à droite et regagnèrent les ascenseurs en marchant comme des voleurs. Une femme venait en sens inverse, un sandwich et une boîte de Coca dans les mains. Elle se trouvait à une vingtaine de mètres d'eux et souriait à Graciela.

– Merde de merde, marmonna McCaleb. C'est...

– Oui. T'inquiète pas.

– Non, non. Il faut la faire attendre.

– Mais pourquoi ? On a fini.

Il leva la main pour se frotter le nez et empêcher ses paroles d'atteindre les oreilles de la femme qui se rapprochait.

– L'économiseur d'écran ! dit-il. Il lui faut une bonne minute pour reparaître. Elle va tout savoir.

– Ça n'a pas d'importance. Nous ne sommes pas en train de voler des secrets d'État !

Graciela n'eut pas à retenir Patty Kirk, celle-ci le faisant d'elle-même.

– Graciela ! s'écria-t-elle. Mais qu'est-ce que tu fais là ? Je viens de voir Jane Thompkins à la cafète et elle gueulait tout ce qu'elle savait parce que t'étais encore absente !

Ils s'arrêtèrent, Patty Kirk les imitant aussitôt.

– Surtout ne lui dis pas que tu m'as vue ! lui souffla Graciela.

– Ben, oui, mais... qu'est-ce que tu fabriques ? lui demanda-t-elle en lui montrant son uniforme.

– Tiens, je te présente mon ami, lui dit Graciela. Terry est à deux doigts d'obtenir son doctorat en médecine à UCLA. Je voulais lui faire visiter l'hôpital parce qu'il songe à y demander un poste d'interne et je me disais que ça serait nettement plus facile si je mettais la tenue adéquate. Terry... je te présente Patty Kirk.

Ils se serrèrent la main et sourirent. McCaleb lui demanda comment elle allait, elle lui répondit qu'elle allait bien. Il n'arrêtait pas de penser aux grille-pain : étaient-ils reparus sur l'écran ?

Patty Kirk se retourna vers Graciela et secoua la tête.

– Elle va te tuer si jamais elle apprend que tu es passée. Elle

croyait que c'était encore pour être avec Raymond. Ce coup-là, tu me dois gros, ma fille !
— Je sais, je sais. Tu ne lui dis pas, c'est tout, d'accord ? Tout le monde m'en veut aux urgences. C'est la seule amie qui me reste.

Elles se dirent au revoir, Graciela et McCaleb regagnant vite les ascenseurs. Lorsque Patty fut hors de portée d'oreille, Graciela demanda à McCaleb si elle l'avait fait attendre assez longtemps.

— Ça dépend du délai de passage à l'économiseur d'écran inscrit dans le programme. Mais à vue de nez je dirais que ça devrait suffire. Allez, on décampe.

De retour à la Polo, Graciela sortit du parking et prit la direction de la 405 pour filer vers le sud.

— Bon, dit-elle, et maintenant, où va-t-on ?
— Je ne sais pas trop. Il faudrait pouvoir se reconnecter avec le BOPRA. J'ai besoin de la liste des récipiendaires, mais je doute qu'on puisse aller les voir pour qu'ils nous la donnent. Et d'ailleurs, où est-ce que c'est ?
— A Los Angeles ouest. Près de l'aéroport. Mais tu as raison : aller les voir en espérant qu'ils vont nous filer la liste, mieux vaut ne pas y compter. Tout le système est confidentiel. Je ne t'y ai trouvé que parce que j'avais lu l'article paru dans le journal.
— Ouais, dit-il.

Il pensait déjà à autre chose. Son esprit s'emballa, puis s'arrêta enfin sur une idée au moment où ils arrivaient à la bretelle d'accès à l'autoroute.

— On passe de l'autre côté de la colline et on va à Cedars, dit-il. Je crois connaître quelqu'un qui m'aidera.

30

Ils commencèrent par se rendre au bureau de Bonnie Fox, dans la tour ouest. La salle d'attente était vide et la réceptionniste – elle s'appelait Gladys et ne souriait jamais –, leur confirma que le docteur n'était pas là.

– Elle est au nord et je ne crois pas qu'elle reviendra aujourd'hui, précisa-t-elle en continuant de faire la grimace. Vous venez chercher votre dossier ?

– Non, pas encore, lui répondit McCaleb.

Puis il la remercia et repartit avec Graciela. Il savait ce que Gladys avait voulu dire : Fox faisait sa tournée d'inspection au sixième étage de la tour nord. Ils prirent la troisième passerelle qui permettait d'accéder au bâtiment et montèrent dans l'ascenseur qui conduisait au service des greffes et de cardiologie.

McCaleb y avait passé assez de temps pour ne pas y avoir l'air d'un inconnu. Et, toujours habillée en infirmière comme elle l'était, Graciela cadrait encore mieux dans le paysage. McCaleb lui fit prendre un couloir à gauche des ascenseurs pour gagner les salles de réa et d'attente de greffon, juste à côté du poste des infirmières. Il avait de fortes chances d'y trouver Bonnie.

En descendant le couloir, McCaleb jeta un coup d'œil dans toutes les chambres dont les portes étaient ouvertes. Il n'y trouva pas Fox, mais vit beaucoup de vieillards fragiles étendus sur des lits. C'étaient les chambres d'attente, celles où, reliés à des machines, les malades savaient que le temps leur était compté et que leurs chances s'amenuisaient au fur et à mesure que leurs cœurs se lassaient. Dans l'une d'entre elles, il revit le petit garçon. Assis sur son séant, celui-ci regardait la télévision et semblait seul dans sa chambre. Comme autant de serpents, des tubes et des fils le reliaient à quantité d'engins et d'écrans divers. Bonnie Fox n'était pas dans la pièce, McCaleb détourna le visage le plus vite qu'il pouvait. Regarder les enfants était ce qu'il y avait de plus pénible. Avoir des organes tout neufs et comprendre qu'ils lâchaient sans raison explicable constituait une leçon d'autant plus terrible que, souvent fatale, elle n'était la rançon d'aucune faute. Pendant une fraction de seconde, McCaleb revit les Everglades, les inspecteurs qui se rassemblaient sur les bateaux à air autour du Trou du Diable et l'abîme noirâtre dans lequel s'était engloutie sa croyance en une quelconque rationalité du monde qui l'entourait.

Mais ils avaient de la chance. Ils s'étaient engagés dans le couloir qui conduisait au poste des infirmières lorsque McCaleb y **vit** enfin Bonnie Fox : appuyée au comptoir, elle sortait le dossier d'un malade d'un classeur vertical.

C'est en se retournant après s'être redressée qu'elle l'aperçut.

– Terry ? dit-elle.

– Salut, docteur.

– Qu'est-ce qu'il y a ? Vous...

– Non, non, tout va bien, lui répondit-il en levant les bras pour l'apaiser.

Elle remarqua la présence de Graciela et visiblement ne reconnut pas la jeune femme. La perplexité se marqua d'autant plus sur son visage.

– Non, je ne suis pas venu reprendre mon dossier, enchaîna McCaleb. Est-ce qu'il y aurait une salle... une salle vide **qu**'on pourrait occuper quelques minutes ? On aurait besoin de vous parler.

– Terry, lui renvoya-t-elle, je suis en train de faire ma tournée. Vous n'avez pas le droit d'entrer ici et non, quand même ! Croire que je vais...

– C'est important, docteur, très important. Donnez-moi cinq minutes et je suis sûr que vous le reconnaîtrez. Mais si vous ne voulez pas, on part tout de suite. Je redescends, je reprends mon dossier et je disparais pour toujours.

Agacée, Bonnie Fox secoua la tête et se tourna vers une des infirmières derrière elle.

– Anne, lui demanda-t-elle, on a une chambre libre ?

L'infirmière se pencha sur la gauche et fit descendre son doigt le long d'une écritoire.

– La dix, la dix-huit, la trente-six, à vous de choisir.

– Nous prendrons la dix-huit. C'est tout près de celle de M. Koslow. S'il appelle, dites-lui que je le rejoins dans cinq minutes.

Elle avait haussé le ton en prononçant ces deux derniers mots et regarda McCaleb d'un œil sévère.

Puis elle partit au trot et les conduisit à la chambre. McCaleb y entra le dernier et referma la porte derrière lui. Bonnie Fox s'appuya au montant du lit, posa son dossier à côté d'elle et croisa les bras. McCaleb sentit la colère qui montait en elle.

– Vous avez cinq minutes, lui rappela-t-elle. Et qui est cette personne ?

– Graciela Rivers, lui répondit-il. Je vous ai déjà parlé d'elle.

Fox jaugea Graciela sans aucune tendresse.

– C'est vous qui lui avez mis cette idée dans le crâne, lui asséna-t-elle. Vous savez très bien qu'il ne m'écoutera pas, mais vous qui êtes infirmière, vous devriez quand même savoir. Regardez-le. Regardez son teint et les cernes qu'il a sous les yeux. Il y a huit jours, il était en parfaite santé. Par-fai-te, nom de Dieu ! J'avais déjà retiré son dossier de mon bureau pour le mettre aux archives ! Voilà à quel point j'étais sûre de mon affaire ! Et maintenant...

Elle lui montra McCaleb pour étayer ce qu'elle disait.

– Je n'ai fait que ce que je croyais de mon devoir, lui répondit Graciela. Il fallait que je lui demande...

– Non, l'interrompit McCaleb, c'est moi qui l'ai voulu. Tout.

Fox rejeta leurs explications d'un hochement de tête irrité. Puis elle s'écarta du lit et fit signe à McCaleb de s'y asseoir.

– Otez votre chemise, lui ordonna-t-elle. Vous pouvez commencer à parler. Vous n'avez plus que quatre minutes.

– Pas question d'ôter ma chemise! s'exclama-t-il. Je veux que vous écoutiez ce que j'ai à vous dire et pas du tout à quelle vitesse bat mon cœur.
– Parfait. Alors, parlez. Vous voulez m'enlever à mes malades, c'est très bien. Alors, parlez, répéta-t-elle en tapotant son dossier du bout des doigts. Ce M. Koslow, là... il est dans le même bateau que vous il y a deux mois. J'essaie seulement de le maintenir en vie jusqu'à ce que peut-être on ait un cœur qui arrive. J'ai aussi un petit garçon de treize ans qui...
– Quand allez-vous me laisser vous dire pourquoi je suis ici, docteur?
– C'est plus fort que moi, Terry. Je suis très en colère contre vous.
– Bon, bon. Mais écoutez-moi et ça vous fera peut-être changer d'opinion.
– Je ne crois pas que ce soit possible.
– Dites... je peux y aller ou pas?
Elle leva les bras en l'air en signe de capitulation, ourla les lèvres et lui tira une petite révérence. McCaleb entama enfin son récit. Il lui fallut une dizaine de minutes pour lui résumer la situation, mais cela ne posa pas de problèmes. Au bout de cinq, Bonnie Fox était tellement fascinée par ce qu'elle entendait qu'elle n'en remarqua même pas que le temps qu'elle leur avait imparti était écoulé et laissa finir McCaleb sans l'interrompre une seule fois.
– Voilà, c'est tout, dit-il lorsqu'il en eut fini. C'est pour ça que nous sommes ici.
Elle les observa l'un et l'autre pendant quelques instants en tentant de digérer tout ce qu'il venait de lui raconter, puis elle se mit à arpenter la petite chambre en reprenant son histoire point par point. De fait, elle ne faisait pas vraiment les cent pas dans la pièce. On aurait plutôt dit qu'elle essayait de trouver assez de place dans sa tête pour y caser tout ce qu'elle avait entendu, sa tentative se traduisant par les petits pas qu'elle faisait à droite et à gauche comme si elle avait besoin de plus d'espace autour d'elle.
– Et donc, vous me dites que vous allez commencer par quelqu'un qui a besoin d'un organe... cœur, poumon, rein, peu

importe du moment que, comme vous, cette personne a un sang rare... type AB, CMV négatif. Et moi, je vous dis que ça ne peut se traduire que par une attente extrêmement longue, voire inutile dans la mesure où il n'y a qu'un donneur sur deux cents de ce type et que, bien sûr, foie ou autre, il n'y a qu'un organe sur deux cents qui corresponde à la demande. C'est bien ça que vous m'avez dit, n'est-ce pas ? Vous m'avez bien dit que cet individu a décidé d'accroître ses chances en allant zigouiller des gens qui sont de son groupe parce qu'alors... leurs organes seraient disponibles pour une greffe ?

Elle avait prononcé ces paroles d'un ton tellement sarcastique que McCaleb en fut offusqué, mais préféra se taire et acquiescer d'un signe de tête.

– Et qu'il aurait trouvé les noms de ses victimes en consultant la liste des donneurs de sang dans la banque de données du BOPRA ?

– Exact.

– Cela étant, vous ne savez pas comment il a obtenu cette liste.

– Nous ne le savons pas de manière certaine. Mais nous savons que la sécurité du système BOPRA est plus que vulnérable.

McCaleb sortit de sa poche la liste que Graciela lui avait imprimée à l'hôpital de la Sainte-Croix. Il la déplia et la tendit à Bonnie Fox.

– J'ai réussi à avoir ça aujourd'hui même et croyez-moi, je n'ai rien d'un pirate en informatique.

Fox lui prit la feuille et l'agita sous le nez de Graciela.

– Mais il vous a quand même fallu l'aide de cette dame, n'est-ce pas ?

– Nous ne savons pas qui est cet individu et qui s'est proposé pour l'aider. Il nous faut supposer que s'il a assez de relations et de pouvoir pour s'assurer les services d'un tueur à gages, il est aussi capable d'accéder au système BOPRA. La seule chose que j'ai voulu vous prouver, c'est que ça n'a rien de très compliqué.

Il lui montra la liste qu'elle tenait toujours à la main et ajouta :

— Ce papier contient tout ce dont il peut avoir besoin. Tous les gens qui y figurent font partie du groupe adéquat. L'âge et le fait qu'ils sont ou non donneurs d'organes sont précisés. Il choisit quelqu'un, jeune de préférence, et effectue quelques recherches. Kenyon était jeune et en bonne santé. Il jouait au tennis et faisait du cheval. Et Cordell aussi était jeune et fort. Il n'y avait qu'à le regarder pour le savoir. Surf, ski nautique, mountain bike, tout. Bref, ils étaient tous les deux impeccables.

— Alors pourquoi les tuer? Pour s'entraîner? lui demanda-t-elle.

— Non, ce n'était pas pour s'entraîner. C'était pour de bon, sauf que les deux fois, ça a mal tourné. Pour Kenyon, il y est allé à la balle à fragmentation, ce qui a réduit en bouillie la cervelle de sa victime et causé sa mort avant même qu'on puisse l'emmener à l'hôpital. Alors, il a affiné sa méthode. Il est passé à la balle blindée et a visé le devant du cerveau. La blessure est fatale, mais la mort n'est pas instantanée. Quand un type qui passait par là a appelé de l'aide avec son portable, Cordell était toujours vivant. Mais les flics se sont gourés dans l'adresse et ont envoyé les ambulanciers au mauvais endroit. Bref, le temps passe et Cordell meurt sur les lieux mêmes de son assassinat.

— Et encore une fois, les organes ne sont pas récoltés, ajouta Fox qui comprenait enfin.

— J'ai horreur de ce terme, dit Graciela qui n'avait pas prononcé une parole depuis bien longtemps.

— Quoi? lui demanda Fox.

— « Récoltés. » Je déteste ce mot. On ne les récolte pas, ces organes. Ils sont donnés par des gens qui aiment leur prochain. Il ne s'agit pas d'une récolte comme à la campagne.

Fox acquiesça d'un signe de tête et regarda Graciela sans rien dire. Elle avait l'air de revoir son jugement initial.

— Ça n'a pas marché avec Cordell, mais ce n'était pas à cause de la méthode, reprit McCaleb. Le tireur a donc repris la liste des donneurs potentiels et...

— La liste du BOPRA.

— Oui... Et donc, il reprend la liste, choisit Gloria Torres et le processus recommence. Il observe sa victime, il apprend à connaître ses habitudes... et bien sûr, il sait qu'elle aussi, elle est en bonne santé.

McCaleb regarda Graciela : il craignait que la dureté de ses propos ne la fasse réagir, mais elle garda son calme. Fox prit la parole :

– Et maintenant, vous voulez retrouver la trace des organes collectés et vous pensez que ce tueur... ou la personne qui l'a engagé... en recevra un. Vous comprenez à quoi ça mène ?

– Oui, je le comprends, lui répondit-il avant qu'elle se mette à douter encore plus. Mais je ne vois aucune autre explication. Et nous avons besoin de votre aide pour entrer dans le système BOPRA.

– Je ne sais pas, dit-elle.

– Réfléchissez. Quelle chance y a-t-il que ce soit par pure coïncidence que le tireur, et c'est très vraisemblablement un tueur à gages, abatte trois personnes qui ont ce sang que seul un individu sur deux cents possède ? On ne pourrait même pas faire le décompte des probabilités avec un ordinateur et c'est tout simplement parce qu'il ne s'agit pas d'une coïncidence. L'analyse de sang, c'est ça, le lien. Le lien, et le motif.

Fox s'éloigna d'eux et gagna la fenêtre. McCaleb l'y suivit et s'arrêta juste à côté d'elle. La chambre donnait sur Beverly Boulevard. Il y vit l'alignement de commerces de l'autre côté de la chaussée, la librairie spécialisée dans le roman policier, le delicatessen avec l'inscription « BON RÉTABLISSEMENT ! » peinte sur le toit. Il regarda Fox, et Fox lui donna l'impression de se dévisager dans la vitre.

– J'ai des malades qui m'attendent, dit-elle.

– Nous avons besoin de votre aide.

– Qu'est-ce que je peux faire, au juste ?

– Je n'en suis pas certain. Mais j'ai dans l'idée que vous avez de bien plus grandes chances que nous d'entrer dans la banque de données du BOPRA.

– Et pourquoi vous n'iriez pas voir la police ? Côté chances, ils en auraient beaucoup plus que moi. Pourquoi tenez-vous tellement à m'impliquer dans cette histoire ?

– Je ne peux pas aller voir les flics. Plus maintenant. Je vais

les voir et c'est fini : je suis viré de l'affaire. Réfléchissez à ce que je viens de vous dire. Je fais partie des suspects.
— C'est complètement fou.
— Je sais. Mais ce n'est pas ça qui va les arrêter. Sans compter que ça n'a aucune importance. C'est une affaire personnelle, Bonnie. Je le dois à Glory Torres et à Graciela. Il n'est pas question que je reste sur la touche ce coup-là.
Il y eut un bref instant de silence.
— Docteur ? demanda Graciela qui les avait rejoints.
Ils se tournèrent vers elle.
— Il faut nous aider. Si vous ne le faites pas, tout ça... tout le travail que vous effectuez ici ne... ne signifiera plus rien. Si vous ne pouvez pas protéger l'intégrité du système dans lequel vous travaillez, vous n'avez plus de système du tout.
Les deux femmes se dévisagèrent un long moment, puis Fox sourit et hocha la tête.
— Allez dans mon bureau et attendez-moi, dit-elle. Il faut que je voie M. Koslow et un autre malade. Ça me prendra une demi-heure au maximum. Après, je vous rejoins et je passe le coup de fil.

31

– Coordination, allô ?
– Bonnie Fox à l'appareil. Pouvez-vous me passer Glenn Leopold ?

Ils s'étaient installés dans le bureau de Fox et en avaient fermé la porte. Fox avait branché le haut-parleur afin qu'ils puissent entendre la conversation. Ils avaient dû attendre une demi-heure avant qu'elle arrive. Elle se comportait maintenant de manière toute différente. Elle voulait toujours les aider, mais McCaleb avait remarqué qu'elle était nettement plus nerveuse que lorsqu'ils s'étaient rassemblés dans la chambre vide de la tour nord. Ils avaient commencé par revoir tout le plan qu'ils avaient élaboré, Fox prenant quelques notes pour pouvoir s'y référer. Puis elle avait décroché son téléphone.

– Bonnie ?
– Bonjour, Glenn, comment allez-vous ?
– Bien, bien. Qu'est-ce que je peux faire pour vous ? J'ai à peu près dix minutes à vous consacrer. Après, j'ai une réunion.
– Ça ne devrait pas prendre longtemps. J'ai un petit problème et je pense que vous pourriez m'aider.
– Allez-y.
– J'ai effectué une greffe le 9 février dernier, fichier BOPRA, numéro 1836, et il y a des complications postopératoires. Ce que j'aimerais, c'est pouvoir m'entretenir avec les chirurgiens qui ont effectué la greffe des autres organes du donneur.

Il y eut un bref silence avant que la voix de Leopold se fasse de nouveau entendre dans le haut-parleur.

– Euh, voyons... c'est que... c'est plutôt inhabituel comme demande. De quel genre de complications parlons-nous exactement, Bonnie ?

– Écoutez, je sais que vous avez votre réunion et pour aller au plus court, je dirai que le groupe sanguin du récipiendaire était du type AB CMV négatif. L'organe que nous avons reçu du BOPRA correspondait parfaitement – d'après le protocole. Mais maintenant et voyons... nous sommes environ neuf semaines après l'opération... notre malade a attrapé le virus CMV et nous commençons à voir des symptômes de rejet dans les analyses de sang effectuées au cours de la dernière biopsie. Tout ce que j'essaie de faire, c'est de comprendre ce qui s'est passé.

Le silence s'éternisa.

– Je crois que ça aurait commencé avant si c'était arrivé par le cœur.

– C'est vrai, mais avant, nous ne cherchions pas. Au vu du protocole, nous pensions qu'il n'y avait pas de CMV. Surtout, ne vous méprenez pas, Glenn : je ne suis pas en train de vous dire que le virus était dans le cœur, mais il faut que je trouve d'où ça vient et j'ai envie de ne rien laisser au hasard. Et pour moi, c'est par le cœur qu'il faut commencer.

– Vous faites cette recherche sur la demande d'un avocat ? Parce que si c'est le cas, je vais avoir besoin de me mettre...

– Non, non, Glenn. Je suis la seule à vouloir trouver. J'ai besoin de savoir si le virus était dans l'organe ou s'il y a eu... enfin... si le problème vient de chez nous.

– Bon. Mais... de quel sang vous êtes-vous servi ?

– Justement... Nous ne nous sommes servi que du sien. J'ai le dossier sous les yeux. Il avait huit unités bien avant l'opération et nous n'en avons utilisé que six.

– Et vous êtes sûre que ces six unités étaient bien les siennes ?

La voix de Leopold commençait à trahir une certaine nervosité. Fox avait regardé McCaleb pendant qu'elle parlait et celui-ci avait vu à quel point elle se sentait mal à l'aise de mentir au coordinateur du BOPRA.

— Tout ce que je peux vous dire, c'est que nous avons suivi la procédure et que j'ai moi-même vérifié deux fois toutes les étiquettes avant l'intervention. Et c'étaient bien les siennes. Je suis donc bien obligée de supposer que c'était son sang, non ?
— Qu'est-ce que vous voulez, Bonnie ?
— Une liste. Quel organe est allé à qui et le nom du chirurgien que je peux appeler.
— Je ne sais pas. Je crois que je devrais...
— Écoutez, Glenn. Ça n'a rien de personnel, mais mon patient a ce problème et moi, je dois vérifier... pour moi. Et je veux une réponse qui tienne. Je vous promets de ne rien dire à personne, si c'est ça qui vous tracasse. Personne ne vous parle d'avocat ou de procès en faute professionnelle. Nous avons juste besoin de savoir ce qui s'est passé. Pour ce que j'en sais, vous avez sans doute raison : il y a eu un cafouillage dans l'étiquetage. Mais je suis sûre que vous serez d'accord avec moi pour dire que c'est par le nouveau tissu qu'il faut commencer.

McCaleb retint son souffle. Ils étaient arrivés au moment crucial. Fox devait obtenir les noms et ne devait pas laisser Leopold lui dire qu'il la rappellerait dès qu'il aurait fait la vérification lui-même.

— Je crois que...

Leopold n'acheva pas sa phrase. Fox se pencha en avant, croisa les bras et baissa la tête. Dans le silence qui s'ensuivit, McCaleb entendit du bruit dans le haut-parleur : Leopold Glenn s'était mis à taper sur le clavier de son ordinateur. Il sentit l'adrénaline monter en lui.

Il se leva, se pencha sur le bureau et tapa doucement sur le coude de Bonnie. Elle leva la tête, il lui fit signe de continuer à parler.

— Glenn ? reprit-elle. Qu'est-ce que vous en pensez ?
— Je suis en train de vérifier en ce moment même... La collecte a été effectuée à l'hôpital de la Sainte-Croix... Et côté profil du donneur, rien n'indique qu'il y aurait eu CMV. Rien. Cet individu donnait son sang depuis très longtemps. Je crois que ça serait arrivé avant si elle...

— C'est probablement vrai, mais j'ai besoin de vérifier. Quand ça ne serait que pour ma tranquillité d'esprit.
— Je comprends.
Bruits de clavier sur lequel on tape.
— Voyons... le transport... par MedicAir... Le foie a été greffé à Cedars et le cœur aussi. Vous connaissez le Dr Spivak ? Daniel Spivak ?
— Non.
McCaleb sortit un bloc-notes de sa sacoche et se mit à écrire.
— C'est lui qui a opéré. Voyons... les poumons...
— J'appelle Spivak, l'interrompit Fox. Comment s'appelait le malade ?
— Euh... il faut que je vous demande de ne rien dire de tout ça à personne, Bonnie.
— Absolument.
— C'était une femme. Une certaine Gladys Winn.
McCaleb écrivit son nom dans son bloc-notes.
— Bon, dit Fox. Vous en étiez aux poumons...
— Euh, oui... les poumons. Pas de preneur sans le cœur. C'est votre malade qui a eu le cœur.
— Juste. Et la moelle ?
— Vous voulez tout, n'est-ce pas ? La moelle... la moelle, ça n'a pas bien marché. Nous avons merdé dans le timing. Le tissu a été expédié à San Francisco, mais il y a eu un retard au décollage de l'avion de MedicAir. Les types ont été réexpédiés sur San Jose, mais avec le retard qu'ils avaient pris et tout le bazar à l'aéroport, ils ont mis trop longtemps pour arriver à Saint Joseph. Bref, le moment propice était passé. D'après ce que je sais, le malade est mort. Comme vous le savez, ce groupe sanguin est assez rare. C'était probablement la dernière chance qu'on avait pour ce patient.

Un nouveau silence s'ensuivit. McCaleb regarda Graciela. Elle avait baissé les yeux, il ne put y lire ce qu'elle pensait. Pour la première fois depuis le début de la conversation, il pensa à ce qu'elle devait endurer. C'était de sa sœur qu'on parlait – de sa sœur et de tous les gens qu'elle avait aidé à sauver, mais tout cela était dit avec une manière de froideur clinique qui glaçait. En tant qu'infirmière, elle était certes habituée à ce genre de discussions, mais sa propre sœur...

McCaleb écrivit MOELLE ÉPINIÈRE sur sa page et raya la mention d'un trait avant de faire signe à Bonnie de continuer.

– Et les reins ? demanda-t-elle.

– Les reins... On les a partagés. Voyons voir ce qu'on a là-dessus...

Pendant les quatre minutes qui suivirent, Leopold passa en revue tous les organes qu'on avait collectés sur le corps de Gloria avant de les redistribuer à des malades encore vivants. McCaleb porta tous ces renseignements dans son carnet, tantôt en gardant les yeux fixés sur sa page, tantôt en voulant regarder Graciela pour voir comment elle supportait cet inventaire particulièrement macabre.

– Voilà, c'est tout, dit enfin Glenn.

Excité par tous les noms qu'il avait notés, mais épuisé par l'espèce de course au bord d'un ravin qu'il avait dû effectuer pour les avoir, McCaleb souffla fort. Trop fort.

– Bonnie ? dit calmement Leopold. Vous êtes seule ? Vous ne m'avez pas dit que vous étiez avec...

– Non, non, Glenn, c'est moi. Je suis seule.

Silence. Fox décocha un regard furibond à McCaleb, puis elle ferma les yeux et attendit.

– Bon, bien, reprit enfin Leopold. J'avais cru entendre quelqu'un d'autre, c'est tout, et je vous le répète, Bonnie, tous ces renseignements sont de nature hautement...

– Je le sais, Glenn.

– ... confidentielle. J'ai enfreint tous mes propres règlements en vous les communiquant.

– Je comprends, dit-elle en rouvrant les yeux. Mon enquête sera discrète, Glenn... et je vous tiendrai au courant de ce que je trouve.

– Parfait.

Après quelques échanges de propos sans importance, ils mirent fin à la conversation. Fox appuya sur le bouton de déconnexion du téléphone et rabaissa la tête sur ses bras croisés.

– Mon Dieu... je n'arrive pas à croire ce que je viens de

faire, dit-elle. Je lui ai menti. J'ai menti à un collègue ! Quand il s'apercevra de...

Elle n'acheva pas sa phrase et secoua seulement la tête au-dessus de ses bras.

– Docteur, lança McCaleb, vous vous êtes conduite comme il fallait. Aucun mal n'a été fait à votre collègue et il est probable qu'il ne saura jamais ce qu'il est advenu des renseignements qu'il vous a donnés. Appelez-le demain, dites-lui que vous avez repéré le problème et que ça ne venait pas du donneur et précisez bien que vous avez détruit toutes vos notes sur les autres récipiendaires.

Fox releva la tête et le regarda.

– Ça ne change rien à l'affaire, Terry. J'ai menti et s'il le découvre un jour, il ne me fera plus jamais confiance.

McCaleb la regarda. Il n'avait pas de réponse à ça.

– Mais il faut me promettre une chose, reprit-elle. Promettez-moi que si votre théorie est avérée, que si vous avez raison, vous aurez le type qui a fait ça. Ce sera seulement comme ça que je pourrai accepter. Ce sera ma seule défense.

Il acquiesça d'un signe de tête, fit le tour du bureau, se pencha en avant et la serra dans ses bras.

– Merci, docteur, dit doucement Graciela. Vous avez bien fait.

Fox sourit faiblement et hocha la tête à son tour.

– Encore une chose, reprit McCaleb. Est-ce que vous avez une photocopieuse ?

32

L'ascenseur était bondé mais silencieux, hormis pour un petit air de musique diffusé par haut-parleur. McCaleb y reconnut un vieil enregistrement de *Knock me a kiss*[1] par Louis Jourdan.

En sortant, il montra à Graciela la grande porte et la direction du tram qui la ramènerait au parking.

— Tu vas par là, lui dit-il.
— Mais pourquoi ? Où vas-tu ?
— Prendre un taxi pour rentrer au bateau.
— Et après, qu'est-ce que tu vas faire ? Je veux y aller avec toi.

Il l'attira dans un coin de l'entrée, près des ascenseurs.

— Il faut que tu retournes t'occuper de Raymond et de ton boulot. De fait, ton boulot, c'est lui. Moi, j'ai le mien. Et c'est ça que tu m'as demandé de faire.
— Je sais, mais je veux t'aider.
— Tu l'as déjà fait, et tu le fais encore. Mais il faut quand même que tu retournes voir Raymond. Je vais passer par les urgences. Il y a toujours des taxis à la porte.

Elle plissa le front, tout son visage disant que, bien sûr, il avait raison, mais qu'elle avait du mal à l'admettre. McCaleb fouilla dans sa poche et lui ressortit la liste qu'il avait photocopiée dans le bureau de Bonnie Fox.

1. « Roule-moi une pelle » *(NdT)*.

— Tiens, prends ça, lui dit-il. Si jamais il m'arrivait quelque chose, tu en auras un exemplaire. Tu n'auras qu'à le donner à Jaye Winston, au bureau du shérif.
— Comment ça, s'il t'arrivait quelque chose ?

Elle avait posé sa question d'une voix suraiguë, il regretta aussitôt la manière dont il s'était exprimé. Il la conduisit dans une petit recoin où se trouvaient des téléphones publics. Personne ne s'en servait, ils eurent un peu d'intimité. Il se pencha vers elle et la regarda droit dans les yeux.

— Ne t'inquiète pas, reprit-il. Il ne m'arrivera rien. C'est juste que tout ce travail que j'ai fait depuis que tu es venue me voir sur le bateau, eh bien… nous a conduits à ça, à ces noms sur cette feuille de papier, et je pense qu'il vaut mieux que nous en ayons chacun un exemplaire, c'est tout.

— Tu crois vraiment que le nom du tueur y figure ?

— Je ne sais pas. C'est à ça que je vais réfléchir dès que j'arriverai chez moi.

— Je pourrais t'aider.

— Je le sais, Graciela, et tu l'as déjà fait. Mais maintenant, il faut que tu prennes un peu de recul et que tu te consacres à Raymond. Inutile de t'inquiéter. Je ne vais plus te lâcher au téléphone et je te dirai tout ce qui se passe. N'oublie pas : c'est pour toi que je travaille.

Elle essaya de sourire.

— Pas vraiment, dit-elle. Il a suffi que je te parle de Glory pour que tu files tout de suite où ton cœur te disait d'aller !

— Oui, bon, peut-être.

— Et si je te déposais au bateau ?

— Pas question. On arrive aux heures de pointe et tu finiras par faire deux heures de voiture. Va-t'en vite pendant que tu le peux encore. Va retrouver Raymond.

Enfin elle acquiesça d'un signe de tête. McCaleb, dont le visage touchait encore presque le sien, lui posa les mains sur les épaules et l'enlaça doucement.

— Graciela ?

— Quoi ?

— Il y a autre chose.
— Quoi d'autre ?
— Je veux que tu penses à ceci pour me dire si j'ai raison. Il faut que j'y réfléchisse.
— De quoi parles-tu ?
— Si j'ai raison, si effectivement quelqu'un a tué Glory pour quelque chose qu'elle avait en elle, eh bien... d'une certaine manière... c'est aussi pour moi qu'il l'a tuée. Moi aussi, j'ai eu quelque chose d'elle. Et si c'est vrai... crois-tu que nous puissions...

Il n'alla pas au bout de sa question et elle garda longtemps le silence, son regard tombant sur la poitrine de McCaleb.
— Je sais, dit-elle enfin. Mais tu n'as rien fait, toi. Tu n'es pour rien dans cette histoire.
— Écoute, je veux quand même que tu y réfléchisses... juste pour être sûre.

Elle acquiesça.
— C'est la façon que Dieu a eue de faire quelque chose de bien de quelque chose qui était une horreur.

Il appuya son front contre celui de la jeune femme et garda le silence à son tour.
— Je sais ce que tu m'as dit et je n'ai pas oublié l'histoire d'Aubrey-Lynn, reprit-elle. Raison de plus pour croire. Si seulement tu essayais.

Il l'enlaça une deuxième fois et lui souffla :
— D'accord, j'essaierai.

Un homme qui portait une grosse mallette à la main entra dans le renfoncement et se dirigea vers l'un des téléphones. Il leur jeta un bref coup d'œil et sursauta en voyant l'uniforme de Graciela. Il pensait manifestement qu'elle travaillait à l'hôpital et ne se conduisait pas de manière très professionnelle. L'instant en fut aussitôt détruit pour McCaleb. Il rompit son étreinte et regarda Graciela dans les yeux.
— Fais attention à toi et dis bonjour à Raymond de ma part. Dis-lui que j'ai envie de repartir à la pêche avec lui.

Elle hocha la tête en souriant.
— Fais attention, toi aussi, dit-elle. Et appelle-moi.

– Promis.

Elle se pencha en avant, l'embrassa vite et se dirigea vers le parking. McCaleb jeta un bref coup d'œil à l'homme qui téléphonait et partit dans la direction opposée.

33

Il n'y avait pas de taxi à l'entrée des urgences, il décida de changer de plan. Il n'avait rien mangé depuis le petit déjeuner et commençait à faiblir. Il sentait une petite migraine lui monter à la tempe et savait que s'il ne refaisait pas le plein, elle l'envahirait complètement. Donc, appeler Buddy Lockridge et lui demander de venir le chercher et l'attendre en mangeant un sandwich de dinde avec du cole slaw au delicatessen d'en face, chez Jerry. Plus il pensait aux superbes sandwichs qu'on y confectionnait, plus il avait faim. Dès que Buddy arriverait, ils pourraient passer à la Video Graphic Consultants d'Hollywood et y reprendre la bande et le tirage que Tony Banks avait dû lui préparer.

Il se dépêcha de réintégrer les urgences et retraversa l'entrée pour gagner les téléphones. Debout devant l'un d'entre eux, une jeune femme en larmes racontait à quelqu'un ce qui était arrivé à un de ses amis qui, apparemment, était encore en train de se faire soigner. McCaleb remarqua qu'elle s'était fait percer une narine et la lèvre inférieure, des anneaux en argent y étant accrochés et reliés entre eux à l'aide d'une chaînette en épingles de nourrice.

— Il me connaissait pas, il connaissait pas Danny, gémit-elle. Il est complètement à la masse et maintenant, v'là qu'ils ont aussi appelé les flics.

Momentanément distrait par les épingles de nourrice, McCaleb se demanda ce qui arriverait si jamais elle avait envie de bâiller, puis il gagna le téléphone le plus éloigné d'elle et tenta de l'oublier. Il avait laissé sonner six fois et était sur le point de renoncer à joindre Lockridge – sur un bateau comme le sien, on n'était jamais à plus de quatre sonneries du téléphone –, lorsque Buddy décrocha enfin.

— Yo, Buddy, t'es prêt à bosser ?
— Terry ?

Avant même qu'il ait pu répondre, Buddy baissa la voix au maximum.

— Mais où t'es, mec ?
— A l'hôpital de Cedars. J'aurais besoin que tu viennes me chercher. Qu'est-ce qu'il y a ?
— Écoute, je vais venir te chercher, mais je suis pas trop sûr que t'aies envie de revenir ici.
— Buddy ! Arrête tes conneries et dis-moi exactement ce qui se passe.
— Je suis pas très sûr, mec, mais y a des gens partout sur ton bateau.
— Des gens ? Quels gens ?
— Ben, y en a deux que c'est les deux mecs en costard qui sont venus te voir hier et...

Nevins et Uhlig.

— Quoi ? Ils sont dans mon bateau ? A l'intérieur ?
— Oui, dedans. Et en plus, ils ont ôté la housse de ta Cherokee et fait venir la fourrière. Je crois qu'ils vont te l'embarquer. J'y suis allé voir ce qui se passait et c'est tout juste s'ils m'ont pas passé les fers. Ils m'ont montré leurs badges et un mandat de perquisition et m'ont dit d'aller me faire foutre. Ils n'ont pas été gentils du tout. Ils sont en train de perquisitionner.
— Merde !

McCaleb regarda autour de lui et s'aperçut que son éclat avait éveillé l'attention de la femme qui pleurait. Il lui tourna le dos.

— Buddy ? Où es-tu ? Sur le pont ou en dessous ?
— En dessous.
— Est-ce que tu peux voir le *Following Sea* ?
— Bien sûr. Je suis au hublot de la cambuse.
— Combien y a-t-il de personnes ?

— C'est-à-dire que... il y en a à l'intérieur. Mais je dirais quatre ou cinq en tout. Et deux de plus autour de la Cherokee.
— Y a-t-il une femme avec eux ?
— Oui.

McCaleb lui décrivit Jaye Winston du mieux qu'il pouvait et Lockridge lui confirma que la femme qu'il voyait lui ressemblait bien.

— Elle est au salon, précisa-t-il. On dirait qu'avant, quand je la regardais, elle ne faisait que surveiller.

McCaleb hocha la tête. Il passa toutes les possibilités en revue, mais, de quelque façon qu'il envisageât les choses, le résultat était le même : Nevins et Uhlig savaient qu'il détenait des documents du FBI, mais ce n'était pas ça qui avait déclenché une réaction pareille. Il n'y avait qu'une autre explication et c'était qu'il faisait maintenant officiellement partie des suspects. Il réfléchit à la manière dont, si c'était bien le cas, Nevins et Uhlig auraient procédé.

— Buddy, reprit-il, les as-tu vus descendre des trucs du bateau ? Genre des sacs en plastique ou en papier marron, disons de chez Lucky.

— Ouais, ils en ont descendu quelques-uns. Ils les ont posés sur le quai. Mais t'as pas à t'inquiéter, la Terreur.

— Comment ça ?

— Je crois pas qu'ils vont trouver ce qu'ils sont vraiment venus chercher.

— Qu'est-ce que tu me...

— Pas au téléphone, mec. Tu veux que je vienne te chercher tout de suite ?

McCaleb s'arrêta de parler. Qu'est-ce qu'il était en train de lui raconter ? Que se passait-il ?

— Bon, tiens bon la rampe, dit-il enfin. Je te rappelle dans une seconde.

Il raccrocha, remit un quarter dans la fente et appela son propre numéro. Personne ne décrocha. Le répondeur s'étant enclenché, il s'entendit demander de laisser un message. Après le bip, il dit ceci :

— Jaye ? Si vous êtes là, décrochez.

Il attendit une seconde et s'apprêtait à répéter lorsqu'on décrocha. Il éprouva un léger soulagement en reconnaissant la voix de Jaye.
— Winston à l'appareil, dit-elle.
— McCaleb.
Puis, plus rien : il valait mieux voir comment elle allait jouer le coup. Il serait plus à même de savoir ce qu'elle pensait en analysant la manière dont elle s'y prendrait.
— Euh... Terry ? Comment avez-vous... Où êtes-vous ?
L'infime soulagement qu'il avait ressenti se dissipa aussitôt pour céder la place à l'angoisse. Il lui avait laissé la possibilité de lui parler en langage codé, de faire comme si elle répondait à un collègue, voire à Hitchens, et elle l'avait appelé par son nom.
— Aucune importance, lui répondit-il. Qu'est-ce que vous fabriquez sur mon bateau ?
— Et si vous veniez ici qu'on en parle ?
— Non, Jaye. C'est maintenant qu'on en cause. Suis-je officiellement suspect ? Parce que c'est bien de ça qu'il s'agit, n'est-ce pas ?
— Écoutez, Terry, ne me compliquez pas la tâche. Pourquoi ne viendriez-vous...
— Avez-vous un mandat d'amener ? Répondez-moi, Jaye.
— Non, Terry, nous n'en avons pas.
— Mais je suis suspect.
— Terry... pourquoi ne m'avez-vous pas dit que vous aviez une Cherokee noire ?
Il fut frappé de stupeur en comprenant soudain comment on le voyait.
— Parce que vous ne me l'avez jamais demandé, lui répondit-il. Non mais... vous vous rendez compte de ce que vous dites ? Vous vous rendez compte de ce que vous en arrivez à penser ? Comment voudriez-vous que j'aille m'embringuer dans cette histoire et que j'y entraîne tout le FBI si c'était moi l'assassin ? Vous plaisantez, non ?
— Vous vous en êtes pris à notre seul témoin.
— Quoi ?
— Noone. Vous avez réussi à le joindre, vous vous êtes impli-

qué dans l'enquête et vous avez bousillé son témoignage. Vous l'avez hypnotisé, Terry ! Maintenant, nous ne pouvons plus rien en faire. La seule personne qui aurait pu identifier le tueur et il faut que nous la perdions ! Il...

Elle s'arrêta de parler. Quelqu'un d'autre venait de décrocher.

— McCaleb ? Nevins à l'appareil. Quelle est votre position ?

— Vous, je ne vous parle pas, compris ? Faudrait voir à se sortir la tête du trou de balle, Nevins ! Je ne fais que...

— Écoutez-moi. J'essaie seulement d'être poli. On peut faire tout ça gentiment et sans bruit, ou bien alors employer les grands moyens. A vous de choisir, l'ami. Il faut revenir ici. On en reparle et on voit où ça va.

McCaleb repassa encore une fois tous les éléments de la situation en revue. Nevins et les autres étaient arrivés à la même conclusion que lui. Ils avaient établi le lien avec le sang et c'était d'être directement bénéficiaire du meurtre de Gloria Torres qui l'avait rendu suspect. Il les imagina en train de passer son nom à l'ordinateur et d'en ressortir l'immatriculation de sa Cherokee. C'était à peu près sûrement à ce moment-là qu'ils avaient basculé. Ils avaient obtenu un mandat de perquisition et s'étaient rendus au bateau.

Il sentit l'étreinte glacée de la peur autour de son cou. L'intrus de la nuit précédente. Il commença à comprendre que la question n'était pas de savoir ce qu'il avait voulu trouver, mais plutôt ce qu'il avait caché dans le bateau. Il repensa à ce que Buddy lui avait dit quelques instants plus tôt – ces messieurs avaient peu de chances de trouver ce qu'ils cherchaient –, enfin le tableau se dessina en son entier.

— Nevins ? reprit-il. J'arrive tout de suite. Mais d'abord, vous répondez à ma question : qu'est-ce que vous avez contre moi ? Qu'avez-vous trouvé ?

— Non, Terry, on ne la joue pas comme ça. Vous venez et nous en parlons.

— Je raccroche, Nevins. C'est votre dernière chance.

— Vaudrait mieux ne plus aller à la poste, McCaleb. Vous y verriez votre portrait accroché au mur. Nous n'avons plus qu'à rédiger votre dossier...

McCaleb raccrocha et s'appuya au montant de la cabine. Il ne savait plus ce qui était en train de lui arriver ni ce qu'il allait faire. Qu'avaient-ils trouvé ? Qu'est-ce que le visiteur inconnu avait caché dans le bateau ?
— Ça va ?
Il se retourna d'un bond. C'était la fille au nez et à la lèvre percés.
— Ça va, dit-il. Et vous ?
— Ça va mieux maintenant. J'avais juste besoin de parler avec quelqu'un.
— Je connais ça.
Elle quitta le coin des téléphones. McCaleb redécrocha aussitôt et glissa un autre quarter dans la fente. Buddy décrocha au bout d'une demi-sonnerie.
— Bon alors, écoute, lui dit McCaleb. Oui, tu viens me chercher. Mais tu ne vas pas pouvoir te tirer de chez toi comme ça.
— Quoi ? On est dans un pays libre et...
— Je viens juste de leur parler, Buddy, et ils savent que quelqu'un m'a mis au courant de la perquise. Alors, voici ce que tu vas faire... Tu enlèves tes chaussures et tu y glisses tes clés et ton portefeuille. Après, tu sors ton sac de linge sale, tu mets tes chaussures dedans et tu les recouvres de vêtements. Après, tu sors de... et...
— J'ai plus de linge sale, Terry. J'ai fait la lessive ce matin, avant qu'ils se pointent.
— Pas de problème, Buddy. Tu prends des habits... des habits propres... et tu les mets dans ton sac comme si c'étaient des sales. Et tu planques les godasses. Tu fais semblant d'aller à la laverie, d'accord ? Tu ne fermes pas ton bateau et tu fais gaffe à avoir quatre quarters à la main. Ils t'arrêteront, mais si tu joues bien la comédie, ils te croiront et te laisseront passer. Après, tu montes dans ta voiture et tu viens me retrouver.
— Et s'ils me filent ?
— Ils ne te fileront pas. Ils ne t'accorderont même pas un regard dès qu'ils t'auront laissé passer. Peut-être même devrais-tu passer à la laverie avant de venir ici.
— D'accord. Où est-ce que je te retrouve ?

McCaleb n'eut pas la moindre hésitation : il avait appris à lui faire confiance. En plus, il pourrait prendre des précautions de son côté.

Après avoir raccroché, il appela Tony Banks et le prévint de son arrivée. Banks lui dit qu'il l'attendait.

Il entra au Jerry's Famous Deli et commanda un sandwich à la dinde avec du cole slaw – à emporter. Il commanda aussi un gros cornichon à la russe et une boîte de Coca. Il régla, prit son sandwich et retraversa Beverly Boulevard pour revenir à l'hôpital. Il y avait passé tant de jours et tant de nuits qu'il le connaissait comme sa poche. Il prit l'ascenseur jusqu'au troisième et entra dans le service maternité où se trouvait une salle d'attente avec vue sur l'héliport, Beverly Boulevard et l'entrée du delicatessen. Il n'était pas rare d'y voir un futur papa dévorer un sandwich. Il savait qu'il pourrait s'asseoir et manger en attendant l'arrivée de Lockridge.

Le sandwich ne dura que cinq minutes, mais l'attente, elle, s'éternisa pendant plus d'une heure et… toujours pas de Buddy. Il regarda deux hélicoptères atterrir, chacun transportant des organes à greffer rangés dans des glacières rouges.

Il était sur le point de rappeler le *Double Down* en se demandant si les agents du FBI avaient retenu son voisin lorsqu'il vit enfin la Taurus se garer devant le delicatessen. Il gagna la fenêtre et scruta longuement tout le boulevard, puis il leva les yeux pour voir si un hélico de la police ne traînait pas quelque part dans le ciel. Enfin il quitta la fenêtre et se dirigea vers l'ascenseur.

Buddy avait posé un sac à linge en plastique rempli de vêtements sur la banquette arrière. McCaleb monta dans la Taurus, le regarda, puis se tourna vers Buddy qui jouait un air assez peu reconnaissable à l'harmonica.

– Merci, Buddy, dit-il. Des problèmes ?

Lockridge laissa tomber son instrument dans le compartiment de la portière.

— Non. Comme tu me l'avais dit, ils m'ont arrêté et m'ont posé leurs petites questions. Mais j'ai joué au con et ils m'ont laissé partir. Je crois bien que c'est parce que j'avais mes quatre quarters à la main qu'ils m'ont lâché. C'était malin, ton truc, Terry.
— Nous verrons. Qui t'a arrêté ? Les deux costards ?
— Non, deux autres types, des flics, pas des agents, enfin... c'est ce qu'ils m'ont dit, mais comme ils ne m'ont pas donné leurs noms...
— Un grand costaud, genre latino avec un cure-dents dans la gueule ?
— Ben ça ! Ouais, c'était lui.

Arrango. McCaleb éprouva un rien de satisfaction à avoir feinté ce connard prétentieux.

— Bon, alors, on va où ? reprit Buddy.

McCaleb avait réfléchi à la question en attendant et savait qu'il devait absolument travailler sur la liste des greffés – et vite. Mais avant de s'y mettre, il voulait s'assurer qu'il avait bien toutes ses cibles en vue. Il en était venu à considérer les enquêtes comme des rallonges d'échelles sur des camions de pompiers : plus on en rajoute et plus loin on va, mais on perd en stabilité. On ne pouvait absolument pas négliger la base, le début même de la recherche. Tous les détails qu'on découvrait ensuite devaient pouvoir être remis à la bonne place. Bref, il sentait qu'il fallait compléter, et définitivement, la chronologie. Il se devait de répondre aux questions qu'il avait lui-même soulevées avant de gagner le bout de l'échelle. Philosophie générale, mais aussi instinct, tout le lui disait. C'était, il le devinait, dans les contradictions mêmes de l'affaire qu'il mettrait la vérité en lumière.

— Hollywood, dit-il à Lockridge.
— Le truc de vidéo où on est déjà allés ?
— Voilà, t'as pigé. On commence par passer à Hollywood et après on rejoint la Valley.

Lockridge franchit quelques croisements pour arriver dans Melrose Boulevard et prendre vers l'est, direction Hollywood.

— Bon, alors, déballe-moi ton affaire, reprit McCaleb. Qu'est-ce que tu me racontais au téléphone ? Qu'est-ce que c'est que cette histoire qu'ils ne trouveraient pas ce qu'ils cherchaient ?
— Regarde dans le sac de linge sale.
— Pourquoi ?
— Jettes-y juste un coup d'œil, insista-t-il en lui indiquant la banquette arrière d'un petit coup de tête.

McCaleb détacha sa ceinture de sécurité, se tourna pour attraper le sac et, ce faisant, vérifia que personne ne les suivait. Il y avait beaucoup de circulation, mais aucune voiture ne lui parut suspecte.

Il baissa les yeux sur le sac. Celui-ci était rempli de chaussettes et de sous-vêtements. C'était bien vu. Les chances de voir Nevins ou un autre arrêter Lockridge en fouillant dans le linge en avaient été réduites d'autant.

— Toutes ces affaires sont propres, non ?
— Évidemment. Le bazar est au fond.

McCaleb se mit à genoux sur son siège, se pencha au maximum et vida le contenu du sac sur la banquette. Il entendit le bruit sourd d'un objet lourd qui tombait. Il écarta une paire de caleçons et aperçut un pistolet dans une pochette en plastique fermée par une fermeture Éclair.

Sans rien dire, il se rassit sur son siège en serrant la pochette dans sa main. Il en caressa le plastique qui avait jauni à l'intérieur : l'huile de nettoyage de l'arme. Puis il regarda le pistolet de plus près et fut aussitôt inondé de sueur : un HK P7, l'arme même qui avait tué Kenyon, Cordell et Torres. Il se pencha en avant pour l'examiner et s'aperçut que le numéro de série avait été brûlé à l'acide. Il n'y avait aucun moyen de retrouver l'origine du pistolet.

Ses mains tremblèrent. Il s'affaissa contre la portière, ses sentiments passant de l'angoisse qu'il éprouvait à savoir à quoi l'engin avait servi au désespoir le plus noir : il était piégé. Quelqu'un essayait de le coincer et aurait probablement réussi son coup si Buddy Lockridge n'avait pas repéré l'arme en passant sous la coque du *Following Sea*.

— Putain ! marmonna-t-il.

— Plutôt méchant comme engin, non ?
— Où l'as-tu trouvé exactement ?
— A environ deux mètres sous la poupe. Dans un sac de plongée attaché à un œilleton. En sachant qu'il était là, on n'avait aucun mal à l'attraper avec une gaffe et à le remonter en tirant sur la ligne. Mais ça, il fallait le savoir. Sans ça, il n'y avait aucun moyen de le voir du pont.
— Les types qui sont venus fouiller aujourd'hui... quelqu'un qui serait entré dans l'eau ?
— Oui, un plongeur. Il est descendu, mais j'avais déjà vérifié comme tu me l'avais demandé. Je l'ai coiffé sur le poteau.

McCaleb acquiesça et reposa le pistolet par terre entre ses pieds. Il le fixa des yeux, puis croisa les bras comme s'il voulait chasser un frisson. Il l'avait échappé belle, mais alors même que c'était à côté de celui qui l'avait sauvé qu'il était assis, son impression fut celle d'un isolement sans pareil. Il se sentit complètement seul et éprouva les prémices de quelque chose dont il n'avait jamais entendu parler que dans les livres : le syndrome du je-me-bats-ou-je-m'enfuis-à-toutes-jambes. En lui monta le désir presque violent de tout oublier et de filer. Laisser tomber, courir, partir le plus loin possible.

— Je suis vraiment dans la merde, constata-t-il.
— C'est un peu ce que je me disais, lui répondit Buddy.

34

Il avait retrouvé son calme et toute sa détermination lorsqu'ils arrivèrent enfin à la Video Graphic Consultants. En route, il avait réfléchi à l'idée de prendre la fuite, puis l'avait écartée : se battre, il n'avait pas d'autre solution. Il savait que c'était son cœur qui lui interdisait de filer. Partir, ce serait mourir, car il avait un besoin absolu du traitement postopératoire très précis qu'on lui avait ordonné de suivre pour qu'il n'y ait pas rejet du greffon. Sans compter qu'à disparaître, il aurait aussi renoncé à Graciela et Raymond – et ça, il le sentait déjà, c'eût été condamner son cœur à une mort tout aussi rapide.

Lockridge le déposa devant le bureau et attendit dans une zone d'enlèvement immédiat. McCaleb trouva la porte fermée à clé, mais Tony Banks lui avait dit de sonner aux livraisons s'il arrivait tard. McCaleb appuya deux fois sur le bouton avant que Banks ne vienne lui ouvrir en personne. Il tenait une grande enveloppe jaune dans la main et la lui tendit par l'entrebâillement.

– C'est tout ? lui demanda McCaleb.
– La bande et les deux plans. C'est clair comme de l'eau de roche.

McCaleb prit le paquet.

– Combien je vous dois, Tony ?
– Rien du tout. Ça me fait plaisir de vous donner un coup de main.

McCaleb hocha la tête et s'apprêtait à retourner à la Taurus lorsqu'il s'arrêta et regarda Banks.

— Il faut que je vous dise quelque chose, Tony. Je ne fais plus partie du FBI. Je m'excuse de vous avoir trompé, mais...
— Je sais très bien que vous ne travaillez plus avec eux.
— Vous le savez ?
— J'ai téléphoné à votre bureau hier quand vous ne m'avez pas rappelé samedi. Le numéro figurait sur la lettre que vous m'aviez envoyée, vous savez... celle sur le mur. J'ai appelé et ils m'ont dit que ça faisait quelque chose comme deux ans que vous ne bossiez plus pour eux.

McCaleb scruta le visage de Banks. C'était la première fois qu'il jaugeait vraiment le jeune homme.
— Alors, pourquoi me donnez-vous ça ?
— Parce que vous voulez le type sur la bande, non ?

McCaleb acquiesça d'un signe de tête.
— Alors, je vous dis bonne chance. J'espère que vous l'aurez.

Et Banks referma la porte à clé. McCaleb voulut le remercier, mais il était déjà trop tard.

La supérette était vide, hormis deux fillettes qui réfléchissaient devant le rayon des bonbons et un jeune homme qui se tenait derrière le comptoir. McCaleb aurait bien aimé retrouver la vieille dame, la veuve de Kyungwon Kang. Il parla doucement et clairement au jeune homme en espérant qu'il comprendrait mieux l'anglais qu'elle.
— Je cherche la femme qui travaille ici pendant la journée, ânonna-t-il.

Le jeune homme — un adolescent, et encore —, le regarda et ourla les lèvres : il n'appréciait pas.
— C'est pas la peine de me parler comme à un demeuré, dit-il. Je parle anglais. Je suis né ici.
— Oh, dit McCaleb, surpris par sa bévue. Je m'excuse. C'est juste que la dame qui était là avant avait du mal à me comprendre.
— Ma mère. Elle a vécu trente ans en Corée avant de venir ici. Essayez donc voir vous-même. Allez faire un tour là-bas et essayez de vous faire comprendre en vingt ans.

– Écoutez, je vous demande pardon, lui renvoya McCaleb en levant les bras en l'air.

L'affaire s'engageait mal. Il essaya une autre tactique.

– Vous êtes le fils de M. Kyungwon Kang ?

Le jeune homme hocha la tête.

– Et vous, qui êtes-vous ? lui renvoya-t-il.

– Je m'appelle Terry McCaleb. Je vous présente mes condoléances pour la mort de votre père.

– Qu'est-ce que vous voulez ?

– J'effectue un travail pour la famille de la femme qui a été tuée ici ce...

– Quel travail ?

– J'essaie de retrouver l'assassin.

– Ma mère ne sait rien. Laissez-la tranquille. Elle en a assez vu comme ça.

– En fait, tout ce que je veux, c'est jeter un coup d'œil à sa montre. Je suis passé ici l'autre jour et j'ai remarqué qu'elle portait celle de votre père le soir où...

Le jeune homme le regarda fixement, puis il se détourna pour observer les fillettes au rayon des bonbons.

– Allez, les nanas, dit-il. Faudrait voir à choisir !

McCaleb regarda les fillettes à son tour. Elles n'avaient pas l'air heureuses qu'on les presse de prendre une décision aussi importante.

– C'est quoi cette histoire de montre ? reprit le jeune homme.

McCaleb se retourna vers lui.

– Eh bien... c'est un peu compliqué. Il y a des choses qui ne collent pas dans les rapports de police. J'essaie de comprendre pourquoi. Et pour y arriver, j'ai besoin de savoir l'heure exacte à laquelle l'assassin est entré ici.

Il lui montra la camera vidéo fixée au mur derrière lui, juste au-dessus du comptoir.

– La police m'a donné une copie de la bande et sur cette bande on voit la montre de votre père, reprit-il. J'ai fait agrandir certains plans et si votre mère n'a pas remis la montre à l'heure depuis... depuis qu'elle la porte, je pourrai sans doute avoir le renseignement que je cherche.

— Vous avez pas besoin de cette montre. L'heure est sur la bande. Et vous m'avez dit que vous l'avez.
— D'après la police, l'heure indiquée sur l'enregistrement ne serait pas bonne. C'est ça que j'essaie de déterminer. Pourriez-vous avoir l'amabilité d'appeler votre mère pour moi ?

Les fillettes arrivèrent enfin près du comptoir. Le jeune homme ne répondit pas tout de suite à McCaleb, mais prit l'argent qu'on lui tendait et rendit la monnaie. Il les regarda sortir avant de se tourner vers McCaleb.

— Je ne comprends pas, reprit-il. Ce que vous voulez n'a aucun sens.

McCaleb exhala un soupir.

— J'essaie de vous aider, dit-il. Voulez-vous que le type qui a tué votre père soit pris, oui ou non ?

— Évidemment que je le veux. Mais cette histoire de montre... je ne vois pas le rapport.

— Je pourrais vous l'expliquer si vous aviez une demi-heure à me consacrer, mais...

— Est-ce que j'ai l'air de m'en aller ?

McCaleb le regarda un moment avant de comprendre qu'il n'y aurait pas moyen de procéder autrement. Il acquiesça d'un signe de tête et lui demanda d'attendre : il fallait qu'il aille chercher une photo dans sa voiture.

Le jeune homme s'appelait Steve Kang. Assis à côté de Buddy Lockridge, il lui indiqua comment rejoindre un quartier qui se trouvait à quelques rues de l'endroit où avaient habité Raymond et Graciela Rivers.

Les explications de McCaleb l'avaient convaincu. Elles l'avaient même assez impressionné pour qu'il ferme le magasin et accroche une pancarte DE RETOUR TOUT DE SUITE sur la porte. Normalement, il s'y rendait et en revenait à pied, mais emprunter la voiture de Lockridge leur ferait gagner du temps.

Une fois arrivé chez lui, il fit entrer McCaleb pendant que Lockridge attendait dans la Taurus. La maison était pratiquement identique à celle de Graciela et avait dû elle aussi être construite au début des années cinquante et par le même promoteur. Kang pria McCaleb de s'asseoir dans la salle de séjour, puis il disparut dans un couloir qui conduisait à la chambre à coucher. McCaleb entendit bientôt des bruits de conversation étouffés. Il lui fallut quelques secondes pour comprendre que celle-ci se déroulait en coréen.

En attendant le retour de Kang, McCaleb songea à tout ce qui se ressemblait dans ces deux maisons et imagina les deux familles en train de pleurer leurs morts le soir et le lendemain de la tuerie.

Enfin Steve Kang reparut et lui tendit un téléphone sans fil et la montre que son père avait portée le soir du drame.

– Elle ne l'a pas remise à l'heure, dit-il. Elle est comme ce soir-là.

McCaleb hocha la tête. Du coin de l'œil il remarqua un mouvement. Il se tourna vers la gauche et vit la mère de Kang qui l'observait, debout dans le couloir. Il lui fit un petit signe de tête, mais la vieille femme ne réagit pas.

Il avait rapporté l'agrandissement du plan fixe ainsi que son carnet de notes et d'adresses. Il avait dit à Kang ce qu'il avait l'intention de faire, mais se sentait toujours mal à l'aise d'avoir tout cela entre les mains en sa présence. Il allait jouer le rôle d'un officier de police, ce qui constituait un délit grave même si ledit officier de police n'était autre qu'Arrango.

Il retrouva le numéro de téléphone du Central des télécommunications de Los Angeles dans son carnet d'adresses. Il l'avait eu le jour même où il avait commencé à travailler à l'antenne régionale du FBI – cela lui servait à coordonner les activités de diverses agences locales lorsque la nécessité s'en faisait sentir. Centre de dispatching particulièrement sombre et caverneux, le CT était installé au quatrième sous-sol de l'Hôtel de Ville et abritait le QG des transmissions radio de la police et des services de lutte contre l'incendie de toute l'agglomération urbaine. C'était également là que se trouvait la pendule qui avait donné l'heure exacte des meurtres de Kyungwon Kang et de Gloria Torres.

En se rendant d'Hollywood à la supérette, McCaleb avait

ressorti le dossier et retrouvé le numéro d'écusson d'Arrango dans le PV des premières constatations. Il posa la montre que lui avait tendue Kang sur le bras du canapé et appela le numéro hors urgences du CT. Une opératrice lui répondit à la quatrième sonnerie.

— Officier Arrango, bureau des homicides de la West Valley, dit-il. Numéro d'écusson : 1411. Je ne suis pas sur fréquence radio. J'aurais juste besoin d'un top pour démarrer une filature. Et j'aimerais que ce soit à la seconde près.

— Vous voulez aussi les secondes ? Bigre, vous êtes du genre précis, inspecteur Arrango !

— Exactement.

— Prêt ?

McCaleb regarda la montre. Il était dix-sept heures quatorze minutes et quarante-deux secondes lorsque l'opératrice lui donna le top.

— Je répète : dix-sept heures, quatorze minutes et trente-huit secondes.

— C'est noté. Merci.

McCaleb raccrocha et regarda Steve Kang.

— La montre de votre père a quatre secondes d'avance sur le top officiel, dit-il.

Kang plissa les paupières et fit le tour du canapé pour regarder McCaleb porter ces nombres dans son carnet de notes, les comparer avec ceux de la chronologie qu'il avait établie plus tôt et faire les calculs adéquats.

Ils arrivèrent à la même conclusion ensemble.

— Ça veut donc dire...

Steve Kang n'acheva pas sa phrase. McCaleb remarqua qu'il jetait un coup d'œil à sa mère dans le couloir avant de reporter son attention sur le nombre qu'il avait souligné dans son calepin.

— Ah, le fumier ! gronda Kang dans un murmure haineux.

— S'il n'était que ça ! ajouta McCaleb.

Buddy Lockridge fit démarrer la Taurus dès qu'il le vit sortir de la maison. McCaleb sauta dans la voiture.

– On y va, dit-il.
– On ramène le gamin chez lui ?
– Non, il faut qu'il parle à sa mère. Allons-y.
– Bon, bon. Mais où ?
– On rentre au bateau.
– Au bateau ? Mais tu peux pas y retourner, Terry ! Imagine qu'ils y soient toujours ! Ou qu'ils le surveillent !
– Aucune importance. Je n'ai pas le choix.

35

Lockridge le déposa sur le trottoir de Cabrillo Way, à environ huit cents mètres du port de plaisance. McCaleb fit le reste du trajet à pied, en veillant à rester dans l'ombre des petites échoppes qui bordaient le boulevard. Il était prévu que Buddy laisse les clés sur la Taurus et regagne le *Double Down* comme si tout n'était que routine dans sa vie. S'il voyait quelque chose d'inhabituel, ou quelque inconnu qui traînait sur les quais, il devait allumer la loupiote en haut du grand mât. McCaleb la verrait de loin et se tiendrait à l'écart.

Le port de plaisance arrivant en vue, McCaleb parcourut des yeux le sommet des dizaines de mâts qui s'alignaient devant lui. Il faisait déjà sombre, mais il n'y vit briller aucune lumière. Tout avait l'air de bien se passer. Il jeta un coup d'œil autour de lui et repéra une cabine téléphonique à l'extérieur d'une épicerie. Il décida de s'y rendre et d'appeler Lockridge. Cela lui fournirait aussi l'occasion de poser un instant sa lourde sacoche en cuir par terre. Buddy décrocha tout de suite.

– Les lieux sont sûrs ? demanda-t-il en reprenant la question posée dans *Marathon Man*.

– Je crois, lui répondit Buddy. Je ne vois personne, on ne m'a pas sauté dessus par-derrière quand je suis monté à bord et il ne me semble pas qu'il y ait de voiture banalisée dans le parking.

– Et le *Following Sea* ? Quelle gueule il a ?

Un long silence s'ensuivit pendant que Lockridge examinait le bateau.

— Il est toujours là, dit-il enfin, mais on dirait qu'il y a un cordon en plastique jaune entre les deux pontons, comme quoi il faudrait pas y monter ou quelque chose comme ça.

— Bien, j'arrive, mais je passe d'abord à la laverie pour y déposer ma sacoche dans une essoreuse. Si je me fais embarquer avant d'arriver au bateau, tu reprends le sac et tu le gardes jusqu'à ma sortie de taule. Ça te va ?

— C'est entendu.

— Bon alors, écoute. Même si tout se passe bien à bord, je n'y resterai pas longtemps et je tiens à te dire ceci dès maintenant : merci, Buddy, merci pour tout. Tu m'as beaucoup aidé.

— Pas de problème, mec. J'aime pas beaucoup ce que ces salauds essaient de te faire. Je sais que t'es un mec bien.

McCaleb le remercia encore une fois, raccrocha, reprit sa sacoche et la glissa sous son bras pour gagner le port de plaisance. Il entra dans la laverie, y trouva une sécheuse où fourrer sa sacoche et rejoignit le bateau sans encombre. Avant d'ouvrir la porte coulissante du salon, il regarda une dernière fois tout le port et n'y vit rien d'anormal ou qui pût éveiller ses soupçons. Il aperçut la forme de Buddy Lockridge assis dans le cockpit du *Double Down* et entendit les ouah ouah de son harmonica. Il lui adressa un petit signe de la tête et fit enfin glisser la porte.

Le bateau sentait le renfermé, mais il remarqua une vague odeur de parfum. Jaye Winston sans doute, se dit-il. Au lieu d'allumer une lumière, il attrapa la lampe de poche accrochée sous la table à cartes, l'alluma et en maintint le faisceau dirigé vers le sol. Puis il descendit, sachant qu'il devait faire vite. Il voulait seulement prendre assez de vêtements, de médicaments et de matériel médical pour tenir quelques jours. Il ne comptait pas que son escapade dure beaucoup plus longtemps.

Il ouvrit une des écoutilles du couloir, sortit son grand sac de marin, gagna sa chambre et rassembla le linge dont il aurait besoin. Faire tout ça à la seule lumière d'une lampe de poche ralentit un peu le mouvement, mais il finit par avoir ce qu'il voulait.

Lorsqu'il en eut fini, il transporta son sac au bout du couloir et rejoignit le cabinet de toilette pour y prendre ses médicaments, son matériel et son écritoire portatif. Il posa son sac ouvert sur le lavabo et s'apprêtait à y mettre ses coffrets et ses flacons de pharmacie lorsque quelque chose le frappa soudain : il y avait de la lumière quand il avait traversé le couloir. Celle de la cambuse ? Un des plafonniers du salon ? Il se figea sur place, écouta les bruits qui venaient du pont et passa en revue tout ce qu'il avait fait depuis qu'il était monté à bord. Il n'était pas très sûr d'avoir allumé en entrant.

Il écouta ainsi pendant une trentaine de secondes, mais n'entendit rien. Il repassa dans le couloir et regarda l'escalier. Immobile à nouveau, il écouta encore en pensant aux solutions qui s'offraient à lui. Ne pas emprunter l'escalier le condamnait à passer par l'écoutille du salon avant, mais il eût été idiot de croire que quiconque se trouvait sur le pont ne l'aurait pas remarqué.

– Buddy, lança-t-il. C'est toi ?

La réponse ne vint qu'après un long silence.

– Non, Terry, ce n'est pas Buddy.

Une voix de femme. McCaleb la reconnut tout de suite.

– Jaye ?

– Et si vous montiez sur le pont, hein ?

Il regarda encore une fois la salle de bains. Placée comme elle l'était, sa lampe de poche n'éclairait guère que ce qui se trouvait à l'intérieur du sac. Quant à le voir, lui...

– Je monte, dit-il.

Elle était assise sur une chaise pivotante près de la table basse en teck. Il avait dû passer tout à côté d'elle dans le noir. Il s'installa sur l'autre chaise, en face d'elle.

– Bonjour, Jaye, dit-il. Comment va ?

– J'ai vu mieux.

– Itou pour moi. J'allais vous appeler demain matin.

– Bien, bien. Mais comme je suis ici...

– Où sont vos amis ?

– Ce ne sont pas mes amis, Terry. Et ce ne sont certainement pas les vôtres non plus.

– Je n'en avais pas l'impression. Alors, que se passe-t-il ? Comment se fait-il que vous soyez ici et pas eux ?

– Parce que de temps en temps il arrive que l'un de nous

autres, pauvres piétons, se montre plus malin que les boys du FBI.

McCaleb sourit volontiers.

– Vous saviez que je reviendrais chercher mes médicaments.

Elle lui retourna son sourire et acquiesça.

– Ils s'imaginent que vous avez déjà filé au Mexique, voire plus loin. Mais j'ai vu votre armoire à pharmacie et j'ai tout de suite compris que vous ne pouviez pas ne pas revenir. C'était comme si vous étiez en laisse.

– Bref, vous allez me ramener au poste et c'est vous qui serez fêtée comme la grande gagnante.

– Pas nécessairement.

Il ne réagit pas tout de suite. Il pensa à ce qu'elle venait de dire et se demanda à quoi elle jouait.

– Qu'est-ce que vous êtes en train de me dire, Jaye ?

– Je vous dis seulement que mon cœur me souffle quelque chose et que les indices matériels me racontent une tout autre histoire… et qu'en général, je fais plutôt confiance à mon cœur.

– Moi aussi. De quels indices parlez-vous ? Qu'est-ce que vos gens ont trouvé ici ?

– Rien de bien important. Juste une casquette de base-ball marquée du logo CI. Nous nous sommes dit que ça devait être les initiales de Catalyna Island et que ça correspondait bien à la description que Noone nous avait faite de la casquette du chauffeur de la Cherokee. Et après rien… jusqu'au moment où nous avons ouvert le tiroir du haut de la table à cartes.

McCaleb se tourna vers le meuble. Il se rappela en avoir ouvert le tiroir supérieur après avoir chassé l'intrus la nuit précédente. Il ne s'y trouvait rien de bizarre ou qui aurait pu l'incriminer.

– Et qu'y avait-il dedans ?

– Dedans ? Rien. C'était sous le plateau. Scotché dessous.

McCaleb se leva et gagna les tiroirs à cartes. Il sortit celui du haut de son logement, le retourna et passa son doigt sur des restes de colle laissés par un gros ruban adhésif. Il sourit et secoua la tête en pensant à la rapidité avec laquelle l'intrus avait pu entrer, sortir un paquet préscotché et le plaquer sous le tiroir ouvert.

— Laissez-moi deviner, dit-il. C'était une pochette en plastique...
— Non, Terry, pas un mot de plus. Ça pourrait vous retomber sur le nez. Et je ne veux pas vous faire de mal.
— Ce n'est pas ça qui m'inquiète, lui renvoya-t-il. Plus maintenant. Alors, laissez-moi deviner. Sous le tiroir il y avait une pochette... du genre à fermeture Éclair. Et à l'intérieur on avait glissé la boucle d'oreille crucifix de Gloria Torres et une photographie de la famille Cordell, celle que le tueur a piquée dans son van.

Jaye Winston acquiesça d'un signe de tête. McCaleb regagna sa chaise.

— Vous avez oublié le bouton de manchette de Donald Kenyon, lui fit-elle remarquer. Argent massif, en forme de dollar.
— Ça, j'ignorais. Je parie que Nevis, Uhlig et ce connard d'Arrango ont eu les genoux qui enflaient sérieux quand ils ont trouvé la pochette.
— Ça, pour rouler les mécaniques, ils ont roulé les mécaniques ! s'exclama-t-elle. Ils étaient vraiment contents.
— Mais pas vous.
— Non. C'était trop facile.

Ils gardèrent le silence un instant.

— Vous n'avez pas l'air de trop vous inquiéter que des pièces à conviction vous reliant à trois meurtres aient été retrouvées dans votre bateau, reprit-elle. Sans même parler du motif plus qu'évident que vous auriez eu à commettre ces trois assassinats, ajouta-t-elle en lui montrant sa poitrine d'un geste du menton. On dirait même qu'au mieux, ça vous agace un peu. Ça vous déplairait de me dire pourquoi ?

McCaleb se pencha en avant et posa les coudes sur ses genoux, son visage paraissant plus clairement dans la lumière.

— Jaye, dit-il, ces pièces à conviction, c'est quelqu'un qui les a mises ici : la casquette, la boucle d'oreille, tout. Hier soir, quelqu'un est entré chez moi par effraction. Vu qu'il n'a rien pris, c'est qu'il était venu pour m'apporter des choses. Et j'ai des témoins. On est en train de me piéger, Jaye. Je ne sais pas pourquoi, mais c'est un coup monté.

— Écoutez, si vous pensez à Bolotov, vaudrait mieux renoncer tout de suite. Il est à la prison de Van Nuys : c'est son contrôleur qui l'a ramassé lui-même samedi après-midi.
— Ce n'est pas à Bolotov que je pensais. Il est hors du coup.
— Vous avez changé de refrain.
— Certains événements interdisent toute possibilité d'en faire un suspect. Rappelez-vous : je le voyais assez bien avoir cambriolé la baraque où on avait piqué le HK P7. C'était à deux pas de son boulot et ça lui aurait donné l'arme qui aurait fait de lui un bon suspect dans les meurtres de Cordell et de Torres. Sauf que le cambriolage a eu lieu en décembre, aux environs de Noël, et que maintenant, il faut y ajouter l'assassinat de Kenyon. Lui aussi a été tué avec un HK P7, mais en novembre. Il ne peut donc pas s'agir de la même arme, même si Bolotov était effectivement responsable du cambriolage. Bref, il est hors course. Cela dit, je ne comprends toujours pas pourquoi il a vu rouge et m'a sauté dessus avant de se tirer.
— Bah, il se peut quand même bien que ce soit lui qui ait cambriolé la baraque, comme vous dites. Vous vous pointez, vous lui foutez la trouille en lui laissant entendre que vous pourriez lui coller quelques meurtres sur le dos, il se carapate. Ça ne va pas plus loin.

McCaleb acquiesça d'un hochement de tête.

— Et c'est quoi, la suite, pour lui ?
— Son patron va laisser tomber sa plainte s'il fait arranger la fenêtre cassée, point à la ligne. Ils le relâcheront dès aujourd'hui, après sa comparution devant le tribunal.

McCaleb hocha de nouveau la tête et regarda le tapis.

— Comme quoi il vaudrait mieux renoncer à lui, Terry. Vous avez autre chose ?

Il releva la tête et la regarda droit dans les yeux.

— Je suis tout près du but, dit-il. Encore un ou deux trucs et je peux mettre tout à plat. Je sais qui est l'assassin. Et dans deux ou trois jours, je saurai qui l'a engagé. J'ai une liste de noms... de suspects, s'entend, et je sais que la personne que nous cherchons y figure. Là-dessus, vous pouvez faire confiance à votre cœur, Jaye. Vous pouvez aussi m'arrêter maintenant, me ramener

au commissariat et en tirer gloire, mais vous auriez tort et ça ne collerait pas. Un jour ou l'autre, je finirais par pouvoir le prouver. Et en attendant, nous aurions perdu la chance que nous avons à l'instant même.
— Qui est l'assassin ?
Il se leva.
— Il faut que j'aille chercher mon sac, dit-il. Je vais vous montrer.
— Où est-il ?
— Dans une essoreuse, à la laverie. C'est là que je l'ai planqué. Je ne savais pas sur quoi je tomberais en arrivant.
Jaye Winston réfléchit un instant.
— Laissez-moi aller le chercher, reprit-il. Vous avez toujours l'armoire à pharmacie. Je ne vais pas partir. Si vous ne me faites pas confiance, accompagnez-moi.
Elle le chassa d'un geste de la main.
— Bon, allez-y, dit-elle. J'attendrai ici.

Sur le chemin de la laverie, McCaleb rencontra Buddy Lockridge. Celui-ci tenait la sacoche en cuir qu'il avait déjà récupérée.
— Tout va bien ? demanda-t-il à McCaleb. Tu m'avais dit d'aller la prendre si jamais je voyais quelqu'un te sauter dessus.
— Tout va bien, Buddy, enfin... je crois.
— Je ne sais pas ce qu'elle est en train de te raconter, mais elle faisait partie de ceux qui sont venus aujourd'hui.
— Je sais. Mais je crois qu'elle est de mon côté.
McCaleb lui prit la sacoche et repartit vers le bateau. Une fois à bord, il alluma la télévision, inséra la bande vidéo de la supérette dans le magnétoscope et appuya sur la touche « Play ». Puis il mit en avance rapide et regarda les mouvements saccadés du tueur qui entrait et abattait Gloria Torres et le propriétaire du magasin avant de s'en aller. C'était alors qu'arrivait le Bon Samaritain – McCaleb remit la bande en vitesse normale. Puis, au moment même où le Bon Samaritain relevait la tête après s'être penché sur la forme affaissée de Gloria Torres, il appuya sur la touche « Pause », l'image se figeant aussitôt sur l'écran.

Du doigt, il montra le poste de télévision à Jaye Winston et lui dit :
— Le voilà, votre assassin.
Elle regarda fixement l'appareil pendant un bon moment, son visage ne trahissant rien de ce qu'elle pensait.
— Je veux bien, mais… expliquez-vous. Comment est-il possible que ce soit le meurtrier ?
— Le chronométrage, Jaye. Arrango et Walters ont toujours considéré cette affaire comme un simple hold-up à main armée, et comme c'était bien ce à quoi ça ressemblait, on ne peut pas leur en vouloir. Mais ils ont dégueulassé le boulot. Ils ne se sont jamais donné la peine de vérifier, ou même seulement d'établir la moindre chronologie. Ils ont pris ce qu'ils voyaient pour argent comptant. Mais il y avait un hiatus entre l'heure de la fusillade indiquée sur la vidéo et celle qui a été donnée par la pendule officielle lorsque le Bon Samaritain a appelé.
— D'accord. Vous me l'avez déjà dit. Et l'écart est de quoi ? Une trentaine de secondes ?
— Trente-quatre. D'après la vidéo du magasin, le Bon Samaritain a signalé la fusillade trente-quatre secondes avant qu'elle se produise.
— Mais vous ne m'avez pas dit que, d'après Walters et Arrango, on ne pouvait pas vérifier l'exactitude de la pendule interne à la vidéo ? Ils ne se seraient pas dit que si elle était en avance, c'était tout simplement parce que le vieux… M. Kang, l'avait probablement mise à l'heure lui-même ?
— Si, c'est effectivement ce qu'ils se sont dit. Mais pas moi.
Il rembobina la bande jusqu'à l'endroit où M. Kang ayant le bras en travers du comptoir, on découvrait sa montre. Il mit l'enregistrement au ralenti et le fit avancer et reculer jusqu'au moment où il eut la bande chrono pile sous l'image et figea encore une fois celle-ci. Puis il ouvrit sa sacoche et en sortit un agrandissement du plan fixe.
— Bien, dit-il. Je n'ai rien fait d'autre que de trianguler les deux chronos de façon à avoir le moment exact où les faits se sont produits. Vous voyez la montre ?

Elle acquiesça d'un signe de tête. Il lui tendit l'agrandissement papier.
— J'ai demandé à un ami qui a travaillé pour le FBI de me gonfler le cliché. C'est celui que vous avez entre les mains. Et comme vous le voyez, l'heure indiquée par la montre correspond à celle indiquée par la bande chrono. A la seconde près. Le vieux Kang a dû programmer la bande en partant de l'heure que lui donnait sa montre. Vous me suivez ?
— Je vous suis. La vidéo et la montre sont synchrones. Mais ça veut dire quoi ?

McCaleb leva les bras en l'air pour lui signifier d'attendre un peu, puis il sortit son carnet de notes et se référa à son propre chronométrage.
— Nous savons donc maintenant que d'après la pendule du CT, le Bon Samaritain a signalé la fusillade à dix heures quarante et une minutes et trois secondes, soit très exactement trente-quatre secondes avant qu'elle ait lieu, d'après la caméra vidéo, s'entend. D'accord ?
— D'accord.

Il lui relata son expédition au magasin, lui raconta comment il s'était rendu au domicile des Kang et avait pu avoir la montre du père — et lui confirma que personne ne l'avait remise à l'heure depuis les meurtres.
— Après, j'ai appelé le CT et on m'y a donné un top que j'ai pu comparer avec celui de la montre. Celle-ci n'avance que de quatre secondes sur la pendule du CT et cela veut dire que la pendule interne à la caméra, elle aussi, n'avançait que de quatre secondes sur celle du CT au moment où les meurtres ont été commis.

Jaye Winston se pencha en avant et fronça les sourcils pour essayer de comprendre ses explications.
— Et cela voudrait dire...

Elle n'acheva pas sa phrase.
— Cela veut dire qu'il n'y a pratiquement pas de différence... à peine quatre secondes... entre l'heure donnée par le CT et celle indiquée par la caméra. Ce qui fait qu'au moment où le Bon Samaritain a signalé la fusillade, soit à vingt-deux heures

quarante et une minutes et trois secondes, il était vingt-deux heures quarante et une minutes et sept secondes au magasin. Il n'y a que quatre secondes de différence.

— Mais... c'est impossible ! s'exclama Winston en secouant la tête. Il n'y avait pas encore eu de fusillade ! Il s'y est pris trente secondes trop tôt. Gloria n'était même pas dans le magasin. Elle devait être en train de se garer dans le parking.

McCaleb garda le silence. Il avait décidé de lui laisser tirer ses conclusions elle-même – sans rien lui dire ni souffler. Il savait que ses déductions la frapperaient encore plus fort si elle arrivait au même résultat que lui toute seule.

— Et donc, reprit-elle, ce type... ce Bon Samaritain a signalé la fusillade avant même qu'elle ait eu lieu.

McCaleb acquiesça d'un signe de tête et remarqua que le regard de Jaye Winston s'était assombri.

— Mais pourquoi faire ça à moins... à moins de savoir... de savoir que la fusillade allait avoir lieu. C'est... nom de Dieu ! c'est forcément lui le tueur !

McCaleb hocha de nouveau la tête, mais cette fois son visage disait toute la satisfaction qu'il éprouvait : il savait que Jaye Winston était enfin passée dans son camp et qu'ils allaient embrayer ensemble.

36

— Avez-vous travaillé la question et découvert comment ça s'est passé ?
— Un peu.
— Vous me dites ?
McCaleb était revenu dans la cambuse et se versa un verre de jus d'orange. Winston avait bu un coup, mais se tenait elle aussi debout dans la pièce : avec l'adrénaline qui lui courait dans les veines, elle ne pouvait pas s'asseoir. McCaleb connaissait.
— Attendez une seconde, lui répondit-il.
Il avala son jus d'orange d'un seul coup.
— J'ai un peu forcé sur le taux de sucre aujourd'hui, reprit-il enfin. J'ai mangé trop tard.
— Ça va ?
— Oui, ça va.
Il posa son verre dans l'évier, se retourna et s'adossa au comptoir.
— Bon, voici comment je vois les choses. Commençons par l'individu X. Il habite là ou ailleurs, mais nous dirons que c'est un homme et que cet homme a besoin de quelque chose. Un organe. Rein, foie, moelle peut-être même. Des cornées, ce n'est pas impossible, mais là, on pousse peut-être un peu trop loin. Il faut quand même que ça vaille le coup de tuer. Il faut que ce soit quelque chose sans quoi il a toutes les chances de mourir. Ou alors, si ce sont les cornées, quelque chose qui va le rendre aveugle et l'empêchera de fonctionner normalement.

— Un cœur ?
— Ça serait sur la liste sauf qu'il y a un problème : le cœur, c'est moi qui l'ai. Et donc, on raye à moins d'être Nevins, Uhlig, Arrango ou un autre et de me voir en monsieur X. D'accord ?
— D'accord. Continuez.
— Et donc, ce monsieur X a autant d'argent que d'entregent. Il en a en tout cas suffisamment pour pouvoir contacter et engager un tueur.
— Mafieux ?
— Peut-être, mais pas nécessairement.
— Et le coup du « N'oublie pas le canoli » ?
— Je ne sais pas. J'y ai pas mal réfléchi, mais je trouve ça un peu clinquant pour un vrai crime de la Mafia. J'ai dans l'idée que c'est un truc pour nous égarer, mais je n'en sais pas plus.
— Bon, laissons tomber ça pour l'instant. Monsieur X...
— En plus de pouvoir engager un tueur pour faire le boulot, il a aussi accès à la banque de données du BOPRA. Il faut absolument qu'il sache qui a l'organe qu'il lui faut. Vous savez ce qu'est le BOPRA ?
— Je l'ai appris aujourd'hui même et j'ai dit la même chose de vous à Nevins : « Comment pourrait-il avoir accès au BOPRA ? » Il m'a répondu que la sécurité de ce système était nulle. D'après eux, vous seriez entré dans l'ordinateur à l'époque où vous étiez hospitalisé à Cedars. Vous vous êtes procuré la liste des donneurs d'organes à sang AB, CMV négatif, et vous avez attaqué.
— Parfait, dit-il. On reprend la même théorie, mais au lieu de moi, on dit que c'est monsieur X qui obtient la liste et met le Bon Samaritain sur le coup.
Il lui montra du doigt l'écran de télévision sur lequel l'image du Bon Samaritain était toujours figée. Ils la regardèrent tous les deux un instant avant de reprendre.
— L'assassin parcourt la liste et tiens donc, voilà qu'il découvre un nom qu'il reconnaît : Donald Kenyon. Kenyon est célèbre, surtout par tous les ennemis qu'il s'est faits, et devient aussitôt la cible idéale. Avec tous les gens qui le haïssent – les banquiers d'affaires, voire quelque grand mafieux dissimulé dans l'ombre –, le camouflage devient plus que facile.

— Bref, le Bon Samaritain arrête son choix sur Kenyon.

— Voilà. Il le choisit et le file jusqu'au moment où il sait très exactement tout ce qu'il fait. Ce qui est assez simple vu que Kenyon a un bracelet électronique à la cheville, cadeau du juge fédéral, et qu'il ne sort pratiquement jamais de chez lui à cause de ça. Mais le Bon Samaritain ne se décourage pas pour autant. Il repère les allées et venues de tous les gens de la maison et comprend vite que, tous les matins, Kenyon est seul chez lui pendant que sa femme emmène les enfants à l'école – durant une vingtaine de minutes.

La gorge sèche à force de parler, McCaleb reprit son verre dans l'évier et se versa un deuxième jus d'orange.

— C'est à ce moment-là qu'il frappe, reprit-il après avoir avalé la moitié de son verre. Il entre en sachant qu'il doit effectuer le boulot de telle manière que Kenyon arrive vivant à l'hôpital – vivant, mais pas plus. Il doit tout faire pour que les organes soient en bon état pour la greffe. Si ça dure trop longtemps, Kenyon arrive mort et ça, c'est pas bon du tout. Nous disons donc qu'il entre dans la maison, s'empare de Kenyon et le conduit à la porte d'entrée. Il l'y retient en attendant que sa femme revienne de l'école. Il oblige Kenyon à regarder par le judas pour être sûr que c'est bien elle, puis il le flingue et l'étale par terre pour qu'il soit bien frais et prêt lorsque sa femme ouvrira.

— Malheureusement, Kenyon n'arrive pas vivant à l'hôpital.

— Eh non. Le plan était bon, mais monsieur X a merdé : il a engagé une Devastator dans le canon de son P7 et ce n'est pas du tout la balle qui convient à ce genre de travail. C'est un projectile à fragmentation qui explose tout de suite et, en gros, réduit la cervelle de Kenyon en bouillie et lui bousille tous les centres de commande nécessaires à sa survie. La mort est quasiment instantanée.

Il s'arrêta de parler, regarda comment Winston évaluait sa théorie, puis leva un doigt en l'air afin de l'empêcher de conclure tout de suite. Il alla jusqu'à son sac dans le salon et en sortit une liasse de documents en prenant soin de se tenir entre Winston et le bagage : il n'avait aucune envie qu'elle y aperçoive le P7 qui s'y trouvait toujours.

Une fois revenu au comptoir, il y étala ses documents et lui trouva celui qu'il cherchait.

— Je ne suis pas censé avoir ce truc-là, reprit-il, mais jetez-y un coup d'œil. C'est la transcription de la bande des enregistrements illégaux effectués par le FBI dans la maison de Kenyon. C'est juste avant que celui-ci ne se fasse buter. Ils n'ont pas réussi à tout avoir, mais ce qui reste correspond bien à ma théorie.

Inconnu : Bon, écoute et vois un peu qui...
Kenyon : Non... Elle n'a rien à voir avec ça. Elle...

Winston acquiesça d'un signe de tête.

— Oui, il a pu lui dire de regarder par le judas, reconnut-elle. Et c'est sûrement de son épouse qu'il parle étant donné qu'il essaie tout de suite de la protéger.

— Exactement. Et vous verrez que d'après la transcription, il y a bien deux minutes de silence entre ce dernier échange de paroles et le coup de feu. L'assassin était obligé d'attendre que la femme de Kenyon se pointe ! Il voulait qu'elle voie le cadavre juste après.

Jaye Winston acquiesça de nouveau.

— Oui, ça colle, dit-elle. Mais... et les types du FBI qui écoutaient ? Vous pensez que le tueur ignorait leur présence ?

— Je n'en suis pas sûr, mais on le dirait bien. D'après moi, il a eu un coup de pot. Mais peut-être aussi s'était-il dit qu'il y avait des chances pour que la maison soit truffée de micros — et c'est peut-être de là que vient sa petite phrase sur le canoli. Un petit truc pour embringuer les enquêteurs sur une fausse piste, au cas où.

Il finit de boire son jus d'orange et reposa son verre dans l'évier.

— OK. Donc, il a échoué, reprit-elle. Du coup, il faut repartir à zéro. Ou plutôt, ressortir la liste du BOPRA. D'où le suivant qu'il nous choisit, James Cordell.

McCaleb acquiesça et la laissa finir d'elle même. Il savait que plus elle arriverait à caser de pièces dans le puzzle, plus elle croirait à sa solution.

— Il change de projectile, passe de la balle à fragmentation à la blindée de façon à avoir un trou qui traverse le cerveau sans causer de dommages immédiats.... Donc, il observe Cordell jusqu'au moment où il connaît toutes ses allées et venues et, même chose que pour Kenyon, il frappe à l'instant où il est sûr que quelqu'un va arriver et essayer de lui porter secours. Pour Kenyon, c'était sa femme, pour Cordell, ce sera James Noone. Il devait se tenir juste derrière Cordell et attendre le moment où la voiture de Noone entrerait dans l'allée qui conduit à la banque. Et c'est à ce moment-là qu'il tire.

— Sauf qu'à mon avis, Noone n'était pas prévu dans le plan, lui fit-il remarquer. Je ne vois pas comment il aurait pu compter sur l'arrivée d'un témoin. Il avait sans doute décidé d'abattre Cordell et d'appeler Police Secours au téléphone à pièces sur le trottoir — sur la bande des premières constatations, on voit bien que celui-ci est à deux pas. Sauf que James Noone débarquant, il est obligé de se tailler vite fait. Il s'est probablement dit que ce serait Noone qui passerait le coup de fil — et pour de bonnes raisons, celles-là. L'ennui, c'est que Noone passe son appel sur son cellulaire et que l'adresse n'est pas comprise, tout ce cafouillis se soldant par le délai qui est fatal à Cordell.

Jaye Winston hocha de nouveau la tête.

— Oui, dit-elle, Cordell est déjà mort lorsqu'il arrive à l'hôpital. Bref, il a encore merdé. Et donc, il reprend la liste et ce coup-ci, c'est Gloria Torres qu'il choisit. Mais là, pas question de prendre de risques. Il téléphone à Police Secours avant de la tuer.

— Voilà. Pour que les ambulanciers sautent dans leur voiture. Il savait tout des faits et gestes de la victime. Il est même probable qu'il s'était déjà posté à la cabine téléphonique pour l'attendre et c'est à l'instant même où il voit sa voiture qu'il appelle.

— Et donc, il entre, fait son boulot et se tire. Dès qu'il est dehors, il enlève son masque et sa combinaison et se transforme en Bon Samaritain. Il entre à nouveau dans la supérette, redresse Gloria Torres et dégage à toute allure. Et cette fois, c'est parfait, tout marche comme prévu.

— Comme quoi, il a tiré la leçon de ses erreurs. Ce sont ses deux échecs qui lui ont permis de réussir au troisième coup.

Il croisa les bras et attendit que Jaye Winston franchisse un nouveau pas dans son raisonnement.

— Et maintenant, c'est à la collecte des organes qu'il faut aller voir, reprit-elle. Un des récipiendaires sera donc notre monsieur X. Il faudrait qu'on passe au BOPRA pour avoir la... mais... vous ne m'avez pas dit que vous aviez une liste ?

Il acquiesça.

— Une liste du BOPRA ?

— Oui, du BOPRA.

Il retourna à son sac et y trouva la liste que Bonnie Fox lui avait confiée. Il se retourna et faillit bien rentrer dans Winston qui était sortie de la cambuse. Il lui tendit la feuille.

— Tenez, la voici, dit-il.

Elle l'examina comme si elle s'attendait à y voir figurer le nom de monsieur X en personne, ou quelque chose qui lui permettrait de l'identifier instantanément.

— Comment vous êtes-vous procuré ce papier ? lui demanda-t-elle.

— Ça, je ne vous le dirai pas.

Elle leva la tête.

— Pour l'instant, je dois protéger mon informateur, mais c'est tout ce qu'il y a de plus légal. Tous ces gens ont reçu des organes de Gloria Torres.

— Et vous allez me donner cette liste ?

— Oui. A condition que vous en fassiez quelque chose.

— Comptez sur moi. Je me mets au boulot dès demain matin.

McCaleb était parfaitement conscient de ce qu'il lui confiait. Bien sûr, c'était peut-être la clé de son innocence et ce qui permettrait de coincer un des pires assassins qui fût, mais c'était aussi quelque chose qui, elle, pourrait lui ouvrir tout grand les portes du succès. Si elle arrivait à trouver la solution pendant que le FBI et les flics du LAPD se ruaient dans l'impasse, son avenir professionnel était plus qu'assuré.

— Comment allez-vous vérifier tout ce petit monde ? lui demanda-t-il.

— Par tous les moyens possibles. Je chercherai du côté du fric, des casiers judiciaires, enfin quoi... tout ce qui attire l'attention. Les trucs habituels, leurs passés. Et vous, qu'est-ce que vous allez faire ?

Il jeta un coup d'œil à son sac. Documents, bandes et armes, celui-ci était au bord de se déchirer.

— Je ne sais pas encore. Vous voulez bien me dire quelque chose, Jaye ? Comment se fait-il que tout se soit retourné contre moi ? Comment en êtes-vous venus à me montrer du doigt ?

Jaye Winston replia soigneusement la liste en quatre et la glissa dans la poche intérieure de son blazer.

— Par le FBI. Nevins m'a dit qu'ils avaient reçu un coup de fil. De qui, il n'a pas voulu me le préciser, mais ça vous désignait en tant que suspect et ça, oui, il me l'a dit. D'après son informateur, vous auriez tué Gloria Torres pour avoir son cœur. C'est de là qu'ils sont partis. Ils ont repris les autopsies des trois victimes et ont découvert la correspondance sanguine. A partir de là, ce n'était plus qu'un jeu d'enfant : tous les morceaux du puzzle tombaient en place. Et je dois reconnaître qu'ils m'ont convaincue. A ce moment-là, tout ça me semblait bien convaincant.

— Mais comment, Jaye, comment l'était-ce ? lui demanda-t-il en haussant le ton. Rien de tout cela ne se serait produit si je n'avais pas commencé par rouvrir l'enquête. Si on a trouvé la similitude balistique avec le meurtre de Kenyon, c'est parce que je vous ai aiguillés dessus. Et c'est ça qui a amené les agents du Bureau à entrer dans la danse. Vous croyez vraiment qu'un assassin s'amuserait à ce petit jeu ? C'est complètement fou, oui !

Il s'était mis à crier fort et lui montrait sa poitrine du doigt.

— Oui, dit-elle, mais tout ça, nous l'avions pris en compte. Nous nous sommes réunis ce matin pour mettre les choses à plat. La théorie qui en est ressortie est que cette femme, la sœur, était venue vous demander des comptes et que vous aviez bien compris qu'elle ne vous lâcherait pas comme ça. Et donc, vous auriez décidé qu'il valait mieux rouvrir le dossier avant que quelqu'un d'autre s'avise de le faire à votre place. Vous avez attaqué bille en tête et tout fait pour couler l'enquête. Vous nous avez sorti l'histoire de Bolotov, et ça ne tenait pas debout, après vous nous avez hypnotisé le seul témoin véritable que nous avions et l'avez ainsi rendu inutilisable devant un tribunal. C'est vrai que la similitude balistique, c'est à cause de vous que nous l'avons découverte, mais peut-être aussi cela vous a-t-il surpris... peut-être pensiez-vous que l'examen au laser ne donnerait rien dans la mesure où c'était avec une Devastator que le meurtrier avait tué la première fois.

McCaleb secoua la tête. Il n'était pas question qu'il se laisse aller à envisager les choses sous leur angle à eux. Il n'arrivait toujours pas à croire que c'était sur lui qu'ils en étaient venus à se concentrer.

– Écoutez, on n'était quand même pas complètement sûrs de notre fait, reprit-elle. Nous pensions que nous avions assez d'éléments pour obtenir et justifier une commission rogatoire... et nous l'avons effectivement obtenue. Pour nous, cette perquisition devait nous permettre d'avancer ou de décider d'arrêter. Si **nous** trouvions d'autres preuves, nous continuerions, sinon nous laisserions tomber. Et quand nous avons découvert que vous aviez une Cherokee noire et qu'il y avait trois pièces à conviction sous votre tiroir... Une seule chose aurait pu être pire : qu'on retrouve l'arme chez vous.

Il pensa au P7 caché dans son sac, à moins de deux mètres de là. Encore une fois il remercia la chance qu'il avait.

– Sauf que, comme vous l'avez dit, c'était un peu trop facile.

– Pour moi, oui, dit-elle. Les autres ne voyaient pas les choses de cette façon. Je vous l'ai déjà dit, pour eux, l'heure était venue de rouler les mécaniques. Ils voyaient déjà les gros titres dans les journaux.

McCaleb secoua la tête. Cette discussion lui avait sapé le moral. Il s'approcha de la table de la cambuse et s'assit.

– Quelqu'un est en train de me piéger, dit-il.

Jaye Winston le rejoignit.

– Moi, je vous crois, lui dit-elle. Et je ne sais pas qui c'est, mais il a fait du bon boulot. Avez-vous une idée de la raison pour laquelle il essaie de vous coincer ?

McCaleb hocha la tête en faisant un dessin avec le sucre en poudre qui s'était renversé sur la table.

— Quand j'envisage les choses sous l'angle du tueur, oui, je comprends pourquoi.
Il ôta le sucre de la table de la paume de la main.
— Après l'échec Kenyon, l'assassin s'est vu contraint de reprendre la liste et a compris qu'il doublait le risque de se faire prendre. Il savait qu'il y avait une chance pour qu'on relie ses meurtres par le sang. C'est pour ça qu'il a essayé d'attirer l'attention sur autre chose. Il m'a défié. S'il était effectivement recensé dans la banque de données du BOPRA, il ne pouvait pas ne pas savoir que c'était moi qui devais hériter du cœur suivant. Il est très probable qu'il ait enquêté sur moi. Il savait que, comme lui, j'avais une Cherokee. Il a pris des souvenirs à ses victimes afin de pouvoir les coller chez moi si le besoin s'en faisait sentir. Il est à peu près certain que c'est lui qui a appelé Nevins quand il a senti que tous les éléments de son montage étaient en place.
Il resta immobile un long moment et réfléchit au pétrin dans lequel il se trouvait. Puis il se leva lentement et quitta la table.
— Il faut que je finisse de faire mes valises, dit-il.
— Où allez-vous partir ?
— Je n'en suis pas sûr.
— Il faut que je puisse vous parler dès demain.
— Je resterai en contact.
Il commença à descendre les marches, les mains appuyées sur le rail du plafond.
— Terry, dit-elle.
Il s'arrêta net et se retourna vers elle.
— Je joue gros. C'est ma tête que je me mets sur le billot, vous savez ?
— Je le sais, Jaye. Merci.
Et il disparut dans les ténèbres de l'escalier.

37

Suite à la perquisition, la Cherokee de McCaleb avait été mise en fourrière un peu plus tôt dans la journée. Il emprunta la Taurus de Lockridge et s'engagea sur la 405 en direction du nord. Arrivé à l'échangeur numéro 10, il prit vers le Pacifique, puis bifurqua de nouveau vers le nord sur la route de la corniche. Il n'était pas pressé et, en ayant assez des autoroutes, avait décidé de suivre la côte et de rejoindre la Valley en passant par le canyon de Topanga. La route, il le savait, était assez peu fréquentée pour lui permettre de repérer Jaye Winston si celle-ci décidait de le filer.

Il était neuf heures et demie lorsque, ayant atteint la côte, il commença à suivre le bord de l'eau noire qu'ici et là rompait l'écume des brisants. Épaisse et lourde, la brume nocturne traversait la route et s'écrasait contre les falaises abruptes des Palisades. Elle portait avec elle l'odeur forte de l'océan et McCaleb ne put s'empêcher de penser aux parties de pêche nocturnes qu'encore enfant il faisait avec son père. Il avait toujours peur dès que celui-ci ralentissait l'allure, puis coupait le moteur du bateau pour qu'ils puissent dériver dans le noir. Il avait toujours la gorge serrée lorsque, à l'aube, son père remettait enfin le moteur en route. Son cauchemar de petit môme était de dériver dans le noir sur un bateau mort. Il n'en parlait jamais à son père. Jamais il ne lui avait dit qu'il détestait aller pêcher la nuit. Ses peurs, il les gardait pour lui.

Il regarda à gauche pour voir la ligne où l'océan rencontrait le ciel, mais ne put la distinguer. Seules les ténèbres de la nuit se fondaient quelque part dans le lointain, et la lune était cachée dans la couche de nuages. Tout semblait s'accorder à son humeur. Il alluma la radio et chercha du blues, mais finit par renoncer et éteignit. Se rappelant la collection d'harmonicas de Buddy, il plongea la main dans le compartiment de la portière et en sortit un. Il alluma le plafonnier et regarda le motif gravé sur la plaque du dessus. C'était un Tombo en sol. Il l'essuya sur sa chemise et en joua en conduisant, le résultat se réduisant à une vaste cacophonie qui le fit même rire par instants tant elle était horrible. Par moments néanmoins, il arrivait à jouer quelques notes qui ne détonaient pas trop. Buddy ayant un jour tenté de lui apprendre, il avait réussi à exécuter les premiers riffs de *Midnight Rambler*. Il essaya, mais ne put trouver l'accord, le bruit qu'il faisait ressemblant plus aux soupirs d'un mourant qu'à autre chose.

En s'engageant dans Topanga Canyon, il rangea l'harmonica : la route serpentait fort et il allait avoir besoin de ses deux mains pour conduire. De nouveau sans distractions, il finit par analyser encore une fois la situation. Il commença par songer à Jaye Winston et à la façon dont il pouvait toujours compter sur elle. Il la savait capable et ambitieuse, mais ignorait jusqu'où elle pourrait résister aux pressions, tant du FBI que du LAPD, qui n'allaient pas tarder à s'exercer sur elle. Il en conclut qu'il avait de la chance de l'avoir de son côté, mais qu'il ne pouvait pas compter sur elle pour voir la solution lui tomber toute cuite. De fait, il s'en rendit compte, il ne pouvait compter que sur lui-même.

Il se dit encore que si elle ne parvenait pas à convaincre ses collègues, il lui restait au mieux deux jours avant d'être mis officiellement en accusation et que, tous autant qu'ils étaient, ses copains flics s'empresseraient de faire passer l'information aux médias. Après quoi ses chances de jamais pouvoir retravailler sur l'affaire seraient bien ténues. Il n'aurait plus d'autre solution que de renoncer à son enquête, prendre un avocat et se rendre aux autorités, sa priorité étant alors de se défendre devant la cour – plus question d'attraper le vrai tueur et celui ou celle qui l'avait engagé.

McCaleb arrêta la voiture sur le bas-côté recouvert de gravier d'un tournant. Il mit la voiture en position parking et scruta les ténèbres qui s'étendaient dans le ravin sur sa droite. Dans le lointain, il vit les lumières d'une maison profondément enfouie dans le canyon et se demanda s'il aimerait y habiter. Il tendit la main pour attraper l'harmonica posé sur le siège à côté de lui, mais l'instrument avait glissé dans un virage et se trouvait maintenant hors de portée.

Trois minutes s'écoulèrent ainsi, pendant lesquelles aucun véhicule ne passa. Il reprit la route. Dès qu'il eut franchi le col, celle-ci devint un peu plus droite avant de s'enfoncer dans les collines de Woodland. Il resta dans Topanga Canyon Boulevard et coupa vers Canoga Park en arrivant dans Sherman Way. Cinq minutes plus tard, il s'arrêta devant la maison de Graciela et en contempla les fenêtres quelques instants en réfléchissant à ce qu'il allait lui dire. Il ne savait pas trop dans quoi il s'était lancé avec elle, mais c'était fort et ça lui plaisait. Pourtant, avant d'ouvrir sa portière, il eut l'impression que tout était à peu près sûrement déjà fini pour eux.

Elle lui ouvrit la porte avant même qu'il y arrive. Il se demanda si elle l'avait vu rester immobile dans la Taurus.

– Terry ? dit-elle. Quelque chose ne va pas ? Pourquoi as-tu pris la voiture ?

– Pas moyen de faire autrement, lui répondit-il.

– Entre, entre.

Elle s'effaça pour le laisser passer. Ils se rendirent au salon et retrouvèrent leurs places sur le canapé. Une petite télé couleur posée sur une étagère en bois était allumée dans un coin de la pièce. Les nouvelles de dix heures venaient juste de commencer sur la Cinq. Graciela éteignit le poste avec la télécommande. McCaleb posa sa grosse sacoche par terre, entre ses pieds. Il avait laissé son sac de marin dans la voiture – il ne devait surtout pas compter se faire inviter.

– Dis moi, reprit-elle. Qu'est-ce qui se passe ?

– Ils croient tous que c'est moi. Le FBI, les flics de Los Angeles, tous, sauf l'inspectrice du bureau du shérif. Ils croient que j'ai tué ta sœur pour avoir son cœur.

Il regarda son visage, puis se détourna comme quelqu'un qui se sent coupable. Il grimaça à l'idée de ce qu'elle devait penser de lui, mais coupable, il savait qu'il l'était au plus profond de lui-même. Il avait bel et bien bénéficié du crime, même si ce n'était pas lui qui l'avait commis. S'il vivait, c'était parce que Gloria était morte. Une question ne cessait de lui résonner dans la tête comme des portes qui claquent au fond d'un couloir sombre : comment pourrai-je jamais vivre avec ça ?

— C'est ridicule ! s'emporta Graciela. Comment peuvent-ils penser que tu...

— Attends, lui dit-il en l'interrompant. Il faut que je te dise certaines choses, Graciela. Après, ce sera à toi de décider qui et quelle histoire tu veux croire.

— Je ne veux même pas écou...

Il leva la main pour l'interrompre à nouveau.

— Écoute-moi, tu veux ? Où est Raymond ?

— Il dort. Demain, il a école.

Il hocha la tête et se pencha en avant, coudes sur les genoux, mains croisées.

— Ils ont perquisitionné mon bateau. Ils l'ont fouillé pendant que j'étais avec toi. Ils avaient fait le même raisonnement que nous : le lien du sang. Mais c'est moi qu'ils voient dans le rôle du coupable. Ils ont trouvé des trucs. Je voulais te le dire avant eux ou que tu le voies à la télé ou dans le journal.

— Quels trucs, Terry ?

— C'était caché sous un tiroir. Ils ont trouvé la boucle d'oreille de ta sœur. Le petit crucifix que l'assassin lui avait piqué.

Il la regarda un instant avant de poursuivre. Elle baissa les yeux et contempla la table basse à plateau en verre en réfléchissant à ce qu'il venait de dire.

— Ils ont aussi trouvé la photo qui se trouvait dans la voiture de Cordell. Et un bouton de manchette de Donald Kenyon. Bref, ils ont trouvé tous les souvenirs que le meurtrier a fauchés à ses victimes. D'après l'inspectrice du bureau du shérif, ils sont prêts à me déférer devant la chambre des mises en accusation. Je ne peux plus retourner au bateau.

Elle lui jeta un bref coup d'œil, puis se détourna. Elle se leva et gagna la fenêtre devant laquelle le rideau était pourtant tiré. Elle secoua la tête.

— Tu veux que je m'en aille ? lui demanda-t-il dans son dos.

— Non, je ne veux pas que tu t'en ailles. Cela n'a aucun sens. Comment peuvent-ils... as-tu parlé du type qui était monté à bord pendant la nuit ? C'est lui qui a fait ça ! C'est lui qui a mis tous ces machins-là dans le tiroir. C'est le tueur... oh, mon Dieu ! Nous avons été à ça du type qui a assassiné ma sœur et nous...

Elle n'acheva pas sa phrase. McCaleb se leva et la rejoignit, le soulagement lui donnant des ailes : elle ne le croyait pas coupable. Elle ne croyait pas un mot de ce qu'on racontait sur lui. Il l'enlaça et enfouit son visage dans ses cheveux.

— Je suis si heureux que tu me fasses confiance, murmura-t-il.

Elle se tourna vers lui et l'embrassa longuement.

— Qu'est-ce que je peux faire pour t'aider ? lui demanda-t-elle.

— Tu continues à me faire confiance. Je m'occupe du reste. Est-ce que je peux rester ici ? Personne ne sait que nous sommes ensemble. Il se peut qu'ils viennent, mais je ne pense pas que ce serait pour moi. Il pourrait leur venir l'envie de te dire qu'à leurs yeux, c'est moi l'assassin, c'est tout.

— Je veux que tu restes, Terry. Aussi longtemps que tu en éprouveras le besoin ou le désir.

— J'ai juste besoin d'un coin où travailler. Où je puisse reprendre tout depuis le début. J'ai l'impression d'avoir loupé quelque chose. L'histoire de l'analyse de sang... Il y a sûrement des réponses dans toute cette paperasse.

— Tu peux travailler ici, lui dit-elle. Demain, je reste et je t'aide à...

— Non, non, tu ne peux pas rester. Tu ne dois surtout pas te mettre à faire des trucs inhabituels. Demain, je veux que tu te lèves comme d'habitude et que tu emmènes Raymond à l'école avant d'aller au boulot. Le reste, je peux le faire tout seul. C'est mon travail.

Il tint le visage de la jeune femme dans ses mains. Sa culpabilité était moins lourde depuis qu'elle était là, avec lui. Il sentit qu'enfin quelque chose s'ouvrait en lui, quelque chose qui jusqu'alors était resté obstinément fermé. Il ne savait pas trop où cela le conduirait, mais son cœur lui disait qu'il désirait y aller, et même qu'il le devait.
— J'allais me coucher, dit-elle.
Il hocha la tête.
— Tu viens avec moi ?
— Et Raymond ? Tu ne crois pas que nous devrions...
— Raymond dort. Ne t'inquiète pas pour lui. Pour l'instant inquiétons-nous seulement de nous-mêmes.

38

Le lendemain matin, lorsque, Raymond et Graciela étant partis, la maison fut redevenue paisible, il ouvrit sa sacoche en cuir, fit six tas de tous ses documents et les disposa sur la table basse. Puis il contempla son travail en buvant un verre de jus d'orange et mangeant deux tartelettes aux myrtilles qui étaient sans doute destinées à Raymond. Lorsqu'il eut fini de déjeuner, il se mit au travail en espérant que sa tâche l'empêcherait de penser à tout ce qu'il ne contrôlait pas – en particulier la manière dont Jaye Winston allait mener son enquête à partir de la liste qu'il lui avait confiée.

Malgré ce qui l'empêchait de se concentrer, il sentit l'adrénaline monter en lui. Il ne cherchait plus que le détail révélateur. Le petit morceau du puzzle qui ne s'insérait nulle part, mais qui brusquement aurait un sens – celui qui lui raconterait toute l'histoire. C'était en se fiant assez largement à son instinct qu'il avait réussi à survivre au FBI. Et c'était à quelque chose qui y ressemblait fort qu'il avait de nouveau décidé de faire confiance. Il savait que plus le dossier était épais et plus importante l'accumulation de détails, plus facile il lui serait de débusquer l'indice caché. Car c'était ça qu'il allait faire, chercher la pomme rouge au milieu des pommes vertes du magasin – celle qui ferait dégringoler toutes les autres quand il la prendrait dans sa main.

Aussi excité fût-il à huit heures et demie du matin, son courage commençait à fondre sérieusement lorsqu'arriva la fin de l'après-midi. En huit heures d'un travail uniquement interrompu par de petits sandwichs à la mortadelle et des coups de fil auxquels Jaye Winston ne répondait pas, il avait revu tous les documents accumulés depuis qu'il avait entamé son enquête quelque dix jours plus tôt, mais l'indice révélateur, si tant est qu'il y en ait jamais eu un, demeurait introuvable. Paranoïa et impression d'isolement, tout recommençait comme avant. A un moment donné, il se rendit compte qu'il avait beaucoup rêvé en se demandant quel serait, des montagnes du Canada ou des plages du Mexique, le meilleur endroit où s'enfuir.

A quatre heures, il rappela encore le Star Center et s'entendit à nouveau répéter que Jaye Winston n'était pas à son bureau. Cette fois-là néanmoins, la secrétaire ajouta qu'à son avis l'inspectrice Winston s'était absentée pour la journée. Lors des communications précédentes elle s'était refusée à lui dire où elle se trouvait et à lui donner son numéro de biper. Pour cela, précisait-elle, il fallait qu'il s'adresse au capitaine. McCaleb avait toujours décliné son offre en sachant parfaitement l'embarras dans lequel il mettrait Jaye Winston si jamais on apprenait que, non contente d'éprouver de la sympathie pour un suspect, elle allait jusqu'à lui prêter main-forte.

Après avoir raccroché, il appela au bateau et se repassa deux messages qui étaient arrivés une heure plus tôt. Le premier émanait de Buddy Lockridge – il voulait juste savoir comment ça se passait –, le second étant l'œuvre d'une inconnue qui s'était peut-être trompée de numéro : elle disait n'être pas très sûre de téléphoner au bon endroit, mais aurait désiré parler avec un certain Luther Hatch et avait laissé un numéro où la joindre. McCaleb n'avait pas oublié le nom de Luther Hatch : c'était en effet celui d'un suspect qu'il avait aidé Jaye Winston à appréhender. Dès qu'il eut fait le rapport, il identifia sa voix et comprit que Jaye lui demandait de l'appeler.

En composant son numéro, il reconnut l'indice régional – c'était le même que celui du bureau de Westwood où elle avait travaillé autrefois. Jaye Winston décrocha à la première sonnerie.

– Winston à l'appareil, dit-elle.
– McCaleb.
Silence.
– Hé, reprit-elle enfin, je me demandais si vous prendriez jamais connaissance de mon message !
– Quoi de neuf ? Vous pouvez parler librement ?
– Pas vraiment, non.
– Bon, c'est donc moi qui poserai les questions. Savent-ils que vous m'aidez ?
– Bien sûr que non.
– Mais vous êtes là où vous êtes parce qu'ils ont refilé toute l'enquête au Bureau, c'est bien ça ?
– Ouais.
– Bien. Avez-vous eu le temps de vérifier votre liste ?
– J'y ai passé toute la journée.
– Quelque chose d'intéressant ? Y a-t-il un nom qui vous paraisse valoir le coup de chercher plus loin ?
– Non, aucun.

McCaleb ferma les yeux et jura en silence. Où donc avait-il pris la mauvaise direction ? Comment se faisait-il qu'il soit dans une impasse ? A force d'envisager des hypothèses, il ne pensait plus très droit. Il se demanda si Winston avait eu assez de temps pour analyser sérieusement la liste.

– Y aurait-il un endroit ou un moment où je pourrais vous parler de tout ça ? J'ai besoin de vous poser certaines questions.
– Dans quelques instants, je pourrai sans doute. Donnez-moi un numéro où vous joindre.

McCaleb garda le silence en réfléchissant à ce qu'elle lui disait. Mais il ne réfléchit pas longtemps : comme elle l'avait elle-même dit la veille au soir, c'était sa tête qu'elle mettait sur le billot en l'aidant ainsi. Il sentit qu'il pouvait lui faire confiance et lui donna le numéro de Graciela.

– Appelez-moi dès que vous pourrez, ajouta-t-il.
– C'est promis.
– Une dernière chose... Sont-ils passés à la chambre des mises en accusation ?
– Non, pas encore.

— Quand pensez-vous qu'ils le feront ?
— Eh bien... c'est entendu, dit-elle. On se revoit demain matin. Allez, bye.

Elle raccrocha avant de l'entendre jurer à haute voix. Dès le lendemain matin, ils entameraient une procédure de mise en examen pour meurtre et il était sûr qu'obtenir son inculpation ne serait qu'une formalité. Tous les grands jurys abondaient dans le sens de la partie civile et, dans son cas, il suffirait aux jurés de visionner la bande de la supérette et de regarder la boucle d'oreille retrouvée lors de la fouille du bateau pour qu'il y passe. Les conférences de presse commenceraient dans l'après-midi — ce qui serait absolument parfait pour les nouvelles de six heures à la télé.

Pendant qu'il songeait à son triste avenir, le téléphone sonna.
— C'est moi, Jaye, dit-elle.
— Où êtes-vous ?
— A la cafète du bâtiment fédéral. Je vous téléphone d'une cabine.

Il l'imagina aussitôt debout dans le petit coin de la salle, tout près des distributeurs de boisson. L'endroit était assez discret.
— Alors, où en est-on ? lui demanda-t-il.
— Ça sent le roussi, Terry. Ils mettent la dernière main au dossier qu'ils vont transmettre au district attorney dès ce soir. Ça passera devant la chambre dès demain matin. Ils vont essayer de vous accuser du meurtre de Gloria Torres. Une fois que ça sera gagné, ils auront tout le temps d'y ajouter ceux de Cordell et de Kenyon.
— Bon, dit-il en ne sachant pas trop quoi lui répondre.

Continuer de jurer n'aurait servi à rien.
— Moi, à votre place, je me livrerais, reprit-elle. Vous pourrez leur répéter ce que vous m'avez dit et essayer de les convaincre. Je serai de votre côté, mais pour le moment je n'ai pas les mains libres. Je sais des choses sur le Bon Samaritain que je ne devrais pas savoir. Si jamais je divulgue ces renseignements, je me mets dans le même cas que vous.
— Et la liste ? Ça ne donne vraiment rien ?
— Écoutez... Ça, je leur en ai parlé pour avoir le temps de

m'y mettre. Dès que je suis arrivée ce matin, je leur ai annoncé que, pour contrer votre défense, il fallait absolument que j'enquête sur tous les gens qui, en plus de vous, ont reçu des organes de Gloria Torres. J'ai ajouté que j'avais un informateur qui nous en donnerait la liste sans qu'on soit obligés de passer par un juge d'instruction pour avoir une autorisation de saisie, etc., etc. Tout, quoi. Ils m'ont dit que c'était génial et m'ont accordé la journée entière. Cela étant, je n'ai rien trouvé, Terry. Je suis désolée, mais il n'y a rien et j'ai vérifié tous les noms. Zéro sur toute la ligne.

— Dites quand même...
— A vrai dire... Je n'ai pas la liste sur moi, mais...
— Attendez un instant.

Il entra dans la chambre de Graciela où, sur son bureau, il avait vu la photocopie de la liste qu'il lui avait confiée. Il l'attrapa et en lut le premier nom à Winston.

— J. B. Dickey. C'est lui qui a eu le foie.
— Exact, mais il ne s'en est pas sorti pour autant. Il a bien été greffé, mais il y a eu des complications et il est mort trois semaines après l'opération.
— Ce qui ne signifie pas que ça ne pourrait pas être lui.
— Non, je sais. Mais j'ai parlé avec le chirurgien de Saint-Joseph et il m'a dit que l'opération était bénévole. Le type était à MediCal[1] et c'est l'hosto qui a payé le reste de la facture. Donc, ni argent ni relations possibles avec un tueur à gages. Allons, Terry, allons!
— Bon, suivant. Tammy Domike, un rein.
— Exact. Institutrice. Vingt-huit ans, mariée à un menuisier, deux enfants. Ça ne colle pas non plus. Ce n'est vraiment pas...
— William Farley, l'autre rein.
— Flic de la circulation en retraite. Originaire de Bakersfield. Dans un fauteuil roulant depuis douze ans... depuis le jour où il a pris une balle dans la colonne vertébrale en arrêtant un automobiliste au bord de la route. Et ils n'ont jamais rattrapé le mec.

1. Programme d'aide médicale accordée aux nécessiteux de l'État de Californie *(NdT)*.

– Patrouille des autoroutes de Californie... marmonna McCaleb. Il aurait pu avoir des amis pour lui arranger le coup.

Winston garda longtemps le silence avant de lui répondre.

– Ça me semble peu probable, Terry, dit-elle enfin. Non mais... vous vous rendez compte de ce que vous...

– Oui, oui, bon, je sais. On laisse tomber. Et les yeux ? Christine Foye. C'est elle qui a reçu les cornées.

– Exact. Elle gagne sa vie en vendant des livres et sort à peine de fac. Ce n'est pas elle non plus. Écoutez, Terry... Ce qu'on espérait, c'est que notre type serait un millionnaire ou un politicien avec assez d'entregent pour faire ce genre de truc. Quelqu'un d'évident, quoi. Mais il n'y a rien de tel dans ma liste. Je suis vraiment désolée.

– Bref, je suis toujours le meilleur, voire le seul suspect.

– Malheureusement oui.

– Merci, Jaye. Vous m'avez donné un sacré coup de main. Il faut que j'y aille.

– Attendez ! Et ne vous mettez pas en colère contre moi, je vous en prie. Jusqu'à maintenant, vous êtes le seul à avoir parlé et je n'ai fait que vous écouter. C'est bien ça, non ?

– Je sais, je vous demande pardon.

– Il y a autre chose à quoi je pensais, mais je ne voulais pas vous en parler avant de m'assurer que ça colle. Je m'y mets dès demain. Je suis en train de travailler à une demande de supplément d'enquête.

– Quoi ? C'est tout de suite que j'ai besoin de quelque chose, Jaye, tout de suite.

– Oui, mais jusqu'à maintenant vous n'avez jamais vu les choses que sous l'angle des malades qui ont reçu un organe après la mort de Gloria Torres. Je ne me trompe pas ?

– Non, c'est bien ça. Les organes de Cordell et de Kenyon n'ont pas été collectés.

– Je sais, mais ce n'est pas de ça que je vous parle. Moi, je vous parle d'une liste d'attente. Car il y en a toujours une, non ?

– Oui, toujours. J'ai moi-même dû patienter presque deux ans à cause de mon type sanguin.

– Et si quelqu'un avait voulu grimper dans la liste ?

– Comment ça « grimper dans la liste » ?
– Vous savez bien. Ils étaient comme vous, ces malades. Ils attendaient et savaient que ça prendrait du temps, voire que l'issue serait fatale. Ne vous a-t-on pas dit qu'avec votre type sanguin, il n'y avait aucun moyen de savoir quand un cœur serait disponible ?
– Si. Ils m'ont effectivement dit et répété de ne pas trop espérer.
– Bien. Imaginons donc que notre type est toujours sur la liste d'attente et qu'il se dise qu'en éliminant Gloria Torres, il monte d'une place. Qu'il améliore ses chances…

McCaleb réfléchit à son idée. Il voyait bien où elle menait et se rappela soudain le moment où Bonnie Fox lui avait dit qu'elle avait eu un autre patient dans le même état que lui. Il se demanda si c'était exactement la même situation, savoir que ce malade attendait lui aussi un cœur avec sang AB, CMV négatif. Il repensa au petit garçon qu'il avait vu couché sur son lit d'hôpital. Était-ce le patient dont Bonnie Fox lui avait parlé ?

Il songea à tout ce qu'un père ou une mère était prêt à faire pour sauver son enfant, mais… était-ce vraiment possible ?

– Oui, lui répondit-il, théoriquement, ça se tient.

La poussée d'adrénaline qu'il sentit monter en lui était si forte que sa voix en perdit aussitôt sa monotonie.

– Vous êtes donc bien en train de me dire que ça pourrait être un patient qui attend encore ? insista-t-il.
– Oui. Et je vais passer au BOPRA avec un mandat qui me permettra de leur prendre toutes leurs listes d'attente et tous leurs fichiers de donneurs de sang. Voir comment ils vont réagir risque d'être assez intéressant.

McCaleb acquiesça, mais son esprit était déjà ailleurs.

– Attendez, attendez, dit-il. C'est trop compliqué.
– Qu'est-ce qui est trop compliqué ?
– Tout ce processus. Si quelqu'un voulait grimper dans la liste, pourquoi ne pas liquider les malades ? Pourquoi ne pas se contenter de les éliminer ?
– Parce que ça risquait de paraître un peu gros. Si deux ou

trois personnes ayant besoin d'une greffe de cœur ou de foie s'étaient fait tuer à la file, cela aurait forcément éveillé les soupçons. Zigouiller les donneurs était moins évident. Et d'ailleurs, personne ne s'en est rendu compte avant votre entrée en scène.

— Oui, peut-être, lui concéda-t-il, pas très convaincu. Mais si c'est vrai, cela veut dire que le tueur va remettre ça et qu'il faut absolument reprendre la liste des donneurs à sang AB. Il faut les avertir, les protéger.

Cette hypothèse lui redonna du courage. Son sang courait plus vite dans ses veines.

— Je sais, dit Winston. Dès que j'ai l'autorisation, j'annonce à Nevins, Uhlig et les autres, tous les autres, ce que je suis en train de faire. C'est pour ça que vous devez vous livrer, Terry. C'est la seule façon d'y arriver. Venez avec un avocat, mettez l'histoire à plat et jouez le tout pour le tout. Nevins et Uhlig ne sont pas des imbéciles. Ils verront vite où ils se sont plantés.

McCaleb ne répondit pas. Il voyait bien la logique de son raisonnement, mais hésitait à dire oui : il n'avait guère envie de remettre son destin entre les mains de ces gens-là. Il préférait, et de loin, compter sur ses propres forces.

— Avez-vous un avocat, Terry ? insista-t-elle.

— Non, je n'en ai pas. Pourquoi voulez-vous que j'aie un avocat ? Je n'ai rien fait de mal.

Il fit la grimace. Combien de fois n'avait-il pas entendu des coupables tenir le même genre de discours ? Et Winston aussi, sans doute.

— Ce n'est pas ce que je dis, lui répliqua-t-elle. Je veux simplement savoir si vous avez un avocat qui pourrait vous aider. Si vous n'en avez pas, je peux vous en recommander quelques-uns. Michael Haller Junior serait un excellent choix.

— Des avocats, j'en connais aussi, au cas où... Il faut que je réfléchisse.

— D'accord. Vous me rappelez ? Je peux vous arrêter moi-même afin d'être sûre que tout se passe dans les règles.

Son esprit se mettant à vagabonder, il s'imagina dans une cellule de la prison du comté. Il y avait déjà interrogé des suspects lorsqu'il travaillait pour le Bureau et savait combien elles étaient bruyantes et dangereuses. Innocent ou pas, jamais il ne se laisserait faire comme cela.

— Terry ? Vous êtes toujours avec moi ?

— Oui, oui, excusez-moi. Je pensais à quelque chose. Comment puis-je vous joindre pour arranger ça ?

— Je vous donne mon numéro personnel et mon biper. Je resterai ici jusqu'aux environs de six heures et après, je rentre chez moi. Vous m'appelez où et quand vous voulez.

Elle lui communiqua ses numéros, il les nota dans son carnet, puis il rangea ce dernier en secouant la tête.

— Je n'arrive pas à y croire, dit-il enfin. Quand je pense que je suis sur le point de me livrer pour un assassinat que je n'ai pas commis !

— Je sais, Terry. Mais la vérité parle fort. Ça marchera, vous verrez. Appelez-moi, Terry. Dès que vous aurez pris votre décision.

— Je le ferai, dit-il.

Et il raccrocha.

39

La réceptionniste de Bonnie Fox, celle qui n'arrêtait pas de froncer les sourcils, l'informa que la doctoresse avait passé tout l'après-midi en salle d'opération et qu'elle ne serait probablement pas disponible avant une ou deux heures. McCaleb faillit jurer tout haut, mais se contenta de lui laisser le numéro de Graciela et la pria de demander à sa patronne de le rappeler dès que possible et à n'importe quelle heure. Il était sur le point de raccrocher lorsqu'il pensa à quelque chose.

— Hé, dit-il, ce cœur... qui en est le bénéficiaire ?
— Quoi ?
— Vous m'avez dit qu'elle était en salle d'op. Qui est le patient ? C'est le petit garçon ?
— Je suis désolée, lui répondit-elle, mais je n'ai pas le droit de parler des autres malades avec vous.
— Parfait, mais soyez sûre de lui demander de me rappeler.

Il passa le quart d'heure suivant à faire les cent pas entre la salle de séjour et la cuisine en espérant, de manière assez irréaliste, que le téléphone sonne et que ce soit Bonnie Fox qui l'appelle.

Il réussit enfin à reléguer son angoisse dans un coin de sa cervelle et se mit à réfléchir à la situation dans laquelle il se trouvait. Il savait qu'il devait prendre des décisions tout de suite, la plus importante étant de téléphoner à un avocat ou pas. Jaye Winston avait raison : ne pas se garantir une protection juridique aurait été idiot, mais il rechignait à téléphoner à Michael

Haller Junior. Renoncer ainsi à utiliser son savoir-faire pour s'en remettre à celui d'un autre ne lui plaisait pas vraiment.

Il n'y avait plus de documents sur la table basse de la salle de séjour. Dès qu'il avait eu fini de les étudier, il les avait en effet remis dans sa sacoche en cuir, seule la pile de vidéos demeurant sur le meuble.

Désespérant de jamais pouvoir penser à autre chose qu'aux propos de Bonnie Fox sur le patient qui se trouvait dans son cas, il prit la bande posée sur le haut du tas et la glissa dans le magnétoscope sans même savoir laquelle c'était. Cela n'avait plus d'importance. Tout ce qu'il voulait, c'était faire quelque chose qui le distrairait de ses réflexions.

Mais à peine se fut-il affalé sur le canapé qu'il ignora ce qu'il voyait sur l'écran de la télé. Michael Haller Junior, se disait-il. Oui, ce serait un bon avocat. Pas aussi bon que son père, le légendaire Mickey Haller, mais il y avait longtemps que, tout légendaire qu'il fût, celui-ci était mort et que son fils l'avait remplacé, devenant un des avocats les plus efficaces et remarqués de Los Angeles. Le fiston le sortirait de là vite fait, il le savait. Mais, naturellement, cela ne se produirait qu'après la destruction totale de son image par les médias, la mise à sac de ses économies et la vente du *Following Sea*. Et même après, lorsque, tout étant terminé, il serait enfin réhabilité dans l'opinion publique, les soupçons continueraient de peser sur lui.

A jamais.

Il plissa les paupières et se demanda ce qu'il était en train de regarder aussi fixement sur l'écran. L'objectif de la caméra était pointé sur les jambes et les pieds de quelqu'un qui se tenait debout sur une table. Soudain il reconnut ses propres chaussures de marche et comprit enfin ce qu'il était en train de voir : la séance d'hypnose. La caméra n'avait pas cessé de rouler pendant qu'il grimpait sur la table pour ôter les tubes de néon du plafonnier. James Noone était entré dans le champ au moment où il tendait la main pour attraper un des tubes fluorescents que McCaleb lui passait.

Il s'empara de la télécommande posée sur le bras du canapé et appuya sur le bouton « avance rapide ». Brusquement intéressé parce qu'il avait oublié de visionner la bande comme il l'avait promis au capitaine Hitchens, il décida de sauter les préliminaires, la prise de contact et les exercices de relaxation pour revoir l'interrogatoire lui-même. Il voulait réentendre James Noone lui raconter la fusillade et la fuite de l'assassin.

Il revisionna la bande avec la concentration la plus absolue et retrouva vite les effets physiques de la frustration qu'il avait éprouvée pendant la séance. On n'aurait pourtant pas pu rêver sujet plus parfait que Noone. Jamais encore il n'avait hypnotisé quelqu'un qui pouvait se remémorer autant de détails. La frustration n'était d'ailleurs venue qu'au moment où Noone lui avait annoncé qu'il n'avait pas pu regarder le chauffeur en face et que les plaques d'immatriculation de la Cherokee étaient masquées par quelque chose.

— Bordel! jura-t-il tout haut tandis qu'il revoyait la fin de la séance.

Il attrapa la télécommande et avait décidé de rembobiner la bande afin de tout se repasser à nouveau lorsqu'il se figea sur place, son doigt juste au-dessus du bouton.

Il venait de déceler quelque chose qui ne collait pas, quelque chose qu'il avait raté pendant la séance elle-même parce que Winston, qui y assistait, l'avait distrait un instant. Il rembobina la bande, mais très peu seulement, et repassa la séquence des dernières questions.

McCaleb résume les faits et pose un certain nombre de questions qui relèvent de l'utopie. Elles sont tirées par les cheveux et c'est sous l'emprise de la frustration qu'il les jette en pâture à James Noone. Il lui demande en particulier s'il y a des autocollants sur le pare-brise. Noone lui répond que non et McCaleb se retrouve à court d'idées. Il se tourne vers Winston et lui demande :

— Rien d'autre ?

Il vient d'attenter au protocole en posant une question à quelqu'un qui ne participe pas à l'interrogatoire, mais Jaye Winston, elle, obéit encore au règlement en ne lui répondant pas de vive voix : tout au contraire, elle se contente de secouer la tête.

— Vous êtes sûre ? insiste-t-il.
Encore une fois elle secoue la tête et McCaleb commence à faire sortir James Noone de sa transe.
C'était là que quelque chose ne collait plus, et dont, sur le coup, il ne s'était pas rendu compte. La télécommande à la main, il fit le tour de la table basse et se pencha tout près de l'écran. Puis il rembobina encore une fois la bande pour revoir la séquence.
— Ah, l'enfoiré ! marmonna-t-il lorsqu'il en eut terminé. C'est toi qui aurais dû me répondre, James, toi !
Il appuya sur la touche « Eject » et se tourna pour attraper une autre bande. Il renversa la petite pile sur la table et passa en revue tous les coffrets en plastique jusqu'au moment où il trouva celui intitulé « Supérette de Sherman Way ». Il glissa la cassette dans le magnétoscope, la mit en avance rapide et arrêta l'image dès qu'il vit le Bon Samaritain apparaître sur l'écran.
Le magnétoscope de Graciela n'arrivait pas à figer l'image comme il fallait. C'était un modèle bon marché avec seulement deux têtes de lecture. McCaleb ressortit la bande de son logement et regarda sa montre. Cinq heures moins le quart. Il posa la télécommande sur le poste de télévision et gagna la cuisine pour téléphoner.

Tony Banks accepta encore une fois de rester au magasin après la fermeture. Il l'attendrait. Au début, McCaleb progressa assez rapidement sur la 101. Le plus gros de la circulation roulait en sens inverse, tout ce qui travaillait en ville s'en retournant aux cités dortoirs de la Valley. Mais lorsqu'il obliqua vers le sud pour franchir le col de Cahuenga et arriver à Hollywood, il découvrit une traînée de feux rouges arrière qui s'étirait aussi loin que portait son regard. Coincé. Il était six heures cinq lorsqu'il gara enfin la Taurus de Buddy Lockridge dans le petit parking réservé aux employés de la Video Graphic Consultants. Une fois de plus, ce fut Tony Banks en personne qui lui ouvrit dès après qu'il eut sonné.
— Merci, Tony, lui dit McCaleb tandis que Banks le condui-

sait jusqu'aux salles d'essais techniques. Vous m'ôtez une sacrée épine du pied !

— Pas de problème, lui répondit Banks, son « **pas** de problème » étant nettement moins enthousiaste que lors de sa visite précédente, McCaleb le remarqua.

Ils entrèrent dans la même salle qu'une semaine auparavant, et McCaleb lui tendit aussitôt les deux bandes qu'il avait apportées.

— Sur chacune, il y a un type, dit-il, et j'aimerais voir si c'est le même.

— Vous voulez dire que... vous ne pouvez pas le voir ?

— Pas de façon certaine. Ils ont l'air différents, mais je crois qu'il s'agit d'un déguisement. Je pense que c'est le même bonhomme, mais j'aimerais m'en assurer.

Banks inséra la première bande dans le magnétoscope, côté gauche de la console, et mit en marche, la scène du braquage de la supérette commençant à passer sur l'écran de contrôle correspondant.

— C'est lui ? demanda Banks.

— Oui. Vous pouvez arrêter l'image dès qu'il y aura un plan net ?

Banks arrêta l'image au moment où le prétendu Bon Samaritain apparaissait de profil en regardant loin de la caméra.

- Là... ça vous va ? demanda-t-il. J'ai besoin d'un profil. Il est toujours difficile de faire des comparaisons quand on a les sujets de face.

— C'est vous le patron.

Il lui tendit la deuxième bande. Banks la glissa dans le magnétoscope de droite, la séance d'hypnose se mettant à défiler sur le moniteur correspondant.

— Remontez un peu en arrière, lui dit McCaleb. Je crois qu'il y a un profil avant qu'il s'assoie.

Banks relança la bande en arrière.

— Qu'est-ce que vous êtes en train de lui faire ? demanda-t-il.

— Séance d'hypnose.

— Vraiment ?

— C'est ce que j'ai cru sur le moment. Mais maintenant j'ai l'impression qu'il s'est payé ma tête tout du... là !

Banks arrêta l'image. James Noone avait tourné la tête à droite, très vraisemblablement pour regarder la porte de la salle. Banks bidouilla divers boutons, grossit le plan en se servant de la souris et affina la mise au point avant d'en faire autant avec l'image de gauche. Puis il recula et contempla les deux profils. Au bout de quelques instants il se mit à parler en sortant un crayon lumineux à rayon infrarouge de sa poche.

— Ben... les teints ne concordent pas. Il y en a un qui a l'air mexicain.

— Facile, lui renvoya McCaleb. Deux heures d'ultraviolets au salon de beauté et il a le teint qu'il veut.

Banks fit glisser le faisceau lumineux sur l'arête du nez du Bon Samaritain.

— Regardez la pente du nez, dit-il. Vous voyez la double bosse, là... et là ?

— Oui.

Le point lumineux passa sur l'écran de gauche et retrouva la même double bosse sur le nez de James Noone.

— Ce n'est pas très scientifique, mais pour moi, ces deux types se ressemblent beaucoup, reprit Banks.

— Pour moi aussi.

— Les yeux ne sont pas de la même couleur, mais ce n'est pas compliqué d'en changer.

— Verres de contact.

— Voilà. Et ici, la ligne de la mâchoire est légèrement étirée, là... le type de droite. Il s'est mis un appareil dentaire... vous savez, comme un protège-dents en plastique... ou même des boules de papier comme Marlon Brando dans *Le Parrain*. Ça suffirait amplement à lui donner cette gueule-là.

McCaleb hocha la tête en remarquant que cela constituait un autre lien possible avec les films de gangsters. D'abord les canolis, et maintenant des boules de papier pour se gonfler les joues.

— Et bien sûr, les cheveux ne posent aucun problème, poursuivit Banks. En fait, ce gars-là me fait l'impression de porter une perruque.

Il fit passer le point lumineux le long des cheveux du Bon

Samaritain, McCaleb s'en voulant aussitôt à mort de n'avoir rien vu sur le moment. La ligne était parfaite et trahissait la perruque.
— Voyons si nous avons autre chose, dit-il.
Banks retourna à ses boutons et réduisit l'image. Puis il se servit de la souris pour délimiter un autre secteur d'agrandissement : les mains du Bon Samaritain.
— C'est comme les nanas, reprit-il. Elles peuvent se coller du maquillage, des perruques et même se faire arranger les nichons, mais leurs mains, elles ne peuvent rien y faire. Leurs mains... et parfois leurs pieds... c'est toujours ça qui les trahit.

Dès qu'il eut agrandi les mains du Bon Samaritain et effectué la mise au point convenable, il gagna l'autre console et grossit la main droite de James Noone sur le deuxième écran. Puis il se leva de façon à être juste au niveau des moniteurs et se pencha à quelques centimètres de chacun d'eux pour examiner et comparer les deux mains.
— Bon, tenez... regardez là.
McCaleb se leva à son tour et examina les deux images.
— La première a une petite cicatrice sur une phalange. Vous voyez la décoloration ?
McCaleb se pencha sur la main droite du Bon Samaritain.
— Attendez une seconde, lui dit Banks en ouvrant un tiroir pour en sortir un compte-fils du genre de ceux qu'on utilise pour étudier un négatif de photo sur une table lumineuse. Essayez avec ça.

McCaleb posa la loupe sur la phalange et regarda au travers. Il découvrit un petit tortillon de tissu cicatriciel blanchâtre sur la phalange. L'image était certes assez floue, mais il remarqua que la tache avait la forme générale d'un point d'interrogation.
— Bien, dit-il, voyons l'autre.
Il fit un pas à gauche et se servit du compte-fils pour repérer la même phalange sur la main droite de James Noone. Celle-ci ne se trouvait pas dans la même position, mais le tortillon de tissu blanchâtre y était bel et bien visible. McCaleb ne bougea plus et scruta l'image jusqu'au moment où il fut sûr et certain de son affaire et ferma les yeux un instant. Ça y était. C'était le même homme qu'on voyait sur les deux écrans.

— Alors, demanda Banks, la cicatrice y est ?
McCaleb lui tendit le compte-fils.
— Elle y est, lui dit-il. Est-ce qu'il y aurait moyen d'en avoir un agrandissement photographique ?
Banks s'était mis à regarder le deuxième écran.
— Ouais, dit-il, elle y est. Et oui encore, je peux vous faire des agrandissements. Je transfère l'image sur disque et j'emporte tout ça au labo. Ça sera prêt dans quelques minutes.
— Merci, Tony.
— J'espère que ça va vous aider.
— Bien plus que vous l'imaginez.
— Qu'est-ce qu'il fabrique, ce bonhomme ? Il s'habille en Mexicain pour faire des bonnes actions ?
— Pas vraiment, non. Un jour, je vous raconterai toute l'histoire.
Banks laissa filer et, se mettant aussitôt à travailler sur la console, transféra les deux images vidéo sur un disque d'ordinateur. Puis il rembobina les bandes et en profita pour transférer aussi les deux profils de James Noone.
— Bon, dit-il en se levant, je reviens dans quelques minutes. A moins que je sois obligé de faire chauffer la machine !
— Hé ! Est-ce que je pourrais téléphoner ?
— Dans le tiroir de gauche. Faites le neuf pour sortir.

McCaleb appela Jaye Winston chez elle et tomba sur son répondeur. En écoutant sa voix, il hésita encore à lui laisser un message : il ne savait que trop tout ce qu'elle encourait si jamais on arrivait à prouver qu'elle avait travaillé avec quelqu'un qu'on s'apprêtait à inculper de meurtre — et un message enregistré y suffirait amplement. Pour finir, il arrêta néanmoins que les découvertes qu'il venait de faire valaient bien qu'il tente le coup. Quant à l'appeler sur son biper, non : il n'avait pas le temps d'attendre qu'elle le rappelle. Il fallait agir. Il concocta un plan d'action et lui laissa le message suivant :
— Jaye, c'est moi. Je vous expliquerai tout dès que je vous verrai, mais pour l'instant, faites-moi confiance. Je sais qui est

l'assassin. C'est Noone, Jaye, James Noone. Je m'en vais chez lui tout de suite... l'adresse est sur sa déposition. Essayez de me rejoindre si vous pouvez. Je vous expliquerai tout ça là-bas.

Il raccrocha et appela le biper de Winston. Puis il y entra le numéro personnel de l'inspectrice et raccrocha. Avec un peu de chance, elle aurait son message assez vite pour le rejoindre avec des renforts.

Il posa sa sacoche en cuir sur ses genoux et ouvrit la fermeture Éclair de la poche intérieure. Ses deux armes s'y trouvaient toujours, son Sig-Sauer P-228 et le HK P7 que James Noone, il le savait maintenant, avait attaché sous son bateau. Il plongea la main dans sa sacoche et en sortit son pistolet. Il en vérifia le mécanisme et glissa l'arme dans sa ceinture, au creux des reins.

Puis il enfila sa veste par-dessus.

40

Lorsqu'on l'avait interrogé sur le soir où James Cordell avait été assassiné, James Noone avait donné aux policiers une seule et même adresse pour son domicile et son lieu de travail. Appartement ou bureau, McCaleb n'aurait su dire ce qu'il allait trouver en arrivant dans Atoll Avenue. Située dans North Hollywood, cette partie-là de la Valley était un curieux mélange de demeures résidentielles, de commerces et de zones industrielles.

Il remonta lentement la 101, repassa le col de Cahuenga en sens inverse et put enfin rouler un peu plus vite après avoir pris la 134 en direction du nord. Le quartier dans lequel il aboutit était à caractère très nettement industriel. Il sentit des odeurs de boulange et longea une cour clôturée derrière laquelle des dalles de granite s'entassaient jusqu'au ciel. Ici et là se trouvaient divers entrepôts sans aucune indication de propriétaire. Puis il tomba sur les hangars d'un grossiste en produits chimiques et sur un centre de recyclage de déchets industriels. Juste à l'endroit où Atoll Avenue se terminait en cul-de-sac, butant devant une ancienne voie ferrée envahie d'herbe folle, il s'engagea dans une longue descente bordée des deux côtés par un alignement interminable de garages à baie vitrée, chacun de ces derniers ayant été transformé en échoppe ou garde-meubles. Sur le rideau de certains se lisait la raison sociale d'une entreprise, d'autres ne portant aucune indication particulière, soit que l'espace n'ait pas été loué, soit encore qu'on s'en servît comme d'un entrepôt anonyme. McCaleb arrêta la Taurus devant la porte rouillée derrière laquelle trois mois plus tôt James Noone avait déclaré habiter. En dehors du numéro, la porte ne se différenciait pas des autres. Il coupa le moteur et descendit de voiture.

Il faisait nuit noire. Ni lune ni étoiles. La rangée de garages était sombre, hormis un seul et unique projecteur laissé allumé à l'entrée. McCaleb jeta un coup d'œil autour de lui. Il entendit un petit bruit de musique – Jimmy Hendrix en train de chanter *Let me stand next to your fire* –, qui semblait venir de très loin. Six garages plus loin, il vit que la porte de l'un d'entre eux s'était coincée lorsqu'on l'avait abaissée et qu'elle découvrait l'intérieur de la pièce sur une bande d'environ un mètre de long. On aurait dit une grimace encore plus noire que le ciel.

McCaleb regarda le garage de Noone et s'agenouilla pour examiner l'endroit où le bas de la porte touchait le trottoir en ciment. Sans en être sûr, il eut l'impression qu'une faible lumière brillait à l'intérieur. Il se rapprocha encore et aperçut un cadenas passé à deux anneaux en acier, le premier soudé à la porte, le second coulé à même le ciment.

Il se releva et tapa sur le rideau métallique avec la paume de sa main. Le vacarme qu'il déclencha se répercuta dans la pièce. McCaleb recula et jeta de nouveau un coup d'œil autour de lui. Pas un bruit en dehors de la petite musique, l'air était immobile. La brise nocturne n'atteignait même pas l'allée entre les deux rangées de garages.

Il remonta dans la voiture, fit démarrer le moteur et recula de manière à ce que la lumière de ses phares soit, en partie au moins, braquée sur le garage. Puis il coupa le contact et gagna le coffre arrière. Il l'ouvrit, en sortit le cric, prit la manivelle et s'approcha de nouveau du rideau en acier. Il scruta encore une fois la rue du haut jusqu'en bas et se pencha sur le cadenas.

Il n'était jamais entré chez quelqu'un par effraction du temps où il travaillait pour le Bureau. Il savait que la chose se pratiquait couramment, mais avait, Dieu sait comment, toujours réussi à éviter le dilemme moral que cela représentait. Mais pas de dilemme ce coup-ci, il attaqua le cadenas de toutes ses forces. Il ne faisait plus partie du FBI et l'affaire avait pris un tour personnel. Non content d'être un tueur, Noone avait essayé de lui faire endosser ses crimes. Le droit que cet assassin aurait eu d'être protégé d'une perquisition illégale, McCaleb s'asseyait dessus.

En tenant la manivelle par le bout afin d'obtenir un effet de levier, il commença à faire lentement tourner la barre d'acier dans le sens des aiguilles d'une montre. Le cadenas ne voulait rien savoir, mais l'anneau fixé à la porte grinça fort sous la pression et finit par casser net lorsque les points de soudure lâchèrent.

McCaleb se redressa, regarda encore une fois autour de lui et écouta. Toujours rien. Seul Jimmy Hendrix continuait de jouer *All Along the Watchtower* de Bob Dylan. McCaleb revint vite à la Taurus, replaça la manivelle dans le logement de la roue de secours, dissimula le tout sous le tapis de sol du coffre et referma la malle arrière.

Puis il refit le tour de la voiture, s'arrêta devant la roue avant droite et passa deux doigts sur la jante. De la poussière de carbone due à l'usure des plaquettes de frein s'y était déposée. Il s'approcha de la porte du garage, s'accroupit à côté de la serrure et enduisit de carbone les trous laissés par les points de soudure de façon à ce que l'anneau donne l'impression d'avoir lâché il y a longtemps, les trous étant depuis lors restés exposés aux intempéries. Puis il essuya les traces de carbone sur ses doigts en les frottant sur une de ses socquettes noires.

Une fois prêt, il agrippa la poignée du rideau avec la main droite, fit glisser sa main gauche dans son dos, s'empara du pistolet caché sous sa veste et le tint à hauteur d'épaule, le canon pointé vers le ciel. Enfin il se redressa et releva le rideau d'un seul et même mouvement, en se servant de son élan pour remonter la porte jusqu'au-dessus de sa tête.

Des yeux il scruta ensuite, très rapidement, les ténèbres du garage, son arme suivant le moindre de ses gestes. Les phares de la Taurus éclairaient à peu près un tiers de la pièce. Il y aperçut un lit de camp défait et une pile de cartons appuyée contre le mur de gauche. Puis il découvrit la forme d'un bureau et de plusieurs meubles classeurs. Un ordinateur trônait sur le bureau, l'écran du moniteur apparemment allumé et faisant face au mur du fond, sur lequel il projetait une lumière violette. Il remarqua encore une lampe qui pendait au plafond au bout d'un fil d'environ deux mètres de long. Dans la pénombre il décela aussi la gaine en aluminium qui, partant du disjoncteur, remontait jusqu'au plafond et le traversait avant de redescendre le long du mur jusqu'à un disjoncteur placé près du lit de camp. Il fit un pas de côté et attrapa la manette sans la regarder.

Un fluo craquilla dans le noir, puis bourdonna avant de répandre sa lumière crue dans tout le garage. Il n'y avait personne dans la pièce, ni non plus de recoins ou placards à vérifier. La salle, qui faisait environ six mètres de long sur quatre de large, était remplie de meubles de bureau et du strict minimum pour y vivre : lit, commode, radiateur électrique, plaque chauffante et réfrigérateur de petite taille. Il n'y avait ni évier ni toilettes.

McCaleb recula, refit le tour de la voiture, passa le bras par la vitre baissée de la portière et éteignit ses phares. Puis il glissa son pistolet dans sa ceinture, mais devant, afin de pouvoir l'attraper à la moindre alerte. Enfin il entra dans le garage.

S'il était immobile dehors, à l'intérieur l'air semblait carrément stagnant. McCaleb fit lentement le tour du vieux bureau en acier et regarda l'ordinateur. L'écran en était effectivement allumé, des chiffres de diverses tailles et couleurs y flottant sur un océan de velours mauve. McCaleb les contempla un instant, et les muscles de son ventre se tordirent brusquement. Dans sa tête, l'image d'une seule et unique pomme rouge dégringolant sur un lino sale apparut, puis disparut dans l'instant, tandis qu'une manière de tremblement lui remontait le long du dos.

– Merde, murmura-t-il.

Il se détourna de l'écran et remarqua que sur le bureau se trouvaient un certain nombre de volumes pris entre deux serre-livres en cuivre. La plupart étaient des ouvrages de référence sur l'art et la manière de se servir du réseau Internet, deux d'entre eux contenant des centaines d'adresses électroniques. Il y avait encore deux biographies de pirates informatiques célèbres, trois livres sur l'étape des premières constatations dans la traque des criminels, un autre ayant trait à l'enquête menée par le FBI sur les menées d'un tueur en série qui s'était fait connaître sous le surnom de « le Poète » et deux manuels d'hypnose, le dernier volume concernant les activités d'un certain Horace Gomble, que McCaleb connaissait fort bien, cet individu ayant fait l'objet d'une enquête du groupe de recherche des tueurs en série du FBI. Ancien amuseur professionnel qui avait exercé à Las Vegas, Gomble avait eu recours à ses talents d'hypnotiseur pour molester toute une série de jeunes filles dans des foires de campagne en Floride. Aux dernières nouvelles, il était toujours en prison.

McCaleb passa lentement derrière le bureau, s'assit dans le fauteuil de direction tout usé installé devant l'ordinateur et sortit un crayon de sa poche pour ouvrir le tiroir du milieu du meuble. Il n'y découvrit pas grand-chose d'intéressant : quelques stylos et un coffret CD-Rom en plastique. Avec son crayon, il en souleva le couvercle et constata que le disque, intitulé *Brain Scan*[1], offrait à son utilisateur une visite guidée du cerveau humain avec schémas détaillés et analyse de son fonctionnement.

McCaleb referma le tiroir et se servit à nouveau de son crayon pour ouvrir un des deux tiroirs latéraux. Le premier était vide à l'exception d'une boîte de biscuits à laquelle personne n'avait touché. Il referma le tiroir et trouva un classeur dans celui du dessous. Plusieurs dossiers rangés dans des chemises vertes y étaient accrochés à deux rails métalliques. McCaleb se pencha en avant pour y voir plus clair et lut l'intitulé du premier :

GLORIA TORRES

Il laissa tomber son crayon par terre et décida de ne pas le ramasser : fini les précautions, il se foutait complètement de laisser des traces, voire de détruire tous les indices qui auraient pu être utiles à la police. Il sortit le dossier de sa chemise et l'ouvrit sur le plateau du bureau. Il y trouva des photos de Gloria Torres prises à divers moments de la journée et la montrant dans des tenues différentes. Sur deux de ces clichés elle était avec Raymond, et sur un troisième avec Graciela.

McCaleb tomba enfin sur des comptes rendus de filature. Noone y décrivait les allées et venues quotidiennes de sa future victime. McCaleb les parcourut rapidement et remarqua que

1. Soit « Examen du cerveau » *(NdT)*.

l'assassin avait souligné plusieurs fois qu'elle s'arrêtait à la Supérette de Sherman Way en rentrant de son travail.

Il referma le dossier, le laissa sur le bureau et sortit le suivant du tiroir. Il aurait pu en deviner l'intitulé sans même le regarder.

JAMES CORDELL

Il ne se donna pas la peine de l'ouvrir. Il savait qu'il y trouverait des photos et des comptes rendus de filature – tout comme dans le premier. Au lieu de cela, il plongea une troisième fois la main dans le tiroir et regarda le dossier suivant. Son intitulé ne le surprit pas davantage.

DONALD KENYON

Il ne sortit pas non plus cette chemise du tiroir et se contenta d'incliner les derniers dossiers du bout des doigts afin de lire le reste des intitulés. Il y était encore lorsque son cœur lui sembla soudain bondir dans sa poitrine, comme si Dieu sait comment il s'en était détaché – il connaissait tous les noms inscrits sur les cavaliers. Tous, sans exception.

– C'est donc toi, murmura-t-il.

Et dans sa tête il vit toutes les pommes rouler par terre et s'éparpiller à droite et à gauche.

Il referma le tiroir d'un coup sec, le bruit se répercutant comme une détonation sur le plancher en ciment et les murs en acier. Puis il scruta les ténèbres de la ruelle par la porte ouverte et tendit l'oreille. Rien – jusqu'à la musique qui s'était tue. Il n'y avait plus que du silence.

Ses yeux revenant sur l'écran de l'ordinateur, il étudia les chiffres qui y flottaient paresseusement. Il savait que l'appareil ne se trouvait pas là par hasard et que ce n'était pas non plus parce que Noone aurait eu l'intention de revenir chez lui un jour. Non, c'était pour lui, McCaleb, que le tueur l'avait laissé. Il l'attendait. McCaleb le savait. Il savait au plus profond de son cœur que c'était lui, le Bon Samaritain, qui avait tout manigancé de A jusqu'à Z.

Il appuya sur la barre d'espacement et l'économiseur d'écran s'effaça. A sa place apparut un appel de mot de passe. McCaleb n'hésita pas. Il avait l'impression d'être un piano dont on joue. Il tapa les chiffres dans l'ordre qu'il connaissait depuis longtemps par cœur.

903472568

Puis il appuya sur la touche « Enter », l'ordinateur se mettant au travail dans l'instant. Le mot de passe ayant été rapidement accepté, un gestionnaire de programmes avec divers symboles s'afficha sur l'écran. McCaleb l'étudia un instant. La plupart des icônes permettaient d'ouvrir des jeux. Plusieurs autres donnaient accès à America On Line et à Word pour Windows. Le dernier qu'il remarqua ouvrait un document minuscule – un répertoire de fichiers, sans doute. Il trouva la souris à côté de l'ordinateur et s'en servit pour cliquer dessus. Celui-ci s'ouvrit aussitôt. De fait, c'était de la navigation pure et simple. Dans le répertoire, la liste des dossiers apparaissait sur le côté gauche de l'écran en une jolie colonne. Il suffisait d'en choisir un et de cliquer dessus pour que le titre du document contenu dans le fichier se lise sur le côté droit de l'écran.

Avec la flèche, McCaleb parcourut la liste des fichiers et les étudia les uns après les autres. Les trois quarts d'entre eux initialisaient des logiciels d'accès tels qu'America On Line, Las Vegas Casino et autres. Enfin il tomba sur un document intitulé CODE. Il cliqua dessus, plusieurs intitulés s'affichant sur la partie droite de l'écran. Il les parcourut rapidement et s'aperçut qu'ils correspondaient aux intitulés des chemises rangées dans le tiroir du bureau.

Tous sauf un, que McCaleb considéra longuement, le doigt levé sur la souris.

McCALEB. DOC

Il cliqua, le document s'inscrivant rapidement sur l'écran. Il commença à le lire comme quelqu'un qui découvrirait son propre avis de décès. Les mots qu'il lut le remplirent d'effroi

— plus rien, il le savait, ne serait comme avant. C'était son âme même dont ils le vidaient, tout ce qu'il avait jamais réussi dans la vie étant soudain privé de sens et ridiculisé d'une manière horrible.

« Bonjour, Agent McCaleb,

C'est bien vous qui me lisez, je l'espère.
Disons que oui. Disons que vous vous êtes montré à la hauteur de l'extraordinaire réputation qui était la vôtre.
Une question que je me pose : êtes-vous seul ? Vous traquent-ils comme un criminel ? Bien sûr, bien sûr, mais bon : vous avez maintenant tout ce qu'il faut pour leur échapper et sauver votre peau. Mais je vous le demande : quelle impression ça faisait avant, quand c'était vous qu'on traquait ? J'avais envie que vous éprouviez ça... ce que j'éprouvais, moi. Vivre avec la peur au ventre est terrible, vous ne trouvez pas ?
La peur, c'est vrai, jamais ne dort.
Mais ce que je voulais par-dessus tout, c'était une place dans votre cœur, agent McCaleb. Je voulais être avec vous à jamais. Caïn et Abel, Kennedy et Oswald, la lumière et les ténèbres. Adversaires qui se valent, adversaires depuis toujours enchaînés l'un à l'autre...
J'aurais pu vous tuer. J'en avais le pouvoir et l'occasion. Mais ç'aurait été trop facile, n'est-ce pas ? Le type sur les quais... celui qui demandait son chemin... votre promenade matinale, le bonhomme sur la jetée avec sa canne à pêche... vous vous rappelez ?
Bien sûr que vous vous rappelez... maintenant. J'y étais donc. Mais ç'aurait été trop facile, vous en êtes bien d'accord, non ? Trop facile.
C'est que, voyez-vous, j'avais besoin de plus qu'une simple vengeance ou que le plaisir de vaincre un ennemi. Ces buts-là ne conviennent qu'aux petits sots. Je voulais autre chose – que dis-je ? j'en avais besoin, j'en crevais

d'envie. Je voulais vous mettre à l'épreuve, voilà, vous forcer à être moi. Je voulais faire de vous le méchant. Celui qu'on pourchasse.

Et après, quand vous sortiriez de ce brasier, la peau brûlée mais le corps sain et sauf, je voulais me révéler à vous sous les traits de votre plus ardent bienfaiteur. Oui, Gloria Torres, c'était moi. Je l'ai suivie. Étudiée. Choisie – pour vous. C'était le petit cadeau de la Saint-Valentin que je vous faisais.

Vous êtes à moi pour toujours, agent McCaleb. Pas un souffle de l'air que vous respirez qui ne m'appartienne. Pas un battement de ce cœur volé qui ne soit l'écho de ma voix dans votre tête. Toujours. Tous les jours.

Ne l'oubliez pas...

Pas un souffle... »

McCaleb croisa les bras et se tint comme si on lui avait ouvert la poitrine à l'arme blanche. Un tremblement profond roula par tout son corps tandis qu'une plainte montait de ses lèvres. Il repoussa son fauteuil, loin de l'horrible message affiché sur l'écran, et se mit en position d'atterrissage en catastrophe. Tout l'avion allait s'écraser.

41

Pensées noires et rouges. Il avait l'impression d'évoluer dans un vide permanent, entouré par un rideau d'espace noir, et ses mains y cherchaient une déchirure par où s'échapper, mais jamais ne la trouvaient. Les visages de Raymond et de Graciela Rivers n'y étaient que des images lointaines qui s'effaçaient dans les ténèbres.

Soudain il sentit une main froide sur son cou et bondit, un hurlement se ruant hors de sa gorge tel le prisonnier qui fait le mur. Il se redressa. C'était Winston. Elle fut aussi effrayée par sa réaction qu'il venait de l'être en sentant sa main.

— Terry ? Ça va ? lui demanda-t-elle.
— Oui, enfin... non. C'est lui, Noone. Le Tueur au code. Il les a tous assassinés. Et les trois derniers, il les a tués pour moi. Il a essayé et essayé jusqu'au moment où il a réussi. Il a flingué Gloria Torres pour son cœur. Pour moi. Pour que je vive et sois à jamais le témoin de sa gloire.

Gloria et gloire, la similitude entre ces deux mots le frappa soudain.

— Minute, minute, s'écria Jaye Winston. On ralentit, s'il vous plaît. Qu'est-ce que vous êtes en train de me raconter?
— C'est lui. Tout est là-dedans. Regardez les fichiers, l'ordinateur. Il a aussi tué tous les autres. Et après, il a décidé de me sauver. De tuer pour moi.

Il lui montra l'écran de l'ordinateur, où le message qui lui était destiné était toujours affiché. Il voulut attendre qu'elle ait fini de le lire, mais ne put y tenir.

– Tous les morceaux, reprit-il. Ils étaient tous là. Depuis toujours.
– Quels morceaux ?
– Les morceaux du puzzle, le code. C'était simple comme bonjour. Il se servait de tous les chiffres, sauf du un. Pas un. Personne. Je ne suis personne. C'est ça qu'il nous disait.
– Terry ! s'écria-t-elle. Nous reparlerons de tout ça plus tard. Dites-moi comment vous êtes arrivé ici. Comment saviez-vous que c'était Noone ?
– La bande. La séance d'hypnose.
– Quoi, la séance d'hypnose ?
– Vous vous rappelez quand je vous ai demandé de ne pas lui parler de façon à ce que rien ne le trouble ?
– Oui. Vous m'aviez dit que vous seriez le seul à lui poser des questions. Nous ne devions communiquer que par gestes ou par écrit.
– Mais tout à la fin, quand j'ai compris que ça partait en eau de boudin, je me suis senti frustré et je vous ai dit : « Autre chose ? » Et vous, vous avez secoué la tête pour me répondre que non et moi, j'ai insisté. Je vous ai demandé : « Vous êtes sûre ? » et vous avez de nouveau secoué la tête. J'avais enfreint mes propres règles en vous parlant. Je vous avais posé ces questions à haute voix. Et donc, Noone aurait dû répondre. S'il avait été vraiment en transe, il m'aurait répondu à moi, parce qu'il n'aurait pas compris que c'était à vous que je posais ma question. Et il n'a pas répondu. Il savait très bien ce qui se passait.
– Quoi ? Il simulait ?
– Oui. Et s'il simulait, cela veut dire que ses réponses étaient bidon. Cela veut aussi dire qu'il avait tout planifié avant. J'ai fait comparer les bandes avant de venir et j'en ai des agrandissements papier dans la voiture. James Noone et le Bon Samaritain ne sont qu'une seule et même personne. L'assassin.
Winston secoua la tête comme si elle saturait. Des yeux elle chercha un endroit où s'asseoir. Il n'en restait qu'un, le lit de camp.
– Jaye, lui dit McCaleb en se levant, asseyez-vous.
– Je veux bien, mais pas ici, lui renvoya-t-elle. Il faut qu'on

s'en aille, Terry. Il faut absolument que j'appelle Hitchens et les autres... les flics du LAPD et les types du Bureau. Et je ferais mieux de lancer un avis de recherche pour Noone tout de suite.

McCaleb n'en revenait pas de constater qu'elle n'avait toujours pas compris comment s'emboîtaient les pièces du puzzle.

– Mais vous m'écoutez, Jaye ? s'exclama-t-il. Il n'y a pas de Noone. Il n'a jamais existé.

– Comment ça ?

– Son nom. Ça marche avec le reste. Noone. Coupez-le en deux et vous obtiendrez « No One », c'est-à-dire « personne ». Je ne suis personne. Et tout était là depuis le début...

Il secoua la tête, s'affaissa de nouveau dans le fauteuil et s'enfouit le visage dans les mains.

– Comment pourrai-je... je ne pourrai jamais vivre avec ça.

Jaye Winston posa de nouveau la main sur son cou, mais cette fois il ne bondit pas.

– Allons, Terry, lui dit-elle, n'y pensons pas pour l'instant. On sort d'ici, on va à la voiture et on attend. Il faut que j'appelle des collègues pour les premières constatations. Peut-être relèvera-t-on des empreintes qui nous permettront de l'identifier.

McCaleb se releva, fit le tour du bureau et regagna la voiture.

– Il n'a jamais laissé d'empreintes, dit-il sans la regarder. Je doute fort qu'il l'ait fait ici.

Deux heures plus tard, McCaleb était toujours assis dans la Taurus garée dans Atoll Avenue, juste derrière les rubans jaunes que les flics avaient tendus entre les deux rangées de garages afin d'en interdire l'accès. A une centaine de mètres de là, il le voyait, tout le monde s'agitait devant chez James Noone. Il y avait là plusieurs inspecteurs – dont certains appartenant à l'équipe du FBI chargée d'élucider le mystère du Tueur au code –, des techniciens, des vidéastes d'au moins deux des agences gouvernementales détachées sur l'affaire, et une bonne demi-douzaine d'officiers de police qui battaient la semelle sur le trottoir.

Des mites autour d'une flamme, se dit-il en regardant la scène avec un détachement surprenant. Il pensait à autre chose.

A Graciela et à Raymond. A Noone. Il ne pouvait pas s'empêcher de songer à l'étrange individu qui s'était fait connaître sous ce nom : Noone. Et c'était avec lui qu'il s'était trouvé. Dans la même pièce. A quelques centimètres de lui.

Il avait envie de boire un coup. Il voulait la brûlure du whisky dans sa gorge, mais savait qu'il n'aurait pu faire pire qu'en se collant un pistolet sur la tempe. Et non, ça aussi il le savait, malgré la douleur qui le cisaillait, jamais il ne donnerait ce plaisir à quiconque. Pas plus à Noone qu'à un autre. Là, dans l'obscurité de la voiture, il avait décidé de vivre. Malgré tout ce qu'il devrait endurer, il vivrait.

Il ne remarqua les types qui descendaient l'allée qu'au moment où ils furent pratiquement devant lui. Il alluma les phares et les reconnut aussitôt : Nevins, Uhlig et Arrango. Il éteignit et attendit. Ils ouvrirent les portières de la voiture et s'assirent : Nevins devant, les deux autres à l'arrière, Arrango juste derrière lui.

— Y a du chauffage dans cette bagnole ? demanda Nevins. Il commence à faire frisquet dans le coin.

McCaleb mit le moteur en route et regarda Arrango dans le rétroviseur. Il faisait trop noir pour qu'il voie s'il s'était collé un cure-dent dans la gueule.

— Où est Walters ? lui demanda-t-il.
— Il a du boulot.
— Bon, dit Nevins. Nous…. euh… nous sommes venus vous dire que nous nous étions trompés sur votre compte, McCaleb. Je suis désolé. Nous le sommes tous. On dirait bien que ce Noone est notre bonhomme. Vous avez fait du bon travail.

McCaleb se contenta de hocher la tête. Ce n'étaient que des excuses du bout des lèvres, mais il s'en foutait. Ce qu'il avait trouvé pour laver son honneur serait beaucoup plus difficile à supporter que si on l'avait publiquement accusé de meurtre. A côté de ça, aucune excuse n'avait de sens.

— Nous savons que vous avez passé une sale nuit, reprit Nevins, et nous voudrions vous libérer au plus vite. Ce que je me disais, c'est qu'on pourrait peut-être avoir votre interprétation des faits et demain… ben… peut-être que vous pourriez passer nous faire une déposition officielle ? Qu'est-ce que vous en pensez ?

— Parfait. Mais ma déposition, je la ferai à Jaye Winston, certainement pas à vous.

— Je peux comprendre. Mais pour l'instant, est-ce que vous pourriez nous dire comment tout ce truc s'est agencé... à votre avis ?

McCaleb se pencha en avant, enclencha le chauffage et organisa ses pensées avant de commencer.

— Je l'appellerai donc Noone parce que c'est tout ce que nous avons pour le moment. Il n'est d'ailleurs pas impossible que nous n'ayons jamais rien d'autre. Tout remonte à l'histoire du Tueur au code. C'était lui, James Noone. A cette époque-là, je dirigeais l'équipe détachée sur l'affaire et, avec l'accord du LAPD, j'en suis devenu le porte-parole officiel. C'est moi qui organisais les séances de briefing et c'était à moi qu'on s'adressait pour les interviews. Pendant dix mois, ma gueule est devenue le symbole télévisé de ce monsieur. C'est pour ça que Noone en a fait une véritable fixation – sur moi. Et cette fixation ne cessant de se renforcer au fur et à mesure que nous le serrions de plus près, un jour, il s'est mis à m'envoyer des lettres. A ses yeux, j'étais sa némésis, l'incarnation même de l'équipe spéciale qui le traquait.

— Dites, vous ne gonfleriez pas un peu votre rôle dans cette histoire ? lui lança Arrango. Enfin je veux dire... il n'y avait quand même pas que vous dans...

— Toi, tu la fermes et tu écoutes, d'accord ? Tu pourrais même apprendre des trucs ! lui renvoya McCaleb en le dévisageant dans le rétroviseur.

Arrango soutint son regard jusqu'au moment où Nevins leva la main pour lui signifier de se calmer.

— C'était lui qui me rendait célèbre, reprit McCaleb, mais je n'ai pas marché. Pour finir, quand il a compris que les risques encourus étaient trop importants pour lui, il a laissé tomber. C'est à peu près à la même époque que j'ai eu... mes problèmes. J'avais besoin d'une greffe et ça a fait du bruit parce que j'avais eu ma tête dans tous les journaux. Et Noone l'a vue. Ça n'avait

rien de bien compliqué, mais c'est à ce moment-là qu'il a concocté ce qu'il en est venu à considérer comme sa plus belle idée.
– Au lieu de vous tuer, il a décidé de vous sauver, dit Uhlig.
McCaleb acquiesça d'un signe de tête.
– Ça devait lui donner sa plus grande victoire dans la mesure même où celle-ci durerait jusqu'à ma mort. M'éliminer, me tuer purement et simplement, ne pouvait lui procurer qu'une satisfaction passagère. Alors qu'en me sauvant... c'était du jamais vu, quelque chose qui devait le hisser au summum de la gloire. Sans compter qu'il m'aurait toujours sous la main pour rappeler à tout un chacun combien il était puissant et rusé. Vous comprenez ?
– Oui, dit Nevins, mais ce n'est quand même là que l'aspect purement psychologique du problème. Ce que j'aimerais savoir, c'est comment il s'y est pris concrètement. Comment a-t-il fait pour avoir les noms ? Comment a-t-il découvert Kenyon, Cordell et Torres ?
– Avec son ordinateur. Et vos techniciens vont devoir démonter le mécanisme qui lui a permis d'y arriver.
– On a demandé à Bob Clearmountain de venir, lui dit Nevins. Vous vous souvenez de lui ?
McCaleb hocha la tête. Clearmountain était le grand expert en informatique du Bureau de Los Angeles. Un vrai génie de l'ordinateur.
– C'est bien. Il pourra répondre à cette question plus clairement que nous... à un moment ou à un autre. Au pif, je dirais qu'il va trouver un logiciel de cassage de code dans son ordinateur. Toujours est-il que Noone a réussi à entrer dans la base de données du BOPRA, et c'est là qu'il a trouvé ses noms. Après, il a choisi ses victimes en fonction de leur âge, de leur forme physique et de leur proximité, et s'est mis au boulot. Mais avec Kenyon et Cordell, tout a merdé. Ce n'est qu'avec Torres que ça a marché, enfin... d'après lui.
– Et il a tout de suite décidé de vous faire porter le chapeau ?
– D'après moi, il avait envie de me voir remonter la filière et découvrir moi-même tous ses crimes. Et il savait que c'était très

exactement ce qui se passerait si je devenais suspect : je ne pourrais plus faire autrement que de m'impliquer dans l'affaire. Sauf que ça ne s'est pas produit tout de suite parce que les premiers enquêteurs n'ont pas compris les indices qu'il leur avait laissés.

Il regarda de nouveau Arrango dans le rétroviseur et le vit rougir de colère. On aurait dit qu'il allait exploser.

— Arrango, dit-il, le fait est que vous n'y avez vu qu'un petit hold-up avec coups de feu — rien de plus, rien de moins. Et comme vous avez tout loupé, Noone a dû réenclencher le processus autrement.

— Comment ça ? lui demandèrent Uhlig et Nevins d'une même voix.

— C'est à cause d'un écho paru dans le *Los Angeles Times* que j'ai fini par me faire embringuer dans l'histoire, et cet article n'est paru que suite à une lettre qu'il a lui-même envoyée au journal... un courrier de lecteur. Si celui-ci n'est pas anonyme, je suis prêt à parier qu'il l'a signé Noone.

Il s'arrêta afin de voir si on en était bien d'accord. Personne ne le contredit.

— Et donc, son courrier suscite l'article en question, lequel article fait démarrer Graciela Torres... Graciela Torres qui vient me voir et me fait démarrer à mon tour. Le coup des dominos, quoi.

Soudain, une pensée lui vint. Il se rappela l'homme qu'il avait vu assis dans une voiture étrangère, juste en face de la supérette, la première fois qu'il s'y était rendu, et comprit que c'était bien le même véhicule qu'il avait aperçu le soir où il s'était élancé aux trousses du type qui était monté dans son bateau.

— Je crois que Noone n'a pas cessé de me suivre, reprit-il. Il voulait vérifier si tout marchait selon son plan. Il savait très bien à quel moment monter sur le bateau et y laisser ses preuves à conviction. Et il savait aussi à quel moment vous appeler.

Il jeta un coup d'œil à Nevins qui préféra se détourner et regarder droit devant lui.

— Avez-vous reçu un appel anonyme ? insista-t-il. Qu'est-ce qu'on vous disait ?

— En fait, c'est plutôt un message que nous avons reçu, et

c'est le factionnaire de nuit qui l'a pris. « Vérifiez le sang. C'est McCaleb qui a leur sang. » Rien d'autre.
— Sauf que ça colle parfaitement. Et que c'était bien lui. Il avait encore avancé un pion.
Ils gardèrent le silence un instant. Les vitres commençaient à s'embuer sous leurs souffles.
— Bah, je ne sais pas tout ce que nous pourrons jamais vérifier dans cette histoire, dit Nevins, mais... Tout ça fait quand même beaucoup de peut-être.
McCaleb acquiesça d'un hochement de tête. Il doutait même qu'on puisse jamais confirmer quoi que ce soit : à ses yeux, il y avait en effet toutes les chances pour qu'on n'identifie jamais James Noone. Quant à le retrouver...
— Bon, d'accord, reprit Nevins. Ben... on se tient au courant ?
Il ouvrit sa portière, les deux autres l'imitant aussitôt. Juste avant de descendre, Uhlig se pencha par-dessus le siège et tapa sur l'épaule de McCaleb avec un harmonica.
— J'ai trouvé ça par terre, dit-il.
Au moment où Arrango posait le pied sur l'asphalte, McCaleb baissa sa vitre et le regarda.
— Vous savez quoi, Arrango ? lui lança-t-il. Vous auriez pu l'arrêter vous-même. Tout y était. Il n'y avait plus qu'à prendre.
— Va te faire, McCaleb ! lui répliqua l'inspecteur.
Puis il s'éloigna et suivit les deux agents qui retournaient au garage de Noone. McCaleb eut un petit sourire. Force lui était de reconnaître que, malgré tout, il ne crachait pas sur le plaisir coupable de pincer son collègue là où ça fait mal.

Il resta encore quelques minutes assis dans sa voiture avant de partir. Il se faisait tard – plus de dix heures –, et il se demandait où aller. Il n'avait pas encore appelé Graciela et envisageait de le faire avec un mélange de crainte et de soulagement, ce dernier sentiment venant de ce qu'il savait bien que tôt ou tard leurs relations devraient être clarifiées. Il hésitait à lui annoncer la nouvelle à une heure aussi tardive. Peut-être valait-il mieux le faire dans la pleine lumière du jour.

Il posa la main sur la clé de contact et regarda une dernière fois le garage éclairé où sa vie avait changé du tout au tout. Il s'aperçut que la lumière qui en sortait s'était mise à bouger et, comprenant aussitôt quelque chose, il ôta sa main de la clé de contact.

Il descendit de la Taurus et passa sous le ruban en plastique sans la moindre hésitation. L'officier de police responsable ne lui fit aucune remarque. Il avait dû se dire – à tort – qu'il faisait partie des inspecteurs, puisque trois des plus importants dans l'affaire venaient de quitter sa voiture.

Il gagna la limite de la zone éclairée et attendit de pouvoir attirer l'attention de Jaye Winston. Une écritoire à la main, celle-ci notait ce qu'elle voyait à l'intérieur de la pièce, où tout était peu à peu étiqueté avant d'être emporté.

Elle s'écartait pour laisser passer un technicien lorsque, jetant un coup d'œil dans la ruelle obscure, elle vit le petit signe que McCaleb lui adressait. Elle sortit du garage et se dirigea vers lui. Un sourire prudent s'étalait sur son visage.

– Je croyais que vous étiez hors d'affaire, lui dit-elle. Pourquoi n'êtes-vous pas parti ?

– Ça ne saurait tarder, lui répondit-il. Je voulais juste vous dire merci... pour tout. Vous avez trouvé des trucs ?

Elle fronça les sourcils et secoua la tête.

– Non. Vous aviez raison. Il n'a rien laissé. Les types des empreintes n'ont rien découvert. Il y en a bien quelques-unes sur l'ordinateur, mais ce sont probablement les vôtres. Je ne vois pas du tout comment nous allons coincer ce type. C'est comme s'il n'avait jamais mis les pieds ici.

McCaleb lui fit signe de s'approcher lorsqu'il vit Arrango sortir du garage en se collant une cigarette dans la bouche.

– Je crois que Noone s'est planté, lui dit-il doucement. Faites venir votre meilleur spécialiste et regagnez le Star Center. Demandez-lui de passer les néons du plafond au laser, vous savez... ceux de la salle des interrogatoires. En préparant la séance d'hypnose, j'en ai descendu quelques-uns et je les lui ai passés. Il ne pouvait pas faire autrement que de les prendre s'il ne voulait pas se trahir. Il est possible qu'il s'y trouve encore des empreintes.

Le visage de Jaye Winston s'éclaira d'un sourire.
— C'est sur la bande que nous avons faite, reprit-il. Vous leur dites que c'est vous qui les avez trouvées.
— Merci, Terry, dit-elle en lui donnant une petite tape sur l'épaule.
Il hocha la tête et repartit vers la voiture. Elle le rappela.
— Ça va ? lui demanda-t-elle.
Il se retourna et acquiesça d'un hochement de tête.
— Je ne sais pas où vous allez, ajouta-t-elle, mais bonne chance.
Il lui adressa un signe de la main et se remit en route.

42

C'en était à croire qu'elle avait allumé toutes les lumières et, cette fois-ci, il ne resta pas dans la voiture. Il savait qu'il n'était plus temps de se tourmenter pour ceci ou pour cela. Il devait lui dire la vérité en face – toute la vérité et en accepter les conséquences.

De nouveau, elle lui ouvrit la porte avant même qu'il y arrive. Tout lui bousiller alors qu'elle tient assez à moi pour m'attendre, se dit-il en approchant.

– Terry, lui cria-t-elle, mais où étais-tu ?

Elle s'élança vers lui et l'enlaça. Il sentit sa volonté plier, mais ne lâcha pas. Il tira la jeune femme de côté et, son bras autour de son épaule, la serra contre lui – pour la dernière fois peut-être.

– Allez, lança-t-il, j'ai des choses à te dire.

– Mais… ça va ?

– Oui, pour l'instant.

Ils passèrent dans la salle de séjour. Il s'assit à côté d'elle sur le canapé et prit ses mains dans les siennes.

– Raymond est au lit ? demanda-t-il.

– Oui. Qu'est-ce qu'il y a, Terry ? Qu'est-ce qui ne va pas ?

– C'est fini, Graciela, lui dit-il. Ils ne l'ont pas encore attrapé, mais ils savent qui c'est. Je suis hors d'affaire.

– Raconte-moi.

Il lui serra les mains et sentit que les siennes étaient moites. Il la libéra en ayant l'impression de laisser filer un oiseau qu'il aurait ramené à la vie. Jamais plus peut-être il ne lui tiendrait les mains de cette façon-là.

— Tu te rappelles le soir où nous avons parlé de foi et où je t'ai dit que j'avais beaucoup de mal à avoir confiance ?
Elle acquiesça d'un signe de tête.
— Avant que je te raconte toute l'histoire, je tiens à ce que tu saches que ces derniers jours... de fait, dès l'instant où je t'ai rencontrée... j'ai senti quelque chose me revenir. Disons une croyance en quelque chose, je ne sais pas. Mais ce que je sais, c'est que c'était un début, le commencement de quelque chose de bon...
— « C'était » ?
Il se détourna d'elle un instant pour essayer de trouver ses mots. Ce n'était pas facile. Il savait qu'il n'aurait pas droit à une deuxième chance.
Enfin il se tourna de nouveau vers elle.
— Ce changement est nouveau et bien fragile... et je ne sais pas si cela pourra durer avec ce que j'ai à te dire. Ce que je veux, c'est que tu décides, toi. Je n'ai pas prié depuis bien longtemps, mais... je prierais bien pour vous revoir... toi et Raymond... sur mon ponton. Ou alors décrocher le téléphone et entendre ta voix. Mais ce sera à toi d'en décider.
Il se pencha vers elle et l'embrassa doucement sur la joue. Elle ne lui résista pas.
— Je t'écoute, lui dit-elle doucement.
— Graciela, commença-t-il, c'est à cause de moi que ta sœur est morte. A cause de quelque chose que j'ai fait il y a très longtemps. Un jour, j'ai franchi la ligne jaune en laissant mon ego se mesurer à celui d'un fou... et c'est pour ça que Gloria est morte.
— Je t'écoute, répéta-t-elle encore plus doucement.
Il lui raconta. L'homme qu'à l'époque on ne connaissait encore que sous le nom de James Noone. La piste qu'il avait remontée jusqu'à son garage. Ce qu'il y avait trouvé et ce qui l'attendait sur l'écran de l'ordinateur.
Elle se mit à pleurer tandis qu'il parlait, des larmes silencieuses qui roulèrent sur ses joues et tombèrent sur son chemisier en blue jean. Il aurait voulu lui tendre la main, la prendre dans ses bras et la serrer fort, essuyer ses larmes sous ses baisers, mais il savait qu'il n'était déjà plus dans le monde de la jeune femme et

ne pourrait plus y entrer de son propre chef. C'était elle qui devrait l'y réinviter.

Lorsqu'il eut terminé, ils restèrent assis en silence un instant. Enfin elle essuya ses larmes avec la paume de sa main.

— Je dois avoir une sale gueule, dit-elle.

— Non, pas du tout.

Elle regarda le tapis à travers la vitre de la table basse, durant un long moment de silence.

— Qu'est-ce que tu vas faire maintenant? finit-elle par lui demander.

— Je ne sais pas trop, mais j'ai quelques idées. Je vais le retrouver, Graciela.

— Tu ne peux donc pas laisser tomber? Pourquoi ne pas tout refiler à la police?

Il secoua la tête.

— Non, dit-il, je ne crois pas. Si je ne le retrouve pas moi-même et ne peux pas le regarder en face, je n'arriverai jamais à mettre tout ça derrière moi. Et je ne sais même pas si ce que je te raconte a un sens.

Elle hocha la tête et continua de regarder par terre sans rien dire. Enfin elle le regarda.

— J'aimerais que tu t'en ailles, lui dit-elle. J'ai besoin d'être seule.

— Bien, dit-il en se levant doucement.

Encore une fois il dut réprimer une envie folle de la toucher, juste ça : sentir à nouveau la chaleur de son corps. Comme la première fois qu'elle l'avait touché.

— Au revoir, Graciela, dit-il.

— Au revoir, Terry.

Il traversa la pièce et se dirigea vers la porte. Il n'y était pas arrivé lorsque, en jetant un coup d'œil sur le vaisselier de la salle de séjour, il y vit la photo encadrée de Gloria Torres. C'était il y avait longtemps, la jeune femme semblait heureuse et souriait à l'appareil photo. Ce sourire, il le comprit alors, ne cesserait plus de le hanter.

43

Après une nuit agitée où il rêva qu'on l'entraînait dans des eaux aussi sombres que profondes, il se leva à l'aube. Il prit une douche et se prépara un solide petit déjeuner – omelette aux oignons et poivrons verts, saucisse passée au micro-ondes et demi-litre de jus d'orange. Lorsqu'il eut fini, il avait toujours faim et ne savait pas pourquoi. Il descendit à la salle de bains et vérifia ses signes vitaux. Tout allait bien. A sept heures cinq, il appela Jaye Winston à son bureau. Elle y était et, rien qu'à l'entendre, il comprit qu'elle avait passé toute sa nuit à travailler.

– Deux choses, lui dit-il. Quand voulez-vous que je vous fasse ma déposition officielle, et quand vais-je enfin récupérer ma voiture ?

– Eh bien mais… la Cherokee, vous pouvez la reprendre quand vous voulez. Il faut juste que j'appelle la fourrière.

– Où est-elle ?

– Ici même. Dans notre parking.

– Donc, il faut que j'aille la chercher, c'est ça ?

– Oui. Mais comme vous devez passer ici pour faire votre déposition… Vous faites tout ensemble ?

– D'accord. A quelle heure ? J'ai envie d'en finir. Je veux partir d'ici, aller prendre des vacances quelque part.

– Où ça ?

– Je ne sais pas. Il faut juste que je m'en aille, que j'essaie de me nettoyer de tout ce poison. Peut-être à Las Vegas.

– Parlez d'un endroit où se refaire le moral !

Il ignora son sarcasme.
— Je sais, dit-il seulement. Quand pouvons-nous nous voir ?
— Je dois boucler le dossier aussi vite que possible et j'ai besoin de votre déposition. Ce matin serait parfait. A l'heure que vous voudrez. Je vous trouverai un moment.
— Dans ce cas, j'arrive.

Buddy Lockridge dormait sur le banc de son cockpit. McCaleb le secoua si fort qu'il se réveilla en sursaut.
— Mais qu'est-ce... ah, c'est toi, la Terreur. Tu es de retour ?
— Ouais, je suis de retour.
— Et ma bagnole, bonhomme ?
— Elle marche toujours. Écoute, lève-toi. J'ai encore un truc à faire et j'ai besoin que tu me déposes quelque part.
Lockridge se remit lentement sur son séant. Il avait dormi sous son sac de couchage. Il le rassembla autour de lui et se frotta les yeux.
— Quelle heure est-il ? demanda-t-il.
— Sept heures et demie.
— Putain, mec !
— Je sais, mais ce sera la dernière fois.
— Tout va comme tu veux ?
— Oui, ça va. J'ai juste besoin que tu me déposes au bureau du shérif pour que je puisse y reprendre ma voiture. Il faut aussi que je passe à une banque.
— Il n'y en aura pas d'ouverte à cette heure.
— Elles le seront quand nous arriverons à Whittier.
— Bon, mais si je t'emmène chercher ta voiture, qui c'est qui va la ramener ici ?
— Moi. Allez, on y va.
— Mais tu ne m'as pas dit que tu ne devais pas conduire ? Surtout une voiture avec un Air Bag ?
— T'inquiète pas pour ça, Terry.
Une demi-heure plus tard, ils étaient en route. McCaleb avait emporté un sac de marin avec du linge et tout ce dont il aurait besoin pendant son voyage. Il avait aussi pris une Thermos

de café. Il s'en versa une tasse et mit Buddy au courant de tout ce qui lui était arrivé. Buddy ne cessa plus de lui poser des questions tout le long du trajet ou pas loin.

— Bah, dit-il enfin, il faudra sans doute que j'achète le journal demain.

— Ça devrait aussi passer à la télé.

— Tu crois qu'on va en faire un livre ? Et que je serai dedans ?

— Je ne sais pas. La nouvelle arrivera dans les rédactions aujourd'hui. Il faudra sans doute qu'on juge de l'importance de l'histoire pour prendre la décision d'en faire un livre.

— Et... on touche des droits quand l'auteur veut utiliser ton nom ? Dans un livre, je veux dire. Ou alors... au cinéma ?

— Je ne sais pas, répéta McCaleb. Mais, à mon avis, tu devrais pouvoir demander quelque chose. Ton rôle a été important. C'est toi qui as trouvé la photo qui manquait dans la voiture de Cordell.

— Ça, c'est vrai.

Buddy Lockridge semblait fier du rôle qu'il avait joué dans l'affaire et la perspective de gagner un peu d'argent l'excitait beaucoup.

— Sans parler du pistolet, reprit-il. C'est moi qui l'ai trouvé à l'endroit où ce fumier l'avait planqué.

McCaleb fronça les sourcils.

— Tu sais quoi, Buddy ? lui dit-il. Si jamais on écrit un livre sur tout ça, ou si des flics ou des reporters se pointent chez toi, j'aimerais assez que tu fermes ta grande gueule là-dessus. Ça m'aiderait.

Lockridge lui jeta un bref coup d'œil, puis reporta son attention sur la route.

— Bon, pas de problème, dit-il. Je n'en soufflerai pas un mot.

— Bien. A moins que je revienne sur ma décision... Quant à moi, si jamais on vient me poser des questions, je te promets de leur dire d'aller te voir.

— Merci, mec.

Il était neuf heures passées lorsque, étant enfin sortis des embouteillages, ils arrivèrent à Whittier. McCaleb demanda à Lockridge de l'attendre devant une succursale de la Bank of

America pendant qu'il y retirait mille dollars en coupures de vingt et de dix.

Quelques minutes plus tard, la Taurus pénétrait dans le parking du Star Center. McCaleb compta deux cent cinquante dollars et les tendit à Lockridge.

— Mais… c'est pour quoi ? lui demanda ce dernier.

— Pour m'avoir permis d'utiliser ta voiture et servi de chauffeur aujourd'hui. Ah oui, ajouta-t-il, je vais disparaître pendant quelques jours. Tu veux bien garder un œil sur mon bateau ?

— OK. Où tu vas ?

— Je ne sais pas trop. Et je ne sais pas non plus quand je serai de retour.

— Comme tu veux. Avec deux cent cinquante dollars, on peut voir venir.

— Tu te rappelles la nana qui est venue me voir ? La jolie femme ?

— Évidemment.

— J'espère qu'elle passera me chercher au bateau. Tu surveilles ?

— D'accord. Et qu'est-ce que je fais si elle se pointe ?

McCaleb réfléchit un instant.

— Tu lui dis que je suis en voyage, mais que j'espérais beaucoup qu'elle passerait.

McCaleb ouvrit la portière, mais, avant de descendre, il serra la main de Lockridge et le remercia encore une fois de son aide.

— Bon, dit-il enfin, je m'en vais.

— Parfait. Amuse-toi bien.

— Hé, tu sais quoi ? Je vais sans doute faire pas mal de voiture. Ça t'embêterait de me passer un de tes harmonicas ?

— Prends celui que tu veux.

McCaleb alla à la pêche dans le compartiment de la portière, en ressortit trois instruments et choisit celui dont il avait joué le soir où il avait pris la route de la corniche.

— Tu n'as pas pris le plus mauvais, lui dit Lockridge. Attention, il est en do.

— Merci, Buddy.

– On peut pas dire que vous vous soyez grouillé, lui lança Jaye Winston lorsqu'il arriva devant son bureau. Je commençais à me demander où vous aviez encore filé.

– Ça fait une heure que je cherche dans le parking, lui renvoya-t-il. Je n'arrive pas à y croire ! Vous me piquez ma voiture avec un mandat bidon et maintenant, il faut que je vous paie la mise en fourrière ! Cent quatre-vingts dollars, Jaye ! Il n'y a plus de justice en ce monde.

– Écoutez... Vous avez de la chance : un, ils ne vous l'ont pas perdue et deux, vous la retrouvez en un seul morceau. Asseyez-vous. J'en ai pour une minute.

– Et vous vous plaignez que je sois en retard ? Je ne comprends pas.

Elle ne lui répondit pas. McCaleb s'assit à côté d'elle à son bureau et la regarda parcourir un rapport, puis le corriger et parapher chaque page.

– Bon, dit-elle enfin. J'avais prévu de prendre une des salles d'interrogatoire. Le magnéto est prêt. On y va ?

– Une seconde. Il y a du nouveau depuis hier soir ?

– Ah, oui, c'est vrai. Vous n'étiez pas là.

– Vous avez relevé des empreintes sur les néons ?

Elle sourit et acquiesça d'un signe de tête.

– Pourquoi ne me l'avez-vous pas dit plus tôt ? protesta-t-il. Qu'est-ce que vous avez trouvé ?

– Tout. Deux paumes, deux pouces et quatre doigts. On a passé ça au fichier et ça a fait tilt. C'est un type du coin. Un certain Daniel Crimmins. Trente-deux ans. Vous vous rappelez le profil que vous aviez établi pour l'équipe chargée d'enquêter sur le Tueur au code ? Vous aviez fait mouche, McCaleb. En plein dans le mille.

Il débordait d'énergie, mais tenta de ne rien en montrer. Les derniers morceaux du puzzle se mettaient en place. Il essaya de se rappeler le nom du suspect porté dans le dossier, mais rien ne lui vint.

– Racontez-moi.

– C'était un laissé-pour-compte de l'Académie de police de

Los Angeles. Ça remonte à cinq ans. Pour autant qu'on puisse en juger, il a décroché plusieurs boulots dans la sécurité. Mais pas du type gardiennage : dans les ordinateurs. Il a fait de la pub sur Internet, s'est confectionné une page web et a envoyé des annonces à des boîtes. On sait qu'il s'est trouvé plusieurs fois du travail en entrant dans des systèmes informatiques et en écrivant à leurs patrons pour leur dire que leur sécurité ne valait pas un clou et pourquoi ils auraient tout intérêt à l'embaucher.
– Le BOPRA ?
– Oui. Nous leur avons dépêché une équipe, mais ils viennent juste de nous appeler. Un de leurs cadres se rappelle avoir reçu un e-mail de Crimmins l'année dernière. Mais il n'y a vu qu'une blague et n'a pas répondu. Il n'a jamais reçu d'autre message. Cela étant, ça montre bien que Crimmins avait réussi à entrer dans le système.

McCaleb acquiesça d'un signe de tête.

– Quelqu'un a-t-il trouvé quelque chose dans les fichiers du LAPD ?

– Oui, Arrango. Il fait le con et ne donne ses renseignements qu'au compte-gouttes, mais, en gros, notre bonhomme n'y a pas fait plus de cinq mois. Raison donnée pour sa mise en congé, et je cite : « incapacité à s'épanouir dans l'atmosphère collégiale de l'Académie ». Traduction : c'était un introverti qui n'aurait jamais tenu dans une voiture de patrouille. Personne ne voulait faire équipe avec lui. Bref, ils l'ont viré. Mais il y avait un problème : son papa avait bossé dans la police. Il avait pris sa retraite à Blue Heavens une dizaine d'années plus tôt. Uhlig a demandé à quelqu'un du Bureau de l'Idaho d'entrer en contact avec lui. D'après ce qu'aurait su le père, son rejeton était toujours au LAPD. Il ignorait qu'on l'avait viré parce que le fiston ne lui en avait jamais rien dit. Toujours d'après lui, celui-ci y aurait bossé cinq ou six ans. Et quand ils se causent au téléphone, le petit a toujours de bonnes histoires de bagarre à lui raconter.

– Ben tiens, il les invente toutes.

McCaleb voyait enfin que tout collait. Crimmins avait transféré son complexe d'infériorité de son père sur le LAPD dès qu'il s'était fait virer de la police. Se voir exclu de l'Académie était peut-être ce qui avait transformé des fantasmes innocents en un passe-temps mortel. Tous ses meurtres ayant été commis sur le territoire du LAPD, il était clair qu'il voulait montrer à l'institution policière qui ne l'avait pas jugé à la hauteur à quel point il était futé.

Il se souvint alors qu'après avoir établi le profil du Tueur au code trois ans plus tôt, il avait suggéré qu'on interroge tous les officiers de police qu'on avait éjectés. Ce qu'on avait fait, du moins pour ce qu'il en savait.

— Attendez, dit-il à Winston. Ce type aurait dû être interrogé à ce moment-là. Échec prévisible dans la carrière de policier faisait bien partie du diagnostic.

— Il l'a été, lui répondit-elle. C'est pour ça qu'Arrango fait le con avec le dossier. Dieu sait comment, Crimmins s'en est tiré sans encombre. Il a été questionné par une équipe spéciale, mais ses réponses n'ont pas suscité le moindre intérêt. Ne parlons même pas de déclencher une enquête plus approfondie... Il n'empêche : ça a dû lui foutre la trouille. C'est peut-être pour ça qu'il a arrêté.

— Probablement. Cela dit, ça ne sera pas du meilleur effet quand on s'apercevra que ce type a été interrogé et qu'il s'en est sorti les doigts dans le nez.

— Non, ça risque même d'être assez vilain. Mais bon : à Dieu vat. La conférence de presse est prévue pour trois heures.

McCaleb réfléchit au fait que, d'après elle, les crimes avaient cessé dès après que Crimmins avait été interrogé. Un frisson de satisfaction le parcourut à l'idée que l'ordre qu'il avait donné de questionner les exclus de l'Académie avait mis un terme à la tuerie. Pendant qu'il savourait cette pensée, Winston ouvrit un dossier et en sortit une photo qu'elle lui tendit. On y voyait Crimmins en uniforme de cadet. Cheveux coupés court et bien rasé, il avait le visage maigre et un regard trop plein d'espoir pour qu'on n'y décèle pas le manque de confiance en soi. C'en était à croire qu'à l'instant même où on prenait le cliché il savait qu'il n'arriverait jamais à faire partie de la police et qu'il ne figurerait pas sur la photo de promotion.

— On dirait bien que du temps où il n'était que Noone, il ne recourait guère aux déguisements, fit remarquer McCaleb. Juste des lunettes et un truc dans les joues pour avoir le visage plus rond.

— Oui. Il devait savoir qu'il serait en contact direct avec des flics et qu'un déguisement complet ne tiendrait pas longtemps.

— Je peux la garder ?

— Bien sûr. On va les distribuer dès aujourd'hui.

— Quoi d'autre ? Des adresses ?

— Rien de bon. Le garage que vous avez déjà retrouvé, rien de plus. Mais il ne peut pas ne pas avoir un autre lieu. On a coupé le courant chez lui, mais sa page web est toujours sur le Net. Ce qui veut dire qu'il a un autre ordinateur. Et que celui-ci est encore opérationnel.

— Ils ont essayé de remonter sa ligne ?

— Il a un serveur anonyme.

— C'est-à-dire ?

— Que tout ce qui part de sa page web ou y arrive doit passer par ce serveur anonyme. Donc, pas moyen de remonter la filière et le premier amendement à la Constitution nous interdit de casser le code d'accès au serveur. Sans compter que d'après Bob Clearmountain, l'expert du Bureau, les types de son acabit ont recours aux micro-ondes au lieu de passer par une ligne téléphonique ordinaire.

Tous ces détails techniques le dépassant, McCaleb décida de changer de sujet.

— Vous allez l'identifier à la conférence de presse ? demanda-t-il.

— Je le pense. Nous allons publier sa photo et diffuser l'enregistrement de la séance d'hypnose. Nous verrons bien ce que ça donne. A propos... Keisha Russell du *Los Angeles Times*... C'est vous qui l'avez tuyautée ?

— Je lui devais ce coup de fil. Elle m'a beaucoup aidé au début de mon enquête. Je lui ai laissé un message ce matin. Je voulais lui donner une longueur d'avance sur les autres. Désolé.

— Pas de problème. Elle me plaît bien, cette femme. Et j'avais besoin de lui parler. Nevins m'a rapporté ce que vous lui avez dit hier soir... vous savez, le fait que c'est sans doute parce

qu'il a envoyé un courrier des lecteurs au journal qu'il y a eu un article sur vous.
— Oui. A-t-elle conservé sa lettre ?
— Non. Elle se rappelle seulement qu'elle était signée Bob Machinchose. Mais c'était sûrement lui. Vu la façon dont il a tout agencé...

Il pensa soudain à quelque chose. Graciela lui avait dit ignorer l'existence de cet article jusqu'au jour où quelqu'un qui prétendait avoir travaillé avec Glory l'avait appelée pour attirer son attention sur lui. C'était à ce moment-là qu'elle s'était rendue à la bibliothèque pour lire le papier. McCaleb se demanda si l'auteur du coup de fil n'était pas un Crimmins qui commençait à mettre son plan à exécution.

— Qu'est-ce qu'il y a ? voulut savoir Winston.
— Rien, lui répondit-il. Je réfléchissais.

Il décida de ne pas lui révéler son idée. Il la vérifierait lui-même. Cela lui donnerait une raison de contrevenir à la promesse qu'il avait faite à Graciela de ne pas l'appeler. Il n'aurait qu'à faire passer ça pour un appel officiel.

— Alors, reprit Winston, où croyez-vous qu'il se trouve ?
— Crimmins ?

Il hésita, puis lui dit :
— Dans les nuages, sans doute.

Elle scruta son visage un instant.
— Je pensais que vous aviez peut-être une idée.

Il se détourna et regarda son bureau.
— Bah, les nuages finissent toujours par se dissiper, reprit-elle en décidant de laisser tomber. Il faudra bien qu'il se montre un jour.
— Je l'espère.

Ils gardèrent le silence. Ils en avaient fini hormis pour la dernière formalité : la déposition qu'il allait devoir faire devant un magnétophone.

— Ça ne me regarde peut-être pas, dit-elle soudain, mais... comment allez-vous vous débrouiller de tout ça ?
— J'y travaille.
— Écoutez, si jamais vous avez besoin de quelqu'un à qui parler...

Il la remercia d'un hochement de tête.
— Bon, on règle ça ?

Une heure plus tard, McCaleb se retrouvait seul dans la salle des interrogatoires. Il avait raconté son histoire à Winston et celle-ci avait emporté la bande pour la faire transcrire. Elle l'avait autorisé à se servir du téléphone posé sur la table et avait ajouté qu'il pouvait rester dans la pièce aussi longtemps qu'il le voudrait.

Il rassembla ses pensées, puis composa le numéro du poste des infirmières des urgences de Sainte-Croix. Il demanda à parler à Graciela, mais son interlocutrice l'informa que celle-ci n'était pas là.

— C'est l'heure de la pause ?
— Non, elle s'est absentée pour la journée.
— Bon, merci bien.

Il raccrocha. Elle devait avoir demandé un nouveau congé de maladie, mais comment le lui reprocher ? Avec ce qu'il lui avait asséné la veille au soir... Il l'appela chez elle, mais au bout de cinq sonneries, ce fut son répondeur qui s'enclencha. Après le bip, il ne put s'empêcher de bafouiller en laissant son message.

— Euh, Graciela, dit-il, c'est moi, Terry. Tu es là ?

Il attendit un bon moment, puis reprit :

— Euh... je voulais juste... on m'a dit que tu n'étais pas au boulot et je... euh... je voulais te dire bonjour et euh... te poser quelques questions. Des détails... mais ça m'aiderait à... euh... bon, faut que j'y aille et... j'essaierai probablement de te rappeler plus tard. Bon, et... comme je serai probablement sur la route, tu n'as pas besoin de t'inquiéter que je... euh... te rappelle.

Il aurait bien aimé tout effacer sur la bande et recommencer. Il jura, raccrocha, puis se demanda si le répondeur avait enregistré son juron. Il secoua la tête, se releva et partit.

44

Il lui fallut deux jours pour retrouver le paysage que Crimmins, alias James Noone, lui avait décrit pendant la séance d'hypnose. Il commença à chercher du côté de Rosarita Beach et continua vers le sud. Il le trouva enfin entre La Fonda et Ensenada, dans un endroit particulièrement retiré de la côte. Petit village perché sur deux barres rocheuses qui dominaient le Pacifique, Playa Grande se réduisait à un motel avec six bungalows attenants, un magasin de poteries, un restaurant et une station-service Pemex. On y voyait encore une écurie où louer des chevaux pour se promener sur la plage. Le centre commercial, si on pouvait l'appeler ainsi tant il était minuscule, était situé au bord d'une falaise en surplomb de l'océan. La corniche qui s'élevait au-dessus était parsemée de maisonnettes et de caravanes.

Ce fut l'écurie qui attira son attention : il n'avait pas oublié l'instant où Crimmins lui avait décrit les chevaux. Il descendit de la Cherokee et s'engagea sur un sentier pentu qui, taillé à même la roche, permettait de gagner la plage. Large et toute blanche, celle-ci était une enclave privée d'environ quinze cents mètres de long et fermée à ses deux extrémités par des barres rocheuses qui s'avançaient jusque dans les flots. McCaleb se tourna vers le sud et découvrit le surplomb dont Crimmins lui avait mentionné la présence. Il savait qu'il n'est pas meilleur moyen de mentir que d'en rajouter sur la vérité et avait aussitôt compris que c'était d'un endroit véritable que Crimmins lui parlait en lui décrivant celui où il se sentait le plus détendu. Et il l'avait enfin trouvé.

Il était arrivé à Playa Grande par simple déduction et recherches systématiques. C'était de toute évidence une plage du Pacifique que Crimmins lui avait décrite en lui disant qu'il aimait y descendre. Or McCaleb savait qu'il n'existait pas de plage aussi perdue dans la banlieue sud de Los Angeles – encore moins avec des chevaux. Conclusion, il fallait descendre jusqu'au Mexique. Et comme Noone avait encore précisé qu'il s'y rendait en voiture, cela éliminait Cabo et autres endroits à l'extrême sud de la péninsule de Baja. McCaleb avait mis deux jours à parcourir la portion de côte que cela lui laissait. Il s'était arrêté dans chaque village et, l'un après l'autre, avait examiné tous les raccourcis qui conduisaient à la plage.

Crimmins avait raison : l'endroit était vraiment beau et paisible. Le sable y avait la consistance du sucre et, à force de s'y écraser pendant des millions d'années, les vagues avaient fini par entamer fortement le pied de la falaise et y façonner un surplomb qui faisait penser à une vague rocheuse sur le point de s'effondrer sur le rivage.

Pour l'heure, McCaleb était le seul à s'y promener. C'était jour de semaine ordinaire et la grande étendue de sable ne devait se repeupler qu'au week-end. Comprendre pourquoi Crimmins s'y sentait en sécurité n'avait rien de difficile.

Sur la plage, trois chevaux ne cessaient de tourner et virer autour d'une mangeoire en attendant le client. Il n'était nul besoin de les attacher, l'endroit étant complètement fermé par la roche et l'océan. On ne pouvait en sortir qu'en remontant le raidillon qui conduisait à l'écurie.

McCaleb portait une casquette de base-ball et des lunettes noires pour se protéger du grand soleil de midi. Il avait mis des pantalons longs et un ciré, mais, frappé par la beauté du lieu, il resta sur la plage bien longtemps après avoir compris que Daniel Crimmins ne s'y trouvait pas. Au bout d'un moment, un adolescent en short et sweat-shirt à manches courtes descendit le raidillon et s'approcha de lui.

— Vous voulez promenade cheval ?

– Non, *gracias*.
De la poche de son ciré McCaleb sortit les photos que Banks lui avait tirées et les montra au gamin.
– Vous voir ? Cet homme... je veux trouver, dit-il.
Le gamin regarda fixement les photos et ne lui donna pas l'impression de comprendre. Pour finir, il secoua la tête.
– Non, pas trouver, dit-il.
Il fit demi-tour et repartit en direction du raidillon. McCaleb remit les photos dans sa veste et, après quelques instants, attaqua le raidillon à son tour. Il dut s'arrêter deux fois, l'escalade le laissant complètement épuisé.
Au restaurant du village, il commanda des enchiladas au homard pour le déjeuner. Cela ne lui coûta guère que l'équivalent de cinq dollars américains. Il remontra plusieurs fois ses photos, mais sans résultat. Il gagna la station-service Pemex après son repas et se servit du téléphone public pour appeler son répondeur. Pas de messages. Il téléphona ensuite à Graciela pour la quatrième fois depuis qu'il était parti et tomba de nouveau sur son répondeur. Il ne laissa pas de message. Si elle préférait ignorer ses coups de fil, c'était sans doute parce qu'elle ne voulait plus lui parler.
Il prit une chambre au Playa Grande Motel sous un faux nom et paya cash. Puis il montra les photos au réceptionniste et obtint une fois de plus une réponse négative.
Son bungalow avait vue sur le Pacifique et donnait en partie sur la plage en dessous. Il vérifia encore un coup et n'y aperçut que les chevaux. Il ôta son ciré et décida de faire la sieste. Aussi bien venait-il de se taper deux jours de mauvaises routes, de grandes plages de sable à parcourir et de raidillons à grimper.
Avant de s'allonger, il ouvrit son sac sur le lit, rangea sa brosse à dents et son dentifrice dans la salle de bains et disposa sa boîte de thermomètres jetables et les fioles en plastique contenant ses médicaments sur la table de nuit. Puis il sortit son Sig-Sauer et le déposa lui aussi sur la table de nuit. Traverser la frontière avec une arme était toujours un exercice périlleux, mais comme il s'y attendait, occupés à se barber à qui mieux mieux, les *federales* lui avaient tout simplement fait signe de passer d'un geste de la main.

La tête coincée entre deux oreillers qui sentaient le moisi, il s'endormit en se promettant de redescendre sur la plage au coucher du soleil. C'était de ce moment-là de la journée que Crimmins lui avait parlé pendant la séance d'hypnose et peut-être s'y trouverait-il. Si ce n'était pas le cas, McCaleb commencerait à le chercher aux alentours du village. Il était sûr de le coincer à un moment ou à un autre. C'était bien l'endroit qu'il lui avait décrit.

Pour la première fois depuis des mois il fit un rêve en couleurs, ses yeux bougeant rapidement sous ses paupières fermées. Monté sur un cheval sauvage, un énorme Appaloosa de la même couleur que le sable mouillé, il descendait la plage au galop. Quelqu'un s'était lancé à sa poursuite, mais l'allure irrégulière de sa monture l'empêchait de se retourner pour voir qui c'était. Il savait seulement qu'il devait fuir, qu'à s'arrêter il périrait. Les sabots de l'animal projetaient du sable mouillé en l'air.

Le galop du cheval cédant peu à peu la place au bruit des battements de son cœur, McCaleb se réveilla et tenta de se calmer. Au bout de quelques instants, il décida de prendre sa température.

Tandis qu'il s'asseyait au bord de son lit et posait les pieds sur le tapis, son regard se porta sur la table de nuit : il avait l'habitude de chercher son réveil des yeux lorsqu'il se réveillait. Mais il n'y avait pas de réveil sur la table. McCaleb se détourna, puis reporta aussitôt son attention sur la table : son pistolet avait disparu.

Il se leva d'un bond et chercha tout autour de la chambre tandis qu'une étrange impression de dislocation le gagnait. Il était sûr d'avoir posé son arme sur le meuble avant de s'endormir. Quelqu'un s'était introduit dans la pièce pendant son sommeil. Crimmins. Ça ne faisait aucun doute. Crimmins était entré dans sa chambre.

Il fouilla vite les poches de son ciré, puis son sac, et s'aperçut que rien n'y manquait. Il scruta encore une fois la chambre et découvrit une canne à pêche dans un coin, près de la porte. Il s'approcha et s'en empara. Elle était du même modèle que celle qu'il avait achetée à Raymond. Il la tourna et retourna dans ses mains et y découvrit les initiales RT gravées dans la protection en liège du bas de la canne. Raymond aurait ainsi marqué que l'objet lui appartenait ? Ou alors... quelqu'un qui l'aurait fait à sa place ? Peu importait, le message était clair : Crimmins tenait Raymond.

Tous les sens en alerte, McCaleb sentit sa poitrine se serrer sous les douleurs de l'angoisse. Les poings fermés, il enfila sa veste de ciré et gagna la porte, qu'il examina un instant : rien n'indiquait que la serrure en aurait été trafiquée. Il se rendit tout de suite à la réception, la cloche sonnant fort lorsqu'il ouvrit violemment la porte. L'homme qui avait pris son argent se leva de sa chaise derrière le comptoir et lui décocha un sourire gêné. Il s'apprêtait à lui dire quelque chose lorsque, sans hésiter, McCaleb s'approcha du comptoir, tendit la main par-dessus, attrapa le type par le devant de sa chemise et le secoua jusqu'au moment où le bonhomme se retrouva couché sur le comptoir, le coin du meuble en Formica lui rentrant dans la bedaine.

– Où est-il ? hurla-t-il dans la figure de l'employé.

– *Que ?*

– L'homme. Celui à qui vous avez donné la clé de ma chambre. Où est-il ?

– *No hablo...*

McCaleb tira encore plus fort sur le devant de sa chemise et lui coinça la nuque sous l'avant-bras. Il sentait ses forces le lâcher, mais appuya encore plus.

– Mon cul que tu ne parles pas anglais ! Où est-il ?

L'homme suffoqua et se mit à gémir.

– Je ne sais pas, dit-il. S'il vous plaît. Je ne sais pas où il est.

– Était-il seul quand il est venu ici ?

– Seul, oui.

– Où habite-t-il ?

– Je ne sais pas ça. S'il vous plaît. Il dit qu'il est votre frère et a une surprise pour vous. Je lui donne la clé pour qu'il vous fait la surprise.

McCaleb le lâcha et le poussa si brutalement contre le comptoir que le réceptionniste retomba direct sur sa chaise. L'homme levant alors les mains en l'air en un geste de supplication, McCaleb comprit à quel point il devait lui faire peur.
— S'il vous plaît, répéta l'employé.
— S'il vous plaît quoi ?
— S'il vous plaît, je veux pas des ennuis.
— Trop tard. Comment a-t-il su que j'étais ici ?
— Je l'appelle. Il me paye. Il vient ici hier et dit que vous venez peut-être. Il me donne numéro de téléphone. Il me paie.
— Et comment avez-vous su que c'était moi ?
— Il me donne une photo.
— Bien. Donnez-la-moi. La photo et le numéro de téléphone.

Sans hésiter, l'homme tendit la main vers un tiroir devant lui. McCaleb se pencha tout de suite en avant, lui attrapa le poignet et d'une bourrade l'éloigna du tiroir. Puis il ouvrit ce dernier, son regard se portant aussitôt sur une photo posée sur un tas de papiers divers. Il s'y découvrit en train de se promener avec Graciela et Raymond sur la jetée du port de plaisance. Il sentit son visage s'empourprer tandis que sa mâchoire se durcissait sous la colère. Il tint la photo en l'air, puis la retourna. Un numéro de téléphone était inscrit au dos.

— S'il vous plaît, répéta l'homme en tendant la main vers la poche de sa chemise. Vous prenez l'argent. Cent dollars américains. Je veux pas ennuis pour vous.
— Non, lui renvoya McCaleb. Vous le gardez. Vous l'avez gagné.

Puis il rouvrit la porte avec tant de violence que, la corde qui retenait la cloche se brisant d'un coup, celle-ci dégringola dans le coin du bureau.

Il traversa le parking couvert de gravier et gagna la cabine publique de la station-service. Il composa le numéro inscrit au dos de la photo et entendit une série de déclics tandis que son appel était réacheminé par au moins deux services de transferts. Il s'en voulut d'avoir été aussi bête. Jamais il n'arriverait à remonter le coup de fil jusqu'à une adresse, même s'il réussissait à convaincre une autorité locale de le faire à sa place.

L'appel étant enfin pris par le dernier relais de transfert, il entendit une sonnerie. Il retint son souffle et attendit, mais, répondeur ou être humain, personne ne décrocha. Au bout de douze sonneries, il raccrocha à toute volée, l'écouteur retombant au bout du fil et se mettant à se balancer à droite et à gauche sous l'appareil. Le bourdonnement de la ligne lui résonnant encore dans les oreilles, McCaleb resta figé sur place tant le saisissaient la colère et la conscience de son impuissance.

Au bout d'un long moment, il s'aperçut qu'il regardait le parking de l'hôtel à travers la vitre de la cabine. Sa Cherokee s'y trouvait encore, mais une autre voiture, une Caprice blanche immatriculée en Californie et couverte de poussière, s'était garée à côté d'elle.

Il quitta vite la cabine, traversa le parking et gagna le raidillon qui descendait à la plage. La roche à travers laquelle taillait le chemin l'empêchant de voir le rivage, ce ne fut qu'au moment où il arriva au pied de la falaise qu'il le découvrit et tourna aussitôt à gauche.

Personne. Il fonça jusqu'au bord de l'eau et regarda des deux côtés, mais non, rien : la plage était déserte. Jusqu'aux chevaux qu'on avait rentrés pour la journée. Son regard étant attiré par l'espèce de grotte ombreuse sous le surplomb, il s'y rendit.

Sous le surplomb, le bruit des vagues était tellement amplifié qu'il eut l'impression d'entrer dans un stade en délire. Passer de la plage étincelante de lumière aux ténèbres profondes de la grotte l'aveugla un instant. Il s'immobilisa, ferma les yeux et les rouvrit. Ayant enfin accommodé, il découvrit les contours de la roche qui l'entourait. C'est alors que Crimmins émergea des profondeurs mêmes de l'enclave. Il tenait le Sig-Sauer dans la main droite, le canon de l'arme pointé sur McCaleb.

— Je ne veux pas vous faire de mal, lui dit-il. Mais vous savez que je le ferai si j'y suis obligé.

Il parlait fort de façon à couvrir le vacarme des vagues.

— Où est-il, Crimmins ? Où est Raymond ?

— Où sont-ils, voulez-vous dire ?

McCaleb l'avait déjà compris, mais s'entendre ainsi confirmer que, s'ils étaient encore en vie, la terreur que Graciela et Raymond devaient éprouver à l'instant même était réelle le bouleversa. Il fit un pas en avant, mais s'arrêta lorsque Crimmins lui braqua son arme sur la poitrine.

– Doucement, dit celui-ci. Gardons notre calme. Ils sont en lieu sûr et en bonne santé, agent McCaleb. Il n'y a pas besoin de s'inquiéter pour ça. De fait même, c'est entre vos mains que repose leur sécurité. Pas entre les miennes.

McCaleb étudia rapidement le bonhomme. Cheveux d'un noir d'encre, et il portait la moustache. Il essayait aussi de se faire pousser la barbe, ou alors il ne s'était pas rasé depuis plusieurs jours. Bottes à bout pointu, jeans noirs et chemise de cowboy en blue-jean avec deux poches et un motif à la mode cousu en travers de la poitrine. L'homme était un mélange étrange de Crimmins et de Bon Samaritain.

– Que voulez-vous ? lui demanda McCaleb.

Crimmins ignora sa question et parla posément : il était certain d'être en position de force.

– Je savais que si quelqu'un venait, ce serait vous, dit-il. Il fallait que je prenne mes précautions.

– Je vous ai demandé ce que vous vouliez. Moi ? C'est ça que vous voulez ?

Crimmins regarda par-dessus l'épaule de McCaleb d'un air triste et secoua la tête. McCaleb scruta son arme et s'aperçut qu'il n'avait pas mis la sûreté. Mais le chien n'était pas armé. Impossible de dire si Crimmins avait engagé la balle dans le canon.

– Ce sera donc mon dernier coucher de soleil sur cette plage, reprit Crimmins. Il faut que je m'en aille tout de suite.

Il se retourna vers McCaleb et lui sourit comme s'il l'invitait à partager son sentiment.

– Vous vous êtes beaucoup mieux débrouillé que je le pensais, ajouta-t-il.

– Non, Crimmins, ce n'est pas moi qui ai réussi. C'est vous qui avez merdé. Vous leur avez laissé vos empreintes. Et vous m'avez parlé de cet endroit.

Crimmins fronça les sourcils, puis hocha la tête : il reconnaissait ses erreurs. Il y eut un instant de silence.

— Je sais pourquoi vous êtes venu ici, dit-il enfin.

McCaleb ne répondit pas.

— Vous voulez me prendre le cadeau que je vous ai fait.

McCaleb sentit la haine lui brûler la gorge, mais garda le silence.

— Des idées de vengeance ? insista Crimmins. Je croyais vous avoir dit combien est passagère la satisfaction que cela procure.

— C'est ça que vous avez appris en tuant tous ces gens ? lui renvoya McCaleb. Je parie que quand vous vous endormiez, vous aviez toujours votre père devant les yeux... et peu importait le nombre de personnes que vous aviez massacrées. Il ne voulait pas partir, c'est bien ça ? Qu'est-ce qu'il vous a donc fait pour que vous bousilliez pareillement votre vie ?

Crimmins serra son arme encore plus fort et McCaleb vit sa mâchoire se durcir.

— Il ne s'agit pas de ça, lui rétorqua Crimmins. C'est de vous qu'il est question. Je veux que vous viviez. Et je veux vivre, moi aussi. Rien de tout cela n'en vaudra la peine si vous mourez. Vous ne comprenez pas ? Vous ne sentez pas tout ce qui nous lie ? Nous ne faisons qu'un, agent McCaleb, et à jamais. Nous sommes frères.

— Vous êtes fou, Crimmins.

— Je suis ce que je suis et ce n'est pas de mon fait.

— Je n'ai pas de temps à perdre à écouter vos excuses. Que voulez-vous ?

— Je veux que vous me remerciiez de vous avoir rendu la vie. Je veux qu'on me foute la paix. Je veux du temps. J'en ai besoin pour changer de lieu. Et ce temps, il va falloir que vous me le donniez. Tout de suite.

— Comment puis-je même être sûr que vous les tenez ? La canne à pêche ? Ça ne prouve rien.

— Allons, McCaleb, vous me connaissez. Vous savez bien que je les tiens.

Il attendit un instant et McCaleb garda le silence.

— J'étais là quand vous l'avez appelée et vous êtes mis à

genoux devant son répondeur, quand vous l'avez suppliée de décrocher comme un gamin absolument pitoyable.

McCaleb sentit sa colère céder place à la honte.

— Où sont-ils ? hurla-t-il.

— Tout près d'ici.

— Du flan ! Comment leur avez-vous fait passer la frontière ?

Crimmins sourit et lui montra son arme.

— De la même façon que vous avez fait passer ça, lui renvoya-t-il. On ne pose pas de questions aux voyageurs qui traversent la frontière dans ce sens-là. J'avais donné le choix à Graciela. Elle et son moutard pouvaient s'asseoir devant et se tenir comme il faut ou faire le voyage dans le coffre. Elle a fait ce qu'il fallait.

— Vaudrait mieux que vous ne leur ayez pas fait de mal.

McCaleb se rendit compte de la faiblesse de ses paroles et les regretta.

— Tout dépendra de vous, reprit Crimmins.

— Comment ça ?

— Je m'en vais maintenant et vous ne me suivez pas. Vous n'essayez pas de me filer. Vous montez dans votre voiture et vous regagnez votre bateau. Vous restez près du téléphone et je vous appelle de temps en temps pour être sûr que vous êtes toujours là et que vous ne me suivez pas. Et quand je suis certain que vous n'en faites rien, je libère la femme et le gamin.

McCaleb secoua la tête. Il savait que Crimmins mentait. Tuer Graciela et Raymond serait la dernière saloperie qu'il lui ferait, et il le ferait avec joie et sans le moindre remords. Ce serait sa plus belle victoire. Quoi qu'il arrive après, McCaleb ne pouvait pas le laisser quitter la plage. Il n'était descendu au Mexique que pour une seule et unique raison, le moment était venu d'agir.

Crimmins semblait avoir deviné ses pensées et sourit.

— Vous n'avez pas le choix, agent McCaleb. Ou bien je pars d'ici ou bien ils meurent seuls dans leur trou noir. Tuez-moi et personne ne les retrouvera jamais. A temps, je veux dire. La faim, les ténèbres... ce sera terrible. Sans compter que vous oubliez quelque chose.

Il remonta son arme et attendit un instant que McCaleb lui réponde, mais rien ne vint.
– J'espère que vous penserez beaucoup à moi, reprit-il. Au moins autant que moi je penserai à vous.
Et il se dirigea vers la lumière.
– Crimmins, lui lança McCaleb. Vous n'avez rien.
Crimmins se retourna et découvrit l'arme que McCaleb tenait maintenant entre ses mains. McCaleb fit deux pas en avant et pointa le HK P7 sur la poitrine de Crimmins.
– Vous auriez dû regarder dans le sac, ajouta-t-il.
Crimmins contra la manœuvre en braquant à son tour le Sig-Sauer sur la poitrine de McCaleb.
– Le pistolet est vide, Crimmins, lui lança McCaleb.
Il vit l'ombre d'un doute passer dans le regard de Crimmins. Cela ne dura pas, mais il ne s'était pas trompé et comprit que Crimmins n'avait pas vérifié son arme. Il ne savait pas qu'il avait un chargeur plein, mais qu'aucune balle n'était engagée dans le canon.
– Mais pas le mien, ajouta-t-il.
Ils restèrent immobiles, chacun tenant son arme à vingt centimètres de la poitrine de l'autre. Crimmins baissa les yeux sur le HK P7, puis releva la tête et croisa le regard de McCaleb. Il le scruta intensément, comme s'il voulait y lire une réponse. Alors McCaleb songea à la photo qui accompagnait l'article paru dans le journal : ses yeux, là, sans aucune pitié. C'étaient exactement les mêmes qui le regardaient.
Crimmins appuya sur la détente du Sig-Sauer, mais le chien claqua dans le vide. McCaleb tira et regarda Crimmins partir violemment en arrière et tomber dans le sable sur le dos, les bras tendus en croix, la bouche ouverte tant il était surpris.
McCaleb marcha sur lui et lui reprit vivement son pistolet. Puis il se servit de sa chemise pour essuyer le HK P7, qu'il jeta par terre, hors de portée, mais à peine, de l'homme qui agonisait.
Il s'agenouilla et se pencha sur lui en prenant soin de ne pas se tacher de son sang.
– Crimmins, lui dit-il, je ne sais pas si je crois en un dieu

quelconque, mais je suis prêt à entendre votre confession. Dites-moi où ils sont. Aidez-moi à les sauver. Finissez votre vie sur quelque chose de bien.

— Va te faire ! lui lança Crimmins, la bouche pleine de sang. Ils mourront et ce sera de ta faute.

Il leva la main et le montra du doigt. Puis il la laissa retomber sur le sable et parut épuisé par son éclat. Il remua encore les lèvres, mais McCaleb n'arriva pas à entendre ce qu'il disait. Il s'approcha encore.

— Qu'est-ce que t'as dit ?
— Je t'ai sauvé, McCaleb. C'est moi qui t'ai donné la vie.

McCaleb se releva, essuya le sable sur son pantalon et regarda Crimmins de toute sa hauteur. Celui-ci avait les yeux qui pleuraient et sa bouche se tordait de plus en plus au fur et à mesure que ses derniers souffles le quittaient. Leurs regards se croisèrent une dernière fois.

— Tu te trompes, lui lança McCaleb. Je t'ai échangé contre moi. C'est moi qui me suis sauvé.

45

McCaleb roulait sur les routes en terre du haut de la falaise de Playa Grande et inspectait toutes les maisons et caravanes qu'il longeait : il lui fallait absolument découvrir le branchement téléphonique ou la parabole à micro-ondes qui lui dirait où Crimmins avait habité. Il avait baissé toutes les vitres de sa voiture et chaque fois qu'il arrivait devant une propriété qui correspondait à ce qu'il cherchait, il se garait devant, coupait le moteur et écoutait.

Mais les habitations reliées au monde extérieur par une ligne téléphonique ou une parabole se comptaient sur les doigts d'une main. C'était précisément parce qu'ils ne voulaient pas de ce lien avec la civilisation que la plupart de ces gens avaient choisi de vivre dans des endroits aussi reculés. Reclus ou expatriés, ils entendaient bien être entièrement coupés du monde. Et Crimmins était comme eux.

A deux reprises, des gens sortirent de leurs maisons pour lui demander ce qu'il voulait. Il leur montra les photos, mais n'obtint que des réponses négatives. Il s'excusa et reprit ses recherches.

Il commençait à désespérer d'arriver jamais à ses fins lorsque le soleil fut au plus bas sur l'horizon. Il savait que sans la lumière du jour il ne pourrait pas pousser plus loin. Il lui faudrait s'arrêter à chaque maison ou attendre le lendemain matin. Et Graciela et Raymond passeraient encore une nuit seuls dans le noir, sans nourriture ni chauffage, à trembler de peur et ne pouvoir se libérer de leurs liens.

Il accéléra l'allure et inspecta tout un caravaning en ne s'arrêtant qu'une fois pour montrer les photos à une vieille femme assise sous l'auvent d'une caravane qui tombait en ruine. Elle secoua la tête, il poursuivit sa route.

Le soleil avait disparu et seule une faible lumière éclairait encore le ciel lorsque enfin il arriva devant un chemin en coquillages écrasés qui se perdait au loin après avoir franchi un petit monticule. Un portail barré de l'inscription INTERDIT AU PUBLIC en anglais et en espagnol en bloquait l'entrée. McCaleb examina le portail un instant et s'aperçut qu'il était clos à l'aide d'un bout de câble passé dans la targette. Il descendit de voiture, arracha le câble et poussa le portail.

Après le monticule, McCaleb découvrit que le chemin conduisait à une caravane juchée sur la butte suivante. L'espoir commença à lui revenir lorsqu'il repéra la parabole miniature montée sur le toit. Il s'approcha et non, il n'y avait pas de voiture garée sous l'auvent en aluminium. Il remarqua aussi la présence d'une cabane de chantier de couleur orange près de la barrière au fond de la propriété. Des bouteilles et des pots étaient posés sur le haut des piquets comme dans une galerie de tir.

Le bruit que faisaient les pneus de la Cherokee sur les coquillages écrasés lui interdisait toute approche silencieuse. Il l'empêchait aussi d'entendre quoi que ce fût avant d'immobiliser son véhicule.

Il se gara sous l'auvent, coupa le moteur et se figea pour écouter. Le silence ne dura que deux secondes, puis la sonnerie se fit entendre. Elle était étouffée par le revêtement en aluminium de la caravane, mais il l'entendit clairement : on appelait. Il retint son souffle et attendit encore, jusqu'au moment où il fut sûr et certain que c'était bien la sonnerie d'un téléphone. Puis il expira et sentit l'excitation monter en lui. Il les avait retrouvés.

Il descendit de la Cherokee et s'approcha de la porte. Le téléphone continuait de sonner à l'intérieur de la caravane – dix coups au moins depuis qu'il avait coupé le contact. Il savait qu'il continuerait de le faire jusqu'à ce qu'il entre dans la caravane pour répondre, ou que quelqu'un raccroche à la cabine de la station-service.

Il essaya d'ouvrir la porte, mais celle-ci était fermée. Il sortit le jeu de clés qu'il avait trouvé dans le pantalon de Crimmins et, après plusieurs tentatives, trouva enfin celle qui convenait. La porte s'ouvrit. Il pénétra dans la caravane silencieuse et chaude et regarda ce qui ressemblait à une petite salle de séjour. Les jalousies étant baissées, il faisait sombre, seul l'éclat d'un écran d'ordinateur posé sur une table contre la paroi de droite illuminant la pièce. Il tâta le mur de droite jusqu'au moment où il trouva un interrupteur. Il appuya sur le bouton, la lumière se fit.

Comme dans le garage qu'il avait découvert à Los Angeles, la pièce regorgeait d'ordinateurs et d'équipement électronique. Sans doute pour se détendre, Crimmins avait aménagé un petit coin où s'asseoir, mais rien de tout cela ne l'intéressait plus vraiment. De fait, McCaleb s'en fichait éperdument : il n'était descendu au Mexique que pour deux raisons.

Il entra dans la caravane et appela :
– Graciela ? Raymond ?

Pas de réponse. Il repensa à ce que Crimmins lui avait dit – ses otages se trouvaient « dans un trou noir ». Il se retourna et contempla le paysage désolé qui s'étendait de l'autre côté de la porte. Son regard tombant sur la cabane de chantier, il décida de s'y rendre.

Du plat de la main il cogna sur la porte cadenassée, le vacarme qu'il déclenchait se répercutant bruyamment à l'intérieur. Personne. Il ressortit son trousseau de clés de sa poche et enfonça celle marquée Master Lock dans le trou de la serrure. Il ouvrit et s'avança dans les ténèbres de la pièce. La cabane était vide. Il en fut bouleversé.

Il se retourna, s'adossa au montant de la porte et, les yeux baissés, imagina Graciela et Raymond enlacés dans le noir.

C'est alors qu'il vit ce qu'il cherchait. Devant lui, le chemin en coquillages écrasés présentait une manière de dépression qui coupait les ornières laissées par la voiture de Crimmins. Un sentier. Et ce sentier conduisait au sommet de la colline. Là où il n'avait vu que désert et désolation, quelqu'un avait fait assez d'allées et venues pour qu'une piste se matérialise dans le chemin.

Il commença à marcher, puis se mit vite à courir en direction de la colline. Il en franchit le sommet et là, dans un renfoncement en dessous, découvrit les fondations d'un bâtiment qui n'avait jamais été construit. Il ralentit l'allure et se demanda ce qu'il venait de trouver. Des tuyaux et des barres en fer rouillé sortaient ici et là de la dalle en béton sur laquelle étaient posées une pelle et une pioche. Une marche permettait d'accéder à l'endroit où l'on avait pensé mettre la porte, mais ne l'avait jamais fait. McCaleb monta la marche et regarda autour de lui. Aucune ouverture pour descendre dans une cave et rien de ce qu'il voyait ne cadrait avec ce que Crimmins lui avait dit.

Il donna un coup de pied dans un des tuyaux en cuivre, jeta un œil dans l'ouverture d'une descente de W.-C. et comprit aussitôt où Graciela et Raymond étaient enfermés.

Il pivota sur ses talons, son regard parcourant toute la dalle en béton. Ayant remarqué que la marche devait donner sur le devant du bâtiment, il concentra son attention sur l'arrière et chercha l'endroit où conduisait la descente des W.-C. – savoir une fosse septique. Il décela vite un emplacement où un mélange de roche et de poussière indiquait qu'on avait marché récemment. Il attrapa la pelle et partit en courant.

Il lui fallut cinq minutes pour ôter la terre et les cailloux qui recouvraient le dessus de la fosse. Il savait que Graciela et Raymond avaient de l'air – les tuyaux qui traversaient la chape devaient leur en donner –, mais il travailla comme s'ils étaient déjà en train de suffoquer. Lorsque enfin il eut dégagé l'ouverture, les dernières lumières du jour s'y engouffrèrent et il vit leurs visages. Ils étaient terrorisés, mais vivaient encore. Il se sentit libéré d'un grand poids lorsqu'il se pencha vers eux.

Il les aida à sortir des ténèbres. Aussi faible que fût la lumière de ce début de soirée, ils mirent longtemps avant de ne plus plisser les paupières. Puis il les serra si fort sur son cœur qu'il eut peur de leur faire mal. Graciela sanglotait, tout son corps tremblant contre le sien.

– Ça ira, lui dit-il. C'est fini.

Elle redressa la tête et le regarda dans les yeux.

– C'est fini, répéta-t-il. Il ne fera plus jamais de mal à personne.

46

Remplie de vapeurs d'essence qui lui faisaient tourner la tête, la cale était un espace resserré où l'on pouvait à peine ramper. Il s'était mis un vieux T-shirt en travers du visage à la manière d'un pirate, mais les vapeurs lui entraient quand même dans les poumons. Il s'était promis de remplacer neuf boulons qui maintenaient le filtre à gas-oil en place, en avait déjà revissé trois et se battait avec le quatrième. Il avait penché la tête de côté en espérant vainement empêcher la sueur de lui dégouliner sur la figure lorsqu'il entendit sa voix au-dessus de lui.

– Hé là ! Il y a quelqu'un ?

Il laissa tomber ce qu'il faisait et ôta son T-shirt d'un coup sec. Il remonta vers l'écoutille et passa sur le pont. Debout sur le ponton, Jaye Winston l'attendait.

– Jaye ! s'écria-t-il. Quoi de neuf ? Montez donc.

– Non, non, je suis pressée. Je passe juste vous dire qu'ils l'ont retrouvé. Je file au Mexique.

McCaleb haussa les sourcils.

– Il est mort, reprit-elle. Il s'est suicidé.

– Vraiment ?

– C'est la police judiciaire de Baja qui nous a informés et donc, nous ne serons sûrs de rien avant que je les voie. Cela dit, ils ont retrouvé son cadavre au bord de l'océan, près du village de Playa Grande, tout en bas sur la côte. Il s'est tiré une balle dans le cœur. C'est un gamin qui loue des chevaux pour la promenade qui l'a découvert. Il y a deux jours de ça. On vient juste de l'apprendre.

McCaleb jeta un coup d'œil aux alentours. Il vit un homme en cravate et chemise blanche qui traînait près de la barrière de la passerelle. Son collègue, se dit-il.

— Ils sont sûrs que c'est lui ? demanda-t-il.

— C'est ce qu'ils disent et le signalement correspond. Sans compter qu'ils sont remontés jusqu'à sa caravane. Ils y ont trouvé des ordinateurs, des photos et toutes sortes de trucs. Et il avait laissé un mot d'adieu sur son écran.

— Qui disait ?

— Écoutez... tout ça, c'est ce qu'on nous a dit, mais en gros il aurait accepté la responsabilité de ses actes et aurait écrit que ça méritait la mort. Très court et très gentil.

— Ils ont trouvé une arme ?

— Pas encore, mais ils devaient écumer la plage au détecteur de métal aujourd'hui même. S'ils la trouvent, ce sera probablement notre HK P7. La balle qu'ils lui ont ôtée du corps était du type munition fédérale. J'espère que nous pourrons la leur emprunter pour faire les comparaisons nécessaires.

McCaleb acquiesça d'un signe de tête.

— Et... comment voient-ils les choses ? reprit-il.

— Assez simplement. Le type sait qu'on est à ses trousses, il a une crise de remords, écrit son petit mot et descend à la plage, où il s'en colle une en plein cœur. La marée l'emporte sur les rochers, où son cadavre finit par se coincer. C'est pour ça qu'il ne s'est pas perdu en mer. Il va falloir qu'on descende voir ça de plus près. On veut ses empreintes. On ne retrouvera probablement pas de résidus de poudre vu que le corps a séjourné assez longtemps dans l'eau, mais une chose est certaine : nous ne refermerons pas le dossier tant que nous ne serons pas certains que c'est lui.

— Bonne idée, dit-il.

— Je tiens absolument à en être sûre parce que ce n'était pas le genre de type à se suicider, si vous voyez ce que je veux dire, reprit-elle en le regardant droit dans les yeux.

— Bah... on ne sait jamais, dit-il.

Elle hocha la tête et, pour la première fois depuis le début de la conversation, se détourna de lui. Elle jeta un coup d'œil à son collègue qui était en train de contempler l'océan et se trouvait trop loin d'eux pour les entendre.

— Alors, Terry, reprit-elle, c'était bien, Las Vegas ?

Il s'assit sur le plat-bord et posa la clé avec laquelle il travaillait à côté de lui.

— Ben... en fait, je ne suis allé nulle part, lui répondit-il. Je me suis dit que si je n'arrivais pas à remettre ce truc en route maintenant, je ne le ferais jamais. J'ai débranché le téléphone et je me suis mis au boulot. Je crois que mon bateau va enfin pouvoir démarrer.

— Bon. J'espère que vous attraperez beaucoup de poisson.

— J'en suis sûr. Ça serait bien que vous veniez un jour. Je vous aiderais à attraper un poisson épieu.

— Je pourrais bien vous prendre au mot.

Elle hocha la tête et regarda encore une fois autour d'elle.

— Bon, ben... vaudrait peut-être mieux que j'y aille, reprit-elle. C'est un sacré voyage et nous sommes déjà en retard.

— Bonne chasse ! lui lança-t-il.

— Merci.

Elle fit mine de partir, puis hésita et se retourna vers lui.

— Dites... j'ai vu votre Cherokee là-bas, dans le parking. Vous devriez la faire laver, Terry. Elle est drôlement poussiéreuse.

Ils se regardèrent longuement dans les yeux sans rien dire, mais le message était clair.

— Je m'y mets tout de suite, dit-il. Merci, Jaye.

47

Le *Following Sea* filait vers le sud à petite allure, l'étrave coupant droit dans les vagues en direction de Catalina. Debout sur la passerelle, McCaleb s'arc-boutait à la barre. Il avait affalé la toile avant et l'air froid qui montait de l'océan le frappait de plein fouet et lui tendait la peau. Devant lui dans la brume, l'île se dressait sur l'horizon telle une énorme cathédrale de roche. Les bâtiments côtiers et quelques-uns des plus gros bateaux d'Avalon commençaient à se profiler au loin. Il aperçut clairement le toit en terra cotta du casino qui distinguait la ville de toutes les autres.

Il se retourna pour regarder vers la poupe. Le continent avait disparu et ne se discernait plus que par l'énorme masse de smog qui semblait dire : « Surtout ne venez pas ici ! » McCaleb était heureux de l'avoir quitté.

Il repensa à Crimmins un instant. Il n'éprouvait aucun regret pour la situation qu'il avait laissée derrière lui au Mexique. On ne lui poserait plus la moindre question sur ses motivations et ses choix, mais il faisait plus que se protéger lui-même. Graciela et Raymond avaient passé trente-six heures avec le tueur et bien que celui-ci ne leur ait fait aucun mal, ils avaient besoin de temps pour panser leurs plaies et mettre ce cauchemar derrière eux. McCaleb ne voyait pas très bien comment leur imposer encore plus de flics et de questions indiscrètes aurait pu les aider. Et Graciela en était tombée d'accord.

Du haut de la passerelle il regarda le cockpit et les observa en cachette. Raymond était assis sur le fauteuil de pêche, les mains serrées sur le dévidoir. Graciela se tenait debout à côté de lui et tirait sur le fauteuil pour lui porter secours. McCaleb aurait bien aimé qu'un gros poisson épieu noir vienne s'accrocher à l'hameçon du garçonnet, mais il ne se faisait pas de souci : ils auraient tout le temps d'en attraper.

Graciela parut sentir son regard et leva la tête vers lui. Ils partagèrent un sourire d'intimité et McCaleb sentit son cœur se serrer. Il était heureux à en avoir mal.

Cette balade en mer était un test – et pas seulement pour le *Following Sea*. Pour eux deux aussi, et c'était bien ainsi que Graciela sentait les choses. Cela leur permettrait de voir s'ils pouvaient surmonter leur différend, la conscience douloureuse de ce qui s'était passé et de ce qu'il avait fait, la raison même pour laquelle il était là alors que d'autres avaient cessé de vivre. Surtout Gloria. Ils verraient s'ils pouvaient laisser ce calvaire derrière eux, au moins le mettre de côté afin de l'examiner de temps en temps, et seulement lorsque ce serait nécessaire.

C'était tout ce qu'il pouvait espérer. Tout ce qu'il désirait aussi – une deuxième chance, seulement ça. Qu'il ait enfin les choses en main rendait sa foi en elle plus complète et accomplie. Pour la première fois depuis longtemps il avait l'impression de vivre pour quelque chose.

Il se tourna de nouveau vers la proue et vérifia qu'il tenait bien le cap. Il voyait maintenant le phare sur la colline et, juste à côté, le toit de la maison où l'écrivain Zane Grey avait vécu. Cette ville était si belle qu'il mourait d'envie d'y être à nouveau et de la leur montrer.

Il coula un deuxième regard à la poupe. Le vent ayant plaqué les cheveux de Graciela en arrière, il admira la courbe gracieuse de sa nuque. Depuis quelque temps une manière de foi l'habitait et il se demandait où cela le mènerait. Troublé il l'était, mais pas inquiet. Il savait que cela n'avait guère d'importance. C'était en elle, Graciela Rivers, qu'il avait foi. A la regarder ainsi, il sut alors qu'elle était le rocher même sur lequel il saurait se dresser.

REMERCIEMENTS

Créance de sang *est une œuvre de fiction, mais m'a été inspiré par plusieurs conversations avec mon ami Terry Hansen, qui reçut un nouveau cœur en 1993, le jour de la Saint-Valentin. Je tiens à le remercier ici pour la franchise avec laquelle il me dit les changements physiques et émotionnels qui l'affectèrent après cet événement.*

J'aimerais aussi remercier tous ceux et toutes celles qui m'ont prodigué leurs conseils avisés pendant que je rédigeais ce livre. Toutes les fautes que vous avez pu y relever ne viennent que de moi. Je voudrais remercier tout particulièrement Linda et Callie pour la gentillesse avec laquelle ils m'ont supporté, William Gaida, retraité du LAPD qui m'a enseigné l'art de l'interrogatoire sous hypnose, et Jim Carter qui m'a montré bien des bateaux dans le port de plaisance de Cabrillo. Merci encore à Gene Riehl, agent du FBI en retraite, à Scott Anderson, le roi de l'ordinateur, au mitrailleur de tourelle Larry Sulkis, et à Scott Eyman, le guru qui m'aida à ne pas décrocher lorsque, après avoir bousillé, et volontairement, deux cent quarante pages de manuscrit, je me vis contraint de recommencer mon livre.

Cet ouvrage et son auteur doivent beaucoup aux pensées de ceux qui le lurent au fur et à mesure que je l'écrivais. Parmi eux je voudrais remercier Mary Connelly Lavelle, Susan Connelly et Jane Connelly Davis, Joel Gotler, Brian Lipson, Philip Spitzer, Ed Thomas, Bill Gerber, Melissa Rooker et Clint Eastwood. Un grand merci aussi à Joel pour ses riffs à l'harmonica. Et, comme toujours, je tiens à remercier Michael Pietsch, pour le superbe travail qu'il a accompli en polissant mon énorme manuscrit.

Et encore une fois, merci à tous les représentants et libraires qui m'aident à vous raconter ces histoires.

Michael Connelly
Los Angeles

RÉALISATION : PAO ÉDITIONS DU SEUIL
IMPRESSION : BUSSIÈRE CAMEDAN IMPRIMERIES À SAINT-AMAND (CHER)
DÉPÔT LÉGAL : JANVIER 1999. N° 33242 (990063/1)

Dans la même collection

Brigitte Aubert
Les Quatre Fils du docteur March
La Rose de fer
Ténèbres sur Jacksonville
La Mort des bois
Requiem Caraïbe
Transfixions

Lawrence Block
La Balade entre les tombes
Le diable t'attend
Tous les hommes morts
Tuons et créons, c'est l'heure
Le Blues du libraire
Même les scélérats…
La Spinoza Connection
Au cœur de la mort

Michael Connelly
Les Égouts de Los Angeles
La Glace noire
La Blonde en béton
Le Poète
Le Cadavre dans la Rolls

Robert Crais
L'Ange traqué
Casting pour l'enfer
Meurtre à la sauce cajun

Eno Daven
L'Énigme du pavillon aux grues

David Laing Dawson
La Villa des ombres
Minuit passé, une enquête du Dr Snow

Bradley Denton
Blackburn

Stephen W. Frey
Offre publique d'assassinat

George Dawes Green
La Saint-Valentin de l'homme des cavernes

Dan Greenburg
Le Prochain sur la liste

Sue Grafton
K comme killer
L comme lequel ?
M comme machination

Jack Hitt
Meurtre à cinq mains

Anthony Hyde
China Lake

David Ignatius
Nom de code : SIRO

Jonathan Kellerman
La Clinique

Philip Kerr
Une enquête philosophique

Paul Levine
L'Héritage empoisonné
Cadavres incompatibles
Trésors sanglants

Elsa Lewin
Le Parapluie jaune

Herbert Lieberman
Nécropolis
Le Tueur et son ombre
La Fille aux yeux de Botticelli

Michael Malone
Enquête sous la neige
Juges et Assassins

Dominique Manotti
Sombre Sentier

Alexandra Marinina
Le Cauchemar

Andreu Martín
Un homme peut en cacher un autre

Dallas Murphy
Loverman

Kyotaro Nishimura
Les Dunes de Tottori

Michael Pearce
Enlèvements au Caire

Sam Reaves
Le taxi mène l'enquête

April Smith
Montana Avenue

Edward Sklepowich
Mort dans une cité sereine
L'Adieu à la chair

Austin Wright
Tony et Susan

L. R. Wright
Le Suspect
Mort en hiver
Pas de sang dans la clairière